U0794469

KUWEI

酷威文化

图书 影视

玩家

终章

上册

春溪笛晓 著

江苏凤凰文艺出版社
JIANGSU PHOENIX LITERATURE AND
ART PUBLISHING

目录

第一章 洛阳好风景 001
第二章 君臣两相得 025
第三章 游人络绎来 049
第四章 上阵父子兵 075
第五章 初拟迁都计 097
第六章 新婚燕尔时 119
第七章 天下儿女心 147
第八章 女校初建成 175
第九章 重文不轻武 199
第十章 戏言身后事 225

第一章

洛阳好风景

朝廷预留给新科进士们撒欢的日子很快就过去了，王雱等人要按时参加岗前培训，主要学习一下各种公文模板、朝廷律法，防止新科进士上任后出现“一问三不知”的情况。

王雱他们也拥有了出入崇文馆的资格，可以进去祸害国家图书馆的藏书了。上完课，他们偶尔还得去崇文馆给馆员打打下手，帮忙整理和校正各种图书。沈括在这个过程中发现了一些划水行为——搞图书校对的每天都有定量任务，有些人懒得搞了，就把原本正确的字划掉，在旁边抄个一模一样的字——而且这些行为都来自平时给他们上课的京官。沈括憋了满肚子的牢骚，到下衙时才有机会和王雱吐槽，说起自己发现的种种划水行为。沈括忍不住嘀咕：“三馆果然都是清贵之职啊，简直是闲得没事干了！”

王雱觉得这世上不是缺少八卦，而是缺少发现八卦的眼睛。看，只要有沈括这家伙在，什么地方都能挖掘出点事来。像人家这些清贵的学士们，明明是搞文学的好手，多清高啊！结果被沈括这么一八卦，简直就成“摸鱼”好手了。

王雱就幸运多了，他在集贤院发现了一位正在负责校定医书的厉害人物——苏颂。医书可是他媳妇热爱的东西，他自然是借这个机会积极和苏颂打交道，准备借助集贤院的东风多收集点医书送给苏颂。

苏颂正与其他文官一起校对《素问》《灵枢》《急备千金方》《神农本草》等医书，自己也受了些启发，想要创作一本《图解本草》，因为他校对完《神农本草》后，发现上面缺乏草药图，光凭文字很难辨认药材，所以他想自己编一本《图解本草》，方便医者学习和使用。

王雱人乖嘴甜，很快赢得帮苏颂跑腿的机会，积极往太常院、太医局及另外两馆跑动。等赢得了苏颂的喜爱和信任，王雱就开始和苏颂讨论起《医学问答录》和栩栩如生的药草画法。王雱借着送医书的机会和司马光打商量，让自己和司马琰聊一聊苏颂著写《图解本草》的事。这件事若是做成了，对天下医者来说是件大好事，对天下百姓来说更是大好事：眼下多少医疗事故是因为不会用药或者用错药造成的啊！

司马光听王雱说得言之凿凿，听着也颇有道理，只好允许王雱和司马琰见面讨论如何借助《医学问答录》传授药草绘画技法以及收集药草图鉴——反正王雱偷偷翻墙也不是一回两回，真要不吉利早该应验了。

王雱正逍遥自在地完成着岗前培训，幽州那边就传来了不幸的消息：幽州大地震，死伤数万人！朝廷的赈灾诏令还没发出，南边又传来山蛮反叛的消息。接二连三的坏消息传入朝中，令朝中上下一片肃然，官家亦终日不得开怀。

这个时候，周武护送着曹老头儿上京来了。《医学问答录》的两位始创者相隔太远，消息不太好传递，王雱一直力邀曹老头儿到京城来，邀到现在才见着人。王雱趁着休沐亲自去为曹老头儿安排住处，他特别安排了一间宽敞明亮的“办公室”当曹老头儿读信的场所，顺便拎了一批机灵的学徒过来替曹老头儿念书、读信。

曹老头儿看着由王雱亲自规划和整理的办公室，心里是非常满意的。他看向王雱，冷不丁道：“等你成亲了，就带那女娃娃来见我。”

王雱听得一惊。

曹老头儿睨了他一眼，没说话。他不太识字，但是看字还是有一套的，走笔的力度、习惯，可以看出本人的性情。像王雱，虽然年少时力有不逮，不能写出现在那铿然有力的字，笔下却还是透着种铁画银钩的味道。这说明王雱这人看着嬉皮笑脸，实际上心里比谁都有主意，鲜有人能改变他的决定。而那位“玉圭居士”的字，虽然不是那种柔弱无力的字体，却也处处透出独属于女子的秀丽。曹老头儿多看几眼便认出来了，只是不曾戳破而已。有些事，当面道破了反而不好。如今，王雱与司马琰已定了亲，曹老头儿便也不再避忌。若王雱没那个心胸就不会捣鼓出《医学问答录》，让天下医者知晓“玉圭居士”之名。

既然劳动力来了，王雱自然很高兴，甭管年纪多大，只要身体好、精神棒，能干干活儿就可以了。王雱当即把曹老头儿引荐给苏颂，告诉苏颂曹老头儿就是《医学问答录》的创始人之一。苏颂虽不是学医的，却对医学颇感兴趣，知晓曹老头儿的身份之后十分恭敬。

两边一会师，传授药草绘画技巧、征集药草图鉴的公告就在新一期的《医学问答录》里占了头版。

王雱依然是个协调和跑腿的，每天都过得异常充实。沈括他们每天相对叹气，为接连的坏消息愁眉苦脸，见王雱天天连轴转，不由问他：“你都没听说幽州和广南的事吗？”

王雱纳闷：“听说了啊。”那么大的消息，谁能不知道？一看沈括他们的表情，王雱明白了，他说道，“可我们愁眉苦脸也没用，赈灾的活儿还轮不到我们，打仗更不可能让我们去，你说我们能干什么呢？我们干好眼前的事，保证不掉链子，就是尽最大的努力了。你们要是真放心不下，那有钱的就捐些钱、粮，有主意的出出主意不就得了？”面对地震这种连现代都无法靠人力抵御的天灾，朝廷除赈灾之外能做的实在不多。

沈括他们听了都觉得有理，当即也不再枯坐着了，争取早日结束“岗前培训”状态，派上用场。

广南之地，山多、林多，历来多瘴疠。如今曹立已二十出头，今年朝廷要求各路推举能将上去，上头便推举了他。最近，山蛮侬宗旦动乱，曹立自请去解决此事，已领着人消失在延绵群山之中。

众人许多日不曾有曹立的消息，都觉曹立凶多吉少，一脸愁容地坐在一起商量该如何解决侬宗旦之事。诸人正相互推诿着，忽听有人来报说：“曹立诛了贼酋，收服了火峒山蛮。”众人面面相觑，不管是广南守将还是广南诸官都腾地站起，追问消息是否属实。

很快地，消息就被证实了，因为曹立轻轻松松地带着贼酋的首级回来了，还是两颗，属于火峒山蛮头领侬宗旦父子俩。经历过前些年那场广南之乱的人都恍然想起，当初曹立也是这样轻描淡写地提着侬智高的脑袋回来，这是又立一功啊！这位少年……哦不，青年勇将，似乎还没婚配？不少人的心思都活络起来。

曹立脸上却依然没有什么表情，仿佛自己只是出去打了个猎，只不过猎物是叛党的人头而已。诛杀了贼酋，剩下的山蛮群龙无首，很快就拜服了。王雱和他说过，不能对山蛮赶尽杀绝，南边人少，人口都是宝贝，要晓之以钱，动之以利。

没错，王雱就是这样说的。对于暂时没法领略高深文化内涵的山蛮人，先别谈什么情怀、什么道理。要用大白话告诉他们：山下有钱赚，山上的东西全都能赚钱，什么罗汉果、芒果、柚子、蜜橘、桂圆……全都是宝贝，房前屋后、山腰山脚有什么好吃的都给采下山，山下有特产铺子包收购，就连漫山遍野的花儿都有人愿意收购。若是在山里待腻了，还可以到各个工坊工作，有力出力，有技术出技术，要是做出了大贡献，主家给你分房子。赚钱，就是这么简单！

曹立走这一趟先以武力服人，然后再让两个随行的“翻译”诱之以利，很快挑选出一个机灵的新头领，让对方带领火峒山蛮称降，和守将、官员们表表决心。

一直到程序走完了，众人都还有点儿蒙：这就解决了？好像没动多少人马？好像没费多少时间？既然贼酋杀了，这火峒山蛮又诚心认错，那么报上去就是功劳一件，众人一合计，都决定如实上报。

曹立杀完贼酋就没再掺和，默不作声地回自己营帐中看舆图。“晓之以钱，动之以利”这个策略，书坊的人一直在用，那大大小小的特产铺子和各种作坊就是附属于书坊的。火峒山蛮是块难啃的骨头，侬宗旦父子俩甚至还曾经杀害过前去收山货的商贩，只不过小商贾毕竟没什么依仗，死那么一两个，根本动摇不了诸官“能省事就省事”“绝不主动处理山蛮问题”的消极对待方针。若不是这回他们跳出来作乱，曹立还寻不到机会把他们给办了。曹立的目光放到交趾方向上，心中暗道：要是交趾也闹腾一下，就可以好好打上一仗了。曹立这个好战分子的想法目前还没有人知晓。

没过半月，广南继送了封八百里加急之后又送了另一封八百里加急去报捷。随着急信到京，低气压状态持续一个月的京城终于迎来了一个好消息。此时，幽州那边的赈灾事务也安排下去了，官家眉头终于舒展开，痛快地写了嘉奖诏书送去南边。

五月天气正好，翰林医官院和太医局牵头组织朝臣体检，首先接受体检的自然是官家及宫中妃嫔们。太医局有官婢出身的女医，妃嫔们的体检自然由女医们负责。为了让女医们得到更好的锻炼，院使还提议把宫女们也纳入体检范围。

翰林医官院的医官们也忙碌起来。医官院的医官们成分十分复杂，有太医局那边正儿八经考上来的，有民间医生表现出色嘉奖挂名的，有妃嫔、朝臣举荐的，陆陆续续发展到了数百人的规模，自然就有了不少浑水摸鱼来混俸禄的关系户。自从出现体检这事儿，部分沉迷划水的关系户医官再也没法清闲度日了。你医术不好没关系，可以干别的事情，如记录体检结果、分送体检结果等等。总有你能干的活儿！

朝臣们的体检先一步开始，先让年过六旬的人上，而后排资论辈、有条不紊地进行。等五月为所有朝臣们体检完了，百姓就可以自由报名体检，对权贵和富户是收费的，对年过六旬的百姓则不收费。

曹老头儿、司马琰这时候也忙碌起来，忙着检阅来自杏林各方的药草图鉴。有他们征集时定下的模板在，各方医者送来的药草图鉴看着都挺规整，司马琰两人只要核定一下有无错漏，稍微校正一下即可。两边分工合作，把各方来信都给整理完了，由王雱带去给苏颂。

苏颂本来打算花个几年去编纂《图解本草》，看到王雱带来的图鉴后被这效率打得措手不及。《神农本草》上的药草竟在短短一个多月内都征集齐了，甚至还多了一些遗漏在外的药物。苏颂猛地意识到期刊这个平台的重要性，有时候靠一人之力需要数年，甚至数十年才能完成的事，有这么一个平台在可以缩短成几个月。苏颂当即连夜开始编整《图解本草》，随后上书向官家言明成书过程，大力夸赞了《医学问答录》这本医学期刊起的作用以及王雱协调各方的功劳。

这种奏疏不甚重要，被文彦博他们放在比较底下的位置。官家看完这一天的折子，才翻到苏颂这一封。官家看完了，顿时想起他钦定的状元郎。忙了大半日，官家决定按照体检时太医所说的“需要多走动走动”出去一趟，乘步辇去崇文院那边看看。抵达崇文院外，官家没让人声张，缓步走入其中。

这天，新科进士们的岗前培训已结束了，王雱等人在帮忙整理秘阁藏书。

闲着也是闲着，沈括又开始边忙活边和王雱闲扯：“听说翰林院供学士住的地方中间那间阁子叫‘槐厅’，因为门前有棵大槐树而得名。据说入住槐厅的学士以后都会是宰辅之臣，所以学士们提着行李过来时会争相挤进槐厅，甚至还会把别人搁下的行李扔开，摆上自己的。”

……沈哥您到底上哪儿打听来这么多八卦啊！王雱正要和沈括再谈谈，却见到个眼熟的中年人自沈括背对着的书架后头踱步出来，这不是官家又是谁？

八卦小能手沈括对此还无知无觉，意犹未尽地继续往下说：“要不回头我们也找机会去翰林院那边看看那槐厅，瞧瞧是不是有什么稀罕处。”

王雱朝他使了个眼色，乖乖巧巧地拱手朝杵在沈括背后的官家行了一礼。沈括一惊，转过身一看，忙退开两步，也朝官家行礼。

对两个年轻人聊聊八卦这种事，官家是很宽容的，摆摆手表示不必多礼，他瞧了沈括一眼，而后才看向王雱，笑道：“你们这是在整理秘阁藏书？”

“对的，这个我们有经验。”王雱一点都不害臊，当即把自己当初和苏轼他们一起挨罚、被关到国子监藏书楼整理藏书的事分享给官家听。他还颇为骄傲地说：“如今，国子监藏书楼里用的还是我们编的索引呢！”

官家就喜欢王雱这初生牛犊不怕虎，什么都敢说的劲头。寻常人被罚了隐瞒还来不及，他倒好，一脸自豪地往外倒，不知道的人还以为他是得了嘉奖。

王雱与官家说着话，见苏轼和苏辙抱着书从外头走进来，毫不客气地替官家招呼起人来，叫苏轼一起来陪聊。远的时候苏轼他们还没看清人，走近一看才发现王雱竟是站在官家跟前朝他们招手的，差点儿没被王雱吓死。

官家倒是把苏轼和苏辙给认出来了，道：“这是我们的两位探花郎吧？”琼林宴那日，苏轼和苏辙可是当了探花使给王雱献花的，官家对这出众的兄弟俩印象颇深。苏轼兄弟俩自然是上前向官家行礼。

秘阁中书墨飘香，空气却不怎么好，王雱建议一起到外面走走。虽是夏日午后，但崇文院中花木扶疏，小径幽凉，散步其中只觉凉风习习，舒适怡人。苏轼几人一开始还有些拘谨，察觉官家并不是特别严肃的人便都放开了，甚至还互掀起老底来。

官家听了苏轼与王雱的结识过程，也觉稀奇，打趣道：“这可真是有缘千里能相会，一个在青州，一个在眉州，竟这么巧就通起信来了。”

“这有什么，存中还曾经从杭州跑去青州找元泽呢，”苏轼又揭沈括的底，“据说路上还碰上了劫道的贼匪，到青州时蓬头垢面的，怪可怜的。”

沈括不由瞪向王雱，能和苏轼交流这些的家伙除了王雱没别人了。当时，他是觉得家里人都不理解他，才会玩离家出走那一套的。

官家看着几个年轻人都不拘着，你一言我一语地聊起过去，聊着未来，竟觉得通体舒畅，有着从未有过的放松与愉悦。

他们一行人在崇文院内转悠一圈，其他人也都看到了，王雱这厮到哪儿都自在得很，但凡碰着相熟的，他都直接招呼人过来一起陪聊。知晓官家每天都要捏着鼻子看完一大批文绉绉的折子，属于“白天得长期伏案工作，晚上还得回后宫努力耕耘”的工种，王雱当即劝官家平时多到外面走走，舒展舒展筋骨，看折子看累了得让眼睛休息休息。王雱还现场演示了一套爱护颈椎、爱护脊椎的简单动作，让官家回去后悄悄试试看骨头是不是喀啦喀啦响，响的话，就意味着得多动动啦！官家就没见过这么活泼又这么能说的状元郎。宦官提示说时辰不早了，官家该回去了，王雱还积极地把人送到崇文院门口，脸上满是“明天您可得再来玩”的热情。

崇文院内都大多是清流，对王雱这种狗腿行为很是不耻，见过不要脸的，没见过这么不要脸的。苏轼他们与官家聊过之后倒是真心觉得官家是个很不错的皇帝，对于陪官家散散步、聊聊天这种事并不排斥。

在官家第三次“顺路”绕到崇文院，与王雱等人在崇文院漫步徐行大半个时辰之后，台谏终于坐不住了，开始喷官家没事就往崇文院跑，还带着一干没正式授官的进士们边散步边聊天说笑。为人君者，怎么能每天与人游园取乐！台谏的人还顺便喷了王雱一把，表示王雱这人年纪虽小，媚上之心不小，蛊惑官家天天往崇文院跑！

目前，王雱还没被授官，没资格上朝，这事儿还是他第二天休沐回家后才知晓的，他爹和司马光都严肃警告他收敛些。

王雱自有自己的一套道理：“那可是官家啊，不都说要忠君爱国吗？我对官家殷勤些有什么不对？我对你们和范爷爷更加殷勤呢，他们怎么就不参我太孝顺！再说了，官家要不乐意来崇文院，我叫官家来也没用啊。”

王安石和司马光对视一眼，都觉得这小孩没法教了，打发他自己玩去。

王雱得知自己被喷了，他爹和他未来岳父又决计不会帮他回喷，想了想，溜达去找范仲淹，问范仲淹自己有没有资格上折子，需要走什么程序。别人怎么样他不管，反正他打算帮自己“喷回去”！范仲淹目前即将致仕，不过眼力还没衰退，睨上一眼就知晓了王雱在打什么算盘。他也没打算拦着，把基本程序给王雱讲了一遍，随王雱折腾去。

王雱了解完“回喷规则”，离开范仲淹家跑到太医局那边了。太医局那边设立了一个全新的存档处，专门用来储存朝臣们的体检结果。

朝中文官大多都算是长期伏案工作的工种，王雱准备趁着休沐搞个小调查，用数据说话。他叫官家多散散步怎么了？散步养生啊！长期埋首案牍，对眼睛不好，对颈椎、脊椎、腰椎也不好，还容易长痔疮呢！

王雱前段时间为了校正医书的事时常跑太医局，与太医局的人早混熟了。听他说要查阅一下这两年的体检结果，太医局的人也没拦着，几个和王雱交好的还对王雱所说的“文官职业病调查”很感兴趣，跟着王雱一起整理数据来。当夜，王雱便对着从太医局带回家的数据开始撰写论文。不，撰写自辩折子。

这折子里摆数据，讲道理，说明长时间伏案工作的严重后果，并且生动形象地绘出了一些舒缓方法，顺便灌了许多养生鸡汤，包括但不限于“生命在于运动”“散步是最好的运动”“读书人，让你的眼睛放个假”“几个动作让你远离颈椎病”“久坐成痔——你所不知道的久坐危害”。总之，官家天天辛苦工作之余，务必要保重自己的身体，远离职业病啊！到最后，王雱还积极劝说官家，说您老来崇文院是不对的，您是官家，得雨露均沾。今天来崇文院散步，明天你可以去将作监啊。我给您介绍将作少监范纯礼，我铁哥们儿，也长得老俊了，允文允武，办事能力一流；枢密院的韩琦韩枢密使，我小时候见过的，很厉害一个人，人也善良，教过我经义，说话风趣幽默，您和他聊天一定会很愉快的；要不然，您还可以去龙图阁走走，听说那里有位包龙图大学士，学识渊博，虽然没见过，但是久仰其名……

第二日，谏院那边收到王雱长长的自辩折子，觉着这小子还有救，还知道忏悔。这么厚一本折子，应该写得很情真意切吧。对于能深刻认识到自己错误的年轻人，台谏官员这边还是很欣赏的，于是谏院一把手捋着须打开折子看了起来。

哪怕是写折子，王雱也写得和别人不一样，尤其是那些养生鸡汤，谏院一把手忍不住对号入座，甚至还对着图扭了扭脖子，然后做了两个脊椎拉伸动作。等他回过味来赶紧往左右看了看，确定没人看向自己才放下心来，继续往下看。结果后面的内容看得谏院一把手差点儿没拧断几根胡须。

什么叫做官家要雨露均沾？敢情别人参你是因为官家天天去找你，觉得被冷落了？再看看后面王雱夹带私货夸的一堆人，谏院一把手凶狠地把手从胡须上挪开，以免气得把自己的长须给祸害光。

见自家谏院看得怒气冲冲，其他人忙把折子拿过去轮流看了起来。

不得不说，自古以来养生鸡汤都是最容易打动人心的，毕竟谁都关心自己的健康。一众谏官看了以后觉得虽然折子后半部分气人了些，但是前半部分还是得重视的。朝中大半朝臣都定做了护目宝镜，不就是因为视力一年更比一年差吗？还有痔疮，这个就更让人难以启齿了。这王雱不仅要说，还要在折子里提一些“凶残”的治疗方法，比如什么把狗膀胱塞进肛门，用竹管子把它吹胀，然后连着肠道拖出来割掉溃烂处。这可真是看的人头皮一麻，赶紧对着图解动作来了个提肛运动。

照理说以王雱目前这层次，即使上书自辩也没有“达天听”的资格，不过这“养生折子”还是被谏院送到了文彦博等宰执手中，让宰执来处理这尴尬玩意儿。韩琦这枢相也和文彦博他们一块儿处理公务，文彦博最先看完王雱的自辩折子，看到最后被逗乐了，直接越过其他人把折子递给了韩琦，让韩琦先瞧瞧。韩琦本来还纳闷着呢，接过一看，第一眼便看到折子上的名字——王雱。心里咯噔一跳，韩琦有种不妙的预感。他把整份折子看完了，面无表情地递给了别人。文彦博与韩琦交情不错，竟还把王雱在折子里夸韩琦的那段给念了一遍，打趣道：“这是个知恩的孩子，你从前教了他经义，他写自辩折子都不忘夸你。”韩琦苦笑不已，那叫什么教啊，他就想损损王安石，结果这小子每次被揍就嚷嚷着说是他教的“小杖则受，大杖则走”，可把王安石给气坏了，现在王安石见了他还没好脸色呢。

折子传了一圈，文彦博几人都看完了，又把这折子送到了官家那儿。这小子为了辩驳台谏，简直是绕了老大一个圈子，等闲人看了都会栽进去，就当是送去给官家解乏吧。

没过几日，折子里的洗脑型养生知识就被传播开了，上至官家，下至小官，都知晓了久坐不动、长期伏案工作的坏处，每隔一个时辰，便能看到各个衙门的人站起来走动，到中庭里活动活动手脚，和同僚们聊聊天舒缓心情。有些视力越来越差的，就走到外头远眺，给自己的眼睛放松；更有些痔疮高危人群，不动声色地练习起提肛运动，坚决杜绝将来要把狗膀胱塞进肛门的可能性。台谏官员见此情景，忍不住痛斥："成何体统！"不过他们心里却也暗自嘀咕：万一是真的呢？万一是真的怎么办？还是悄悄学一学吧！

对于王雱这个你喷他几句他能回你十几篇洗脑文章的邪乎玩意儿，台谏官员都觉得有点儿棘手。范镇是司马光的同年，同时也是谏院扛把子，休沐日他找司马光说话时就提到这事儿："你这未来女婿可真是个奇才。"

司马光早听说了王雱那封颇具洗脑效果的自辩折子，如今范镇当着面这样损他，他也没法辩驳。可不就是奇才吗？简直是凭一己之力洗脑了朝廷上下，自辩角度极其刁钻。

范镇虽然也尽忠职守地喷了王雱，不过私底下对王雱还是挺喜爱的，见司马光一脸的无可奈何，反倒宽慰起来："有他这机灵劲，往后不会吃亏的。"

司马光摇摇头。他倒不怕王雱吃亏，真要有人能让王雱吃亏，他还得叫上王安石一块儿登门感谢去。他就怕王雱把朝堂上的事也拿来玩，往后胆子越玩越野，不知道有谁能约束他。当然，这话他是不能和范镇说的。哪怕和范镇再要好，他也不能和范镇说"我担心我这女婿胆子太大，可能会当个把朝廷搅得天翻地覆的大奸臣"。

这天傍晚，王雱又应韩忠彦的约去韩家吃家宴。请是韩忠彦请的，到了韩忠彦家却没韩忠彦什么事了，韩琦直接把王雱给拎到书房，问王雱为什么在自辩折子上提他的名。王雱很坦然地说："枢密院的其他人我都不认得，自然只能拿您来举例啊。我写的句句都是实话，不怕被人知道。"他还积极地问韩琦，"官家去你们枢密院了不？和您聊了天吗？我觉得官家天天都要办公，太累人了。我听说上回官家心爱的贵妃去世，想休息半个月养养情伤，台谏的人还把官家喷得收回成命呢，多不容易啊！"

韩琦瞅着王雱，教训道："管管你的嘴巴！"瞧王雱这家伙说的，着实怪恶心人的。敢情别人都不体谅官家辛苦，只有你这黄毛小子体谅了？人家堂堂帝王，用得着你心疼？

韩琦把王雱叫来，不全是为了那封自辩折子。他取出份书信，递给王雱看。王雱不明所以，拿过信展开看完，沉默下来。

这不是一封普通的信，这是钦使向枢密院禀报的内容，狄青的日常起居，还有钦使与狄青的问答，巨细无遗地写在纸上，竟像是在狄青身边装了个二十四小时摄像头似的。官家喜爱狄青的时候是真的喜爱，怀疑狄青的时候也是真的怀疑。在狄青当上枢密使之前，朝廷上下对狄青多有赞誉；后来狄青当上了枢密使，朝廷上下的风向就变了。在一些人长达三四年的努力之下，终归还是撬动了官家对狄青的信任。

这也是没有办法的事，别说是君臣之间，即便是恩爱夫妻，天天有人在旁边煽风点火说“你老婆这么漂亮肯定会出轨”“你老公这么有钱在外面肯定找人了吧”，还可着劲给你挖证据、讲先例，说说当初不听劝的人下场有多惨，迟早也得掰。但是把狄青贬去陈州之后还天天派人过去“嘘寒问暖”，未免也太侮辱人了。这就是赤裸裸的监视啊！

王雱乖巧地把信推回到韩琦面前，一脸疑惑地问韩琦：“这可是密函，得保密的吧。您给我看做什么？”

韩琦重新把信展开，用手指轻轻敲了敲信上那段关于“狄青大病一场后决定辞去职务开班授课、沙盘教学，并且准备上书请建武学”的话。

文官外放之后搞文教，那是非常正常的事，别的事情不好办，建个学校、找批贤才出来振兴一下当地教育，见效快又受当地人欢迎。这方面，王安石和范仲淹都搞过，司马光去基层时也是监管州学。可问题就在于，狄青他不是文官。不是文官，那你开班教学是想做什么？这事儿韩琦是要上报的，不过他今儿休沐，对着这信左看右看，总觉得看出了点熟悉的味道来。韩琦开门见山地问王雱：“这些主意是不是你给出的？”

王雱可不会承认这种事。他矢口否认：“怎么可能，我又没去过陈州，也没给狄将军写过信，怎么能给他出主意呢？”

韩琦冷哼道：“我记得你与狄将军之子关系不错？”王雱不写信给狄青，也可以让狄咏通过家书给狄青出主意。

王雱被韩琦一双锐目扫过来，只能唉声叹气地说：“我这不是看狄将军闲着也是闲着吗？反正，他也没什么差使要干，我就和咏哥说，不如狄将军发挥一下余热，为后来者照亮前行的道路。多伟大！”王雱义正词严地说完，又义正词严地发誓，“我保证，我真没掺和，您看看这什么武学细则，哪是我一个外行能弄出来的！”他就是提个醒而已，和他有什么关系呢？

韩琦见王雱信誓旦旦，也不管他了。反正这厮脸皮厚，做事又油滑，压根儿不留把柄，等闲还真没人奈何得了他，只管由他闹腾去。

进入七月，朝廷对官员的考核季又开始了，各衙门都开始忙碌起来。

王雱他们也将正式授官，按照惯例，一甲第一名殿试之后就封个寄禄官，一般是将作丞，乃是从六品下的官；一甲第二名、第三名，会授予大理评事，乃是从八品下的官；二甲之后的，一般就是九品之类的了。

所谓的寄禄官，顾名思义就是按这个官职发薪水，和干的活儿没关系。比如说，给状元封个将作丞，并不是真让人去将作丞当官，真正干的差事叫"差遣"。新科进士的差遣一般和王安石一样，先做一个某州签判，状元可以去上郡，两个榜眼可以去中郡或者下郡。至于排名比较靠后的，则会被安排到基层去搞文教工作，等待任满后转官。

对于王雱要自己去外地做官这件事，许多人都是很不放心的，吴氏甚至问王安石能不能想办法让王雱留京。往常吴氏要惯着王雱，王安石还能睁一只眼闭一只眼，可面对朝廷之事王安石则比较严肃："既然雱儿已经考了功名，那自然得替朝廷做事。"吴氏无法，只能每日翻来覆去，思虑着儿子独自在外可能遭遇的种种难事。

即便吴氏辗转难眠，王雱授官的日子还是越来越近了。韩琦还私底下让韩忠彦来问王雱想去哪儿，上头可以酌情安排安排。王雱觉着这待遇太好了，他有点儿不好意思，而后表示自己随便安排个西京、南京之类的就好，方便他回开封见媳妇。要是不能就近的话，就给安排个什么广州、泉州啊，总之就是能玩大船和吃海鲜的地方。

真够"不好意思"啊！韩忠彦一脸无语地把王雱的话带给韩琦。

王雱正在等待正式授官，苏轼却气冲冲地找上门，和王雱说起一件让他极其生气的事情：繁塔那边有人开班授徒，主讲的是个二十四五岁的年轻人。当时他一听，年轻人啊，讲学一定挺有意思，当即兴冲冲地过去听讲。结果却越听越气，越听越觉得这不是个二十几岁的年轻人，而是个七老八十的假学究，满口的尊卑贵贱，说什么天地是平衡的，三纲五常不可逆乱，贵就是贵，贱就是贱，尊就是尊，卑就是卑！一旦有人想要打破这个平衡，时局就会动荡不安。因此我们为了存留心中的天理，应该消灭人的欲望。

苏轼光是转述这些讲学内容，就觉得气得不轻。人生在世，还不能有点儿追求不成？天理难道就是尊卑贵贱、泾渭分明，永远容不得别人冒尖了？

王雱听着苏轼愤怒的复述，越听越觉得耳熟，这不就是赫赫有名的"存天理，灭人欲"吗？只不过这时候提倡这句话的人年纪应该还小，论据不够充足，苏轼听了都能找到其中的一些破绽。如果没记错的话，这个理念最初是由程颢、程颐两兄弟提出的，算起来程颢还是他们的同年。至于苏轼说的这个开班收徒的年轻人，应该就是程颢的弟弟程颐了。

在往后的许多年中，理学的影响将会扩散到各个领域。没别的原因，只因为这种学说很符合统治者的需求，统治者需要朝野稳定，需要给百姓增加一重一重的束缚，以免动摇自己的位置。简单来说，这就是一种用来洗脑的工具，拿着这个工具的人不一定真心相信那些条条框框，但他要别人都相信、都遵守，不遵守的人就让他们成为千夫所指的存在。

比如说，朝廷是鼓励寡妇再嫁的，再嫁时还能带走自己的嫁妆，甚至连丈夫离家三五年不归，也能允许妇女单方面提出和离，另择佳婿。倒推到唐朝时，人口稀少，朝廷鼓励生育，官府甚至还会拉一溜壮汉到寡妇门前看看她有没有相中的，相中了就把婚事办了吧，甭管什么一嫁二嫁三嫁，再嫁之后生孩子才是正理。可到后来，人们会给为亡夫守节的“贞妇”立牌坊，对此大夸特夸，表示这是忠贞，这是值得赞誉的，所有女子都得效仿这种做法才行。没有人会去想，一个女子在最美的年华丧夫，却得为了所谓的“一女不更二夫”而蹉跎半生，独自盛开，独自凋零，日子该是多么凄苦。他们甚至会束住女孩的双脚，从小告诉她们这样才漂亮，不这样做会被人嫌弃；不能让别人看到你姣好的脸庞、不能让人看到你的手臂与双足，否则就是“不安于室”。

这一切，不一定是理学的初衷，不一定是程颢、程颐兄弟俩的初衷，但是他们确实穷尽一生去打造了这样一把工具。后来，许多统治者也用得极其顺手。

这类理念显然和享乐主义的苏轼八字犯冲，苏轼这人是乐天派，被贬去岭南吧，他说“日啖荔枝三百颗，不辞长作岭南人”；被贬去海南岛吧，他还能在那里怡然自得地酿酒喝。他就是因为被贬后还一个劲儿地写诗文说“我在这儿过得真开心”，才会引得一些人一再打压他，将他一贬再贬——毕竟，连皇帝都是他的诗文粉丝，他写的诗文传到京城皇帝是要看的。万一贬得不够远，皇帝想起他的好来了，又把他召回京怎么办？

王雱虽然对这些事了解不深，却早就与苏轼熟识，知晓苏轼有个永远都拘不住的灵魂。所以很明显，苏轼绝不会认同理学的观点。但是，这玩意儿的棘手之处就在于，人家挥舞着三纲五常的大旗，你还不能明着反对它。你不支持三纲五常，难道你还想反了不成？苏轼到底还年轻，面对这种事连反驳都无从下手，只能来找王雱吐槽，发泄发泄心中的愤怒。

王雱劝慰了苏轼一会儿，给苏轼出了个主意，叫他让苏洵写文章到《国风》上辩论去。今年苏洵又没考中，但两个儿子考中了，他心中便没了遗憾，目前已经成了《国风》的常客。如今《国风》的读者群已经比开始的一万本翻了几番，甚至还有一些书商专门买了回本地转卖或者盗印。总之，这个平台的影响力越来越大，有什么具有争议性的问题都会在上面吵一吵。

苏洵年轻时就向往当个任情侠客，天天不读书不学习专为乡里打抱不平，人到中年听闻女儿身殒夫家的消息后更是直接手撕亲家。很显然，苏洵体内有好战因子，越是激烈的论题他越感兴趣，学术互喷这种事交给他去干准成。再不济，回头让苏洵也回蜀中搞个蜀学，广收门徒，和那程颐杠一杠。

苏轼一听，觉得这也是个不错的法子，心满意足地回家找他爹去了。

王雱在家里坐了坐，还是坐不住，去隔壁找司马琰。自打王雱三元及第，司马光就好说话多了，至少能允他正正经经地找司马琰说说话。王雱将苏轼遇到程颐的事给司马琰讲了一遍，两个人交流了一下彼此了解的东西。作为携着现代知识来到这个游戏的人，他们对理学也都像苏轼一样排斥，苏轼是因为天性使然，他们则是因为知晓后来理学会发展成什么样。那真是余毒千年都不为过。

王雱道："我准备讨个西京的差使，离开封近，还是他们老家。按你说的，他们往后会回西京广收门徒，创办洛学。"所谓的西京，那就是洛阳，离开封并不远，乃是四京之一，王雱顿了顿，和司马琰说出自己的打算，"我打算拐个人一起去西京玩。"

原先王雱没想着走关系，不过现在情况不一样了，他决定再不要脸一点，去把这件事敲定下来。他打算提前下手，先去把洛阳玩玩，具体计划很简单：走别人的路，让别人无路可走！王雱和司马琰商量完了，立刻跑去积极争取。

某州签判这种活儿，基本是上哪儿都差不多，上司让你办事你就有事干，不让你办事你就自个儿玩去，总的来说是个很清闲的职位，有充足的时间可供搞事。王雱这个史上最年轻的三元及第，朝廷还是很愿意优待的，既然王雱有想去的地方，上头也乐意将他安置过去。授官这日，王雱拿到了签书西京判官的差遣。当晚与同年们宴饮话别，算是正式各奔前程。

苏轼与苏辙的差遣都在蜀中，方便他们照料家小，此去一别，再见怕是要在三年之后，几人都很是不舍，相约到了地方之后一定要时常写信。王雱表示让苏轼叫人多养些蜀中猪，到时候他得好好尝尝，要是没机会去的话，做成熏肉、火腿之类的送来也很棒。为了礼尚往来，他去洛阳后会叫人悉心栽培食用型牡丹，做些牡丹花饼、牡丹花茶送苏轼。苏轼的离愁别绪顿时没了。他们都还年轻，能见面的日子多着呢，确实不该为此而伤感。

又过两日，王雱终于与亲友们道别完，一大早出发前往洛阳。走到送别的长亭处，王雱忽然见到宋佑国与陈世儒他们站在长亭之下候着。王雱一笑，下马与长亭中的众人喝了一杯离别酒，正要与他们挥别，却见一辆马车辚辚驶出城，在长亭不远处停下。王雱转头一看，见着了从车上下来的梅尧臣。

王雱顿觉稀奇，上前道："梅先生您也要走吗？去哪儿啊？"

梅尧臣睨他一眼，说道："西京。"

王雱吃了一惊。不过他稍微一思索，也就想明白了。梅尧臣也在国子监干了几年，今年磨勘之后肯定要挪位置，这是要挪到西京去。王雱十分热情地说："到了西京，您可还得继续教我啊！"

梅尧臣已知晓王雱种种不要脸行径，面色极臭，不是很想认这学生。他与来相送的友人你来我往地作了几首诗，总算是话别完了。

而王雱那边，也等来了另一个同伴：张载。没错，王雱准备把张载给拐过去，好好发展"理学"。这理学当然不是"存天理，灭人欲"之学，可是物理、化学等等格物之学。到时洛阳人人学好数理化，搞哲学的人肯定就少了。

张载也很乐意去西京，他的名次不算靠前，本来已经做好前去边远州县的准备，得知被分去西京他还挺高兴的。都是读书人，谁真的一点都不想当官呢？想当官，自然希望官路走得更顺遂一些。

西京离得近，走官道，中途在驿站歇歇脚，用不了几天就能到，走水路更是方便得很。王雱两人都是孤身赴任，没什么行囊，倒是梅尧臣带着家小，东西不少，仆从忙碌地搬了几回才把东西统统搬到船上。登船之后，王雱站在甲板上看着宋佑国他们的身影逐渐变小，最终连亭子都看不见了，才回到船舱内与张载闲聊。

张载告诉王雱到洛阳有个隐居名宿叫邵雍，字尧夫，官家多次征召他都不出山，现在在洛阳开班授徒。张载还表示，到了洛阳若是有机会，他一定会去拜访拜访，问王雱要不要一块儿去。王雱听了一段，发现这又是个搞哲学的，早期还钻研道学，沉迷封建迷信，名气很大，学生颇多。对于这种自带一大批学生的能人异士，王雱自然是要跟着去拜访的，当即一口应下。两人聊了一路，到傍晚已抵达了西京洛阳。余晖之中，美丽的洛阳城显得沉静而温柔。

既然叫西京，那么洛阳这边自然有着都城应有的全套东西，甚至还有西京留守司御史台、西京国子监。梅尧臣过来这边，就是去西京国子监当一把手的。一般来说，这地儿是用来安置临近致仕的官员，或者和当前执政者有矛盾的官员的。

据司马琰回忆，王雱他未来岳父赫赫有名的《资治通鉴》，似乎就是在洛阳写出来的，足足写了十几年，所以内容特别多，部头特别大，乃是后来许多皇帝、官员填充书架的常用书之一，要是买精装版的话，可以独占一整栏。

王雱与张载、梅尧臣抵达之后见天色已晚，先去找了家店用了晚饭，而后由王雱负责跑下三个临近府衙的公租房，分了钥匙，分头到收拾出来的宅院里歇下了。第二日一早，王雱才和张载去拜见长官。

目前的西京留守是吴育，和包拯、韩琦、文彦博是同年，今年已经五十三岁，身体不大好，整个人散发一种清癯瘦弱之感。他显然已经从韩琦那儿得了信，对王雱很是和蔼地说："稚圭以前就和我说起过你，我还想着什么时候能见见，不想你这么快就中状元了，真是长江后浪推前浪啊！"

王雱去韩琦家辞别那天已知晓这位曾经官至副相的上司和韩琦私交不错，过来时一点都没担心，见了吴育自然也是一点都不怯场。

听吴育问起是否已经安顿好，王雱自然道："昨晚来的，因为天色已晚，就没过来拜见，先找了地方落脚。"说完，他又给吴育说起他们昨天抵达时吃的一顿洛阳特色菜，许是因为昨天饿着了，所以王雱吃得格外香，描述起来也勾人极了。

吴育本来因为身体不好，胃口一直不好，听王雱说得起劲竟也跟着饿了起来，当下叫人去准备饭食，说要留王雱和张载吃饭。张载在京城时就见识过王雱顺着杆子往上爬的能耐，如今到了任地更是颇有些佩服。他们这些搞学术的，在官场往来方面往往不够圆融，不像王雱这样到哪儿都如鱼得水。

与长官一起用了顿饭，王雱大致摸清了西京这边的情况。吴育因为年迈体衰，基本是不管事的，所以如果他想要干什么，请示一下就可以自行去办；要人手也尽管开口，洛阳好歹也能称为"西京"，不管人力、物力、财力都是充足的，遇着什么疑难还可以请教一些退居洛阳修身养性、安度晚年的前辈。

王雱对此非常满意。不错，这地方够大，够富裕，人口还挺稠密，够王雱祸害了！

洛阳这地方，要说权力大，那还真不大，它是河南府的治所，所以西京留守一般由河南府知府兼任。

由于上一次官家巡幸洛阳还是真宗年间的事情，后来又设立了北京大名府和南京应天府，洛阳的陪都功能逐渐被削弱，渐渐就成了老病官员养老之地。而经济、军事方面的事情，西京留守一般是不能自行裁断的，得往上报告。不过，相对于许多地方州县，西京众多官员的选任相对比较严格，如这通判之职一般由西京留守亲自挑选，或者由拥有知州资历的人选过来。王雱这个状元郎，搁在中郡或下郡或许能捞个通判当当，到西京就只能老老实实当个西京签判了。

新官上任，王雱要干的事还挺多，主要是西京这边的上官老的老、病的病，很多事得年轻人去协调。

目前，西京通判姓林，乃是吴育的学生。这也是很多地方的标准组合，若老师老病体弱，又外调任职，学生通常会自请跟随，方便随伺左右，比如司马光当初就跟着庞籍去郓州。一日为师，终身为父，这是这个时代独特的师徒文化之一。林通判长得有些文弱，气质上与吴育有些相仿，性格却格外爽利。他并不是特别擅长官场交游，因此很享受在西京的生活，对王雱这个调入“养老窟”的少年状元郎十分热情，时常邀王雱一起去赏花喝茶，介绍介绍洛阳的情况。等介绍完了，林通判就把一些工作分给了王雱，如迎来送往。洛阳这地方，水陆交通都很方便，除洛水河道偶尔有些淤堵之外没别的缺点，所以这是一个重要的交通枢纽，不管是宋人还是外邦人都时常会从洛阳经过。王雱是三元及第的状元郎，推出去招待客人会让对方感觉很有面子，因此林通判把这活儿扔给了他。

王雱刚上任不久就觉得自己可以去考个导游证了，因为他每天都是带着往来的官员们逛逛洛阳旅游路线，陪着他们赏赏花、聊聊天什么的。相比起其他地方的签判，他的日子过得特别充实。哪怕职位分工与想象中的清闲有些不一样，王雱也没放弃搞事之心。他早修书给几个老熟人——周文兄弟俩和胡管事，让他们过来洛阳玩耍。他到任后没几天，人也陆陆续续过来了。胡管事算是看着王雱长大的，这些年基本是王雱去哪儿，他便跟到哪儿，收到信便直接带着家小过来了，二话不说便着手帮王雱建设实验室和盘下郊野之地开工坊。

既是要开创“新洛学”，王雱自然得把手伸到文教方面去。眼下西京国子监归梅尧臣管，张载这个刚刚授官的新科进士则负责协助主管官员搞河南府的文教工作。简单来说，教育系统里都是老熟人啊！

王雱给周文兄弟俩在府衙中讨了个差使，让他们一个负责收集消息，一个负责整合数据，自己一得空便往梅尧臣、张载那边跑，争取先把内部关系给打牢了。

熬到第一个休沐日之后，王雱便与张载一同去拜访邵雍。邵雍虽开班授徒，居处却颇为简陋，早年靠打柴奉养父母，生活清贫得很。前些年，邵母去后，邵雍收徒授学，靠着束脩总算不必入山打柴，不过他仍与父亲居于山中，家中资产仅有房屋数间，都是茅草搭成，简陋得很。

王雱两人趁着晨雾初消寻至邵雍那几间草屋外，只见一年近五旬的男子正在菜畦间忙碌，口中还吟咏着不知名的诗。王雱粗粗扫了几眼，发现那菜畦上的菜秧子蔫不唧的，品种也不明，不过显然不太适合深秋种植。再瞧瞧那高低不一的土垄，王雱更是浑身难受，好歹是一方名儒，怎么种起菜来这么不讲究呢？想想陶渊明写的“种豆南山下，草盛豆苗稀”，王雱才稍稍释然，这文人种地不是为了收成，而是为了陶冶身心。

可来都来了，王雱瞅着很不舒服，进了园子拜见过邵雍之后，便讨来锄头帮邵雍把那土垄给打理整齐，而后和邵雍分享起农事心得：这菜垄是保水和防涝的关键，不能随便，一定得弄好；入秋之后呢，得挑些适合在秋季生长的蔬菜，如萝卜、芥菜、胡荽……

接着，王雱又给邵雍介绍了一些好吃的菜。比如说，胡萝卜和豆腐泡一起炖煮，炖到入味，可好吃了。要是侥幸得了牛肉，那更是无上美味，萝卜鲜甜，牛肉熟软，浸在汤汁里的豆腐泡也煮得软和易入口，一口咬下去，能同时尝到肉汁的香、萝卜的鲜。芥菜虽然味道不大好，不过若是有那农家腊肉带带味，吃起来也是很不错的。胡荽就更不用说了，吃肉做蘸料好吃，单吃也不错……

张载在一边听得瞠目结舌。他虽虚长王雱近二十岁，却不甚精通农事，没想到种个菜还有这么多门道。可是，为什么突然说到吃的呢？

邵雍也是头一回碰上这样的寻访者，从前朝廷派过几批人来征辟他去任职，都被他以生病为借口给推了。可听王雱这么一介绍，他竟觉得自己有点儿饿了，可以回去轻轻松松吃下两大碗饭——贼大的那种碗。邵雍奇道：“你年纪小小的，还通晓农事？”

王雱道：“不算通晓，从前与我爹他们到乡里看过而已，有时我们会住在村子里，反正闲着也是闲着，我便去看别人种这种那了。”他一点都不谦虚，“农户们都觉得我聪明，什么都愿意教我。”

王雱与张载便被邵雍请进草屋里饮茶，茶也是山上采来的，不是城里的泡法，而是随意抓上一把，倒入热水，泡开就喝。王雱许久没试过这种喝法，不觉粗鄙，反倒有些怀念，接过茶喝了一口，又和邵雍攀起关系来。要知道吕希纯的父亲吕公著与邵雍交好，吕希纯兄弟几人皆是邵雍的亲传弟子，王雱与吕希纯同窗两年多，还是同一个寝室，多亲近啊！便是不看这一重，他未来岳父司马光也跟邵雍有些交情，两人常有书信往来。等邵雍态度越来越宽和，王雱又将张载推了出去。邵雍善治《易》，张载对此经也颇有研究，即便两个人年纪相差十几岁，聊起来后还是十分酣畅。后来，邵雍甚至去开了坛酒，留他们用过晚饭、喝到微醺才放他们走。

邵雍自己也有些醉意，王雱两人走后便倒卧在一旁等着酒意过去。邵父随着他们一起用饭，见邵雍醉倒在那儿，不由道："你挺喜欢这两个后辈。"

邵雍含糊地道："是两个不错的后辈。"

像王雱这样年纪轻轻便能连中三元的少年，邵雍自是喜欢；而张载许多想法都很新颖，邵雍很乐意与这样的青年才俊往来。邵雍少年时也想过科举，只是后来渐渐放弃了。人过中年，朝廷倒是屡次征辟要授予他职位，可他早已无心官场，只想在草屋闲田中聊度余生。

当山野间的邵雍，他可以自由结交任何人，山野村夫也好，朝中诸官也好，他可以任情肆意。若是接受了朝廷的征辟，他不过是个低品小官，终日俯首低眉，任人驱遣。那样的日子，少时的邵雍也许可以去熬，年近半百的邵雍熬不了。

王雱到西京后不久，韩琦收到了吴育的来信。从前他们也有通信，韩琦本以为这次的内容也和以往一样，等拆信看了，才发现吴育画风突变，通篇写的都是：最近王雱常去陪他吃饭，吃了什么、有多美味，连他这个近年来胃口不大好的人都能多添饭，他学生林通判还说他近来长肉了！

……韩琦默不作声地放下信，感觉有点儿饿了。韩琦把友人的来信收好，拿起另一封信，这信是王雱写给他的，打开一看，主要描述了王雱去找邵雍时都吃了什么，看得韩琦脸皮直抽抽。末了，王雱还说，自己和邵雍学了占卜，回头给韩琦算一卦，不收钱，虽然不一定准。

收到王雱信的自然不止韩琦，王安石、司马光和司马琰都收到了。眼下司马琰和王雱已经订婚，司马光便不再拦截他们的信，睁一只眼闭一只眼地由着他们自由通信。当然，这主要得益于王安石给司马光洗脑，说应该尊重小孩隐私，有时给小儿女俩一点私人空间，可能更能拉进父母和孩子的距离。司马光虽然觉得王安石和他儿子也太没距离了，但还是被王安石一套一套的理论成功说服，不再去拆小儿女的信件。为此，司马琰还亲手给司马光缝了件外套，正巧可供初冬穿。

一到休沐日，司马光便穿着女儿送的新外套去参加同僚聚会，不经意地朝同僚炫耀：这是我女儿给我做的。同在座中的王安石觉着，司马光这骄傲嘴脸简直没法看，一件衣服而已，没出息！王安石结束聚会回到家，在信里把这事儿写给王雱听，话里话外都在明晃晃地暗示：你得给我送点什么能让我在聚会时跟别人炫耀。

王雱收到信时，正在陪吴育烤芋头吃。他一边把芋头扔进炭火炉子里，一边烧水煮茶，口里则和吴育汇报近来的各项事务。本是枯燥乏味的事务，王雱说起来却有趣得很，听得吴育都忍不住开怀直笑。周武跑来说有王安石的信，王雱也不急，先搁一边，把烤熟的芋头从火炉子里扒拉出来，一颗颗剥了皮放到盘子里，与吴育一块儿吃了大半，才擦了擦手，当着吴育的面打开信看了起来。看完了，王雱还把其中两段念给吴育听，和吴育说："你看我爹，就爱和人攀比，老师得了件袍子，他也想我给他送东西。我一个人在外头饥一顿饱一顿的，见天儿只能到您和梅先生他们那儿蹭饭。我爹不关心儿子就算了，还要我给他送东西，有他这么当爹的吗？"

吴育乐道："儿子孝敬父亲才是正理。"

王雱趁机怂恿吴育搞西京团建，如出城打个猎什么的。自古都是秋猕冬狩，秋天、冬天都是狩猎的季节，近来洛阳又没下雪，风高气爽，正适合出游。吴育身体不好，来洛阳后也没怎么出过城，听王雱这么一提便有些意动，叫林通判过来商量出猎事宜。巧的是，狄咏有事来了洛阳，王雱便邀他多留两日，一块儿出城去玩耍。

王雱来洛阳两个多月，认得的人已不少，再加上林通判居中协调，打猎当日一行人热热闹闹地出了城。像吴育这些年迈体弱的，也乘车出城到猎场中宴饮，等着王雱这些年轻人四散开去，寻找猎物回来加餐。

王雱把邵雍也请来了。早年终日打柴种菜，邵雍身体很不错，哪怕已经快五十岁了，上马弯弓依然不输任何人。王雱与狄咏骑行一段路，聊了聊狄青的近况，便一起去寻想要的猎物。王雱提议出来打猎，自然是为了亲手猎些皮毛回去。真皮裘衣他就不奢望了，猎些毛色好的猎物给他爹、他娘、他妹妹、他岳父岳母和他阿琰妹妹做帽子、手套挺好的。王雱在心里一估算，任务还真是沉重。当个拖家带口的好儿郎不容易啊。王雱一阵唏嘘，和狄咏约好分工合作，一人将猎物驱赶出来，一人负责射杀。两个人默契不错，效率极高，没一会儿就猎到一批不错的猎物，然后托有经验的仆从帮忙将皮毛处理好。

到太阳西斜，众人都回到吴育他们所在的地方。吴育和梅尧臣他们已经写了几轮诗，聊了几轮家国天下。王雱着周文帮忙切了一些野味，和吴育他们一块涮肉片吃，薄薄的肉片用筷子夹着涮熟即吃，若是吃不惯，还可以蘸点自带的蘸料，掩去野味异于寻常的口感。一行人吃到兴起，喝了些酒，又作起诗来。

王雱对这次出猎有万全准备，早叫些通文墨的文士随行抄录。于是，回去时王雱不仅带着满满当当的漂亮皮毛，还带了厚厚一摞诗文，梅尧臣让王雱回去后校对排版，到时由西京国子监的印书所给刻印出来。

王雱亲自画了图，叫有经验的裁缝店做些帽子、手套、围脖之类的，如此准备了好几套，都是按他离京时目测的尺码做的。没过几日，王雱把《洛阳出猎》给排好版了，还顺手配了图，什么群官马上英姿啦，小火炉配小火锅啦，再加上梅尧臣他们一干人等酒到酣处写出的诗文，看着十分精美。有些诗文有错别字的、用错典故的，王雱还空了一两个字亲自登门去问对方“这两字记录的人没听清，该填啥来着”，众人都顺水推舟地给改了。只有梅尧臣看了自己醉后写的东西，当场撕了其中一张，又教训起王雱来：“小小年纪的，你怎么这般油滑，错了就错了，还说什么没听清！”

王雱立刻替自己叫屈，他这可不叫油滑，这叫你好我好大家好，非要跑去和别人说“你这里写错啦，快给我改改”，那不是找打吗？

梅尧臣懒得理他。也不知范仲淹那家伙怎的就收了这么个学生，不管从哪个方面来看，这家伙都是妥妥的弄权小人苗子。王雱精心设计的文刊太漂亮，梅尧臣虽然很看不惯他左右逢源的做派，却也舍不得搁置，勉为其难地让王雱将排好版的文刊搁下，表示自己回头会让人去印出来。

文刊正式刊行之日，王雱让人做的“冬日保暖套装”也做好了，裁缝店那边直接派人送上门来。王雱逐一检查过了，发现做工很好，皮毛也处理得没有半点气味，非常爽快地付了钱，托人将全家人人手一套的礼物送去京城。

又过几日，“冬日保暖套装”便和文刊一起到了京城。王安石一看，每个人都有，心中有些不满，不过转念一想，儿子做事妥帖也挺不错，便不追求独一份的了，当即把王雱亲手猎来的礼物分了下去，又亲自送了三份去司马光家，顺便带着文刊去和司马光一起品读。

这文刊在京城也第一时间上架。一开始买的人挺少，后来有人注意到封面上头印的标题和作者名，什么吴育啊、梅尧臣啊、邵雍啊，这不是自己的好友、老师吗？这年头致仕官员最厉害的地方就是门生故吏满天下。买买买，必须买！有些还不知晓的，也被买了书的人宣传一番，赶紧遣人去方氏书坊买一本回来。

隔天就是休沐日，虽不算特别冷，但王安石与司马光还是一人戴着一顶皮毛帽子出门。同僚问起，王安石就很谦虚地说：“我儿子在洛阳打猎猎来的皮毛，给我们一人做了一套保暖的玩意儿。这小子就爱捣鼓这些，早说过让他别忙活，非要弄。”王安石又把手套给拿了出来，“看看，还说冬天手容易受冻，出门可以戴个手套。瞧这怪模怪样的，怎么戴出门？”王安石炫耀完儿子的孝敬，又取出一本文刊来，和交好的同僚们分享起梅尧臣他们的诗文，顺便念一念自己儿子写的新诗。真的只是顺便，他没别的意思。

司马光：……真不想和王安石一起出门了。

韩琦最近没再收到吴育和王雱的信，感觉挺清静，日子也过得挺舒心。结果《洛阳出猎》那本文刊一出，吴育等人悠闲的致仕生活，让年末忙得不得了的韩琦，瞬间感受到当年朝中官员们看到柳永开文会的愤怒。这些家伙过得舒坦就过得舒坦，为什么还要写诗呢？闲着没事集体出城玩耍很光荣吗？还有这文刊，写就写了，你还给配图做什么？生怕诗文体现不了你们吃吃喝喝多快乐是不是？

更过分的是，这才刚看完西京那边来的文刊，齐州那边像是要和王雱他们隔空唱和一样，也开了个文会，领头的还是身骨越来越硬朗的柳永。柳永在文会上带着其他人夸了他们齐州的冬天一番，说这地方四面环山，冬暖夏凉。冬天的大明湖，景致十分美，他们行到建在湖上的小亭中，红泥小火炉烧着，细细小雪飘着，人不觉得冷，心更是暖和得很，烫上一杯暖酒，快活似神仙。柳永还特别写《忆元泽》一首，还写了个小序说：早听闻我的小友三元及第中了状元，如今怕已是授官了，山长水远，书信难通，也不知小友是否能习惯宦海生涯，许久不见，很是想念。写完后柳永还觉得不够尽兴，又补了篇《记元泽三两事》，文字清隽秀美，又带着几分盎然趣味，令人回味无穷。文刊剩下的内容，又都是说齐州山好水好风光好，吃吃喝喝真逍遥。

韩琦虽然常常写信邀人商业互吹，不过骨子里是个实干派，写的文章多是经世致用之谈，看完两本内容是“我们的日子真啊真快乐”的文刊之后只有一个感想：回头得想个法子折腾折腾始作俑者，那混账小子。

虽说旁人可能不知晓其中关窍，可韩琦却不可能不知道。他与范仲淹关系不差，试探试探就明白是怎么回事儿了：这文刊要和王雱没关系，那是绝对不可能的！要真没关系，怎么这小子走到哪儿，哪儿就印起文刊来了？在国子监时，这小子还撺掇直讲们捣鼓出《国风》呢。现在《国风》上两天一小吵，三天一大吵，儒生们讨论起上面的问题时甚至会毫无风度地大打出手，厉害得很。不过要说出文刊，他们倒也不是头一个，从前就有不少人出些唱和集，如杨亿选编的《西昆酬唱集》就很有名，只写带起了追求华美浮艳文风的“西昆体”。可像王雱这样不要脸，直接叫人在书坊门口摆个宣传海报，写上所有与会者姓名、摘出佳句吸引眼球的，着实是世间罕有。毕竟不是谁都有这种厚脸皮的。

第二天，韩琦去上衙，还听底下的人说，官家召翰林学士去聊天，叫翰林学士给他讲那本《洛阳出猎》了！听说官家听完之后很是心动，若不是冬日不好出门，官家都想去巡幸洛阳了。韩琦只能庆幸现在是冬天，要不然官家真的临时起意想出行，台谏怕是要把王雱喷得狗血淋头。自从真宗年间玩了场耗资巨大的“东封西祀”之后，朝臣们，尤其是言官们，就非常警惕这种事。

当初与辽国立下澶渊之盟后，大宋仍与西夏连年交战，举国上下赋税加重、人心不稳。真宗怕朝局不稳，开始沉迷于各种祥瑞，底下的人为了迎合真宗也献上各种各样的祥瑞，宰执丁谓等人更是献上“天书”，策划了一场东封西祀。

所谓的东封西祀，就是去东岳泰山封禅，然后再转去西山祭祀，这一路上耗时极长、耗资巨大，真宗在路上遇到某人某事，还会大肆封赏一番。再加上大兴土木营造各种宫室，算是给朝廷财政挖了老大一个窟窿，还把太祖设置的封桩库给败光了。

这封桩库，乃是太祖为收复燕云而准备的战略资金，封存着钱绢说存到一定数额再取出来收回燕云十六州。结果现在什么都没了，朝廷还得为入不敷出的财政想办法。因此，官家继位后是极少外出巡幸的，至少继位这么二三十年都不曾去过洛阳。官家真要因为一本文刊就临时起意要巡幸洛阳，那王雱绝对又要被喷蛊惑君上。

对王雱这种去哪儿都能搞风搞雨的家伙，韩琦也不知道说什么才好。韩琦正无语着，文彦博又给他递了个折子，这折子是身在洛阳的王雱写的。虽然王雱眼下只是个六品小官，但是，朝廷待文官十分宽容，若是有事要上奏，官再小也可以把折子往上递。

王雱这回走的就是这个开放性途径。可他不是有事上奏，纯粹是闲着没事，把折子当成长信来写。王雱说，自己在洛阳过得很开心，大伙都很照顾自己，长官吴育更是对自己很好，时常留自己在家用饭，自己很不好意思，平时便买些菜过去加菜。接着，王雱又表示吴育家的厨子厨艺极佳，平平无奇的食材也能做得非常好吃，并花了几百字描述有多好吃。但是，哪怕这么快活，王雱还是很是怀念在崇文院学习的日子，当初在崇文院的时候他时不时可以与官家一起散步，像朋友一样聊天，可开心啦。

后面的内容就更肉麻了，这厮竟然在信里说：“我很想念官家，官家您想不想我？”“冬天了，您要注意保暖，双手记得擦些防冻疮的膏药，免得冻伤了手。”“若是屋里烧了炉子，千万不要门窗紧闭，要及时通风。”“当然了，便是天气再冷，也不要忘了走动走动，锻炼身体，身体好了，才不容易生病。”

韩琦觉着，自己还是当作不认识这家伙比较好。这信写的，简直不知该怎么说才好。这厮难道不知道这些折子会先经宰执筛选之后再送上去吗？

第二章

君臣两相得

身在洛阳的王雱还真不知晓这回事儿，他从吴育那儿得知还有这种小官上奏的特殊通道，就在给他爹他们写信时顺便给官家写了一封，积极地加深他与官家之间的君臣情义。世上的任何感情都不是从天上掉下来的，得靠自己去维系。毕竟自己有个总不注意自己身体的爹，所以王雱唠叨起这些事情来可熟练了，简直能落笔千言不带停。

写完信王雱自觉干完一件大事，又去干一些小事情了。

最近，王雱让周文带西京国子监的监生们做了个课题，统计洛阳驿马的损耗率，反正监生们也要完成“社会实践活动”，王雱就不客气地跑去让梅尧臣下达任务了。接着，王雱又把驻扎在洛阳的医官整合起来，完成另一个课题——“研究马的解剖结构”。

马匹是大宋的珍惜资源，每年朝廷与辽国、西夏等国交换礼物，都会涉及马匹交易。宋辽、宋夏开榷场时，马匹也是能抵钱的重要物资。但是，大宋没有特别适合养马的地方。马，尤其是战马，永远稀缺得很，朝廷一度规定只有有官身的人才允许骑马、乘马车，普通老百姓只能骑驴子和赶牛车。

王安石今年当了群牧判官，王雱就了解到一些马政相关的事。王雱发现这时代虽然也有一些保护马蹄的措施，比如用铁底和皮革之类的将马蹄裹起来，但是这样的“马鞋”容易损耗和丢失，样式也千奇百怪，很不统一。要知道马蹄长期与地面接触，容易磨损和被腐蚀，长途骑行和运载重物之后面临的往往是马蹄脱落的困境。一匹马若没了马蹄，和废了也没什么差别了。市面上马肉之所以卖得便宜，除了它吃起来口感不好，还是因为马肉比牛肉、鹿肉、獐肉容易弄到。

在崇文院完成岗前培训时，苏颂就给王雱提过这样一件事：开封曹门外有专门处理死马肉的一条街，他们把死马肉切下来埋藏一天，挖出来之后肉质会鲜嫩许多，只是有些腐烂了，做的时候要多加些调料掩盖住腐臭味。这样一处理，马肉吃起来就会有鹿肉、獐肉的口感，可以当成鹿肉或獐肉去卖。

反正听了苏颂这些话后，王雱直接就不想吃开封那些鹿肉和獐肉了。而死马之所以容易弄到，就是因为马匹蹄子脆弱，耗损率高。患有轻微强迫症的王雱觉得，万事统一一点会有好处，比如这马鞋，统一换成马蹄铁应该比较好。只是他不是铁匠，对马蹄铁也仅限于理论水平的了解，具体怎么把马蹄铁给弄出来，还得有强大的铁匠团队和研究团队。首先要做的，就是摆出数据证明马蹄的脆弱。这么脆弱的玩意儿，我们得悉心爱护，光给马穿鞋不行，还得给马穿定制铁鞋。随随便便套上也不行，得用钉子钉一钉，确保铁鞋能穿牢。

但是骑行作战的马和用于驮运的马，穿的鞋子是不一样的，这区别就相当于长跑运动员穿的鞋子和工地搬砖的人穿的鞋子。所以得找人给铁匠们授课，讲解马的解剖结构，让他们对马蹄有充分了解，最好做到看几眼马蹄就能确定要给它们做什么类型的鞋、鞋子要做多大。顺便还能让医官们练习练习解剖技巧，今天能剖马，往后技术再纯属些就能剖人了。

当然，解剖这种事，医官们起初还不大愿意干，没事干吗要去给死马开膛破肚？好在王雱早有准备，搬出曹老头儿和“玉圭客”对他们晓之以理，动之以情，表示他们解剖完之后保证可以将论文，哦不——文章刊在《医学问答录》上，终于成功让他们往解剖学迈进了一步。

第一个医官剖开马腹之后，好奇心战胜了一切。很快地，医官们发现马儿也有与人相似的五脏六腑，心脏的形状、肾脏的形状、肠子的形状，竟与当初第一期《医学问答录》刊出出来的人体解剖图颇为相近。一时间，切心脏的切心脏，切肾脏的切肾脏，数血管的数血管，数骨头的数骨头。等将马的内部构造琢磨透了，又按照王雱给的缝合教程将切口给缝合起来，据说练习熟练了，人伤口大了也能用这样的法子缝合。巧的是，期间居然出现了一匹身上开了个大口子的伤马。换成往常，这匹马可能就该算入耗损之中了，有个医官学以致用地将它的伤口缝合一番，上了些伤药，观察了几日，发现创口竟然真的开始愈合了。这下不必王雱继续动员，医官们已深深地沉迷于解剖死马、研究马蹄、记录数据的过程了。虽说这缝合术要用在人身上可能还有许多问题要解决，可是只要有一丝可能性，这就是非常有用的技术。

到仲冬时，王雱已经让医官们给铁匠上了几堂课了，让铁匠们尝试着给马儿钉马蹄铁。随后，西京国子监监生择两匹马长期跟踪对比和观察，看看这马蹄铁与传统的“马鞋”相比是否真的具有优势。

转眼到了季冬，第一批穿上铁鞋的马儿开始尽职尽责地行使起它们的驿马使命，勤勤恳恳地在官道上来回跑。冬天车马难行，地上湿滑得很，对需要长途跋涉、运输重物的马匹来说很不友好。

监生们的调研结果还没出来，王雱又接到一个任务：陪兼任西京留守之职的吴育去巡查前唐东都宫阙。这是西京留守的职责，宫阙的钥匙一直由吴育掌管着。不过吴育年迈体衰，朝廷允许他带一个属官进去当跑腿的。对吴育来说，如今他最爱使唤的不是他的学生林通判，而是王雱这个时常到他家蹭饭的家伙。每到季月，西京留守都得去宫城中巡查一趟，见王雱一直对东都宫城挺感兴趣，到了季冬巡查日，吴育便顺道捎带上他。王雱与吴育一道前往东都宫城，远远便见到高高的宫墙。他接过吴育手中的钥匙跑上前开门，打开锁之后用力一推，将沉重的朱红宫门给推开了。

太阳才刚刚升起，冬阳随着大门的开启，驱散了门后所有阴暗，到处都显得暖烘烘的。虽然曾遭损毁，但是经过多年修复，这座宫阙依稀能看出鼎盛时期的模样。

王雱搀扶着吴育沿着长长的宫墙往里走，心中不由想道：这要是能存留下来，那就是一个著名景点啊。可惜不必等到千百年后，只到靖康之难时，这座精致漂亮的宫城便会被焚毁于熊熊烈火之中。金人是马上民族，并不会爱惜这些古老的城池，他们所过之处不会留下任何珍贵的东西，能抢掠的就抢掠，包括金银珠宝、香车美人。不能带走的，便一把火烧了。

王雱深吸一口气。有时候他感觉那一切还离现在很遥远，可是仔细一算，似乎又没那么远。要是靖康之难再临，眼前这一切很快就会消失于大火之中，曾经的繁华与美丽再无半点见证。往后的人要研究唐时建筑，甚至要到深山老林之中寻找未被破坏的佛寺，才能一探究竟。

吴育见王雱停下脚步，转头看去，却见那年仅十四五岁的少年定定地望着巍峨宫城，目光中有着不应属于无忧少年的幽深。吴育问道：“怎么了？”

王雱问吴育：“一国之事，凭一人之力可以改变吗？”

吴育没想到王雱会问这样的问题。有时候他陷入朝廷争议，也会感到无能为力。可是，王雱才十四五岁，本应是最开怀、最春风得意的年纪，怎么会有这样的感慨？

吴育道：“一人之力当然无法改变。”他目光温煦地望着王雱，“但是，没有人是孤身存在于世上的，比如你，你有师长，有朋友，有许多志同道合的同伴。许多事并不是只有你一个人在做，更不需要你一个人去完成。”

王雱一顿，点头表示自己明白了。他也是一时感慨，真要做起事来，他也明白吴育所说的道理。王雱心中的一些念头蓦然变得坚定起来，恭谨乖巧地陪着吴育巡视整个东都宫城，听吴育讲关于这东都宫城的典故，又学到了不少东西。

巡视完东都宫城之后，王雱变得更加忙碌。周文很快把监生那边的调研结果送过来，这段时间里，原本的“马鞋”掉落、磨损情况严重，马匹接连耗损了许多，而钉着马蹄铁的马，基本没有“马鞋”掉落和耗损的情况。得知这个结果，王雱长舒了一口气，开始着手写这个“马蹄铁研究项目”的结题报告。

结题论文写出来之后，王雱翻看着核对了一下数据，十分满意，最后糊装成了折子。对于一个根正苗红的理科生而言，写文学作品不是他擅长的，还是用数据和事实说话才是正理。

这折子的内容不比前头那封感情充沛的长信，王雱先带折子去找吴育，和吴育商量该怎么递上去才适合。吴育知晓王雱过来后就在搞西京迎送工作，后来征调了几批人过去搞什么调研和马匹解剖，虽也好奇，但王雱没主动说，他便没有追根究底。眼下王雱自己带着折子过来了，他自然是第一时间打开看了起来。

吴育老花眼有点儿严重，也已配了护目宝镜，戴上后仔细把王雱的折子给看完了，一时竟回不过神来。这种文体看着和策论差不多，可半点缀余内容都没有，更没用上半点华美辞藻，通篇不是列数据就是讲事实，翔实有据，令人信服。

一封折子写下来，王雱完美地贯彻了发现问题、分析问题、解决问题、分析结果等等流程，脉络清晰明了。看完也就等于跟着王雱的思路在这个问题上走了一遭，能充分地意识到这个问题的严重性以及解决这个问题后能带来的莫大好处。

吴育本来就是写文章的一把好手，大半辈子走过来算是阅文无数，这种文体却还是头一次接触。要是底下的人都能这样写公文，他处理起公务来就不会那么辛苦了。当然，更让吴育看重的还是王雱在折子里提到的马蹄铁。他在王雱的陪同下去喂养驿马的地方看了看，亲自检验了一下一些驿马的马蹄，归去后便在折子上盖上自己的官印，并用上加急途径遣人送去京城。

王雱见吴育给自己的折子加盖官印，不由想起自己上次给官家写的长信，好奇地问吴育：“没加您的名字，我递上去的折子会慢很多吗？”

“如果你有要紧事的话，也不会。”吴育道，“若没什么要紧事，文相公他们自会把你的折子筛掉。”这也是吴育由着王雱往上递私人折子的原因，左右也不一定能到官家手上，递不递都一样。

王雱眨巴一下眼，不确定地问：“我给官家写折子，文相公他们还要先看的吗？”

“那是自然，各路送来那么多折子，若是事无巨细都要官家亲自过目，官家哪里顾得过来？自然是先让文相公他们酌情筛掉官家不必去处理的部分，再分个轻重缓急送去给官家批阅。”见王雱面色不对，吴育知晓他是官场新丁，根本没想过这一重，顿时严肃地问，“难道你在折子里写了什么不该写的，不能让文相公他们看见？”

“当然不是，”王雱矢口否认，“我写的句句都是真情实意，不怕人看的！”就是怕他们看了会受不了而已。唉，毕竟这个时代的人肯定都是含蓄内敛的，不像王雱，实诚、坦荡，心里怎么想折子里就怎么写。真情流露嘛，别人看了总会有点儿不适应——可那也没法子，王雱又不是写给他们看的，是他们自己非要看。

进入隆冬之后，开封时不时会下小雪，文彦博等人散朝后回到宰执处理公务的衙门中。文彦博的运气颇不错，没看几本折子，就拿到吴育遣人送上来的那封。文彦博瞅了瞅折子的厚度，掂了掂它的重量，有种奇妙的预感：这不会又是一封“真情流露”的长信吧？打开看了眼上头的署名，文彦博迅速做出决断，将折子先递给韩琦，说道：“你先看看这封。”

韩琦眉头一跳，莫名想起文彦博上回坑他看王雱折子的事。回想起来，他现在都还会胃里泛酸，咋有人能写出那种玩意儿，还胆大包天地想呈给官家？官家看到后什么感想韩琦不知道，反正他看了就想把那小子揪过来揍一顿。韩琦打开折子，同样先看了署名：果然，就是王雱那小子写的！

韩琦横了眼文彦博，又瞧了瞧上头由吴育加盖的官印，捏着鼻子看了起来。等看到王雱在折子里用数据展现的马匹耗损问题，韩琦的神色渐渐认真起来，身体也不自觉地坐直，仔仔细细地把整本折子给看完了，没错过任何一部分。若这折子说的是真的，那于大宋马政而言无疑意义重大。大宋，缺马！少耗损一匹都是天大的好事！

文彦博几人边看别的折子边注意韩琦的反应呢，见韩琦面色不对，文彦博与富弼都问：“怎么了？可是西京那边真有什么要紧事？”

韩琦把折子递回给文彦博，让他们先轮流看一遍。几人都看完了，对视一眼，文彦博有了决断，叫人先去把王安石给叫来。王雱统计的是西京驿马的损耗，王安石如今乃是群牧判官，管着马政，应当有更翔实的数据才是。

王安石听人说文相公叫他去说话，还有些纳罕。他放下手里的公文赶到后，文彦博先递给他一份折子。王安石一瞧上头的字迹，马上认出来了，这是自己儿子写的，因为从小看着儿子长大，早见过王雱这套论文式策论写法，王安石看得比韩琦他们都顺畅，没一会儿就把这份“马蹄铁研究报告”给看完了。对儿子捣鼓出来的事，王安石自然是有信心的，也一点都不避讳，直接表达自己的支持态度："若是此法果真可行，于朝廷而言是件大好事。"

文彦博道："具体如何，还得看看是否真有效用才行。我们先一道去见官家，请示官家的意见。"他又问王安石手上是否有战马、驿马损耗的相关数据。

王安石虽然是个文科生，但这几年在地方搞政务，在数据处理方面进益颇大，当即应道："自然是有的。"他记性好，不必回去拿资料也记得清清楚楚，当场就给文彦博报了几串数字。

文彦博听王安石应答如流，都有些怀疑他们父子俩是不是早就这事儿商量过了。不过不管商没商量，这事儿都该上报。文彦博、韩琦和王安石一并前往垂拱殿求见官家。

官家近来过得还算开怀，听文彦博他们来求见，还捎带上王安石，有些稀奇，让人把他们领了进来。文彦博三人行过礼之后，便将来意与官家说了，他们一个是宰相，一个是枢密使，一个是群牧判官，正好都是该管这事儿的。官家接过王雱的折子认真翻看完，又往回看了两眼，觉得自己挑的状元郎无一处不完美，连字都写得颇好，俊秀又不失棱角，一如他的状元郎本人。

上回王雱写折子上来，官家只觉得这小孩有些孩子气，但贴心。这回看了这无半字赘余的"结题报告"，官家便知晓他那封折子纯粹是情之所至，句句真诚。到办事的时候，这孩子就像现在这般可靠。

官家道："且挑批马试一试，真有这样的大用处再推行开来。"官家顿了顿，莫名觉得王安石这个以前上书喷他的人也顺眼了许多。既是儿子出的主意，交由老子去推行再适合不过，父子俩也好商量各项细则。官家心中有了决断，笑道："此事就交给王卿去办吧。"

王安石喏然领命。文彦博与韩琦自然也无异议。走出垂拱殿，韩琦见王安石还是那张油盐不进的脸，心道他那儿子也不知像谁。一路沉默着也不是事，韩琦开口夸道："介甫，你生了个好儿子啊。"

哪怕是状元郎，初到地方上也很难做出成绩来，不是能力问题，而是经验和职位问题。签判这种位置，上官不让你做事，你可以一直闲到任满。像王雱这样三天两头闹出点动静来，还能一直让官家记着的，绝对是独一份。当初，王安石在韩琦手底下当签判时就闹过点不愉快，不过那也不能怪人韩琦啊。谁知道王安石一天到晚精神不振、昏昏欲睡，不是晚上纵欲过度，而是通宵达旦地看书呢？再加上这家伙初入仕途就想法颇多，总爱指手画脚，张口闭口大道理、大道义，谁能放心他去办事？

王安石心里对韩琦还是有些芥蒂的，可韩琦都夸他儿子了，他不好不搭腔。他儿子当然是好儿子，这还用说吗？即便心中骄傲得很，王安石还是绷着一张脸谦虚道：“他也就主意多了点，实际上疲懒得很，入冬之后天气冷了，他肯定躲着不愿出门了。”

韩琦与王安石聊了一段路，很快就受不了这块臭石头，在分岔口和王安石分开走了。回到当值的暖阁里，文彦博早他一步回来。见韩琦脸色奇臭，文彦博奇道：“这是怎么了？”

这会儿旁人都不在，韩琦也没忍着，很是和文彦博这个同年吐槽了一番，说王安石是怎样一块又拗又拧的臭石头。在扬州时是这脾气，眼下儿子都考状元了，竟还是这脾气，真算是朝中一绝。

现在，这块又拗又拧的臭石头——王安石，仔细研读他儿子写的各项细则，亲自拟定试点方案，马不停蹄地忙碌起来。另一边，王雱没和他爹说的那样缩在屋里躲冬，他已经是有职责在身的人了，不能再像以前那么逍遥。

冬天迎送的活儿少了，王雱又得代表府衙出去巡查。坊市自不必说，若不出城几乎每日都要去晃悠一圈。若是要出城，那就更艰难了，他得骑马到各个村头巡查，瞧瞧有没有鳏寡孤独无人照料，有没有危房险路需要检修。若是入冬后有百姓冻死，那就是府衙的失责。

洛阳乃是河南府最繁华的城市，随着隆冬到来，一些失地流民免不了来到洛阳沿街乞讨，希望趁着年节能在城里吃个饱饭。周武一直替王雱注意着城中的情况，眼见流民日渐增多，赶紧禀报王雱让他早做安排。

王雱手上正好有个活儿要找人干，听说有流民涌入，十分高兴，叫周武去将人整合一下，告诉他们只要是愿意干活的，都可以预支一件冬衣和一家的口粮。

王雱知晓许多致仕官员都在洛阳修园子，这边算是个巨大的干休所。眼看范仲淹离致仕年龄越来越近了，王雱准备给范仲淹修个园子让他过来住，没事能和昔日同僚聊聊天吵吵架，多舒坦啊！其实王雱早有计划，图纸已经差不多成了，再细化一下就能用了。他让胡管事买下一处前唐损毁的园子旧址，筹备了几天便正式开工。

吴育也知晓这以工代赈的法子，下帖子让西京同僚、老友以及富户们齐聚一堂，动员家中近期需要动工的人雇佣城中闲汉或流民去干活，好让百姓也能顺利熬过这凛冽寒冬。

从前遇着灾祸，官府都是号召他们无偿放粮赈灾，共渡难关的，吴育这要求倒是不过分。反正活儿总要有人干，找谁不是找？有府衙的人盯着，也不怕这些人闹出什么乱子。

洛阳城顿时热闹起来，造房子的造房子，修园子的修园子，但凡有手有脚的都能找到活儿干，一时间城中的闲汉竟少了大半，流民的身影更是难以找寻，治安空前地好。对此，王雱很满意。范爷爷说得对，这人哪，一闲下来就容易出事，所以还是得让他们忙起来才行。

王雱忙活了一个冬天，闲暇时才能和苏轼他们通通信。他去查看完园子的动工情况回到住处，周武恰好将苏轼的信送了过来，还带着几个大包小包。

王雱吸着鼻子嗅了嗅，嗅到了烟熏腊肉的味道。没想到他这边还没种出牡丹来呢，苏轼倒先给他弄来了腊肉和火腿。他非常感动，叫周武拿去厨房让人料理，今晚就蒸两笼馍馍夹着火腿和腊肉吃，用不着什么花样，当是尝个鲜。

王雱交代完了，展信一看，苏轼在信里说了个好消息，说他妻子怀孕了，他很快要当爹了。王雱屈指一算，苏轼怕是刚回去蜀中没多久，没想到效率这么高。想到苏轼媳妇可能才十八九岁，在现实世界还是堪堪成年的年纪，王雱想了想，找到他和司马琰早些年给他娘捣鼓出来的《准爹妈实用手册》原稿，删删改改，叫胡管事让人印刷成册，到时连着信一并送去给苏轼，至于底稿他就自己留着。

苏轼那家伙和媳妇的感情很不错，总说他媳妇也通文墨。王雱琢磨着再在信里怂恿一下苏轼，让他媳妇开个准妈妈培训班。女孩子不许抛头露面当女医，准妈妈们聚在一块儿交流孕期经验总行了吧？

王雱说干就干，刷刷地给苏轼回信，先恭贺一通，然后开始可着劲忽悠：什么媳妇怀孕时容易心情抑郁，应该找点事做做啦；平时要坚持适当锻炼，不然生孩子时会很艰难啦。总之就是告诉苏轼，给孕期中的媳妇找点事做总没错。王雱相信以苏轼的脾性，应该很乐意让他媳妇迈出这一步才是，便将信连着《准爹妈实用手册》送去了蜀中。

而这时候，张载这个文科生在人生的道路上迷路了。自从王雱教过张载一些数据处理手法并给他归纳出实验报告、学科论文的书写模板之后，张载就感觉自己从前的认知受到了冲击，以前他的许多想法都属于"猜想"，也永远止步于猜想状态，没有去验证过。现在张载发现，自己不再满足于猜想，而是想去实践，然后通过数据展示和归纳整理证明自己的推论。也就是说，他即将完成从文科思维到理科思维的转化。

张载去找王雱聊人生。王雱很高兴，不管农科、工科、理科还是社科，实践与调查都是非常重要的一环。他当即给张载列了几个入门级课题，让张载带着监生们搞研究去了。王雱还和张载举例，范纯礼研究力学，研究到将作监去了；沈括研究油料作物，现在也被分去平原地区搞油菜种植了。由此可见，学经义重要，学好数理化也很重要，可以让人在考上功名后争取到好的差遣。反正，张载照着这话去忽悠学生就对了。张载听了，豁然开朗，点头表示自己忙活去了。

这一年除夕夜，王雱不能回开封过，因为正月初一西京留守司上下官员得按班次排好，一并去寺里行香。所谓的行香，其实就是集体去搞“拜拜”，到佛祖面前上炷香，祈祷任地明年风调雨顺，不遭灾祸。

大年初一天还没亮，王雱就穿上他鲜绿的官袍，戴上方心曲领、展脚幞头等等正儿八经的官方行头去列队行香。吴育乃是河南府知府兼西京留守，寺门一开，他便领着一众官员入内去上头一炷香。王雱按照品阶乖乖排在后头，与张载一前一后地跟着上香。行香之后，王雱与同僚们走出寺门，朝同样早早等候在外头准备去寺里上香的百姓们笑着打招呼。

没走出多远，王雱便听到不远处一株老树上传来阵阵脆嫩的鸟啼声。他抬头看去，只见两只不怕生也不怕冻的鸟儿立在仍然光秃秃的树上头啾啾地叫着，仿佛预示着他迎来了正式授官后的第一个春天。

年后，王雱终于得以回京一趟。一来是回去与家人团聚；二来是要带着“研究团队”与王安石办完马蹄铁试点的差使。一去数月，吴氏见了他就高兴得要落下泪来，小妹也牵着王雱的衣角，红着眼眶说：“哥，我老想你啦！”

王雱弯身抱了抱妹妹，与吴氏一起进屋了，对她说了王安石要晚一些回来的事。他是先去与王安石交接完公务才回家来的，王安石是个急性子，有事牵挂着就浑身不舒坦，因此想要把事情安排妥当再回来。

吴氏道：“那就先不管他。”说完她拉着王雱的手，殷殷地问他在洛阳有没有过得不习惯，缺不缺什么东西，这次可以回来多久。王雱自然是一一应答。他有差遣在身，但吴育批了他的假，允他过完上元节再归去。

吴氏十分欢喜，忙进忙出地张罗王雱爱吃的吃食，剩下兄妹俩相处。两人也不觉生疏，你一言我一语地聊起近况，小妹还给王雱看她新画的画。王家的女儿似乎都有爱画的天性，天赋也很不错，元娘的绘本至今仍有不错的销量，小妹的画也漂亮得很。妹妹喜欢的事，王雱自然全力支持，平时没少搜罗各种颜料给小妹画着玩。小妹这回画的就是色彩斑斓的山水图，用色很棒，光影处理得很好，丝毫不像是七八岁小童能有的水平。王雱揉揉小妹的脑袋，狠夸了小妹一顿。

傍晚用过饭，王雱才去拜会师长，最先见的自然是司马光、范仲淹，而后又去找杨直讲、苏颂他们，等几乎把认得的人都走了一遭，不要脸地讨了满兜的压岁钱，他才快快活活地回家。

王安石见他衣兜空空出去，衣兜鼓鼓回来，一阵无语。他教训道："过了年你就十五了，都是可以成亲的年纪了，别再像小时候那样胡闹。"

"在您和老师他们面前，我永远是晚辈啊！"是晚辈就该讨红包，怎么能因为长大了就不讨了呢？王雱振振有词，"难道我今年十五了，就不是您儿子了？"

王安石想揍儿子了。他说道："我们也就罢了，遇到人家韩相公你可别像小时候一样去缠着人要压岁钱。"私心里，王安石还是不大乐意王雱与韩琦走得太近的，他与韩琦在很多事情上面都有分歧，哪怕韩琦与范仲淹交情不错，他也不大乐意与韩琦深交。

王雱一口答应："放心啦，我都多大的人了。"

第二日，王雱还没来得及溜去找司马琰，就听外头有人敲门。王雱出去开门一看，只见一个熟悉的中年人立在门外，竟是本应在宫中批阅奏章的官家。王雱不觉得受到惊吓，只觉得惊喜："官家您怎么来啦？"

官家笑道："来看看我们的状元郎。"他怕吴氏她们太拘谨，没进屋，而是邀王雱一块儿去大相国寺走一走。王雱自然是一口应承下来，扭头和吴氏说了一声，表示要和朋友出去一趟。吴氏听了搁下手里的针线活，出来看了一眼，认不出官家来，只觉王雱这朋友很不一般，怕是非富即贵。吴氏朝官家笑笑，算是打过招呼了，而后叮嘱王雱："路上小心些。"

王雱与官家溜达出门，一路上积极和官家介绍西京洛阳的情况。他还煞有介事地和官家说："听说三月的洛阳最美了，处处都是看花人，我现在还没见过，等我今年看看是不是真的那么好，若是真的好，我就写折子给您，邀您明年过去玩。"别看他才上任不久，接下来的事情已经安排得满满当当了，一点都不闲着。

官家就喜欢听王雱各种闲扯。一行人到大相国寺时，王雱又提起给官家写信的事。他说，当初他不知道信会被韩琦他们看到，还以为是单独递给官家的呢，害他把什么话都写了进去。官家被他逗得直笑。官家做寻常书生打扮，并没有人认出来，君臣两人信步走入大相国寺。

正逢上年节时期大相国寺的佛家表演，官家便给王雱讲起自己这些年溜出来散心的事。官家虽是皇帝，能自由出门的时间却不多，更不能随意出远门，省得劳民伤财。偶尔溜到大相国寺来看看表演放松放松，已经是难得的偷闲时光了。

王雱听了颇为心疼，看来干哪一行都不容易，想当勤勤恳恳、垂范现实世界的皇帝更是难上加难。既是难得的放松机会，王雱便领着官家一道去义海和尚那儿听琴。义海和尚见了官家，妥妥帖帖地行了一礼，给官家抚琴一曲，琴曲中颇有些花团锦簇的太平意象。王雱一听便明白了，义海和尚是把官家给认了出来。对义海和尚这种公然拍马屁的行为，王雱自然是——十分赞同。等义海和尚弹完了，王雱便挤开他坐到琴前，边摸着义海和尚的琴边和官家说起自己和范仲淹学琴的事。

王雱还说，当初自己去和范仲淹学琴时可把他爹羡慕得不得了。他爹可喜欢他师父范仲淹啦，偏又好面子，死活不肯承认，嘴硬地旁敲侧击说什么“你自己去行吗”，他一听就知晓他爹也想去，可他偏说“我和曹立一块儿去就好”。说到这里，话题又扯到曹立上头去了。王雱立即说：“曹立也和我可好了。”说完他又挑拣着把曹立的厉害之处给官家说了。直至把自己想在官家面前刷印象的人都数过一遍，王雱才开始给官家弹琴。他弹的还是义海和尚刚才那首曲子，不过给人的感觉又不大一样，这曲中仿佛多了些疾风骤雨，少了些安稳平和，直至曲终风雨落定，百花齐盛，才终于叫人安宁下来。官家听完，感觉自己的心仿佛也被琴曲抚慰过似的，疲惫全消。他看着王雱犹带稚气的脸庞，不知怎的想到自己早夭的三个孩子。

今年年后的祭祀，韩琦、欧阳修、司马光等人又上书请立宗室子，他这些天心中忧闷，想到自己钦定的状元郎，这才临时起意出宫来。也许老天见他子女缘浅，特地送了这么一个状元郎来。他本来满心愁闷，与他的状元郎走一走、聊一聊，竟然烦恼全消，感觉眼前开阔了不少。

这三十余年风风雨雨都过来了，若是命中无子是他注定迈不过的一道坎，他再耿耿于怀也无济于事。官家笑道：“时辰不早了，该回去了。”

王雱见官家眉宇舒展，什么都没劝，屁颠屁颠地送官家到宫门前，与官家约定今春若是洛阳特别好，一定会写折子上报。他胆大包天地叮嘱：“要是过了四月折子还没呈上去，那必然是被文相公他们给拦下了，您可得向他们讨要！”

官家还是头一回被个芝麻绿豆大的小官这样殷殷嘱咐，颇感新鲜，一口应了下来。

王雱陪玩一遭，有些饿了，溜达回家用了些点心，才把官家的身份告知吴氏。吴氏没想到早上来敲门的竟是官家，顿时心有余悸。她嗔怪道："早上你怎么不跟我提个醒，我都没和官家行礼！"王雱道："官家微服而来，定然不想被人发现。平日里和官家行礼的人多了去了，哪儿差您一个？"

"差不差是一回事儿！"吴氏越想越觉得自己失了礼，当即跑去焚香祭告祖宗，说官家今儿来敲他们家的门了，显见是祖宗庇佑啊！面对吴氏这种封建迷信行为，王雱这个接受过科学教育洗礼的唯物主义者能怎么办？当然是乖乖上前去接过一炷香，跟着吴氏祭告祖宗感激一番，谢谢列祖列宗的保佑。

王安石从外头回来，瞧见的便是吴氏与王雱两人念念有词地上香。一问，知道王雱今儿陪官家出去溜达了一圈，立刻把王雱拎去书房问是怎么回事儿。王雱一五一十地把具体情况给王安石说了，还将自己与官家的洛阳之约说了出来。

王安石听完了，感觉这小子越来越无法无天了。他给王雱说了说近几个月来朝中发生的事情："上回官家看完你们那本文刊，稍稍透露出想巡幸西京的意图，台谏那边已经上本劝谏了。"

王雱很替官家抱不平："一年三百六十多天都得干活，还不许人出去走走，哪有这样的道理？洛阳又不远，走得再慢六天都到了，前后满打满算要不了一个月，怎么就不能出去散散心？"王安石没好气地道："你真要上折子邀官家去洛阳，到时候就等着被弹劾吧！"

王雱才不怕。

第二日，王雱去跑公务，正巧碰上韩琦，当即跑上去问好，明示暗示表示"还没过上元节，现在还是过年呢"。韩琦知晓这小子脸皮其厚，只能迅速掏出一个红封堵住王雱的嘴。王雱非常高兴，说："我就知道您是惦记着我的，要不怎么随身带着给我的压岁钱呢？"

韩琦横他一眼，又问他昨日是不是与官家同游大相国寺。王雱道："是啦，官家领我在大相国寺走了走，怎么了？"韩琦本想问问王雱与官家聊了什么，有没有聊到立储之事，转念一想，又打消了这个念头。王雱还小，谏言立储这种事没必要让他掺和进来。韩琦道："没什么，上次就和你说过了，管好你的嘴巴，别什么话都敢往外蹦。"

王雱知道韩琦是好意，点头乖乖答应，揣着红封欢快地继续跑公务去了。

上元节这日，王雱终于可以光明正大地约司马琰出去了。这是未婚夫妻少有的可以一起出游的好节日，街上多得是并肩而行的年轻男女。

王雱晚饭是直接跑到司马光家吃的，还捎带上了苏轼寄来的腊味。张氏带着司马琰为他做了一桌子菜，一直招呼他多吃些，不知道的还以为他才是司马家的亲儿子。王雱自然是回以同样的殷勤，面对始终绷着脸的司马光他都频频劝酒夹菜，忙活个不停。

饭后，王雱直接接了司马琰出去散步和赏灯。才是傍晚，两个人沿着外街进了朱雀门，而后沿着微风徐徐的河岸散步。夕阳西下，宽阔的汴河河面被染出粼粼红光。这回没有电灯泡跟着，王雱悄悄地伸手去牵住司马琰的手，面不改色地和司马琰聊起苏轼那边的消息："这家伙才回去没多久，他媳妇就有喜了。自己还跟个半大孩子似的，居然就要当爹了，真够稀奇！"

司马琰也装作不在意，悄悄回握王雱热乎乎的手，口里说道："好歹也因为科举拖了两三年，要不然才十五六岁就怀上孩子的话，对身体很不好，容易落下病根。"

王雱成功牵到自家媳妇的手，开心得很，和媳妇聊起近来遇到的趣事。虽说他有时常给开封这边写信，但是有趣的事永远是讲不完的，他们沿着河岸一路走到大相国寺周围，和普通小情侣一样挑了些看着味道不错的小吃边走边吃。

王雱这厮脸皮厚，偶尔还趁着没人注意要求试吃一下司马琰手上的串串。司马琰是个面皮薄的，不太想理他。可王雱是那种你越不让他干什么，他越要干什么的家伙，总趁着司马琰不注意咬上一口，弄得好脾气的司马琰都忍不住转头瞪他。王雱不仅不慌，还趁势念诗赋夸起自家媳妇："眉连娟以增绕兮，目流睇而横波。"现在，他可是文化人呢！储备的夸人诗赋那是一把一把的。

入夜之后，汴河沿岸灯火通明，各式花灯悬挂在各个店家门前，各有各的美、各有各的趣味。王雱这厮记性好，偶尔看到有的店家躲懒拿去年的花灯出来糊弄人，他都能给司马琰指出来，边摇头边叹气说："这样怎么行呢？一点诚意都没有！"

两个人在灯下信步闲行，把分开这些时日没法聊的话都聊完了，才趁着月儿当空回了家。王雱把司马琰送到家门口，站在门前目送司马琰入内之后才回了家。分别之后，王雱感觉自己手掌上还留着点余温。难怪现实世界那么多人都锲而不舍地找女朋友，女孩子的手牵起来软软的，和他这指节分明的手掌完全不一样。

王雱溜回家，见书房灯还亮着，跑进去和他爹说了半宿的话才各自回屋睡觉。第二日用过早饭，王雱便要回洛阳去了。吴氏总怕他冻着饿着，又是准备衣物又是准备食物，最后随行回来的周文都不得不帮忙背了个大包袱。

送走儿子，王安石对吴氏道：“去就去了，哪用带这么多东西，路上多难走？他手上不缺钱，缺什么到洛阳那边买就是了。”

吴氏道：“外头买的哪有自己的好？雱儿穿回来的衣服就是外面买的，那针脚缝得一点都不好，雱儿穿着也不舒坦，还是我帮他改了改才好看些。”

王安石知道吴氏一向把王雱当宝，含在嘴里怕化了，捧在手里怕摔了，没再说什么。照他说，男孩糙养着就好，哪有那么多事？外头有的是专门做衣服的店，别人穿得，他儿子就穿不得？可王安石也知道在这种事情上与吴氏争执根本没意义，吴氏随随便便就能挑出一百个不好，觉得什么都委屈了她的宝贝儿子。王安石识趣地选择闭了嘴，去隔壁找司马光说话去了。

王雱一路走走停停，过了好些天才回到洛阳。过了上元节，洛阳天气已经开始转暖了，隐约能嗅到幽幽花香了。

王雱先去见了吴育，然后与林通判筹备起西京春季旅游路线来，春天来洛阳，重头戏自然是赏花，有的人赏花爱热闹，有的人赏花爱幽静。王雱觉得要开辟不同的旅游套餐，以供不同的游客选择。

除却赏花之外，还得突出洛阳的文化底蕴，王雱准备寻访几个洛阳族老，了解一下洛阳可以深挖的名人逸事。比方说，玄奘法师曾到过这里，那可以对玄奘法师的故事进行深挖加工一番；比如，元稹、白居易都与洛阳结下不解之缘，白居易在这边还有个“白园”遗址，开发一下肯定很受文人欢迎；还有什么周公、姬旦、长孙皇后，都可以拉出来遛遛。

洛阳这边还有个特点，靠王雱手上的《三国杀》就可以搞搞噱头：洛阳有关公墓，葬着关羽首级。关羽这个人物，在宋初被以“落入敌手”为由除去了侯位，人气一度非常低迷，到现在也没回升。王雱琢磨着趁着春天还没到来，尽早把关羽的个人小传给写出来，给关羽多加几个特写，等到了今年春暖花开的好时节让洛阳也热闹热闹。总之，借着洛阳便利的交通，把它给打造成一流旅游城市就对了。

任何地方要发展，首先得有人。这人又分干活的和花钱的。人力资源要足，才能搞生产、搞开发，提供优质服务；愿意花钱的人要多，才能带动生产，发展经济。二者缺一不可。河南府毗邻开封，人口比往北的各州要密集得多，只要稍微调动一下积极性，人是绝对够用的。至于客流量，洛阳乃是重要交通枢纽，每日车来船往从不断绝，王雱要做的非常简单，就是搞出点动作来把人多留几天，给他们创造花钱机会，提高他们的消费额度。

洛阳人爱花，这边的百姓更是人人都能化身花匠，他们对牡丹的育种水平简直叫王雱叹为观止。有些心思灵巧的花匠竟能在花垄上埋些独门药物，人工培育出浅碧色的牡丹。这可真是叫王雱大长见识，迫不及待想要看看洛阳牡丹花开的盛景。牡丹花还可以做成牡丹糕，据说这牡丹糕又叫“百花糕”或者“天皇饼”，乃是武则天巧思发明的。除此之外，牡丹花还可以制作成牡丹花茶，《神农本草》里头就提到过，牡丹活血化瘀，能够调理气血。王雱不晓得这说的是不是真的，反正他只要知道这开满洛阳的花儿可以看，可以吃就行了。

王雱屁颠屁颠地去找陈执中拉关系。陈执中是陈世儒的父亲，陈世儒与他同窗两三年，还同住一寝室，这关系啊，老亲近了！王雱看上的，是陈执中罢相后在这边买的一套园子。这园子开阔、漂亮，虽则暂时还没修整好，花木没移植进去，看着空荡荡的，但王雱就是相中了它的大和空，想借用一个春天。

陈执中听陈世儒提起过王雱这同窗，也知晓在自己罢相之后出了个三元及第的状元郎，名气大得很，只不过他这两年缠绵病榻，迎来送往的事都拒了，没机会见一见王雱。听说王雱着人递了帖子过来，陈执中自然是让人去把王雱请了过来。眼下他儿子荫了官，在外头做事，将来若是有幸能做出点成就来，在朝中少不了人帮扶，这年纪轻轻的状元郎便是值得一交的人。王雱感受到陈执中的善意，也不拐弯抹角，直接说明来意，说要借陈执中的园子办个牡丹花会。

王雱夸道：“我逛遍城里城外所有园子，就数您这地儿最合适，往来方便，场地空阔。若是您愿意借出园子的话，牡丹花会后我亲自带人帮您将园子修整好。”陈执中大方地摆摆手说道：“小事而已，反正我这两年缠绵病榻，没什么精力去管园子的事，你要用尽管用。”王雱目的达成，也没立即离开，而是与陈执中聊起陈世儒来，提了许多陈世儒在国子监时的趣事。

陈执中只有一子，早年疏于管教，又宽纵陈世儒生母为恶，心中颇是后悔。如今，听王雱说起陈世儒的诸多优点，心情舒畅了不少，面上鲜有地多了些笑容，留下王雱用了顿饭才放他离开。

吴育听人说，王雱今天不到他家蹭饭了，觉得有些稀奇，多问了一句，才知晓王雱跑去寻陈执中了，还让陈执中破例留下用饭了。吴育与陈执中也有些交情，陈执中辞去相位时还举荐他上去，可惜他因为身体原因很快也退居西京。吴育想到王雱那活力充沛、随时想弄出点大动静来的模样，举箸在妻女的劝言下用起晚饭来。不知怎的，他忽然想活得长久点，好好瞧瞧这西京会变得多热闹。

王雱最爱热闹，场地讨来了，他便开始宣传造势。既然叫牡丹花会，花自然是重头戏。王雱的想法很简单，直接评选“洛阳第一花”，好叫各家把最好的花都拿出来让大伙共欣赏，再搞些吃的、喝的、玩的，必须得要俗有俗，要雅有雅。

王雱向方洪讨了点人，他需要人手来帮忙排点戏。有牡丹，怎么能没有《牡丹亭》？当然，原戏王雱已经不大记得了，他到底不是搞古代文化研究的，不能指望他把这些东西记得清清楚楚。不过，不记得也不要紧，方洪那边早培养了一个创作班子，王雱写出大纲走向，他们可以按照王雱的意思加工润色，好赚点钱养家糊口，运气好的，还能自己创作投稿养笔名，当个畅销书作家。听说王雱要用人，方洪马上让创作班子收拾包袱来洛阳，设计服装的设计服装，设计台词的设计台词，设计舞台的设计舞台，分工合作，不愧是专业营销团队，效率杠杠的。

要排戏，第一，要精彩；第二，可以顺便夹带点私货。

创作班子拿到大纲有点儿拿不准主意，因为王雱设计的一些剧情让他们看了觉得荒诞至极。比如说，戏中父母强制女儿将脚缠变形，脚掌扭曲得不能走路，哪怕解下缠脚布之后也不能疾走奔跑，父母依然坚持要这样做，还说这样才好看，走路娴静端庄不失礼。世间真的有这样的父母吗？为了让女儿“娴静端庄”而毁伤女儿的身体？戏中的父母还举了个例子，说有个女子脚大，二十多岁都不曾找到夫婿，叫她父母抬不起头；还说，女儿必须大门不出二门不迈，终日养在深闺之中，叫人看一眼都是不安于室、水性杨花，若是敢玩什么“月上柳梢头，人约黄昏后”之类的，那就等着被唾沫星子淹死吧！

哪怕眼下也有不少“男女七岁不同席”之类的说法，但是寻常女子出门还是可以的，到了气候宜人的时节还能郊游踏青、寻亲访友。《牡丹亭》的女主人公就是在这种严苛的教条之下郁郁而终，以死亡挣脱了教条束缚、寻得真爱，最终死而复生与柳生有情人终成眷属。在这个原有的主线之中，王雱还往大纲里穿插了许多惨烈故事，要求创作班子用语气平静的描写，展现戏里众人对此习以为常的状态。谁没个妻子母亲，女儿孙女的？创作班子里的人看到王雱信手拈来的一个个悲剧，都愤慨不已，纷纷请求王雱让他们在戏里自由发挥，把这些混账玩意喷到体无完肤。

王雱否决了他们的提议。有的时候，“习以为常”才是让人毛骨悚然的。习惯了迫害，习惯了屈从，习惯了所有的不公平与不公正，所有人都认为这是正常的，这是理所当然的，难道不更让人触目惊心吗？

王雱是负责把关的总策划，他的意思其他人自然要听从。等众人花了大半个月合力把《牡丹亭》创作出来，拿着重读了一遍，顿时读出了那藏在美好爱情之下的汹涌暗流。若是世道真成了那样，如今再普通、再单纯的快乐与追求都会成为奢求。创作班子立刻紧锣密鼓地开始找人排戏。

王雱安排完任务之后就撒手不管了，放心地交由底下的人去筹备。不想戏排到一半，还闹出点风波来。

既然是官府任务，教坊、乐坊都很支持，外面的“露台子弟”也踊跃报名，一时间往常有些名气的伎人都被王雱垄断了。没办法，状元郎年纪小，模样俊，前途不可限量，为人又疏朗大方，谁能不喜欢？平日里王雱出门巡视时，路上不知有多少小娘子悄悄驻足看他呢。正当妙龄的女伎们就更不用说了，哪个少女不怀春？这样风姿绰约、待人亲和的少年状元郎，早成了洛阳女伎们最爱谈论的理想对象。可惜王雱平日里忙碌得很，便是出面迎来送往也从不会下帖子找女伎陪伴，她们想要见上一面颇不容易。听闻这出戏是王雱要排的，不少人都主动要求参演，甚至还可以不要钱，只要让她们参与就好。可事情就出在这儿。

福康公主的驸马李玮与友人在洛阳游玩，下帖子想找女伎一起游湖，问了当地谁最有名便送了帖子去。不想连送三家，都回禀说已被状元郎请去了。李玮被落了面子，神色很不好看。他虽是驸马，但也是已故章懿皇太后之侄。换句话来说，他是官家生母的侄子，官家得喊他爹一声“舅”。李玮自幼被家中宽纵，性情不好，才华不算太差，就是脾气挺大。接连三次碰壁，而且这些女伎又都以“状元郎”为借口，李玮怒气冲冲，叫人强行把正要出门的女伎鸳鸳带来，直骂她们给脸不要脸，一个两个争着去伺候那什么状元郎。女伎是有官籍在身的，不是外面的野妓，平时多被文人优待。此番强行被带到画舫之上，又被那李玮出言侮辱，鸳鸳一时想不开，转身扑通一声投河了。

画舫离岸还不远，王雱正领着人在河岸边巡行，听到落水的动静转头看去，只见一个女孩落在水中。他身着官服，不便入水救人，当即让跟随在侧的差役跳下去把人给救上岸。事涉人命，这可就算是一桩官司了，就算女伎是贱籍，那也是官府记录在案的人，哪容李玮如此逼迫！

李玮见鸳鸳投河，惊出一身冷汗，等见鸳鸳被王雱一行人救起，他顿时新仇旧恨涌上心头，率仆从下了画舫气势汹汹地朝王雱他们走去。与李玮厮混的都是些勋贵子弟，并不把王雱放在眼里，状元郎又如何？如今几乎每年都有状元呢！李玮冷哼一声，对着王雱冷嘲热讽：“状元郎好大的威风，全城的女伎都被你包圆了，我们想请个过来都请不着！”

王雱来到这个时代之后顺风顺水，还真没怎么接触过这样的勋贵。王雱结识的都是苏轼、韩忠彦这样的人，见到的又是韩琦、司马光、吴育这一类高官，朋友圈里从来没有这种浑身散发着纨绔恶霸气息的家伙。王雱看了眼披着婢女送上的披风在一旁瑟瑟发抖、唇色泛青的女伎鸳鸳，再听了李玮这话，已看出事情始末。这家伙显然是下帖子请女伎不成就来硬的。这等风月之事，历来也讲究你情我愿，像这样强来不仅有失风度，还犯法。若是没人相救，这女伎鸳鸳肯定就此命丧黄泉。

王雱没有和李玮扯淡的兴趣，当即命令左右的差役一拥而上，将李玮等人团团围住。李玮等人自是要顽抗的，口里大喊“你知道我是谁吗”这种经典台词。王雱懒得理会他们。不远处，正在巡行的差役看到这边起了冲突，还有人叫嚣着要对他们的状元郎不利，立即都赶了过来，七手八脚齐上阵，直接把李玮等人扭送府衙。

王雱转向鸳鸳，温和地宽慰：“小娘子且回去休整一番再来指认，府衙定不会让你无端受辱。”鸳鸳还是头一回与王雱说上话，听王雱语气平和，态度有礼，目光更是澄明又坦然，眼眶不觉一红，鼻子也开始泛酸。她由婢子扶着朝王雱行了一礼，依言转身要走，等走出几步，又忍不住回头，红着眼低低地说：“若是会让您为难，鸳鸳不要紧的。”

王雱道：“不会为难，过堂时你如实指认便是。即便不能拿他如何，赔礼道歉是肯定要的。”鸳鸳听了，又是福身朝王雱行了一礼，由婢子搀扶着离去。

此时，王雱救了个女伎、抓了一群纨绔子的消息已在洛阳城中不胫而走，许多人绘声绘色地说自己亲眼看到鸳鸳如何被强带上船、如何投河自尽，传着传着甚至还有人说看到王雱毫不犹豫地跳河里救人，并花百八十字描述救人过程如何动人。

王雱回到府衙去见吴育，这事儿竟也已经传到吴育耳里。吴育一瞧王雱，奇道：“不是下河救人了吗？怎的身上还是干爽的？这么快回去换了衣裳？”

王雱没想到八卦传得这样快，他哭笑不得道：“我穿着这官袍哪好下水，是叫差役下水去救的。”他便将事情经过给吴育说了，让吴育审问审问那群纨绔，该赔礼的赔礼，该道歉的道歉，动手强行抓人上船的仆从更是要打上一顿，不能放纵这种风气，得防微杜渐。

吴育听了觉得是这个理，点头应了下来，着人去审问那几个欺辱女伎的纨绔。这一审，还真审出点问题来：那领头的竟是福康公主的驸马李玮！要知道官家子息单薄，儿子接连夭亡，女儿能养活的也不多，福康公主自幼聪慧，官家对她自是极为喜爱，到十六岁时替她选了这李玮当驸马。李玮乃是官家生母家中兄弟的儿子，两人本就算是表亲，再当上驸马更是亲上加亲！另外几人，家中多多少少也都沾带着皇帝亲戚，但是和皇家的亲戚关系并不亲近。

吴育见王雱听了底下的禀报并无异色，丝毫不担忧得罪这些人，对王雱更是喜欢。对皇亲国戚，他们这些文官一向是不惧的，当初官家想给张尧佐封官不就被包拯他们把唾沫都喷脸上了？吴育还怕王雱怕了这些人，堕了文臣清名，这下总算放心了。不过，不怕归不怕，能不沾上这些家伙还是不沾为好。吴育对王雱道："行了，你去忙吧，此事府衙这边自会公平决断。"

王雱也没资格越俎代庖去断案，事情交代清楚了便忙自己的事情去了。王雱没将此事放到心上，上了公堂、赔钱免罚的李玮那几个狐朋狗友却跑回家告状去了。当然，李玮不敢告，毕竟李玮是驸马，哪能把事情闹开？娶了皇帝的女儿，还敢因为女伎之事与人争风吃醋、闹上公堂，体统不要啦？他看到西京这些官员有多护着王雱后便灰溜溜地走了，没敢声张。其他人却咽不下这口气，回家添油加醋地找家里说王雱一点都不给他们面子，还说王雱请了那么多女伎，年纪轻轻就肆意享乐，行为不端！这些人家里高不成低不就，在朝中没什么大权势、稍有不慎就会被言官喷得狗血淋头，偏偏能在百姓头上作威作福。听说王雱才十四五岁，家中也不过到他父亲王安石这一辈才有人做官，这几人家中都觉这小子行事过于乖张，当即写了折子上告朝廷："王雱身为朝廷命官居然为女伎而与人相争，还靠着吴育庇护把李玮等人抓进牢里关了一晚！而且还一次性给许多个女伎下帖子！"反正他们这些勋贵在朝堂上就不被待见，不怕没脸。儿子都被人逼着和个女伎道歉了，怎么着也要把那王家小子拖下水，要黑一起黑！

王安石隔天才知道有人上书弹劾自己儿子，更不巧的是，这时"状元郎冲冠一怒为花魁"的流言还从洛阳那边传到了开封！回想起王雱和柳永挺要好，王安石心里开始犯嘀咕：难道儿子在外头学坏了？听听，这不仅知道下帖子给女伎了，还一次下许多张帖子！王安石越想越气，当即写信问王雱这到底是怎么回事儿。

司马光倒是比王安石冷静，面上没什么变化，只叫人寻了根称手的棍子。张氏奇怪地问："你要这个做什么？"

司马光冷冷道："等那混账小子上门了，看我打不死他！"学什么不好，学那柳三变和女伎厮混！

王雱在洛阳忙着统筹规划，还不知晓天上掉下一口锅。等开封那边派御史过来彻查这桩事，王雱才知晓自己成了赫赫有名的“风流状元”，还是能连御数女的那种！

听开封来的御史说，都是那几个勋贵子弟回家告状，他们家里给出头闹的。王雱震惊了，竟有人比他还不要脸。多大的人了，还玩向家长告状这一套！王雱爽快地领着开封来的人去取案卷，顺便把没上告的驸马李玮也给掀了出来。这可是福康公主的驸马啊！虽则长得寒碜了些，气质差了些，做事混账了些，与福康公主感情也不好，但到底是驸马。堂堂驸马，逼得人女伎投河自尽！若不是王雱救人救得及时，这可就成天大的笑话了——当驸马的跑去给女伎下帖子不说，请不来人还用强的，这不是瞅准官家的脸甩耳光吗？

吴育处置这案子时知晓这事儿不好张扬，闹大了官家会面上无光，所以准备放一放再悄悄把案子送上去。这关也关了，罚也罚了，女伎鸳鸯那边也答应不再追究，大事化小，小事化了是最好的结果了。没想到吧，驸马那几个猪队友居然没脸没皮地去状告王雱，还造谣说什么王雱品行不端、夜御数女。要知道，在公费宴饮场合叫女伎过来弹弹琴、跳跳舞，或者陪着喝个小酒，都是合法的。但是，身为朝廷命官要是和女伎发生点什么，那就是违法行为，会被台谏喷死，同时降职罚薪。简而言之就是风流可以，下流不可以。

王雱一个低品小官，照理说闹不到朝堂上去，可抵不住驸马那群猪队友太不要脸。王雱顿时觉着这几个勋贵子弟智商有点儿问题。当然，既然人家乐于送上门挨打，还利用家中权势闹到上头去，王雱还是很高兴接招的。这可是一个好机会啊！既然有人在上朝时喷了他，那他肯定要回喷一下——哦不，上书自辩。

王雱看向过来查明事实的御史，目光亮得不得了。御史被王雱盯得心里咯噔直跳，只觉前面似乎有坑等着自己跳。他出发前一天，谏院那边的好友范镇就提醒了他一句，说他要小心些，别着了王雱的道，这小子邪乎得很。回想起上回台谏随口喷了王雱几句，朝廷上下就被王雱洗脑了一波，御史的警惕心提到了最高。

王雱一点都不觉得自己成了别人眼里的祸害，反而殷切地握住御史的手，对这位中央派下来的调查员十分热情，直接陪着用了个饭。到傍晚下起雨，他还说什么“下雨天留客天”，强行多留了御史一晚上。

第二天一早，王雱叫了一辆马车跟在御史的身后，对御史说道：“我的自辩折了比较长，为了帮您和诸位相公节省时间，我叫人印了几百份，您回去后瞧着谁要看就发给谁。”说完他又郑重其事地将一封折子塞到御史手上，“这是原稿，劳烦您带回去啦！”

御史：……总觉得似乎有点儿不对劲。

御史带着案子卷宗与王雱的自辩折子踏上回京之路，身后还跟着一辆载着一摞摞“自辩折子复刻本”的马车。路上御史歇在驿馆里，歇过之后打开王雱的自辩折子看了起来。

这次，王雱前面写得中规中矩，简单明了地陈述了案件过程，用词理智客观中立，毫无添油加醋成分。等看到后面，御史的表情就开始千变万化了，王雱这家伙竟然在折子里介绍起了洛阳的文化底蕴，从洛阳园林之美到洛阳牡丹之艳，从周文王、周武王讲到当朝宰相吕蒙正：总之，这地方不仅美，还非常有内涵。这厮接下来还在折子里列出了单人自由行路线、夫妻双人行路线、一家亲子游路线，以及呼朋唤友搞团建路线——每条路线都精彩绝伦，值得一去！

接着，王雱笔锋一转，表示虽然洛阳这么好，可是很多人却没有发现美的眼睛，所以他才想着琢磨一些杂剧来吸引游客，之所以下帖子邀请女伎，就是请她们排几出戏，并不是招伎宴饮。分辩完之后，这家伙又开始宣传起他排的几出戏：想看风花雪月、美人如玉的，可以期待《牡丹亭》；想看义薄云天、沙场热血的，可以期待《关云长》；想看弘扬佛法、降妖除魔的，可以期待《玄奘西游》……最后，这家伙还在最后列出感谢名单，比如感谢吴育的鼎力支持，感谢陈执中借出园子，感谢这个感谢那个，话里话外都是“这里的名臣全都和我天下第一好”。

御史一脸无语地看完，感觉这家伙最丧心病狂的地方是，写个自辩折子还要配图！介绍美食配美食图，介绍路线配地图，介绍杂剧配插图，你这算哪门子自辩？！御史算是明白王雱为什么给他印一车的“复刻本”了，这家伙就是想趁着这次自辩把这本堪称“洛阳旅游指南”的玩意儿给分到朝中大小官员手上。自己没空去，总有家人吧？拿一本回家去，要是有人想去洛阳游玩就方便多了。想明白了这一点，御史顿时明白范镇为什么要特意提醒他小心些了。这折子，是送上去，还是不送上去？

御史木着脸赶回京城，命御史台几个实习生和临时工将一马车的“自辩折子复刻本”给搬进御史台。其他人见他一脸一言难尽的表情走进来，还叫人出去搬东西，奇道：“你带了什么回来？”

这次“出差”的御史默不作声地把一本本复刻本分了下去，御史台人手一份。这下子，所有人都觉得他们这位状元郎果真是奇才，一点都不带掺假的。这哪是什么自辩，分明是趁机打广告，还明晃晃地将广告打到御史台来了！

这天，朝中上下都收到了一本“自辩折子复刻本”，至于原稿则送到了官家手中。官家是与欧阳修一起看的，他将王雱的原稿看完了，忍不住莞尔：“这小子，怎么就这么逗乐。”单是看文彦博将折子送来时的表情，官家就觉得所有人都被王雱的厚脸皮给惊着了。别人被参了，那都是诚惶诚恐地替自己分辩，生怕自己的罪名被坐实。王雱倒好，辩驳的就那么几句，剩下的全是在说“洛阳好，洛阳妙，大家都来洛阳玩啊”。还真别说，官家看了都蠢蠢欲动，想走一趟洛阳。

见官家显然对王雱十分喜爱，连驸马的罪状都忽略了，欧阳修应和道：“年轻人朝气足。”

官家又翻开王雱的折子重看一遍，感觉心情极好。可目光落在李玮二字上头时，好心情又没了大半。他的福康公主嫁给李玮之后，夫妻俩感情并不融洽，就在去年，福康公主还夜叩宫门，要进宫哭诉在李玮那儿受的委屈。见自己好不容易养大的女儿哭得那般伤心，官家自然对李玮很是不满。可李玮乃是他生母的外家侄子，真要狠下心处置了李家，官家又做不到，只能和往常一样和和稀泥，让他们继续把日子过下去。不然还能怎么样，难道让他们和离吗？

官家知道接下来已经没王雱什么事了，台谏的人很快会联合起来弹劾李玮，到时天下人都晓得他女儿的驸马差点儿逼死女伎！这该死的混账！自己混账，结交的狐朋狗友也混账！官家少有地动了怒，在心里骂了李玮几回，搁下手里的《洛阳旅游指南》，叹了口气。他挑女婿挑了这么个混账东西，别人的儿子却聪明、懂事、知进退——若不是有人恶人先告状，王雱即便受了委屈也会为了顾全他的颜面而不张扬。这怎么就不是他的儿子呢？

官家眼里的滤镜奇厚，怎么看怎么觉得王雱好，其他收到这份“自辩折子复刻本”的人可没这种想法。所有人只觉得这小子实在不要脸，连带见到王安石，有的人都会打趣一句：“介甫，你可看了你儿子的自辩折子？”

王安石自然是看了的，他还看了他儿子给他写的信，信里写明了当时的情况：王雱没以自己的名义下帖子，没直接去见那些女伎，更没有自己跳下水去救人。当时王雱穿的是官袍，官袍这玩意儿看着挺有威仪，可是行动是不大方便的，尤其是不能下水游泳，更别提救人了。

王安石放心了，面对别人的询问，他坦然答道：“看过了，写得不错。”就是这朝中上下人手印一本的操作，还真不是一般人能想出来的！要不是王安石为了表现得沉稳些向来都绷着脸，还真不知道该用什么表情来应对同僚们的询问。这事儿真的，臊得慌啊！能混到朝中的，哪个不是人精？他儿子心里那点小九九，谁都看得出来！

傍晚用过饭后，王安石去隔壁寻司马光喝茶聊天。说到王雱趁机给朝中上下送《洛阳旅游指南》的事，两个人默然无语，直接略过不提，不过聊过之后倒是默契地把准备好的棍子收了起来——都没扔，回头再看看会不会有机会用上。

王安石这边松了口气，庆幸儿子没学坏，另一边的几个勋贵则直接关起门来揍儿子了，而且是真揍，揍得那几个纨绔子弟直接躺着下不了床了。

见过坑人的，没见过坑爹的。领头的是驸马，你告状时倒是说清楚啊！还言之凿凿地说人家状元郎“夜御数女”，结果御史过去一查，那些帖子根本不是以人家的名义下的，都由教坊的人负责调配。人家好好儿地在各处巡查，尽忠职守得很，御史下去一问，洛阳百姓提起那王家小子来都是夸的。这回不仅没把脏水泼到那王家小子身上，还白白帮人家扬了名！

那王家小子也不是省油的灯，都被人参了，还能玩出新花样来，愣是往他们手里塞了一本《洛阳旅游指南》。同样是儿子，怎么人家十四岁就考了状元、当官如鱼得水、做事风生水起，他们生出来的就是败家玩意儿？！

别看这几个勋贵冲动是冲动了点，但他们揍儿子揍得很及时，也很能豁出脸去。第二天上朝时，他们第一时间纷纷哭着认错，表示是孩子坑爹，他们没有了解实情就替儿子上告，实在糊涂！

这就是台谏特别讨厌这群勋贵的原因了，这些靠着皇亲国戚身份位列朝班的家伙忒不要脸，说哭就哭，说要赖就要赖，毫无风骨可言，简直和不知礼义廉耻的暴发户无异。与他们站在同一班次上朝就很让众人觉得耻辱，若是官家再对他们好一些，把他们提拔到前面去，很多人就要捋起袖子开喷了。可对于这种无赖行径，台谏的人也无计可施，人家都认错认罚，并且亲自揍得儿子鼻青脸肿下不了床了，他们还能怎么样？台谏诸人对视一眼，只能集中火力炮轰驸马李玮去！

第三章

游人络绎来

王雱一通操作，甩掉了身上的锅，驸马李玮却倒了大霉。谁叫他是领头的，还没个睿智点的家长提前给他一顿揍呢。

上回，李玮与福康公主的破事已经闹得人尽皆知。原因很简单，福康公主夜叩宫门，宫里还给她开了门，让她入宫寻人哭诉。台谏觉着这事儿不合规矩，就算公主受了天大的委屈，又怎么能连夜开宫门呢？万一有人借机伤害官家怎么办？

反正当时台谏就是一通狂喷，喷得当日守宫门的人全部挨了罚。然后他们又开始喷福康公主府中的人办事能力差，没法替公主分忧又没拦下公主。于是，福康公主与驸马不和的事也闹得人尽皆知了。

这事儿搁在寻常勋贵家中，要么是叫人去把女婿打一顿，要么是把女儿接回娘家帮女儿和离。可官家生性宽仁，爱好是和稀泥。最典型的例子就是，庆历年间大宋与西夏交战，辽国想趁火打劫，要求大宋割地求和。当时朝中无人敢当使臣出使辽国，宰执吕夷简和富弼不和，当众推荐富弼。富弼没有推拒，也当场表示愿意去。这一去就是两次，第一次是谈条件，第二次是送国书，等同于双方正式签订协议。

富弼第二次出使前，要求在国书上面增加三个条件，官家也同意了。结果走到半路富弼一看宰执那边准备的国书，上头根本没加上他说的三点！便气得倒回去问官家是怎么回事儿，国书与口述内容不一致，若是辽国那边生出疑心误了和谈谁负责？当时富弼的岳父晏殊也位居宰执，打圆场说吕夷简应该不会为了私怨耽误国事。富弼当场骂晏殊是“奸佞”，要求官家追究晏殊和吕夷简的责任。官家却只是叫人重写了一份国书，送富弼再次出发使辽，并没有追究晏殊两人。

在国事上官家爱和稀泥，在家事上也是这样。官家生母早亡，他痛惜生母无法享福，待生母外家十分宽容，连长女都嫁给了年长她许多岁的李玮。一为这重关系，二为皇家脸面，官家对待李玮十分仁厚。上一次福康公主夜叩宫门之事闹开时，他只斥责了李玮一番，而后劝说女儿好好和驸马过日子。可上次的事情才闹开不久，这回李玮竟又闹出朝野皆知的丑事！

泥人也有三分火性，官家听了将近一个时辰的台谏弹劾，李玮这驸马的黑历史洋洋洒洒列了一长串，心里顿时憋了一股气。散朝后他思量再三，去寻了曹皇后。曹皇后出身将门，性情飒爽。这些天她也听说了驸马闹出了什么荒唐事，见官家有所动摇，便劝官家将福康公主接回宫中暂住，免得她再受什么委屈。官家点头，认同了曹皇后的提议。傍晚福康公主便入了宫，李玮也被发配到外地去当知州了，这场并不圆满的婚姻已经名存实亡，只差一纸和离书。

二月初，冰消雪融，春寒已尽，百花争妍。御史台诸官陷入了激烈的讨论之中：西京洛阳入春之后可能会有大动静，该不该派人去监察一下呢？若是要派人去，那么该派谁出差呢？讨论重点主要放在后一个问题上。一般来说，这年头出差舟车劳顿，并不舒服，许多人都不大乐意去。可这事儿不一样，洛阳又不远，几天路程就到了，开春走水路说不定还能更快。所以，很多人都想去。

没办法，王雱洗脑功力一流，即便他们不想去，将那本《洛阳旅游指南》带回家之后也会被蠢蠢欲动的家里人央求着去看牡丹。这不，御史台已经开始内部讨论这次到底谁去监察合适了。你媳妇想去，我儿子也想去啊，凭啥就你去呢？！即便西京留守司那边也有个御史台，可那不算数，那是养老的地方，和朝廷这边派去搞监察工作的哪能一样？御史台这边犹豫不决，最终决定抽签选人，一切看老天爷的意思！

越是临近三月，开封城里往外走的马车就越多，官道上碰到熟人一问，都是去洛阳的。听说不少达官贵人的家眷都要去，他们怎么能落后，也得去看看洛阳的牡丹花会。

此时，一艘客船也从东边徐徐往西驶，历时小半个月抵达开封之后停了一日，又复转道朝西出发，最终在二月底抵达洛阳。两个年轻人带着个年过七旬的老者下了船。那老者身形清瘦，精神矍铄，正是在大明湖畔住了两三年的柳永。

王雱提前得了消息，早早在码头候着，见人到了，大步上前去向柳永问好："您可算来了！"而后，他又转向那两个年轻人，笑道，"你俩是来参加今年春闱的吗？"

"我不是，我是和柳先生一块儿过来的。"这两个年轻人之一是王雱在青州时的"同窗"冯茂，家中薄有资产，善于交游，就是念书不大行，"这家伙年后就到了京城，不好意思来寻你，我找他，他才说想跟着来一趟。"

冯茂说的自然是学霸李元东，李格非他堂哥。李元东朝王雱感叹："当初我就知道你厉害，没想到短短两三年你就成了三元及第的状元郎。"

"这有什么想不到的，我早想到了。"冯茂一脸自豪，"我还让我爹把招牌改了，把我们家酒楼改成‘状元楼’。当初你可是在那儿吃过饭的！”对于自己交上这么个了不起的朋友，冯茂是非常得意的。

冯茂他爹终于对让他念书这事儿死心了，这次冯茂是揣着钱过来洛阳投资的。当初周文兄弟俩只是给王雱当了跑腿的，周家嫂子就拿下了好几桩大生意，冯父看出王雱是个有主意且重情义的人，便分割出一大份资产让冯茂出来闯荡。冯父与冯茂说了，若是亏了，便老老实实回家继承“状元楼”，早点生十个八个孩子，好让自己开始培养孙子读书，不再指望他了！

冯茂把事情囫囵着给王雱说了，表示这次过来就是为了跟着王雱干，有什么值得投资的事让王雱千万别忘了他。对于好友远道而来当投资商，王雱自然非常欢迎，当即扒拉出几个投资项目让冯茂和跟着一起过来的管事商量去。

李元东马上要考春闱了，连赶路都在勤勉地看书，在洛阳留不了几日。王雱招待他们一行人用过晚饭，给李元东传授了不少春闱和殿试经验，让他千万不要慌，有疑问就去方氏书坊找方洪，那边有帮考生跑程序的经验。身为学霸，李元东自然也是不怕考试的，但还是非常感激王雱的指点，小住两日便独自回京赴考去了。

柳永这两日没与王雱待在一起，他和女伎们开了个粉丝见面会，听说王雱让人创作了一出《牡丹亭》，当即讨了台本看完，马不停蹄地动笔修改了一些词句，还创作了几首应景唱词。

王雱送完李元东才知晓柳永已经迅速进入状态，不得不佩服柳永旺盛的精力。要是自己活到七老八十身体和脑子都还这么好使，那可就太好了！

台本修改过，戏又得重新排一边，不过有原来的基础在并不算难，还赶得及。更何况知道修改台本的人是柳永后，所有参演女伎都甘之如饴，恨不得使出浑身解数把戏排好，把曲唱好！若说王雱是女伎们心目中的新晋偶像，那柳永绝对是她们的白月光，是永远都没人能撼动的精神坐标！

王雱看完改过的台本，不得不感叹专业的就是专业的，他们原本的台本只是剧情取胜，现在有了柳永操刀润色，文学性有了质的飞跃，其中一些感情细腻、撼人心魄的词句会大大提升《牡丹亭》的传播度。王雱觉得有文学巨擘在真的太好了，虽说他爹他们文学水平也不差，但是他们肯定不愿意给他写这些。王雱很是感动，天天对柳永嘘寒问暖，陪着用饭陪着散步，烦得柳永没好气地赶他走。王雱唉声叹气：“您在齐州的时候还写诗文说想念我，这见着了吧，您又嫌我烦，真是反复无常。”柳永根本不想理他。

三月初，游人们逐渐抵达洛阳。冯茂临时组建的旅行社也培训出了第一批导游，有男有女，负责带游客们游览各条旅游路线。这是冯茂主动挑的投资项目，别的实业他交给管事去琢磨。办旅行社是他由衷喜欢的事情，送往迎来是他的长处啊！

洛阳是得天独厚的旅游城市，很有旅游业的发展空间。冯茂当初在青州时就参与过青州旅游业的建设，对王雱那些手段理解得很快，没两天就进入状态。冯茂这些天挑选了一批愿意干这行的年轻夫妻和原来就兼职当“地陪”的当地居民，亲自开班培训，决意要在这个崭新的行业里闯出一番名堂！好友要创业，王雱自然给他争取了一系列的优惠政策，什么酒楼农家乐的团购价啊，官方活动的票价减免啊。就这样，大宋第一个旅行社正式成立，风风火火地准备干好第一票。

这年头出门旅游的主要有两种人，一种是穷游的，包括但不限于年轻士子、落魄文生、方士苦僧；一种则类似公费旅游的，出差的、办事的、休假的、归乡或赴阙的，途经名胜古迹时都会停留一下，写首诗纪念纪念。旅行社的主要客户是后面一群，这些人通常手里有闲钱，偶尔还拖家带口，大多乐意花钱买服务。王雱仍然负责迎来送往的工作，给冯茂好生推广了一番，很快让冯茂有了第一桩生意。有一就有二，随着游客增多，冯茂的旅行社渐渐变得红火起来。

三月中旬，洛阳的第一朵牡丹开了。牡丹花期约莫是十天，不算长也不算短，王雱找了批花匠搞项目，让花匠们记录这段时间的日照长短、温度、水分等等条件，回头准备搞个温室进行统一栽培、统一移植，等明年再开花会时搞个大的。比如说，将花期控制在官家过来游玩的那段时间，来个“百花齐放迎官家”之类的，多好的马屁！

《牡丹亭》也正式在牡丹花会上开演。女主角乃是前段时间的绯闻主角鸳鸳。王雱选了她，一是因为她演技确实不错，有红的潜质；二是为了弥补她受到惊吓，让她借此机会多赚点养老钱。当然，还有一点也很重要：只要宣传主角是鸳鸳，那么就一定会有不少人为了看看绯闻主角长什么样而掏钱买票。王雱的宣传工作很到位，冯茂的旅行社那边直接带了几个旅游团过来看新剧，因此《牡丹亭》第一天开演就十分火爆，观众席上坐得满满当当不说，外头还挤满了围观的百姓。有些人有钱却没趁早买坐票的都后悔不已，甚至带动了冯茂的业务：报这个路线的话可以直接入场，不用和人抢票！

知杂御史吕景初幸运地抽到了来洛阳公干的签，三月初出发，来到洛阳时正好赶上《牡丹亭》开演。作为有公务在身的御史台成员，吕景初起初坚决拒绝这种娱乐活动的腐蚀，不过王雱说自己年轻不懂事，不知道剧里有没有犯禁的东西，约吕景初一起去看看，好好儿审查审查。吕景初一听，觉得是这个理，也就和王雱一道去了。这剧虽然讲的是爱情故事，不过背景设定很新颖，剧情也非常吸引人。

吕景初乃是御史台的人，可听着剧里的条条框框也觉得过分了点。女孩就不是人吗？自家女儿在家可是宝贝得很的，便是不许她出去，那也是怕遇上拍花子，断没有把人一直拘到出嫁那日的道理。还有缠足，得益于王雱传授的精妙化妆术，再加上完美的舞台灯光效果，演出者缠畸形的脚给人留下了极深的印象，甚至可以说是巨大的心理阴影！这样的脚还怎么走路？若是所谓的端庄娴雅是建立在这上面的，那他宁愿自己的女儿没这份端庄娴雅！看着剧中的女孩香消玉殒、郁郁而终，吕景初甚至替她松了口气，那样活着可不比死了还痛苦？作为一个专门用各种规矩喷人的御史，吕景初甚至没想着喷女主角梦见情郎的事情。做个梦怎么了？

看着连上面派下来的御史都随着故事发展而流露或愤怒或悲伤的表情，王雱知道这一出《牡丹亭》算是成功了！

看这出《牡丹亭》的人，有冲着鸳鸳去的，有冲着风花雪月去的，有冲着王雱等人的面子去的。可在看完第一出戏之后，没有人讨论鸳鸳的相貌，没有人讨论戏里美好的爱情，几乎每个人都红着眼离开。

好看是好看，就是太令人伤心，也太令人恐惧。尤其是到场的女子，她们或是在父兄的陪伴下出来游玩，或是由夫君陪同出来散心，本来只是好奇来看一看，看完一出戏后却不愿意走了，迫不及待想知道接下来的内容，希望杜丽娘能够挣脱束缚，过上自己的生活。

对比之下，她们过得多好！原本出门前闹了点小矛盾的家人们，离开时都冰释前嫌了。父亲心疼自己的女儿、兄弟怜惜自己的姐妹、丈夫体谅自己的妻子，女子们也感念男人们的好。任何人都没有提及和抨击半句风花雪月的低俗与不堪，反而都在讨论“封建教条害死人”“这该死的封建社会”。

没错，这剧开始时提了一嘴“封建”的概念，说故事发生在一个令人痛心的社会：那是一个封闭的环境，对外弱势、对内强横，关起门来千方百计折腾自己人，拒绝睁开眼睛看世界，拒绝接受新鲜事物，泥古不化、故步自封，试图将任何寻求进步的苗头都掐灭在摇篮里，以维护自身的利益。

对于目前的宋朝人来说，这样的社会是不可思议的，因为他们积极接受与推广新事物，不缺开放与自由。即便也讲究礼数，也有这样或那样的禁令，但都不是戏中那样的“封建社会”。只要是有脑子的人，便能想象出这样的社会将来会变成什么模样。世界是变化的，是不断发展的，别人都在往前走，你不走了，你就会变成落后的那个。落后就要挨打！

西京国子监的监生们有减免票价优惠，被要求趁着休沐日去看《牡丹亭》。梅尧臣本来是想帮王雱增加点人气，没想到开演当天火爆至极，西京国子监监生占了不少座位，反而还让王雱亏了票钱。梅尧臣绷着脸想了一晚，又给监生们布置论文任务，题目是《假如封闭国门会发生什么？》。梅尧臣当然不可能让监生们写《牡丹亭》这个爱情故事的读后感，那会让台谏官员把他往死里喷。但是他看完《牡丹亭》，发现“封建社会”这个概念很有探讨意义，闭关锁国、故步自封会有什么后果值得深思。大宋是不禁止文人和学生议论国事的，谁有独特见解的话还可能被举荐上去获得一官半职。梅尧臣扔出这么个课题，一点顾虑都没有，即便有人开喷，他也能说“我这是在说假如，你这么激动做什么，还不让人假设一下吗”。梅尧臣布置完课题就让监生们外出去调查市面上哪些东西是舶来品，哪些外来的东西改变了大伙的生活，哪些创新的事物养活了千万百姓。

王雱忙活完了，想起许久没找他梅先生抬抬杠，寻了个傍晚溜达过去，才知晓梅尧臣不声不响又在帮自己的忙。他只是小小地埋了个伏笔，梅尧臣居然给挖出来了，不仅挖出来了，还给放大许多倍，让监生们去深挖内涵、广泛讨论！

王雱暗搓搓假借封建社会这个概念提了个闭关锁国的事，就是想提出“对外开放”的重要意义，跟怂恿沈括创作《黄金国》是一个道理。《黄金国》热销时他还远离朝堂，不知道朝堂上有没有人看过，更不知道他们有没有讨论过开海运问题。

大宋虽然有海禁，但是官方带队出海没断绝过，走私商贾也屡禁不绝。朝廷上讨论开海运还是继续禁海运，主要矛盾在于官方的垄断利益不能丢，以及一些目前独占海利的人不愿意别人来掺一脚。若只有官方能带队出海的话，海上探索的工作就会进展缓慢、范围局限，往来的永远是固有航线上的固有邦交国。

官方想要去探索更远的、更开阔的海域，可能先得在朝堂上讨论个十年八年，然后花个十年八年改进造船技术，最后再花个十年八年讨论选哪些人去。若是这期间换个人当皇帝或者换个人当宰相，又得重新讨论个十年八年，如此循环……或许有点儿夸张，但事实就是如此。

自古以来能给历史带来巨大飞跃的转折，往往是由利益与欲望驱使的。为了重利，为了荣耀，为了权势地位，许多人连命都不要！而许多改变世界的壮举，只有那些不要命的人才能完成。单纯的责任与义务，往往最容易让人懈怠。

王雱本来只是想先埋下点线索，潜移默化地影响众人的观念，好让自己将来能寻求到更多助力。没想到梅尧臣居然这样敏感，戏中只是提了一嘴的暗桩居然一下子被他给发现了，还扩展成课题布置给监生们去完成。王雱只差没握住梅尧臣的手感动地说“知己啊”，不过他可清楚这样干会有什么后果了：梅尧臣会臭着脸把自己轰出去！

王雱没说什么感谢的话，改为积极讨论还可以怎么折腾监生们，给监生们多找点事做。王雱骄傲地说：“这方面我最有经验。”他给梅尧臣介绍自己在鄞县时怎么给楼先生出主意，在青州时怎么给屠先生出主意，在郓州时又怎么给未来岳父出主意。总之，王雱走到哪儿祸害到哪儿，事了拂衣去，深藏功与名！

梅尧臣一听，其中一些鬼主意特别耳熟，不就是地方经验上报到朝廷，朝廷又自上而下推广到各州官学的一些举措吗？当初梅尧臣他们刚到国子监时，还讨论过这些主意到底是谁出的，有用是有用，就是太折腾人了！梅尧臣听着罪魁祸首十分得意地陈述着自己的丰功伟绩，一开始还有些吃惊，后来则一脸木然。赶走积极拉自己带着整个西京国子监一起搞事情的王雱之后，梅尧臣提笔刷刷刷地写起了稿子，将王雱刚才提到的“光辉往事”都给写了下来。写完后梅尧臣检查了一遍，觉得内容翔实，字句工整，满意地封好叫人送去开封，最好赶在二十号前给《国风》投稿。梅尧臣是《国风》的创始人之一，投稿可以走特殊通道，这篇稿子应该赶得及登上这个月的新刊。梅尧臣很期待《国风》刊出这篇文章后，王雱会是什么表情。

王雱可不知道梅尧臣写了篇堪称“王小雱坑人记”的文章，将他从小到大祸害各地官学的光辉事迹都给卖了。为了进一步给洛阳这边打广告，王雱写了篇稿子投去《国风》，吹了一番“洛阳不仅春天美，夏天也很美”。然后这厮还打了个广告，表示“我在洛阳修了个大讲堂，今年夏天开始会定时请洛阳致仕官员们开展专题讲座，有兴趣的都来旁听啊”，后面又列了几个讲座课题，看着都非常吸引人。

《国风》编辑部有几个编辑调动到别处了，换了批新鲜血液，不过范仲淹还在那儿坐镇。众编辑看了梅尧臣的稿子，都感觉质量上乘，很有意义，能让人知道谁在背后提了这么多宝贵的建议。杨直讲还拿着稿子去和范仲淹核实，问那些建议是不是真的是王雱出的。得到肯定答案之后，杨直讲算是明白王雱以前在国子监时为什么时不时会流露出一丝丝无奈表情，原来是因为他挖坑坑到了自己！

最终，梅尧臣的稿子被一致通过。只是王雱那篇稿子就有点儿争议了，《国风》编辑部的人都知晓王雱前段时间给朝中上下官员送自辩折子复刻本的“壮举”，一看这稿子就感觉这家伙在借《国风》打广告。可是，这稿子质量确实很不错，要是不让它刊出，所有人都觉得可惜。可要是让它刊出吧，又感觉《国风》被这家伙给利用了！众编辑争执了许久，最终决定递上去让范仲淹来决断。范仲淹能怎么决断？那当然是内举不避亲，直接帮王雱登了这篇广告。相信看《国风》的读书人，很多都会对这个消息感兴趣，早早腾出时间去洛阳游历顺便占座听专题讲座。

一如范仲淹所料，许多人看到王雱的洛阳旅游“硬广”之后都开始筹备起洛阳之行来。光是去游玩的话，对读书人来说吸引力不大，毕竟他们的当务之急是读书和科举。可是有名宿大儒讲学就不一样了，他们去听一听说不定可以茅塞顿开，一举金榜题名。别管这想法现不现实，反正他们就是这样想的。

梅尧臣那篇文章反响更大，不少人看完之后回忆起自己这些年水深火热的生活（或者正在享受的水深火热的生活），顿时掩卷大骂：“天杀的王元泽，原来都是你出的主意！”这时候，这些人也忘记了拿到王元泽版《九经纲要》时的激动与感激，只想着找到王元泽这家伙，然后群殴他一顿，让他知道给夫子们出主意坑害芸芸学子是要遭报应的！

王雱这会儿还在带着人统计这一季度洛阳的客流量会翻几番，估算客流量带动的税收能不能翻倍，感觉美滋滋的。等《牡丹亭》最后一出演完了，王雱才拿到开封那边送来的新一期《国风》。

看到广告刊出了，版面还挺靠前，王雱很是欣慰。范爷爷现在还是主编呢，大篇幅广告说登就登，不花钱还有稿费，多爽！等翻到下一版面，王雱的笑容却凝滞在脸上。太过分了！自己人互坑就互坑，为什么跑去《国风》上揭他老底？！不知道《国风》的读者很多都是正在被坑害或者刚刚被坑害完的一代人吗？

王雱最近的生活过得颇有些水深火热，便给司马琰写信抱怨梅先生干的好事。

自从《国风》刊出了梅先生那篇“王小雱坑人记”，王雱每日巡查时就成为游学士子们的“观光景点”啦。每天王雱顶着烈日艳阳忙活，那些家伙就自带一张小马扎，坐在一旁对他指指点点，看他辛苦跑腿。有一次可险了，他经过一条幽暗的小巷子时差点儿被人套上麻袋，拖进去打一顿。这些家伙，真是无法无天啊！更惨的是，苏轼他们也写信过来指责王雱。苏轼他们被坑又不是一次两次，多几次又有什么所谓呢？他们可是无话不谈的好友，怎么能为了这种小事生出嫌隙？不应当啊！男儿大丈夫，要有心胸，要有肚量！最过分的是沈括。沈括在南边种菜，不，种油菜，改造榨油工具，居然不忘叫人帮自己买一本《国风》在田垄间读完！可沈括好歹也是想转投科学怀抱的准理科生苗子，怎么能对早就毕业远离了的文科院校念念不忘？应该迈开大步子往前走才是。

王雱给阿琰妹妹写完信，又读起底下的人新送来的信。这些信里还有吕希纯写的，吕希纯兄弟几人少时师从邵雍，听说邵雍要开专题讲座，决定请假过来支持邵雍，反正签判之职也没有什么需要自己忙活的，带着兄弟来洛阳玩玩也没什么不合适。

同年要来，王雱这半个地主自然要好好接待。看到吕希纯能请假来玩，王雱顿时受到了启发，麻利地让人给离得近的同年们发了帖子，统一邀请他们夏天过来玩耍。王雱心想能坑一个是一个，等回头人过来了，他可以顺便给他们张罗几场青年讲堂嘛。这一个两个长相英俊，又那么有才华，怎么能不展示展示？没选题也不要紧，人来以后他可以给他们启发启发，保证他们随随便便就可以讲上一整天。王雱说干就干，马上找人去跑腿，让他们务必在盛夏来临之前把帖子送到临近州县的同年们手里。

御史吕夏初看完《牡丹亭》的所有场次就回去了，这个月朝中风平浪静，没人弹劾王雱，很叫王雱失望。台谏的人也太精明了，只给他打了一次广告就不愿再义务帮忙了！好在冯茂这小胖子最近越干越有想法，还为王雱的旅游专线搞了新动作：他把牛车、马车都粉刷一新，为商贾之家设立的旅游专车上画的是大朵大朵的洛阳牡丹图，一看就很有富贵意象，还很喜庆；为文人设立的旅游专车上画了些梅兰竹菊之类的，一看就雅致得很。还有低调的、看起来平平无奇的女眷车，便于一览沿途风光的敞口车等等……总之，只要你有钱，没有你买不到的服务。

许多人乘船而来，下船后便能看见冯茂的旅行社招牌，买到详尽的《洛阳旅游指南》，什么都不用想，只管吃喝玩乐就是，玩得非常舒心。因此，在口口相传之下，前来洛阳游玩的"回头客"越来越多。王雱在心里慨叹一番，继续在一干游学士子的盯梢下积极干活，时不时还把这些士子抓过来当壮丁，给西京文建工作充当志愿者，反正是免费的，不用白不用！

五月中旬，王雱被梅尧臣叫去了。

西京国子监监生少，工作量也小，梅尧臣身体不太好，是被安排到这边休养的，底下的事有张载去跑动，他反而清闲。一闲下来，梅尧臣的文人心性上来了，准备著书。这段时间他没怎么挑王雱的刺，就是因为在闭门整理文稿。自从科举频频失意，被拒在官场门外多年，梅尧臣便终日研读古文、沉醉其中。

好友欧阳修喜爱韩愈，梅尧臣则喜爱柳宗元，他晚年的诗也多学柳诗。这时代能尽得天下书而读之的人毕竟是少数，即便唐朝距今并不远，也并没有多少人能熟知柳宗元诗文。就拿前两年开封的那场“唐朝三大诗人”活动来说，梅尧臣后来去看了，柳宗元连前十都没进，压根儿没影。但这毕竟是梅尧臣的私人著作，要他公器私用，直接在国子监印书所印，梅尧臣没那个脸皮。因此，梅尧臣把文稿整理完了，便将王雱寻了过来，让王雱给送到方氏书坊那边去。

相处久了，梅尧臣早看出王雱与方氏书坊那千丝万缕的关系了，这才会把稿子给王雱。梅同时给的，还有另一叠“优秀作文选集”。梅尧臣上次布置下去的课题结题了，学生们调查出很多有趣的东西，充分展示了海路、陆路对外贸易的重要性。梅尧臣相信有了这些材料，王雱能玩出很多花样来。

果不其然，王雱欢欢喜喜地抱着两份文稿跑了，回去读梅尧臣写的《柳宗元诗选》。一看又是一个平平无奇的书名，王雱挺想给改一个，想到梅尧臣的臭脸又忍住了。读完稿子，王雱才知晓身为“唐宋八大家之一”的柳宗元到底是怎样一个人，竟又是一个搞变法的。就是柳宗元运气不太好，搞到一半皇帝没了，新皇对柳宗元他们这些变法派很不信任，直接把柳宗元贬到边远的永州去，并且下旨表示再不会让他回朝。

为了让柳宗元的诗更容易被人接受，梅尧臣还用上了对比手法，把柳宗元和杜甫摆在一起对比，展示他们都是在遭遇坎坷之后文风嬗变，真正淬炼出成熟、动人的独特风格。这就是捆绑营销啊！王雱在看稿子的过程中已经脑补出不少宣传语。

也是读完梅尧臣的稿子，王雱才发现柳宗元也写了那么多现代人耳熟能详的文章，比如光是九年义务教育里的古文就有《黔之驴》《捕蛇者说》《小石潭记》；也有不少诗词名句，如“千山鸟飞绝，万径人踪灭”“若为化得身千亿，散上峰头望故乡”等等。柳宗元的正职是搞政治的，所以他还会写一些政治论文，比如他写了篇《封建论》，抨击分封制是“私天下”，秦之后的郡县制才是“公天下”，还说“封建，非圣人意也，势也”。总之，就是明晃晃地写封建很不好，反对开历史倒车，坚决拥护中央集权制度。

看到柳宗元参与永贞变革后下场那么惨，王雱心有戚戚，连夜帮梅尧臣把这两篇稿子整理排版，搞好封设，叫胡管事送去印坊打样给梅尧臣瞧瞧满不满意。

梅尧臣自然是满意的。他只是想把书印出来，让人了解了解柳宗元其人，推广柳宗元冲淡平和的诗风，至于这书的销量会不会火爆，梅尧臣根本没去考虑过。既然梅尧臣表现出“一切随你折腾”的意思，王雱就自由发挥地写了个营销方案让胡管事派人连着稿子带去给方洪了。

方洪和王雱合作已久，一看就知晓王雱是要大推这本书，当即让底下的人腾出手来按照王雱给的方案开始执行。

这个时候，吕希纯他们已经抵达洛阳，与王雱一道去见了邵雍。看着王雱熟门熟路地陪邵雍去菜畦里摘了新鲜蔬菜，又捋起袖子料理起从山民手里买来的山鸡，俨然一副主家待客的架势，吕希纯兄弟几人都有点儿蒙：到底谁才是邵雍的学生啊？这家伙到哪儿都这么能来事的吗？

邵雍倒是习惯了王雱这架势，一脸的淡定。不淡定不行，王雱隔三岔五就跑来他这边“度假”，说是城里车马太喧嚣，他需要来沉淀沉淀，尝尝山中野味，以免自己被污浊不堪的俗世给污染了。邵雍觉着是王雱这小子去污染别人才对。邵雍虽然隐居山野，但可是开班授课的，门下弟子不乏吕希纯这样出身官宦之家的类型，也不乏洛阳名门大族子弟。邵雍这里的消息并不比外面的人闭塞，外头有什么动静他都是知晓的。

邵雍善治《易》一经，早年沉迷道学，对卜算有些心得，只是也不知是怎么回事儿，他这卜算之术遇到王雱便不灵验了，几乎算不到任何与王雱有关的事。他那卜算之学，与其说是真的靠卜算，不如说是靠推断与观察。与邵雍往来之人或为名，或为利，或为权势地位，或为香车美人。总之，总有弱处，也总有欲求。偏王雱不一样，他分明喜好享乐，对吃喝玩乐都能说得头头是道，可却叫人看不出软肋何在，更看不出他真正在意什么。只要他想，他什么人都能亲近、什么事都能做。可以说，这世上鲜少像王雱这样让邵雍琢磨不透的人。正因如此，邵雍才会容忍这烦人的家伙时不时登门骚扰。

王雱可不管邵雍对着他琢磨什么，邵雍在他眼里那就是人才培养专家，只要多往邵雍这边跑，洛阳城里许多年轻人他都能尽情使唤了。瞧瞧，这回吕希纯不就自己送上门来了吗？王雱陪着吕希纯兄弟几人见完邵雍，把他们师徒俩的专题讲座选题都给敲定了，心满意足地回去让人准备场地。

洛阳城部分地皮与建筑还在官府手中，王雱为了筹备讲学之事早早改建了一处大讲堂，这半年来一直在装修呢，五月开始，这地方就正式开放了。

讲堂可以容纳数千人，十分宽敞，为了让讲课的人可以轻松将声音传遍全场，整个讲堂是王雱专门设计的，借用了一些现代用到的扩音技巧。张载过来试讲过一堂课，恨不得天天带着学生过来上课，因为感觉真是太棒了！

面对这位不矜持的教育学家，王雱当然是选择把讲堂钥匙交给他，让他负责安排讲堂日常使用事宜。王雱将邵雍师徒几人要讲的课题交给张载，让张载帮忙按照定下的日期把讲堂腾出来。很快，王雱热情邀请的同年们陆陆续续抵达洛阳，一场浩大的西京讲学活动也正式揭开序幕。

王雱的同年之中有一人叫程颢，过来时还捎带上了他在开封讲学的弟弟程颐。王雱热情地送了他们《牡丹亭》的套票，并且送了他们一本梅尧臣的新书，叹着气说："梅先生难得写一本书，你们帮个忙看一看，回头瞧瞧能不能给写个推荐。梅先生身体不好，书卖不出去他会伤心的。唉，我这个当学生的只能帮他到这里啦。"

程颢和程颐如今都才二十出头，还是面皮略薄的年纪，听王雱这么说自然一口答应下来。不过他们都忍不住在心里犯嘀咕：王雱这么直白地说他老师的书卖不出去，要他们帮忙推荐给别人，真的不会挨揍吗？

事实证明，程颢兄弟俩的猜测是很有道理的。王雱逢人就说"我梅先生的书卖不出去，你们帮忙给推荐推荐"，一开始梅尧臣是不晓得的。直至吕希纯去看他，委婉地给他说了这事儿，梅尧臣才知道王雱干了这种没脸没皮的事，怪不得最近许多人看他的目光怪怪的。这可把梅尧臣气得腿脚都好起来了，抄起根棍子追得王雱满园子跑。

王雱觉得自己可冤枉啦！怎么着？就许你坑我，不许我坑你？

程颢兄弟俩拿了《牡丹亭》套票，入夜后也没什么事，便与人结伴去看了。他们来得巧，正好赶上新一轮开演，若是多留几日可以完完整整地看完。程颢与程颐看完《牡丹亭》的第一出，离开时始终想着剧中的背景。那背景着墨并不多，许多人看过之后甚至直接略过了，程颢兄弟俩却敏感地捕捉到剧中那个荒诞背景背后潜藏的东西：剧中看似偶然涉及的一些礼教问题，都隐隐在批判着什么。

程颢和弟弟都师从于周敦颐。他们的老师曾给他们讲过《礼记》里的话："礼者，理也。"所谓的礼义，指的就是他们所追寻的、无所不在的"理"。

虽说他们兄弟俩有很多想法都很一致，但差别还是有的。程颢认为人应该学会控制住自己的欲望，这样才有机会寻求到"天理"，也就是孟子所言的"不动心"：富贵不淫，贫贱不移，威武不屈。他希望用这样的原则约束自己，追寻心中向往的"理"，并不强求他人。可他弟弟程颐的看法可不一样，程颐认为"上下之分，尊卑之义，理之为也，礼之本也”，世道之所以会乱，就是因为纲常不正。只有万物按“理”运行，才不会出现动乱。因此程颢埋首读书，穷究书中道理，入京只为秋闱；弟弟程颐虽与他一同入京，却并未参加科举，而是在开封开班讲学，广收门生。程颢知道弟弟希望将自己的感悟、自己的思想传播开去，影响更多的人。简单来说，就是程颢只想用“理”约束自己，弟弟却想用“理”约束天下人。

可是看了这么一出《牡丹亭》，程颢忽然意识到，便是自己也不一定能做到“灭人欲”，但凡是人，免不了都有贪欲、私欲、淫欲，想要追寻天理大道，必然得摒弃过多的欲望。可是人非圣贤，孰能做到无情无欲？若是当真有人把“天理”当作工具，压迫女子，打击士子，愚化百姓，世道会不会变得和剧中一样扭曲呢？这并不是程颢想看到的，他相信弟弟也一样。

等把《牡丹亭》的套票一张不漏地刷完了，程颢深吸一口气，对弟弟说：“正叔，我们得谈谈。”正叔乃是程颐的字。

程颐抬起头，对上了兄长认真的眼睛。自从看了《牡丹亭》，又去参观了张载的“实验室”，亲自动手验证过四周虚空处都有“气”的存在，程颐最近也多了许多纷乱的想法：如今的洛阳给他展现的是一种全新的风貌，处处新鲜、处处怡人，就连他曾经最瞧不起的女伎，演出时所展现出来的敬业与美丽也让他无法厌恶，他甚至还对“杜丽娘”这个虚构的女子产生了难言的怜悯与怜惜。这，怎么可能？！程颐有些失神地说：“好。”

虽说梅尧臣被王雱的强行推销闹腾得有点儿没脸，实际上他对《柳宗元选集》的销售量还是很满意的，还应王雱的邀请筹备了一次专题讲座，专门讲解柳宗元的诗以及教人如何写好诗赋。

这套路王雱非常熟悉，不就是开讲座卖书吗？王雱叫人把一溜广告打出去，要多浮夸有多浮夸，要多吸睛有多吸睛，还让人做了个梅尧臣的等身立牌，说是给慕名而来的人指路用。梅尧臣过来时见到讲堂外的布置，差点儿没昏厥过去，这都什么东西？王雱还拿了个软绵绵小挂件给梅尧臣献宝：“先生您看啊，这是这次买书的赠品，在京城时很多人看见我们上回做的摆件都很羡慕，也想要得很。可惜那套摆件是典藏版，旁人想要也要不着，绝版了。这一回，我就让人做了一批可爱小挂件，买书即送，可以随身带着，想要回忆您的谆谆教诲时就拿出来看一看。”

梅尧臣看了眼那表情凶萌凶萌的软绵绵小挂件，额头青筋跳了跳，骂道：

"滚，赶紧滚！"他觉得这小子就是老天派来折腾自己的，自打梅尧臣上次给《国风》投稿揭了王雱的底，这小子就没消停过！

王雱麻溜地滚了，免得梅尧臣真对自己喷火。一把年纪了，气坏了身体多不好！王雱越想，越是觉得自己尊敬师长，又乖又听话，又聪明又贴心，妥妥的大宋好学生。

自从入夏之后，洛阳的讲学就没有停下来过，一开始只是洛阳的致仕官员们出来搞专题讲座。后来年轻一辈也出来各抒己见，展现自己的各种新鲜想法。入秋后，王雱还组织了辩论会，选定论题，双方激辩。若是还不尽兴，大可来个舌战群雄，一个人干翻全场。

不管是来开讲座的、来听讲座的，还是来参加辩论会的，这段时间都斗志昂然，对自己的论题投入了百分之一百二十的精力——他们要么怕自己堕了往日威名，要么想要一鸣惊人，要么是单纯觉得"不管怎么样我都必须要赢"。一时之间洛阳学风大盛，走在茶坊酒楼之中，大多数人都在讨论学术问题，偶尔还会因为双方论点不和变得仇人相见分外眼红，直接约几场场外辩论。

对此，王雱非常满意。讨论得越激烈，书就卖得越好，书卖得好，就可以带动一系列出版相关的业务，包括刻书的、印刷的、销售的、做周边的等等。来的人越多，逗留得越久，对饮食业、服务业、娱乐业的好处越大。反正冯茂悄悄找王雱嘚瑟，说自己最近赚翻了，短短几个月就比他爹开的状元楼还赚钱。

王雱对此非常满意，忙碌大半年，为的就是让西京这边的府库充盈一些，好让他有闲钱干活。洛阳接连不断的"讲学活动"一直持续到临近秋收，王雱便实地考察起了河南府交错相通的水网。河道跑久了，免不了会有点儿毛病，比如河道淤堵或河堤缺口，是以有的地方缺水，有的地方容易涝，得人工挖点沟渠引流。

王雱准备出去溜达时想起了同年郏亶的兴趣爱好——兴修水利。他一琢磨，干脆叫上郏亶一块儿去看看，好培养培养这个极好的同行苗子，将来真要搞什么大工程也能有个好助手。王雱当即给郏亶修书一封。

郏亶听说王雱准备搞水利这块，二话不说就请假过来了。直接和王雱约在半途中见面，免得王雱在洛阳空等太久浪费时间。见着了王雱，郏亶无比羡慕地说："你就好了，感觉一天都没闲下来，我们想做点事还没人乐意让我们去做。"

王雱道："是吴爷爷待我好。"

对于上官不给分下去的新科进士安排事做，王雱还是挺理解的。他们这些新科进士就相当于实习生，哪怕接受过岗前培训也没什么实际经验，谁都不放心把重要的事情交给他们办。再说了，真要办事肯定得分权，这权原本是攥在上官手里的，人家和你又不熟，凭什么分你？因此，郑亶和吕希纯他们就很闲，请个十天半个月的长假都没人会在意。郑亶也知道遇到好的上官确实要靠运气，所以没抱怨什么，积极地陪着王雱一起去各处考察，希望学学王雱独特的测绘技术。

古人以水之北、山之南为“阳”，古洛阳因多在“洛水之北”而得名。洛阳盆地之中孕育过数朝古都，夏商周汉魏都曾定都此处。一般而言，能成为都城的地方都不能缺水，因此洛阳一带水系丰富，主要河流有伊水、洛水、瀍水和涧水，隋朝开了永济渠之后，洛阳更是成了南来北往的水上交通枢纽，堪称“濒河仓廪”。因此，这一带古往今来都不缺水利工程，需要王雱搞大动作的地方反而少。

郑亶和王雱两人也没带几个人，只领了几个精于算学的人在河道周围测绘，时走时停，一手实测数据，一手调阅各地县志。即便城中事务忙碌，王雱仍会定时下乡走动，各县大小官吏都与王雱颇为熟悉。无论见到的人身份如何、年纪如何，王雱一概不端着架子，唯一一点就是在吃上面不肯将就，总要寻最好的。时间久了，众人也摸清了这位状元郎的性情，见他来了便说自己最近得了什么新鲜吃食，邀他去家中用饭。

郑亶一路与王雱同行，跟着王雱探寻了一些古时的工程遗址，手上攒了不少与王雱一同画出来的测绘图，感觉获益匪浅。从前与同窗、同僚出行，郑亶总觉得不得劲，要他临场吟诗作对更是痛苦不已，与王雱一同出行却不一样，没那么多虚头巴脑的讲究，捋起袖子就是干，特别爽快！更重要的是，郑亶发现与人多交流交流，能发现很多容易被忽略的东西。别人怎么样郑亶是不清楚，反正王雱走到哪里都像有人专门给他递消息一样。

郑亶离开时带走一份测绘图和一些相关资料，准备回去好好琢磨琢磨。对于这种勤学肯干的好苗子，王雱自然欢喜，临别时又传授了郑亶一些“找事干”的诀窍，一言以蔽之——搞事，搞事，搞事！没有人不想要政绩，只要找对了路子，永远不愁没事做！郑亶很是受教，不舍地与王雱分别。王雱则揣着洛阳周遭需要动工的工程的规划图在渡口乘船回了洛阳。

秋天农忙时节过去后，河道就得开始清淤，完成这项工作之后，其他事也得紧锣密鼓地跟上才行。王雱带着种种考虑上了客船，不想竟碰上两个有些眼熟的人——好些年前那对被他忽悠着带走一本填字游戏的父子。

那小孩今年约莫十一二岁左右，两只眼睛乌溜溜的，很是精神。见到王雱，小孩显然很惊喜，直接从他爹身边跑开，兴奋地蹦到王雱身边叫喊：“是你呀！”这明显是认出了王雱，不知怎么回事儿，这小孩见着他就格外亲近。

王雱对乖孩子挺有耐心，想着船上未免寂寞，便朝小孩的父亲行了个礼，坐下与小孩说起话来。这回两人交换了姓名。小孩叫赵仲针，是随他爹赵宗实来洛阳玩的，没什么戒心，不等王雱问什么就噼里啪啦地把自己的事情都交代了。

听到这两人姓赵，王雱在心里琢磨，这两人莫不是宗室子弟？想要在朝廷混，王雱自然做过功课：太宗那一系目前按“元允宗仲士”排辈，“宗”应该是太宗曾孙一辈，而“仲”正巧是太宗玄孙一辈。所以，再一琢磨他们父子俩的名字，王雱就知道这两人是宗室没跑了。王雱心中有了猜测，却也并未避如蛇蝎，仍是忽悠赵仲针玩点小游戏，哄得小屁孩对他又是喜欢又是崇拜。到下船时，赵仲针屁颠屁颠地跟在王雱后面跑，想继续和王雱一块玩，结果被他爹一把拦下。

赵宗实朝王雱露出个满含歉意的笑，对王雱道：“我们还有别的事，不能和你一道走了。”王雱知晓对方肯定也知道了自己的身份，没有多留，与小屁孩赵仲针道过别便走了。

赵仲针可舍不得王雱了，可又不敢违逆他爹的意思，只能巴巴地目送王雱离开，难过地转过头问他爹：“爹，为什么我不能跟元泽哥去玩？”对上儿子黑溜溜的眼睛，赵宗实只能敷衍地说了几句王雱有正事要办，人家早早当了状元郎之类的话。赵仲针一听，不委屈了，反而两眼放光，觉得他元泽哥真厉害，竟然这么小就当状元郎啦。

另一边，王雱别了赵宗实父子两人，心里却很清楚赵宗实为何要约束儿子和他保持距离。赵家宗室被限制得比较严格，虽然也能恩荫封官，但绝对不会有实权，只是领个俸禄而已。即便被派去当个知州之类的，地方上的一干事宜也都由通判解决，宗室仍是只管领俸禄。

不仅宗室如此，外戚也差不多，要当官可以，只能当武官，不能当文官。非要当文官，那就乖乖当白拿俸禄的关系户。朝廷可是明令外戚不得入“两府”，也就是不让他们进中书省与枢密院，不让他们参与重要政务的决议，很大程度上降低了外戚与宗室作乱的可能性。

一般来说，文官体系的人也不爱和宗室、外戚往来过密，甚至还喜欢没事喷喷他们来减压，喷得越厉害，越能显示文人不畏强权的风骨。在维稳方面，赵家人干得非常不错，武官压住了，宗室外戚也压住了，更没给宦官多少扰乱朝局的机会，用他们自己的话来说就是“与士大夫共治天下”。

士大夫这阶层，甭管实际上要不要脸，明面上还是要把礼义廉耻立起来的，他们瞧不起武官，瞧不起外戚，瞧不起这瞧不起那，逮着机会就一顿狂喷；相互之间可能也看不顺眼，逮着机会还会互喷。所以，有他们在，朝局看起来非常平和，让人很有安全感。

不过，政治上是稳了，经济上难免出点血。宗室外戚发展至今，每代少说也有好几万人，每年要给他们发丰厚的俸禄，又怕他们得了实权坚决不让他们去办事，逢年过节搞祭祀、摆祖宗时还得给他们发一大笔赏赐。这等于白养着一大批啥事都不干的关系户。这批关系户还不止不干活那么简单，他们有钱、有关系，所以可以买田买地雇人做买卖，各地许多土地如今怕是都落在他们手里了。

王雱这一趟出去，已经知晓了哪些田地是谁家的，里头又藏着多少隐田。没办法，一般王雱只要扫上一眼就能大致估算出具体面积，以前他出去跟项目时很多人都说他的目测能力比扫描仪还厉害，扫描仪还得通电呢。只不过即使知道了有人瞒报土地、偷税漏税，那也不是王雱能处理的事。处理了一家，立刻会有千千万万家人会把你恨上，谁叫你让我担心得睡不着觉呢？

王雱琢磨着，既然这些人有钱有地，不如撺掇他们掏钱干点啥。王雱这儿还没琢磨出来呢，冯茂就找来了，活像受了委屈的小孩终于见到了家长。

冯茂真是来告状的，因为有人仿着他的旅行社开店了，旅行路线直接照搬就算了，还派人过来挑事，找些泼皮过来调戏他们的女导游。本来他们培训出来的导游小娘子就是顶着压力出来工作的，被这么一闹就都怕了，纷纷提出不想干了，有她们丈夫干就好。

导游这工种原本也不是没有，一些闲汉本就是干这个营生的，专给些外来人介绍洛阳风物。这部分人有一些已经被冯茂招进旅行社里头了，有的却没被冯茂选上，还平白丢了饭碗。就是这部分人经人一撺掇跑来闹事了。冯茂苦恼得很，说：“虽则府衙那边让他们蹲大牢去了，可城中永远不缺泼皮闲汉，总这么闹也不是事。”

事实上，最可恨的反倒不是直接闹的那几个，而是那些专门在坊间散播流言蜚语的人，他们说：那些个出来抛头露面的女导游一看就不是好人家的女孩，要不怎么会跑出来干这种迎来送往的活儿呢？那得接触多少人？要是她们不守妇道的话，她们丈夫脑袋上得多绿啊。

王雱找来周武让他去查这事儿。周武道："我早查过了，是刘家的人。"周武详细地把情况汇报给王雱。这还真是瞌睡就有人送枕头，那学着冯茂做旅行社的店背后就是刘姓后族的子弟。

刘姓后族来头不小，乃是已故太后刘娥的外家。官家登基时只有十一岁，不能处理政务，刘太后便成了大宋第一个垂帘听政的太后。这位刘太后的经历很是传奇，她家道中落，被一个叫龚美的人收养。龚美夫人善妒，容不下刘太后，龚美便带着刘太后外出卖艺为生。后来，刘太后意外与真宗皇帝有了段姻缘，最终成了皇后、太后，龚美也改姓刘，成了刘太后的义兄刘美。刘太后掌权时出入规仪一度直追皇帝，官家虽因为生母与还政之事一度与刘太后生出嫌隙，但最终还是重归于好，对刘太后外家十分宽厚，刘家可谓荣显一时。

上回，和李玮一起来洛阳玩，被关大牢一晚还回去坑爹的人里头，就有一个是刘家人，叫刘高明。刘高明乃是刘美的孙子，二十出头，生性冲动，要不然也不会不动脑子，自己干了坏事还跑回去告状。刘高明从小横惯了，上回在洛阳栽了个跟头，心里很不服气，他爹娘一把他放出门，他就又跑到洛阳来找王雱的麻烦了。

听说冯茂是外地来的，与王雱往来甚密，刘高明"以己度人"，自觉看得很准，认为冯茂是特意从青州那边跟过来给王雱当"敛财代理人"的，王雱与冯茂肯定是典型的官商勾连，没得跑！于是，刘高明顿时把矛头对准冯茂！要说经商天赋，刘高明自然是没有的，不过叫底下的管事依葫芦画瓢照搬冯茂那一套，再找些泼皮闲汉去冯茂那边闹事，刘高明办得很是熟练。

周武查到了这些，没急着反扑，而是耐心等待王雱从外头回来。以其人之道还治其人之身是很容易的，可周武总觉得王雱可能会另有打算，所以一直劝冯茂先稳住，等王雱回来再说。

王雱听了，露出愉快的笑容。他夸奖周武："干得不错。"

冯茂总觉得王雱那笑瞧着蔫儿坏，他没周武与王雱之间的默契，急得抓耳挠腮道："你们到底准备怎么做？"

王雱道："很简单，前头不是有几个难啃的投资项目还没人接手吗？现在，有人送上门来了，不坑他们一把怎么对得起他们远道而来的辛苦呢？"

冯茂不太确定地说："他们会上当？"

王雱道："试试又不吃亏。"随即让冯茂坐下，煮了杯茶，边喝边和冯茂说起全套计划，什么"抢来的东西最香"，什么"凡是不能少了托儿"，什么"到时你给我可着劲抬价"。

冯茂听得眼睛越睁越大，摇着头说："幸亏你不来行商，要不然可就没我们什么事了！"

王雱淡淡一笑。投资这事儿就跟赌博一样，投入越多，越不舍得抽身。他们既然想盯着冯茂跟风抢生意，那就让他们多跟跟，最好呼朋唤友来跟。众人拾柴火焰高啊！

王雱拍拍冯茂的肩膀说："他们那点小伎俩你别怕，有我呢。你好好琢磨，一定要引他们入坑。"坑人这事儿，跟王雱混久了都能学到几招，冯茂当即志得意满地回去琢磨怎么坑刘高明他们。

冯茂算是下了血本，把旅行社接的单子缩减了大半，做出十分萧条的样子。他人也憔悴了许多，终日在外头喝酒买醉，看着就是商场失意的模样。可没几天，他在拜访过王雱后又精神抖擞起来，每天偷着乐，好像捡了大便宜。刘高明一打听，听说府衙要办个特殊的招标宴，这招标宴上有许多能赚大钱的项目。还有些人暗中传言，很多项目已经被王雱和冯茂内定了，别人只能竞标他们挑剩的那些。不少人都言之凿凿，说冯茂喝醉后嘚瑟地透露了这事儿。刘高明脑子一热，揣着钱就去参加府衙办的招标宴，瞅准冯茂投标的项目疯狂砸钱。冯茂带着一群托儿你一次我一次地抬价，还不时地朝刘高明露出挑衅表情，气得快要放弃的刘高明又咬牙切齿地继续跟价。

不出王雱所料，刘高明掂量着光自己可能抢不赢冯茂这个王雱的"代理人"，还真拉了他那些狐朋狗友一起来抢项目。冯茂见价钱抬得差不多了，美滋滋地撤退，并在招标宴结束后去找王雱吃酒。

入秋了，正是喝酒吃蟹的季节，王雱叫人温了一壶酒，蒸了好几只肥蟹，与好友一起享用。他边听冯茂说起招标宴的事，边慢条斯理地料理自己面前的秋蟹，感觉身心都得到了极大的满足，非常满意地感慨："真喜欢这些实诚的孩子。"还有什么比带着钱、带着朋友过来投资的热心人士更让人喜爱的呢？

冯茂听得一阵无语。按年纪算起来，王雱才是孩子好吗？像上回被台谏喷到外地去的驸马李玮都已经三十几岁了，刘高明这些人也已经二十出头，很多都当孩子爹了。王雱才不管这些，坑了刘高明他们一把，招标钱有了，工作岗位有了，他们的家族还自带技术人才，完美啊！

王雱这边正愉快地和亲朋好友们享用肥美的秋蟹，刘高明他们则兴冲冲地回到家，和家里说自己抢了个极好的投资项目，来钱可快了！各家一看，差点儿没被自家傻儿子气死，这都是些难啃的骨头，哪里赚钱哟！可是钱都投进去了，契约也签了，毁契也不值当。各家长辈瞧见傻乐的儿子就脑仁疼，罚他们跪了两天祠堂，派了管事跟着他们过去打理这些营生。行，你说赚钱是吧，让你忙活去，也省得整天胡作非为给家里招祸！

有些人意识到自己儿子和别人儿子差距太大，还特地派心腹管事登门拜访王雱，话里话外的意思是：差不多就行了，要钱要人都好说，别把我儿子坑太惨了，凡事留一线日后好相见。王雱自认是个非常善良的人，也和这些人表了态：放心吧，有钱大家赚，只要来洛阳投资一准不会亏！

临近中秋，王雱请假回家过节，顺便去催催上头给洛阳拨款修河道。虽说洛阳财政暂时不缺钱，但是该朝廷发的钱怎么能不讨呢？

王雱一回去，就又和官家叙了个旧。这一回京就能面圣的殊荣，在他的同辈里算是独一份了。王雱仍是一点都不拘束，还和官家提了一嘴自己遇到赵宗实父子俩的事，好奇地问官家："他们算不算您的侄子和您的侄孙啊？"

官家初一听王雱提的两个名字，还以为王雱要和朝中众人一样劝他早立储君，心中有些愠怒。可见王雱眼里只是好奇，没有别的意思，官家又把愠怒压了下去，与王雱禁庭中信步闲行，口中应道："算是。"

王雱何等敏锐，一下子察觉到官家情绪变了，当即不再提这个话题，而是说一些西京的趣事。到回了家，王雱没等着他爹回来，便去隔壁寻司马光说话。司马光听王雱问起赵宗实，细问他是怎么回事儿。知晓王雱在官家面前提了赵宗实父子二人，官家还有心情听他说别的事，司马光才发现官家是真心喜欢王雱。上回范镇追着官家提这事儿，差点儿被官家发配到外地去。范镇也是硬骨头，被官家斥骂之后更加紧咬不放，直接就指着官家鼻子骂他："罔顾天下百姓，朝中怎可无储君！"

王雱听了，真心实意地心疼起官家来。这生不出儿子，也不能全怪官家啊！何况官家也不是生不出，而是生下来没养活。现在官家都没到五十岁，若是搁现代赶上开放二胎都还能生呢！这逼着人认别人儿子当崽，还得把全部家产给别人的儿子继承，搁谁身上谁都不会乐意的，还不许人犹豫犹豫吗？

王雱正想着，司马光就把官家心情突变的原因告诉了他：曹皇后曾经把这赵宗实接进宫里抚养，还将从小带在身边长大的外甥女高氏嫁给了他。朝中诸人每每追着官家让他立储君，提的人选都是这一位，只不过大部分人都没想让王雱卷进这事儿，所以也没人和王雱提及。

王雱明白了，敢情这是他不小心踩了雷。也亏得官家生性宽厚，没当场发飙给他赶出去。

司马光见王雱一脸恍然，也没再多说，挥挥手赶王雱回去。

王雱很是舍不得，说：“就不能留我用个饭嘛！”

司马光横他一眼，眼神里的意思很明显：没门。

泰山大人这么强横，王雱也没辙，只能灰溜溜地走了。回到家中正好赶上王安石回来，父子俩坐下聊起了公务，王安石是想了解儿子如今干得怎么样，王雱则是想探听一下马蹄铁项目的进展——到底是自己起的头，想知道项目孵化情况啊。

王安石办事能力不差，王雱的结题论文里头又已经有详细的章程，马蹄铁的推广自然不会出娄子。眼下，朝廷已经培养出一批优秀的马蹄铁铁匠，都是扫上一眼就能给马蹄配备“铁鞋”的专业人才！这些铁匠都是入了匠籍的，等闲人根本挖不走，便是有人学了这马蹄铁之法也得慢慢摸索着去打造，和朝廷这种统一配备的模式完全没法比。王安石给王雱看了数据，过去一年内，用了马蹄铁的马匹损耗率大大降低，于国于民都是件大好事。

王雱安心了，与王安石说起西京那边的事。等聊完了正事，王雱觍着脸和王安石提起了私事：“爹，您看我今年十五了，过了年就是十六了啊！这都超过婚配年龄一年了，您是不是该帮我去和岳父提亲了啊？”

这事儿王雱在信里和司马琰商量过，早婚早育不好，可他们早婚又不等于要早育。人类和禽兽的区别不就是能够控制自己吗？现在，司马琰待字闺中，连出个门都不方便，王雱觉着还是早些把人娶过门为好。到那时，他们就可以一起搞事情啦。因此，王雱就积极地找他爹商量这事儿了。

王安石瞪他一眼道：“毛都没长齐就想着娶亲！你岳父那边想多留女儿两年，难道我还能帮你强抢回来不成？”

王安石其实也私下和司马光提过这事儿，不过司马光是不大乐意的，一来是舍不得女儿，二来是怕了王雱那些个天马行空的想法。这还没成亲呢，王雱就怂恿人家去做什么实验，搞什么护肤套装，还直接帮司马琰在外头弄了几桩生意。结合王雱在洛阳干的那些事——比如用个为母筹钱治病而出来当导游的孝女树典型说什么“女儿能顶半边天”之类的——司马光实在怕王雱会把他女儿带得不成样子！司马光觉得，还是多留女儿两年再让他们成亲比较安全。

王雱在家过中秋，千辛万苦地在团圆的日子里见了阿琰妹妹一面，其艰难程度让他越发觉得自己是勇者，他未来岳父是恶龙，阿琰妹妹被困在高塔之上等自己拯救。好在司马光和张氏都是真心疼爱司马琰，除了非要她学一些相夫教子的相关技能，也没太拦着她做别的。为了让司马琰更习惯婚后生活，张氏这两年还频频带她走动，让她熟悉待人接物的礼仪。

司马琰虽做不到面面俱到，但也礼数周到，再加上她相貌出挑、天资聪慧，遇事能提出自己的意见又不咄咄逼人，很容易赢得长辈的好感，如今俨然已成了“别人家的孩子”。

王雱回洛阳后，还有人暗暗和司马琰八卦他的事，一会儿问王雱是不是真救过花魁，一会儿说王雱劝说女子出去做事，话里话外很替司马琰担心。

司马琰对此只付之一笑。不管是她家还是王安石家都没有三心二意的传统，家中连个妾侍都见不着，男人到外头也不会寻花问柳。更别说王雱也不是那样的人，他有着比这个时代超前近千年的思想，绝不会为了这种事闹得家宅不宁。王雱这“风流名声”完全就是“造谣一张嘴，辟谣跑断腿”。

王雱中秋后回洛阳。除了他自己，一道过去的还有前任宰相文彦博。没错，宰相又换人了，换成了韩琦。起因在于有人巴结讨好文彦博，小尾巴没扫干净，台谏拿住这个把柄，来了一波凶猛弹劾。眼见群情汹涌，官家扛不住压力把文彦博给撤了，并叫他推荐个接任人选。文彦博先推荐与他同年的王尧臣，被人否决了；又推荐与他的同年韩琦，官家就把韩琦从枢相位置提拔成一把手了。

今年吴育任期满了，因着这三年干得不错，身体也恢复得很好，吃好睡好，能跑能跳，而且还有十几年才到致仕年龄，所以开封那边打算把吴育召回京城继续发光发热。文彦博这次去洛阳，就是接吴育的位置，判河南府、兼任西京留守。

算起来，文彦博也算是王雱的新上司了。中秋之后天气渐冷，文彦博决定走水路过去，免得路上又冷又颠簸。王雱自然是要与新上司一道走的，他和文彦博不太熟，这位刚刚被人从宰相位置上撸下来的大官又不太搭理他，王雱有些无从下手，只能乖乖巧巧地提溜着他娘给他准备的大包小包登船。到客船要开时，王雱看到个有些眼熟的仆从边跑过来边吆喝：“等等！等等！”

船家停下了，那仆从便跑到王雱跟前与他见礼，而后把一封信交给了王雱，说是韩相公让自己捎给他的。王雱想起来了，这仆从是韩琦家的。

王雱觉得宰相门前太热闹，于是一个假期到处跑动，忙碌地拜会各家长辈，压根儿没想着腾出空递帖子去见韩琦。只给韩琦修书一封，信里写的都是“听说您现在可牛了，既然当上一把手了，要不给西京这边多批点财政经费”之类的，十分没脸没皮，一点都没把自己当外人。没想到今儿韩琦正巧拆了信，得知王雱马上就要走了，当即写了封回信让人追上来给他。

韩琦在信里把王雱骂得狗血淋头，喷他小小年纪不学好还想走后门，没门！王雱遗憾得很，都当宰相了，提携一下后辈不好吗？虽然中间隔了许多年，但算起来韩琦可真是看着自己长大的啊！

文彦博也认得韩琦身边的忠仆，斜眼一看，王雱手中那信的字迹果然出自韩琦之手。王安石这父子俩文彦博自然是知晓的，还是他向欧阳修举荐王安石回京任群牧判官之职，对这两个父子他都挺看好。可是，临别前文彦博与韩琦一起吃过酒，当时聊起王雱这厮，韩琦就再三嘱咐他："这小子容易蹬鼻子上脸，千万别让他拿准了你，要不然就等着被他坑吧。"

文彦博回想起王雱考上状元后干的那些事，也感觉有点儿邪乎，别人被弹劾都是降薪降职的，偏偏他每次被弹劾都化险为夷，不仅撇得干干净净，还在台谏那边留了名：没什么大事的话，还是别喷他了。

文彦博入朝这么多年，期间两度为相，还真是头一回见着这样的奇葩。再加上老友韩琦也那么提醒了，文彦博自然一直绷着脸，坚决不给王雱套近乎的机会。只不过，这韩稚圭叫他别给这小子机会，自己倒写了信叫人追上来，就这么个黄毛小子，能坑到他什么？船已经离岸，文彦博有些无聊，心中又好奇韩琦到底给王雱写了什么，顿时把韩琦的劝言抛诸脑后，开口问正慢吞吞看信的王雱："是韩相公给你写的信？"

王雱把信一藏，警惕地对文彦博说："我不能给您看。"俨然一副"想窥探别人私人信件很不道德"的防备姿态。

文彦博被王雱逗乐了，笑道："我没想看。"

王雱慢腾腾看韩琦的信，为的就是引起文彦博的注意。见文彦博不再是一开始那副拒人于千里之外的模样，王雱哪会让他再清静着，顺着杆子就往上爬，积极地和未来新上司聊起天来。当一行人抵达洛阳时，王雱已俨然一副"文彦博和我天下第一好"的架势，很是熟稔地和文彦博介绍如今的洛阳新貌。

有竞争就有发展，冯茂被刘高明那边一激，更是想方设法提高服务质量，开发独家新路线，旅行社再度红火，他甚至还邂逅了心仪的小娘子，也就是王雱用来树典型的"半边天"陆三娘。

陆三娘出身贫寒，母亲又病重，没那么多穷讲究——农户家的女子难道还要大门不出二门不迈，或者戴着帷帽去干活不成？有人骂她时，她便当场骂回去，说自己一不偷二不抢，也没干什么见不得光的勾当，凭什么不能堂堂正正地出来赚钱给她娘治病？

当时冯茂就觉得，这小娘子他喜欢，是他心仪的未来对象没跑了。王雱要树典型、正风气，冯茂就屁颠屁颠地把陆三娘推了上去。陆三娘也争气，把整个导游团队管理得妥妥帖帖，每日开工之前还把所有成员集合起来洗洗脑，搬出王雱搞的一套媲美传销的激情台词鼓舞士气。接着冯茂又拿出重金搞竞争，实行多劳多得的提成模式，只要肯干、肯出主意，那就有钱拿。

于是，文彦博抵达洛阳时，洛阳城中处处都是热火朝天的盛况，他还被在旅行社兼职发传单的小女娃塞了张旅行社广告。这广告的大意是："秋天虽没牡丹可看了，可菊花又该开了啊！一片片菊花黄澄澄的，多好看不是？你要是喜欢在城里，那就参加城里的菊花花会，和你一起的都是饱读诗书、家世出众、才学过人之辈，不管你是学《易经》的，还是学《礼记》的，都可以与许多同好交流。你要是喜欢山野趣味，我们可以去看漫山遍野的野菊花，还能享用农家老酒、肥美鸡豚。这洛阳农家的鸡啊，可都是天天锻炼，一天不走一万步不归笼，趁着它半大不小时宰了，可炖汤、可白切、可烤制。炖汤，汤味鲜美；白切，肉质鲜嫩；烤制，皮脆肉香。那些个爪子、翅子，还可以用特殊卤料卤一卤，准保你吃了还想吃，爱得连骨头都不放过！如果你心动了，就来找我们冯氏旅行社，我们提供一条龙服务，出行、住店、游玩、吃饭，你们统统不用烦恼，只要与家人、友人尽情享受宴游之乐就好！"

文彦博看完手上的宣传单，脸皮抽了抽，总感觉这玩意儿透出一种异常熟悉的不要脸气息。好好的纸墨，用来印这玩意儿也太浪费了，天底下有多少寒门子弟舍不得用纸习字。

王雱一点都没不好意思，他觉着这事儿和自己没关系，虽然自己提了点主意，又随便写了点广告词，但旅行社又不是他开的，事情又不是他干的，钱也没分给他，和他任何关系都没有！

王雱带着文彦博去找吴育。这两人不用他互相介绍，因为他们也是同年，还都是同年之中曾经位列宰执的，彼此间熟悉得很，王雱只要负责让他们见上面，张罗个饭局就成了。

吴育任满要走，一同过来的林通判自然也要跟着走，调往别的地方锻炼。文彦博没带自己人过来，上头就给他安排了一个人，正是范仲淹的二儿子范纯仁。

范纯仁皇祐年间中了进士，磨勘两轮，如今也该到通判之位了。考虑到范仲淹今年到了致仕年龄，打了报告申请要到洛阳养老，方便了解朝局、与老友往来，朝廷便将范纯仁调来当通判，好让他奉养老父。

王雱与范仲淹虽亲近，与范纯仁却没见过几面。一见着他，王雱就感觉这人像范仲淹，还像司马光，一股子君子之风，没他弟范纯礼那么好忽悠。似乎，不太妙！王雱忙夹起尾巴，跑前跑后帮他们搞交接。

文彦博和范纯仁看着交到自己手里的公务，很快发现端倪：但凡常规的事务，都是从林通判手里交接过来的；而那些超出常规、异乎寻常的，全都出自王雱之手。这小子过来一年，洛阳就热闹了一年，一刻都没消停过！文彦博两人对视一眼，一个明白了韩琦为什么说“别着了他的道”，一个明白了自己爹为什么说“你得看紧他点”。

王雱毫无自觉，公事办完了，就跑去找范纯仁增进感情。范仲淹要致仕了，他给范仲淹修的园子也快清整完毕了，清幽漂亮，翠木成荫，不管是想闭门写书，想接待宾客，都是非常合适的。王雱拉着范纯仁去他亲自监修的园子里溜达，看看还有什么需要改进的地方，若没有，等范仲淹致仕了就可以直接住进来。

范纯仁看着却皱起眉，问王雱：“这么好的园子，怕是要费不少钱吧？”即便范仲淹曾官居参政，范家也不是多富裕的人家，要在洛阳这边修个园子并不轻松。

王雱道：“不费多少钱，买下来的价钱不贵，只是费些人工而已。”钱财乃是身外之物，王雱信奉钱赚来就该花，该花钱的时候从不眨眼。他还得天天过来蹭吃蹭喝呢，送个园子怎么啦？他让范纯仁不用考虑钱的问题，这是他这个学生送范仲淹的。

王雱觉得理所当然的事，在范纯仁看来却不行，范纯仁较真得很，问他一连串问题：到底花了多少钱？经过家里同意了吗？父母在，儿女不置私产的道理你知晓吗？这么大个园子哪能说送人就送人？总之，范纯仁的态度很明确：不行，不可以，你不能干这样的事。

王雱：……糟糕，又撞上了最怕的一类人！

第四章

上阵父子兵

王雱刚受到范纯仁的教育没多久，开封那边又来了两个人，一个是闭关学习新画技的画师郭熙，一个是今年春闱考了二甲的李元东。王雱看到这人员配置，觉得冥冥之中可能有只看不见的黑手想要破坏他的逍遥日子。李元东，学霸一个，爱好盘根问底，永远不想错过任何学习机会；郭熙，画痴一个，醉心画技，讨论起画画来能聊上三天三夜。到底是谁把这两个人安排过来的？

王雱过了几天水深火热的日子，开始在心里排查起嫌疑对象来：他爹是会干这种事的人，但他爹没权；他岳父是会干这种事的人，但他岳父也没权；韩琦的话，嫌疑最大，因为韩琦刚回信骂过他，又是朝廷的一把手，安排个人过来再容易不过了……王雱一琢磨，惊觉自己的生活如此水深火热，竟有这么多人可以悄悄祸害他。王雱自觉自己正直可靠，积极向上，浑身上下没半点坏毛病。结果呢，谁都瞧不得他过得舒坦。说实话，王雱并不是讨厌李元东他们，相反他还挺佩服这样的人，就是不太受得了他们的较真劲。

王雱长吁短叹地扛了几天，写信给范仲淹抱怨起他儿子来，说自己干点什么，范纯仁都盯着，好像生怕自己会搞什么违法犯罪的勾当，自己像是那样的人吗？

王雱的信送出去没几天，很快收到范仲淹的回信，中心意思很明确：“是我叫他盯着你的。”一起送来的还有他爹的信。他爹说他收到了范纯仁的来信，句句都是“你看看你儿子做了什么”“你得管管你儿子”，还有韩琦也给他爹送了封信，信里的内容句句荒唐，写信的人是谁不言自明。哪怕隔着老远，王雱还是能看出他爹写信时是喷着火的。王雱心里只有一个想法：怎么这些家伙告状速度比他还快？

王雱没法子，只能当个乖宝宝，安分了老长一段时间。秋末冬初，眼看河道要清理好了，王雱拿出早就准备好的图纸找文彦博商量施工的事。王雱本来是准备和吴育一起做这事儿的，结果吴育调回去开封了，换了文彦博过来，他自然要拿着舆图和文彦博商量。

这年头虽然也有舆图，但是画得比较含糊，也没有明确的比例尺，不像王雱的舆图这样清晰明了，外行人看了也一目了然。王雱积极地给文彦博解说每部分需要投入的人力、物力和时间，表示他琢磨了一些非常省钱省时的方案，大力鼓吹这些方案实施下去之后有什么好处。

这一年多，王雱把整个洛阳走了一遭，对周围有什么物产、哪里需要水、哪里容易涝都摸得清清楚楚，说起计划来头头是道。不仅要修渠改渠，最好能顺便修个路。还有洛阳的码头啊，看着也老破旧了，可以好好修缮一下，顺便用上范纯礼近两年改造的码头运输工具。

文彦博起初也听得颇为心动，差点儿就一口应了！到后面，王雱图穷匕见说要修渠修路修码头，文彦博瞬间冷静下来：真要这么干，得费多少钱？光是往上要钱，就能拖几年！西京这地儿的人，要么是来养老的，要么是来缓冲的，做起事来反而有点儿尴尬，大小经费都得让开封那边审批，麻烦得很。

王雱积极怂恿文彦博："这事儿啊，不费钱的！"他稍微给文彦博解说了一下具体的招商引资方案，简单来说就是逮着本地的和外来的勋贵富户，告诉他们这地方有发展前景，让他们连路带渠一起包圆给修了。

文彦博瞅着他，说："我听说你已经坑过人家一次了，第二次还管用吗？"

王雱道："管用的，凡是有一就有二，第一次他都跳坑了，第二次怎么会不跳呢？"王雱顺嘴说完了，又觉得不对，立刻义正词严地改了口，"这事儿怎么能说是坑，这是利国利民的大好事，掏点小钱，功在千秋！您只要开个动员会，动动嘴皮子鼓动鼓动，把任务给分下去，成不成都好说，反正又不亏！"

文彦博想了想，道："如果你能先说通一些人牵头，我便试试看。"他是要脸的，要是招标会开了，没人参与竞标，他的老脸往哪儿搁？

王雱听文彦博松了口，只提了一个要求，让文彦博在规划图上盖个官印。王雱理由很充分："这样才能说服他们，让他们相信我们真的要搞大动作，他们只要小小地出点力就可以享受好处。"

这事儿若是能办成确实是利国利民的好事，文彦博点头答应了："行，我给你盖个印。"

王雱看着规划图上多了个红戳，非常满足，又暗搓搓给文彦博提建议："此事涉及钱财，需要方正又能服众的人去负责，我觉得我师兄就不错，他板着张脸立在那儿，我就感觉胡先生、范爷爷还有我岳父齐刷刷站在我眼前，什么乱子都不敢闹啦。"

王雱还真没感觉错，当初范仲淹要搞太学改革，推举了生性严格的胡瑗去负责。为了服众，范仲淹还把范纯仁扔过去被胡瑗管教。这不，教出了个方正严明的范纯仁出来。

文彦博想到王雱见着范纯仁时的乖巧，一眼看出王雱这是要支开范纯仁。这小子天不怕地不怕，只怕范纯仁他们那样的人，这倒是有趣得很。不过，此事若是能成，范纯仁确实是最合适的人选，毕竟钱到位、人到位之后，剩下的就是按照规划办事、监督钱款有没有用到实处。这方面，没什么比范纯仁去做更让人放心。

文彦博道："你若把事情办成了，你师兄自然不会闲着。"

王雱一口应下，带着规划图溜了。

范纯仁正巧要来和文彦博汇报工作，远远见王雱欢快溜走，心里有种不妙的预感。他入内与文彦博说完公事，才问起王雱过来做什么。

范纯仁如今是他的副手，文彦博也没瞒着，把王雱的规划给范纯仁说了。

范纯仁虽然也在基层干了几年，不过大部分时间都在搞文教工作，这种统筹规划的活他其实比王雱要生疏一点。他犹豫着把自己的情况给文彦博讲了。文彦博混迹官场多年，早混成了老狐狸，闻言笑道："到时捎带上你这小师弟不就好了？主意是他出的，方案是他拟的，规划是他做的，不找他找谁？"

王雱想把事情扔给范纯仁，好离范纯仁远远的，可文彦博绝不会让他如意。这小子机灵，鬼主意多，有范纯仁盯着还能约束约束，没人盯着了肯定得反了天去！

文彦博可是把韩琦的劝告牢牢记在心里了，坚决不对王雱放松。范纯仁不知道自家小师弟避自己如蛇蝎，听了文彦博的话觉得很有道理，点头把事情应了下来，又敬业地继续办事去了。

文彦博这边小坑了王雱一把，王雱那边也在给文彦博挖大坑。王雱带着规划图，溜达去刘高明家拜访。

刘高明现在对王雱感觉很复杂。首先，他还是很讨厌王雱的，毕竟他在王雱手上吃亏不止一次了；可另一方面，到手的白花花的银子又告诉他，王雱出的主意是能赚钱的，不管是旅行社还是别的营生，照着王雱的规划去做都能赚钱。这段时间刘高明没去花天酒地，憋着劲要让坑他的王雱和冯茂后悔，一头扎进自己拿下的几个投资项目里，结果不管是经营能力，还是待人接物的能力都得到了极大的锻炼。

比如说，喷人这方面吧，换了从前有人来对他冷嘲热讽，别人骂他什么他只会简单粗暴地回喷对方什么，可现在他能回喷一百句不重样的，还不带脏字！以前家族里许多人都瞧不起他，觉得他是个只知道吃喝玩乐的废物纨绔。现在不一样了，他手里有钱，脑筋又灵活了很多，在家族里说话的分量都大了。所以吧，要说他还痛恨着王雱，那说不上；要说他一点都不痛恨这家伙了，那又不可能，他才没那一笑泯恩仇的心胸！

幸而王雱也不是来一笑泯恩仇的。王雱叫刘高明屏退左右，摊开带来的规划图给刘高明看。王雱给刘高明指了个方位，是他们刘家在洛阳置办的田庄，占地广阔，土壤肥沃，都是上等的好田。王雱还积极给刘高明吹起了修渠修路的好处：这路啊，是他专门设计的，就算载重的牛车马车跑十几年都不需要修；这渠啊，既可以储水防旱，又可以放水防涝，修了以后再也不愁没水不愁涝。这花钱少、实惠多的事，你们刘家该出点力对不？很容易的，现在规划已经做好了，又是农闲时节，人力资源丰富，出点钱再雇点人，轻轻松松就完成啦！

刘高明像看傻子一样看王雱，冷笑说："凭什么我平白掏钱修路修渠？路不是我们一家走，渠不是我们一家用！"

既然刘高明翻脸了，王雱也跟着翻脸了，他手指挪到规划图上头的官印上，指尖停在上面点了点，淡笑着开口："知道这规划谁做的吗？"

王雱这人历来都是好言好语好脾气的，年纪又小，刘高明从来都没把他看在眼里过。可这一瞬间，刘高明却感觉自己被王雱的目光烧灼了一下，明明王雱还在笑，明明王雱的眼神算不上凌厉，偏就透出一种极其迫人的气势。

刘高明看向那殷红的官印，一下子记起如今的西京留守是谁。那可是刚刚从宰相之位下来的文彦博。虽说这位文相公罢相了，可他与如今的宰相韩琦交好，朝中的吴育、包拯、王尧臣都是他的同年，关系密切得很，罢相到西京来只不过是平息一下台谏的怒火而已，将来总还有起复之日。王雱什么都没说，刘高明已经脑补完了：这位文相公想出大政绩，可是又不想让府衙和自己出钱。他要是还想在西京赚钱，那就先掏钱！

王雱观察着刘高明的表情，见差不多了，又补了个大炸弹，用指头在他们刘家那片地上面画了个圈，给刘高明报了个数字，说道："你家这块地，是这么多吧？"

刘高明起初还没反应过来，等对上王雱带笑的眼睛，他瞬间出了一身冷汗。对，他们家在这一带是有这么多地，只不过报上去的数至少隐了近半！

这会儿，刘高明看王雱，感觉就像在看魔鬼。隐田这事儿，谁家都会干，大家都是这么做的，即便知道这是违法犯罪心里也很有安全感。可是，王雱准确无误地报出实数来就有点儿吓人了，这是不积极配合就要清算的意思啊！

刘高明见王雱的手又挪回那红通通的官印上，免不了在心里咬牙切齿。王雱不过是个签判，说不好听点就是跑腿的，哪有清查他家隐田的能耐？这事儿一准是文彦博授意的，文彦博这是恩威并施，要他们乖乖就范。这些文官心真脏！

刘高明心里唾弃无比，却不得不对王雱说：“你再给我讲讲好处，我也好回去说服家里！”

王雱很满意，和刘高明如此这般地鼓吹一通，并让刘高明给他的小伙伴们也解说一番，让他们争当竞标好榜样，否则文相公丢了面子会很生气。刘高明臭着脸赶他走。

王雱这个“传声筒”并没有因为他的不礼貌而生气，反而能屈能伸地走了。

相比找刘高明时的连威胁带哄骗，王雱对洛阳富户们可就友善多了，先让赚得盆满钵满的新富豪冯茂发表感言，大意是“洛阳好地方啊，人美，气候宜人，钱还好赚，我随随便便就赚得盆满钵满啦”。说完之后，冯茂又灌起了鸡汤：“这人啊，得有根，富不忘家乡，才能走得更远。若没了根，那就是水上浮萍，无依无靠地飘荡。给自己家乡出钱，那能算白掏钱吗？而且你们知道这次做规划的人是谁吗？文相公！那可是当过两次宰相的人，没准过几年当第三次了呢。换了平时，你们想给文相公送钱还找不着门路呢！”冯茂又给众人介绍青州经验，信手拈来地举了一堆实例，都是为家乡搞开发、谋发展大获成功，赚得盆满钵满的动人故事。总之，话里话外就表达一个意思：跟着规划走，发财不用愁！而冯茂本人，恰巧就是一个活生生的例子！一场慷慨直白、鼓动人心的成功学演讲开下来，会场掌声如雷鸣，不少人当场签下投标意向，表示自己愿意为洛阳大开发项目贡献一分力量。冯茂这边收尾后，刘高明也派人回来递消息说他们到时候会参加投标，显然已经和家里商量过了。

王雱一点都没有给文彦博扣了个锅的罪恶感，心满意足地去找文彦博表示搞定了，到时候绝对座无虚席，人人争着投钱。文彦博半信半疑地接过王雱带来的投标意向书，发现还真有不少人签字画押了。虽然感觉这事儿顺利过头，可王雱显然不可能在这种事情上造假，文彦博也就点了点头说：“行，那就按你的计划开个投标会。”

这事儿在鄞县、青州都实施过，王雱早驾轻就熟了。虽则洛阳这边富户的背景更复杂，勋贵与世家大族更多，但难搞的都搞定了，整个投标过程出奇的顺利，规划图上各部分工程都迅速被人认领了。可是，文彦博总觉得有哪里不对，可又琢磨不出具体哪儿有问题。直至收到韩琦的来信。韩琦在信里问文彦博怎么跑去招惹刘家那些外戚，还一招惹就一整串，现在很多勋贵都在骂他阴险狡诈，专拿人阴私做文章。文彦博一看，哪还不明白怎么回事儿？千防万防，还是被那小子给坑了！

文彦博这人办事向来果决，敢想敢办，说得不好听点就是不讲究。他第一次被弹劾下来，是因为他给已故温成皇后，也就是前些年官家最为宠爱的张贵妃送过点锦缎；这一次被弹劾下来，又是因为接受底下人的“上供”被人拿住把柄。可以说是浑身破绽。这种威逼利诱兼恐吓的套子，无论搁吴育身上，还是搁韩琦身上都是行不通的，别人都知晓他们不是那样的人。可文彦博不一样，他有前科！

甭管台谏的弹劾是不是事实，官家把他撸下相位是实打实的，没法造假！底下的人不知晓，可朝中知情人一想到他，就会有这样的印象：这人啊，爱走后门跑关系，还爱捞钱捞政绩。所以说，干出这种卑鄙无耻的事情不是很正常吗？好歹吧，他没敢让人白掏钱，看起来还能回本，这闹又不能闹，钱又舍不得不赚，还是捏着鼻子认了算了。

这就是许多勋贵心中的想法。只不过偶尔聚个会时，还是会忍不住痛骂起文彦博的无耻。天下没有不透风的墙，这边骂开了，转头韩琦就知晓了。

韩琦隐隐觉得，自己这同年可能被坑了，直接写信提醒了文彦博一句。文彦博看完信，找王雱过来进行亲切友好的交流。文老狐狸看着模样乖巧的王小狐狸，有点儿肝疼，直接摆出韩琦的来信开门见山地问：“说清楚，这是怎么回事儿？”

王雱一脸无辜地把信看完了，奇道：“对啊，这是怎么回事儿？他们吃酒就吃酒，为何要骂您呢？”他义愤填膺地替文彦博抱不平，“太过分了！您在这边勤勤恳恳地当着父母官，为了洛阳百姓夙兴夜寐、殚精竭虑地忙活，下官看着都心疼啊！”

文彦博冷笑道：“装，你再装。”他就说怎么这么顺利，那些富户也就算了，为了巴结讨好官府掏点钱对他们来说再稀松平常不过。可那些个勋贵和洛阳世家，能是那么好说动的吗？他早该想到其中有古怪！

王雱见文彦博真要发飙了，赶紧老老实实地把事情完完整整地给文彦博说了。他还给文彦博打包票：“放心吧，他们也只会相互抱怨抱怨，不敢说出去的。唉，您这样的君子啊，就是品行高尚！即便他们干了违法犯罪的事，您也不忍心让他们掏点钱出出血。”王雱十分苦口婆心地开解他的顶头上司，“您放心吧，这事儿长远来说对他们是有好处的，您真的不算坑了他们，您实在不必心怀愧疚。等他们想明白了，自然会念着您的好！”

文彦博被王雱气得一口气没喘上来，捂着胸口顺气。王雱一看，紧张了，马上冲上去帮文彦博拍背，口里还关切地说：“怎么啦？是不是不舒服？我这就去帮您叫大夫过来！”

文彦博忍无可忍地怒道："滚，你给我滚！滚远点，今天别再出现在我面前！"

王雱识趣地溜了，心中感慨不愧是当过宰相的人，就算气疯了说话还是这么严谨，晓得在"别再出现在我面前"这话前头加个今天。这样的小细节，一般人就做不到了，说起气话来根本不考虑那么多，回头把自己的话吞回去脸多疼哟！对于文彦博，王雱是真心实意地崇拜啊！当然，要是文彦博知道他这份"崇拜"，一准会破口大骂："今天、明天、后天都给我滚！"

冬至这天，王雱收到了来自蜀中的信：苏轼喜获麟儿！前两个月王雱估算着预产期差不多了，早陆陆续续备好"新生儿大礼包"送去了蜀中那边，免得他们这对年轻夫妻缺这少那的。苏轼在信里说，王雱让人送的"新生儿大礼包"很好用，那些与他媳妇交好的女眷们都羡慕得很。

人乍然有了儿子，画风都会有点儿变化。苏轼滔滔不绝地和王雱说起他儿子，说刚出生时挺丑，过了一段时间就好看了，只是瞧着非常脆弱，那指头小得啊，他都不敢用力捏，抱起来还轻飘飘的，他手都不知道该往哪儿托。

王雱看完了苏轼绘声绘色的一篇《苏轼喜得新儿赋》，十分感动，决定把苏轼拉入黑名单。有儿子了不起啊？这嘚瑟劲，简直跟当初他爹王安石和曾巩写信时一模一样。

王雱被文彦博赶出门，拉黑了苏彦博，颇有些寂寞，难得主动地跑去范纯仁那儿找事做。范纯仁和王雱接触久了，或多或少也摸清了王雱的秉性，知道他根本是个闲不住的，爽快地把一部分巡视工作分到王雱手上。

王雱挑了匹马，带着巡视任务下乡玩耍。王雱对各处都熟，随便挑了个地儿溜达，不想走到一处田庄时居然见着个老熟人——刘高明。

刘高明今年特别倒霉，跟着李玮闹出事不说，还被王雱坑了两回。他家里觉得吧，自家儿子这智商能有人帮忙教训一下挺好，索性借机敲打他一番，强迫他告别纨绔事业去跟进田庄那边的修路工程，不修好路不许回家，并让他好好反省反省。家里头派来盯着他的还是最得力的管事，他可以什么都不干什么都不管，反正在这破地方拘着不能走，不信他不觉得无聊。这不，没过两天，刘高明就闲不住了，下帖子叫好友来这边游玩。虽说是个破田庄，但也有山有水，庄子里头还圈了个温泉呢。

今儿刘高明骑着马出来，就是接他那朋友的，不想迎面撞上了王雱。王雱见了刘高明，那当然是两眼一亮，下了马热情地上去和刘高明问好。这刘高明有钱，背景强，办事能力也不错，得打好关系啊，以后还得靠他当桥梁忽悠其他勋贵呢！

刘高明一见王雱这模样就想揍人，脸色臭得很，问："你又想做什么？"王雱越是热情，他越感觉这小子别有所图！

王雱在心里叹了口气，文彦博的顾虑果然有道理，这人啊，骗个两次就不好骗了。不过，这回他是真冤枉，他只是想给下次的友好合作铺垫一下，又没想着马上就把刘高明怎么样。

正琢磨着该怎么忽悠刘高明，王雱听到了一阵马蹄声，转头看去，是个俊秀青年带着仆从骑马而来。那青年约莫弱冠年纪，带着点书生气质，但身姿挺拔如松，显见也是久习骑射的。见着王雱两人，青年便下了马，温和地笑道："子耀，这位是？"

刘高明还是臭着脸，不想给来人介绍王雱。

王雱一点都不觉尴尬，从从容容地和青年互通了姓名。这青年叫曹评，乃是曹皇后的侄子，与刘高明一样是外戚子弟，所以平时往来比较多，关系很不错。知晓好友被发配到田庄上思过，曹评正巧得空，便过来找刘高明玩，免得他一个人闷坏了。

王雱听了曹评的话，忍不住摇着头感慨："有这样好的朋友，怎么还跑去和那些个狐朋狗友胡混？"

刘高明见王雱还和曹评聊了起来，气得不行。王雱这家伙当真不要脸！他的朋友来看他，这家伙不该识趣地走人吗？留下来是想做什么！

王雱还真有留下来的理由，只听他说："我听这一带的人说这山上有棵柿子树特别甜，我还愁我一个人不好摘来尝尝呢，赶巧就遇上你们了，缘分啊！"他二话不说，拉着刘高明和曹评去准备家伙，借了田庄的竹竿子和曹评的披风，直奔他所说的那棵"特别甜"的柿子树而去。

曹评对这位少年状元郎有所耳闻，他脾性温和守礼，应了王雱的邀跟着王雱走。刘高明就没那么乐意了，一边走一边嘀咕："凭什么啊？他凭什么啊？他就是看公正你脾气好！"

王雱当没听到，兴冲冲地到了柿子树下，叫曹评和刘高明一人一边拉好披风，自己拿着绑上杈托的竹竿子糟蹋树上的柿子。一开始他还不熟练，折腾半天弄不下来，曹评劝说："不如我叫人帮忙摘？"

王雱才不，就要自己打下来，锲而不舍地在刘高明的酸言冷语中祸害那一个个红通通的甜柿子。没过多久，树上的柿子就乖乖巧巧地砸向了刘高明两人拉开的火红披风上。王雱顿时信心满满，找准又大又红的戳过去，坚决不放过任何一个看起来很甜的果子。

见王雱玩得兴起，刘高明气闷不已，忍不住刺了一句："你这样随随便便摘人家柿子，人家同意了吗？"堂堂状元郎，居然偷人柿子！

王雱一脸惊讶地说："不是同意了吗？这山头不是你家的吗？你都和我一起来摘了，杆子还是你们田庄上的！"

刘高明差点儿气得一个倒仰。这小子太可恶，把他气到忘了这是他家的地方了！

王雱赖在刘高明庄子上尝完皮薄汁甜的甜柿子，愉快地挥别他们继续去其他地方溜达。等王雱走远了，刘高明才勉强回血，气愤地和曹评说："怎么会有这样的人啊？还状元郎，我看是无赖才是！"

曹评却笑道："挺好的。"纵观朝廷上下，也没哪个人活得和这少年一样自在。

刘高明看不出王雱哪儿"挺好"，他指着曹评的披风道："哪里好了，你看看，柿子砸上去多脏，你这披风都不能穿了！"

曹评还是好脾气地笑笑："回去让人洗洗便是，哪里就不能穿了？你这里的柿子确实甜，能亲手摘来尝尝多好，你别不高兴了。"

曹评陪刘高明玩了一日，带着沾了些柿子汁的披风回到落脚处，正好碰上他父亲曹佾归来。曹评立即上前问好："爹，你回来了？见着邵先生了？"

曹佾道："见着了，受益匪浅。"

曹评与曹佾一起入内，顺道把碰上王雱的事给曹佾说了。听儿子话中颇为喜欢王雱，曹佾告诫道："你姑母是一国之母，你更要谨言慎行。"他们是皇后外家，盯着他们的人很多，稍有差错就会被追着弹劾。他这儿子能文能武，一身骑射功夫比那些马背上长大的猛将也差不到哪儿去。但是，和狐朋狗友一起厮混可以，却不能随意结交朝臣，尤其是像王雱这种朝中新丁，根基不牢，人脉尚浅，偏又颇得圣心，一着不慎就会招致攻讦。他们这样的外戚去与人家前程大好的少年状元结交，回头台谏那边扣一个私交外戚、暗结后妃的罪名，那小孩就完了！曹评神色一顿，点头应下曹佾的话，表示绝对不会去结交王雱。

另一边，王雱在外头巡视了一圈，正巧转到邵雍门外，狗鼻子一嗅，有好东西！他一点都没把自己当外人，当即推门溜达进去，愉快地准备蹭吃蹭喝。邵雍刚送走友人，准备把酒收了，结果就见王雱大摇大摆地溜进来，上前乖乖巧巧地见礼，假模假样地问："哎哟，这么巧，邵先生这是在喝什么呢？"

邵雍没好气地白了他一眼，也不收拢桌上的酒了，叫他自己倒着喝。王雱开心地用从刘高明那儿“吃不了兜着走”的甜柿子朝邵雍献宝：“这柿子老甜了，我尝了两个就想起您，小心地护着给您捎来，一路上磕坏自己也舍不得磕坏它。”甭管是不是真的，反正王雱说起话来连自己都能唬住！邵雍没理他，坐在那儿闭着眼休息，显见是有些醉了。

王雱也不是真贪酒，倒了一小杯尝了尝，觉着一股子醇香在自己口里泛开，口感绵厚，不易上头。光尝着这酒就知道价钱不菲，再加上桌上这套崭新的白如凝脂的酒杯，王雱猜出邵雍这儿肯定刚来了贵客。王雱好奇地道：“谁给您送酒来了啊？”

邵雍睁眼睨了他一眼，没好气地道：“问那么多做什么，忙你的去。”

邵雍不说，王雱反而来劲了：“这么神秘！”他把手上的酒喝完了，没去倒新酒，而是把杯子来来回回地瞧了瞧，又翻过杯底来瞅了瞅，依稀推断出了来者的身份，“这人是皇亲国戚吧。”这套酒具显然只有和皇家连亲带故的人才能轻轻松松送出手。可邵雍又不理他。

自从上回在官家面前说错话，王雱便恶补了一通皇亲国戚的相关资料，他在众多嫌疑对象中猜了一圈，很快圈出疑似人选：“难道是曹国舅？”众多皇亲国戚里头，国舅曹佾最喜欢道学，精通《易经》。回来拜访邵雍的很可能就是这位曹国舅。按照传说故事，这位曹国舅是民间传说的“八仙之一”，据说他有个不争气的弟弟强抢民女还杀人灭口，气得他离家出走沉迷修仙。不过这不是故事，也不知曹国舅是不是真有那么个不成器的弟弟。反正，这是个在传说里头成了仙的人物。

邵雍见王雱一脸“怎么样？你不说我也能猜出来”的嘚瑟样，骂道：“就你能猜！”

王雱道：“我自然能猜。”说罢挪了挪椅子，让自己离邵雍更近一些，拉着邵雍说起来，“这可真是巧了，我来找您前正巧见了曹国舅的儿子，叫曹评的那个，瞧着很不错！我跟你说，这柿子就是用他的披风接的，我跟他借披风，他二话不说就给了我，真是个慷慨大方的端方君子啊！”明明是夸人的话，从王雱口里说出来总是不太对味。邵雍道：“人家那是不好意思拒绝你。”

王雱很赞同邵雍的话：“对啊，这人啊，脸皮薄容易吃亏。”他又和邵雍夸了刘高明一通，说他觉得这小孩有前途，被坑了两回就精明多了，下回也不知还能不能继续坑。

邵雍：……下次他得去门口挂个牌子，写上“王小雱不得入内”。

入冬后，洛阳没有沉寂下来，城外处处修路挖渠干得热火朝天，正是农闲时分，农户们为了过个好年都积极地接活干。动工之前，西京国子监的监生们下乡给他们讲解过修渠的好处，一开始讲得文绉绉大伙没听懂，臊得监生们回去筹备了两天，换成大白话给他们喊口号：“通了渠，粮满畦！修好路，能致富！”

这下，大家都懂了，这是又能给自家修路挖渠，又能拿工钱的大好事！这样的大好事，谁不积极干呢？

范纯仁没亲眼看过青州那边的情况，见到这样的情景颇有些吃惊。以前这些活儿都是分摊下去让人服劳役的，效率低不说，还经常出现死人、逃工之类的事，怎么到了这里人们却这么积极？于是，范纯仁也学着王雱下去走动，走得多了，依稀明白是怎么回事儿了。以前人们服劳役，那是为服役而服役，只觉得辛苦，心里没有半点盼头，很多人都“不知其然”，不知道自己为什么要受这份苦难。眼下不一样，这些人都知道自己要做的是什么，为什么要去做。

子曰：“民可使，由之；不可使，知之。”这话讲的约莫就是这个道理，百姓愿意去做事，可以放手让他们去做；百姓不愿意去做事的时候，告知他们为什么要做这些事，让他们明白自己这样做的意义。这样一来，他们自然愿意去做。

范纯仁感慨了一番，回去找文彦博说话，结果正巧碰上王雱缠着文彦博要休假。

王雱这厮是个没脸没皮的，文彦博只说了一句“不批假”，他就坐在那里给文彦博诉苦说自己命多么多么苦，岳父多么多么难缠，要是今年还不能回去过年，登门好好给岳父献殷勤，他不知何年何月才能娶到媳妇；他娶不到媳妇，不知何年何月才能生孩子；瞧着苏轼那惊人的效率，指不定会三年抱俩，也不知他得忍受多少年苏轼的炫耀而不能愉快地相互伤害。这简直是人间惨剧啊！

文彦博就好整以暇地坐着喝茶，听王雱自个儿在那儿说个不停，心想：说，尽管说，反正不批，我身上的锅还背着呢，能让你小子逍遥？

王雱使出浑身解数，都没能让文彦博松口，眼梢子瞟见范纯仁来了，马上拉上范纯仁替他说情。范纯仁见王雱满含期盼地看着自己，没忍心让他失望，上前替王雱说了几句情。

范纯仁的面子，文彦博还是给的。他就是想多看看王雱憋屈的模样而已，也没真想拦着王雱不让他回去，大手一挥给王雱批了整整一个月的假期，不过也给了他任务，有些要跑开封的公务他得一一办妥了才能回来。

王雱一口应下，美滋滋地跑了。他收拾收拾包裹，准备回开封去。由于冬天天气寒冷，河流流量减少，十月之后汴河之类的运河会“闭口”，也就是封闭河道不再行舟，目的是防止黄河冰凌流入，破坏和阻塞河道。王雱要回开封，走水路不大方便了，只能在腊月骑着马儿回去，途中累了可以在驿站歇歇脚或者换乘马车。

张载、李元东他们都不打算回家，王雱留了周武在洛阳照应柳永和梅尧臣，自己带着周文骑马回京。临别时他没让人送，毕竟很快又会回来了，送别来送别去没意思。不想走到城外长亭处，王雱还撞上几个熟人，竟是曹评和来相送的刘高明几人。曹评一副要远行的打扮，瞧着应当也是要回京的。在王雱的认知里，见过一面那就是熟人了，他一点都不见外地上前打招呼，问曹评是要往哪儿去。

曹评仍是那斯文有礼的模样，道：“回京一趟。”自从他姑母成为皇后，他父亲为避嫌便没再入宫，他作为父亲的长子，临近年节理应回去走动走动。

王雱无视一旁怒目以对的刘高明等人，邀曹评路上同行。曹评略有些迟疑，刘高明已先开了口：“公正和你很熟吗？为什么要和你一道走？”

王雱道：“不熟有什么关系，多往来几次就熟了。你们不一起走吗？都在洛阳过年啊？”

刘高明两眼喷火，不答话，只怒瞪他。曹评见刘高明要和王雱吵起来了，顾不得避嫌，应了王雱的邀，转头劝刘高明他们回去，不必多送。刘高明知晓曹评这人看着温温和和，实则很有主意，只能不再多说，目送王雱与曹评一道离开。

王雱是个自来熟，没了别人，便与曹评说起上回的巧合：他们前脚才见了，后脚他去邵雍那儿又赶巧遇上曹评的爹刚走。王雱还夸：“你爹带给邵先生的酒可真好喝，后来我再去蹭酒喝，邵先生就不给了！忒小气！”

曹评道：“你若喜欢，回头我让人送你两坛。”

王雱瞧着曹评叹气道：“你对谁都这么大方的吗？这也太败家了！”

曹评想到他爹说要谨言慎行，有些后悔太快把话说出口。可收回刚才的话，甚至和王雱划清界限，曹评又做不到，一来太过失礼，二来他自己也不愿意。只是一路同行而已，没什么大不了。曹评放松下来，坦白地说：“我自然不是对谁都这样，不过这是我们第二次见面了，这大概就是你说的缘分。”他面上含笑，“本来就是自家店里酿的酒，只要你不怕台谏弹劾，莫说两坛，二十坛我都能送你。”

王雱道：“这怎么好意思？两坛就够了！”提到台谏弹劾，王雱又和曹评分享起自己的丰功伟绩来。弹劾好哇，老刺激了，他还能趁机写个折子给官家放松放松。曹评对王雱的操作也有所耳闻，听王雱说来却更觉有趣。不过若不是内心坦荡磊落、行事光风霁月，王雱又怎么会不惧台谏？

王雱永远有让人放松的能耐，两人结伴归京，路上时而放缓脚步赏赏冬景，时而领着周文他们入山林猎些野味或捞些冬鱼打牙祭，时而又在驿站中围炉夜话，过得十分快活。临到开封城外，曹评才惊觉时间过得这样快。他心中有些不舍，可又记着父亲的叮嘱，叹息着对王雱说："我们就此分别吧。"王雱没曹评那么多感慨，左右大家都得在京城逗留，曹评他爹还在洛阳，以后见面的机会多得是。他爽快地挥别曹评，带着周文快快活活地回家去了。

王雱到家后没闲着，这里跑那里跑，把亲朋旧故跑遍之后呼呼大睡。第二日一早，有仆从来敲门说是给王雱送酒的，王雱便想起他的新朋友曹评来了。

一大清早就给他送酒来，王雱十分感动，当场回了封信，狠夸曹评一通。等蒙受召见后见到了官家，王雱也不知避嫌，和官家聊起了与曹评相识相知的过程，大言不惭地表示自己和曹评堪称"一见如故"。

官家听得王雱一番言语，倒没放在心上。虽说士大夫少与外戚结交，可也不是不能往来，路上碰上了、回京遇到了，难道合该转头就走？官家道："公正那孩子我也见过几回，确实聪颖出众。"

王雱嘴上是没上拴的，从来不知收敛，又把给邵雍讲的一通感慨原封不动搬到官家面前："好是好，就是太实诚啦，我夸一句他爹爹送邵先生的酒好，他就非要送我两坛子。那酒可香了，还不上头，冬天温了喝一小杯正好暖肚。这夸一句就往外送，您说要是人人都跑到他面前夸一句，他家的酒岂不是得送光？"

官家笑道："哪里送得光。"他被王雱说得馋了，叫史志聪去取些曹家进贡的酒温好送来。

换了旁人，与官家坐下同桌喝酒肯定诚惶诚恐，王雱偏不，他洋洋洒洒地和官家总结起酒的十种喝法：浅酌有浅酌的好，大醉有大醉的妙；故人相见有故人相见的喜，知己相逢有知己相逢的乐；文人墨客有文人墨客的情致，山野村夫有山野村夫的痛快，等等。总之，这杯中之物可俗可雅，全看一起喝酒的是什么人。

王雱谈到兴起，不仅和官家喝了酒，还趁着酒兴讨琴给官家弹了一曲，那叫一个放纵肆意，听得官家也和着曲儿击节赞叹。这又是喝酒又是弹琴的，动静很大，没过多久就传到了台谏耳朵里。王雱前脚刚走，台谏那边就把王雱干的事弄得清清楚楚，听到王雱给官家写什么《饮酒十法》。成何体统！这是诱劝官家饮酒享乐！还说什么召见王雱了解西京诸事，分明是两个人喝喝小酒听听曲儿，岂有此理！

台谏官员义愤填膺，纷纷撸起袖子开始写折子。要说以前官家单独召见某位未居高位的贤才，那也不是没有先例的。太宗年间就有位天才叫杨亿，七岁就能写文章，十一岁那年太宗听闻了杨亿的天才名声，特地叫人把他送入京，连续召见三天，大为赞许，直接给杨亿赐了官。可这位状元郎都授官了，每回回来官家都召见他做什么？召见就召见了，还一起聊“酒怎么喝才爽”，这是要带起不良风气的！

快过年了，不管是刚上任的还是干了一年的，都捋起袖子准备开喷。刘沆当宰相时定下过一个规定，言官两年一挪窝，不能赖着不走，短短两年内要是不喷出点花样来，怎么好意思说自己当过言官呢？敢尸位素餐，一准要被别人喷你不干事！

于是，王雱又被台谏官员给盯上了。当然，官家也没能幸免，两个人有难同当地在上朝时被喷了个狗血淋头。台谏要两头喷人，功夫那是做得很足的，什么王雱在洛阳买园子啦，王雱重金聘请女伎排戏啦，王雱与外戚曹评同游啦，都给挖了出来。

这次，还有个新上任的御史痛喷王雱贪图享乐、挥金如土，建议顺便彻查他爹王安石，看看他爹是不是在群牧判官这个肥差的时候贪污了。以前王雱被喷，王安石那都是爱莫能助，毕竟那是他儿子，他想帮腔也得避嫌。今儿，听到那新御史把事情自己身上扯，王安石当场就怒了，出列反喷回去，大意是：我儿子用的是自己的稿费！一看就知道你写不出畅销书，不知道畅销书有多赚钱！你只管让人去查吧，我要是贪污一毛钱，我自裁谢罪；你要是没查出个所以然来，换你自裁吧！暴脾气不发作，你还真当人没脾气，随随便便就乱喷！

那新御史还是头一遭上阵，经验不足，一时间竟面红耳赤说不出话来。其他台谏官员见这愣头青撞到王安石这块铁板上，心中叹息：好好喷儿子就成了，带上人家老爹干吗？虽则王安石还只是五品官，堪堪只能够得上穿绯袍的边儿，可人家群牧判官当得好好的，又没出什么篓子，没凭没据你怎么能泼人家脏水？其他人只能集中火力喷官家和王雱，要官家答应以后不再做这种事，为天下人树榜样做表率！

王安石气冲冲地回到家，见着王雱在那儿教妹妹画画，当即把人拎去书房骂了一通：面圣就面圣，你又喝酒又弹琴做什么？这下好了，台谏都喷你天天吃喝玩乐不干活，阿谀媚上！王雱一开始还有点儿蒙，等王安石骂完了，他才晓得台谏的人又喷他啦，真被曹评不幸言中。面对愤怒的老爹，王雱自然是乖乖认错。听到那位御史连他爹都给喷了，王雱顿时也怒从中来，灵感迸发要去写封长长的自辩折子。王安石耳提面命让王雱不许再干印刷几百份打广告的破事。王雱道："我晓得的，干过一次的事情再来一次就没意思了！"王安石见王雱一脸跃跃欲试的样子，无言片刻，索性不管他了。只要吃亏的不是他儿子，由着他捣鼓去吧。

第二日，王雱去讨那堆弹劾自己的折子看了，回到家没急着动笔，先给曹评写了封信，夸曹评睿智过人、料事如神。

写完信后，王雱开始写自辩折子了。首先当然是要猛夸他爹，他写他爹从他四岁开始就把他拴在裤带上下乡到处跑，每日风餐露宿，没法洗澡，可艰苦了，但是他爹不怕累，因为他爹觉得百姓更累，吃不饱，穿不暖，终日劳作，收获甚微，连娶媳妇的钱都攒不出来。看看唐时有人写的"苦恨年年压金线，为他人作嫁衣裳"，近年来蜀中张俞写的"遍身罗绮者，不是养蚕人"，还有梅先生写的"陶尽门前土，屋上无片瓦"，你们的心不会痛吗？他爹王安石就很有良心，每天废寝忘食，经常连澡都腾不出空来，想多为百姓做些实事。王雱又把他爹在鄞县、在青州干的事汇总起来，整理成了《鄞县经验》和《青州经验》，把各项重大举措怎么计划、怎么安排、怎么落实的全套流程都写得清清楚楚，搁到后头单独成册。这是避免干货太多影响阅读感受，让他没法喷个爽。

等把他爹撇清并大加称赞了一番后，王雱又开始针对和官家喝酒聊出《饮酒十法》的事，表示自己只是喝到曹评送的酒有感而发。接着他花了几百字描写曹评家的酒有多好喝，还大夸曹评"古之君子者也"，磊落、大方、慷慨，谦谦君子当如是！随后王雱笔锋一转，开始纵览古往今来的酒桌文化，洋洋洒洒写就一篇带着辛辣讽刺味道的《饮酒赋》，发挥他状元郎的文笔把酒桌上钱权碰撞的丑态写得生动又清楚。

搞酒桌文化王雱还挺擅长的，不过当他到达不用上酒桌也可以轻松达成目的的层次时，他就对这些事敬而远之了：一来伤身，二来费神。既然算是半个内行人，王雱讽刺讽刺一些司空见惯的官场文化完全没压力，有些部分简直能写得像是他当时在场一样。王雱表示：自己只是天冷了和官家喝个小酒驱驱寒，什么都没干，也没见着什么好处；有的人到宰相家中喝个小酒，没几天就升官发财了，也不知哪个更容易败坏朝中风气。

王雱抱着厚厚一叠自辩折子到御史台的时候，御史台诸官就觉着情况不妙。

御史台一把手看完之后，顿时沉默下来，拿给其他人看。其他人分着看完了，表情都有些凝滞。别的不说，《鄞县经验》和《青州经验》这两册肯定是要上送了，虽则范仲淹他们也已经陆陆续续把地方经验汇总上报了，但都没有这么详尽具体，简直可以说是地方官操作指南了。而那篇朗朗上口的《饮酒赋》就更不用说了，一旦传出去，必然广为流传。《饮酒十法》是风雅之作，读来清新宜人；这《饮酒赋》可就是实打实的讽刺文学了，笔法辛辣，主旨直击人心。一干文人最爱这种指点江山、针砭时弊的玩意儿，这连嘲带讽的佳作，怎么能不在士林中引起关注？

御史台诸官看完的感觉是：不听老人言，吃亏在眼前！今年秋天刚卸任的前辈们都说这家伙很邪乎，他们怎么就没听劝呢？那新来的更绝，还把人家爹给喷了，这不，人家不仅狠狠地夸了他爹一通，还给他爹揽了一堆功劳——甭管鄞县和青州那些事是不是他爹干的，往后提起来就得夸他爹一句！韩琦是台谏官员之外最先看到这封自辩折子的人，险些气得鼻子都歪了。你自辩就自辩，提宰相做什么，不知道我正在当宰相吗？这混账小子，逮着机会就坑人！这么有能耐，怎么不直接进御史台？！

官家这几日因为被喷了情绪不佳，天气又冷，食欲都不太好了。为了广开言路，太宗期间就定下“士大夫不以言获罪”的规矩，因而即便被言官喷得再狠，他也不能发怒。

前些年，因为官家想要提拔张贵妃的家人，包拯就天天追着他喷，有次还喷了他一脸唾沫！他当时怒极了，下令说台谏那边要发起弹劾必须先经宰执批准，结果自然是捅了马蜂窝，被满朝文官喷得收回成命。这回，连召见合心意的状元郎喝喝小酒都被台谏诸官连篇累牍地教育，官家真有些憋闷了。

等韩琦捏着鼻子把王雱的自辩折子送上来，官家目光微亮，精神稍振，径自拿起来细读。完完整整、仔仔细细地看完之后，心情大好，与韩琦等人商量着把《鄞县经验》和《青州经验》当成地方官培训教材安排下去。在宰执们退下后，官家让史志聪去叫人张罗些茶点来，要摆满一整桌，他饿了。屏退伺候的人之后，官家止不住地笑了出声。他这位状元郎简直是台谏克星！御史台那些逮着点事就开喷的家伙也有今天！

很快，这一期的《国风》也同时刊出了《饮酒十法》和《饮酒赋》这两篇风格能形成鲜明对比的文章。

王雱此番回来，主要攻略目标自然是他岳父司马光。被台谏绊住几天，王雱很是无奈，忙活完自辩的事便屁颠屁颠跑到他岳父家赖着不走了，用意很明显：岳父您啥时候把阿琰妹妹嫁给我呢？您看我，马上要十六了，也考上状元了，就缺个媳妇，您松松口把阿琰妹妹嫁我可好？

司马光对王雱的明示暗示一概当没看见，而是教训他应当谨言慎行，别再干那等阿谀媚上的破事。司马光也是喷人好手，当初当京官时就爱上书言事。这回，自己未来女婿成了众矢之的，司马光这个准言官很恼火，心想要不是王雱立身不正，怎么会给人逮着机会攻讦？堂堂状元郎，做起事来也有主意，怎么就不能端着点？好好地当差，按部就班地升官，将来妥妥的宰辅之臣，他才十几岁呢，急什么？

王雱一听就不乐意了，说："我怎么就急了呢？我就随便和官家聊聊天，说着说着官家要和我喝酒，我为什么不喝啊！"自己和官家好，又不是为了升官！升官有什么用？即便当了宰执，该被撸还是会被撸！

司马光觉着这女婿没法教了，只能说："明儿我要去朋友家与老友聚一聚，你也一起来。"王雱对司马光的朋友有些发怵，都说物以类聚人以群分，一个岳父已经恐怖如斯，再来几个得多可怕啊！可惜岳父大人有命，王雱肯定不能反对，夹着尾巴灰溜溜地走了。

入夜，王雱又想到一招，墙可以隔住人，但隔不住声音。王雱屁颠屁颠地把琴搬出来，在司马光家那面院墙附近弹起琴来，什么《凤求凰》《喜欢你》《对面的女孩看过来》，想起什么来什么，嘈嘈切切弹个不停，兴致勃勃地和司马琰隔墙传音。

这年头墙壁的隔音效果并不好，司马光在书房听到隔壁响了一首又换一首，出去一看，张氏和司马琰都停下针线在那儿听着呢。对妻女板起脸是不可能的，司马光气势汹汹地去了隔壁，叫王雱少玩这些花样。

王雱唉声叹气："岳父您什么时候把阿琰妹妹嫁我呢？我这相思之情就像那滔滔江水，难以断绝。见面您不许，在自家院子里弹个琴您也不许，要是我相思成疾可怎么办才好哟。"

司马光不吃他这套，说："少油嘴滑舌，收起你的琴和那些乱七八糟的心思！"

王雱听话地点点头，乖乖地将司马光送出门。司马光走出门外，才发现有不少人隔着半掩的院门在听墙角，一个两个见他出来了，眼睛瞬间瞟向别处假装自己不存在，表示"我什么都没听见"。

司马光转头瞪了王雱一眼。王雱送走了司马光，还去和他爹感叹："您说岳父现在是怎么了？对着我又是发飙又是瞪眼的，一点君子的样子都没有了。"

王安石觉着，对着王雱能君子上十天的人基本不存在。瞧瞧韩琦和文彦博，一个八面玲珑，一个长袖善舞，碰上王雱后还不是一个两个都跑来和他告状，说什么"瞧瞧你儿子都干了什么"。但即便跟着别人骂了许多回，老王心里还是有那么点得意的：我儿子那是一般人能扛得住的吗？

第二天，王雱一早候着司马光一起去大相国寺，很快抵达司马光那位朋友家里。这朋友名叫石扬休，路上司马光给王雱说了石扬休一些事，石扬休年轻时在外地任职，发现当地农户赋税和劳役十分繁重，仔细一追查，发现交重税的、服重役的都是些老实巴交、遵纪守法的农户。原因在于一些人挂靠到各个衙门底下免税免劳役，日子过得美滋滋，把原本属于他们的赋税任务、劳役任务分摊到其他人身上。石扬休就收集收集证据，一股脑儿把这事儿给捅开了。石扬休前两年体检检查出严重的心血管问题，随时有可能突发心梗、脑梗，当即辞去身上职务，讨了个闲职在京郊休养。除了每个月去点个卯、露个脸表示自己还活着，基本不管什么事，下了衙便回家逗他的宠物们。

王雱一进门，就瞧见只猴子蹲在那儿打量着他们两个外来客，眼睛黑溜溜的，贼亮贼亮，像是在琢磨他们身上有没有能抢的东西。再一瞧，还有几只鹤在园子里信步闲行，长腿笔挺，羽毛蓬亮，好不悠然。王雱咂舌，文化人养起宠物来就是不一般，打理得多好啊！

守门的老仆将他们往里引，很快领着他们来到一处临窗的暖炕前。石扬休正戴着护目宝镜在那儿看书，听到动静抬起头，推了推眼镜，仔仔细细地打量了王雱好一会儿，乐呵呵地招呼他："小友快来坐。"

司马光有些无奈。他这老友平生一好读书，二好饮酒，昨儿读过最新一期《国风》后便叫人送帖子来说自己刚得了坛好酒，约他带上未来女婿过来一起喝，还说要是他未来女婿不来，他也不用来了，不招待。自己交的朋友，能怎么办？司马光只能把王雱捎带过来一起尝尝老友珍藏的美酒了。

王雱跟着司马光坐下，石扬休叫人把酒送了上来，对王雱道："这酒叫'烧刀子'，我这儿也不多，只有一小坛，是托老熟人从党项人那边弄回来的。这酒在党项那边很受欢迎，他们官府还不许多卖，可以说是有价无市。我这是从私市弄回来的，你们可莫要往外说。若不是小友的文章着实对我胃口，我绝不会拿出来！"对于爱喝酒的人来说，任何障碍都阻挡不了他们对酒的热爱。比方说，石扬休这身体早就被酒拖垮了，要他戒酒他依然不乐意。

王雱听到“烧刀子”就依稀猜到是什么酒，高浓度的烈酒一入喉，像烧热的刀子一样火辣辣地灼人，可不就该叫烧刀子吗？这个名字，算起来还是他和“蒸馏酒制法”一起贡献给范仲淹和庞籍的。看来官家以养老为由将范仲淹两人接回京城，并不仅仅是体恤他们年老体衰，而是让他们将秘密的“粮食战争”计划给实施下去。

所谓的粮食战争，原理很简单：民以食为天。控制住粮食，就等于控制住了一国命脉。古往今来这样干的人不少。比如说，高价收购某种经济作物，哄临近小国一股脑儿种这个，等对方大部分土地都被祸害成经济作物了，自然想用什么价收购就用什么价收购，想怎么提粮价就怎么提粮价。再比如说，高价收购山羊毛制品，哄得某些地区大规模养殖山羊，山羊有个特点，饿起来连草根和树皮都能给你啃没了，一旦大规模养殖，整片草原都能给你毁了。还比如说，现实世界的阿根廷，那是个曾经被称为“世界粮仓与肉库”的地方。后来美国在它那儿搞了个计划：首先卖它一波新型粮种，拥有一般粮种所没有的高产和抗药性，再配备专用的新型农药，害虫杂草通通拜拜。阿根廷人一看，好东西啊！一窝蜂改种这新粮种、买新型农药，方便省事还高产。只是随着新型农药遍地撒起，其他本地的杂草和作物全部死翘翘，新粮种成了“我花开后百花杀”的独苗苗。从此以后，阿根廷就只能从老美那里购入种子、购入农药，命运完完全全掌握在对方手里，让你经济危机就经济危机，让你破产就破产。

石扬休都能从走私犯手里弄到烧刀子了，说明针对西夏的计划初见成效，烈酒制法已经在那边流行开了。有些东西越是禁止，利润越高，只要有人不死心想买，总有人不要命地去弄，毕竟人为财死，鸟为食亡的道理古今皆通。

王雱愉快地和石扬休大聊古今酒文化，又浅尝了一小杯烈酒，趁着还没喝醉让石扬休写了一首夸赞烧刀子的诗。回到家后王雱精心给石扬休打造了“酒痴”人设，还给他画了人设图，捎带着夸烧刀子的诗一起送去给范仲淹，为范仲淹他们提供点素材。

范仲淹也认得石扬休，这人是司马光同年，确实嗜酒。再经王雱这么一加工，感觉还真像个“酒痴”。再看看王雱提供的人设图，都是什么和猴子同醉，与仙鹤同眠，瞧着很有逍遥酒中仙的感觉。范仲淹收下了王雱带来的东西，让王雱少管这些事，管好自己的言行好好办差。

王雱这段时间被教训得耳朵都起茧了，送完“烧刀子代言人方案”之后就赶紧跑路了。他这次回来，还有件大事要干。

年初，他就和官家约好了明年要邀官家去参加牡丹花会，这都快过年了，这件事当然要落实下去。知晓王安石他们说不定会反对，王雱谁都没告诉，暗搓搓地策划着让官家巡幸洛阳的计划。

这巡幸理由，王雱早就想好了。因着有“东封西祀”的先例在，搞祥瑞是不行的，会被喷得体无完肤；搞祭祀也是不行的，同样会被喷得体无完肤。王雱好歹是时刻在干坏事边缘试探的搞事精，很知道怎么拿捏分寸。这事儿必须寻个冠冕堂皇的借口，从根本上堵住台谏的嘴巴！要是不从方方面面塞上台谏的嘴，本来一次快快乐乐的出行肯定得被某些人扫光兴致，这事儿很有挑战性啊！

王雱自认是个诚实守信的人，既然早前就约定好了，那自然是要做到的。官家身为一国之君，一言一行都要垂范世人，连和他喝个小酒都会被喷，可见有多身不由己，这事儿只能由他来谋划啦。

年关近了，王雱的日常就是去磨他岳父大人，准备持之以恒地不要脸下去，好早些把他阿琰妹妹娶过门；余下的时间，他都把自己关在书房里写折子，准备趁着过年百官都要向官家道贺的当口送一封长折子上去把巡幸之事定下来。

王安石最近觉得他儿子乖得过分，让走亲戚就走亲戚，让写文章就写文章，也不出去撩是斗非了，简直不像他儿子。王安石一琢磨觉得不对头，便悄悄去找司马光问有没有察觉不太对劲。

司马光一点都不这么认为，他觉得王雱最近贼烦人，这还叫乖得过分？这当爹的滤镜也太厚了吧？当即把王小烦这些天干的一件、两件、三件破事全给王安石说了，反问王安石：“你觉得这叫乖吗？”

听司马光这么说，王安石才稍稍安心一些。原来不是没闹腾，而是为了讨媳妇天天去闹司马光了。王雱要是不闹腾，反而会让王安石担心他是不是要搞个大的。

第五章

初拟迁都计

王雱在过年寻亲访友这段时间里，时刻不忘抽空捣鼓他的长折子，到年后长假期快结束时，他终于寻到机会把呕心沥血写好的长折子递了上去。

这折子图文并茂，写得十分动情，还附带一幅长长的《洛阳百老图》。这“百老”乃是洛阳百位有代表性的老者。在这人口巨大的西京洛阳之中，寻出一百个耄耋老人也挺困难，毕竟这年头医疗水平不高，百姓高寿者少之又少。再从岁数符合的老人之中挑出合适的“百老”，那更是不太容易了。

王雱挑人，不在位高，不在权重，而在于身体要健康，精神面貌要好，生平履历即便平平无奇也无所谓，反正贡献大不大全看他的笔杆子。

来京前，文彦博正巧让人上报各地高寿者情况，这年头，高寿者都是很受尊敬的，能活这么长久就是大本事啊！府衙对高寿者也会加以照顾，大致类似于现实世界的社区送温暖、为老人免费体检等等。文彦博对此也很上心，没办法，谁都不知道某个老人有没有特别有出息的儿孙，回头你这个一把手工作没做到位，对方儿孙悄悄参你一本，你绝对能吃不了兜着走。文彦博觉着自己还能再干二十年，因此对西京这边的事——尤其是这种面向群众的事还是十分上心的。

王雱也看过文彦博让人上送的这份资料，结合往年的情况和他面对面接触过的老者们，很快筛选出了合适的人选。这百老之中，有当过工匠的，有服过兵役的，有做过鞋的，有赶过车的，有侍弄花草的，有养蚕织布的，每一个都度过了平凡又不平凡的大半生。百老图上，每个人手中或者身上都有代表着他们经历过的过去的事物。若是仔细品看，这短短一卷百老图，竟汇聚着支撑起整个大宋经济、军事、政治等领域的所有行当。

王雱心中早有草图，偷偷摸摸画了大半个月，终于将这《洛阳百老图》画了出来。要上送的折子王雱也写出来了，这折子包括三部分：

第一部分简述洛阳百老的生平，表示国之富，民之强，少不了这些在各行各业奉献终身之人的努力，他们一辈子，勤勤恳恳，不辞劳苦。很少有人知道，种地的一辈子种出的米粮养活了多少多少人，养蚕的一辈子养出的蚕丝织就了多少多少绸衣，赶车的一辈子跑过的路能绕着大宋跑多少圈。总之，一个个数据列出来，一个个平凡又伟大的事例列出来，看到的人没有不动容的。

第二部分，王雱开始煽情了，他说这些人家中，个个都供着官家的长生牌位，没别的原因，他们敬慕官家。官家是个好皇帝啊，带来了好世道，让他们吃饱穿暖，远离战乱。他们这辈子最大的希望就是见官家一面，当面叩谢圣恩。可是他们年轻的时候，做着那般寻常的事，过着那般寻常的生活，万万不敢有此念想；如今他们已老了，走不动路了，只能日夜告诫儿孙要勤勉，要有大出息，以期将来能代他们一睹圣颜。

王雱表示，这些平凡又伟大的人不该被忘记，他们为大宋流过血、流过汗，为大宋付出了一生，还教诲儿孙继续为国效力，不应当连这点小小的夙愿都得不到满足啊！西京留守司代洛阳百老请愿，还请官家辛苦一些，忍一忍舟车劳顿的苦，到洛阳看他们一眼吧！

王雱还说最好春季出行，到时春暖花开，道路通畅，熬过一冬的老者们也好前来拜见，顺道看一看牡丹花会的盛景。他们之中有的人辛苦劳作一辈子，一生还未见过半朵牡丹花。

最后一部分，就是河南府兼西京留守司全体的贺表，写得中规中矩、花团锦簇，句句都是歌功颂德，非常模式化。

嗯，没错，王雱这折子的署名是西京留守司，上头还有文彦博的官印。他给文彦博看折子时，折子只有第三部分，文彦博看完后觉得叫别人来写，也写不出这水平了，又觉得这王小雱看着就很烦，干脆利落地给他盖了官印让他赶紧带着这份贺表滚。

王雱上送前把折子检查了一遍，完全没问题，虽然厚了点，还额外附带一幅《洛阳百老图》，但这根本不算事。他是来京后觉得贺表写得不够周全，特地补了百八十页，有什么问题吗？没问题的，他这折子字字皆真，无一字造假，便是文相公知晓了也一定会欣然赞同！

王雱愉快地送完折子，与开封亲友们一一道别，拍拍屁股回洛阳去了。回去的时候，他还约上了曹评，路上兴致勃勃地问曹评最近酒卖得咋样，他年前帮忙打的广告效果好不好。曹评算是明白什么叫百闻不如一见了，从前听说王雱那些事他只觉是逗趣，自己真的遇到了，却只剩佩服。自打王雱在自辩折子里狠夸了他家的酒一通，再加上《饮酒十法》的效力，他们曹家的酒没到过年就卖空了，提价都挡不住买酒的人。这次面对王雱的相邀，曹评没再犹豫，爽快地应了下来。他们相交既不为结党，也不为营私，有什么好怕的？

王雱潇潇洒洒地与新朋友一块儿回了洛阳，朝堂之上却炸开了锅。韩琦得了王雱那封厚得不行的贺表，眼皮直跳，直觉王雱要搞事。等把王雱的“贺表”给看完了，韩琦倒吸一口凉气。这小子反了天了，还真想撺掇官家去洛阳！

可是，这“贺表”上所说的理由，很难有人反驳得了。这样一批人，默默无闻、勤勤恳恳地为大宋奉献终生，唯一希望的就是见官家一面，人家老得走不动远路了，西京那边请求官家走一趟，完全合情合理！任何一个爱民如子的君王，听到这个理由都不能拒绝。任何一个爱民如子的官员，听到这个理由都不能不动容。

百老不求封赏，不求钱财，只求当面叩谢圣恩。辜负了洛阳百老这殷殷期盼，那会寒了天下多少人的心？相反，若是官家去了，会让天下百姓感受到官家关爱他们这些再普通不过的百姓，他们的生活再苦也有了盼头——等自己老了，说不定也能见到官家！

问题就出在这里，这折子送上去，官家肯定会心动。可官家要是打定主意巡幸洛阳，他们这些宰执的压力就大了：一来是官家出行前前后后几个月里的筹备和安防工作非常麻烦；二来是台谏那边肯定有话要说。

韩琦越想越气，瞪了折子上的署名和官印老半天，刷刷刷地写了封信让人快马送去洛阳，信中的意思很简单：文宽夫，我当你是朋友，你却这样害我！

西京那边的“贺表”很快在朝中上下传开了，一时间百官都在讨论官家到底当去还是不当去。事涉官家外出巡幸，不得不慎重考虑。官家登基这么多年，还真没怎么出过远门，顶多只是微服在开封内外走动走动，比起真宗来，算是很让人省心的皇帝了。可前两年官家才大病一场，不省人事，若是路上出了岔子可怎么办？如今储君未立，出不得乱子！

官家看到那份厚厚的贺表，瞬间想到了自己和王雱的约定。听着朝中议论纷纷，他心中却已有了决断：他要去！

对，他是曾生过一场大病，身体也算不得好，但是，难道因为他生过一场病，就连巡幸洛阳一趟都不行了吗？他这又不是去玩乐，而是应西京之邀，去见一见这些在各行各业奉献一生的百姓啊！官家拿定了主意，把这个意向透露给韩琦等宰执，并表示范仲淹和庞籍今年正式致仕了，想要去洛阳颐养天年，他希望亲自相送，陈执中等老宰辅抱病在洛阳，他也想去看一看。

这两个理由一抬出来，韩琦和富弼等宰执没声了。这些人，要么是于国有功的元老，要么是他们的亲朋旧故，官家要给老臣这份尊荣，他们不能拦着。天下读书人寒窗苦读，为的不就是这样一天吗？即便老了、病了，不能再为国效微薄之力了，朝廷和官家依然记着他们。既然西京提出“尊老”这桩事，韩琦等人就忙碌地替巡幸洛阳之事造起势来。反正都要去，那就大张旗鼓地去，必定要对得起朝廷掏的经费。

从洛阳学艺归来的郭熙负责临摹王雱所画的《洛阳百老图》，然后由国子监印书连着王雱贺表的第一部分刊印好分派下去，让各个衙门着手宣扬“尊老精神”。太常礼院那边也忙碌地着手准备随行名册：朝中到了致仕年龄的、伤的、病的，但凡想去西京养老，都可以报上名来，这回随驾一同前往西京。

为着官家这次意志坚决的巡幸决定，朝中上下瞬间忙翻了天。空闲之余，诸官齐聚一堂，都异口同声地痛骂：文宽夫，老贼也！好你个文彦博，嘴皮子一碰，官家被你说得心动了，不仅拖累我们忙活，还得让我们提心吊胆两三个月！你倒好，在西京那边等着圣驾就行了，要是招待得好，让官家高兴了，你说不定就趁机起复了！

台谏诸官磨刀霍霍，就等着去洛阳时找文彦博的碴儿，看看文彦博到底干了不该干的事，参到他丢官！至于帮忙送贺表的王雱，算了吧，才多大一小子？这过了年才十六岁，还没娶妻呢。即便图是他画的，贺表是他写的，折子是他递的，可那又怎么样呢？他还那么小，必然不知道其中利害，邀官家去洛阳对他来说也没什么好处，平白惹了一身腥。所以啊，都是文宽夫那老贼欺负人家年纪小不懂事，把人推出来挡枪！

当然，也不是所有人都是这么认为的。王安石自从朝议开始后就一言不发，憋了几天，终于还是没忍住，去找司马光说：“你看看吧，我就说这小子不对劲，你非说不是！”

司马光也正为这事儿恼火呢。别人不知道，他还不了解王雱那小子？朝中人人都在骂文彦博，他却知道这事儿文彦博怕是根本不知情，纯粹是替王雱背了锅！他就不明白了，这小子怎么就总往浑水里蹚？别人避之不及的事情，他总爱掺一脚！官家去洛阳又怎么样，能对他有什么好处吗？听到王安石跑过来翻旧账，司马光道：“他就在你眼皮底下捣鼓这事儿你都没发现，能怪我吗？”

他们都很了解王雱，非常笃定这事儿肯定是王雱自己干的，和文彦博压根儿没关系。

王安石也晓得这时候追究这些已经没意义了，只能叹着气说：“范公从前就说过，这小子太过‘无畏无惧’了。”对王雱来说，赚钱不算什么，科举不算什么，升官更不算什么，干啥都像在玩。他对一切都没有太大的敬畏之心，包括权位、礼法与纲常，往常有他们管束着还算收敛，这一放出去可就没人能拴住他了。司马光没接腔，只在王安石走后和张氏感慨：“这混账小子，叫我怎放心把阿琰嫁他！”

张氏不懂朝堂上那些事，听司马光说完王雱都干了啥，很替王雱抱屈：“这有什么？阿雱年纪小，待他好的他就把对方当自家长辈。阿雱待你、我和范公他们哪个不是用心至诚？有好东西，他什么时候不想着我们？他想邀官家去洛阳，不过是觉得洛阳好，想让官家去散散心而已。"

司马光道："你就只把他往好里想！"

张氏辩道："你就只把他往坏里想！"

司马光没再与张氏争执，只在心中叹息。问题不在于王雱的本心，而在于只要他想，他就敢做，更能做成！礼法、律令、物议、人心，方方面面他都能拿捏得极其精准。他才十六岁！长此以往，还有什么能阻挡他？将来，他若不能成为名垂千古的宰辅之臣，必然会成为遗臭万年、祸乱朝纲的奸臣佞幸！

另一边，王雱不晓得自家爹和自家岳父的种种忧心，正快快乐乐地与曹评挥别，奔回府衙报到。虽然说这趟回去没摆平岳父，不过他还是趁着过年好生和他阿琰妹妹见了几面，把未来的婚后生活规划得有条有理。

见着顶头上司文彦博，王雱很是殷勤，积极主动地问有没有事要给自己干.贺表已经走程序递上去啦，就是假期余额不足，没能等到再见官家一面，不知道官家看了到底高不高兴。话里话外一副很遗憾没能讨到长假的伤心和失落。

上贺表本来就是走过场而已，文彦博也没指着官家会批复，没把这事儿放在心上。不过，看着王雱积极、主动讨活干，文彦博总觉得事情不对头：这小子平时那么爱躲懒，怎么这会儿倒主动起来了？文彦博心里纳闷，分派了几样事务给王雱去办，等王雱走后又把范纯仁叫来，让范纯仁把他给盯好了，别让他闹出什么幺蛾子来。

范纯仁听命离去没多久，韩琦的信就被送到了文彦博手上。这信比王雱晚两天出发，不过一路上快马加鞭送来，几乎和王雱同时抵达洛阳。文彦博有点儿纳闷韩琦为什么写这么一封急信给他，忙拆开看。这一看之下，文彦博额角青筋一直跳个不停。他什么时候上表请官家巡幸洛阳了？！这事儿的罪魁祸首不用想，肯定是王雱那混账小子！文彦博怒道："来人，给我去把王元泽那小子叫回来！！！"

王雱与文彦博进行了一番亲切友好的交流：文彦博抄起家伙追着他满府衙跑，王雱两腿迈得飞快，双方始终没有进行直接接触，没有人员伤亡。文彦博跑得出了一身汗，气喘吁吁地扶着柱子在那里瞪人，王雱这才壮着胆子上去给他拍背顺气，口里还说："您也不年轻了，怎么能这样追着人跑呢？要是气坏了身子或者闪了腰可怎么办才好？我跟你讲啊，我爹现在都不这样追我了。"他又给文彦博讲韩琦教他“小杖则受，大杖则走”的事，很是感慨了一番，表示韩相公不愧是韩相公，教的东西当真让他受用终身。

文彦博忍无可忍地发飙：“滚！”

王雱麻溜地滚了，跑去找范纯仁感叹：“文相公刚来时可不是这样的，也不知怎的就变了。”

范纯仁还不晓得发生了什么，但是直觉告诉他，文相公发飙的原因肯定在王雱身上。他拉着王雱给他讲了一通道理：首先，文相公是他们的顶头上司，管着他们三年任满的考核；其次，文相公是长辈，年长他们许多岁，还与他们父亲有交情；总而言之，得尊敬文相公，别总搞事情气人家。

王雱虚心受教，矢口否认：“我没有对文相公不敬哪，我可敬重文相公了！”

想想看，很多锅啊，那么沉，一般人背不起！而文相公，当过宰辅，立过战功；走过后门，收过贿赂；写得了文章，挖得了阴私，人生经历多么完整啊！这么个人做出点啥事在别人看来都很正常，毕竟他就是这样的人不是吗？反正王雱对文相公那是非常喜欢的，感觉文相公的到来就像是一场及时雨！有文相公在，做什么都很有安全感。

范纯仁是个真君子，实在拿王雱这没脸没皮的货没办法，只能再三劝诫几句放王雱去忙正事。范纯仁收拾好需要转交给文彦博处理的公文，带过去找他。

文彦博看起来情绪已经恢复如常，目光幽幽地坐在那儿不知想着什么。听范纯仁在外叩门，他才回过神来，点头示意范纯仁进屋。接过范纯仁递来的公文，文彦博叹了口气，开口问：“范公很快要过来了吧？”

范纯仁一顿，说道：“年前收到家书，说让我不必去京城，开春他就会到西京这边。”

文彦博往椅背上一靠，目光仍然幽幽的。他长舒一口气，缓缓说：“那就好。”

范纯仁疑惑地看着文彦博，有些不明白文彦博为什么一副疲惫至极、盼着他爹过来的模样。文彦博把接驾章程给了范纯仁，说：“去准备吧，上巳节后官家就要从京城出发往西京这边来了。”

上巳节是每年三月三，对宋人来说是个挺重要的节日，每到这个时节百姓就会聚在水边宴饮，携伴游春踏青。官家肯定会主持完郊祭再过来，算算日子，大概就是上巳节后出发，过来正好能赶上洛阳牡丹的花期。

范纯仁还不晓得京中的消息呢，听到文彦博这话后吃了一惊。再细问，才晓得自家小师弟是怎么惹恼文相公的。这，这可真是胆大包天啊！关键是，这么胆大包天的事，还真给他做成了。这朝廷都做好决定了，文相公肯定不好跳出来说“这是和我没关系，是这小子自己搞出来的”。也就是说，哪怕明知道是王雱扣过来的锅，文相公还是得好好背着。不仅得背锅，还得把这事儿整得漂漂亮亮，一着不慎指不定就得去并州守卫边关了！

范纯仁觉得自己这小师弟的胆子真不是一般的大，怪不得文相公要问他爹是不是要过来，这是被祸害怕了啊！范纯仁顿时不再多问，赶紧去筹备接驾事宜。文彦博目送范纯仁离开，继续坐在原位，目光幽幽。

王雱那边从范纯仁口里听说了文彦博的情况，心里不由涌起一阵愧疚，麻溜地把能干的事都干了，壮着胆子溜达到文彦博左右献殷勤。文彦博看到王雱就有点儿肝疼，不过王雱办起事来确实让人省心，他又舍不得把这小子赶走，只能痛并快乐地把王雱带在身边差遣。

得知官家要巡幸西京，整个洛阳都沸腾了。这年头，百姓对官家有着天然的崇拜，尤其是在京畿一带，官家时不时会免个赋税，减个徭役什么的，更是将这种崇拜推到极致。王雱所说的百姓在家中立官家的长生牌位并不是虚言，乃是他亲眼所见。《洛阳百老图》的复刻版也流传回洛阳了，范纯仁还让人张贴在各处布告栏上搞宣传。

不少人挤在布告栏前驻足，听宣讲的人说这是他们的状元郎亲自献到官家面前的画，官家还因此要到洛阳见图中的诸位长者。不少人都激动得潸然泪下，各行各业的工作积极性都空前高涨。于是，洛阳境内一些才干到一半的修路修渠工作，更是出奇地在短短一个月内全部完成了，还不带偷工减料的。

王雱走在宽敞洁净的街道上，感受到了现实世界里领导莅临检查时的紧张气氛。到处整洁有序，所有人干活都很有效率，一切都非常棒，王雱觉得从来没有这样好过。眼下，最期待官家到来的，无疑是这两年在王雱指导下尝试着控制牡丹花期的花匠们，他们已经准备了几批不同时间开放的牡丹，日夜精细地照料着，期盼在官家到来后一鸣惊人。现在，花匠们对王雱已是十分信服，前两年王雱说官家会过来看牡丹，他们不信，如今官家竟真的要来了！

去年已经有过经验，各方准备起牡丹花会来都挺从容，王雱巡视一周，发现没什么问题。他又去找他的好朋友曹评，带曹评去看一样新发明。这东西是王雱给设计图，底下的人想办法造出来的。开封、洛阳一带水网密集，水力资源丰富，王雱就想着利用一下。大工程暂时还不能搞，也不好拿出来摆显，王雱弄的是一种新型船磨，既然叫磨，自然是磨面用的。

王雱自打结识了方洪便不再缺钱，看事情有一定的盲区，直至自己出来单干了，才晓得时下小麦处理非常麻烦。白面不是人人都吃得起的，很多人拿到小麦将就着煮熟就吃，口感很差，但能饱腹。而且小麦品种也不好，很多麦种磨出来的面粉太粘牙，味道不佳。涉及吃的方面，怎么能将就！王雱已经托梅尧臣在西京国子监的学田上搞杂交工程了，虽则耗时可能长了些，但是用良种进行杂交选种还是有希望选出抗寒抗旱，口感还很不错的高产品种的。这事儿慢慢来，不着急，反正梅尧臣都准备在这边养老了，总要有点儿事干。

而这船磨，就是可以立刻拿出来用的东西。这磨设在屋状的船舱内，底部连接水里的装置，只要开到水力资源丰富的地区就能哗啦啦地开始工作：上头是石磨和筛罗，下头是板轮，水一来便带动齿轮转动，借水力推动石磨和筛箩，最终得到精磨的细面。

王雱带着曹评登船，亲自给曹评演示过船磨方便简单的使用过程，而后转过头用闪亮亮的眼睛期待地望着曹评，左眼写着"是不是很厉害"，右眼写着"你考虑投资吗"。

曹评哪有拒绝的道理，即便王雱拿一纸空文让他投钱，他可能也会毫不犹豫地签字画押，更何况王雱拿出的这船磨十分便捷，若是推广开必然大受欢迎，投的钱很快就能回本。

王雱最喜欢曹评这种爽快人，愉快地领着曹评去吃胡管事那边研发出来的新食物——白面包。这面包比起现实世界五花八门的类型来说有点儿简单，不过酵种选的是葡萄酵母，面包吃起来有种特别的风味，王雱还算满意。

对朋友，王雱是不会在投资方面坑他们的，坦然地说："我希望你投钱到船磨上，让洛阳百姓都可以用上它。这过程中可能要投比较多的钱，所以我会把这种面食的制作方法传授给你的人，这样应该能让你更快回本。"

方洪虽然积极地到处投资，但总归只是一家之力，不可能把方方面面都包揽了，王雱不会放过任何一个拉资本进来的机会。这船磨和白面包就是他给曹评抛的橄榄枝，若是合作愉快，往后就可以一起搞事情了！于是，两边都不是喜欢犹豫的人，当场敲定了合作方案。

王雱给曹评准备了一个刷脸机会，告诉他："等官家过来了，我准备给他展示一下我们'实验室'目前的成果，到时你来给官家展示船磨的用法吧。"

王雱是不准备放过官家巡幸这个大好良机的，国家一把手下来巡视一趟，自然得赶紧把好东西亮出来让所有人都好好看看。多好的招商引资机会啊！

曹评点头答应。曹评与王雱分别，回了他们一家在洛阳的落脚处，与父亲曹佾说了这事儿。

曹佾皱起眉，说道：“你姑母再三告诫说让我们不要私交朝臣，上次我也告诉过你要谨言慎行，你怎么还应下这样的事？”

“我们这是光明正大的交情。”曹评莫名比从前多了几分底气，少有地和曹佾辩驳起来，“君子坦荡荡，小人长戚戚！元泽行事光明磊落，从来不惧他人言语。”便是那台谏弹劾，于王雱而言也根本不算什么！

曹佾看着自己儿子，拧眉半晌，叹了口气，没再多说。儿孙自有儿孙福，他们操心再多也没用。

上巳节后，水路早已复通，官家一行人自水路出发前往西京。韩琦留守京城处理各项事务，富弼等人随驾西行，浩浩荡荡好些个舟船次第离岸。

这些船只之中有一艘是官员家眷乘坐的，吴氏带着小妹，张氏带着司马琰，周遭也都是与之相熟的女眷。照往常来说，跟随官家巡幸的官员是不得带上家眷的，不过这回情况特殊，随行的还有几位致仕官员，他们等同于顺便搬家去洛阳颐养天年了，因此特地腾出一艘船给女眷们乘坐。

司马琰一向沉得住气，即便随着巡幸队伍出行也端坐在张氏身边，对沿岸的风景没有太大好奇心。她和王雱不一样，她本就是那种除了专业对其他东西都不太感兴趣的性子，若不是还要吃饭，她可以待在实验室一整个月不出来，也可以在科室加个三天三夜的班。这是本性使然，落在旁人眼中却觉着果然是司马光家的女儿，一言一行都端庄娴雅，不像自家那些咋咋呼呼的小女娃，坐个船都爱跑到甲板上瞎嚷嚷。

一路有禁军清道，停靠补给处的地方官员也积极接待，圣驾西行过处都安然无事，连个闯出来告御状的人都没撞上。

庞家小娘子已嫁为人妇，这回是随丈夫一起送祖父庞籍去洛阳的。见着出嫁前的好友，庞家小娘子很是欢喜，一路上拉着司马琰说话，消磨路上的无聊时光。成婚之后，庞家小娘子说话就没那么多避忌了，暗暗拉着司马琰说悄悄话，和司马琰说起她外祖父欧阳修这回也随驾前往西京，她外祖父对王雱很是喜爱，每次提到他都夸个不停。

庞家小娘子本意是想打趣一下司马琰，不过司马琰听了却觉得，欧阳修有点儿危险了。你堂堂文学大家、朝廷高官，喜爱谁不好，喜爱王小烦，哦不，王小雱？

御驾行到洛阳，但见洛阳街上彩棚满道，处处洋溢着欢腾气息。待仪仗诸人张起黄罗盖，击鞭鸣响，迎下天子，四面乐声随之响起，敲锣的敲锣，打鼓的打鼓，吹笙的吹笙，简直比过年还热闹。

西京留守司及河南府诸官早在码头上候着了，此时由文彦博带领着上前迎接官家。官家目光停在文彦博身上片刻，在乌压压的人群里搜寻一圈，很快瞧见王雱的身影。王雱品阶低，差遣又不是什么重要职位，站的位置理应不起眼才是，可他这两年抽条得快，身量很是出众，直角幞头之下一张稚气未脱的小脸蛋儿极其俊秀，对上官家的目光时更是乐滋滋地朝官家一笑，那低品绿袍竟都被他穿得水嫩嫩的。随驾官员循着官家目光望去，只见那少年状元郎眉眼俊逸，整个人鲜亮如春，站在一大群人里十分显眼，任谁一眼望去都忍不住被他吸引得挪不开眼。这么个少年郎，怪不得官家一看便喜欢！

司马光和王安石也在随驾官员之中，只是官职不算特别高，站的位置比较靠后。遥遥看见王雱那灿如春华的笑，两人对视一眼，都看见对方眼底的无奈：接驾就接驾，老老实实站在自己的班次里不就得了，为什么王雱要笑得让所有人都注意到？其他人也在心里嘀咕，这王家小子长相看来是随他娘的，来了洛阳越长越出众了！王雱这厮毫无自觉，认为自己乖巧又恭顺，接了圣驾就随行往行宫那边走。

一路上禁卫为先导，远处近处高处都有人守着，百姓都欢欢喜喜夹道相迎，有些离得近得以一睹圣颜的，当场就潸然泪下，喜不自胜。官家乘着玉辂，听着沿途的激动欢呼，心情也跟着激荡起来。这一趟，没来错啊！

洛阳行宫早已收拾妥当，近一个月每日都有专人来回洒扫检修，文彦博下了死命令，决不允许出任何纰漏。一路舟车疲顿，官家命人张罗晚宴，随行官员与西京留守司官员一并入席。

洛阳宫是个壮丽辉煌的建筑群，当初太祖巡幸洛阳时觉得这边风景壮美、宫苑瑰丽，曾动过迁都洛阳的心思，后来因为各方扯皮只能作罢。北宋讲究皇室以身作则，勤俭节约，宫城历来偏小，就只圈了唐时的大内一块作为行宫，余下的都只算外城，一旁的西苑更是荒废已久。

众人原以为西京这边多年未得官家巡幸，宫苑应该破落不堪才是，不想来此一看，这边的宫苑依然壮美漂亮，瞧着和新的一样。官家也觉得有些稀奇，一问文彦博，才晓得是王雱这两年跟着检视宫苑，发现这里有问题，那里也有问题，于是天天缠着吴育给专款修缮；吴育回京了，换文彦博过来，王雱又去缠着文彦博。这陆陆续续地修修补补，加固的加固，复原的复原，不知不觉也就成现在这样了。

画师郭熙过来后，王雱还带着人进去画建筑图，平面的、立体的、横面的、俯瞰的，全都来了一套。文彦博没敢说的是，这小子口没遮拦说什么即便有一天洛阳宫被毁了，也可以让人知晓它曾经的模样。小孩子家家的，也不知哪儿来那么多感慨，还说得真情实意，当时听得文彦博都快落下泪来了。

官家听了原委，开完晚宴后便留下王雱在禁苑中散步消食，听王雱说这洛阳城中的趣事。

王雱陪着官家走了一段路，又给官家提了个建议，说西边的大园子荒弃着十分可惜，他觉着可以用来修个文化公园。公园者，公共园林也，也就是大伙都可以去溜达的园子。西京这边乃是致仕官员养老之地，这人越老，越不能不动，得坚持锻炼，但锻炼太剧烈也不行，所以到公园散散步、活动活动手脚、呼吸呼吸新鲜空气再合适不过了。

这偌大的西苑，因为曾是皇家园林，没人敢动，还得白白花钱找人维护，浪费了。它地儿大，有开阔处，有临水处，山水好，草木盛，拾掇拾掇，就是个很好的锻炼场所了。周围建一圈房子当干休所，致仕官员每个发一套，让他们每天早晚可以到公园里散散步，多舒坦！这样既能利用废园，也能表现官家对老臣子的关爱，让天下士子更加卖力地为朝廷干活。

王雱这主意可不是临时起意，他早就盯着这块地了，就等着官家过来把开发方案送上去。先把这块地给开发了，吸引一堆致仕官员住进去养老，到时候再让他们这群人发挥余热，办个提供从蒙学到科举的“一条龙服务”，兼顾成人教育功能的大学院，周围妥妥就成了学区房。等洛阳的文教底蕴发挥到极致，许多人又陆陆续续把钱投到洛阳这边，北方的防御才会让更多人上心。这就比如一只普普通通的鸡，杀了就杀了，谁看了都不会有感觉；可要是这只鸡，你花心思养着，喂了它许多精选饲料，到长大一些了，它还能给你下金蛋，你能眼睁睁看着它被人杀掉吗？那肯定是不能的。

随着黄河频繁改道，开封水患频繁，河道堵塞，运输成本大大提高，又无天险可守，王雱暗搓搓筹划着一个小计划：迁都！

洛阳一地，曾是多朝古都之选，四周环山，又与陕蜀两地手拉着手，防守能力远强于开封，同时临近西线，遇到战时，最为精悍的西军能更快驰援。这地方，按照地势来说很适合当首都。当初太祖有意迁都，和太宗商量的时候太宗引用了一句话“江山之固，在德不在险”，再加上朝臣之中也颇有争议，太祖便打消了迁都洛阳的念头。

王雱觉得吧，别说什么在德不在险，有天险不占才是笨蛋，打起仗来谁看你是不是仁德。看看北边那些人，一到冬天黄河结冰的日子，没了黄河天险阻拦，立刻点兵点将乌拉拉地冲到南下抢掠，弄得北边的百姓苦不堪言。那都是被忽悠去边关开垦定居的可怜人，好不容易把荒地开垦成田有了收成，契丹人过来抢了就跑，气人不气人？时间久了，官府忽悠也不管用了，没人愿意去北边开垦。找人投资更是不可能，真当商贾是傻的吗？再没人比他们更精明了！前两年，麟州那边就出事了，麟州这地儿，孤零零地杵在北边，没民少兵，开发很不到位，那边的官员寻思着筑个堡垒加固防御，结果修到一半就连人带堡垒给敌人端了！所以说，边防得搞，天险得占，不能空口说“在德不在险”，叫无辜百姓暴露在契丹人的铁蹄之下。那不叫德，叫缺德！

自古以来，首都就像一国的心脏，需要全身给它输血才能维持运转。洛阳如今的缺陷就是离江南鱼米之乡太远，运输成本高。王雱寻思着回头修个大路、挖个大渠，弥补这个缺陷。

当然，现在他还只是个低品小官，迁都和强兵这种事光靠嘴皮子不行，眼下最重要的还是得先搞发展。先让尽量多的人把钱投到这日渐衰败的洛阳城，让它变成这一大拨人眼里能下金蛋的鸡，后面的事才好说。

王雱积极地给官家提议，一个劲地说：“您今天也尝了洛阳土鸡，这鸡啊，每天都走一万步，所以肉质好，健康。人也一样，多走走，多动动，身体就好了，所以把西苑改成公园开放，可以让庞公他们活得长长久久，继续为大宋发光发热。于国于民都是大好事啊！”

官家听得一脸复杂，憋着笑对王雱说：“你可别这样和别人说。”庞籍他们可都是曾经官居宰执的人，你拿人家和洛阳土鸡比是什么意思？

王雱立即保证：“臣自然只和官家您说啊。”他又怂恿官家明日到洛水码头那边去，他准备了许多东西给他看呢，到时他大侄子曹评也会大显身手。

官家颇为好奇曹评怎么大显身手，问王雱吧，这厮还胆大包天、神神秘秘地说“我不告诉您”。面对自己纵出来的放纵臣子，官家也不生气，笑着应下：“那我明儿去看看。”

王雱目的达成，欢欢喜喜地跑了，他还有很重要的事要忙。夜深了，正是干坏事的好时机，他早叫周武帮忙注意着他阿琰妹妹住哪儿。忽悠完官家，王雱便溜达去找周武，问周武有没有打听好。

周武面色有些微妙，可惜王雱高兴之余并没有察觉。他听了周武报的方位之后就跑去翻墙入院，瞅准周武所说的房间溜过去，偷偷摸摸地抬起手“笃笃笃”敲窗。“吱呀”一声，窗户开了。王雱欢喜地往里一看，开窗的是范纯仁，里头还有范仲淹、庞籍、梅尧臣，以及他爹和他岳父。

王雱满头雾水，这和他想的不一样！！！王雱大脑飞速运转：谁干的？谁干的？谁干的？到底谁干的？

这一刻，王小雱在脑海中飞速分析着瞥见的每一个表情。他爹、他岳父、范纯仁都面露意外，显见是不知晓他要来的；梅先生、庞籍支使不动周武；这样一来，嫌疑人的范围就缩到最小了——范仲淹！周武那小子，关键时刻靠不住！再仔细一瞟，范仲淹是坐在主位的，他爹他们肯定是受范仲淹之邀过来说话。

王雱的心在愤愤地哀号“真是老奸巨猾”，却不得不一脸从容地说：“咦？这么巧，大家都在吗？我还以为范爷爷只叫了我一个，想偷偷摸摸溜进来给范爷爷一个惊喜呢！”

司马光一脸狐疑地看着他，总觉得他这做贼的架势瞧着有些熟悉。

范仲淹搁下手里的茶，笑睨着他道：“走门进来吧，这么大了还翻窗，会叫人笑话的。”

见范仲淹没戳穿自己，王雱心中稍定，从门口溜进屋，麻溜地接替范纯仁的位置给他们煮茶倒茶，乖得不得了。王安石时不时瞅他一眼，也觉出有点儿不对了。不过梅尧臣与庞籍他们都在，他还是给儿子几分面子的，没戳穿他装乖的表象。

到他们夜谈结束了，王雱以要留下给范仲淹弹一会儿安神曲为由，没立刻离开。等人都走光了，王雱才蔫了吧唧地看着好整以暇坐在那儿的范仲淹。

范仲淹瞅着他道：“你今儿才十六岁，急什么？你越是这么罔顾礼法，你未来岳父越是觉得不能早早把女儿嫁你。”

王雱被范仲淹当面拆穿了，唉声叹气地说：“明明十五岁就到婚配年龄了！”

“人家好好养大的女儿，十五六岁就送你家去，亏不亏？”范仲淹道，“换了你，你舍得早早把你妹嫁了？将来你要有女儿，你乐意有人这么早盯上她？”

王雱理直气壮地说：“谁敢！看我不打死他！”

范仲淹不理他了。

王雱抱出范仲淹的琴，给范仲淹弹了两首曲，待范仲淹睡下了，才轻手轻脚收起琴离去。月色正好，王雱沿着林中幽径溜达出去，刚转了个弯，就见他爹和他岳父正坐在亭子里说话。听到有人走来的动静，两人转过头来齐刷刷地看着王雱，眼神里的意思很明显：你小子给我过来。

王雱“啊”了一声，说道：“今晚是怎么回事儿，好困啊，爹，岳父啊，我先回去睡觉了！”

司马光冷哼道：“去吧，只管去。”他明明没威胁什么，话里的意思却明明白白：去了就别想再叫我一声岳父了。

王雱只能乖乖进了亭子，接受他爹和他岳父的思想教育。即便王雱临场应变能力不差，第一时间反应过来打哈哈搪塞过去，王安石和司马光还是看出了他本来到底想干什么。在家他们是邻居，随便闹闹就算了，这可是暂住在行宫之内，这小子还这么肆无忌惮！这要不是撞在范仲淹手上，而是被别人看见了，别人会怎么谈论这事儿！

王雱被王安石和司马光逮着训了一通，蔫了吧唧地和王安石一起走回住处。

另一头，司马光气还没消，回到家和张氏说了这事儿。张氏对王雱的滤镜还是特别厚，说：“他还是个孩子，你不让人家见，还不兴人家自个儿想办法见了？”司马光无话可说。

第二日一早，吴氏和小妹都早早醒来，里看外看，想好好瞧瞧王雱住的地方。吴氏见王雱家里灶冷米缺的，很是心疼，担心王雱平时吃得不好。

王雱道：“没有的事，我平日里都去别人那儿蹭吃的，你不晓得啊，文相公府上的厨子特别好，文相公还特热情，每天都留我用饭。我是晚辈，长辈留我用饭我怎么能推辞呢？自然得在文相公府上吃了再走。”

吴氏听了格外感动，道：“文相公真是好人啊！”

王安石洗漱完出来听到的就是这么一句，不用想都知道王雱又在忽悠他娘。王安石瞟了王雱一眼，问他：“不用早些去办差？”

王雱道：“早准备好了的，用了早饭再去也不妨事。”他正准备在家中用早饭呢，就听有人来相请，说是官家早早起来了，召他过去一道用膳。官家让人来请，王雱自然只好去作陪。

到底是一国之君，即便赵家皇室挺节俭，早膳还是非常丰富。王雱扫几眼，嗅几下，约莫就知道哪些好吃哪些不好吃。甭管尝没尝过，他都先发表一通自己的见解，吃之前说道说道，吃完后又说道说道，一点都不遵守“食不言寝不语”这规矩。官家听他说得有声有色，胃口顿时大好，比平时多用了不少东西。早膳过后，文彦博等人陆续来外头候着，官家素来爱重朝臣，没让他们多等，歇了一会儿便带着王雱出去了。

文彦博与富弼是老搭档了，正站在门廊下说话。余光扫见王雱乖乖巧巧地立在官家身侧，文彦博眼角一抽，闭了嘴。这小子，真是颇得圣心啊！

文彦博给官家讲了几个行程，都是准备好了的，问官家想先去哪边。此时，天才刚亮，朝阳初升，驱散春朝晨雾，空气中洇着湿润的水汽，清新又宜人。官家想到王雱所说的“大展身手”，便挑了洛水码头，准备去瞧瞧王雱伙同曹评给他准备了什么好节目。听说曹评善使弓，难道要给他表演一个水上射击？官家心中纳罕，面上便有了些迫不及待。

文彦博见状悄悄横了王雱一眼，意思是“你收敛点，等会儿别玩得太过”。王雱接收到文彦博的眼神，看着更加乖巧了。圣驾转道洛水码头，码头上也早已扎好彩棚，设好观众席，看洛阳杂耍班子耍水上百戏。春来水涨，水面正是最好的舞台，常年在水上谋生的弄潮儿一个个大展身手，力图在官家和诸多朝臣面前展现最好的一面。他们表演的都是传统戏码，要是不演一回，上头会觉得你不够重视。

传统戏码结束之后，就是王雱发挥的时间了，最先出场的是曹评的船磨方队，几艘磨船在他的出色指挥下整齐划一地驶出。曹评迈着健步走上前，先朝官家行了一礼，而后邀请官家上前看船磨的运转。此事由别人做来不大适合，由曹评做来却毫不突兀，毕竟他可以喊官家一声“姑父”，请姑父看看自己刚承包的大宝贝什么的再自然不过了。

要王雱说的话，曹评他就是太端着了，都当上皇亲国戚了，怎么能不多和官家联络联络感情？看看人家张尧佐，虽说害得官家被喷了一脸唾沫，但是该捞的肥差都捞到了，聪明人啊！

王雱还在那儿感慨着，台谏诸人已经紧步跟上，要瞧瞧曹评到底想让官家看什么。如今万事俱备，只差找事，曹评这个外戚一出现，他们就嗅到了可以弹劾的机会，没一个想落后的。弹劾外戚好，安全有效，还永远占理，是个增加实绩的好机会。你是外戚，弹劾你怎么了，你敢反喷吗？我们喷你，不是为了自己，是为了朝廷稳定，是为了大宋安宁！翻翻史书，多少惨剧是外戚专权造成的！

王雱也跟了过去。

曹评虽是头一遭被官家和这么多文官齐刷刷盯着，但他是个精于弓箭的人，最不缺的就是沉稳。他邀请官家一行人上船，稍稍离了岸，有条不紊地展示着这船磨的用法。曹评熟练地操作着船磨，只将麦粒从入口倒进去，其余的一概不用管，轻轻松松就把烦人的麦子给磨好了。

要知道麦子外壳非常毛糙，难以下咽，偏又不像谷子那样容易处理，要做成精细的面粉还得费不少工夫。因此，一些穷苦人家为了省功夫、省口粮，就直接煮成麦饭吃。但是麦饭口感粗糙，味道寡淡，除非饿到极点，否则谁都不会想吃。但是，曹评展示的这个船磨方便得很，不费人力，只需要把船行驶到适合的水域即可，而且效率很高。

众人对视一眼，都看出了这新器具的好处。麦子的好处是耐寒，可以与其他作物轮作，高效利用土地，便是这一年粮食歉收，补种麦种也来得及。要是能轻轻松松处理麦子，将它们变成价格更高、更受市场欢迎的白面粉，百姓种麦的积极性会更高，甚至会到别处主动开垦荒地。官家也看出了这个利器的好处，欣慰地夸道："不错，这是个好东西。是公正你自己想出来的？"

曹评是个老实人，一五一十地告诉官家这是他从王雱那儿承包的，王雱出图纸、出技术，他家管事负责营造与投放到各处，并进行经营维护。曹评还顺势介绍了即将推出的面包，香软可口，十分好吃。时下发酵一般用"酸面团"，也就是用面团养酵种，存留不易，效果也不稳定。品控都做不好的产品，怎么能拿出来卖呢？王雱让胡管事那边将酸面团改良了一番，又和司马琰讨教了不少烘焙知识，可算是摸索出一些稳定的可口面包的做法了。

曹评按计划展示完船磨，又让人送上经过重重检验的面包，还热乎着，上面缀着一颗颗黑提子干。曹评估摸着大伙应该都是吃过早饭才过来，所以面包个头儿做得不大，一个个十分小巧，紧挨在银盘里。

晚辈献上的新鲜吃食，官家自然不会不给面子。他拿起一个小小的提子面包咬了一口，香软之中又夹着些葡萄的清甜，口感十分新鲜。见其他人都看着自己试吃，官家大方地让人把面包分了下去。在场的都是吃遍山珍海味的朝中能臣，自然不会吃到个面包就惊为天人，但是他们不得不承认，若是开封有卖这种吃食的店，他们会考虑每日都买上几个在上朝路上吃——方便又管饱。

船磨和面包的展示大获成功，王雱又趁机安排别的项目上来展示。拉曹评入伙只是个开头，接下来的一些项目都是还没人投资的，他就是让曹评先做个示范，其他人若是感兴趣可以照着曹评那个章程来谈，洛阳这边可以给投资者量身定制配套的发展方案。

能跟着官家过来的都是什么人？要么是宰辅或准宰辅，要么是勋贵皇亲。这些人有一个非常统一的特征：不缺钱，更不缺能差遣的人。都走到这样的位置了，除了范仲淹这些沉迷改革的家伙，谁家里没几个帮着搞副业的"管事"？所以，今天这场"投资项目展示会"，王雱就是搞给这批人看的。

瞧瞧吧，这些东西都是官家亲眼看过、亲口肯定的，绝对有发展前途！今年投入一万贯，明年收回一百万！别想那么多，只管带着你的钱，领着你的人才，到我们洛阳来，洛阳诚挚地欢迎你！

看过水上百戏，又看完王雱展示的洛阳的招商引资项目，时间也不早了，官家摆驾回行宫歇着，留点时间给其他人消化刚才看到的东西。

晌午，官家午歇过后醒来，又着人去召王雱到禁苑中射箭。在京城时他不好总召见王雱，到了洛阳可就没那么多避忌了，恨不得一天十二个时辰都把王雱喊到身边陪着。没别的原因，这小子在他面前不拘着，什么都敢说，说的话他也喜欢听。

王雱弓箭练得不错，随着年岁增加，已能拉开更大的弓了，不过陪官家习箭还是头一遭。今儿负责陪驾在侧的禁军里恰巧有狄咏，王雱远远见着狄咏，便和官家说：“咦，那是咏哥啊，许久不见，他又长得更俊了！”

官家一看，狄咏这小孩还真是俊朗非凡，即便穿着禁军千篇一律的甲衣也十分显眼。近来狄青在陈州那边上了一策，把他这些年领兵的所见所闻与所知所学都规整成册，献上来倡议朝廷建武学。狄青这回外放，也不知是不是突然开了窍，写起策论来慷慨激昂，看得官家都心潮澎湃。官家对自己看得很清楚，他就是个守成之君，所求的永远是稳定安宁。可是，身为帝王，谁不想功垂千古？建个武学而已，也不是什么难事，官家感觉并无不可。对于狄青上表时的知无不言，言无不尽，官家自然十分感动，爱屋及乌地看狄咏很顺眼，当即着人将狄咏一并喊过来陪练。

官家射箭一般在射殿，射殿里头列了一排垛子，距离适中，正适合练箭放松。比较让王雱震惊的是，箭垛子附近还立着一个“招箭班”。招箭班的人一字排开，穿着统一的工作制服——长脚幞头、紫绣抹额、紫衫黄襕，其主要工作内容是，在官家射中垛子时欢呼跳跃，近年来还得加上适时、雷鸣般的掌声。王雱瞧着就觉得是自己输了，这射个箭都有这么多拍马屁的，叫他们这些踏踏实实、勤勤恳恳的小官员还怎么奉承啊？！

官家不知道王雱正腹诽着，自己练习了两轮，听够了招箭班的欢欣鼓舞，搁下了弓让王雱和狄咏下场比试比试。王雱和狄咏都不是畏缩之人，当下就一左一右地领命上前。王雱还胆大包天地拿起官家用过的那把弓摸了又摸，说想要沾沾官家的好气运，一鼓作气赢狄咏一把！结果王雱接连惨败了三轮。王雱生气了，耍赖表示玩累了不想玩了，他得回去陪他娘用晚饭。官家鲜少见他吃瘪，乐得不行，笑着让他走了。

王雱在家中和自家人用过饭，行宫那边又遣了人过来，说是官家赐下一样东西，让他好生收着。王雱打开两个内侍托着的匣子一看，里头是官家白天用过的那把弓，弓身乌亮完美，拿起来更是称手。王安石当群牧判官之后，吴氏

也不是没接过宫中的赏赐，不过那都是朝中定例，各家都有，算不得特别。官家给文官赐把弓这种事可不是常例，吴氏顿时慌了手脚，硬是给两个内侍塞了赏钱才转头紧张地看着那长匣子说：“这可得好好收着，该放哪儿才好？”

王雱道：“官家送我是想我用它好好习箭，您要是供起来可就白瞎了这把好弓了。”

“可这是御赐之物，”吴氏心中有些忐忑，“若是毁了坏了，官家怕是会降罪！”

王雱笃定地说：“不会的。要是宫中赐了吃食，难道还得好好供着不吃？”

吴氏理所当然地说：“那是自然。”

王雱默然片刻，道：“那要是放馊了，算大不敬吗？”

吴氏哑了。

王安石道：“行了，官家怕也是临时起意，赐了你就好好用。”他拿过弓看了看，放心了。这弓应当不是禁中之物，而是有人献给官家的，王雱拿着不会犯忌讳。

王安石把王雱提溜到书房，问起他今儿都干了什么。王雱把自己勤勤恳恳、老老实实陪驾的过程都给王安石说了，说到后来和狄咏比试他有些气愤，和他爹抱怨起狄咏这家伙不厚道，一点都不照顾老朋友的面子，他要和狄咏绝交。

王安石斥道：“你自己技不如人还有理了？”

王雱振振有词：“友谊第一，比赛第二！他是武官，我是文官，他得让着我才是，怎么能让我输得那么没面子呢？”

到第二日，王雱逢人便说狄咏的可恶之处，说狄咏这家伙虽然厉害，但不留情面，害得他在官家面前丢了大脸，连官家都送他一把弓来讽刺他该好好习箭了。

文彦博听了这消息表示，他从未见过如此厚颜无耻之人，典型的得了便宜还卖乖。他没忍住，和范纯仁感慨道：“你说你这小师弟的脸皮到底是怎么长的，居然这么厚实。”

王雱的洗脑功力非常了得，本来还觉得官家给个六品小官赐弓不合适的台谏诸官听了王雱这番说辞，一下子就感觉“看到小辈没学好，送点笔墨纸砚、弓箭刀剑之类的勉励勉励还挺正常”，收起了蠢蠢欲动的笔杆子。狄咏也在禁军里头又出了一次风头，认得的都夸他“打败了状元郎”“禁军第一勇”，惹得一些不服气的跃跃欲试要向他挑战。

说来也稀奇，王雱前头不缺状元，后头也不是没出，可一听到“状元郎”

三个字，众人便免不了想起他来。约莫是他在一干状元之中年纪最小，风头最盛。这先是三元及第，而后又三辩台谏，深得帝心，不管是官方宣传里还是民间戏文中，他都是这些年来最有名的状元郎。

狄咏这老实人压根儿不知道王雱单方面宣布要和他绝交，直到来挑战他的人越来越多，他才晓得外头到处都在传王雱惨败在自己手下的事。这实诚孩子不乐意听这种话，一再反驳说“我没那么厉害”“元泽骑射可好了”。狄咏说的都是真心话，对上一动不动的箭垛子，练来练去也就那样了，王雱习箭的时间比他少，输给他再正常不过。可若论骑射方面，王雱和他比是差不离的，上回他们外出打猎时便曾合作无间。于是狄咏趁着轮换的机会去寻王雱，和王雱道歉说这事儿不是他传出去的，让王雱别在意。

怎么会有这么实心眼的小子啊！王雱顿觉羞愧，对狄咏说：“我那也就是说说而已，怎么会当真和你绝交？”

狄咏惊了：“你要和我绝交？”

王雱：“……”

狄咏追问之下，才晓得这事儿根本是王雱自己说出去的，这厮还跟别人宣布要和自己绝交。狄咏的表情有些一言难尽。

王雱说：“我也就随便说说。你想想看啊，我这又是天天被宣召，又是被赐这个被赐那个的，肯定有人看着眼红。别人不说，你是没看见啊，刘家那小子看我时，眼睛都快要滴出血来了。”王雱毫不愧疚地给刘高明扣了口锅，“官家赐我的弓就是他们家献上去的，费了老大功夫才寻着的好弓。你想想，自家献上的东西官家没用两天就送我了，他们肯定气得想找我碴儿！”

狄咏不明所以地说：“你说要和我绝交，他们就不眼红了？”

王雱道：“那当然，这样一来，他们就去找你麻烦了！”刘高明他们那些勋贵子弟大多任武职，纠集几个人去找狄咏的碴儿，再简单不过了。既然王雱惨败在狄咏手下，那他们打败了狄咏，就等于打败了王雱，逻辑满分，没有问题！

狄咏听完王雱的话，一阵无言。

王雱一脸紧张地问：“唉，知道我这么干，你不会要和我绝交吧？”

狄咏答道：“……不会。”但是，老实说，他还真有点儿那个想法。

文彦博安排的行程走完之后，牡丹花会正式开始了，官家要巡幸牡丹花会的消息早早传开，百姓们一早出发，有钱的掏钱买票入场，没钱的占据各个高位围观，争取能再一睹圣颜。

对此最为期待的，无疑是带着自家牡丹来参加花会的花匠们，他们一早得

了通知，提前好几日来布置会场，及时将品相不好的牡丹给替换下去。早早得了通知的洛阳百老无比激动，他们之中有健健康康的，有缺了胳膊少了腿的，也有眼瞎目盲的。人到耄耋，身体机能难免变差，尤其是吃了一辈子苦的劳动人民，更是不能指望真正健康无病。但是，不管身体如何，百老个个精神矍铄，大有“我还能再活一百年”的势头。

官家带着随行官员到场时，按照王雱的建议与百老一一握手。王雱表示，这握手表示亲近和鼓励，对官家您来说不过是轻轻抬起手的事，对百姓来说却是可以对代代子孙提起的殊荣。都说十指连心，这两手交握代表的就是官家关爱百姓、与百姓心心相通，乃是仁爱之举。来都来了，与百姓们握个手吧！

太常礼院那边没听说过这种“殊荣”，听官家提出要和百老握手后当即劝谏了一通，什么于礼不合，什么官家乃是万金之躯不能儿戏。

欧阳修对此倒是很支持，他站出来反问了一句：“《礼记》里有说不能这样做吗？”

还真没有，毕竟写《礼记》的人根本不知道握手这玩意儿，让人怎么禁止？哪怕欧阳修表明了自己的意见，还是有人提到一个观点：“礼不下庶人。”

论咬文嚼字，欧阳修那是从不输人的，当场给对方教了一遍什么叫“礼不下庶人，刑不上士大夫”。礼不下庶人，指的是礼仪烦琐，而庶人平日忙忙碌碌，若是处处用各种礼仪去要求他们会干扰生产、妨碍营生，因此《礼记》才会说“礼不下庶人”。至于刑不上士大夫，那也不是当了士大夫就有免罪金牌，犯罪就要受罚，只是能够体面些而已！

欧阳修连讽带刺地现场教学之后，就没人反对了。反对又有什么用处，官家都决定好了，宰执那边也没人吭声。只恨那文宽夫想出这什么“洛阳百老”，又差遣王家小子教唆官家行这个握手礼，吹嘘说这是爱民如子的仁爱之举。

连富弼都悄悄去问曾经的搭档文彦博：“你怎么想出这些个主意来的？”自从提出巡幸洛阳，朝中那是辩论了一轮又一轮，都是为了洛阳这边的众多新鲜提议。

文彦博有苦难言，只能说：“我若是说这些主意和我没关系，你信吗？”

富弼是不信的。不是文彦博的主意，难道是那王家小子的主意？瞧瞧吧，那王家小子射箭输给了狄青的儿子，就到处和人说要和人家绝交，怎么看都是没长大的小孩子心性，能是搞出这些事的人吗？反正看着文彦博给王雱派的那些活儿，富弼就觉得文彦博是在虐待小孩。那么小的小孩都利用，看着官家喜欢那小孩竟还让人到官家面前进言，要不要脸啊？！

文彦博不想和富弼说话了。

不管背后有什么争议，牡丹花会这天官家还是按计划亲自接见了百老，伸出手与那一双双苍老粗糙的手交握。

官家一生后宫充盈，握到过的手多是香软柔荑。与这么多长满老茧的手一一相握，官家心中有一种十分奇异的感觉，就好像一瞬之间看到了更广阔的世界，让他不由心想这些人都经历过什么，双手才会变得这样干瘦、粗糙。这些手都不好看，但是就在握住它们的那一刻，王雱在贺表里写过的百老的生平再度涌现在官家眼前：这是一双犁了一辈子地的手；这是一双赶了一辈子车的手；这是一双织了一辈子布的手；这些人，各有各的经历，各有各的过往，可他们都是可敬又可爱的人！

看见百老齐齐老泪纵横，官家也当场热泪盈眶，君民相对而泣，画面感人至深，随行官员看着亦是百感交集。想不到这握手礼，行起来竟是这般动人。

王雱借着官位低，悄悄挪到后头，压低声音询问全神贯注看着这一幕的郭熙："看清了吗？记下来了吗？您可得好好画哇，这一幕多么感人，多么珍贵，值得画大一点！我已经和文相公说好了，等您画好之后就将这画悬在西京博物馆的正厅里头，让所有人永远不忘这一幕！"说完了打算，王雱才补了一句相当真诚的马屁，"官家，当真是仁爱之君啊！"

郭熙觉得，在王雱身边待久了，总觉得这次随驾而来的同僚说文相公卑鄙无耻、阴险狡诈似乎有些不公允。

第六章

新婚燕尔时

官家接见百老之后，文彦博便引官家去赏牡丹。随着官家到达观花台，底下那片巨大的黑色幕布也随之掀开，一朵朵花苞饱满的牡丹花显露在灿灿日光之下。

文彦博与富弼循着官家的目光望去，只见观花台下连片的牡丹以粉色为底，红色为面，竟排列出了“国泰民安”四个大字。若仅仅是摆出来四字也就算了，最重要的是这些花居然在官家望过去时齐齐绽开，锦绣般的花海中的“国泰民安”瞬间变得鲜亮火红，仿佛能感受到官家对它们的注目。饶是官家赏过无数名花，还是被这惊人的一幕震慑了。当然，现在百官对祥瑞非常敏感，官家也不爱在祥瑞上做文章。官家转头问文彦博：“文卿，这是如何做到的？”

其他人对此也很好奇。这虽然还算不上万花齐放，但是几千盆总是有的，难道文彦博为了逢迎官家，竟把洛阳城内所有牡丹搜罗起来，专挑今天这个时间段开花的牡丹摆出来假造祥瑞？不少人看向文彦博的目光已是磨刀霍霍，要是文彦博胆敢说出“祥瑞”二字或者拍马屁说“百花沐圣恩而齐放”，他立刻就会被台谏的弹劾淹没。要知道，文彦博又不是没做过这样的事。当初他就给张贵妃送上镶金线的名贵锦缎，让张贵妃穿着在官家面前提一句“是某地文某某献上的”，借张贵妃在官家面前留名。

文彦博也知道这些盯着自己的人很多，心一横，直接把王雱给抖落了出来：“此次牡丹花会是王签判准备的，我也不知这事儿。”于是，王雱被喊到了官家身边问话。

王雱一看机会来了，立刻深入浅出地给官家讲解了一番控温、控光、控肥等知识。科学养花，花期可控。事实上只要摸索清楚条件，人在很多时候都能与大自然掰腕子。比如说，这洛阳的花匠啊，一个个都是人才，三两年就摸清了牡丹花的开花规律。若是给点投资，给点扶持什么的，洛阳花卉事业大有可为，年节花卉、园林规划啊，洛阳这边都能包圆！

随行诸官听王雱讲完这么一大段后，有的人觉得这厮脸皮真厚，有的人则在心里思忖“这真的能行吗”。不过不管怎么样，众人的想法都非常一致：文宽夫这老贼选人还真是选对了，这小子嘴皮子了得，忽悠起人来压根儿不带喘气的，怪不得文宽夫把这事儿推给他出头！

千花齐放的盛景自然让人震撼和喜爱，一行人走下观花台在牡丹花丛中流连许久，又被王雱引去参观洛阳农科所，哦不，应该是汇聚着洛阳种植人才的花房里边，看看这些种植人才如何搞研究做记录。

经过王雱的统一培训，他们的字虽然很丑，实验报告却写得十分规范，忠实地记录着每次研究的详细数据。官家看了很是感慨："治一花尚且要如此，何况治一国。"

洛阳之行让很多人开了眼界，后来大伙都忘记找文彦博的碴儿了，专心在洛阳游玩起来。

小半个月眨眼间过去，到了官家将要回京的日子。文彦博与王雱趁这机会为这两年仿照青州那边筹备的，规模更大、内容更丰富的西京博物馆正式举行了剪彩开幕仪式，由官家亲自给它提了匾额。齐鲁博物馆早有不少人听闻过，只不过并不是人人都能千里迢迢跑去青州逛博物馆。趁着这机会，官家又领着随行诸官来了个博物馆一日游，算是给洛阳之行来了个圆满的落幕。

回京前的夜里，官家召王雱登临高楼，眺望远处的莽莽群山与茫茫江水。洛阳这边眼下虽不如开封繁华，但洛阳城的巍峨壮丽、四周山水的险要壮美，却是开封所不能及的。官家免不了与王雱感慨："记得当年太祖曾想过迁都洛阳。我以前不觉得有什么，来过一趟后，就明白了太祖为何会这样想。"

官家主动提到这个话题，王雱却没有积极应和。这个时候官家的感慨永远只是感慨而已，远没到动真格的时候。不管做什么事，最讲究的都是"水到渠成"，此时提出迁都受到的阻拦会非常大，还可能会引起扎根在开封的世族们的强烈反弹，没那个必要。

王雱道："开封也很好。"

开封确实是个好地方。只是近年来随着占城稻的推广，百姓渐渐都能吃饱饭，大宋人口迎来了一次爆炸式的增长，开封作为大宋的心脏城市，人口早就远超百万。若是没有四面八方的供养，开封根本养不活这么多人。开封无疑是繁华的，但它的负荷也非常重，种种问题伴随着人口增长逐渐爆发：河道毁坏、黄河改道，粮绢运输日益艰难，水灾、地震、瘟疫等等天灾人祸也紧随而至。换成任何一座城市，遭遇这么多磨难都会不堪重荷。君臣两人在春夜微风中静立片刻，下了楼，各自归去歇下。

第二日，官家便要回京了。这日洛阳城万人空巷，全都挤在禁军划出的界线外围目送官家离开，不少人当场就痛哭出声，惹得官家也眼眶发热。为了不引发动乱，官家按下了倒回去与百姓行握手礼的冲动，忍痛登了船。

三司那边在回程路上一计算，发现官家这回巡幸洛阳竟没费财政多少钱，甚至还赚了！原因在于洛阳那边说，为了支持官家过来巡幸，当地世族与富户们竞相出资，所求的不过是在沿途的彩棚上打个小小的广告，还有在《国风》相关篇目上刊出鸣谢名单。

这相关篇目，还是当代文坛盟主欧阳修亲自操刀写的。因为牡丹花会上众人心潮澎湃，他们的王小状元凑到欧阳修身边提了一句："此情此景，难道不值得赋诗文一篇以作纪念？"欧阳修本就很欣赏王小状元，当即有感而发，写就一篇精妙绝伦的新文章。欧阳修眼下是《国风》主编，这职务是范仲淹卸任时转交给他的。王雱听完他的新文章当场狠拍一通马屁，又把自己的一番小建议给提了上去，说这些人虽然有一部分仅是商贾，却同样有着拳拳的爱国之心，希望欧阳修能在《国风》上刊出这篇新文章并把这份鸣谢名单附上去。欧阳修觉着这也不是什么大事，应下了。

就这样，洛阳根本不必向三司讨钱，便把迎驾事宜给办妥了！三司要支出的，只有官家赐下的一干赏赐，不过这些都是预算内的，老臣致仕赐个宅子什么的再寻常不过，不算什么大事。

《国风》在洛阳也卖得极好，欧阳修在回去前直接留了份底稿在西京国子监直接印刷成册开始对外售卖，免了来回运输的耗损。官家巡幸的余热还在，洛阳处处都欣欣向荣。没过几日，《国风》上的广告效力出来了，名单上的布庄、酒楼、笔墨店等店家都开始迎来一大拨新客。

原本许多人只是看在文彦博的面子上才掏钱支持迎驾工作，心中颇有些怨言，感觉文彦博是掏他们的腰包搞自己的面子工程。现在不同了，现在这些掏了钱的人都喜翻了天，大夸文相公诚不欺我。没想到把店名与简单的广告词刊登到《国风》之上，竟有如此效力！

王雱是最不意外的人，现实世界许多报刊根本不能靠文章本身去养活，大多是靠植入广告来维持运营。在现实世界没有进入信息时代前的很长一段时间里，各种报刊把控着群众的信息来源，成为群众了解世界的唯一渠道。因此，穿插其中的广告特别有效。

《国风》的读者是受过教育的一批人，他们家底殷实，消费能力强，能在他们面前留名，让他们记得有这么个店，生意火爆只是时间问题。当然，也有一部分读书人对《国风》上刊登商贾的广告很是不满，觉得这玩意儿玷污了他们心中的文学圣地。可惜这声音很微弱，王雱直接当没看见。

这年春天，王雱迎娶媳妇的大计依然搁浅，由他一手策划的巡幸之行倒是进行得非常完美。

牡丹花快要开尽时，王雱又领着小伙伴李元东去建设未来的西京文化公园和西京干休所了。这事儿必须得用心搞啊，毕竟将来住进来的都是能人，门生故吏满天下，儿子孙子也出息！他们都请过来了，还愁没人登门吗？

在那之前，范仲淹、庞籍和柳永都住进了王雱亲自监修的大园子里。这是范仲淹的主意，范仲淹虽然没收王雱的园子，不过住是很愿意住的，他还建议王雱把庞籍他们也请过来，要不然园子太大太空，住着太寂寞。

正如王雱所料，有这些名士能人在的地方，永远都不缺主动登门拜访的人。连洛阳的一把手文彦博，在休沐日也登门去见范仲淹，找范仲淹聊天。聊天的主要内容是如何管住野马一样的王小状元。范仲淹见文彦博一脸"我拿他一点办法都没有"的无奈表情，笑着说道："这小子虽然爱胡闹，但也不是不知分寸的人，不会真做出让你难办的事。"文彦博叹了口气。相处久了，他也很清楚这一点，要不然光凭王雱干的那些混账事就够他掐死那小子许多回了。

范仲淹又给文彦博传授经验，说王雱这人其实心软得很，什么形势、利益之类的，他能掰扯得比任何人都清楚；可要是和他来软的，他会想得比谁都周全。范仲淹其实还觉得有点儿奇怪："听春卿说，元泽在他手底下是一直是有商有量的，到你这儿怎么就不一样了？"春卿乃是吴育的字，吴育在洛阳时王雱天天跑到他那儿蹭饭，殷勤得很。

文彦博一琢磨，找出根源来了：韩琦叫他记得提防王雱，所以他一开始确实摆出提防的姿态。接下来的事，很多人都知道了，那个锅啊，真的是一口一口地往他身上扣，压根儿不带商量的！文彦博：……韩稚圭，你害我！！！

范仲淹他们过来后，王雱去烦文彦博的次数少了，见天儿去范仲淹那边蹭饭，尤其还爱给庞籍献殷勤。这庞籍，乃是他岳父的恩师，一日为师，终身为父！四舍五入一下就是庞籍的话，司马光得听！王雱是撬不动司马光的嘴，准备曲线救国从庞籍这边下手。

庞籍起初还觉得这小子太殷勤了些，后来接到他学生司马光的来信，让他警惕点王雱，才知晓王雱打的是什么主意。少年人急着娶媳妇是人之常情，庞籍没像司马光那么防着，平日里和王雱还挺亲近的。

自从官家巡幸洛阳之后，洛阳城中兴起了一阵"格物学"之风，因为王雱这厮给人展示的都是"格物学"的产物，不少跟着张载研究格物之学的人甚至还有机会亲自向官家和随行诸官展示他们的学术成果。

更有甚者，官家前脚一走，后脚就有人来说可以给他们投钱，什么承包这项技术啊、什么扩大生产投入市场啊。这些道理其他地方的人可能不懂，王雱却是抽空给他们讲过的，科学技术就是第一生产力，掌握了技术就有钱。

对于专注儒学经典的人来说，这个诱惑并不大，因为他们从出生开始就被教育要走科举这座独木桥。但是，并不是所有人都有能耐过桥的，这些人本来都被放弃了，要么回家耕地，要么回家继承家业，总之，都已对仕途失去期望。现在，王雱给他们开辟了一条崭新的道路：格物学。掌握了格物学，不管干哪行哪业都有益处，当账房先生比别人更会算，当蒙学先生比别人更会教，就连种地也能种得和别人不一样。

王雱暗搓搓地挖着科举的墙脚，沈括那边传来好消息：他找出了出油率高的油菜花和豆种，对应的榨油工具也在现有工具的启发下摸索出来了。按照沈括在国子监时搞的调研，眼下常用的油有芝麻油、大麻子油、苏子油以及蔓菁子油。还有些另辟蹊径，用红花籽榨的油，不过那是搞印染业时的副产品，一般只用来点灯。

油菜花这时候叫“芸薹”，大部分人都把它当菜吃，用芸薹子取油比较少，一般用来做头油，供人抹在头发上做造型用和滋润头发用，让头发看起来油亮油亮的。至于豆油，由于技术所限，眼下基本没有出现。也就是说，现实世界常用的菜油、豆油都没普及，脂肪含量奇高的花生更是连影都没有。很多百姓家用不起油，往往是年节时买一些肥肉，炸出油来储存好，做饭时节省着使用，平时根本不吃那煎炸之物。

即便长得像，也不是所有的芸薹种和豆种都适合当油料作物的，所以沈括带着这个课题的前期成果去了气候宜人的地区搞油料作物研究。细细算来沈括已经下基层两年有余，选种育种总算是出些成果了。王雱大为欢喜，回信给沈括道贺，还顺便写了篇文章吹嘘他此举功在千秋。

别看只是让百姓吃得起油，用得起灯，这功劳大着呢。百姓吃得好，幸福感就高，干活有劲儿，走路带风；用得起灯油就更是了不得，可以让人充分利用晚上的时间读书学习，给国家增加不少有用之才！

王雱在信里给沈括吹完了还不太满足，又把信抄写了一份投稿到《国风》那边，为自己小伙伴的科研成果摇旗呐喊，顺便给伟大的格物学拉点粉丝。往上贴金谁不会啊！

欧阳修回到京城后，心中还对焕然一新的洛阳惦念得很，感觉那里不愧是十朝古都。对他们的王小状元，欧阳修也是十分喜爱的，虽说被文宽夫带歪了一点，但干起事来踏踏实实，又文采出众，着实是相当出色的后辈。听人说王雱的投稿来了，欧阳修当即放下手里的稿子，叫人拿过来让自己先睹为快。王雱深谙如何不着痕迹地吹牛，那文辞，那论据，永远都是没得挑的，欧阳修看得十分开怀，对沈括这位前畅销书作家、现农科研究员也有了颇深的印象。

优秀的人果然永远和优秀的人相互吸引啊，看看这些年轻人吧，全都是写得了文章，下得了基层，承得住赞誉，受得了寂寞的国之栋梁啊！欧阳修亲自写了主编批语，让人抄录一份稿子拿去给其他编辑审核，自己带着原稿去给官家报喜。官家听了这消息也很是欢喜，踱着步子在殿中走了一圈，将喜悦平息下去，才和欧阳修确认："当真？这……沈存中真的找出了让百姓能用上油的法子？"

欧阳修道："既然稿子都投到《国风》了，应当不会虚报才是。"

官家拿起稿子，看向上头的署名，夸道："不愧是朕的状元郎啊！"

欧阳修：……这事儿，王家小子只负责写了个文章好吗！

欧阳修觉得官家对王小状元的"滤镜"着实太厚了，什么事都能夸一夸。不过若不是王雱这文章写得条理分明又极其煽情，官家可能根本不知道很多百姓家中吃不起油，点不起灯——不知道这些，也就不会觉得沈括做的事有多了不得。会做事，也得会展示才有用。

欧阳修顺势跟着夸："嘉祐二年的举试英才济济，状元郎是，沈存中是，听闻苏子瞻、苏子由与他们也十分要好，如今在蜀中也声名大显，都是栋梁之材啊！"

官家也想到嘉祐二年的举试，笑着打趣："还有那曾子固，嘉祐二年可是一门五进士。"

见官家提起曾巩，欧阳修坦荡地道："我一直看重子固，被任命为考官时一度担心遇上子固的答卷会有失偏颇，毕竟我读过他许多文章，都十分喜爱。等到了判卷那日，我才知晓是自己多虑了，这一轮举试的好文章简直比比皆是。"他还把阅卷时众人把好文章挑出来"舒缓心情"的事给官家讲了。读一篇好文章，如饮甘醴；读一篇糟糕文章，宛如喝了馊水。当然，更多的文章是白水一杯，味同嚼蜡，没滋没味。官家还不知道这一重，听得直乐。

沈括挑选出良种油料作物的事都上达天听了，其他人自然不可能充耳不闻，读过新一期《国风》之后，不少人心里都冒出一个念头：这格物之学，竟真的神奇至此？洛阳那边出了不少新东西，让不少人在官家面前露了脸，另一边的沈括竟也做出了这样的成就。

等《国风》辗转送到蜀中，苏轼也读到了。到底是二十出头的年轻人，连续两期看到同窗兼同年好友做成了这么多事，苏轼坐不住了，拿着《国风》就在房间里转悠。这两年多来，他们父子三人在蜀中也算有所作为，父亲苏洵放弃了科举，按着《国风》的经验在蜀中当起了主编，与知州宋祁创办了《巴蜀月刊》。苏轼与苏辙在宋祁手底下办差，也算做得有声有色。但比起王雱和沈括，苏轼总觉得自己少了什么。

苏轼转悠来转悠去，转悠得王弗有些无奈，将儿子抱给奶娘上前问："是不是《国风》上又刊出了什么好文章？"有时候她总觉得自己养着两个儿子，大的小的都需要哄着。

"文章还是其次，"苏轼摊开王雱那篇文章给妻子看，叹着气说，"存中也做出成绩来了，连欧阳公都赞誉有加，就我和子由什么都没干。"

王弗素来聪慧，才思不逊于男子，接过文章看完了，思忖片刻，对苏轼道："你做的事也很多，比如提倡养彘，如今蜀中农户几乎户户有彘圈，都是你一力倡导。此事若能刊出在《国风》上推而广之，也算是为百姓饭桌上多添一样肉菜。"

彘自然就是猪。虽说阉割与剪尾之法是苏轼在与王雱通信时得知的，但是在蜀中鼓励人多养，呼朋唤友一起来吃红烧五花肉，那都是苏轼干的。五花肉的吃法，更是苏轼这吃货钻研得来。

苏轼听王弗这么一提，也觉着可行。这些法子虽然就在《水浒食神》上，各地也有不少人知晓了，但是一般人都不会把书中的方法照搬到现实中，那会被人当傻子。

苏轼收拾好心情，先到书房闭关写了篇《蜀中提倡养彘三两经验》准备往上递送，把折子写完了，他才动笔写《彘肉赋》准备投稿给《国风》。经过科举洗礼，苏轼现在的文风已经很稳了，压根儿没有退稿的担忧，挥笔就写出一篇绝妙好文。就是这绝妙好文的主旨有点儿俗，大意说的猪肉其实很好吃，新鲜的五花肉好吃，排骨也好吃，猪筒骨炖汤，猪蹄子红烧，猪耳朵脆爽，猪头肉也下酒；做成什么腊肠、火腿、熏肉，也是难得的美味！美哉斯猪，咱怎能不吃它？若嫌猪肉太腥膻，吾有一妙法，得自王家状元郎……苏轼晾干了稿子，封好后叫人带往京城。

转眼到了六月初，王雱拿到了新一期的《国风》。虽说他是个理科生，但是好歹转攻文科十几年，勉强算是文理双修了，对文坛动态还是十分关心的。打开《国风》，王雱先翻开目录，发现这期依然名家荟萃，内容丰富，国子监之中也涌现了不少才华横溢的新面孔，令他感觉这一茬韭菜——啊不，这一批人才，着实长势喜人啊！

瞧见上面还有好友苏轼的文章《彘肉赋》，王雱二话不说，跳到苏轼那一页准备先睹为快。苏轼这篇文章前头写得文采斐然，十分动人，看得王雱都有点儿饿了，可看到那句"吾有一妙法"，王雱觉着苗头有点儿不对，苏轼仿佛要坑他。王雱翻页一看，果然，苏轼把他卖了！

苏轼在文章里说：元泽在信中教他阉割之法，他起初是不信的，后来叫人去照着养了两年，发现那猪确实长得肥嫩喜人，还安分，所以回到蜀中任职后就提议家家户户搞养殖，大肆宣传家里养猪，不仅有肉有油，还能做点猪鬃牙刷换钱，如今蜀人皆喜养猪矣。

苏轼这大嘴巴还嫌状元郎提供阉猪之法这话题不够劲爆，竟在最后悄悄放了个炸弹，说自己有个小秘密不知当说不当说，想了想还是说吧，其实《水浒食神》的作者不止沈括一人，大家可以猜猜另外一人是谁，猜对了可以去找他催稿！苏轼说自己也很想知道及时雨宋江到底什么时候暴露他不平凡的一面。最后苏轼质问这位隐藏作者：当了官就不再续写结局，良心不会痛吗？

王雱觉得要是苏轼现在在他面前，自己一定会掐死苏轼。这可不是他不再续作，是沈括！沈括这厮去赴任时和王雱说，人设是王雱定的，大纲是王雱拟的，现在沈括自己要去研究油料作物了，剩下的《水浒食神》让王雱搞。王雱觉得这家伙极其不负责任，没人操刀，王雱是决计不会再干的，多累人啊！反正，读者要催稿也只会认准沈括，自己是一点都不担心的。可万万没想到苏轼居然这么狠，直接在《国风》上投稿讲述这种事！

王雱难以置信的是，欧阳修居然还让这稿子原封不动地在《国风》上刊出了。您还记得这是一本严肃的文学杂志吗？您还记得这是读书人心目中的文坛圣地吗？让苏轼在上头大谈养猪就算了，还给他刊这种八卦！您审核的时候好歹把这种无关主旨的段落给删掉啊！欧阳大人，我看错你了！

王雱最近的生活过得有点儿水深火热，主要是最近文彦博变了，不仅变得和蔼可亲，还会在他面前唉声叹气，说这个事办不好啦，那个事做不完啦。

王雱感觉有点儿不对劲，不过还是乖乖给文彦博出主意。出完了主意，文彦博又唉声叹气地和他商量："感觉手底下没什么可差遣的人，这事儿该让谁去办好呢？"

王雱帮文彦博支了几次招，忽悠了几次人，突然觉着事情真的不太对劲。他跑去和范仲淹嘀咕这事儿，范仲淹老神在在地道："这是人家倚重你，对你来说又不是什么难事，用得着愁眉苦脸吗？”

对范仲淹这种不关心学生掉没掉坑的冷漠无情做派，王雱是很不满的，于是又写信向他爹、他岳父、他媳妇抱怨文彦博。结果他爹和他岳父都在信里骂他“年轻人就该多干点活儿”。只有他媳妇给了他一个一语惊醒梦中人的提示：“你有没有想过是范仲淹给文彦博支招的？”王雱觉得他媳妇说得对，事实肯定就是这样的。想到文彦博堂堂下台宰相、河南府一把手，居然做出如此姿态。但王雱还是决定原谅他们联手坑他的事。

对于王雱而言，更烦恼的还是另一件事——催稿大军。

《水浒食神》的读者，年轻、活泼、精力旺盛。他们大多正处于被允许外出游历的年龄段，看过《国风》上个月刊出的文章之后，这拨人就开始拥向洛阳。

苏轼那家伙在文章里写的“小秘密”，只要是脑子没问题的人都可以看出指的是谁。人家沈括下基层搞科研去了，王雱在洛阳逍遥自在，难道不该肩负起完成作品的责任吗？这些不理智的粉丝们闲得要命，王雱巡街他们跟着催稿，王雱巡河他们跟着催稿，王雱下乡他们跟着催稿。更重要的是，王雱只有一个人，他们可以一批一批地轮换！最终，王雱没办法了，只能在举办这两年牡丹花会的观花台上开了个粉丝见面会，郑重表示《水浒食神》一定会有新作，最迟年底，大家不要急。

作为一个有良知、有节操的作者，怎么会不把作品完成呢？之所以创作缓慢，是因为沈括他忙啊！我们的沈括大大，他每天待在田垄之中，终日与土地打交道，为的就是让大宋每一个百姓都能吃上油，每一个读书人都能点上灯，多么伟大。创作慢一点，我们也是可以理解的。

王雱苦口婆心地忽悠着，粉丝们却不买他的账，一个两个群情激奋地和他讨价还价，要把出新作的日期从年底挪到中秋。王雱又进行一番砍价，最终定到了冬至日。这才算是打发了这群等续作等了快三年的死忠粉。

“瞧瞧，”有的人悲愤地说，“第一次看《水浒食神》的时候，我才刚进书院，明年我都要考秋闱了！”

王雱擦了把冷汗，脚底抹油溜之大吉！

好在开完粉丝见面会已经入秋了，王雱手头上的工作干得差不多了，他可以边写信控诉苏轼边画点内容。这么多人追到洛阳来了，若是不好好画就等同于自砸招牌，不成。

好在来洛阳之后王雱尝到了不少美食，从中获得了不少新灵感，运用到《水浒食神》里头一点都不难。到中秋来临之际，王雱收拾收拾画稿，跑去和文彦博请假，说辞依然是那套“我得赶紧把媳妇娶进门”。

文彦博笑睨着他：“新一册《水浒食神》画好了？”

王雱被围堵着开粉丝见面会那天，文彦博等人都在远远地看好戏，心道：你小子也有今天！

听文彦博这么一打趣，王雱又想起自己被围堵的辛酸历程，唉声叹气地说：“还没呢，这不是有些地方拿不准，想回去找我媳妇商量商量吗？”他又借机狠夸他媳妇一顿，说他媳妇聪明又可爱，世上没多少人能比。

文彦博被王雱肉麻了一通，捏着鼻子批了他的假，让他顺带将今年的考核档案带回京去，洛阳这边一部分官员要进行三年一轮的磨勘了。王雱爽快地答应下来，带着一摞资料出发回开封。这回他还捎带上了张载，因为张载要带着一批格物人才去将作监考试。将作监那地方，现在是范纯礼在管，老熟人来着，张载带去的人通过率肯定很高，因此两人都没什么担忧，一路上心情都十分轻快。

到了开封，王雱先把稿子带去给方洪，而后骑着马儿回家。沿途见到不少认得他、朝他打招呼的人，王雱都一一回笑，踢踏踢踏地回到家门前。赶巧遇到司马光要出门，王雱翻身下马，上前就喊：“岳父，去哪儿呢？要不要我送您过去？”

司马光一脸无语地看着王雱那匹瘦了吧唧的马。要送他，怎么送？

王雱看出司马光的想法，煞有介事地道：“您别觉得我这马瘦，它这可不是真瘦，而是精壮，跑起来可快了。再说，我送您肯定是陪您走路啊！”

司马光道：“不用，拴你的马去吧。”

王雱乖乖听话，回去见过吴氏和小妹，按捺不住溜去隔壁的念头，悄悄怂恿小妹：“你想去找你琰姐姐玩不？”

“想。”小妹偷笑，“哥哥也想找你阿琰妹妹玩？”

王雱捏她鼻子：“上哪儿学坏的？学点也好，免得轻易被外头的臭小子骗了。”

王雱堂而皇之地牵着小妹去隔壁拜访，张氏很体贴地让他们到院子里玩去，秋天来了，外头的凉亭秋风习习，舒适宜人，正适合他们年轻人聊天说话。

王雱对着张氏献了一通殷勤，才出去凉亭里头和他亲妹及阿琰妹妹会合。司马琰已经开始教小妹画画了，两人平时就经常一起写写画画，熟稔得很。王雱溜达过去，对着司马琰的画指指点点，说这里有点儿不足，那里有点儿不对，气得司马琰搁下笔瞪他。王雱美滋滋地接受他阿琰妹妹的瞪视，依然没脸没皮，说：“比我差远了，回头我手把手教你啊。”

小妹这回站在司马琰那边，对王雱说：“琰姐姐画得很好了！”

王雱捋起袖子表示“我来给你们演示演示”。

司马光从外头回来时，秋日已经往西偏。王雱三人还腻在凉亭里画画，只是已经变成王雱和司马琰分据石桌两边，两个人让小妹当裁判玩起了关扑，看谁能在规定时间内画最多的药草。

王雱这厮认得的药草比司马琰少，所以偶尔会偷偷往司马琰那边瞟一眼，寻找一点灵感。小妹逮着王雱头偷瞄，气鼓鼓地说：“哥哥，你又偷看！你这样是不行的，人无信而不立！”

王雱辩解道：“你看我这又没照着画，角度大小都不一样呢，你怎么能说我是偷看呢？”

司马琰倒是很沉着，平时她经常对着《图解本草》复习药材学，对大部分药草都烂熟于心，因此她面庞沉静、下笔从容，一点都没被王雱兄妹俩的吵嚷影响到。

司马光走近时，听到的便是小妹宣布：“琰姐姐赢了，哥哥你输了！”

王雱说：“真是胳膊肘往外拐，哥哥输了你就这么高兴？好吧好吧，今晚我来下厨，让你们尝尝子瞻教的苏氏五花肉！”王雱说完了，眼尖地看见司马光走了过来，立即和司马光说：“岳父啊，您看我这关扑输给了阿琰妹妹，今晚得借个厨房给你们做顿五花肉了。”

司马光一听就知道王雱是借机赖在这边不走，没好气地说：“行，去多买些肉，把你爹娘一并叫来，今晚我们就等着吃你做的菜了。”

王雱大喜过望，先跑去通知王安石和吴氏，而后溜达出去买菜。

即便是做了状元郎，王雱还是十享受挑挑拣拣兼讨价还价的乐趣，不过今儿他显然没法享受到了，因为不少人一认出他，就要白送给他，说是沾沾三元及第的喜气，看今年自家儿孙能不能考个好名次。王雱没法子，只能强塞他们一把钱，飞快拎着肉菜跑了。堂堂朝廷命官，绝对不能白拿百姓东西，贪了百姓一根葱，明天台谏喷死你。

比方说，给苏轼父子三人写过推荐信的张方平吧，才刚坐上三司使位置，没两年就出事了。三司使就是国家财政一把手，管着各种跟钱有关的事。恰巧这时候有家人欠债犯事了，有处宅子要拿出来拍卖抵债。张方平一看，这房子不错啊，自己也跑去报了个价。他是一把手，报价一出，谁还敢接着报？于是，张方平就低价买了个房产！

堂堂三司使，买个房也不是什么大事，不过张方平比较倒霉，买的这房产有家庭纠纷在里面。这家人闹上衙门，上头一查，不对啊，这房子卖得太便宜了！再一看，买主是三司使张方平！低价买人豪宅，过分！当时身在台谏的强力喷子包拯就出手了，上奏喷得张方平狗血淋头，最终以张方平被罢免、外放陈州为终结。

王雱听了很是唏嘘，感觉还是不贪小便宜比较好，左右他也不缺钱！有包拯加盟的台谏，实力太可怕了，三司使都被包拯喷走两个。

不贪半文的王小雱拎着新鲜可口的肉菜回到司马光家，认认真真地跑到厨房给岳父岳母及自家父母料理了晚饭。虽说他的手艺不能算顶好的那种，但胜在用心，做出来竟也有模有样，满满当当地摆了一桌子。

王雱这厮，厨艺不算一流，菜的品相却一等一的好，成品出来很是唬人。比如说，那五花肉慢火炖煮到入味，大小如一，肥瘦均匀，浸在特制的酱汁里泛着润泽光芒，瞧着叫人食指大动。

虽说许多士大夫借着"君子远庖厨"这话远离做饭这活儿，但私底下也没那么多讲究，反正张氏怎么看女婿怎么满意：嫁女儿，就是要嫁个这样知冷暖的，日子有商有量地帮扶着过才好。

张氏当然舍不得女儿，可王雱也算是她看着长大的，看王雱每次都巴巴地找过来她同样心疼，私底下没少劝司马光早些松口。再转年，女儿都十七八了，还想拖到什么时候？这岁数再不成婚，男子还好，女子就要被人取笑了。

王雱知道丈母娘对自己是没话说的，饭桌上一个劲给张氏布菜。要是司马光横他一眼，他就殷勤地凑过去给司马光也夹一块香喷喷的五花肉。司马光被他闹得一点脾气都没有，只能看向王安石，眼神里写着"你家的儿子，你给管管"。王安石一脸"你看我做什么？我不明白"的表情，夹菜、吃菜，还和吴氏评价："这菜还行，味道清淡些，你可以多吃点。"吴氏向来不喜味重的。

司马光这人一向是讲究"男女之别，礼之大节也""男女不杂坐"，什么"姑、姊、妹、女子子，已嫁而返，兄弟弗与同席而坐，弗与同器而食"。但后来碰上王安石一家就全变了，尤其是王雱这小子，说话那是一套一套的，什么"您瞧瞧这男一边女一边，多齐整啊，算不得杂坐"，什么"这里又没谁是你家嫁出去的"，人小脸皮厚，动不动死缠加烂打，弄得司马光始终没能把他们一家当外人。饶是如此，看着王安石不仅不管教儿子，还在那儿给吴氏试菜，司马光还是看得肝疼。他女儿要是嫁过去，还不知会给带成什么样！可婚事都订下了，也拖了两家儿女两三年，再想反悔也不成了，那不符合司马光的行事准则。

饭后，司马光和王安石一起拎着王雱进了书房，几个女眷也去炕上边做针线边说话。这一次，司马光终于松口了，答应趁着年节把婚事办了，让王安石去择个日子。

成婚不是小事，若是正月里办，眼下已经要开始着手准备。宋朝初期为了方便百姓办婚事，六礼已经简化了不少，不过司马光是治《礼记》的专家，连个大乐之礼都能和他老朋友来回辩论个几万字，若是不好好做功夫他怕是要翻脸的。

王雱喜不自胜，当场给司马光列起章程来，并表示自己已经在心里演练过百八十次了，婚礼流程门儿清，保准不会出问题。司马光听得更想揍他了，好好的差不当，见天儿想着成亲算什么事？不过看着王雱周全的安排，司马光脸色又缓和下来，这确实是用了心的。王雱美滋滋地和司马光商量完，得意忘形要跑去亲口告诉他阿琰妹妹这个喜讯，却被司马光拎着后领提溜回来。

司马光板着脸教训："女子许嫁，非有大故，不入其门！"

王雱委屈："都要择定婚期了，这还不叫'大故'吗？"

司马光冷酷无情地赶他走。

王安石道："行了，别看了，还有些细则得回去再商量商量。"

王雱只能乖乖地跟着王安石回家。

第二天王雱便跑去大相国寺请期。帮他算日子的不是别人，正是义海和尚。

义海和尚也不知是什么辈分，连大相国寺的人都挺敬着他。只有王雱这小子，要排戏找他写曲子，有节庆找他写曲子，闲着没事溜达过来，也要摸走他几首新曲子，一点都没把自个儿当外人。

义海和尚在给他和司马琰请期时，王雱还在一旁唠叨："这请期是什么原理？和邵先生的占卜一样吗？要不您也教我一手，让我对比对比？多学几门技术，到哪儿都饿不死。等将来我要是被人削了官，还可以专门给人算日子去！"

义海和尚道："你还真有觉悟。"这才当官没几年，就想着被削官了。

王雱道："这叫先做好最坏的打算。"

义海和尚没再理他，更不会教他如何择日子，只正儿八经地给他挑了个好日子——正月初八。

据说这天是"谷日"，又叫"顺星日"，若是这天天气晴朗，这一年谷物会大丰收；若是碰上天阴，这一年谷物可能歉收。对于大宋这样的农业大国来说，这算是个预示举国气运的日子了！

王雱一听，也觉着这日期好，揣着大相国寺写日期的红纸回家给他爹说了，又由他爹带着择定的日子到司马琰家登门拜访。正式敲定婚期，接下来就是两家各自通知亲友，等日子一到张罗婚宴了。

儿子都要成婚了，王安石咬咬牙掏钱在京城买了处宅子当儿子的婚房。开封这寸土寸金的地方，买房并不轻松，很多人官至宰执都还是租房住，王安石自己根本掏不出这么多钱来，只得连王雱存在吴氏那儿的钱都挪用大半。宅院置办好了，他请假跑了趟江宁府，把母亲接来开封观礼与奉养。王安仁正好也经了磨勘，调到京中任京官，便带着儿女一并来京了。

王雱假期早已结束，带着喜悦屁颠屁颠回了洛阳，还叫人做了一堆红纸裹着的喜糖，逢人就发一个，喜滋滋地表示“我要成亲啦”。

文彦博也得了个喜糖，回家后和妻子说道：“这小子平时鬼精鬼精的，如今要成亲了反倒跟个孩子似的，逢人就发糖，乐得跟个傻小子似的。”对王雱，文彦博的感情是挺复杂的，被迫背锅的次数太多，他自然不能像范仲淹他们那样把这小子当自家子侄一样对待；可时间久了，又觉得，锅虽然背了，但事情也都往好的方向发展，对他而言背着这些锅也不是没好处。总之，文彦博回家后免不了要提这小子几句，好也罢，歹也罢，总都挂在嘴边！

文彦博妻子也习惯了，笑着道：“哪家小子十几岁时不是这样的？”

王雱可不管别人怎么看，揣着喜糖到处蹦跶，逢人就塞个喜糖，还给相熟的人一个个派了喜帖。遇着特别熟的，这厮还相当无耻地说：“人来不来没关系，礼到就行了，子曰，‘礼不可不省也’，该给多少给多少，不该给的不要给，该给的一点都不能少！”李元东他们能怎么办？只能说“行行行，一定给，一定给”。

王雱还去找曹评，问曹评过年在不在京城，要不要来帮自己迎亲。王雱家兄弟都还小，声势不够大，王雱已经给一堆人下帖子让他们请假过来了，倒是一众俊朗美男子凑成迎亲大队，非得让开封的小娘子们大开眼界不可！

王雱还和曹评说：“我一朋友也姓曹，叫曹立，一直在军中，今年要从南边调到西边，过年正巧可以回来省亲好些天。他弓马也可厉害了，到时你俩可以切磋切磋。”

曹评自然一口应承。回到家中，曹评与父亲曹佾说起这事，曹佾起初对他去帮忙迎亲有些微词，听曹评说完王雱都请了什么人，顿时没话说了。

王雱这厮整个迎亲队，居然邀了一堆人。什么吕家的、陈家的、韩家的，这都是官宦子弟；什么沈括、苏轼、苏辙，那都是他的同年；再有就是一些与王雱相熟的寒门子弟，据说都挺出众；最后连当初一战成名、取了侬智高贼首的“少年神将”曹立都给他请来了，再请个外戚又算什么？这还是官家没皇子，要是官家有皇子，王雱这个不把自己当外人的怕是连皇子都能请去和他一起迎亲！瞧这阵仗，知道的会说王小状元迎亲好大的气派，不知道的还以为是大宋要在大年初八要搞什么大动作！

王雱的一通动作，算是把自己的婚期闹到人尽皆知了，俨然是怕他岳父会临时反悔。

司马光这边还没来得及把喜帖发出去，上衙时便被不少人迎上前道贺，一问才知道王雱从定下婚期那天起就开始广而告之。

别说，王雱叫人做的喜糖还挺好吃，不少人都和王安石打听这糖怎么做的，回头他们儿女成亲时也弄一些往外送。司马光得知了这些事，还真有点儿想反悔。别家也成亲，就没见过像王雱这么能闹腾的，是不是还要给官家发个喜糖啊！

司马光不知道的是，王雱假期结束要离京前被官家召见过，这厮是带着亲自写的喜帖去的。喜糖他也送了，不过他自个儿先对官家说这糖也就图个喜庆，没经过重重检查，让官家可千万别吃。官家把喜糖喜帖都收了，没说会不会去，只祝贺王雱历尽千辛万苦终于成功抱得美人归。

没错，王雱还在官家面前告过司马光的状呢！

幸亏司马光这会儿还没到经常在御前走动的层次，要不然他也得和文彦博一样抄起家伙追着王雱打。

婚期已定，王雱真的乖多了，书迷们也如愿以偿地拿到了新一册的《水浒食神》，引得各地酒楼客流量大增。

王雱为了让书迷们不出戏，画风都是仿着沈括前面几册来的，足以达到以假乱真的水平。于是，众人就开始猜测起来了：这《水浒食神》是不是沈括的挂名之作？真正的作者其实就是王雱？

好在《蹴鞠少年》《黄金国》和三国系列的画风都与《水浒食神》不太一致，否则连这一堆作品都要拉出来讨论了。书迷们行动力极强，有的跑去围堵王雱，有的则跑去油菜花田里找沈括。沈括纯粹是看热闹不嫌事大，乐呵呵地道：“这都被你们看出来了！”

现在，沈括沉迷农科工作，对于畅销书作家这个身份并不十分在意，所以毫不迟疑地把这个头衔给了王雱。王雱从书迷口里得知沈括的回应后顿时惊到了，从来都只有他给别人扣锅，没有别人给他扣锅的！说好的共同创作，怎的就成了他自己一个人的作品呢？

王雱气得不轻，捋起袖子写信声讨了沈括一番，表示他这种行为是不对的，人无信而不立，不能随随便便把事情推给别人去做。经过一番书信往来、来回辩论，王雱与沈括达成了一人轮流画一册并共同署名的和议，同时约定好把这批书信统统烧掉，谁都不能留下来，毕竟上头涉及许多相互推锅的黑历史，传出去不好听。王雱收到沈括最后一封和谈协议，满意地回信表示“没问题，就这么办了”，然后把沈括这封信放入抽屉里好好收着。烧掉是不可能烧掉的，这多好的把柄啊，凭什么烧掉！

王雱刚出了一册《水浒食神》，下一册轮到沈括了。此时的王雱无债一身轻，全副身心投入到自己的婚事上。才刚到腊月，王雱就屁颠屁颠地跑去和文彦博请假，说自己要结婚了，得赶早准备准备。文彦博压根儿没理他，这都纳完采、请完期只等迎亲了，还有他小子什么事？

这年头有父母操持，成亲的事还真不用新郎自己操心什么，连聘礼都是家里准备好送过去的，王雱只要出个人就好。若不是前些时候要买个宅子，他可能连钱都不用掏，白得一媳妇！

王雱拦着文彦博讲道理：“我爹做事，我不放心哪。你是不知道他这个人，他眼睛里只有大事，没有小事，操办婚事这种事儿哪是他擅长的？偏偏我岳父又是个善治《礼记》的人，计较得很，要是他们因着细节上的问题闹了矛盾，岂不是不美？”

文彦博觉着，这幸亏不是自己儿子，要不然自己会忍不住把他打死。他爹和他岳父知道他在这里一黑黑俩吗？

文彦博着实被王雱磨得没办法，只能大手一挥，给他批了个长假。王雱讨了假，又去和范仲淹几人辞行。冬天路难走，天气又冷，王雱和范仲淹他们都商量过了，成婚那日不必几位致仕的长辈舟车劳顿，让后辈过去热闹一番便好，很快自己就会带着司马琰来拜见他们。

范仲淹看着身量高了不少的王雱，感觉一晃眼当初那个半大小子就长这么大了。他没有叮嘱王雱什么，只说：“成了家就该稳重一些了，赶早回去，好好与你爹合计合计。”

王雱朝范仲淹行了学生礼，又一一辞别庞籍他们，翻身上马往开封而去。

范仲淹站在门前看着王雱骑马远去，直至王雱的身影消失在转角处，才拄着杖往回走。冬天风有些冻人，园中却已有几枝早梅开了，时而有幽幽暗香飘来。

范仲淹回到书屋中，坐到炕上叫人去热一壶酒来，与老友庞籍道：“我们学生家中都有喜，值得喝一杯。”

王雱乃是范仲淹的关门弟子，司马光则是庞籍的学生，确实是学生家中都有喜没错！

庞籍一笑，仿佛也找到了点年轻时的意气风发：“对，值得喝一杯。”

酒上来了，范仲淹便与庞籍说起当年来：“起初，那小孩只是来和我学琴的……”后来，他发现那小孩身上有太多让他惊喜的地方，忍不住什么都教一教，什么都带一带。若说王雱如今为何这般放肆，很大程度上是他和王安石惯出来的，只是那样好的一个孩子，谁忍心拘着他？即便是当初强行把他塞到国子监里，也不过是给他以后铺铺路而已。眨眼间，那小孩都要成亲了，范仲淹此生也算无憾了。

庞籍也端了杯酒，喝了一口暖暖肚，听范仲淹回忆完，他才道：“怎么就无憾了？你还得多盯着他，要不然都不知道他接下来会干点什么。你是没注意到，你来那日宽夫一见到你，简直都要热泪盈眶了。”

范仲淹沉默了，觉得这话说得在理，那小子要是没人拴着，还真不知道会干些什么！

西京国子监中，梅尧臣抄录完一篇文章，下意识地活动了一下肩颈。等意识到自己这是因为王雱说“长期伏案工作肩颈容易出毛病”才学的动作，梅尧臣停顿下来，看向桌上摆着的那支梅花。那是王雱跑来和他辞行时顺手折来的，压根儿没征求梅尧臣的意见就寻了个瓶子摆到了他桌上。王雱说了一通什么“梅性高洁，正合先生”之类的肉麻话，然后塞了他一袋子喜糖。梅尧臣的目光转到桌上那红通通的袋子上。送什么不好，送糖！这糖又甜又粘牙，谁要吃！

王雱不知道范仲淹他们在腹诽自己什么，到了城外的驿亭时，王雱与他的小伙伴们会合了。小伙伴包括曹评、冯茂、李元东等，反正能请假的都被他包圆了，一行人浩浩荡荡地往京城而去。

人多了便不会寂寞，一路上打猎吃火锅，登山寻新梅，热闹得不得了。曹评还捎了个刘高明同行，这厮一开始还对王雱有些敌意，后来玩开了也就放下过去那点小恩怨了。当然，刘高明对王雱带着的那把弓还是很有意见，那是他家千辛万苦寻来献给官家的好弓，一眨眼就被官家赐给了王雱。因此，见王雱天天显摆自己马上要娶亲，刘高明忍不住说了一句：“有什么好得意的，我女儿都两岁了！”

王雱瞅了眼刘高明的脸蛋儿，还不错，是张小白脸。他替刘高明女儿庆幸："都说女儿随爹，虽说你没什么别的能耐，但是长得还不错，这大概算是你留给孩子的最大的财富了。"

什么叫你没什么别的能耐？！若不是曹评拦着，怒气冲冲的刘高明就要拉王雱下马单挑了。

王雱还在那儿感慨："你看看你，都当爹的人了，还这么不稳重，言传身教的道理你懂不？要给儿女树立良好的典范，你想他们孝顺，自己首先要孝顺；你想他们沉稳，自己首先要沉稳；你自己都这么毛毛躁躁的，要是他们学了你可怎么办？"

刘高明觉得自己总有一天会给王雱套个麻袋，把王雱往死里揍。

闹闹腾腾走了数日，一行人终于见着了开封城巍峨高耸的城墙。

年关将近，开封变得甚为热闹。王雱早叫人送了尺码和银钱到家中，让家中帮忙给他庞大的"伴郎团"一人做一身适合迎亲时穿的袍子，到时走街过巷显得更气派！

前些天，吴氏那边来信说都已准备妥帖了，过完年就要迎亲，若是要改得紧着这几日改。王雱与曹评他们约定好试衣裳的日子，欢快地跑了。

人都散了，刘高明酸溜溜地对曹评说："没见过成个亲就这么嘚瑟的。"而且，怎么说也是一路同行，那么热闹的事怎么就不叫上他？虽说叫了他，他也铁定不会去帮忙迎亲，但那小子总该叫的！

曹评仍是好脾气地道："元泽乃至情至性之人，心中高兴了，自然想让所有人都知晓他要娶妻了。"

刘高明想起王雱拿隐田威胁他时的模样，顿时觉得自己与曹评认得的王小状元是两个不同的人。不过只要王雱不来祸害他们，其实还是挺不错的。尤其是年底看账目的时候，他们都觉得王雱这人也不是那么差劲……随即决定去找狐朋狗友们给王雱送个礼，也甭送什么黄金白银的，俗气！要送，就送阵仗大点的，比如迎亲当天沿途给王雱放千响喜炮！

刘高明他们有什么打算，王雱自然是不知道的，他溜达回家见了爹娘，又被小妹闹着去试穿喜服。这时代的喜服有规定制式，没多少改动的余地。以王雱的眼光来看，男人穿的喜服怎么做都是那么平平无奇，还不如期待一下司马琰的喜服，那才是要看绣工、看设计的。虽然心里在犯嘀咕，王雱还是很乐意满足小妹的要求，摩拳擦掌地准备去试穿喜服，还叮嘱他妹："试穿可以，你得把我画下来，画得俊一点，过两天寻个机会带去给你琰姐姐，让她也看看。"

小妹也跟着乐了起来，直把王雱往里推，让王雱快点换，自己则真的噔噔噔跑回房找画笔和颜料去了。

王雱忙忙碌碌地和他的伴郎团确定伴郎服是否合身、当日是否能及时赶到，连过年走亲戚的事都略过不少。为了嫁女儿，司马光也买了处宅子，好在开封城中的宅院都是现成的，没费多少周折，收拾收拾就能住人。年前，司马光一家搬进了新宅。这会儿司马光严格按照俗礼，不再让王雱登门，有事都靠媒人走动。

王雱父子俩如今都是有官职在身的人，请得动开封的上等媒人。王雱的媒人姓窦，脸上长着颗标准的媒人痣，嘴角天然上扬，瞧着就是个能说会道的。

大婚前几天，窦媒人帮着筹备各项事宜。婚前三日，窦媒人身穿官方的紫色坎肩，神气活现地带着王雱准备的催妆礼登上司马光家的门。这催妆礼，指的是男方准备的冠帔、镜子、粉盒等装扮之物，提醒新娘家婚礼在即，应该梳妆打扮准备出嫁了。

窦媒人说过不少亲事，但这状元郎名气大、模样俊，司马光家的女儿名声又好，两个人怎么看都是天作之合，是以窦媒人很期待这桩婚事能够圆满，好给她日后增添一笔吹嘘的资本。

催妆礼送到，窦媒人又带着女方回赠的花幞头回了王雱家，告知他明日女方过来铺房的流程，让王家提前拾掇好，再备些酒水招待女方家派来的人。所谓的铺房，指的是婚床桌椅等硬件由男方提前备好，女方派人过来挂帐幔、铺枕席之类的软装，再将装着嫁妆的箱箧抬过来——女方的衣物首饰等等细软都在这一日提前搬至男方家里。巧的是，王安石和司马光买的宅子分别在城东和城西，这一干箱箧便要从城西抬到城东去。

送嫁妆这种热闹事，百姓们最爱看了，不少人还爱数嫁妆的箱箧数，拿各家比一比。王小状元要成婚的事情早就满朝皆知，城中有近期成婚的都默契地避开这个日子，不是怕比聘礼和嫁妆，而是新郎怕和王小状元比。不说王小状元本身，光是传出来的迎亲人选就够惊人的了，到那时人家的迎亲队伍一溜的青年才俊，岂不是衬得自家人拿不出手？

铺房这日，不少人都早早起来，等着看看司马光家备了多少箱嫁妆，能不能从城西绕到城东。可惜令他们失望的是，司马光这人是守死理的，该备多少就备多少，绝不逾矩，瞧着中规中矩，搁在同等家境之中不算寒酸，也不算出挑。

不过，到了王雱家中，打开最前头的箱箧，众人就知道司马光有多疼爱女儿了，这帐幔与枕席被褥都是一等一的好料子，帐幔一张，空荡荡的婚床看起来便增色不少。别的嫁妆虽不全是贵重之物，但样样都是精挑细选，足见女方父母之用心。

送完了嫁妆，婚前的程序相当于走完了。王雱吃饱喝足，早早睡下，第二日才刚到五更天，苏轼他们就过来了，全都穿着迎亲的袍子，一溜站开，非常耀眼。

苏轼、苏辙兄弟俩自不必说，模样俊秀得很，琼林宴时还被选做探花郎；吕希纯、韩忠彦、韩宗师等人也是一表人才，风姿出众；就连沈括这个眼睛有点儿小的家伙，下基层两年多以后也变了许多，气质沉稳，身量高瘦，皮肤也没晒黑，穿着迎亲的袍子十分精神。

冯茂与李元东一块儿过来了。冯茂瞧见屋里一水儿的进士，又个个帅气逼人，心里颇有些自卑。不过王雱见了，拍拍他的肩膀，说："可算来了，你看看这一群都是瘦子，就需要你这样有福气的身材来镇镇场。"冯胖子顿时喜笑颜开。

曹评、曹立两人也早就赶到，就是见王雱和同窗、同年们聊得火热，没凑过去插话。

曹立素来少话，一身红色的迎亲袍子愣是被他穿出种冷冰冰的感觉来。以曹评常年习武的素养来判断，曹立身上带着浓浓的煞气，和禁军中许多人不一样，曹立手里是真正沾过人命的，还是数不清的那种。曹评走到曹立身边与他搭话："你就是曹立？元泽和我提起过你。"

曹立本来不打算理会任何人，但曹评的话以王雱起头，他顿了顿，答道："对。"当真是惜字如金了，对曹评是什么身份一点都不好奇。

曹评很少碰上这样的人，一时竟不知怎么接着往下搭话才好。好在王雱从来不会冷落任何一个朋友，招呼完冯茂等人，眼尖地看见曹评两人站在一边没说话，当即过去一手拉了一个，和苏轼他们介绍："这是我们的'二曹将军'，一个叫曹立，一个叫曹评，你们猜猜哪个是'立'哪个是'平'。"

苏轼几人早听王雱吹嘘过曹立这个"少年将军"以及曹评的文武双全，在场的都是年轻人，还没老一辈那么重文轻武，当即热闹地猜了起来。其实要猜不难，两人的特质非常明显，只要记得王雱吹过的牛一眼就能分出来。

曹评一下子成了话题中心，颇有些不好意思："我只在禁军领了个虚职，算不得将军。"曹立没吭声，只看了王雱一眼。

王雱理所当然地说："现在不是有什么关系，将来肯定会是的。"瞧瞧曹立，这不就离将军越来越近了吗？所以人当志存高远，不能自己给自己设限，目标定得高一点，万一实现了呢？

正热闹着，狄咏也到了。狄咏昨晚当值，早上轮换完正好赶过来，见人都齐了，他很是愧疚地和王雱道歉，生怕自己耽误了时辰。

王雱道："没耽误，时间还早，我们就是先聚着聊聊天！"接着，王雱又给其他不认得狄咏的人介绍，"这是狄公之子狄咏，长得那是一等一的好，不如我们把他的脸涂黑一点，免得他抢光了我们的风头！"狄咏这老实孩子就被推到座位上，接受着王雱等人的涂抹打扮。令人气愤的是，给他涂黑了脸，这厮瞧着反而更有男子气概了，人比人，气死人啊！王雱一脸唏嘘地放弃挣扎。狄咏脾气和曹评一样好，被王雱领头折腾也不恼火。

等王家长辈们都准备好，克择官报出将要出发的时辰，几拨人都已经混熟了。王安石心中百味杂陈，正儿八经地对儿子叮嘱一番，便让王雱和苏轼他们出门去。

婚车是符合规仪的寻常车子系上彩幔装扮成的。自唐朝以来轿子就不允许普通人乘坐，到宋朝有的人偷偷摸摸开始坐轿了，也没人管，渐渐地便风行开来。虽说王雱有官身在，可以赶时髦弄顶"花檐子"，也就是花轿，但是他爹肯定是不乐意的，因为王安石一向看不惯坐轿子——坐车费畜力，坐轿费人力，王安石不喜欢用人力代畜力，觉着那不太尊重人。所以王雱准备迎亲事宜时，首先挑的便是婚车而不是花檐子。

天才蒙蒙亮，街上却已经聚着许多人，大多都是惦记着王小状元的迎亲日而早早出门看热闹的。王雱庞大的伴郎团都自备马匹，出门后牵出马组成了长长的迎亲队伍，王雱在最前头，苏轼等人依次跟在后面，一眼望去一水儿的俊秀青年，十分招人。这还是头一桩事。随着迎亲队伍成形，婚车后头竟突然涌出两对仪仗，都是骑在马上、身着骑装的乐女。她们都是有乐籍在身的，平日里都是在皇室或高官宴饮时奏乐助兴的，鲜少有私人能请动她们。可这一回，来的都是最出名的那一拨，个个如花似玉、顾盼生辉，勾得早早出来围观的闲汉们魂都丢了，其他人也都觉得"风流状元"果真名不虚传！

王雱乍然看到这么一拨"女子仪仗队"，也惊了一下，而后便明白过来是谁给她们下的帖子——铁定是柳永无疑！

夺人眼球的女子骑行仪仗队背后，还有一队负责鼓吹的人，乍一看整条街道都被这庞大的迎亲队伍给占领了！

王安石本来站在门前目送儿子前去迎亲，看到这阵仗后头隐隐发疼。怪只怪他儿子交好的人太多，原本中规中矩不逾礼的迎亲队伍愣是搞出这声势来。

今儿是自己的大喜之日，王雱倒不会被这点热闹吓着。听到克择官说时辰已到，王雱笑了笑，朗声朝他的小伙伴们招呼：“走，出发了！”

结果他话刚落音，噼里啪啦的炮仗声从两边响了起来，声势之大差点儿把王雱的马都给惊着了。王雱抬头一瞧，刘高明那一干纨绔不知从哪儿钻了出来，站在道旁朝他嘻嘻直笑，颇有干坏事成功的嘚瑟。王雱也不恼了，朝他们道：“谢了，等会儿记得进去喝酒！”

刘高明哼了一声，不搭腔。

王雱没停，领着迎亲队伍浩浩荡荡地往城西而去，时不时在酒楼茶坊前享受突如其来的喜炮惊喜，阵势实在不小。一些原本没打算出来围观王小状元娶亲的人，这会儿也都挤在道路两旁对着王雱这声势浩大的迎亲队伍啧啧称奇。

人家娶亲，自家也娶亲，怎么人家这么能闹腾呢？普通人还只是看个热闹，一些略通官场文化的人却越看越心惊：这是什么神奇的迎亲阵仗，前头的一堆迎亲使里头，有的是官宦子弟，有的是寒门子弟；其中一大批是进士，夹杂着武官、外戚、商贾，沿途还有不少勋贵子弟给他们放喜炮！若是这些人全都与这位状元郎真心相交，那这位状元郎是不是太了不起了一点？

城西司马宅中也是一番热闹景象，司马光嫁女，司马旦这个长兄自然要到。作为司马琰的亲伯父，司马旦这次得充当送亲使，一早起来就问了妻子好几回：我衣着端不端正？我这样出去有没有问题？没办法，司马光和他说起过王雱的闹腾劲儿，迎亲肯定搞得声势浩大，司马旦怕自己出岔子丢了司马家的脸面。

平时没显出来，这一嫁女，司马家这边便来了不少司马琰的堂兄弟姐妹，再加上张氏娘家的表兄弟姐妹，里里外外热闹得很。司马琰平素人缘也好，画得一手好丹青，又会调理身体，交好的人不少，以庞家小娘子为首的一批官宦子女也齐齐来陪司马琰说话。张家乃是武将之家，小娘子们带着一批嘴皮子利索的丫鬟，再使唤兄弟堵在外头，发誓要好好为难为难新郎一行人，若不作出十首八首上得了台面的催妆诗，那是决不会让他们把人接走的！

司马琰这个当事人因着平日里性格温暾平和，其他人怕她心软，反倒不给她发话的机会，自顾自地商量着出什么题刁难王雱一行人，留司马琰和好友们坐在妆镜前做准备。

王雱一行人行至司马光家，到正门便被拦了一道，要他当场作一首应景的诗才让进。王雱一心惦念着他阿琰妹妹，一听要作诗，根本顾不得什么藏锋守拙，张口就是一首喜气洋洋的迎亲诗，句里句外都是“今天我要成亲啦”的喜悦之情，顺便大方地散了喜钱，轻轻松松地过了第一关。

到院门外，那又是第二关了，张家与司马家的人又堵在门口不让进。这回难度增加了，里面的姊妹们出一道题，他们这边就得写一首催妆诗，还不能让王雱专美于前，得让苏轼他们轮流派人上，写好之后还得高声念出来催妆。

后面的乐师乐女们还瞎凑热闹，奏起了欢快的催妆乐。好歹差点儿嘉祐二年科举的进士团，写起这种命题作文来压根儿不是事，苏轼最先捋起袖子上，而后一行人扯着嗓子朝里头念催妆诗。

屋里的人听到外面的动静，都含笑看向司马琰：“看来他们很快要进来了。”

两家女眷拿足了喜钱，也出够了难题，这才放他们入内。进房门倒是没人阻挠，不过王雱反倒停了下来，叫人拿笔墨过来，当场写了一篇“夫妻协议”，里头都是丈夫对妻子应尽的义务，文采优美，行文流畅。

后面的苏轼等人看王雱写一条，便高声朝里头喊一条，什么坚决不和媳妇吵架，媳妇说什么都对，婚后一心一意不离不弃，一生一世一双人……反正喊得一干已嫁的未嫁的小娘子们面红耳赤，心里既惊讶这王小状元这都敢写下来，又觉得司马琰当真是幸运，能找着个这么好的夫婿。王雱一气呵成地写完，还主动签字画押，签下了这“夫妻协议”，叫人送去给司马琰身边的婢子收好。

这下没人再阻拦他，都笑着让开一条道，让他看到冠帔加身，端坐房中的司马琰。

司马琰的盖头只是一重红色轻纱，隔着薄纱依稀可以看到她今日花胜华美、妆容映丽。她抬眸看向一脸欢快的王雱，平日里不大爱簪花的状元郎，今儿罕有地由着别人折腾，往他礼帽上簪了两支花，一左一右很是对称。这对称，必然是王雱自己要求的。司马琰心里想着，脸上免不了染上笑意。

许是因为千缠万缠才缠来这婚期，王雱心里一瞬间涌出莫大的欢喜，脑中竟全无礼数与章程，上前抓住了司马琰的手，只美滋滋地想直接把媳妇给带回家。

司马琰也是头一回经历这种事，耳根虽是一红，却也乖乖被王雱牵着起了身。两人就这么旁若无人地牵起了手，如珠似玉的少年夫妻站在一起极其般配，没人会觉得他们手牵着手有什么不对，连旁边的媒人与克择官都是一呆，差点儿忘了报时辰。到众人回过神来，克择官才依着章程一步一步指引得意忘形的新郎与新娘子出了门。

王雱亲自将司马琰扶上挂满彩幔的婚车，又给车夫塞了喜钱，这才屁颠屁颠地上了马，带着娶到手的媳妇领着迎亲队伍、送嫁队伍踏上回程。

一路上，刘高明他们再次沿途放喜炮，整条街一段一段地响起热闹的炮仗声，看热闹的百姓堵满了道路两旁，府衙那边不得不派了大半差役过来盯着。

行到王家宅院前，克择官最先停下来，朝四周抛撒一些铜钱、果子、谷子、豆子，口里念着喜词，四周的小孩们早等着了，都一哄而上，竞相争抢。这一遭叫“撒谷豆”，据传是用来镇杀神的。

司马琰下了婚车，便见路上铺着青布，有一人捧镜倒行引她入内。王雱在旁一副跃跃欲试，又要上前牵司马琰手的模样。可惜苏轼他们把他给拦住了，用口型教育他“你急什么”。

王雱当然急啊，这可是他媳妇啊，好不容易才娶上的！可惜双拳难敌四手，王雱再急也只能乖乖目送司马琰斯斯文文地跨过地上摆着的，寓意“一世安稳”的马鞍，被人扶进门。而后新娘子被送进新房坐定，剩下的就全是王雱的活儿了——送走送嫁队伍，招待两家客人，认遍两家长辈，接受众人道贺，还被灌了几杯小酒。幸亏那烧刀子还没走私成风，要不然王雱可就要喝醉了！

待和所有宾客都喝过三杯后，王雱才得以去新房寻司马琰，行那牵巾、合髻、交杯之礼。牵巾指的是双方各出一彩缎绾成同心结，一人执一端行拜礼，一旁的克择官从开始一直指引到夫妻对拜结束，期间倒是没出什么岔子。之后便由已婚妇人们往床上撒些彩果之类的，送两人到喜床上分坐左右，一人去了一缕发合在一起，是谓“合髻”。此时，窦媒人送上两杯由彩带合系在一起的酒，提示两人互饮一杯，将酒杯轻掷于地。

王雱两人被折腾到这会儿，心中又难得地有点儿紧张，已没了多少自己的想法，一一照办。两杯一落地，正巧一仰一扣，窦媒人欢喜叫道：“大吉！”说罢，待众人道完喜便掩上床帐，让人将新郎拉去外面继续招待客人。

王雱觉得自己怪可怜的，连和媳妇说句话的机会都没有。他死赖着不肯出去，结果被苏轼等人直接连拉带抱带走了。身为新郎居然想缺席喜宴，像样吗？

好在知道自己真的见不着媳妇了之后，王雱捡回了一点点理智，只好开开心心地出去招待自己请来的宾客们。酒过三巡，外面有人进来传报，说宫中赐了东西下来。王安石与王雱迎了上去，只见一行内侍手端着托盘鱼贯而入，为首的人一一报赏，都是些寓意好的器物，有些是官家赐给王雱的，有些则是曹皇后赏给司马琰的，对方还说今儿日子特殊，不必拘束，收下赏赐便好。众人不知是该羡还是该妒，只觉王雱还真是简在帝心，连官家都惦记着他的婚期。

王雱也很是感动，与苏轼他们感慨："我还是中秋见到陛下时给他送的喜帖，没想到官家到现在还记着！"接着又补上了那句由衷的马屁，"官家，实乃仁爱之君啊！"

苏轼等人一阵无语，给官家派喜帖这种事一般人根本干不出来。王雱却一点都不觉得自己的做法有什么不对，他还想着等将来生了娃，把满月请帖也给官家送一份。怎么说都是添丁进口的大喜事，到时官家也得表示表示的不是吗？

前头热热闹闹地闹完了，王雱才得以回新房。饶是时下的酒度数不高，灌得多了还是让他微醺。见司马琰还坐在床边等着自己，王雱心中一暖，溜达过去坐在司马琰身边盯着她看。司马琰见他有了点醉意，抬手帮他把礼帽取了。借着烛火，两人都能看清彼此近在咫尺的脸，司马琰已经将脸上的妆容洗去了，十六七岁的年纪，不施脂粉肌肤也嫩得出水。

王雱凑近，嗅见了司马琰呼吸时轻暖的气息。在两人的唇快要触到一块儿时，他忽地站了起来，去寻茶水漱口。司马琰的紧张感全没了。有时候，她感觉王雱这人真的越活越像小孩。

王雱漱完口，感觉嘴里的酒味淡了，才屁颠屁颠地跑回去拉着司马琰说："阿琰妹妹，我们来亲一个！"

司马琰往窗外看了一眼，给王雱使了个眼色。王雱顿时心领神会。好哇，居然还有人赶来听他的墙脚！他和自家媳妇做的事，是他们能听的吗？王雱气势汹汹地冲到窗边，凶狠地把窗户打开，朝窗外的人怒道："都不许听了，你们不睡，我们还要睡！明儿我们还得五更天起来！"一干闲杂人等一哄而散。

王雱把门窗关好，又气势汹汹地回到床边。见司马琰还是好好地坐在床沿，王雱心里美滋滋的，上去拉着司马琰的手对天发誓："我今儿写的话一句不假。"既然成了亲，他就会认认真真经营他们的家，一生一世一双人就够了；要是他们有了孩子，他会好好教他们，好好带他们玩，不会过于严格也不会过于放纵。总之，虽然才刚成了亲，但王雱已经把以后的事安排得井井有条啦！

司马琰回握王雱的手，表示自己也一样。

王雱凑过去，轻轻地亲上司马琰的唇，软软甜甜的。他先浅尝辄止地亲完了，觉着滋味很好，又跟猫儿似的得寸进尺地舔一舔，舔得司马琰伸手推他，他就凶凶地把人抵在床上亲了个够。这家伙脸皮相当厚，占完便宜了还反将一军："你说，你是不是往唇上擦了蜜，亲起来甜滋滋的。你太坏了，勾着我亲你！我跟你说，下次你再这样干，我还得亲！"

司马琰推他起来脱喜服:“……少贫，该睡了！”

虽然两个人还是头一次睡在一块儿，但感觉似乎没什么不适应，冬天天气冷，司马琰手脚有点儿凉，王雱还帮她焐暖。折腾了一天，两个人都累了，很快便沉沉地进入梦乡。

第二日一早，才到五更天，王雱就得起来领着司马琰到中堂行拜礼，见过诸位尊长，交换礼品。见过王家的长辈，王雱又马不停蹄地带着礼物去拜见岳父岳母，这叫“复面拜门”。各种礼数来来回回跑了七天。

第七章

天下儿女心

到上元节这日，天一早就放晴了，司马光家按照惯例派车来接司马琰回家相聚。司马琰随着家中派来的人回到娘家，司马光一早就上朝去了，现在娘家只有张氏在，她拉着司马琰的手很是感慨一番，而后便与她进入房中说起悄悄话来。

女儿出嫁，家中女性长辈都会对其言说一番，有条件的还会买些图册回来教导，让女孩子在新婚之夜不至于手足无措。平日里端庄贤淑是要的，若到了床上还端庄贤淑那未免就不美了。

张氏对着女儿观察一番，忍不住开口问司马琰与王雱是否圆了房。她看着着实不太像，可又不大确定。因为女婿对女儿那是真的好，今儿本来只要她们家的人去把女儿接回来就好，但王雱还是殷勤地骑马把女儿送到家中才去办正事。请了大半个月的假，王雱是有好些公务在身的。

司马琰听张氏问得直白，也没那么多忸怩和羞涩，坦然地对张氏道："不曾。"她与张氏说起她和王雱的考量。按岁数来说，他俩其实都算是早婚年龄，女子十五及笄，男子二十而冠，因此男子一般二十岁才成婚；至于女孩子，常常也会被留到十八岁左右才出嫁。比如说，王安石就是二十一二岁娶妻，二十三岁得了王雱这个儿子，对于这时代而言算是正常婚育年龄。就王雱现在这岁数，他自己都还是个孩子，如何能真正当人丈夫、当人爹爹？

张氏不太相信这是王雱的想法，说："他求娶得那般殷勤……"

面对自己母亲，司马琰没那么多避讳，老老实实地说："他是觉着我在家中被拘着了，想早些娶我过门，好让我自在些。"

张氏想到自己丈夫的脾性，顿时明白了王雱殷切求娶的原因。在某些事情上，司马光是很严苛的，哪怕再疼爱女儿也对她约束甚多。相比之下，王雱就被他爹娘惯得……格外地活泼。

现在想到迎亲那日王雱闹出的动静，张氏心里都还有点儿乐。大喜之日，司马光不好表露不满，只在第二日醒来后恼火地和她说："哪有闹成这样的，迎亲就迎亲，带那么多人过来，一个两个穿红戴花，招摇过市！还有那乐师班子，全开封的乐女怕是都被他请来了！至于沿途那些放喜炮的家伙，就更是扰民了……"反正，司马光当时就数落了一堆逾矩的地方。虽说这都不算什么犯禁的事，可在司马光看来就是败坏了规矩。一个十六七岁的小孩娶妻就闹出这阵仗，别人家办婚事会怎么办？无规矩，不成方圆。

只有母女俩在，张氏把司马光的话给司马琰学了一遍。她抬手理了理司马琰乌黑漂亮的鬓发，有不舍，但也有欣慰：“只要你过得开心，我便放心了。”

司马琰道：“自然是开心的。”这几日忙这忙那，她还来不及细细体会婚后的变化，但两家交好已久，王安石与吴氏对她都是极好的，小妹又早与她相熟，她在王家没有半点不习惯的地方。

司马琰挑拣一些事与张氏说了，好让张氏安心。现实世界中她并不是善于表达的人，与亲人的关系不远也不近，这一世许是受了王雱的影响，又或者母女俩在后宅朝夕相处、从不分离，她与张氏亲近得很，不愿意张氏有半点忧心。

张氏仔细听着司马琰在夫家的事，心放下了大半，免不了又抱怨起司马光来：“这又是上元节又是你要归家的，你爹也不愿意告个假在家里等你回来。”

母女俩正说着话，朝会那边却又闹出事来了。

这个月朔日出了个白虹贯日的天象，这是预示着会有兵祸；没过几日，又有大星坠地，气声如雷，占者说这是“天狗”。古语有云，“天狗移，大贼起”“天狗所下，为破军杀将，伏尸流血”，总之，这是个凶兆！

谏院一把手范师道站出来说朝廷不得不防备，又表示现在的将军不是蠢就是老，没一个中用的，提议挑选良将、广征余勇，练出一支精兵来。能当上谏院一把手，范师道的实绩也是相当厉害的，曾经弹劾过的人有两个宰相、两个枢密使，此外还有不少当权宦官和翰林学士，一听就知道不是简单人物。包拯去接任三司使之责后，范师道就是台谏“头号喷手”了。瞧瞧这回一出手，便把在座的诸位武将都说得不堪一击。

提完建议后，经历一轮朝议，韩琦顺势提出武学与武举之事。他与富弼都熟知边事，比谁都知晓若无强兵，再怎么鼓吹人去边关开荒都是虚的，垦一春的地、照料两三季的庄稼，抵不过契丹人和党项人过境抢掠一番。而要强兵的话，就需要强将。办武学、开武举，批量培养知兵事、熟兵法的良将，虽是因狄青提议而起，但确实又是朝廷所需。可开武举又涉及许多敏感问题：武学校长谁当？武举考官谁当？要是有居心叵测之人靠武举聚拢军中将士，朝廷当如何应对？

朝上争论了一轮，官家有些乏了，摆摆手表示容后再议，让韩琦他们先拿出个章程来再说。正要结束朝会，又有台谏之人站了出来，表示事情还没完，他们还有事要喷呢！

见识过王雱的“邪性”之后，台谏诸官竟默契地略过了他，改为集中火力喷官家给一个低品小官赐下那么多东西，此例一开，朝廷开销得多紧张？他王小状元结个婚，你赏赐这么多，品阶高些的人娶媳嫁女，你又当如何赏赐？有国有家者，不患寡而患不均！

官家原也没记住王雱的婚期，毕竟那都是几个月前收到的帖子了，他每日忙于处理公务，哪里记得起来？还是王雱迎亲闹出了大动静，连曹皇后都有所耳闻，他才记起这事儿，遣人从内库那边挑了些寓意吉祥的东西送过去。

官家被台谏喷了一场，散朝后韩琦偏又紧追而来，堵着他提出立储之事。去年，他以宫中有人有孕堵住了韩琦，结果一生出来，依然是个公主。官家已经五十岁，政事忙碌，身体又不好，于后宫之事越发力不从心，也渐渐有些认命：他这一辈子，大抵是没法再有属于自己的儿子了。

打发走韩琦，官家有些疲乏，叫近前的人将丹药送上来，合起眼囫囵着吞了下去。本来能让人轻快的丹药，今儿似乎也不顶用了，官家倦乏地倚在榻上小憩，恍恍惚惚间竟做了个梦，梦见千军万马汹汹而来，如狼的铁蹄踏破连片河山，直取开封。一时间天崩地裂，山河色变。官家心神震颤，正欲唤人抵御敌兵，环顾左右，却见一干熟悉的面孔皆是面带悲戚，看着一座座城池落入敌手。忽地，他看到了一道光。他逐光而行，却见数少年在国子监谈天说笑，他们身着白衣，戴平式幞头，都还是平头小子。不过他们一个个意气风发，毫不露怯地指点河山、大谈国事。为首那少年尤为青涩，其余人的目光却都聚拢在他身上，听他谈什么“少年强则大宋强”。

一梦惊醒，官家睁开眼，缓缓舒出胸中一口浊气。是梦吗？还是与那白虹贯日、天狗星下一样是某种预兆？想到梦中最后的一幕，官家又安静下来，虽说他并没有看清那少年的脸庞，却非常笃定那少年到底是谁：那一准是他的王家状元郎。

官家结束了午歇，派人去问王小状元在哪儿，若是就在某个衙门中的话且让他过来说说话。

另一头，王雱正在将作监与范纯礼叙旧，参观范纯礼新倒腾出来的起重工具。自从改造汴河码头大获成功，范纯礼对力学尤其喜爱，见天儿带着团队搞研究，上回张载给他带了几个新人才过来时可把他高兴坏了。王雱刚要上前过把大力士的瘾，官家身边的内侍就找来了，说是要宣召王雱去说话。王雱心中纳罕，随着内侍前去见官家，却见官家面容略显憔悴，似有什么烦心事。官家没与王雱说朝中的糟心事，只叫人备鱼饵，领着王雱去禁中钓鱼，舒缓舒缓心情。

王雱只听人说过官家会在禁苑开钓鱼宴，却还没到够格参加的品阶，因此十分欢喜地跟着去了，口里还说："上回我听我爹说，您这儿的鱼特别肥美。他头一次参加您开的钓鱼宴时，还把别人奉上来的鱼饵当点心吃了。他吃的时候还在心里嘀咕，这点心怎么做得怪模怪样，味道也不怎么样。"

官家被他这么一说，也想起了这事儿。当时他看到王安石如此行事，觉着这人古怪，不想王安石竟是这样认为的。

王雱见官家被这话题吸引了，浑不在意地黑起了他爹："您是不知道啊，我爹这人吃东西特别懒，别人往他面前摆什么就吃什么，吃到一点不剩为止，若不是面前的菜全没了，他决计不会去夹远一些的菜。每次我碰着不想吃的，都悄悄挪到他面前去。"

官家被王雱给逗乐了。生了这么个儿子，王安石也不容易，这会儿王安石怕是还不知道他儿子跑到御前来说了什么！

王雱见官家开怀了不少，又拍起官家马屁来，先说官家对他真好，让他先熟悉熟悉钓鱼宴，免得将来他参加时会出丑；又说成亲那天官家赐下的东西很好，他和阿琰妹妹都很喜欢。总之，他觉得官家很好，他全家都很喜欢官家。

君臣两人边聊边垂钓，不知不觉到了用晚膳的时候，官家让人把钓起来的鱼拿去料理了，又着人去王雱家说一声，留下王雱陪他用膳。王雱一点都不拘着，还在那儿得意扬扬地和官家比高低："我钓的鱼更多，长得也更肥，做出来肯定好吃。"

王雱蹭了顿御膳，很是欢喜。饭，果然是蹭来的最好吃！往后他有了媳妇，就不能天天跑去文彦博他们家蹭饭了，想想就有点儿舍不得。好在以后吃饭有媳妇陪着！想到自家媳妇，王雱又屁颠屁颠地辞别官家，骑着马儿去司马光家接人。

正巧司马光一家人也刚用晚饭，司马光见到他就有点儿恼火，把他提溜去书房一通教育，让他别跟刘高明那群纨绔子弟混在一起，别跟曹立和狄咏这种军中新贵有牵扯，至于韩忠彦他们这堆进士，司马光还是很赞同王雱好好与之往来的。

王雱听了就不服气了："凭本事交的朋友，为什么不能往来？难道就因为人家厉害了，我就要和他们绝交？"

司马光见王雱冥顽不灵，有些头疼。这小子，打他他会跑，训他他能反驳到底。司马光道："你以后是要在朝中立足的，岂能这样胡来！"

王雱理直气壮地说：“不都说多个朋友好办事吗，多交点朋友还不对了？”

司马光只能给王雱讲范仲淹和吕夷简的那场“朋党”之争，当时范仲淹一伙指责吕夷简一伙结党营私，吕夷简把这事儿反扣到范仲淹一伙头上。范仲淹挺直腰板说“我们这是君子党”，结果所有人都知道了，“君子党”土崩瓦解，范仲淹一干人等统统外放为官。事实就是这样，没有撬不动的信任，只有不努力的近臣。

王雱听了就更安心了，说：“我又不怕外放。”

司马光瞪他。

见岳父要被自己气死了，能屈能伸的王小雱赶紧上去给岳父捏肩膀，边捏还边给他岳父保证：“我对天发誓绝不干坏事！”

司马光拿他没法子，只能打发他赶紧带着司马琰回家，免得家里担心。

王雱接了媳妇回家，先去与他爹说了说被官家找去的事，免得他爹担心，而后才回自己房中与司马琰说话。朝会上的事王雱不知晓，但一看官家疲倦的模样就猜出上朝时肯定发生了什么，最大的可能就是官家又被喷了。

王雱和司马琰感慨：“这皇帝当得可真累。”要是换成王雱，王雱是决计不愿当的。当皇帝有良心有心术，累死累活还得被天天猜疑；当皇帝没良心没心术，很快就完蛋了。

司马琰说：“只要是掌了权，就没有不累的。”她以前就对这些东西不感冒，一心扑在研究上。

两人挨得近，王雱侧头瞧见司马琰眼睫轻轻动了动，长长的，细细的，顿时有些心痒，反手把司马琰困在椅子里，相当浮夸地夸道：“我媳妇真是真知灼见！这话听得我醍醐灌顶，眼前一片开阔，太棒啦，值得亲一个。”

司马琰被他困在双臂之间，挣是挣不开的，只能由着王雱放肆逞凶。

两人在那闹腾了好一会儿，都没注意到吴氏半撩起门帘后又退了出去。吴氏看着窗上挨在一起说话的两个人影，心中欢喜。回房后吴氏高兴地和王安石说：“我还担心雱儿没开窍，刚就看到他们亲一块儿了。”

王安石听吴氏说起儿子房中之事，没奈何地道：“人家小儿女的事情，你操心那么多做什么？”再说他那儿子比谁都聪明，担心什么不好，担心他不开窍？不开窍能从两年前就缠着他岳父要快些娶他阿琰妹妹？

官家召王小状元垂钓与陪膳，自然也引起了不少人注意。不过官家第二日便寻了宰执与司天监官员，与他们说起昨日那梦的事情。他心有余悸地拉着韩琦的手说:"韩卿，我在梦中也见到了你啊。"

皇帝做梦，还是这种真实又具体的梦，那是不能单纯地当成普通梦境来对待的。司天监正杨惟德是搞天文的科研人员，可也兼修了一些封建迷信课程，听官家说梦中一干宰执都环绕在侧、神容悲戚，又有那千军万马奔向开封，正应了白虹贯日与大星坠地之兆，心中也颇为忧心。既然梦中已有破解之法，杨惟德便顺势发散了几句:此梦应是上天警示无疑，此后须得广开言路、广纳贤才，加强基础教育，网罗天下英才，方能实现梦中那句"少年强则大宋强"。

韩琦与富弼等人也听得一惊，既是看不清面容，那官家心中想这人是谁，那就是谁。很明显，官家已认定王雱就是梦中那少年了！而且这话，说的也当真是掷地有声，寻常人还真不敢夸这种口。韩琦是个谨慎之人，保证会尽快拿出武学、武举的章程，然后又暗地里遣人去询问当初在国子监曾与王雱交好之人是否听过这番言论。询问的结果来得很快，范纯礼说他当时就在场，王雱说这是他看过的一篇文章，写得十分慷慨激昂，乃是一名梁姓隐士所写的，不知梁姓隐士身在何处，也不知对方是何时所作，且原文很长，丢失了大半，是以王雱只选了一部分精要与他们分享。当时在场的还有苏轼、苏辙和沈括等人，个个都听得慷慨激昂，只差没立在旁边的大石头上立誓报国。"少年强则国强"正是那篇文章的中心！

这就有点儿惊人了，若是官家当时不在场，王雱等人又没到他面前说这些话，难道官家之梦当真预示着什么？韩琦琢磨了一会儿，叫人给王雱送信，说是邀他晚上带着新妇过来吃个家宴。正巧他妻子一直惦念着王雱，说想见一见司马琰，看看是什么样的女孩能让王雱闹出那种大阵仗。

王雱收到帖子时王安石恰好归家，王雱直接把事情对王安石讲了，自个儿也有些纳罕:"也不知找我们去做什么，总不会是让我带阿琰去露个脸。"他扪心自问，最近真没祸害到韩琦头上去——忙着成亲，哪有空啊？王安石不太喜欢韩琦，对韩琦的印象始终停留在"这个老韩不懂我"的状态，没兴趣陪王雱瞎琢磨，只说:"去了不就知道了。"

王雱知道他爹和他岳父有时候几乎是同一类人，也没非给他爹洗脑说"交朋友不在三观合不合，在乎能不能用也"，应了声"爹你说得对"就去找司马琰说这事儿。司马琰出嫁前就常与官宦女眷往来，怎么穿着怎么打扮都心中有数，换好衣裳便坐到妆镜前梳妆。

王雱积极地帮她捣鼓那一头青丝。还真别说，他盘发的手艺很不错，司马琰把妆容弄好的时候分心看向王雱给她梳好的发髻上，发现那轻俏的发髻与淡淡的妆容配合得刚刚好，既不会太庄重又不会在长辈面前显得轻佻失礼。

王雱还和司马琰畅想未来：“家里存着的护发精油不多了，等开春去洛阳就好了，那边花多，你爱用什么花做精油，就用什么花做精油，每天都香喷喷的。”看着镜子里美美的媳妇，王雱觉着哪怕哪天自己丢了官，开个洗剪吹店也是能打出一片天的。

两人告知了父母，相携出门去了韩琦家。王雱带了帖子，门房扫上一眼便引他们入内。

来了几回，王雱与门房都熟了，往里走时还问上一句“你孙子在蒙学学得怎么样了”。一听到孙子，门房平凡普通的面孔顿时光亮起来，把王雱送到前厅那儿时还大有要继续聊的意思。好在他还记得自己的本分，及时打住话题，恭谨地说韩相公就在里头候着。

一入内，司马琰就被领去见韩琦妻子，王雱则被引到书房。

书房临着院子，采光好，也正好能瞧见王雱夫妻俩进来时的情形。韩琦刚才就见着自家门房与王雱聊得很欢，面上简直是熠熠生辉，丝毫不似平日里的老实木讷。韩琦让王雱坐下，奇道：“刚看你和我的门房聊得挺好，都说了什么？”

王雱道：“没聊什么啊，就是在说他的孙子。老李叔那孙子我上回见了一回，机敏聪明，是根好苗子。人老了，可不就指着儿孙出息吗？”

韩琦知晓王雱没说谎，略过了这话题，开始旁敲侧击想知道王雱都与官家聊了什么，想看看有没有提到过梦中之事。王雱觉得韩琦这人太坏，想知道御前谈话就直话直说，整那么多弯弯绕绕做什么？王雱见韩琦神色慎重，不像是没事找事，便也不瞒着，爽快地把所有对话都给韩琦说了。说完，他还要鄙夷韩琦一句：“早说您想知道这个嘛，我直接写齐整给您送来，哪用我带阿琰跑一趟那么麻烦。”不知道女孩子出门要做很多准备的吗？

韩琦一脸复杂地看着王雱。有时候他挺羡慕王安石生了这么个会来事的儿子，别人外放历练，他也外放历练，他愣是能闹腾得官家对他另眼相看。可听完王雱在御前说的那些话，韩琦就没那么羡慕了。他怀疑，除了他媳妇，其他人在王雱这小子看来都是能坑就坑、能黑就黑的。谁家儿子能那么胆大包天，兴致勃勃地跑去官家面前揭自己爹的黑历史，说什么“我爹贼懒，筷子都不愿多伸”！上回韩琦就想说王雱那个自辩折子了，你夸你爹就夸你爹，为何还要写“为了百姓幸福，我爹忙得连澡都没时间洗”？不过，韩琦知道王雱这人爱闹归爱闹，说正事时还是很靠谱的，思量片刻便将官家所做之梦的前半段告诉王雱。

王雱着实震惊了。这难道就是真龙天子？别人不知道，王雱和司马琰却是清楚的，细细算来如果这里和现实世界一样，那么不到百年之后，大宋就分了南北，北边连片土地全部落入金人之手！若是官家他们去世之后没早早投胎去，说不定真的会神色悲戚地看着金兵踏破大好河山。到那时别说收复燕云，连如今的东、西、南、北四座都城都让人糟蹋了。王雱安静地坐在原处，没有作声。

韩琦观察着王雱的神情，看见王雱脸上实打实的震惊和隐隐的悲痛，已确定官家确实没与他说过梦中之事。只是这小子别的时候喜欢闹腾，这会儿倒是显得真情实意，瞧那模样显见是把官家的梦当预警了。

韩琦记得上回与吴育闲谈时，吴育提起王雱第一次去洛阳宫那日曾流露出别样的神情。当文人的，最容易的就是怀古伤今，古往今来多少诗人都有过这样的痛惜。尤其是王雱有个爱忧国忧民的爹，去年韩琦还看过王安石给官家上奏的万言书，句句直指大宋要害，表示大宋已到了不得不变的时候。官家身体每况愈下，精神也大不如前，折腾不了第二次庆历新政，那份万言书自是被压下去了。

韩琦毫不怀疑王安石会把自己发现的种种弊端、种种问题告诉王雱，甚至还把他拟定的一些变法章程告知了王雱。有这样的认知打底，王雱自是容易想到更多，听到官家的预警之梦合该又是震惊，又是担忧，又是痛惜。即便不太看得惯王安石那块臭石头，韩琦还是很爱惜王雱这个后辈的，自然不忍见他当真困在那预警里头。韩琦道："这只是梦的前半段而已。"他又把梦的后半段给王雱讲了，问王雱是不是和别人说过这样的话。

王雱听了依然很震惊，甚至都有点儿想去找义海和尚或者邵雍搞搞封建迷信了。他确实和苏轼他们在国子监里这样闲扯过，可那纯粹是因为学习压力太大，吹牛解压。当时，他很确定周围没别人，怎的官家就能梦见这一段？

韩琦确定了这事儿不是王雱整出来的，心中也颇有些震动。若梦的前半段是预警，后半段岂不是在说，王雱这些个半大小子是大宋未来的希望？这么说虽说也没什么不对，自己的儿子韩忠彦当时都在场，他自然很愿意相信自己的儿子也是未来的国之栋梁。现在各方人证也都证实王雱这小子就是官家的"梦中人"无疑，韩琦觉得，这小子怕是真能蹿上天去。不过即便将来蹿上天又如何，在他面前还不是晚辈？韩琦道："行了，别想这些有的没有的，该去用饭了。"

王雱是真不觉得官家做个梦能怎么样，只觉着有些稀奇，在韩琦家中用过饭之后便与司马琰一块儿回了家。路上，他还把这事儿和司马琰说了，感觉特别玄乎。

司马琰道：“这或许就是老天把你带来这里的原因。”

王雱凑过去飞快往司马琰脸颊上轻啄一下，纠正道：“不是我，是我们。”他俩可是一块儿过来的！他和司马琰合计，“这趟我们去洛阳，把曹老他们也捎带上，到时《医学问答录》的主阵地就换到洛阳去了。上回曹老就和我说，等我们成亲了得带你去见他。”

司马琰与曹老一直书信往来，两人是《医学问答录》的共同主编，却始终没见个面好好聊聊。现在成了亲，很多事就可以提上日程了。

临休假快结束的时候，王雱把自己拾掇得水灵灵的，又穿上他的绿袍子去与官家辞行。这回官家又赐王雱东西了——一身绯袍。照理说绯袍五品官才能穿，但升到六品的时候若是能力出众，官家可以特赐绯袍，意思是“你是我看好的准五品官，提前给你赐个绯袍穿穿”。王雱很是感动，也不怕官家怪罪，当场给官家倒起了苦水：“臣早想换个颜色了，一年四季穿得绿油油的，臣感觉自己快成大白菜了。”

官家乐道：“那是我赐晚了，该早些给你换一身。”

王雱道：“不晚不晚，太早了会让您为难的。臣听人说上回您给臣送贺礼，还被台谏给骂了！他们这回也忒狡猾了，都不点臣的名，只说您给某个六品官贺新婚，害臣想写折子反驳他们都不行！”接着，王雱又巴拉巴拉地给官家说了一通“他们骂我没关系，骂您做什么呢”“我可心疼您啦”之类的肉麻话，说得官家眉舒目展，十分开怀地与他喝了两小杯酒。

年后，曹立领了新差使，去了西边。曹评与狄咏也终于得了实职，一个去了北边，一个去了南边。

狄咏这趟是去接曹立的班，王雱把曹立这几年捣鼓的事整理出来，私底下和狄咏嘀咕一通，让他去了之后要密切关注交趾那边，一旦交趾动手了，立刻扑上去打。现在万事俱备，只差个“师出有名”了，可别错失良机啊！

狄咏也从他爹那里学了不少本领，对领兵啊使计啊之类的不算陌生，本来领了差使心里压根儿不虚，听完王雱这拿军功跟切菜似的口气，反倒虚了起来。他虚心求教：“交趾不是早归附大宋了吗？”

王雱一脸深沉地说：“世上没有永远的朋友，只有永远的利益。这就比如你有个邻居看你大块吃肉大口喝汤，为了你能分他点汤水他就凑过来和你交朋友。后来，他看另一个人一口咬住你手里的肉块，连啃了好几口，你却没怎么抵抗，顿时就不满足喝汤了，也想咬口肉试试。”

狄咏点头，懂了。这说的是侬智高叛乱的事，是他爹平定的，他自然也记得清清楚楚。交趾那边山多林多，易生瘴疠，若是他们冲过来打了就跑，大宋也不会大费周章追过去，顶多只是敲打敲打，简直是有恃无恐。

王雱找完狄咏，又去寻曹立，让曹立放点人去西夏玩耍。烧刀子给西夏了，棉花种子也得紧紧跟上哪，西夏的冬天多冷！王雱是好心地让他们喝酒御寒，棉衣防冻，可谓是用心良苦。不会纺棉花不要紧，他们只管多种，我们高价收，有多少收多少！我们提供的棉花种子优质、高产，他们的地有多少肥力，都能耗干净！若是旁人听了这些事或许还会有些犹豫，曹立听完后眼也没眨，如数应下，带着王雱的叮嘱往西而去。

王雱送完小伙伴们，自己的婚假也正式休完了。他带着司马琰和《医学问答录》的主创团队，骑马的骑马、坐车的坐车，浩浩荡荡地往洛阳而去。

一路上，王雱掰着手指算了算，还有点儿时间可以消磨，哪还急着赶路，直接带着司马琰在路上吃喝玩乐。到他们抵达洛阳时，已是二月回春，处处都是看花人。

安顿好曹老等《医学问答录》的主创团队，王雱领着司马琰去看他们接下来要住的地方，比起范仲淹他们那幽静的园子，他住的小院子临近府衙，瞧着热闹多了，上衙方便，出行也方便。

王雱和文彦博讨了相邻的宅子做编辑部，往后司马琰要与曹老探讨医学问题就容易多了。临床研究也不愁，周围有个医馆可供他们收集临床案例，曹老身份一亮、医术一出，不愁医馆那边不让他坐诊。

太常寺那边派驻到洛阳的医官们，平日里也都要到府衙里上衙。这批人自从解剖缝合过马匹之后，便对此事十分感兴趣，这几年已经研究过牛、马、猪、狗、兔等动物了。还有个胆子大的医官碰上个不要命的伤将，一拍即合，生生用针线帮对方把伤处给缝了起来，疗效颇佳，喜获伤将赠送的“妙手回春”牌匾一枚。这些个家伙，都是妥妥的外科医生苗子，值得大力培育。就是实验室离王雱家有点儿远，在西京国子监那边。

司马琰对这样的安排已经非常满意。

按照习俗，新婚满月还得再摆一场大宴。王雱早让先行回来的周武、冯茂他们帮着张罗，好借这机会带司马琰正式见过范仲淹等一干尊长。这回没人试图捣乱，也不必来回折腾，可比迎亲那日顺利多了，王雱领着司马琰屁颠屁颠地讨了一溜大红包，心里美得很。

见过长辈后可以开始搞事情了。文化公园和干休所那边已经营建完毕，周围连片土地也早被王雱圈起来当校区。他准备领司马琰去溜达溜达，看看他设计的“洛学城”的收尾工作有没有搞定。

所谓的“洛学城”，包括幼教班、蒙学这类早教或小教课程，也包括初中、高中等义务教育阶段的课程；义务教育结束之后，学生就要分流了，可以去走科举路线，可以专治格物学，也可以学一门手艺；总之，你想学的东西洛学城里都有，而且直通洛阳衙门与商铺，保证为毕业生提供就业岗位。

这个计划王雱一早就在筹备，到说服官家开放西苑之后又正儿八经地和文彦博商量过，用文彦博的面子动员洛阳全城乡绅富户把校区建设承包下去。

谁家没个儿孙，谁家不想儿孙享受良好的教育资源呢？邵雍能够和那么多人关系密切，就是因为他是搞教育的。王雱的宣传一打出去，府衙没花一毛钱便将建校区的规划给落实下去了，而且各家都高价雇人不停歇地赶工，就为了能尽早享用众多名师资源。要知道这年头读书人地位高，你花再多的钱都很难请到真正有学问、真正负责任的先生，府衙愿意牵头搞基础教育，他们掏点钱怎么了？这“洛学城”里也是设置了医学院的，王雱琢磨着到时开个女校区，面向女子招生。他的媳妇自然要身先士卒地出面当领头人，没毛病！

王雱堂而皇之地带着司马琰招摇过市，直接去了新校区那边溜达，确定没什么豆腐渣工程之后就合计着拟定招生方案了。

王雱这边干得风风火火，他爹也领着个差使离京一段时间了。这差使是给辽国使团当送伴使，他爹年前把马蹄铁项目收了个尾，在官家与宰执之中记了个功，据说年后要给他换个新差遣继续发光发热，所以让他当送伴使缓冲缓冲，回来后正好换个差遣做。这年头出使也是有名堂的，每年辽国等盟国、附属国都会派使者到开封朝贺，开封这边要派人将他们送到塞外，这称之为“送伴使”。

王雱回洛阳前知晓王安石得了这差使，当场塞了几个人当王安石的随从。这些人都是王雱手底下的专业人才，跟着他下过乡搞过测绘，就是不太能打，独自放出去遇到贼寇什么的容易出事，既然王安石这个送伴使要跟着使团走到国界线那边，正巧可以让他们跟去锻炼锻炼。王安石这人脾气火辣，王雱挺担心他当送伴使不太顺利，还贴心地让方洪给他找了个会说契丹话、机灵会变通的翻译。王安石对王雱这种给使团塞人的行径不太赞同，王雱却振振有词：“只是让周文他们跟在后头一起走，又没说要和您一起当使者，哪里逾矩了？”王安石对送伴使这差使心里也挺没底，教训了王雱几句后便答应与契丹使团那边说一声，不情不愿地捎带上以周文为首的测绘团队。

王安石出发之后，就觉出了儿子的安排有多妥帖。因着言语不通，他们出发的头两天都是默然无语，契丹使者不爱搭理他，偏他还得和契丹正使并辔而行，一路上沉默得有点儿尴尬。

直到有一天，周文他们开始用特制的香料烤羊。这羊肥瘦均匀，肉质鲜嫩，再撒上一把辛香料，味道绝美。正经使团都没机会享用这样的好食物，他们倒好，傍晚扎营时堂而皇之地烤起羊来。哪怕已是初春，往北走依然有些冷，有什么比吃点香喷喷、热腾腾还带着点辛辣味道的烤羊肉更棒的呢？周文还熬了一锅羊肚汤，加的依然是特制的底料，汤沸腾之后变成了浓郁的奶白色，香气扑鼻，很是勾人。

契丹使团频频往周文那边张望。羊肉，对他们来说并不稀罕，草原上的牛羊非常便宜，他们经常以牛肉羊肉为食。但是，哪怕他们常年吃牛羊肉，还是觉得这香味勾人得很，做起来似乎也很省事。怎么会这么香啊？

随行的“翻译”见火候差不多了，与王安石商量了一下，跟着王安石上前与契丹使者搭话，问他们要不要喝一碗羊肚汤暖暖肚子。馋虫都被勾起来了，契丹使者怎么可能会拒绝？当即跟着王安石去周文那边喝汤吃烤羊。

从开封行到塞上，用了差不多二十天，少言寡语的周文作为王雱钦点的“切菜好手”，不管刀工还是厨艺都十分了得，一路上给契丹使者推荐了不少东西——某某火锅底料最适合冬天吃；春天秋天买个深锅炖汤，滋补身体；可惜使者们没有夏天来，要不然可以在夏天享受酷暑中的冰爽。吃吃喝喝大半个月，临到边境榷场时，使团中不少人神使鬼差地采购了一批锅具和辛香料，还指定要配好的那种独家辛香料，价钱贵点也没关系，胜在傻子都能做得很好吃。

王安石这个送伴使，风尘仆仆送了一路，竟没消瘦多少，反倒还觉得腰带有点儿勒，弄得他每天吃过饭后都赶紧照着他儿子的说法散步消食。他儿子说了，人到中年容易变胖，肚子凸起，头顶发秃，很是不美。虽说王安石一向不太注重外形，可也不想被他儿子嘲笑。回去的路上，周文依然默不作声地投喂整个使团，王安石一行人吃饱喝足之后开始写诗文唱和。

这是文人出行的惯例，每经过一个著名景点都得写首诗表示自己曾经到过这地方。诗写得多了，自我感觉又很不错，回去后还会自费出版一本出使诗文集，给亲友们人手送一本，纪念自己公费出了次远门。

临到开封时，王安石感觉不太对，翻出自己一路上写的诗文看了看，发现每一个篇目看着都挺香，简直像是愉快地到塞上吃喝玩乐的一番。想到临行时王雱给他塞的一堆人，王安石感觉自己着了儿子的道。王安石看着自己整理好的文稿，冷哼一声，找到周文把稿子给了他，让周文打道回洛阳，顺便让王雱把这稿子印刷成册，他要拿来送给亲友。周文喏然应是，马不停蹄地带着稿子和测绘团队回洛阳去。

这时候的洛阳又迎来了一年一度的牡丹花会，客流量依然每天爆棚，王雱趁机给他的“洛学城”打招生广告，宣布各个学段的学堂都开始正式招收生员。王雱还给邵雍这个洛阳名师做了个大大的立牌，摆在招生摊位前吸引人流。

随着王雱铺天盖地的宣传，这座“新城”俨然成了整个洛阳的讨论热点，不少人早听说了这事儿，提前跑去报了名。这批人看到招生宣传进行得如火如荼，纷纷得意扬扬地表示自己已经预定入学名额了，更是刺激得原本有些不大确定要不要把孩子送过去的人下定决心排队报名。

这时候一辆马车缓缓驶入洛阳，车上坐着的乃是大宋曾经最年轻的状元郎王拱辰，年仅十八九岁便中了进士第一——当然，这个“最年轻”的纪录后来被王雱给刷新了。王拱辰，原名王拱寿，天圣八年状元，官家见他未及弱冠便及第，当场给他赐名“拱辰”，意思是“拱卫北极星”，可见官家对他的期许和爱重。

天圣八年也是群英荟萃的一年，这一年有未来的宰辅人才富弼、欧阳修，书法家蔡襄，教育家石介，实绩惊人的台谏喷手唐介，再加这位状元王拱辰。可惜王拱辰这几年过得不太好，差遣调来换去，又给塞到西京来了。众所周知，西京这地方不是来养老的，就是和上司政见不合来坐冷板凳的，王拱辰今年还未到五十，自然不是来养老的那种。

王拱辰和韩琦他们就不太对付。首先他先前属于吕夷简一党，其次他与文彦博一样曾走过张贵妃的门路，这就有点儿走偏的迹象了。到范仲淹主持新法时，他一力掰倒了“君子党”里的一批清流。比如说，“君子党”里有个叫苏舜钦的因为卖了衙门的公文废纸和同僚们吃了顿饭，没过多久就被王拱辰他们弹劾公款吃喝以致罢官。连王拱辰的连襟欧阳修也对他肆意攻讦清流的做法十分不耻，当场写了篇“朋党论”反驳弹劾范仲淹结党营私的论调。然后，欧阳修被贬滁州。于是，就有了欧阳修写的“环滁皆山也”。此前，王拱辰还攻击过另一个人：滕宗谅。当时滕宗谅犯了事，王拱辰表示朝廷给滕宗谅的惩罚太轻了，要是不重罚滕宗谅他就罢工。官家没办法，只能把滕宗谅贬到岳州去。于是，有了范仲淹写的“滕子京谪守巴陵郡”。《岳阳楼记》和《醉翁亭记》两名篇一出，王拱辰在士林之中名声一蹶不振，公议颇差，自然只能辗转各地坐冷板凳。

王雱忙活完招生事宜，便从文彦博那儿听说了这么个人要来。听完王拱辰的伟大事迹，王雱啧啧称奇，琢磨着这么个人才该怎么让他发挥长处。

王拱辰来了，文彦博就要走，这回文彦博改判大名府，也就是北京。听到这消息，王雱依依不舍地拉着文彦博说："您这不是才来一年多吗？下官先来洛阳的都没任满，您倒是先走了，我实在舍不得您哪。要不，您上表和官家说您不想走，换刚来的王知府到大名府去。"

文彦博可吃不消王雱的殷勤，他警惕地盯着王雱，一副"你放开我，再不放开，我要找你家长了"的表情。王雱觉着这年头啊，真诚的人反而不被信任，他是发自肺腑地舍不得文相公啊！虽说新来的王知府看着也十分了得，但是终归没有文彦博曾经两度拜相这么牛。

王雱肉麻地和文彦博表达了一番不舍之情，又跑去找范纯仁合计着把接风宴和送行宴一块儿办了，眼下大伙手里的活儿都很多，忙碌得很，来回折腾不好。范纯仁起初觉得有点儿怠慢，后来被王雱晓以大义，说公款吃喝耗财又耗时，意义又不太大，以文相公与王知府的高义，定然也不会愿意分两次折腾，有那工夫还不如脚踏实地多干实事。文相公，宰相肚量；王知府，状元之才；都是如此了得的人物，怎么会在意一顿饭。

范纯仁一听，觉得是这个理，当即就让人张罗去了。通知众人的工作落到了王雱头上，送往迎来是他的职责所在，各个衙门的人他都熟悉，三两下就把人全知会了。王雱也借机见了王拱辰一面，这位曾让官家喜欢得亲自赐名的状元郎长相不俗，看得出年少时肯定是个俊朗非凡的少年。如今年近半百，蓄了须，白了鬓，一眼瞧去就是典型的文人模样。

王雱对王拱辰好奇，王拱辰对王雱也好奇。自从王雱三元及第，王拱辰便时常通过这样或那样的机会听到王雱的消息，什么最年轻的状元换人了，什么范仲淹爱徒荣显一时，什么官家对王小状元十分喜爱屡屡召见和封赏。看到王雱顶着生嫩的面孔穿着一身绯袍，王拱辰算是知道什么叫荣宠无限了。要知道如今即便是状元郎也鲜少有越级提拔的情况，王雱以十六岁之龄特赐绯袍绝对是鲜有的殊荣。

虽则王拱辰与范仲淹有嫌隙，却也没打算为难这个年轻的状元郎，他如今名声不佳，这王小状元却是朝中新贵，众所瞩目，他是傻了才会刻意为难王雱。王拱辰带上了一丝笑意，客气地与王雱寒暄，对王雱他们敲定的接风宴时间也没有意见，爽快地表示会准时到场。

双方看起来没什么矛盾，王雱也就乐呵呵地跑了。接风宴开始前，王雱跑去找了范仲淹，问他要不要出席一下，和王拱辰进行亲切友好的交流。范仲淹横了王雱一眼，没理他。范仲淹与王拱辰的矛盾并不是私怨，是从观念到做法都相互不认同，不可能因为有人居中调和而缓和。王雱若是想和个稀泥让他们握手言和，那简直是难如登天。比方说，范仲淹与梅尧臣，即便曾经在国子监共事两三年，单独谈话的次数也少之又少，并没有因为有王雱这个共同的学生在就有什么改变。

说起来范仲淹和梅尧臣的恩怨也与王拱辰有关。当初，苏舜钦有位同僚想参加他们的宴会却被拒绝，于是往上告发苏舜钦卖废纸公款吃喝的事。而这位同僚，正是梅尧臣推荐上去的。范仲淹当时对此颇有微词，气急之余与梅尧臣起了争执，说了些类似于“你怎么推荐这样的人”的话。梅尧臣也是个拗脾气，觉得范仲淹把事情怪到自己头上很没道理，当即连写几篇诗文抨击他与“君子党”。自那以后，他们便形同陌路了。

王雱明白了范仲淹的意思，也不强求，自个儿赴宴去了。宴会上，王雱还请王拱辰尝试了新近特制的酱料，吃肉蘸着倍儿香。

送走文彦博，迎来王拱辰，洛阳暂时还没什么变化。只是王雱溜达着去找梅尧臣的时候，梅尧臣又不太爱搭理他了，约莫是觉得他不该跑去给王拱辰接风。当初，梅尧臣写诗文骂了君子党，转头又去骂吕夷简那边的人，反正能骂的都骂了，左右没一个他能看得顺眼的。

王雱也不恼，笑嘻嘻地塞给梅尧臣一份课程表。反正他在西京国子监课不多，不如去新校区那边帮忙上上课。人越是年纪大，越不能家里闷着，得多活动活动筋骨才行。“您看看我范爷爷，看看我师祖，看看我柳哥，哪个没有接受返聘开班讲学？”

梅尧臣听到他那堆乱七八糟的称呼就头疼，一把拿过课程表没好气地赶他走。

“人见人烦”的王小雱屁颠屁颠回到自己家里，周文也带着王安石的稿子回来了。王雱给王安石搞完封设排完版，还弄了好些个插图狠狠地给这批特制的酱料、辛香料打了波广告：想秒变厨艺高手吗？还在为做不好饭而烦恼吗？赶紧来试试，哪怕你是个手残，也能做出令人满意的食物，连契丹使团吃了都说好！

这调料作坊要是运作起来，需要的原料可不少，王雱已经把调料的配方和北边诸州的生产销售一条龙产业承包给了曹评。要是辽国使者不让他失望，把广告给打到辽国国都去，那么北边的榷场就可以多出几种畅销商品了。

与其来回运输，不如原地取材。到时生产要跟上销售，必然会有商贾设法在北边诸州开垦种植豆类和花椒等作物。只要有重利，肯去涉险的人绝对比人们想象中要多得多。这类经济作物，其他州县也可以在房前屋后或者农闲时期种植。总之，只要市场打开了，不愁种植和生产带不起来。不过，除了加强传统的深耕细作，也得抓紧科学施肥的科普，要不然地力根本撑不起这样的种植强度。

王雱在心里打完算盘，顿时感觉他爹牺牲一下脸面帮忙打打广告也没什么，这都是为了大宋兴盛啊！他毫无愧疚地叫胡管事联系方洪大力营销他爹的使辽文集，同时在商铺那边推出同款酱料，大力推广，表示这些酱料吃火锅必不可少，搞烧烤必不可少，拌饭下面更不可少！不管贫富，无分贵贱，所有人都能享用同等美味！

王雱顺手给刚审核完《医学问答录》的司马琰揉了揉肩膀，与司马琰说起自己提升国民幸福感的小计划。想当年，多少留学游子的行李箱中都塞上了一瓶老干妈啊！虽说眼下辣椒还没找着，但弄些风味独特的酱料也是很棒的，还可以因地制宜地改良配方，底料不变，有菌菇的地方放菌菇，有豆豉的地方放豆豉，多棒！

王雱和司马琰嘀咕："这几天我灵感爆发，设计了一个新包装，你给看看！要是你也觉得没问题，我就让方洪给新产出的一批酱料贴牌去。"

司马琰拿出来一看，只见上头写着：拱辰牌酱料，尝过都说好！一旁还有图文并茂的品牌介绍：天圣八年状元王拱辰，原名王拱寿，十七岁一举考中进士第一，天子亲赐名。踏入仕途后，他辗转各地，时常远离故土，十分思念家乡，食不知味，夜不能寐，直至一日，他尝到了一种特制的酱料，当场潸然泪下，这就是家乡的味道啊！

与品牌介绍相对的另一面，画着王拱辰的头像，乍一看觉得哪都不像，细细看去却又觉得把精髓全抓住了，让认识他的人一眼就知晓"哦，这是王拱辰"。对于没法涉及往日秘辛的普通百姓和普通士子而言，状元的名头还是很能唬人的。

王雱觉着，王拱辰堂堂状元郎，应当不会在意这点小事才对！他爹都牺牲小我帮忙写推广诗文了，王拱辰堂堂河南府知府，借出一下名字和肖像怎么啦？

司马琰听完王雱理直气壮的言论，心里挺为他担心："你确定那位王状元不会掐死你吗？”设身处地地想一想，司马琰觉着文彦博没弄死王雱已经很宽容了，王雱居然还想朝王拱辰伸出魔爪。

王雱道：“肯定不会的，要知道我们都是未及弱冠就中了状元，状元怎么会为难状元呢？”

让新任河南府知府、西京留守王拱辰怎么都没想到的是，他第一次领教王小状元天马行空的操作居然是在这种情况下：夏日初至，他的妻子带着孙女出去买东西，在一处商铺门口看到个大大的宣传牌，说什么“状元尝过都说好”，还配上他的画像。他孙女看了十分喜爱，非拉着他妻子买一罐子回家。于是，王拱辰就看到了王雱精心设计的拱辰牌酱料。

这拱辰，算来其实也不是他能独占的，可是上头的画像和品牌介绍就有点儿过分了啊！他什么时候潸然泪下，说什么“这就是家乡的味道”？第二日，王拱辰就让人去把王雱给寻来，酱料罐子往桌上一摆，意思非常明显：你给我解释解释。

王雱见王拱辰板着一张脸，自发地拉了张椅子坐到王拱辰一侧，拿起酱料罐子给王拱辰讲解：“这事儿啊，关乎百姓幸福，您得多担待。种植和生产过程会用到人，包装和销售过程也会用到人，还能让百姓把手里的钱花出来，促进货币流通，您看看，这事儿多好啊！只是这事儿，得要有影响力的人出来带头，瞧瞧这洛阳上下，最大的官就是您这个知府了，大年初一去行香时您得排第一的，这事儿只有您才干得了！”王雱话题一转，又给王拱辰讲起上头的品牌介绍。“这些话，您当时真的说过，只是您喝多了，可能都给忘了。我可以找很多人作证，您确实对它赞不绝口！”

王拱辰想说一声“放屁”，可为官多年的涵养让他把话咽了回去。夸他是夸过，可也就夸了那么一句。王雱特地把酱料拿过来问他好不好，他难道还能说不好吗？谁能想到那么一句场面话，王雱居然立刻利用上了？！王拱辰想起刚到洛阳时，王雱让人把欧阳修当初随官家巡幸洛阳时写的诗文张贴在牡丹花会上吸引客流，如今看来，他那连襟怕也不知道这一手。

王雱说得振振有词，连他爹的诗文集都搬出来了，说这确实是为国为民之事。王拱辰还能怎么办？自然只能轻轻揭过此事。

王雱还没来得及开溜，外头忽然有人带着急报而来，说是京中出了事。王雱一顿，登时赖着不走了，想看看开封那边到底出了什么事。

京中暴发瘟疫！

这个消息无疑是一声惊雷，把洛阳所有人都震得不轻。最近天气时冷时热，忽而暑热蒸人，忽而暴雨连绵，正是疫病易发的时节。所幸防疫工作做得还不错，瘟疫并没有大规模蔓延，可惜大夫们对如何治疗这种突发急病还是一筹莫展。

王雱从王拱辰那儿得了消息，也顾不得失礼，讨过急报看完了，奔回家与司马琰说这事儿。由不得他不紧张，他和司马琰的父母、他的妹妹都还在开封，要是这瘟疫当真蔓延开，他们岂不是要遭殃？

司马琰听了也是色变，由于治疗手段落后，一旦出现瘟疫那就是灭顶之灾，整个区域变成死城或者死村都是有可能的。她安慰自己也安慰王雱道："只要他们都好好地待在家里，应当不会有事。"

王雱道："我爹他不可能好好待在家里。"在青州红眼病爆发蔓延时，他爹和范仲淹就争着去查看疫情，若不是如此，他们也不会认得曹老，他缓缓说道，"你爹也不会。"

也许会有看着百姓受苦受难而安坐家中的人，也许会有看着百姓濒死而裹足不前的人，可王安石和司马光不会那样。即使历史上他们激烈争执，王雱知道那也定然是君子之争：他们都坚定地认为自己是对的，都是为了找到对百姓更好的出路。

王雱在屋里转悠了两圈，对司马琰说："我去和王知府告个假。"他本来就不是什么为国为民的性格，他所在意的东西并不多，家人正是其中最不可少的部分。若是在父亲涉险、母亲和妹妹不安的当口自己什么都不做，那他当这个官还有什么意思？

司马琰默契地没有劝，而是去隔壁找曹老借人，她希望带一批人和王雱一块儿回去。这些人都长期跟在曹老身边学习，即便没把曹老的能耐全学走，也学了个五六分。

王雱并没有立刻折返府衙，而是走到桌前挥笔先写了一篇文章，表示得知京中出事心急如焚，无法坐着等候消息，期望能马上赶去京城。要在文人之中立足，不管什么时候都得占住大义，有时是玩忽职守还是至诚至孝，全凭一张嘴和一支笔杆。

王雱挥毫写完，字迹要比平时凌乱不少，不过他已顾不得那么多，直接捧着墨迹未干的"请假稿"去寻王拱辰。王拱辰正召集范纯仁他们开会，听闻王雱去而复返，立刻叫人请进来一同商议。

王雱上前便是正儿八经地一拜，而后将写好的文章递上去，希望王拱辰能立刻给他批假。

范纯仁听王雱想去京城，当即急了：“你去做什么？添乱吗？”范纯仁虽然经常告王雱的状，但心里对这个才华出众的小师弟一向十分爱惜。若不是非常看好小师弟，他对小师弟的要求哪会那么严格？要他眼睁睁地看着王雱去涉险，范纯仁做不到，一力劝阻。“你又不是大夫，根本不通医术，去了能做什么？”

王雱道：“能做什么，就做什么，即便只是帮忙跑个腿也好。”

师兄弟两人说话间，王拱辰已看完王雱的文章，他也是文采过人的状元之资，又在仕途蹉跎三十年，早磨炼出难动真情的冷硬心肠。可看了王雱的“请假稿”，王拱辰眼睛却有些湿润。谁家无父母，谁家不怕子欲养而亲不待？乌鸦羔羊犹知报母恩，何况是人？王拱辰有了决断：“行，你去吧。”

范纯仁还要劝阻，却被王拱辰摆摆手制止了，他默然地将王雱的文章递给范纯仁。范纯仁看完也安静下来，看着自家小师弟稚气犹存的脸庞。他们是能拦着王雱，可要是王安石他们真出了什么事，王雱却因为他们的阻拦没能赶到，他们一生都不会安宁。

王雱恳求范纯仁：“先莫要告诉老师。”他说的老师自然是范仲淹。

王雱没等范纯仁答应，就辞别了他们两人，马不停蹄地赶回家与司马琰会合。一回到家门前，他就看见司马琰换了一身骑装，准备不坐马车与他同骑回京。王雱也没有劝阻，司马琰见过的疫病比他只多不少，更清楚该如何应对。

曹老站在门口望着他们。王雱上前去与曹老辞行。曹老年纪大了，断然再经不起急行的辛苦，他拜托曹老在洛阳这边准备些药材，到时走水路送到开封去，疫情暴发后需要的药不会少，这件事只有曹老来办他才放心。曹老活了大半辈子，见过形形色色的人，但像王雱他们这样一头往疫区里扎的人还是见得不多。他没有劝说，点了点头，也不送他们了，转头进了门，再没回头看一眼。

王雱正要与司马琰出发，一队医官也骑马而来。研究解剖学的那群年轻人来了大半，只留了一部分人维持洛阳致仕官员的需求。这种时候，王雱没有多言，只认认真真地记下了他们的脸。

一队临时组成的医疗小队浩浩荡荡地往开封而去，路上停歇休整时便围坐在一起商量到时怎么分工，怎么做好防御。他们都已经有了口罩等防护工具，只是面对未知疫情可能还不够，自身也得警惕被传染。

非常时刻，司马琰也亮出了“玉圭客”的身份参与讨论。其他人听司马琰表明身份，有的很震惊，有的则是一脸“早就知道是这样”的表情。不过都是接受过不少新知识的年轻医疗从业者，他们很快接受了“玉圭客”是女儿身的事实。

对于带着医疗队赶往疫区这种事，司马琰的经验比谁都多，没走两天就以超前的见识成了医疗队的中心。见王雱自个儿都在一旁执笔记录，显见是不在意司马琰这样“抛头露面”的，其他人也渐渐放开了，没再因为有个女子在场而拘着。

一行人在开封附近的县城准备歇下时，忽然感觉屋子一阵晃动。王雱心中一惊，拉着司马琰便往外跑。这时还没到百姓当真熟睡的时辰，陆陆续续有不少人跑了出来，口中都惊呼：“地龙翻身了！”

地震！王雱与司马琰一行人跑到空地上，见周围的人都惊慌失措不知该如何是好。即便心里忧虑着开封的情况，王雱仍是极力冷静下来，让城中居民们相互看看自己家、邻居家有没有缺什么人，等会儿好有组织、有目的地去搜救。不少人经这么一问登时号啕大哭，发现自己的家人没在；也有人哭得动静太大，引得一边没找着人的家人寻了过来，一家人喜极而泣。

为时将近两分钟的强震波过去后，王雱便寻到了当地县令，与对方一起组织当地青壮进行搜救。县里都是些低矮房屋，除却有些在地震中倒塌了之外危险性并不大，王雱刚才统计过没第一时间跑出来的人，领着青壮打着火把搜寻过去，免不了还是看到了不少家破人亡的惨剧。地震这种事，哪怕是现代社会也无法做到精准预测。

王雱忙活到后半夜，把最后一户人家搜救完了，才有机会去和司马琰她们会合。震中伤到的人也不少，司马琰带着的医疗小队也没闲下来，忙完之后两个人都困乏得很，坐在干草铺就的“医疗队临时驻扎处”小睡。到了早上，县里遭遇了一小波余震，惊得所有人从短暂的睡梦中醒来。

天空灰沉沉的，只有一丝丝光亮从远处的地平线上溢出。天要亮了。

看着遍地狼藉的县城，所有人心中涌现一阵悲恸，在这样的天灾面前，百姓只有咬牙承受的份儿。县令记着王雱昨晚参与搜救的事，早早寻了过来向王雱道谢。王雱一行人已经囫囵着吃了些干粮，摇头婉拒县令要他们留下用饭的邀请，只与他说了一些灾后防疫的要点，然后便上马直奔开封而去。

大灾之后必有大疫，开封本来就在闹瘟疫，再遇上地龙翻身，瘟疫必然会扩散！

一路骑马急行，王雱腿侧的皮肤都磨破了，他有些后悔让司马琰一起回京。等赶到开封城门前，王雱先下了马，伸手去扶司马琰从马上下来，关切地问：

“腿上疼吗？”

司马琰目光坚定：“我没事。”即便养在深闺十几年，她也不是那种怕苦怕累的人。

王雱下意识想朝她绽出一丝笑，说几句轻快的话，却被司马琰握住了手。两个人目光相触片刻，王雱懂了司马琰的意思，他们之间是不需要这样的，不需要想办法安慰彼此，不需要强装不在意或者不担心，他们都足够坚强，足以面对任何考验和任何磨难。

王雱道：“我们直接去太医局吧，不去见爹他们了，免得被他们打死。”想想岳父大人要是知道他带着媳妇从洛阳一路骑马疾行而来，还带着媳妇往疫区震区里走，非扒了他的皮不可！

王雱说干就干，带着司马琰直奔太医局。虽说他离京已将近三年，太医局里还是有不少熟人，一听他们的来意马上表示诚挚欢迎。虽则有些个老太医对明显就是女穿男装的司马琰颇有微词，但看在王雱面上也还是接受了。深入疫区这种事谁都不愿意做，可要是谁都不去查明病因、找出治疗方法，瘟疫肯定会大规模蔓延开。对于开封这种人口密集的城市，疫病一旦爆发无疑是致命的！好在前些年王安石送上的防疫方案一直都在执行，开封府衙对隔离消毒这些事有一定经验，地龙翻身后更是直接调动禁军进行紧急搜救，暂时还没传来更糟糕的消息。

司马琰一行人穿上简单的防护套装后就去了疫区，王雱哪儿都没去，在后方帮他们搞后勤，要什么药送什么药，要多少石灰送多少石灰。太医局不够的，他就去方洪那里调；方洪那里也缺的，他就去外头买，要是遇到恶意抬价的无良商贾，就“仗势欺人”一回，直接半买半抢全给拿下。在王雱霸道无比的行事之下，司马琰那边的工作顺利得很，解剖上瘾的洛阳医官们甚至还征得一些家属的同意，解剖了几具患者遗体查看内脏情况，瞧瞧能不能借此找到病因、对症治疗。

功夫不负有心人，第三天正午，司马琰那边就送来一个由医疗队研讨出来的药方，让王雱备好药到疫区里头熬制给患者分服。王雱松了一口气，分拣出司马琰要的药材送了过去，抬头看向阴沉沉的天色，只盼着别再有什么变故才好。

王雱正担忧的时候，瓢泼大雨突然从天而降，狠狠冲刷着遇灾后的开封城。他眉头直跳，戴上斗笠与蓑衣，去禁军围出的隔离带前远远地往里望，只见里面的医官忙碌往来，没有人能腾出空来往这边看上一眼。一旦进去，便不能轻易出来，也不能随意与外面的人接触，只能在迫切需要的时候往外递消息。王雱在雨中站了一会儿，转身走了，大雨来临，灾后重建和防疫工作就更难进行，他得在外面好好奔走。

这两天王雱让周武去自己家和司马光家看过，吴氏他们都好好待在家中，司马光这个开封府判官却在地龙翻身时第一时间去了疫区那一带统筹调度。王安石归来后的新差遣乃是三司度支判官，当时正在和司马光商量事情，差人回家报了个信后也一并过去了。也就是说，王安石和司马光果然都在疫区里。想到家中只有母亲与小妹，司马琰家里也只有张氏一个，王雱先去了司马琰家一趟，让张氏莫要担心，太医局已派了人过去。安抚完张氏，他才回了自己家中。吴氏见他面容憔悴，这几天显然都没休息好，心疼得很，要留他在家里住。

王雱摇摇头，揉揉小妹的脑袋，又抱了抱吴氏，让她们安心在家里待着，不要随意在外走动，在疫情结束前他会让人送米粮和肉蔬过来。预防的药，他也留了几份在家中，让吴氏每日与小妹一起煎服。见着了儿子，吴氏一下子有了主心骨。吴氏平静下来便想到了司马琰，忍着泪劝说："你一个人回来，阿琰会担心的。家里没事，你早些回去吧。"

王雱顿了顿，终归没与她们说起司马琰一起回来的事。不管什么时候，一线医疗人员都是最危险的，尤其是在面对未知的传染病时。这种情况下，即便是医生也得摸索着才能知道病因和传染途径，很有可能在没有弄清楚情况之前就已经感染。

司马琰他们能那么快就讨论出治疗方案，一来是太医局反应及时，第一时间把能派出的人都派了过去；二来是曹老教出来的那些学生与司马琰对当前时代的传染病都有着罕见的超前认知。否则的话，也许会有更多人染病死亡！

王雱没在家中用饭和留宿，又回了太医局那边。这段时间王雱一直住在太医局，晚上与太医局的医学生们睡在一起，白天也与他们一起焦急地等待着司马琰那边传来的消息。

早前为了让疫区常备热水，王雱已经用牛车送了一车车的柴火进去。疫病的阴云极其可怕，很多车夫不愿意进去，甚至连把牛车交给禁军往里送物资都不乐意。王雱也没与他们生气，害怕疫病和死亡是人之常情，他直接把一辆辆牛车都买了下来，让会赶车的医官留在疫区里头运东西用。事到如今，他们这些人能做的也只有等待疫病过去。

听太医局的人说疫区没消息传来，王雱又去了开封府府衙，亮明身份，和刚上任不久的开封知府傅求讨了些杂事做。要是让他闲着等消息，他会发疯的。

傅求今年五十七岁，年事已高，这些年也都在外面当差，不太了解京中变故。好在左右有认得王雱的人，当下把王雱如何深受圣恩的事悄悄给傅求讲了。傅求一把老骨头本就被这场天灾弄得快散架了，有人自愿来帮忙，还是御前红人，他自然乐意把一些事情分派给王雱去干。至于那属不属于王雱的职责范围，谁会在意？反正是洛阳那边给他批的假，人家王小状元是个热心好少年！如今司马光困在疫区没回来，正巧把判官的事情交给他女婿去办，也算是为长辈分忧，谁都挑不出半点毛病来。

有开封府在背后，王雱做起事来更加从容，别人怕揽事上身，他不怕，最差也不过是调任外地，没什么好害怕的。他雷厉风行地调配起人手着手搞灾后重建工作，顺便时刻关注疫区那边有没有什么新需求。

此时，司马琰已成为洛阳医疗队的领头人。古往今来对性别怀有偏见的人都不少，现实世界司马琰也曾因为女性身份而受到这样或那样的怀疑，对于如何消解这种质疑、顺利完成医疗队的任务她很在行。

疫区衣食住行虽然艰难了些，出入还受到限制，司马琰却显得游刃有余。光凭她面不改色地替患者看诊和主持遗体解剖，众人就已经对她十分钦服。太医局那边的人看到她甚至还有点儿发怵，因为她操刀时着实太冷静了，看得他们忍不住在背地里替王小状元捏一把汗。这得练习多少次才能这样镇定自若啊！娶了这样的媳妇，也不知王小状元会不会害怕。

司马琰不知道自己做的事已经让人担心起她家王小状元，她正遭遇自己人生中的一个重大转折点：给有康复迹象的患者复诊时遇上她爹过来巡逻。

司马光与王安石这几晚都浅眠，白天一早醒来便在疫区内到处巡视。看到医官们忙忙碌碌，即便来了场大雨也没影响救治工作，司马光两人有点儿欣慰，觉得这一届医官很棒。

得知喝下熬制的汤药后已有人病症减轻、开始康复，司马光也顾不得那么多，戴上医官派发的口罩便前去巡视。前面几天洛阳医疗队的人知晓司马琰是司马光的女儿，一直在给她打掩护，今儿大伙太高兴了，一时忘了这事儿。结果就是，司马光远远看到个身形十分眼熟的女孩在替一位妇人看诊。女孩不过十六七岁，诊脉手法却十分娴熟，周围的妇人们望向她的目光都满是感激和喜爱。这个女孩，很像他的女儿。

司马光有点儿不敢置信。他的女儿，此时应该身在洛阳才对，不会回到开封，更不会深入疫区。司马光没有贸然上前，而是先上前询问一旁的百姓认不认得司马琰。提到这位心地善良、医术高超的女医官，百姓们话可多了，你一言我一语地给司马光说起司马琰的事来。司马光默不作声地听完了，又看向温言叮嘱患者的司马琰。哪怕她戴着口罩、像男儿一样束起头发，他也能把自己的女儿认出来。

许是因为司马光的目光停驻太久，司马琰似有所觉，抬起头望向门口方向。看到手拿着斗笠，仍披着蓑衣的司马光，司马琰的呼吸凝滞了。司马光没上前，他走到屋外耐心地等候司马琰给所有的患者复诊完。司马琰定了定神，把自己该做的事情做完了，才犹豫着站起来，走到司马光身后喊："爹。"

司马光一直望着外面的雨幕。从司马琰小时候展现聪慧的一面开始，他就惋惜自己的女儿没有生成男儿身，很多东西他应该禁止女儿过多地接触，但看到女儿乖巧安静的模样又不忍心全部禁绝。如今回想起来，一切不是无迹可寻的，王雱早些年就一直给司马琰送医书，又让司马琰看《医学问答录》那些读者的来信。再想想王雱才十四五岁就巴巴地要求娶他女儿和王雱那些离经叛道、天马行空的想法……可是，这是瘟疫啊！哪怕他女儿再怎么聪明善学，王雱也不该让她只身涉险，深入疫区！她一个女孩子，出嫁前除却给相识的女眷把把脉问问诊之外根本毫无经验，来这里做什么？

司马琰见司马光不言语，声音忍不住更软和了一些："……爹？"

司马光转头目光含怒地看着她："我和你娘只有你一个女儿，你这样涉险的时候有想过我这个爹吗？"

司马琰犹豫再三，还是仰起头直白地和司马光表达自己的想法："……我也只有一个爹。"她与王雱急着赶回开封，就是因为知道司马光和王安石肯定不会安坐府衙。

对上女儿柔和湿润的目光，司马光一下子顿住了。他是朝廷官员，是顶天立地的男人，只要是他认定对的事，再艰苦再危险他都会去做，比如当初义无反顾地随着恩师庞籍外调。在这一点上，他的女儿像他。

司马光对司马琰胡来的怒火稍稍消减，剩下的就是对王雱的怒气了："我把你嫁给那混账小子，他就放你一个人来这种地方？！"

司马琰辩驳了一句："我们是一起回来的。"

司马光问："那他在哪里？"

司马琰道："总得有人在外面跑动。"物资和药材送得这么及时，少不得王雱在外面奔走，司马琰补充，"他不通医术，进来也没有用处。"

司马光道："我看他是怕我当场把他打死！"

这下，司马琰不敢再反驳，怕火上浇油。

父女既然见了面，司马光自然不能放司马琰一个人住在外面了，哪怕司马琰住的地方还算干净和独立。

司马光带着司马琰去与王安石会合。王安石见到司马琰也很吃惊，显然没想到司马琰会只身出现在这里。见司马光脸色极臭，王安石脱口而出的话和他很一致："那小子呢？让人去把他找来，看我不打死他！"

司马光冷哼："他没过来，再外头'奔走'呢。"

王安石觉着司马光将来哪天要是和自己断交了，必然是因为他那儿子！为了让亲家消气，王安石直接痛骂起王雱来。

司马琰见两人一致讨伐王雱，识趣地没有插嘴。直至他们骂累了，才提起另一件事：关于遗体的处理。

这年头很讲究入土为安，他们前些天极力争取，也只遇上几个贪财的或者观念超前的人愿意让他们解剖患者遗体。若是让这些遗体停留在疫区或者随意掩埋——甚至弃之荒野，可能会导致新一轮的疫病暴发。这时候，需要有人站出来尽快将这些很有可能变成传染源的遗体处理掉。但这件事明显非常得罪人，一着不慎还可能会引起民变。

司马光和王安石对视一眼，异口同声地说："我来吧。"

司马光一直反对厚葬和停柩不葬等丧葬习俗，觉得这些封建迷信不可取，所以听到女儿说要尽快处理遗体也并不觉得有什么出格之处。王安石就更不用说了，他一向不惧怕神鬼，既然司马琰说得这么严重，那自然是尽早处理为好。两人见彼此意见一致，没再相互推让，决定一起去解决这件事。至于司马琰，则被他们勒令留在暂住的地方别再出去。

哪怕司马琰不再去给人看诊，"玉圭客"的名声也在疫区里越传越响亮，所有人都深深地记住了那位身着素色长袍、戴着素色口罩的女医官如何为他们奔走、如何耐心替他们诊治。原本他们都已经绝望了，觉得朝廷把他们隔离起来是要放弃他们，现在他们却看到了痊愈的希望！

随着康复的人越来越多，疫区的消息也传到了外头。杏林中人都得知了一个不得了的大消息：《医学问答录》的创始人之一、医术精妙的玉圭客竟是女儿身！这一次瘟疫爆发后她亲临疫区，与太医局医官和曹老的徒弟们一起解决了这场可怕的灾疫！

与此同时，官家正在看堆积如山的奏折，有报备各地天灾的，有台谏趁天灾弹劾这个弹劾那个的，每天都是坏消息多，好消息少。更糟糕的是，官家还从欧阳修口里得知，王安石和司马光都进了隔离区没再出来。若是他们都出了事，他该怎么和他的小状元交代？官家正担心着，蓦然看到一份折子上出现了“王雱”两字。官家精神一振，凝神细看起来。

第八章

女校初建成

官家看到的乃是洛阳那边加急送来的折子，出自王拱辰之手。王拱辰这人，官家有印象，拱辰这名字还是他起的，因此他才会挑出来细看。

一看之下官家才知晓王雱那小孩得知疫情后担心父母告假回京了，离开洛阳已经好些天。虽然被王雱借用了肖像打广告，王拱辰还是如实将王雱的文章附上，表示此文章情感真挚，文辞动人，他掩卷后不忍为难，直接给王雱批了假，如今不知王雱是否已到京中。

官家看完了王拱辰的折子，而后便是王雱那篇文章。与从前递上来的写得工工整整的折子相比，王雱这次的字迹凌乱而匆忙，字体再没了那种规整漂亮的感觉，却能让人透过薄薄的一张纸看到他当时焦急的心情。真是个顶好的孩子啊！官家看完，免不了鼻头发酸，缓了一会儿才去看其他奏折。

韩琦那边许是故意的，接下去的两封折子竟都与王雱有关。一封是临近县城的县令上表嘉许王雱帮忙救灾之事。临近各县都受了灾，一个中转小县的折子本不至于送到御前来，不过这县令出身乡野，文章写得格外朴实，紧张的救灾过程被他写得土味盎然，唯一被他夸得花团锦簇的是路过的王小状元——花了好几百字描写王小状元如何安抚百姓情绪，如何不顾危险第一时间组织救援，当真是天灾无情，人有情！

另一封则是年迈体衰、刚刚上任不久的开封知府傅求写上来的，说是王小状元挂念他的父亲与岳父，第一时间赶至京城，主动到府衙询问是否需要人奔走。傅求表示自己知晓情况后十分感动，分派了些差使给王小状元，王小状元无论是人员调配还是物资运转方面都做得很好，所有人都对他心悦诚服。总之，不管是县令还是知府，都把王小状元夸得天花乱坠，让人不免感叹他实在是一个孝顺过人、能力出众的孩子啊！

官家看完三封折子，身心都舒泰了。等看完太医局那边递上来的折子，说疫情已经得到控制，司马光与王安石把疫区控制得很好，没有出现半点乱子，官家更是开怀。王雱这个当儿子和女婿的好，王安石这个当爹的、司马光这个当岳父的也极好。

官家站了起来，在殿中来回踱步了一会儿，终归还是没按捺住心里的念想，派人去开封府衙那边把王雱召来。既然傅求都上表说灾后重建工作已经安排停妥，他把自己的状元郎召进来说说话应当也不耽误事。

另一边，王雱正和周文一块儿算着账目，听到宫中宣召时愣了一下，没想到自己回来的事竟被官家知道了。王雱想了想，把事情交代给周文，自己打理好仪容随内侍前去见官家。

君臣俩见面的次数多了，王雱也没拘着，见了面觉官家清减了，上前就是一通关心：是不是没睡好啦，是不是食欲不好啦，吃点什么可以安神，吃点什么可以开胃……

官家听王雱自己先说了许多话，句句都带着关切，心中一暖，还真给王雱给说馋了。他让人送了些茶点过来，让王雱坐下一道吃。这要是换了别人，可能就该诚惶诚恐了，可王雱不一样，他欢欢喜喜地坐下后还觉着离官家远了，胆大包天地把椅子往官家旁边挪了挪，吃一种点心夸老大一会儿，叫官家也快尝尝。官家尝着也觉得味道极好，特地遣内侍去嘉奖御膳坊的人。

御膳坊那边得了奖赏，悬了老长一段时间的心终于放回了肚子里。自打闹出瘟疫来，官家的胃口就没再好过，最近几天更是经常把饭菜点心原封不动地送回来，吓得他们也吃不香睡不好，生怕第二天自己就被驱逐出宫。

有人壮着胆子和内侍探听："是不是那王小状元又回来了？"官家并不是挥霍无度、贪图口腹之欲的人，近两年每每给他们嘉奖，往往都与那王小状元有关。

内侍没否认，笑眯眯地骂道："御前之事，岂是你能探听的！"

那就是王小状元当真回来了！御膳坊诸人一瞬间都觉得他们该供奉个王小状元的画像，祈祷王小状元天天让官家胃口大开。

宰执那边也有着关于此事的讨论，官家吃不下饭睡不着觉不是小事，内廷那边不敢瞒着，私底下悄悄给韩琦说了。几个年纪比官家还大点儿的宰辅之臣听了都操碎了心，怕官家又把自己弄出病来，尤其是富弼，官家病得不省人事那年他可是和文彦博一起扛过一次大难关啊！

富弼忍不住悄声问韩琦："你这样真的管用吗？让官家召见一下那小孩就好？"这王雱一不是官家的孩子，二没领什么差使，就是个可以做事也可以不做事的小签判，真能有用？不过，官家确实看完送上去的折子后就召见了王雱。

韩琦道："应当有用。"知晓王雱那小子回京后，韩琦就动了让他入宫劝劝官家的念头，但这事儿不能由他们来安排，得由官家自己召见。因此，他就把那几封折子整理到一起送了上去。以王雱那小子的脸皮，只要让他见了官家，不愁他不在官家那儿蹭吃蹭喝。

要知道文彦博在洛阳时，与他通信时经常这样说：那小子这几天又过来蹭饭了，还振振有词地说什么“饭是蹭的香”，世上竟有无耻得如此令人发指之人；我怀疑那小子有狗鼻子，有人献了只野鸡，才炖好汤不久他便闻着味道过来了……去了大名府后，文彦博还来信感慨：那小子不来蹭饭后，我竟觉得有些寂寞，吃饭也不如在洛阳时香了。

可见这人见人烦王小雱在吃饭的时候是最安分的，只要许他上门蹭饭，吃什么他都能夸得天花乱坠。这一点韩琦也深有体会，没见他妻子每回听说他邀了王雱到家中用饭，总会开开心心地亲自去下厨吗？从小这小子碰上吃的就格外能说会道。

韩琦耐心地等待着，等王雱从官家那边出来了，才让人去把他截过来。

王雱蹭完官家的好茶好点心，心情愉快得很。听说韩琦要找自己，王雱很是纳罕，乖乖巧巧地溜达过去和韩琦问好。韩琦没和他讲什么虚头巴脑的事，开门见山地问他官家有没有用点什么吃的。

这个问题可就难了，王雱给韩琦掰着手指数他们都吃了什么点心，数完了还偷偷摸摸地凑到韩琦耳朵边说：“官家还吃得打了个嗝。”

见王雱一脸“皇帝也会打嗝哎，多稀奇啊”的表情，韩琦觉着自己下回还是别找这小子了，省得总手痒想打死他。这种事是能用来说悄悄话的吗？给别人看到了，还以为他们在密谋什么。韩琦也拿没脸没皮的王雱没办法，只能问起他灾后重建工作搞得怎么样。

开封不少人的房子塌了，大雨来后又把很多人给淋得生病了，个个都怀疑是不是瘟疫蔓延到自己周围了。王雱带着人逐门逐户地安抚与排查，百姓情绪已经稳定下来，暂且还没有出现大面积传染病的迹象。隔离区那边的情况也逐渐好转，已有得了病的人痊愈，患者们情绪良好。

韩琦听王雱这个干一线工作的人详细地报告完各方情况，心中稍安，让王雱继续忙活。

王雱却赖着不走，他有件事得和韩琦商量——关于建女子学校的事。一下子来个男女同校很多人可能接受不来，所以他的打算是先让女孩子有接受教育的机会。洛阳新校区那边，王雱已经划分出女校区域了，还没对外开放，只准备找个好时机着手招收女学生。

女子学校的老师不好找，一下子把男校那边的师资全搬过去好像不太适合，他想从宫中女官和还有太医局的女医里抠点人出来。这事儿他已经和官家说过了，经他一番讲述，官家觉得女孩子学点文墨、学点医术也不是什么坏事，点头表示乐见其成。宫中贵人需要女官和女医，难道民间就不需要了？肯定是需要的，只是她们享受不起而已。

王雱说通了官家，又来找韩琦商量，免得到时在韩琦这边卡住了。王雱先给韩琦讲了一些愚昧百姓重男轻女、溺杀女婴的事。韩琦自己搞过基层工作，自然知道王雱不是危言耸听，这种事确实是存在的。韩琦没急着表态，老神在在地听王雱接着忽悠。王雱没办法，只能继续从重男轻女延伸开去，讲到女孩的好处与各种女孩能发光发热的行当。他觉着女孩子同样有聪慧的头脑，在许多领域有着男孩子难以比拟的天赋，有的擅长算术，有的擅长诗文，有的擅长格物，若是让女孩子全都拘在管家与女红这些事情上面未免太浪费了。总之，应该给女孩子更多发挥天赋的机会。夫妻同心，其利断金！全家动员，致富不难！

韩琦听王雱还喊起口号来了，一阵无语地瞅着他。

王雱眼神里满是殷切，还用了在洛阳迎来送往时学来的口音："您觉得咋样？您看这中不中啊？"

韩琦无奈地道："中。问题就在于，你能不能劝说别人把自己女儿放出来去你说的'女校'，以及各家小娘子们自己愿不愿意到你说的'女校'去。你要是能劝好，自去做便是，你折腾的怪事又不是一件两件了。"

王雱一次性打通两边关节，愉快地跑回去开封府衙忙活了。

天气日渐晴朗，消毒工作和重建工作都有条不紊地进行着。王安石和司马光那边取得了禁军的配合，举办了一场许多家属并不情愿参加的火化告别仪式，把原本停灵等着下葬的遗体一一火化。这还是义海和尚那边带来一批僧人，宣扬一番"火化免受万虫噬体之苦，早登极乐西天""高僧火化方得舍利子"之类的思想，才使得许多怎么都不愿意将亲人遗体火化的百姓接受此事。

事实上，这时候在佛教文化盛行的两浙地区，许多百姓都会选择火葬，佛寺之中也设有"化人亭"。为此，朝廷诸官多有非议，多次提议官家设法禁绝，因为焚毁躯体这种极其残忍的做法是不被儒家学者接受的，他们觉得极其残忍，极其不体面。

王安石解决了这事儿，亲自去见了暂时与他们一起留在隔离区内的义海和尚，当面向他致谢。义海和尚并不居功，悯然道："我佛慈悲。"

王安石与司马光这边解决了遗体之事，松了口气，开始齐心协力将隔离区内的各项事务收尾。这时候，他们组织百姓举行火葬仪式的事也传到了外头。

台谏诸官耳闻此事，顿觉王安石和司马光身为饱读圣贤书的朝廷命官，竟公然提倡火葬，这怎么使得！祖宗礼法不要了吗？文人体面不要了吗？这被实施火葬的人之中，还有一些染病身亡的读书人呢！

台谏的人撸起袖子准备参一本，但御史中丞韩绛没参与。韩绛乃是韩宗师的父亲，对韩宗师的同窗王小状元了解得很。韩宗师这人有点儿迂，还不爱说话，回到家聊得多的便是他这个同窗。后来韩绛的差遣转到御史台那边，很快得知了王小状元的那些光辉事迹。韩绛觉着这事儿还是再看看比较好，免得喷了人家爹，王小状元又跳出来说话。上次王安石被顺嘴喷了一句，那位王小状元随手就甩出了《鄞县经验》和《青州经验》，那可是现在地方官的必读教材啊！

韩绛没等待几日，司马光那边便上了奏表，总结这次瘟疫隔离救治的各项事宜，着重表示一旦闹瘟疫，患病者遗体有可能成为传染源，必须及时处理，因此他与王安石当即决定便宜行事，赶早将患者遗体进行火葬。司马光还在后头说，这虽是事出从权，但厚葬之风确实过剩，应当提倡厚养薄葬。作为一个善治《礼记》及其相关学说的专业研究者，司马光引经据典起来没几个人能比得过，洋洋洒洒就是一大篇论文。

官家把两边的折子都看了，对司马光和王安石及时的应对是满意，把司马光的折子转到台谏那边，表示火葬之事事出有因，厚葬之风也不可长。

韩绛看了司马光这折子，觉着王小状元这一家子着实了得，他爹在地方上就经常闹出新动静，他自己是个能言善道的，而他岳父妥妥是个台谏好苗子，劝起人来一套接着一套，怕是没几个人能辩得过司马光。

不管如何，开封这场横亘在五月中旬的灾祸终归还是告一段落，随着患病者的痊愈，隔离区也渐渐被撤除，到处都有撒石灰消毒的差役身影。地龙翻身的影响逐渐散去，倒塌的房屋也一一开始重建，城中百姓勤勤恳恳地收拾着自己的家园，城外的百姓也勤勤恳恳地入城买卖农副产品。官家前些时候吃不好、睡不好，频繁服用丹药，一度只用颔首和摇头来决断公务，最近又渐渐振作起来勤勉地处理朝政。

隔离区撤去后，王安石等人也可以归家。这些日子里司马琰还是能往外递消息，但王安石和司马光不让她告诉王雱双方已经会合的事。

于是，王雱欢欢喜喜地跑去接他媳妇兼洛阳医疗队一行人的时候，远远就看到了他爹和他岳父并排站在那儿。王雱心中一惊，想要拔腿就跑，可一看，自家媳妇还在他们手上呢，要是他这就跑了，难保他岳父不会把他媳妇接回娘家。王雱只能硬着头皮走过去，一脸乖巧地搭话："唉？爹？岳父？你们怎么在这儿？离开府衙这么多天，不得回去处理公务吗？”

司马光朝着他冷笑。王雱悄悄往他媳妇身边挪了挪，试图保持安全距离。这下，轮到王安石冷哼：“躲到别人边上去做什么？敢做不敢当？”

是男人怎么能被说敢做不敢当！王雱见左右人不少，感觉他爹和他岳父不会当众翻脸，当即跑到王安石和司马光中间积极讨好。

这次事情太大，王雱再会卖乖也不管用了，司马光跟着他们一并回了王家那边，直接把王雱往书房一带，栓起门和他进行友好的交流。不，确切来说，这次交流不太友好，王雱还是硬生生挨了他爹一棍子。王安石揍了一下，见他没躲，乖乖站着挨打，反倒下不了手了，索性把棍子交给司马光。

司马光就没和人动过粗，见王雱巴巴地望着自己，心终归还是软了，把棍子一扔朝王安石冷哼：“你的儿子我可打不了。”若是没见到女儿给人看诊时的模样，没看见她眼睛里偶尔溢出的光亮，他肯定不会轻易放过王雱。可见到过女儿闪耀夺目的一面，他着实不忍心逼迫她放弃自己喜欢的事。

王安石见司马光态度松动，当即狠狠地教育了儿子一顿，大有“再犯就把你逐出家门”的架势。王安石已经把姿态摆得那么足，司马光虽然还是没好脸色，怒气却也消了大半。他对王雱说：“你要让阿琰行医也行，但不可再让她涉险。”

当时的隔离区内弥漫着一种难言的绝望，司马光没法忘记自己看到女儿出现在那儿时心中的感受。然而对上女儿坚定而执着的目光，自己又无法责怪于她。舍不得责难女儿，司马光只能和王雱约法三章。王雱当即和司马光保证这次绝对是意外，完全是因为他们自己先跑去涉险，要不是他们在里头司马琰也不会贸然进入隔离区。王雱对天发誓发得极其顺溜的模样太眼熟，司马光不免一脸狐疑地看着他。

王雱大感委屈地说：“岳父您怎么可以怀疑我？我人品可好了，从不说谎！”

这瘟疫又不是天天能碰上的，司马琰就是想再这样冒险也很难再找到相同的机会啊！换成别的病，那就完全不一样了，不能算违背誓言。王雱觉得自己当真是诚信做人的真君子。

司马光在将女儿嫁给王雱前就知道会出这样或那样的事，现在真闹出来了，自己也只能在心里叹一口气，道一句“果然如此”。司马光与王安石对视一眼，都看见对方眼底的无奈。王安石直接给王雱下了个任务：“我听说明年会开制策，你好好准备，到时回京参加。”眼看自己这一时半会儿都得在开封打转，还是让自己儿子考回来算了。

这制策考试是针对白身士子与在职官员的特殊考试，开制策试的时间不定，一般由官家亲自出题。白身士子考上了，可以和进士一样授官；若是在职官员去考则可以擢升一级。也就是说，王雱要是考过了这次制策考试，就会从原来的六品升为从五品，甚至有可能超擢为五品，正配他那身特赐绯袍。

制策考试成绩分为五等，一等二等虚置，三等才是头一等，数量极其稀少，目前也只有吴育曾经获得过三等。饶是如此，当时核定等次的人还给他扣了点分，判定为“三等次等”。得了四等，那就是通过，和进士出身差不多；若是得了五等，就算被淘汰了，自然是该干吗干吗去。

王雱还以为自己科举完就告别考试了，没想到王安石竟又找出个名目让他去靠制策考试。王雱一脸腼腆地说：“这不太好，明年我也才十七岁呢，十七岁就当五品官，太招眼了！您要想想木秀于林，风必摧之的道理啊……”

王安石冷笑：“口气真大，让你考，你就能考过了？自太祖以来，通过制策试的也不过寥寥数十人而已，少觉得自己就是天下第一。考过就能升官的试，你当那么容易？”

别人都能提“木秀于林”，王雱是没资格提的，他做的那些事哪些不招眼？哪一桩拿出去不让人又羡又妒？既是如此，那就多展现，让人知道他德能配位方是正理。

王雱听王安石这么说，稍稍放心了一些。只不过他本来准备赖在洛阳不走，若是回来考明年的制策试，怕是再不能留在洛阳了。回开封虽则人多好搞事，却还是不如夫妻两人在洛阳过小日子自在啊！

王雱见王安石两人算是把事情揭过了，灰溜溜地溜出去找司马琰说话。王安石与司马光看着王雱逃似的跑了，无奈一叹。他们也不是想拘着这小子，可是把这小子放出去，他们着实放心不下啊！瞧瞧他躲在洛阳那边都捣鼓出多少事来。

另一边，王雱回到房中找着了司马琰，上去就是把人抱怀里亲了一口，又和司马琰卖惨。他捋起袖子给司马琰看他挨了一棍的胳膊，强烈控诉他爹的心狠手辣：“我爹下手是真的狠啊，还好我以前跑得快！”

司马琰见王雱真挨揍了，心疼地拉他坐下查看那道红痕。

王雱再接再厉地卖惨：“唉，疼，真的疼，得你亲一亲才能好。”王雱等不到亲亲，唉声叹气，“口口声声说喜欢我要嫁我，连个亲亲都不肯给，真是世风日下人心不古啊！”

司马琰拿他没办法，凑近亲上他的唇，堵住了他余下那些乱七八糟的话。王雱讨要亲亲成功，顿时笑得眯起眼。

过完两个爹的关，王雱暂时算安全了，就是吴氏那边还得解释几句，但吴氏对他一向偏爱，并没有太责怪他，只给他和司马琰炖了好些滋补的汤让他们好好补补。当娘的，总觉得自家儿子在外面会吃苦，怎么看怎么觉得自家儿子瘦了。

万事皆定，王雱又被官家召见了一次。这回君臣两人一块儿用了顿饭后，内侍史志聪依时为官家送来了丹药。看到那圆溜溜的药丸子，王雱心里打了个鼓。他蓦然想到自秦始皇那个时代起，皇帝大多爱寻求长生。这长生之道各有各的求法，有的是出海寻仙，有的是饮露延寿，还有一些是相信道家秘法，认为吃个丹药可延年益寿。

丹药之中大多含有铅和汞，若小剂量服用短期内并不会有太大问题，但是，铅这种重金属容易在体内累积，很难彻底排出体外；汞，容易损伤肾脏！若是少量服用，汞可能会有利尿、泻下的功能，短时间内让人感到身体与精神变得轻快。但这种轻快绝对是饮鸩止渴，长此以往，身体将会越来越衰弱，比寻常人更容易病倒。

官家见王雱盯着史志聪送上来的丹药，秉承着关爱臣子的想法，温声对史志聪道："再去拿一颗过来。"他将摆在自己面前的丹药推到王雱面前，"这颗给你，你也服用一颗试试。"

这要换成别人肯定会诚惶诚恐地接受，毕竟这是御用丹药，一般人磕破头也求不来。王雱听了却把头摇成了拨浪鼓，连声推拒："不要，臣媳妇对臣说，道士炼制的丹药不能碰。"

官家听到这么直接的拒绝也不生气，笑道："没想到你还惧内，居然这么听话。"说完他又问王雱，"为什么不许你碰？"

王雱把椅子挪到官家身边，胆子贼大地和官家咬起了耳朵："我跟您说，您可千万别和别人提起，您得先和我保证。"

官家一点都不在意他的放肆，纵容地颔首："行，我和你保证，绝对不和任何人提起。怎么，你要说的事情不能让别人知道？"

"对的，这事儿要是让别人知道了，一准要恨上我，尤其是那些厉害的老道。我听说啊，他们信众很多，我害怕！"王雱说完了，才和官家嘀咕，"我媳妇，不是我和您吹嘘，她从小爱看医书，医术可高明了。她和我说，道士炼制丹药的时候会加铅和朱砂。铅，您应该也见过，黑不溜秋的，要是吃下去排不出来，会在肚子里越积越多，往后肚子里就会多一块黑秤砣啦。”

官家听得脸色不大好。王雱见状，闭上嘴，一副噤声不敢再多说的模样。官家看他一眼，道：“你接着说。”

王雱道：“铅不仅不能吃，也不能上脸，很多脂粉里面含铅，虽然刚擦那会儿脸会变白，但要是擦得多了，卸掉脂粉后脸就不能看了！反正我媳妇是这样说的，她就从不擦外面的脂粉。吃了有铅的药之后，人也会变得白白胖胖的，看着健康了很多，事实上和用铅擦脸一样，都是短时间看有用，长时间却有害。”官家没吭声，王雱又道，“那朱砂，就更不能吃了！”

官家好脾气地问：“朱砂为什么不能吃？”

王雱摆出一脸“我不能说，说了会被人打死”的表情。

官家道：“刚才已经约定好了，不会对别人说。”

王雱见官家这么说，一脸羞涩地凑到官家耳边说悄悄话：“这朱砂，伤肾的，我媳妇不许我吃。”

王雱臊眉耷眼的八卦嘴脸太过可信，官家听得一惊，顿时追问：“这又如何说起？”

王雱压低声音神神秘秘地和官家说：“朱砂吃下后一般会利尿，尿尿是肾管着的，这说明它喜欢和肾打交道。这就等同于肾上面有许许多多个开关，开关开了水能出去，开关关了水出不去；而用朱砂的次数多了，相当于强行把这些个开关开来开去，这样折腾指不定哪天就把它给弄坏啦。一开始只坏一两个，影响可能还不明显，等这些个开关一直坏下去，肾就不好了！”

是男人就没有不关心自己肾的，官家一瞬间想到自己这些年面对后宫时的力不从心，以及自己生下的皇子公主总是夭折。难道这丹药里头的朱砂真的会影响肾气？官家道：“这是从何得知的？”

王雱相当“光棍”地说：“我也不晓得，反正我媳妇叫我别碰，我可听话了！”他和官家说起验证的方法，“起初我也不信的，后来我们不是研究格物学吗？我媳妇就让我捉了些泥鳅，泥鳅您知道，养血补气，吃了补肾！平时它就很活泼，非常容易养活，等闲不会死。我们就拿一批泥鳅做格物实验，设三组，一组做对照，一组往水里加朱砂，一组往水里加铅，好几批人同时做。”王雱洋洋洒洒地分享完，又卖起了关子，“结果怎么样您知道吗？”

官家没好气地拍了他官帽顶子一下：“快说。”

王雱哪能抗命，乖乖往下说：“对照那一组一直活蹦乱跳的，怎么养都不死。

加朱砂那组一开始上蹿下跳，兴奋得很，大有蹦出缸子的势头，后来却慢慢变得无力，奄奄一息地浮在水面，最后都死了；加铅的话，反应就更剧烈了，没过多久泥鳅的鳃、鳍的根部和肚子都开始充血发红，也和加朱砂那组一样不安地上蹿，甚至还会抽搐，没过半个月也全都死啦。反正，我看着觉得怪可怕的，再不敢不听话乱吃了。”他见官家脸色奇差，又安慰般补充了一句，“量少的时候，泥鳅也还是活蹦乱跳的，人吃一点点应该也不会有太大问题。”

古往今来有多少人是不怕死的？不知道也就罢了，听王雱说得这么详尽具体，官家怎么能不担心？哪怕王雱用剂量来安慰他，怀疑的种子还是在官家心里种下了。他和王雱吃得饱足，等史志聪把丹药送来后也没服用的欲望，暂且搁到了一边。待王雱走后，官家心神难定，独坐许久，让人去宣太医正过来。

人到后，官家秘密将王雱所说的泥鳅实验给太医正复述一遍，让太医正分别安排几批人做一做这个实验，记录好数据送来。官家还很专业地提醒，要注意用量，最好做做不同用量的对比。

让动物试药的事并不少见，太医正一听就明白该怎么做了，也敏锐地察觉这次试的是什么药：丹药中的铅和朱砂。在民间医道一般不分家，道士身兼算命和治病等职业，但太医大部分都是经过正规考试升上来的，属于科班出身，非常有学院派的骄傲。对于官家服用丹药这事儿，太医们都很不乐意，这是对他们这些学院派的侮辱！而且，要是服丹药出了事、得了病，这笔账算谁的？还不得赖到他们头上，说他们治不好？可抵不住官家信任身边的宦官和那些牛鼻子老道。现在，可喜可贺，官家终于对丹药起疑心了！太医正按捺住心中的欣喜，一口应下官家的吩咐，回去找信得过的人捉些泥鳅来试药了！

实验一时半会不可能出结果，王雱得赶早回洛阳去。他们离京没几天，遭遇可怕瘟疫的百姓缓过神来了，纷纷去医馆或太医局拜地感谢救命之恩，还表示要立长生牌位感激救自己命的人。

太医正忙于找人捉泥鳅之余，也知晓了“玉圭客”在这场紧急防疫行动之中起的作用。同时，他还知道玉圭客其实是女儿身，乃是司马光的女儿、王小状元的新妇。

痊愈百姓之中感谢玉圭客的人最多，太医正从他们口中听到了不少关于这位玉圭客在疫情蔓延时所做的事，即便是病得再重的患者她也愿意上前看诊，丝毫没有因为畏惧染病而退却。即便有时候因为女子身份受到同行以及患者、患者家属的质疑，她亦不曾抱怨半句，只用敬业而专业的治疗回报愿意信任她的患者。渐渐地，她的镇定和认真感染了所有人，患者们的情绪逐渐稳定下来，甚至有不少人开始主动请她替自己诊治。这样温和却有坚持的性情，能让面对她的患者极有安全感，行医实在再适合不过了。可惜，她是女儿身啊。

太医正犹豫许久，想到自己进入隔离区的两个弟子归来后对玉圭客也从最开始的怀疑变为认可，想了想，写了封折子上书言明玉圭客所做的事。他同样是《医学问答录》的忠实读者，最开始知晓玉圭客是女孩的时候他也不敢置信，后来再回头去看玉圭客在每次讨论问题时细腻的思路、全面的考量，便越看越觉得这合该是女子才有的思维。更重要的是，玉圭客才十六岁！十六岁就展露出这样的天赋，便是女儿身又如何？天底下多少男医者的穷尽一生也无法达到这样的高度！

若是不能肯定玉圭客的功劳，《医学问答录》怕是会因为玉圭客这重身份而被质疑或被摒弃。同为男性，太医正太了解许多同性的劣性根了：一旦听到某个在自己所做的行当中十分出色的人是女子，他们不会去了解这女子如何出色，只会先想“这是个女子”“女子怎么可能做到这种程度”“她必然用了什么旁门左道的手段”，然后拒绝去承认这女子比自己优秀。只有玉圭客得到了足够权威的肯定，他们才愿意相信事实，继续接受《医学问答录》这个平台。这就是太医正写这封奏表的原因。

太医正的亡妻也曾是个优秀的女医，他甚至觉得妻子的天赋比他更出色。可惜只因为她是女儿身，出诊时便经常受到各方质疑，甚至连一些同为女性的患者与家属也对她表现出了极大的不信任。他花了大半生才坐上这个位置，不能替亡妻争取什么已是憾事，若是还眼睁睁看着一个好苗子和一个好平台就此夭折，死后有何颜面去见妻子！太医正目光坚定地将请功奏表写完，亲自送了上去。

官家批阅奏章时看到太医正的折子，心道难道泥鳅实验已经做完了？太医正怎的直接给送上来了？等将太医正写的折子看完了，官家长舒一口气，蓦然想到王雱那天张口闭口“我媳妇可厉害了”。原以为王雱只是惧内才这么说，不曾想王雱娶的新妇果真这么了不得，竟是连太医正都赞许和爱惜的“玉圭客”。王雱在他面前一向口没遮拦，他早知道王雱口里的媳妇叫“阿琰”。

琰，美玉也。古有圭名琰圭，上尖锐，有锋芒，以除慝，以易行。玉圭客这名里的“玉圭”，取的应该是除障碍、扫烦苛之意。官家觉得这主意应该是王雱出的，先让他家阿琰通过与曹老的对谈以玉圭客身份出现在《医学问答录》上，静待可以正式出现在人前的时机。这样一个出色的奇女子，与他的状元郎正相配。他的状元郎真是个贴心又实诚的孩子啊，明明玉圭客在这次疫情中做了这么多事，他的状元郎在他面前却只字未提，丝毫没有邀功的意思。官家这样想着，对奏表中提到的事与王雱所说的“泥鳅试药”更为信任了。他思量片刻，心中有了决断，召来他的宰执班子与他们商量封赏之事。

既是封赏，自然有封有赏，赏还好说，左右是费些财务，比较难办的是如何“封”。官家原想直接给司马琰封个郡君，可惜遭到了韩琦等人一致反对。

关于外命妇的封赠朝廷自有一套章程，一般来说朝官以上，母亲可封为县太君，妻子可封为县君。所谓的朝官，指的是官居五品以上、可以参加朔望朝会的官员。而等到官至翰林学士等职以上时方可封母亲和妻子为郡君。

本来王雱才刚踏入仕途不久，区区六品小官还是考了状元才有的，封他妻子为县君就已经算是越级了，官家还要直接封司马琰为郡君，岂不是乱了套！想想，王雱爹王安石和他岳父司马光年近四十才让妻母被封为县君，王雱才十六岁妻子就成郡君了算什么事？难道儿媳的封号直接越过两位母亲去？

听宰执一致反对，官家便让人拟了道旨意送到洛阳去。这道旨意是封司马琰为宜人，赐县君冠帔，并命人告知河南府给王雱家里送上旌表。之所以这样大张旗鼓，官家是考虑到王雱上回提到的女子学院。事已至此，官家已知晓王雱肯定会让他家阿琰起那“带头作用”，既是这样，他就帮他的状元郎一把，利用这次封赏将司马琰树立为典范。

这时候，官家这道旨意还没有引起太多人注意，毕竟只是一个县君而已，哪怕越级封赐有些逾矩，但那也是因为人家在这次疫情之中做了了不得的事。谁要是不服，就想一想那个时候谁愿意主动踏入隔离区半步。王雱这一家子，王安石进疫区，司马光进疫区，司马琰也进疫区。王小状元虽然没进去，却也在外面忙碌奔走，百官家中有麻烦时他可能还带着人过去帮忙调解过！所以哪怕许多人对司马琰身为文官家眷却在隔离区“抛头露脸”的事颇有微词，但也觉得封一个县君不算过分。

另一边，王雱带着齐齐整整的医疗队回到洛阳，与《医学问答录》编辑部以及西京的医官们举行了一次聚餐，庆祝这一次所有人都全须全尾地归来。酒到酣处，才有人提及他们之中有几个人期间都染了病，不过症状很轻，喝过药，休息了两天便好了，又重新投入到诊疗工作之中。王雱一一给他们敬了杯酒，哪怕酒的度数不高，回去时也喝得微醺。

回到房中一带上门，王雱便伸手抱住司马琰，脑袋一动不动地搁在司马琰颈窝上不挪开。

司马琰被王雱滚烫的气息弄得耳根发红，轻轻推了推他，问：“怎么了？”

王雱道：“刚才他们说染病的时候，很多人都不由自主地往你这边看。”

有的时候王雱也挺痛恨自己的敏锐，别人的一个眼神、一个动作在他眼里都像慢动作一样清晰，他可以轻易判断出对方没有用言语表达出来的意思。他知道一线的医疗工作者没有不危险的，他们接触的是最可怕的未知的魔鬼，医术再高明也不可能完全防范住病魔的侵袭。可，这是他的媳妇啊！这是他给个亲亲都还很羞涩的媳妇，他怎么能放心她天天游走在生死边缘？

王雱没把话说出口，司马琰却明白了他的意思。哪怕答应帮她瞒下不提，其他人提起医疗队有人险些病倒时还是不由自主地把目光转到她身上，以王雱的观察力自然能一下子想明白事实——当时染病的人里有她一个。司马琰道：“当时已经讨论出药方，不严重，喝了药就好了。”

王雱不是需要宽慰的人，很多事他自己就能想明白、调节好。他耍赖般多抱了司马琰好一会儿，又和司马琰讨了个亲亲，才拉着她一起去洗漱。两个人躺到床上时，王雱又伸手去环住司马琰的腰，把人给圈到自己怀里，小声嘀咕自己刚才把人紧搂在怀里的感受：“媳妇啊，平时你胸前看着平平无奇，没想到已经发育了哎，还发育得挺好。”

司马琰抬眼瞪他。要是十六岁都还没发育，那不得开始担心了！

王雱最喜欢看他媳妇瞪眼，觉得能撩得平日里文静的媳妇瞪自己是莫大的成就，顿时喜滋滋地往司马琰唇上亲了一下：“睡觉睡觉。”

接下来几日，王雱要去重新捡起府衙的活儿，司马琰也得接着审稿子，时不时带个实验。自从玉圭客是女儿身的消息传出去，编辑部收到了不少质疑的声音，甚至还有叫嚣着让玉圭客退出《医学问答录》编辑部的家伙。曹老看了这种信眼皮都没抬一下，直接扔废纸篓里。真正有能耐的人不会因为这种事跳脚，跳脚的人写的稿子大多连《医学问答录》的边都够不上，着实没必要理会他们的蹦跶。

王雱积极地筹备着女子学院的招生工作。由于官宦子弟大多去了国子监，新校区那边主要面向寒门招生，生源以农家子和富家子弟为主，还有不少免收束脩政策和由富户冠名提供的助学金，如今每个学段的生员都已经招收得满满当当。

当然，因为农业生产离不开劳动力，所以还达不到义务教育的普及程度，不少农户的诸多儿子之中只能挑选一个来念书，剩下的要么得早早参与耕作，要么得去服劳役、服兵役。寒门女子那也是不可能闲着的，她们在出嫁前大多忙着养禽、织布、做女红，甚至进城去卖鸡、卖蛋、卖花。至于士大夫家的女眷，大多都是养在深闺，只在一些特殊的节庆日出门游玩，或者由父母丈夫带着外出，见见其他女眷。

韩琦的考虑其实很有道理，别的不说，光是让女孩自己愿意上学就是个大问题。她们从小接受的教育早已浸透在思想与思维之中，很难轻易改变。但是这在王雱这儿并不算大问题，因为他早就做了些铺垫：从前他就在讲堂那边开过女子专场，包括“七天包你学会全新的绘画技巧，让你的女红图样更入时”“名厨教你掌握十道拿手菜”“你所必须知道的母婴知识”“十五岁女孩必须知道的事”等等，全程女先生对女学生，禁绝男士入内，效果非常好，很多人都愿意过来听。

毕竟这些女红技艺和厨艺很多都是家传的，等闲根本学不到！谁不想掌握一门手艺？不管是去当女使还是去做些小生意，甚至单单是想嫁个好婆家，这都是得学的！学到手艺的人，回去后免不了会和家人、邻里炫耀一番，口口相传之下知晓的人便越来越多。讲座成功开设几次之后，后头几乎不必大肆宣传，这类女子专场便已经场场爆满，还有自己带着板凳过来旁听的。

王雱只要先打出“已设立女子专用讲堂，请移步西京女子学院”的告示，很快便能引来一批职业技术培训班的女子生员。到时潜移默化地对她们进行教育，让她们意识到要是能识字、懂算术学习起来会更轻松、更高效，再推出面向女童的基础教育让她们把女儿、侄女、外甥女之类的送来，一切就水到渠成地办成了！

王雱没有犹豫，当即去和自己从开封那边讨来的女官和女医商量讲座课题，顺便把以前开过女子专场讲座的女先生也塞了进去让她们提前磨合一番。王雱正式对外宣传的当天，来自开封的及时雨也到了——

其一，司马琰被越级封为县君！其二，再晚个几天，王拱辰这个河南府知府还会亲自给她送个大大的牌匾以嘉奖她在这次开封疫情中的突出表现！

王雱毫不犹豫地把将要张贴出去的宣传布告换下来，趁着这股东风贴上他媳妇能轻松胜任的医学讲座的海报。

宣传工作进行得很顺利，司马琰开讲座当天，范纯仁他们家的女眷都过来捧场了，连被印到酱料罐子上的王拱辰见官家又是封赐又是给女官给女医的，也让家中女眷来旁听了。

这些人到了，其他人家中也赶紧选了些女眷送来。女子学院前车水马龙，动静大得很，原本不知晓此事的人见此盛景都奔走相告，叫家中妻女过来抢讲座位置。这便导致司马琰头一次开讲就要用大礼堂。

好在司马琰是见过大阵仗的人，哪怕平日里不太爱出头，临场却也镇定自若，几个女子助教维持好秩序之后她就开始搞医学科普工作。提到老本行，司马琰永远能从容不迫地侃侃而谈，还设立了互动问答环节，供女孩们问起一些平时难以启齿的问题。一些原本只是抱着来给司马琰捧场的心思的人听着听着，也觉大开眼界，到结束时还意犹未尽，相熟的那些女眷都悄悄问司马琰自己下回能不能登门请教。司马琰笑道："自然是可以的。"

司马琰与相熟的女眷走出校门，其他女眷都登上了来接她们的马车。范纯仁的妻子见司马琰站着没走，开口要她一起乘车回去，司马琰笑着婉谢了对方的邀请，抬眼望去，只见王雱急匆匆地朝她跑来。

王雱一见着人，二话不说上前拉住了司马琰的手，开始和她抱怨："刚去和师兄交接点工作，你也知道师兄那个人有多唠叨，光是训我就训了老久，害我都来晚了！"王雱噼里啪啦地说完，转头一看，他嫂子在呢，忙问好，"嫂子好！师兄他啊，就是关心我才和我说那么多，你不知道，我每每一想起师兄的教诲，心里就亮堂堂、暖乎乎的，反正，师兄待我当真好啊，我可喜欢师兄了！"

范纯仁妻子被他逗笑了，道："行，我会和他说你这么喜欢他的。"说完她不等王雱再狡辩，放下车帘让人赶车走了。

王雱脸皱成苦瓜，对司马琰说："你也不提醒我一下。"

司马琰知晓他最扛不住范纯仁这种人的思想道德轰炸，在心里偷笑，回握住王雱的手和他一起散步回家。两人路上遇到卖糖渍梅子的，还买了一袋子分着吃。

王雱这厮边吃边发散思维，对司马琰说："这个时期，国外还没有广泛种植甜菜，糖产量很低，糖价贵得跟金子似的，我觉得回头可以好好搞搞糖制品出口，多换点真金子和技术回来。"

现在，朝廷没全面开海禁，民间依然是禁止搞海上贸易的，只有拿到官府文书的商贾才可以搞这块。这时代的海关叫市舶司，负责审核出海资格、颁发出海许可，海船回来时市舶司还得负责检查有无违禁品和抽取贸易税。朝廷不开海禁的原因，王雱也大抵明白。原本可以出海的只有可以拿到文书的那批人，这些人怎么可能乐意看到别人来分这块蛋糕？不仅不能开，还要严惩走私商。这些人，当真是富得流油啊。

司马琰见王雱在那儿琢磨，问他又在想什么。

王雱道："我在想，怎么把富得流油的勋贵和相公们变得和公正一样善良。公正他爹给他起的这个字，真是太符合他的性情了，多好一孩子啊。"

司马琰一阵默然。人家曹评儿子都能跑了，你一个十六岁的毛头小子还喊人孩子！不过，曹评确实和狄咏一样是老实人。狄咏是这样的，王雱表示这事儿得干，他马上义不容辞地说“我来干，我来干”；曹评是这样的，王雱表示这事儿要钱，他马上义不容辞地说“我给钱，我给钱”。现在，这俩一个在南一个在北，都离得挺远，难怪王雱会想念他们。

小夫妻俩嘀嘀咕咕地说着话，在不少人的注目下牵着手分着糖渍梅子回了家。

第二日范纯仁又来给王雱上思想教育课，问他让司马琰去开讲座就算了，自己怎么还跑去接人。接人就接人，能不能用个车轿什么的？虽说新婚小夫妻感情好，但一路上旁若无人地牵手喂糖实在不像样。虽说，他们俩的相貌都是一等一的好，看着很赏心悦目，可也得注意一下影响！

王雱明白了：“师兄你的意思是说一些讨不着媳妇的人看了会心酸、难过又妒忌是吗？我下回会注意的。”说完他又腼腆地说，“可是我爹不许我们出门坐轿子，弄辆马车又得养马又得雇人赶车的，我那么点俸禄养不起！”

范纯仁听着王雱的话，都不知道给他什么表情好。这小子买个园子都不眨眼，还跑来和他哭穷。范纯仁没好气地赶人：“你心里有数就好，忙你的去。”后来再有人找范纯仁说“你看看你师弟”“你管管你师弟”之类的话，范纯仁一律表示“我师弟俸禄低，家底薄，穷得响叮当，没钱养马车”，然后懒得管他们了。

入秋后，太医院那边把初次实验和重复实验都完成了。实验设置方法和实验原则都是他们在《医学问答录》上学来的，实验报告也是照着司马琰以前发表过的研究论文模板来写的，严谨有序，清晰明了。

太医正把实验报告亲自送到官家那边，官家看完后一阵沉默，还亲自去看刚刚在新一轮实验中光荣阵亡的泥鳅。为了让官家查看时更加直观，太医正还同时搞了第一天、第二天、第三天等整个实验周期的对比。

看完在实验过程中不安、抽搐，甚至凄惨横死的可怜泥鳅，官家默不作声地带着实验报告走了。太医正早预留了底稿，着人送了一份投稿给《医学问答录》。虽说这格物实验是官家让做的，但辛辛苦苦做实验的是太医局的人，出了成果怎么能不发表呢？必须要发表出去，看看那些牛鼻子老道是什么表情！

太医正完成一个试药项目，成就感满满，叫人把惨死的泥鳅给处理了，剩下的那些活蹦乱跳的对照组……对这种有功之臣，怎么能怠慢了？必须慎重对待，给它们区别于其他泥鳅的待遇！太医正庄严地对项目组成员们宣布：“今晚，我们吃红烧泥鳅。”上好的热乎乎的油，爆炒到喷香的调料，香醇的料酒，浓厚的酱汁，才对得起这一缸缸肥美可爱的泥鳅啊！这做法，还是王小状元上回住在太医局时教的呢。

傍晚，在太医正家尝完了红烧泥鳅的美味，医学生们开始给导师们，哦不，太医们建议：“我觉得以后做这些格物实验还可以用兔子，兔肉好吃，冬天做涮锅好，文人们说的‘拨霞供’就是用兔肉做的。”

“鸡鸭鹅也不错，好养活，白切和炖汤都很好吃，卤鸡爪鸭脖鹅掌都可棒了。”

“我觉得鸽子也成，烤乳鸽多香。要是怕吃了上火，同样可以用来炖汤，而且个头儿小不浪费。”

“对对对，个头儿太大的，放到实验组那就太浪费了，不适合啊。这么说来还是这泥鳅选得好，个儿小，好养活。官家当真圣明啊，连格物一道都如此精通！”

太医正听着这些活泼的对话，一时不知道该说什么好。只能说，格物一学于医者而言用处当真大，上一辈的太医中可能还有不认同这些做法的，到眼前这一代人却没那么多老旧保守的想法了。瞧瞧，这都兴致勃勃地考虑起还有什么飞禽走兽可以用来做实验了。

相比这边的其乐融融，官家那边的气氛就显得不大好。是药三分毒，量多时人参可能吃死人，量少时毒药也能用来治病，即便拿着太医正送上来的实验报告去质问炼丹道士，对方怕也能巧舌如簧地揭过此事。可，若是这毒性真像王雱所说的那样会日积月累，丹药还能吃吗？

接下来一段时间里，官家停了丹药，精神有些萎靡，一度想要复用。后来想想那些在水里上蹿下跳、通体抽搐的泥鳅，他又强忍了下来。那些泥鳅没精神几天就全死了，可见吃这些东西就是饮鸩止渴啊！

官家忍到中秋，按照太医正拟定的方案调理身体、坚持锻炼，情况竟前所未有地好转。他感觉即便不服用丹药，身体也轻快多了，召见太医正来看诊，太医正说调理方子之中有帮助排出余毒的药材，往后注重饮食，少沾酒色，理当会越来越好。

别的大病太医正不敢说，调理身体乃是他们这些太医最拿手的，他们这回又铆足劲儿想让官家远离丹药，自是竭尽全力讨论出最适合官家的调理方案。这不，见官家情况好转，太医正连“越来越好”这种话都敢夸口了。

官家听了很高兴，亲自主持了中秋宴，大方地给了朝官许多赏赐。这还不够，官家还惦记着他的王小状元，留了份赏赐让人送去洛阳那边，让知晓此事的人都眼红不已。

中秋之后，新科进士们的三年任期都满了。王雱和张载等人都要接受磨勘，换个差遣干活，顺便涨个俸禄。虽则王雱不差钱，可俸禄的意义不一样，能涨俸禄肯定得积极争取啊，坚决不少要一铜板！

王雱特别好奇王拱辰给他什么样的评价，溜达去王拱辰家蹭饭，顺便想看看王拱辰把他的“三年任期评价表”写得怎么样了。他还很有自己的一套套近乎说辞：“我们都姓王，是本家来着，指不定五百年前是一家呢，您可得把我写好点！”

王拱辰就没见过这么没脸没皮的家伙。王雱在这边干了三年，他就是想往差里写也不能那么干。期间官家都亲自来了洛阳一趟，把王雱和洛阳夸得跟什么似的，过个中秋还特地派人过来送赏赐。你说谁敢瞎写？王拱辰也没避讳，直接把写好要上送的磨勘评价递给王雱，让他自己看个够。

王雱看完了，觉得很满意，不愧是被官家赐名“拱辰”的状元哪，文章写得那是大大的好。就是文科生思维太重，夸得花团锦簇的，文学修养差点儿的根本找不出重点。

王雱凑到王拱辰身边给他提意见，什么这样写好是好就是不够直观啦，什么可以量化考核啦，什么带项目可加分啦，指指点点，十分起劲。王拱辰平和地听完了，点头说：“行，我单独给你重写一份。”

王雱见势不妙，撒腿跑了。

回到家后，见司马琰在家，王雱就去和司马琰抱怨：“王知府这人啊，心胸不宽，我只是随口提了几句意见，他就要给我单独换一份考核报告。”他把自己干的事如此这般地讲给司马琰听。

司马琰听完全程，默然片刻，给出了截然相反的评价：“他没掐死你，心胸可真够宽广。”

九月一日，女子学院正儿八经地开学了，有专人在外头巡逻守卫，以免有不法之徒寻机窥探里头的小娘子们。

不少人在背后议论纷纷，什么“女子怎么能去外面读书”，什么“女子能识几个字、会算几个数就差不多了，哪用得着这般折腾”，什么“还不如把这地方腾出来招收多一些寒门士子”。

虽然外头说什么的都有，但参与过一次次新式教育讲座的年轻妇人还是把家中小娘子送了过来，许多人敏锐地意识到兴许在不久的将来，没接受新式教育的人才是异类。别家的小娘子女红、厨艺、医术多有涉猎，交游广阔、见识广博，而你一个人闷在闺房之中，不管是眼界还是性情都不如人，怎么和人比？于是，开学当天，招生名额马上满了，再来也挤不下了。

为了照顾一些无法放下工作来念书的贫家女子，女子学院也如男子学院那边一样在农闲时节开些科普讲座、夜校课程，让她们也有机会来听听课。女子学院的生员们，往后也有了个新岗位：当女先生。首先，女子学院这边需要人手，俸禄丰厚；其次，若是考不上这边的编制，也可以给私人当先生，市面上对女先生的需求还是很大的，毕竟不是谁都乐意让女儿去学院念书。这对于只能去给人当婢女、终日忙碌的女孩子来说，无疑是一条极好的出路，不仅不必被人呼来喝去，还很受人尊敬。这是她们以前想都不敢想的事。夜校的名额，也迅速报满了，都是许多从村子进城给人使唤的婢女。有些开明的主家知晓有夜校可上，大方地开了门禁让她们去上课——毕竟家中婢女全都会吟诗识字，说出去也有面子！

女子学院这番动静吸引了不少人的注意，以至于没有人去关注其他方面的改变，比如新学区面向寒门士子的教育也初见成效，不少看不到中举希望的学生正式转投格物学的怀抱。格物学让他们看到了希望，他们每天都充满激情地学习着知识，以求有朝一日吃到张载和王雱给他们画的大饼。

这一茬格物人才长势喜人，王雱每每和张载讨论起来都十分欢喜，不管什么时代，最不可缺少的就是人才啊！你说你搞个财政，数学不好能行吗？你搞个工具改良、配方改进，不懂物理、化学能行吗？小到画个测绘图，大到主持一桩桩大工程，都缺不了专业人才。

程颢和程颐兄弟俩在洛阳参观了一番，从张载那儿学到了一些格物学手段：假说演绎法、类比推理法、控制变量法、建模法、替代法等。兄弟俩发现，自己的很多想法只是“假说”，可以试着去实践一下，看看结果能不能与假说对应。如今程颢兄弟俩时不时与王雱通信，说起他们最近在搞什么新实验，偶尔还会写点失败案例和王雱探讨失败原因。王雱自然非常欢迎。他觉着程颢和程颐兄弟俩的思想只搁在哲学里太浪费，要是能用在物理上就很好。

比如说，物理狂人进了实验室立即进入“谁都不能拦着我做实验，我要睡在实验室；想什么美食，随便吃点就好；想什么睡觉，随便打个盹就好；什么丝竹之音，这么吵影响我做实验；什么香车美人，还得出门万一错过实验现象怎么办”的状态，多符合他们从《礼记》里挖出来的“存天理，灭人欲”。再比如说，

“实践是检验真理的唯一标准”，不也正合他们所说的“天下物皆可以理照，有物必有则，一物需有一理”。天才，往往是孤独的！王雱觉着程颢和程颐很有天才的潜质，若能够朝着正确的道路走下去，说不定能在格物学领域发光发热、名垂千古。

此时，江淮一带的人也看到了近几期的《医学问答录》。最近《医学问答录》上都在讨论太医正那个泥鳅实验。一来是因为撰稿人的名字和职衔太能唬人，二来则是实验结果引起了极大争议。

民间医道经常合为一家，不少道士也订阅了《医学问答录》。看到太医正在那儿大谈铅和朱砂的毒性，众道士皆是一惊，有些离得近的还聚到一块儿商议此事，最终有人赶在截稿日发了篇稿子回击，这稿子的大意是“抛开剂量谈毒性完全是在耍流氓”，并列出了一系列公开验方里的有毒药材，质问“难道你们都不吃这些药了吗”。太医正又在下一期回了一篇文章，大意是“你没病也吃药吗？”“毒物对身体的损伤是不可逆的”。经过一番辩论，虽然不少道士还是坚持己见，觉得丹药无害，不过也有人对着自己的症状在心里犯嘀咕：不会是真的吧？

有个叫陈景元的道士就隐居在江淮，他师从鸿蒙子张无梦，习老庄之学，生活很有逸趣。他正坐在院中看书，道童便推门而入，说有人来拜访。陈景元抬头一看，才晓得来的同是修道之人。他邀人坐下，一问才知道这位同道乃是来求他写文章的，说是他精于文法，定然可以驳倒那妖言惑众的丹药有害论。陈景元不甚关注《医学问答录》，原因很简单，其他道士医道同修，他却不是，他师父鸿蒙子早年是学医的，结果总用错药，不仅救不了人，还害得人家病情加重，于是改为习道学。是以，陈景元并没有从他师父那儿学来医术，甚至还被师父劝诫没有天赋千万别沾这方面的东西。

陈景元婉拒：“我不通医术，如何能写这样的文章？”

同道说：“我们把一些例子给你，你润色一下即可。我向你保证，这些例子绝无虚假。”

陈景元仍是拒绝，亲自送同道出门。等人走远了，陈景元才发现对方落了三本《医学问答录》在他的石桌上。陈景元一顿，在好奇心的驱使之下翻看起《医学问答录》来。看完太医正那篇泥鳅实验论文，陈景元忍不住又翻了一遍，对上面记录的步骤与结果深深着迷。这格物实验，着实有趣得很！陈景元呼唤道童：“去，下山帮我去买些泥鳅回来。”

这个时候，远在洛阳的王雱还不知晓他已经间接祸害了大江南北的泥鳅。

王雱正在送行宴上吃酒，这送行宴是给他和张载摆的，今年是轮到他们磨勘。王雱拉着王拱辰的手深情表白：“我当真舍不得您啊！一想到要回开封，我心里就难过，若是有机会的话，我一定和审官院那边申请再到洛阳这边来。”

王拱辰心道：可别，你小子别再来了。当然，虽然心里这样想，但王拱辰面上还是忍着揍王雱一顿的感觉，和这小子依依惜别。

不管是文官还是武官，一般都不能在一个地方长待，既然三年一任满了，王雱自然是要回京的。出发前他已给好友和同年们一一去信，表示自己回京啦，这段时间要写信的话，记得寄到京城去。

吃完送别酒，王雱第二日便带着媳妇回京去。

洛阳这边养老的人多，范仲淹他们倒不会觉得寂寞，在王雱临行前叮嘱他好好当差，不要胡闹，也不要挂念。王雱抱出琴给范仲淹弹了一曲，才上马带着媳妇走了。一路上，自然少不了吃吃喝喝玩玩，顺便在张载面前秀一下恩爱。到半路，他们还与郏亶和程颐等人会合了，都在相邻州县，又是同时出发，会撞上再正常不过。一行人回到京中安顿好，次日去审官院报到，表明自己已经在期限内回了开封，随时等候新差遣。

这几天宫中正好有喜事：十一皇女出生了。

近几个月，官家似乎对子嗣不再执着，几乎不怎么留宿后宫，这十一皇女是年初怀上的，起初怕皇嗣被害瞒得很紧，到显怀后才上报。

听到有人来报说是个皇女，官家脸上很平静，看不出多失望。自从那一梦之后，官家感觉自己想通了许多事，他越发觉得他的王小状元是福星降世，是老天怜悯他没有儿子，特意送他一个状元郎。

官家今年年逾五十，已经不年轻了，身体也不好，即便得了个皇子，又如何能看着他长大成人？即便他还能再活个十几年，生出皇子也才十来岁。便是皇子十一二岁登基，那种受制于人的艰难日子官家自己也亲身感受过，若非满朝忠臣再三请求，太后也不会那么快还政于他。若是他不幸去得早了，留下一个幼童太子，如何才能保障他将来能顺利亲政？如何保证朝中不会有人挟天子以令诸侯？

所以听到生出的是皇女，官家心里有种“果真如此”的感觉。

第二日，韩琦与诸官再堵着官家提立储之事，司马光最近刚当上谏官，也在围堵队伍中，见了官家便引经据典地列出三个皇帝不立储导致的灾祸。

官家听完司马光的劝谏，叹息着道：“宗室之中已择有贤能者，诸卿莫急。”

这是官家头一次松口，韩琦等人都欣喜不已，忙道“官家圣明”。

官家听到他们交口称赞自己圣明，心中也很是平静，看着眼前一张张熟悉的面孔，他又想到那个军临城下的梦。官家开口问司马光："元泽可回京了？"

这话题转得有点儿快，连素来守礼的司马光都愣了一下。刚谈着立储之事，怎么官家又冲着他问起他女婿了？其他人看向司马光的目光有点儿不对了——尤其是他那些谏院同僚。这司马光虽然为人清正，可是他这女婿一看就是妥妥的奸佞苗子啊！要不怎么离京好几个月了，官家还能这么惦记着他？

第九章

重文不轻武

这会儿的王雱，正在和返京的同年们聚会。他与苏轼他们上回相见也不过是迎亲时的事，再见也没有多少感慨，纷纷要吃韩忠彦的大户，因为他不久前喜获麟儿。

王雱了解了一圈，发现都是生了儿子的，兴致缺缺，直到听见吕希纯得了长女才两眼一亮。他凑到吕希纯身边大谈女儿的好，一举得女太让人羡慕了，他也想要个女儿。儿子太顽皮，不好教，不如女儿贴心可爱。

吕希纯听着都觉得自己女儿很叫人稀罕。其他人见王雱鄙视他们生了儿子，冷哼道："总比你好，女儿、儿子都没消息。"

王雱太清楚为什么没消息了，也不恼，笑眯眯地说："不急，让我爹再给我来个弟弟妹妹，要不然我媳妇生了，我娘就不好意思生了。"

苏轼等人听得一阵无语，催着儿女生养的有，反过来催父母给生弟弟、妹妹的还真没见过。

提到这一茬儿，王雱心里其实也在犯嘀咕，屈指一算，如今他娘也三十出头了，怎的生下他和小妹后就再没有动静？这再不生，那可就是高龄产妇了啊！要是接下来三年他们都在京城，可得争取让他们要生赶紧生，不生往后也不要生了，免得损了根本。生男生女都一样，生多生少也不必执着，一家人都健健康康长命百岁才是正理。谁知道辛辛苦苦生出来的会不会是个讨债鬼？

到场的都不是拘于后宅细务的人，打趣几句也就略过这个话题聊起这三年来遇上的事。虽是同一年高中，际遇却各不相同，有的去坐了三年的冷板凳，有的做了事被人抢了功劳，有的……活得格外滋润，天天闹出新动静。众人正一致讨伐着王雱，忽听有人在外面叫嚷。

"在这里！""没错，就是在这里！""走，我们一起去！"

王雱几人没当回事儿，结果猛烈的敲门声忽地从他们所在的雅间外传来，外面更是吵吵嚷嚷，十分热闹。

今儿是韩忠彦做东，他奇怪地起身去开门，却见门外挨挨挤挤的全是人，都是白衣打扮，瞧着很是眼熟，他们在国子监不就天天这样穿吗？这人群啊，从门外挤到楼下，从楼下挤到门外，一眼望去全是黑压压的人头，店家和小二想上前劝说都不知从何劝起，只能在楼下看着干着急。

这是什么情况？见韩忠彦开了门，为首的几个监生凶狠地追问："听说王状元在这儿？”这下所有人都望向座中的王雱。

王雱一脸无辜地看向身边的吕希纯：“咦？他们找你做什么？”

吕希纯：“……”

监生们左看看右看看，瞬间明白王雱在扯谎，座中年纪最小的就是他，他居然还厚颜无耻地想要让他们找错人！为首的监生当即就红了眼，朝着王雱哇地哭了出来。

王雱一脸蒙。

悲伤这东西是能传染的，哭也一样，男儿有泪不轻弹，只是未到伤心时啊！本来，他们只要随随便便混个三五年，就能顺顺当当地参加科举，然后顺顺当当地被授官，从此平步青云！但是看看现在是什么情况吧：他们每天都要刷题就算了，还要参加各种实践活动，什么下田干活啦，什么测绘算账啦，什么体能训练啦。总之，他们吃的苦头实在太多了！

《国风》上说，这些主意都是王雱给出的！最过分的是，这些事王雱他们那一届都做得特别好，他们不仅受苦受累，还得接受直讲们的精神攻击，大意是这样的：“你们是我带过的最差的一届！你看看人家王元泽苏子瞻那一届！你们是不是没带脑子来上课！”

最惨的是，他们好不容易熬到秋闱高中，可以解放了，直讲们冷笑着告诉他们：“以为毕业了就轻松了吗？我跟你们讲，高中了你们还得吃苦头，岗前培训那边也绝不好混……”言下之意可明白了，那也是王雱祸害过的地方，他们不被扒下一层皮给淬炼出铜皮铁骨，是不可能放出去当官的。王雱你自己能轻松做到就做好了，为什么要给人提意见说可以这样可以那样，有你这么祸害后来人的吗？

光是想到自己往后要一直干王小状元捣鼓出来的这些事，干不好还得见天儿被人说“你是我带过的最差的一届”，监生们就悲从中来，泪下如雨。

这哭声从楼上传到楼下，可把旁人都吓呆了。这是怎么回事儿？怎么这些读书人都对着那雅间哭啊？那雅间里头坐的到底是啥人啊？

百来个监生堵门大哭的阵仗连巡逻的差役都引来了，差役了解完情况也很吃惊，这还是平日里最爱面子的读书人吗？

对此王雱只能说，这些人怎么这么脆弱呢？好歹也没像他老师范仲淹那样，不合格刷刷刷地把你给开除了。总有给你们补考的机会，你们有什么好哭的？现在就哭了，以后可怎么办才好？人生在世，就如同逆水行舟，不进则退啊！

王雱见其他人都一脸戏谑地看自己的好戏，只能站起来安抚众监生的情绪，拍着胸脯保证自己会和苏轼他们一起回校开“春闱必中讲座”，让他们轻松应对明年的春闱。当然，还得先声明，这个必中是吹牛的，不中不要回来找他们！

监生们的情绪这才稳了下来，擦干泪各自散了。

王雱感觉自己脑门上都出了层虚汗。这么气势汹汹的声讨，可比他在洛阳时被书粉追堵要厉害多了，这开封当真是不好待啊，人实在太多了。苏轼等人见王雱一脸心有余悸，都乐得不行，又开始轮番劝王雱酒。

王雱毫不犹豫地给他媳妇扣锅：“不行，不喝了！我媳妇说了，我要是敢喝醉了回去就罚我跪搓衣板上！搓衣板你们摸过吗？一棱一棱的，又尖又硬，跪上去可难受啦！”

众人听王雱说得有板有眼，心道：没想到司马光看着温和斯文，居然会教出个这么凶悍的女儿！连跪搓衣板都能想出来！

苏轼最是直接，搭着王雱的肩膀就说：“没想到你还惧内！”

王雱振振有词：“怕媳妇的事，能算是怕吗？这叫尊重，敬她爱她，所以听她话！”

所有人都乐了，又是一番酣饮畅谈，喝得最少的人负责找人把烂醉的同年们分头送走，自己才踏着薄薄的暮色回家去。

到家时，王雱走回夫妻俩住的小院里，司马琰正坐在院中的小亭里倚着栏杆看书。秋阳西下，伊人独坐，画面显得静谧而安宁。

王雱蹑手蹑脚地走上去，隔着栏杆伸出手从背后捂住司马琰眼睛，神神秘秘地说：“猜猜我是谁？”

司马琰把书搁在膝上，腾出手想要扒拉开王雱不安分的爪子，王雱死死捂住她的眼睛不松开，非要逼她猜。

司马琰没脾气了，只能说：“……王元泽。”

王雱松了手，脸上笑眯眯：“哎哟，我媳妇猜得真准，得给我媳妇一个奖励才行！”说完，他环抱住司马琰乐滋滋地往她脸上亲了一口。

夫妻俩闹腾了一会儿，王安石那边的人过来说他爹找他过去，好像是亲家来了。王雱一听岳父来了，下意识变得规规矩矩，连腰板都挺直了不少，麻利地溜达去王安石书房那边。

司马光过来，自然是因为白天的事。

白天官家问他王雱有没有回京已经够让他谏院同僚侧目了，结果快下衙时外头又有消息传来，说王雱与同年们相聚宴饮，不知怎的消息传了出去，引得休沐中的国子监监生齐齐拥了过去，堵在包间门口号啕大哭。用老臣们的话就是:“成何体统！”“像什么样！”“有辱斯文！”

同僚们边骂还边用眼梢子看他。司马光对谏院这份差遣是很看重的，他觉得这是非常适合他的地方，很想在谏院闯出一片天，所以很不希望自己和同僚闹得水火不容。所以，司马光过来就是和王雱打商量：你能不能多干实事，少弄这些虚头巴脑的东西。

王雱听明白了岳父的意思，就觉得自己很冤枉。这次可是监生们自个儿找过来的。难道大家一别三年，难得齐聚京城，还不能一起喝个小酒了？

替自己辩驳完了，王雱又给他岳父展望谏院未来：谏院，起劝谏作用，最好不要是一言堂，政见越不和越好，互撕越猛烈越好，真理往往是越辩越明的，要是台谏上下一心，指哪儿打哪儿，哪还能起到它应有的作用吗？不能的！

王雱很是有理有据：“所以哪，您就不要问‘微斯人，吾谁与归’，只管做您自己认为对的事就好，孟子是怎么说的来着！我记得好像是这样的：如果我觉得这事儿在理，即使有千万人阻拦我也会去做！”他还好心地劝导他岳父，“对于那些不理解您的人，您也不要放在心上。孟子还说过，人品道德不是一天两天养成的，有的人你不要对他有太高的期望，更不能强行要他们一下子明白过来，否则的话就会像揠苗助长一样，不仅不能让他们变成有人品有道德的人，还会——”

司马光额头青筋都被气得一鼓一鼓的，说：“行了，我读过《孟子》，你不用给我引经据典！”敢情他这意思是，别人要是指责他，就是没人品没道德了？孟子要是泉下有知，怕是要被这巧舌如簧的小子给气活了！

王雱研究过了，能说会道是这个时代最安全的做法。不管面对谁，只要你会说，只要你能占理，你永远屹立于不倒之地。比方说，断案，那也是谁辩赢、谁让上头信服就听谁的，毕竟不管什么时候法律都不可能毫无漏洞。了解律法，你可以辩倒大部分人；了解被封为道德圭臬的经义并灵活运用，你完全可以辩倒所有人。扣大义帽子、搞道德绑架，多简单的事情啊，他可以一口气列出十条不带喘气的。王雱苦读经义十几年，为的就是活学活用。不过看到岳父脸色有点儿黑，王雱觉着吧，自己还是乖巧点好，毕竟是他媳妇的爹，他未来孩子的外祖父，万一气坏了自己上哪儿赔去？王雱郑重地向司马光承诺，除非有人自己找上门，否则他绝不轻易动用道德武器！

司马光感觉总有一天，他会亲自上书弹劾这个女婿。翁婿不和这种事也不是没有先例的，如富弼就是晏殊女婿，但富弼曾经当着官家的面指着晏殊大骂他是奸佞！想到自己只有一个女儿，女儿还被王雱这混账小子哄回家了，司马光心里就堵得慌。他看向王安石，意思是“你管管你儿子”。

王安石手里拿了本书假装在看，一脸“这书真好看啊”的投入，仿佛完全没接收到司马光的眼神。

司马光心里骂道：这对混账父子！良好的教养让司马光憋闷得很，连训人都训不痛快。

王雱见好就收，没再刺激他岳父，只是兴致勃勃地拉住司马光的手说：“岳父你来都来了，不如我们今晚来烧烤吧，正好让阿琰也见见您。对了，岳母一个人在家不好，我去把她接来！”

司马光还没来得及反对，王雱已经一溜烟地跑了。王雱先去让吴氏和司马琰帮忙准备好木炭和食材，自己出门请张氏去，为了省时他还在附近租了辆马车，亲自赶着去司马光家接人。

张氏正在家做着女红呢，听到身边差遣的人说王雱来了，心中讶异，忙放下手里的活迎了出去。王雱和张氏说了自己的打算：“今儿天气凉爽，岳父说准备在我们家烧烤，让我来接您一块儿去！”

张氏哪会听不出王雱又在瞎闹，在亲家家里烧烤这种事岂会是她丈夫能做出来的？可张氏最喜爱王雱这个女婿，当下便收拾收拾随着王雱出了门。

见王雱要亲自赶马车，张氏道：“怎么不雇人赶车？”

王雱道：“还是自己来最好，还省钱。我跟您说，君子六艺乃是‘礼、乐、射、御、书、数’，其中的御就是赶车。所以想要当君子，赶车也是要精通的。”

张氏听王雱说得头头是道，便被他扶上车。

一路上，王雱还继续给张氏科普：“这学赶车，古时还有许多讲究，比如有五驭之说，也就是‘鸣和鸾，逐水曲，过君表，舞交衢，逐禽左’。这‘和’‘鸾’是挂在车上不同位置的两种铃铛，行车时让它们有节奏地应和，是驾车的技巧之一。您看看我今儿租的这车，好像还真挂着两个铃铛！”

张氏坐了这么多年马车，还是头一次注意到这些事，不由笑道：“还是你懂得多。”

王雱一路给张氏讲完了“五驭”，马车也行到了家门口。烧烤架设在亭子边上，司马琰和吴氏已经备好炭火以及一串串的肉类和蔬菜，烧烤叉和烧烤架都是王雱在家时叫人打造的，量很足，两家人一起闹腾完全够用。

司马光脸色虽然不大好，但还是捋起袖子和王安石一起串鸡翅。这是王安石带的头，王安石照搬王雱的话：“吃烧烤的乐趣就在于大家一起动手。”

见王雱真把张氏带来了，司马光脸上还是臭臭的。王雱一点都不怕他，屁颠屁颠地跑去和他爹、他岳父一起忙活。月色正好，给一串串食材涂上蜂蜜，抹上调料，你一下我一下地翻动着烧烤叉，浓浓的烧烤香很快越过院墙飘散开。

外头有人经过时忍不住驻足，吸着鼻子嗅了嗅，暗骂：大晚上的，这王介甫怎的弄这么香的东西！不知道别人闻到会馋的吗！

两家人就着清淡的果酒吃着烧烤，连最为严肃的司马光也放松下来，感觉这样的日子着实愉快。到散场时，王雱又亲自赶车送岳父岳母回家，路上遇上相熟的人他都乐呵呵地和人打招呼，一点都不觉得自己赶车有什么好害臊的。

第二日司马光去谏院，人人都晓得了司马光夫妻俩跑去亲家家里吃夜宵，还让女婿亲自赶车送回家！哪怕谏院里的人都觉着王雱这小子需要密切关注，也羡慕这个别人家的女婿。

司马光夫妻俩只有那么一个女儿，嫁出去了家里难免会冷清，可有这么一个女婿的话，平日里怕是也不会寂寞——便是自己生的儿子，约莫也没人家王小状元这么孝顺。

官家昨日从司马光口里知晓王雱回京了，这天处理完公务便宣王雱入宫见面，君臣俩聊聊天散散步，转眼又到了晚膳时分。

饭桌上，王雱又兴致勃勃地和官家说起昨晚烧烤的事，他岳父的脸色是真的臭，这要不是他岳父，他才不哄着。他这岳父什么都好，就是性情太严肃了！

官家想起司马光引经据典劝他早立王储时的模样，约莫能想象出司马光臭着脸时是怎么样的了。听王雱说司马光强忍着揍他的冲动肩负起刷蜂蜜的重责，官家乐得不行。这大概也算一物克一物吧，司马光那个人太一板一眼、注重礼法，所以老天给他挑了这么个女婿。说着说着，一顿饭也快吃完了。

王雱见没人再给官家送来丹药，心中稍安，起身陪着官家散步消食，和官家说起那近百监生堵着门找他碴儿，结果还没开始骂他就自己先哭了起来的事。

王雱老气横秋地叹气：“这些年轻人哪，就是经的事太少了。”

官家乐道：“你自个儿才十六岁，还叫别人年轻人。”

王雱道：“岁数不算，得按入门早晚来，我可是嘉祐二年开始给您当天子门生的！”

陪官家散步到夕阳西斜，王雱才出了宫。这夜官家一夜好眠，精神前所未有地好。第二日，审官院正式开始处理今年的磨勘文书。一般来说，如非特殊情况，各地的长官都不会在磨勘文书上评价“差”，所以往年这些文书都千篇一律，没什么看头。审官院的官员们把一个个评价给记录下来，评价特别好的也分类摆到一边，回头这类人要重点考核，瞧瞧是真干得好还是假干得好。

文书看得多了，审官院内弥漫着一股子昏昏欲睡的气息。没办法，这些文书着实太官方了，有时候涂掉人名改成另一个也不会觉得有哪里不对。往年有过磨勘经验的人甚至还能挑出好些个照搬前几年磨勘文书的抄袭懒货。

忽然，一道声音突兀地在审阅文书的直舍中响起："你们快来看看这篇！"

众人审核文书时最喜欢的就是这句话，这意味着有人发现了有趣的东西，可以提提神解解乏。此话一出，其他人齐齐围拢过去，好奇地问："怎么了？你又发现了一个苏子瞻？"

那苏子瞻在蜀中养猪，养得那叫一个有声有色，宋祁给他写磨勘文书的时候也写得绘声绘色，十分生动。隔着纸张都能听到猪崽哞哞叫、闻到腊味处处香。所有人都传看过苏轼的那份磨勘文书，觉得心情愉悦，看着就开怀，甚至还想托人代购几条蜀中火腿。

"倒没有苏子瞻那份那么有趣，"喊人的审核官员道，"你们看看这文书，列个表格，给出各项指标，做了什么、成效如何，一目了然，若是所有人都写成这样倒是省了我们不少工夫，核实起来也方便。那些个写得似是而非试图蒙混过关的人，这么一整理的话可就无所遁形了。"

众人轮流看过那份磨勘文书，又把另一份"对照版"拿起来看。哪怕众人对王拱辰颇有微词，却也不得不承认王拱辰文采过人，这份磨勘文书写得非常精彩，完全能体现王雱是个德能勤绩全面发展的干才。可是即便王拱辰已经写得这般好，还是比不过刚才那一目了然的版本。

有人眼尖地看见文书底下附着的一行小字："此文书写法乃是吾之签判王元泽所提，小试一番，恐不周全，故将原稿奉上。"

看到王拱辰那句"吾之签判"，众人都觉着这老王有点儿占人家王小状元的便宜。可仔细一想，这说法好像又没错出，王小状元今年确实在他手底下当签判来着。这王小状元着实是人才啊，有想法，也敢提建议。王小状元要是提出拿别人开刀，肯定会引起众怒，指不定得被人套上麻袋打几顿，可他这是拿自己开刀。

审官院的官员们一致觉得，王小状元真乃清正刚直的栋梁之材！而这王拱辰，当真是阴险狡诈之徒！看看，按照王小状元的建议给写了个新磨勘文书，还得在底下标注"意见是王家小子提的和我没关系"并把原稿也一并送来，生怕别人说他标新立异、哗众取宠。果然就是既想标新立异、哗众取宠，又不想担责任！真小人也！

审官院诸官有志一同地唾弃着王拱辰，很是心疼王小状元：这半年王小状元在那王君贶手底下做事，也不知道有没有被他下绊子穿小鞋——毕竟，在王小状元三元及第之前，他才是大宋最年轻的状元郎！

闲着也是闲着，审官院上下决定印刷个几百份模板，把今年收到的磨勘文书给整理整理。他们准备上报这件事，但是只与宰执他们提起建议是王雱出的，对外则宣称乃是从王拱辰送上的磨勘文书得来的灵感。这话可不是谎话，确实是王拱辰送上的没错。

韩琦收到审官院的反馈后，仔细拿出模板一看，这量化考核表还真够直观，一眼就能看出每个人都做了什么。真假也很容易查证，拿着表下去调研一下便知道了。再听审官院那边说明模板来源，韩琦眉头直跳，又是王家那小子！

这量化考核是得罪人的事。想想，许多关系户下基层只是为了混个资历，哪会真正去办事？有很多都是挂个职领个俸禄，自己天天吃喝玩乐！

虽然这做法没范仲淹当初那么凶残，可在某种程度上也算是范仲淹当初那种选官制度的变种。果真是范仲淹的学生、王安石的儿子啊，胆子就是大，偷偷摸摸地想改变选官流程。

韩琦当初也是庆历新政的中坚力量，但他手段圆融，做事周全，没像范仲淹那样得罪一大批人，是以现在也被起复为相。对这种有利于朝廷的改革，韩琦还是支持的。

听到审官院明示暗示“不如我们让王拱辰背锅”，韩琦非常赞同，愉快地和审官院一把手说道：“王学士果真见识广博，竟能想出如此良法。若能推而广之，贤愚良庸一目了然，着实高明啊！”

审官院一把手听了也大为认同，跟着夸起了王拱辰。

磨勘选官除却顶头上司的评价，还需要参加审官院的考试，到时官家甚至会亲自到场出题考核这些国之栋梁，因而王雱他们都积极筹备着这一轮的考试。

谁都没想到，今年审官院的考试有点儿特别：他们先给每个“考生”发一张量化考核模板让他们自己填写；填写完毕之后，审查员评审团会根据表格上填写的内容给他们提相关问题。这就等同于让考生自己给自己出题了，你要写些自己根本没干过、不精通的事，评审团一个问题把你问住，你这次选官就考砸了，得坐冷板凳去。

发下模板之后，审官院的官员还煞有介事地和即将面临转岗考试的考生们感慨：“此法乃是知河南府、西京留守王学士所提，不愧是状元之才，思虑果真周全至极。”被审官院这一手砸晕了的考生们听到这话，心里只有一个念头：天杀的王拱辰！

王雱也有点儿措手不及，没想到王拱辰还真把这量化考核表弄出来往开封送了。这下好了，这一届的转岗考生都知道王拱辰干的好事了！

王雱顺顺当当地把试考完了，跑回家和他爹说了这事儿，摇头感叹说：“可见人心胸不宽是会出事的！”

王安石听完王雱都干了什么，一下子明白审官院那边决定把责任往王拱辰身上推。不过庆历新政牵扯到不少人的利益，王拱辰是非常反对新政的，为此还一力喷走了不少“君子党”，瓦解了范仲淹的新政班子。现在，王雱干的事让他背背锅，似乎也没什么不妥。可把这样一项新法挂到王拱辰名下，不知会不会有人觉得讽刺！

王安石道：“你也管管你的嘴巴，别什么话都往外说。”

王雱一口应下：“我晓得的。”他可是从不乱坑人的，每次都得等接触过后有了充分了解，才把精挑细选的锅扣到别人身上！而且这事儿，他原也没想着往王拱辰身上推，将来让他爹或者他自己去推行也是可以的，当时和王拱辰提那么一嘴完全是因为觉着那磨勘评价不实用，规规整整做成量化考核表多好，直观明了！

王安石道：“我猜不用等到明年开制策试，今年审官院就会给你在京中挑个职位。”

这件事王雱其实已经心中有数，他还查阅了自己有资格争取的官职，悄悄走了个后门，找韩琦暗示自己想要某某官职。那天韩琦狠骂他一顿，把他赶走了，按照王雱丰富的走后门经验，这事儿十有八九能成。

六品官适合的差遣就那么几个，王雱相中的是都水使者。顾名思义，管水的，可以统筹规划大宋各项水利工程，这职位和他专业对口啊！王雱带着他的测绘本本，带着他的团队名单和韩琦讨这职位。毕竟安排一个六品小官，韩琦还是有资格的。

新差遣还没下来，王雱每天在家逍遥自在，要么和媳妇腻着，要么出去和好友们聚会，日子过得很快乐。没过几天，选官结果下来了，王雱原本觉得十拿九稳的都水使者居然没到手，反而给封了个枢密承旨！承旨的意思是，官家有个什么旨意你得帮忙转达，官家要接见大臣搞大阅兵你得陪在左右。这是个仿佛为天子近臣量身打造的职位。可问题是，枢密承旨一般都选武官来当，没听说会选文官的啊！

王雱接到旨意时有点儿蒙，心里大骂韩琦不厚道，堂堂宰相连个都水使者都不给他争取！王雱这人是典型的你越宽纵他他越蹬鼻子上脸，压根儿不想想他和韩琦非亲非故，韩琦根本没义务替他争取什么。这厮毫不反省自己的得寸进尺，反而越想越气愤，当场写了封信去控诉韩琦的冷酷无情，一点都不关爱自己看着长大的晚辈，“您还记得您当年对我的谆谆教诲以及送我一方端砚，祝愿我将来君子端方、大展宏图吗”！

韩琦收到王雱让人送来的谴责信，鼻子都险些气歪了。这小子打小就狡猾得很，讨走了他最喜欢的端砚，还逢人就说他教了句“小杖则受，大杖则走”。现在见走后门不成了，居然还好意思地和他提这个！

韩琦回信把王雱骂得狗血淋头，最后才和王雱透露这事儿不是他决定的，是官家亲自改的。左右都是六品官，这么改也没犯什么忌讳，完全没问题。至于文官武官，那也是不必拘泥的，没见枢密使都是文官多吗？只有狄青一个异端！王雱收到回信，一下子明白了是怎么回事儿，官家是想经常留他蹭饭啊！当真是仁爱之君！

见韩琦提到狄青，王雱也想起这位将军来了，听说熬过一场大病之后，狄青的腿脚就不好了，弓马再不像从前那样出色。去年他被接回京城筹备武学，今年武学已经正式开始招生。狄咏去了南边后，狄青便修修兵书、教教兵法，日子过得还挺充实。王雱琢磨着去枢密院也好，偶尔也能去武学看看狄青，见识见识这时代的军校。

接受了自己的新差遣，王雱马上要走马上任，去当官家身边的承旨了。说是枢密承旨，他才去枢密院报了个到，上头就打发他去官家身边当值。值得庆幸的是，王雱现在才六品，还没资格早朝，不必和朝官一样在朔望日早早起来去上朝。而且枢密承旨不止一个，他们还可以轮值，不必天天拘在御前，自由空间还挺大。

王雱很快适应自己的新差遣，在御前是绝对的贴身小棉袄，官家需要什么他都能第一时间奉上。感觉累了，他还和官家求了张椅子坐到旁边看官家处理政务；看久了，他还拉官家出去散步放松眼睛，一边走一边说：“您每天都要看这么多折子，真累人啊！”

官家道：“算不得辛苦，早习惯了。”

王雱知晓官家十一二岁就登基，一开始虽然是垂帘听政，但该学的还是会有人逼着他学，所以等同于他十来岁就当了童工，一份工作一干就是几十年！王雱是个喜欢变化的人，从前哪怕在别人看来是个“残废”，他也不愿像个被人同情的废物一样龟缩起来，该争取的他会毫不犹豫地去争取。只可惜皇帝这工作，除非死亡来临，否则一般是不能换工作的。王雱很同情官家，陪在御前十分尽心，散步、弹琴、微服私访，他都干得兴致勃勃。

这君臣二人越相处越亲近，有时候连翰林学士的工作都给王雱给揽了去。比方说，以前都是欧阳修给官家读《国风》，如今王雱成了“王承旨”，官家便爱听他讲，毕竟王雱不仅读文章，还洋洋洒洒地发表自己的见解，有些见闻让官家听了觉得大开眼界。虽然当了大半辈子的皇帝，但他去得最远的地方竟只是西京洛阳，所见所闻的也不过是大臣们在折子里写的内容而已，连杂书都不允许多看。

王雱得知官家这空白面之后，见天儿悄然夹带一些闲书杂书给官家看，还贴心地给它们贴上折子封面，这样一来其他人就不会知道到官家在看什么。要是左右人少，又都信得过，王雱还会直接帮官家把内容念出来，免得他一天到晚看字，那太伤眼了。而即便不是特别精彩的话本或者游记，每每经王雱一讲也会变得趣味盎然，仿佛自己也身临其境一般有趣而真实。官家年过半百，还是头一回偷偷摸摸地干这种坏事，感觉很刺激，很不错。

王雱这边教唆官家偷闲，另一边的王拱辰终于也知晓了选官考试那天发生的一切。回到家后，王拱辰心口还是阵阵发闷，堵得难受。这小子都走了，怎么还有锅扣到他身上来！早知如此，就不该写第二份磨勘文书！

王雱给官家夹带杂书、讲风土人情故事的事做得神不知鬼不觉，在长达一个月的时间里都没人发现，因为官家处理公务的效率不仅没降低，还因为劳逸结合而有了突飞猛进的提高。直至一个月后的某天，王雱带着糊好的“折子”先去枢密院那边签了个到，迎面遇上顶头上司、枢密使宋庠。

宋庠与王雱也算有些渊源，小时候王雱还救过他弟弟宋祁的儿子，长大后又和他侄子宋佑国是同窗。现在他俩算是同一个部门的同僚，王雱遇上了自然得上前见礼，和上司套套近乎。结果好巧不巧，他没藏好的、厚厚的“折子”掉了出来。

宋庠一瞧，觉着这大小、厚度不太对，叫王雱拿给他瞧瞧。王雱这边心知不妙，一时没想出如何搪塞过去，当机立断地指着一个方向说：“咦？韩相公怎么到这边来了？”

宋庠转头看去，只见那边空荡荡的，没见到半个人影。再回过头来，王雱已经揣着他的“折子”溜之大吉。

今儿王雱似乎流年不利，他刚从宋庠那边逃出生天，一转弯又直直撞上个陌生官员，这回是结结实实地把人撞了，对方年纪还不小，瞧着差不多都六十几岁了，可把王雱吓了一跳，忙乖巧地扶着对方问："我没撞坏您吧？您有没有哪儿不舒服？"

这时啪的一声，那本"折子"又掉到了地上。这回王雱没来得及把它及时捡起来，反倒是被他撞上的年老官员弯身将它拿到手里。

这官员神色沉稳，看着是个寡言之人，面相有点儿凶凶的。官员慢腾腾回了王雱的话："我没事。"然后，在王雱心虚的目光中翻开了那本"折子"，轻轻松松看见里面是如何别有洞天的：折子封皮一打开，里头便是一篇序文。

序文这东西，一般会概括此书讲了什么故事，这本薄薄的书大意是这样的：一个年迈的白须老员外娶了个别人府里出来的小夫人，小夫人却恋上了店中年轻主管，年轻主管为避嫌辞工而去，小夫人郁郁而终，变成鬼都不忘去找年轻主管……

王雱在撒腿就跑和等会儿再跑之间犹豫不决。

这话本字数不多，王雱是看过的，内容还挺符合大宋士林价值观的。男主角张胜意志坚定，完全没有被美色腐蚀。但是既然有美色，那自然有一点点的风月描写，对的，就是一点点，远远没有《金瓶梅》那么丰富。就是不知道这位老先生是在哪个岗位工作的，作风严不严肃，痛不痛恨涉黄书籍。眼见自己的《张主管志诚脱奇祸》还在对方手上，王雱决定先试探试探："您也是枢密院的吗？我怎么没见过您啊？"

对方睨他一眼，淡淡道："御史中丞赵概。"接着，赵御史说出了另一句更令王雱绝望的话，"我认得你，王小状元。"

但凡在台谏的人就没有不认得王雱的，这小子着实太招眼了，谁想忽视他都不行。谁家这么个半大小子，能见天儿在官家身边晃悠，一个月里有一半时间陪在御前的？这种属于"近臣"类别的年轻人，台谏一向盯得很紧，免得他唆使官家干点什么。

王雱一手扶着赵御史，一手试图拿回自己的"折子"，口里乖乖认错："我知道错了，不该把闲书带来当值，赵爷爷您能不能当没看见？"

听王雱张嘴一个"赵爷爷"，赵概都被惊到了，他可没这么个能闹腾的孙子！赵御史道："我先收着，你自做你的事去。"

王雱见赵御史看着严肃得很，又是御史中丞，不敢再求情，灰溜溜地跑了。

赵概把王雱的"折子"收了起来，往前转了个弯，迎面碰上宋庠。赵概一向不多言语，颔首算是打过招呼，径自回了御史台。

王雱跑去官家身边当值，忧心忡忡地和官家说起自己被赵御史收缴杂书的事，担忧地问官家："您知道这赵御史吗？他过两天上朝时会不会骂我啊？我觉得他看起来有点儿凶，和我们胡先生差不多。"

官家回忆了一下赵概的为人，说道："应当不妨事。"官家对赵概最深的印象就是据传欧阳修与赵概有点儿矛盾，但欧阳修被贬滁州时只有赵概站出来替他辩驳，请求朝廷让欧阳修官复原职。赵概这人公是公，私是私，刚正不阿，很适合在御史台任职。

王雱听完官家的话，更加担心地说："那他岂不是十有八九会弹劾我啊？"

官家乐道："反正你被弹劾也不是一次两次了。"他就没见王雱真正害怕过。

这小孩完全是初生牛犊不怕虎，什么事都敢干，什么话都敢说。即便台谏当真弹劾此事，那也不会找王雱的麻烦，而是追着他劝谏。对此官家也已习惯了，有王雱这小孩陪着一起被喷，他还挺乐意的。

王雱提心吊胆地等了两天，发现朝会时没什么动静，弹劾折子也没送到官家面前，顿时放宽了心，又开始偷偷摸摸地给官家捎书了。君臣两人每天愉快地讨论着话本剧情或者某地的风土人情。

到休沐日，王雱偷偷摸摸溜去赵御史家拜访。帖子递进去后没多久，门房便出来引他入内。初冬天气还不算太冷，赵概坐在凉亭里看书，听到有人进院子的动静，搁下书看向被门房引着进来的王雱。这王小状元长得着实出众，随着年岁渐长，越发地俊秀不凡了，难怪许多人都把他当自家子侄一样喜爱。

王雱谢过门房，上前向赵概问好。他余光往桌上一扫，惊了一下，这不是他被没收的那本"折子"吗？难道赵御史是想仔细看完了，尽职尽责地挑出违禁内容再上书弹劾他？

赵概见王雱瞅着桌上那本"折子"，向来严肃的脸庞上带上点笑意，道："坐。"

王雱坐下，见旁边有个煮水的炉子，顺手便盛了一壶水去烧着，准备给赵概冲一杯茶缓和缓和气氛。

赵概看着王雱忙活，等王雱把水架到了炉子上才开口："好好的休沐日，不去与你友人们聚会，来我这儿做什么？你可知道朝官不能随意和台谏诸官往来？"

王雱理直气壮地说："我还不算朝官，朝官至少得五品！我这样的只能叫京官，而且就是六品小官，每天只负责跑跑腿、传传话而已。"别看王雱年纪小，他可是熟知律法和各种官场规则以及潜规则的，王雱道，"我这几天吃不香，睡不好，天天怕您弹劾我！所以要是不来一趟，我肯定得瘦个十斤八斤了。"

赵概知晓王雱的狡辩能力，开口道："这书我先放着，不会和别人说起，往后你少干这样的事。”

王雱听了，顿时安心了，虽然还是觉得被人拿了个把柄，不过没有献不出的殷勤，只有不够狗腿的人！他麻溜地给赵概煮了杯热腾腾的茶，兴致勃勃地和赵概品评起他家香喷喷的茶来。

赵概喝完王雱送上的茶，感觉喝着比平时香，也不知是因为王雱泡得好还是因为王雱夸得好。他留了王雱两盏茶，便赶王雱回去了。不管京官朝官，与台谏往来过密都不好。

王雱回到家，和他媳妇感慨：“赵御史，好人哪。乍一看我觉得他长得有点儿凶，现在我感觉他慈眉善目得很。”

司马琰帮王雱分析：“这位赵御史与韩相公他们好像是同年。”韩琦那一年科举出来的人也很厉害，王雱祸害过的吴育、文彦博都是韩琦同年，这位御史中丞赵概也是。

这事儿王雱也记得，仔细一琢磨，他得出了一个结论，韩琦他们可能会在背后偷偷说他小话，指不定几个人聚会时会说“这小子怎么怎么难搞”，这才让赵御史决定包庇他。

王雱和他媳妇讨伐完韩琦他们还不够，第二天当值时又和官家讲了一遍，说他们都是堂堂大官，怎么能背后说人小话！他还说想到三四岁的时候曾蒙受韩琦教导，所以选官时想去韩琦那儿讨个官，结果韩琦把他骂得狗血淋头，真是一点人情味都没有。

这些话若是换别人来说，官家的感觉可能就不一样了：你这是在告发韩琦他们结党，还是在自爆自己走过后门？可这些话是王雱说的，官家便觉得这小孩直率可爱，什么话都愿意和他说。韩琦和赵概这些人官家还是信得过的，即便他们平时会聚个会聊聊天什么的，那也是同年间的正常交流，也没见他们真正铁板一块地争夺什么权势利益。至于王雱走后门这事儿，官家好奇地问：“你想要什么官？”

王雱一听官家这么问，立刻警觉地道：“我跟您说，昨天赵御史偷偷告诉我，我已经被台谏盯上了！您千万不要问我这样的话，然后给我换个官做，要不然他们一准会联合起来骂我们的！”

官家向他保证：“我不会给你换个官做，你只管说，我就是好奇，你偷偷告诉我就好。”和王雱处久了，官家在他面前直接就是你我相称，从不拘束。

王雱于是就直说了：“我一开始是想当都水使者的。”他从一旁扯过一张白纸，熟门熟路地在上头画出一张大宋水势图，和官家夸耀，“您看看，我做了可多工夫了，不看舆图都能把大宋所有的大江大河全部画出来！”

官家见王雱果真轻松勾勒出大宋疆域内的所有河流，顿时信了王雱的话，点头道：“那朝廷让你当枢密承旨，岂不是浪费了你的准备？”

王雱道：“准备怎么会浪费，眼下用不上，往后可能会用上。”他胆大包天地大放厥词，“说不定等我再长大一点，连黄河都要乖乖听话！”

官家乐道：“那行，我等你长大去把黄河驯服。”

王雱又和官家夸起现在这份差遣，虽说不能到处跑，但也很长见识，什么朝臣御前扯皮啦，各国使者朝见啦，每个季度大阅兵啦，都有趣得很。

王雱还颇为期待地说：“我听说这两年朝廷开了武学，不知道您什么时候会去看一看。您要是想去的话，可千万不要在我轮休的时候去，一定得带上我才行！要不然，我就不给您捎书看了，我可是冒着被赵御史弹劾的风险给您带书进来的啊！”

官家听他还威胁起自己来了，笑着答应：“好，过两天我带你去武学看看。”

两人约定好了，隔天再到王雱当值时官家便早早处理完公务，领着王雱去武学那边溜达。

武学那边接到通知，都振奋不已，上至教头下至生员都对官家的到来翘首以盼。

搞军校这事儿，王雱还真没多少经验，当初给曹立传授的东西也只是入门级别，后续搞成什么样全靠曹立自己发挥。因此他对这次去武学参观非常期待，早早就精神奕奕地跑去和官家会合。既然是正儿八经的巡幸，那么随行的起居院官员自然不能少。

大宋挺注重修史，起居注由起居院的人负责。只不过因为修起居注的官员一般会兼任他职，所以往往不会时刻随驾左右。还有一点比较绝的是，起居注往往“先进御，再送史馆”。也就是说负责人记录完了，要先送到官家面前让官家看完确定没问题了，再送去史馆那边存档。这表明，修起居注这事儿虽然时常能陪伴君前，同样能算是“天子近臣”，但有时其实有点儿憋屈。这也是史官共同的憋屈。

苏轼他爹因为在蜀中搞文教工作而声名大振，被朝廷征召入京授了个官，让他修史书去，结果带他的前辈们告诉他这儿不能写那儿不能写，要保留光明美好的一面，负面内容那是过不了审的。苏轼他爹回到家就挥笔写了篇文章，大意是“写史书怎么能只写好的一面，不写坏的一面呢？这工作干得不得劲，我想回去搞我们的月刊”。苏轼私底下把这文章念给王雱听了，还和王雱嘀咕：“换成我，我也不乐意去修史。”

这次随行的修起居注刚上任没几天，名为刘瑾，乃是刘沆之子。

刘沆刘相公，王雱还是挺佩服的，当初他和柳永在开封搞事时，刘沆就在开封当知府，心胸宽广得很。前几年，刘沆还当过宰相。他在相位时干了挺多事，首先就是捅了台谏马蜂窝，他觉着台谏整天挟人阴私来攻讦百官，若是有个歹心怕是会严重干扰朝政，就定了个规矩“台谏喷个两年就得外调，不能连续喷人”；其次又去捅了权贵马蜂窝，和范仲淹一样大力清除关系户；接着他还捅了一个天大的马蜂窝，表示“有的人啊，应该去贫困荒芜的地方发光发热，却走后门求近地；还有的更过分，求了近地又求入京，每年都一窝蜂地抢馆职名额，简直过分”。这可就把朝中大部分官员给得罪光了，有多少人求官当真是为国为民？能在就近的富裕地方当官，谁愿意去鸟不拉屎的地方？所以刘沆宰相没当几年就被人疯狂弹劾，各方人士连上十几道折子开喷：“这人卑鄙无耻、阴险狡诈，不能继续当宰相，要是不弄走他那换我们走！”

当时，狄青被贬陈州，刘沆上书说“这些家伙把陛下的将相都弄走了，削陛下爪牙，也不知他们想干什么”。这话又得罪了一大拨人，刘沆的官职被一削再削，狄青被调回来办武学时，他已被贬去了陈州。

范仲淹是这样的结果，刘沆是这样的结果，现实世界历史中的王安石也是这样的结果。哪怕王雱再不愿承认，也得面对这个事实：要把一棵歪得盘根错节的大树掰正，比重新种一棵树更难。因为每一根歪曲的枝干都吸收了足够多的养分，这些既得利益者不会为了让这棵树往上长而甘愿被剥夺手里的东西。

这也是所有王朝发展到一定程度时必然要面临的局面：世上并没有真正完美的社会制度，每种社会制度都会有它的弊端；而这些弊端会随着时间推移越来越明显，各阶级间的矛盾也会越来越剧烈，最终导致王朝内外交困、彻底崩溃。即便是现实世界，所有国家也仍在摸索中前进。

王雱并不是搞政治的，他也不知道哪一个方向才是真正正确的方向，他只知道谁要是拿起刀当那砍树干、剪旁枝的人，必然不会有什么好下场。既然不能砍，那就只能……想办法拉他们入伙了。

王雱抛开种种思绪，前往武学的途中抽空和刘瑾搭话，问他刘相公身体如何。

刘瑾道：“身体还算康健。”他也认得王雱，知晓他是当初提议创办《国风》的人，便多说了几句，“每个月都让我买了《国风》让人送过去，洛阳那边出的文刊也没落下过。”

王雱没想到刘沆还是这些刊物的忠实读者，非常感动，拉着刘瑾的手表示自己也想写信跟刘相公讨教讨教，不知方不方便留个地址或者帮忙转带。自父亲被贬官后，刘瑾也算尝遍了人情冷暖，闻言自是一口应承下来，让王雱傍晚或明日把信送来，他正好要让人给父亲送《国风》。

圣驾抵达武学时，武学众教头已经列队相迎，禁军在前开道，王雱很自觉地跑到官家身边，屁颠屁颠地跟着官家入内。一老一少走一块儿，知道的人看了会说王小状元真得圣心，不知道的人可能会犯嘀咕：难道官家有儿子了？毕竟这不是没有先例的事，据说从前官家曾被送出宫养了好些年才被带回去，以免在幼年被害。

当然，幸好武学这边大多是武人，有这种想法也不可能跑到王安石面前去说，否则王安石肯定要捋起袖子和他们急了：“你们什么意思，难道我这么多年是在给别人养儿子？”

狄青好歹当过两三年枢密使，有充足的面圣经验，见了官家并不紧张。哪怕一条腿行走起来有些不便，他仍是从容不迫地接驾，并领着官家一行人去检阅武学诸生。

王雱跟着官家上了检阅台，便见一个方队自左手边喊着口号行来，步伐整齐，气势昂然。官家精神一振，看着那些个穿着统一服装的武学生员，转头问狄青：“这黄绿混杂的衣裤很是特别，有什么讲究吗？”

狄青道：“这叫迷彩服。”他停顿下来，不着痕迹地瞅了王雱一眼，据实以告，“当初在广南之地山林众多，臣麾下的曹立提出可穿这种衣裤迷惑叛党。所谓的迷彩，取的是迷惑敌人之意。这黄绿交杂一则应了土地、枝干之色，一则应了木叶之色，正适合林地作战。若是要到沙漠之中去，迷彩服则应当换成土褐色。”

宋朝染色技术已经很高超，当初方洪让人召集了一批专业人士捣鼓了一段时间便把迷彩服染了出来，样式也和现在的服饰有着极大的不同，无限趋近于现实世界的军装。军装的好处就是能衬得背挺、腰直、腿长，这么一群年轻帅气的军校生齐刷刷迈着整齐的步伐从台前走过，差点儿让王雱想去弹一曲军歌。

几个方队走完之后，军校生们又给官家表演起搏击、障碍跑和骑射等项目，很是热闹。

王雱在一边看得兴起，最后按捺不住，自动请缨表示要下场去玩玩骑射。官家对王雱一向纵容，挥挥手让他好好玩去。王雱下场和人比试了几轮，武学生员毕竟比不上狄咏，比的又是骑射，王雱最在行了，一口气赢了个遍，特别嘚瑟地跑去官家面前自吹自擂："官家您看，我要是弃文从武，那也是能得个武状元的！"

众武学生员见他顶着那小身板说这种话，都气得不轻，纷纷叫喊起来："不服，再战！"

王雱一点都不觉得累，又和他们闹腾了几场，屁颠屁颠地带着全胜战果回官家身边继续炫耀："这届武学生不行哪，看来武状元还是我的。"

教头们看向自己学生的目光顿时变得不善起来。虽说这王小状元说的话很不中听，可人家确实碾压全场，你们敢喊不服倒是赢一场啊，丢人！必须加强训练！

官家见王雱满头细汗，便也不在校场里多留，又去参观摆着大沙盘的推演室。

推演这事儿，王雱也爱啊，亲自领兵打仗是不成的，对着沙盘指手画脚谁不会？王雱就能拍着胸脯保证，论指手画脚胡搞瞎搞的本领绝对没有人比得过他！王雱又自动请缨要和人比试一番。

官家见教头们脸都绿了，觉得自家状元郎特别厉害，乐呵呵地应了王雱的提议，让他和武学那边推选出来的优秀生员对着沙盘推演对战起来。比骑射都不怕，比动脑子王雱自然更不虚，王雱战术狡猾，诡计多端，三下并两下就直捣人家家门口，轻轻松松连下数城！眼看那几个优秀生员额头都要冒出冷汗了，狄青站出来喊停："到这里胜负已分，没必要再推演下去了。"王雱恋恋不舍地说："这个好玩。"多大的沙盘，多真实的作战模具啊，简直是无数男孩子梦寐以求的全套兵人模型——还是带场景的那种！一干武学生员都要哭了。官家这不是带着王小状元过来巡幸的，而是带着王小状元来砸场子的！

人见人烦的王小雱一点都没有自己特别讨人嫌的自觉，还和官家说："官家您以后可得多带我过来玩，您多看几次，也可以一起来玩推演啦。到时您就和我一组，可不能眼睁睁看着他们这么多人欺负我一个！"

武学生员：……到底是谁欺负谁啊！！！

官家对王雱永远纵容，回想一下武学这边确实整天用车轮战和王雱比，太欺负人了，于是点头应了王雱的话。

王雱在武学祸害了一番，很是愉悦，陪着官家一起回了宫，还被官家留下吃了红烧蹄髈。官家说他刚才玩骑射那么久，得吃点蹄髈补补爪子。王雱欣然在宫里蹭饭，吃完了又和官家说起新灵感："武学到底人少，检阅起来不够过瘾，要是能让各处禁军这样训练一个冬天，选些英俊出挑的凑成一个个方队接受您的检阅，那得多壮观啊！到那时，您就站在城墙上搞检阅，一个个方队从宽大的街道前整整齐齐地走过，亮出他们的长刀、长枪，威风凛凛，百姓看了一定觉着我们大宋的将士们威武非凡！”

官家一听，也有些心动。宰执们严防死守不让他搞封禅和大祀，可让禁军将士到城楼下走一遭似乎没什么问题。

王雱积极游说：“我看啊，最好是过年时搞，我听说过年时会有很多使者过来，到时候您把他们都带到检阅的地方，让他们看看我们大宋的军队多么强盛。”王雱还颇失望地感慨，“要是我的三个好友在就好了！我的三个好友您都见过的，就是曹评、曹立和狄咏，他们三个都长得英俊无比，骑着马往前一走，准保满街的小娘子都看花眼，不知道喜欢哪个才好！而且，他们的箭术都了得，让他们在使者面前玩一把骑射，那些使者绝对害怕得瑟瑟发抖！”

官家听得笑了，当即对王雱说：“主意是你出的，你给拿个章程出来，回头我与韩相公他们商量商量，看他们答应不答应。”

论起搞事情，王雱是一点都不会推辞的，下衙回家便跑回自己院子里捣鼓。司马琰看完一批稿子，见王雱在那儿奋笔疾书，不由好奇地问：“你又接到什么新差使？”

王雱当即把今天去武学溜达的事给司马琰说了，还很讨人嫌地摇头叹息：“我跟你讲，这届武学生员不太行啊。”

司马琰觉得王雱完了，继登上所有文科生仇恨名单之后，他又该登上所有武学生员的仇恨名单了。你一个文状元，跑去人家武学玩碾压，得给人家造成多大的心理阴影！恐怕你前脚一走，后脚武学教头就该给武学生员们搞特训了！

司马琰道：“要是将来这些人都入仕了，你可就成了满朝文武的公敌了。”

王雱道：“那是他们心理太脆弱。这种心理素质，怎么在朝堂上混出头？多亏老天仁慈哪，先让他们遇上我，打击打击他们弱小的心灵，将来再遇到挫折时就不会一蹶不振了。”

司马琰决定不打扰王雱搞阅兵计划了。

王雱积极地规划路线图、安防方案、突出大宋精兵强将的特训计划。没吃过猪肉，那也见过猪跑不是？从现实世界看过的阅兵大典扒拉出框架，逆推各个环节的落实过程，再捯饬成符合大宋国情的模式，完美！王雱在那儿捣鼓了一晚，都没去烦他爹。

王安石坐在房里看了会儿书，眉头跳了跳，感觉自己儿子今天这么安分，好像有点儿不太对头。吴氏从王雱祖母那边说完话回来，见王安石若有所思地坐那儿皱眉，上前问道："怎么了？"

王安石道："没什么，就觉得那小子今天这么安分，莫不是又想弄点什么出格的事。"

吴氏道："哪有你这么想儿子的？自从回京任职之后，雱儿可比以前稳重多了。"

王安石能说什么，只能脱了外袍与吴氏一同歇下。

第二日，王雱揣着写好框架的大阅兵计划回枢密院查资料。他职责比较特别，又得官家青眼，轻轻松松就拿到了最新存档，把自己计划里需要填充的地方填充完整。写完初版，他又觉得缺点什么，颠儿颠儿地跑去三馆和秘阁那边查资料。虽说王雱才是六品小官，认得他的人可不少，瞅着他跑来跑去忙个不停，许多人都在心里嘀咕：这王小状元在捣鼓什么？

富弼正好撞见王雱来回跑，回到刚开始烧起炉子的暖阁中与韩琦说了此事，怪道："他一个枢密承旨，跑三馆和秘阁那边做什么？"

韩琦也不知晓。王雱这小子的思维天马行空，等闲没人猜得出他的想法！韩琦道："他真要弄出什么大事来，总归是要让我们知道的。官家再宽纵他，事及朝政也不可能越过我们去。"

富弼点头，他也不是真担心，就是好奇而已。上回富弼回来和韩琦说文彦博弄出许多新鲜事，当时韩琦就和他提了句："你怎么知道一定是宽夫弄的？"富弼觉得如果文彦博是在给王雱背锅，那文彦博真的太惨了，惨得他一想起来就想大笑出声，哦不，想写信去宽慰宽慰可怜的文宽夫。是以，发现王雱到处跑来跑去的时候，富弼很想知道他在忙活什么。

到快下衙时，富弼发现王雱正在外头探头探脑。见他望过去，王雱才屁颠屁颠跑过来和他问好："富相公，我一直都很仰慕您哪。"

富弼心中警惕，问："此话从何说起？"

王雱便落后富弼小半步，摆足晚辈的姿态和富弼一块儿往外走，口里则夸起富弼来回使辽的事，说自己若是再生个十几年，一定也要跟着富弼去辽国，绝不因为当时敌盛我衰而退缩。漂亮话谁不爱听，富弼听王雱提起当初使辽之事，心里也颇为舒畅。当时满朝文武确实无人敢去，他领着人前往辽国谈和，既要面对辽人的刁难，也要面对朝廷的诡谲风云，可谓是内外交迫，但他还是把事情办成了。

王雱见富弼神色放松，还带着一丝丝愉悦，又趁机征询他许多问题。富弼听王雱问的都是辽国的风土人情及大宋与契丹人、党项人的边争，倒不隐瞒，一一替王雱解答。到牵马处，王雱又诚恳地问富弼：“下官还有许多问题想请教，不知明日能不能再找您？”

对于这么个好学的后辈，富弼瞧着觉得很不错。尤其这后辈还会说话，夸人总能搔到痒处，富弼更是感觉不能拒绝这么点小请求。接下来几日，王雱除了陪侍御前和官家看看闲书、聊聊推演，就是去查资料、去找富弼请教问题。

一开始他只找富弼，后来曾经担任过枢密使的韩琦、正在担任枢密使的宋庠也没逃过王雱的魔爪，每天上衙和下衙那段时间总会轮番遭到王雱的追堵，听他问一些军中的问题。次数多了，众人也觉出点异样来：这王小状元怎么每天往几位相公跟前凑？难道他得了官家青眼还不够，又想抱宰执大腿？还是说，几位相公有什么差使要让王小状元去做？

韩琦最了解王雱是什么品性，与王雱并骑回家的路上直截了当问他：“你小子又在打什么鬼主意？”

王雱一脸正直：“绝对不是鬼主意。”

韩琦道：“那你这几天鬼鬼祟祟地在捣鼓什么？”

王雱一听，这韩琦显然对他有偏见，这又是鬼主意又是鬼鬼祟祟的，都什么话啊！他一点都不怕韩琦翻脸，笑眯眯地卖起了关子：“过几天就知道了。”

韩琦觉得在自己眼皮底下王雱总不可能翻了天去，便也不再追问，在路口与王雱分道扬镳，各自归家去。

王雱忙活了几天，可算把图文并茂的大阅兵章程给整理出来了，他兴冲冲地拿去给官家看，一点都没贪功：“多亏了韩相公他们告诉我许多东西，要不然我可做不到这么详尽。韩相公他们果真是博闻广识啊！”

官家看着眼前摊开的长折子，上头详细地写着大阅兵的章程，看着十分周全，某些复杂的地方还用图表展示出来。相信但凡看了这道折子的，都不会拒绝这么一场耗费不大，却能弘扬国威的阅兵大典。官家看完之后，让人去请宰执过来商量。韩琦几人过来后见王雱乖乖巧巧站在一边，心里打了个突。

官家和煦地给他们赐座，而后让他们传看一下王雱递上的折子。韩琦看到“阅兵”二字，当即明白这折子出自谁的手笔，也明白了王雱这几天到底在捣鼓什么。等韩琦把折子看完，面色平静地将折子递给了旁边的富弼。见几位宰执陆陆续续把折子看了一遍，官家才开口：“诸卿觉得如何？”

韩琦、富弼对视一眼，对此都表示赞同。没看见官家眼里的期待都快溢出来了吗？他们齐齐看向宋庠，等着宋庠这个枢相发表意见，毕竟如果要加班加点干活，首先要忙活起来的就是枢密院那边。

宋庠也是个状元，不过他向来信奉“多一事不如少一事”的处事原则，不太爱领头做什么，前几年就曾被包拯以“毫无建树”为由参掉了相位。再次官至枢密使，宋庠做事依然谨慎。见所有人齐刷刷地望向自己，宋庠道：“臣的意见与韩相公、富相公相同。”

官家见宰执诸公一致同意了，当即便往折子上盖了个戳，让他们再去商量一下这章程可有要改动之处，若没有，尽早传话下去让人准备，免得时间太过仓促。

韩琦应了下来，起身之后又停顿下来，开口提了个要求，让官家把始作俑者借他们用用。

王雱乖巧地跟着韩琦他们回了宰执办公的暖阁之中，眨巴一下眼，奇怪地问韩琦：“您把我喊来做什么呢？”

韩琦道：“你以为你动动嘴皮子出个主意，然后就能轻轻松松坐在一边看别人忙活？”接着冷笑道，“别做梦了，该你干的，你得给我好好干。”

王雱唉声叹气：“我还是个孩子，您想想，我才十六岁啊，您千万别让我干太难办的事，要不然我办砸了、被发配去琼州喝海风还是其次，让您担上个识人不明的名声就不好啦。”

富弼听得直乐。只要这小孩不是对着自己耍赖，瞧着还是挺逗趣的。

韩琦没理会王雱张口就来的胡话，让王雱在一边罚站，听他们讨论阅兵各项事宜。即便王雱的方案已经非常周全，但一些涉及人员调配的地方并不是他一个六品小官能考虑清楚的，所以整个方案还得进一步调整。

王雱一开始还乖乖站着旁听，后来见韩琦没注意，自己悄悄搬了张椅子凑韩琦身边坐下。韩琦横了他一眼，终归还是没训斥他，继续和宋庠他们商量如何安排人手。

见韩琦对王雱这般纵容，俨然把王雱当自家子侄来对待，宋庠顿时知晓这小孩除了深得圣心之外，与韩琦也走得很近。于是，对于韩琦把一些事情交给王雱去办的决定，宋庠没有反对，也没提出过半点自己的意见。

商量了大半天后，王雱光荣地获得了第一个任务：去禁军各营地中宣讲阅兵事宜，必须把阅兵的主旨、阅兵的章程传达到每一个营地中，不容有半点疏失！

宣传工作这事儿王雱可擅长了，兴致勃勃地领了旨。大宋其实也有类似阅兵的活动，不过那是由军头司筹备的“百戏”——指各种炫技的杂耍表演。只要上头一声令下，各地就会接送各种奇人异士入京接受考核，为官家表演。所有接到旨意的人，往往都会以此为荣，积极地进行准备。

禁军乃是举国最为精锐的士兵，这些人俸禄高、待遇好，训练也起来也很拼命，平日里这些表演的事自然不会由他们去做。一听是从禁军里挑人展示大宋雄风，不必王雱多言，他们已经站得笔挺表示一定会全力争取入选。这让王雱原先备好的说辞白费了。早该想到这时代的人尤其敬慕君王，只要提一句“官家到时将要亲自阅兵”，他们自然会全力以赴去抢破头。王雱一连跑了几个营地，结果都一样，没用他费什么口舌，只需要给他们解说一下流程就成了。而且他宣讲的时候，一个两个都用求知若渴的目光望着他，像是要从他这里听到什么大学问似的。这工作，干着没意思啊！

王雱忙活完了，又跑去官家面前告韩琦的状：“他一定是知道这事儿这么无趣才叫我去干，他知道我最讨厌这种无聊的事啦！您是不知道，我还没给他们说为什么要搞阅兵，他们已经抢着说‘你就给我们说说要怎么做’！您说这事儿是不是一点意思都没有？太没劲了！”

官家还是头一次听到有人这样告状的。给你轻松的工作你还嫌弃，人家该往哪儿说理去？等到王雱不在时，官家便与韩琦说起这事儿。他发现背着人说点“小话”确实很有趣味，尤其是看到韩琦那一言难尽却还是要强作平静的表情后更是暗乐在心。官家兴味盎然地说完了，又假惺惺地补上一句：“他还小，不知道你这是爱护他。”

韩琦心道：我这还真不是爱护他，就是想让他多往外面跑跑，省得又捣鼓出别的事来。下衙回到家后，韩琦又写了封信让人送去王雱家里，很是臭骂了王雱一顿：小小年纪的，学什么不好，学人告状！还有，再往官家跟前凑，给官家瞎出主意，小心台谏扒了你的皮！别忘了你落了什么东西在赵御史手里！

王雱收到这信，登时怒了，和他媳妇讨伐韩琦的不厚道：“你看看，他果然和赵御史是一伙的，还拿那本话本威胁我！我是那种怕威胁的人吗？我才不怕！大不了到时候我死不认账！”他讨伐完韩琦，又讨伐官家，说官家更不厚道，把他们私下里说的悄悄话都给韩琦说了。

司马琰提醒他：“上回你还说悄悄告诉官家‘朱砂伤肾’，结果官家还不是一转头就让太医局去做实验。太医正还给《医学问答录》投了稿，弄得整个杏林都知晓了。你在官家面前还是收敛些好，可别闹过头了。”

王雱凑过去往司马琰脸上亲了一口，道：“我知晓的，媳妇你不用担心。”

哪怕官家对他好得过了头，王雱也不会真正干什么踩线的事。他在官家面前无所不谈，从不拘束，但无论是黑他爹、他岳父，还是告韩琦他们的状，都不是当真为了引起官家对他们的不满而开的口，更不会试图干扰官家在朝政大事上的决策。感情这事儿，太远容易疏离，太近容易生厌。寻常往来如此，君臣之间更是如此。夫妻俩又说了一会儿话，吹了灯烛一起歇下。

第二日又逢朝会，官家让人宣告了阅兵之事。早前已有风声传出，众人听了也并不十分惊讶，甚至连台谏都没有弹劾的冲动。毕竟到时候乃是年节，热闹热闹似乎也无不可。

要知道这旨意处处从大义出发，句句戳人痛处——岁贡、边祸让百姓受灾受难，必须扬我国威。听得所有人都感觉，谁出言阻止简直是千古罪人！

这时王雱已经忙完跑腿活儿了，他天生闲不住，又抽空跑去和义海和尚商量怎么给配个声势浩大的曲子，决定要合写一首《禁军进行曲》给钧容直。钧容直是禁军里头专门搞军乐的部门，钧容直的成员们负责皇家出行时的仪仗工作，骑行一路吹吹打打，相当于现成的大宋禁军军乐团。眼看还有一个多月就要过年了，他得赶紧把曲子弄出去，去客串几天军乐团指挥，把阅兵当天的背景音乐给捣鼓出来啊。

第十章

戏言身后事

王雱顶着个枢密承旨的差遣，精力旺盛地到处跑，官家过了好些天才后知后觉地察觉韩琦是在“调虎离山”，不过看到王雱时不时兴冲冲地跑来汇报进展，官家也很开心，没拦着他往外溜。

王雱和钧容直那边的人打成一片、联手琢磨阅兵配乐之际，他的顶头上司宋庠遇上了大麻烦。宋庠的性格永远是“多一事不如一事”，是以对手下的人颇为宽纵，该处置的没处置，该发落的没发落。这次又被人拿住了把柄，人家列了一串名单说这些人早该挪位置他却没安排，身在其位不谋其政，简直是尸位素餐！还有一桩就是，宋庠私结宦官，把手都伸到宫里去了！于是，宋庠荣获台谏的“弹劾大礼包”。

王雱到傍晚才知晓这事儿。他这份差遣大半时间都在官家跟前待着，与宋庠这个顶头上司没太多交集，回到枢密院时却还是能感受到气氛不对，同僚们都眼观鼻，鼻观心，不相互搭理。

王雱他这年秋天才经磨勘调回京城，这次弹劾和他没有什么干系。所以，王雱知道宋庠被弹劾也没法做什么。哪怕身在相位，一旦台谏动用“群起而攻之”技能，官家也得考虑把你外放出去以平息一下台谏的愤怒。

朝议结果很快出来了，官家给宋庠封了个节度使，让他外放郑州当省长去。临行那天，王雱与好友宋佑国去城外驿亭中等候宋庠出城。这位曾经名冠京城的宋状元两鬓华发已生，身姿却依然能看出年轻时的秀逸。见王雱和侄儿一起来给自己送行，宋庠与他对视片刻，心中隐隐有些明悟：这小孩之所以会讨那么多人喜欢，约莫就是因为这份至诚。

宋庠去了郑州，枢密使换了个人当，这人叫曾公亮。曾公亮是个实干型人才，不管是搞水利、搞内政还是编书都很有一套，武学现用教材之一是《武经总要》，贼厚一本兵书，就是当初曾公亮和另一个叫丁度的能人合编的。可见这位曾相公当枢密使专业还挺对口。

王雱请了小半天假出来送人，回去销假时正好碰上新上任的枢密使曾公亮。两人此前是见过面的，毕竟当时王雱把他们这几个宰执问了一圈，雨露均沾，没落下任何一个。王雱乖乖巧巧地上前和曾公亮见礼。曾公亮年约六十，两鬓微白，瞧着很是慈眉善目。他笑呵呵地让王雱跟着他走，好好说说那阅兵之事。王雱试探来试探去，没试探出曾公亮到底是什么个态度来，只能老老实实问什么答什么，不敢瞎闹腾。

傍晚回到家，王雱去寻王安石，和他问起曾公亮的事。王安石冷笑一声，没理王雱。王雱一下子想起来了，他爹因为自己悄悄捣鼓出了个阅兵大典，还在和自己冷战呢。眼下他爹的差遣在三司，这地方是大宋最高财政机关，据他爹说三司上下天天给他冷眼，因为王雱搞出这么个大阵仗虽是说不怎么费钱，但最终还是得让朝廷放点血！

王雱上去给王安石捏肩膀，口里振振有词："爹啊，这可不怨我，你不合群又不是一天两天了，怎么就赖到我头上来？"

王安石骂道："……闭嘴！"他就知道，但凡王雱背着他们埋头瞎捣鼓，肯定是偷偷摸摸想干点什么。

王雱乖乖地闭嘴，殷勤地帮王安石揉着肩，等王安石给自己点启示。王安石到底扛不过儿子的小意卖乖，开口说道："曾公自然是为人宽厚、多谋善虑之人，你在他手底下做事多用点心，多学着点，日后定然受用无穷。"

王雱明白了，这是个好人哪。

王安石又给王雱提了一事，那就是曾公亮初任参知政事时，辽国那边的人时不时越过界河搞点小动作。王安石举荐了一个名叫赵滋的将领。这赵滋是天生的好战分子，管理军队很有一套，热爱挑事，守边关时没事就把想要过境抢掠的党项人或契丹人狠揍一顿。赵滋在边关时，西夏和辽国都挺怕他，后来朝廷里许多人表示"人家不过是过来捞几条鱼，砍几棵树，你发个文件谴责他们几句就成了，怎么能说动手就动手"。于是，赵滋又换了几个地方，但都因为他爱搞事情而被文官喷得待不下去，现在回京当了个禁军都指挥使。

就这件事情来说，王安石觉得这个老曾很对他胃口，毕竟人都到家门口疯狂试探了，不打他们一顿人家还以为你欢迎他们过来抢劫呢！王安石和王雱说起另一边事："你岳父对这赵滋也是很有意见的，觉得边关不安宁就是因为在两国交好期间他抓着点小事妄动兵戈，但曾公说得对，这样的事若不防微杜渐，日后指不定会酿成大祸。"

与司马光往来多了，王安石隐隐察觉自己和这好友兼亲家之间的三观有点儿不太一样，是以自己还得费心对宝贝儿子告诫一番，免得儿子给亲家带歪了。

王雱听了也一阵沉默。以德服人这事儿不是行不通，但是得讲究方法：首先你得将对方打得服气求饶，然后再发个公文强烈谴责对方这种恶劣行为，表示自己因为无法容忍如此无耻的行径才会出手。这样一来，哪怕是传到邻国百姓那边，他们也会由衷夸赞："大宋，实乃仁义之师啊！"

王雱组织组织语言，把自己的想法如此这般如此这般地给王安石讲了一遍。王安石听完觉得儿子很棒，不需要自己费心教导，也一点没走偏！王安石顿时忘了这段时间对儿子的不满，又给王雱讲了一些关于曾公亮的事。

王雱听完直点头，得出一个结论：这位曾相公，好人哪，心胸开阔，思想进步，手法多变，在他手底下做事只管可着劲作，曾相公能兜得住。

离开王安石书房，王雱回了自己院子，又拉着司马琰说话。王雱道："不知道曹立他们现在安顿好没有，毕竟不管西边还是北边都挺远的，又入冬了，边关可不安宁。"冬天河水结冰，西夏和辽国里头那些逐水而居、靠天吃饭的好战部族肯定会率部众过来抢掠。

司马琰回忆起与曹立相见时的情境，说道："倘若边关安宁了，他们怕是更不得劲。"王雱挑的朋友不管从文还是从武，脾气温和还是脾气暴烈，内心其实都挺不安分，压根儿不怕遇上什么事，就怕什么事都没有。

王雱一想也对，便不再缠着司马琰说话，改为去给曹立他们写信，不写别的，就写他刚才与王安石探讨出来的"以德服人"理论。简而言之，大义武力两手抓，自己先把能说的道理抢先说了，坚决不给别人说话的机会。

自从顶头上司变成曾公亮，王安石又亲口说这位曾相公很不错，王雱逮着空便往曾公亮身边凑。到年底，他还与曾公亮一块儿去看禁军排练。大规模的排练自然不可能，但是各个营地内部入选的、候选的凑成队，勉勉强强也能模拟一下到时的场景。王雱建议，得把钧容直一块儿带过去彩排，没有军乐的阅兵大典是没有灵魂的，这个绝对不能少！曾公亮允了，带着王雱和钧容直去主持彩排。

曾公亮头一次听到钧容直准备的配乐时也被震住了，这些曲子既有大乐的庄严，又激昂慷慨、雄壮巍峨，连他们这些五六十岁的老家伙都听得热血沸腾！当时他们邀官家一道听了，官家也觉得不管开场曲、进行曲还是结束曲都很棒，再没有比这些更合适的了，当即敲定配乐并嘉奖了献上曲子的王雱、义海以及钧容直诸官。曾公亮与其他人分头看过排练之后，都对年后的阅兵大典充满期待。最好的兵、最好的武器、最好的战马，绝对能把百姓与来使们震慑住！

过年期间，官家接见百官和使者的次数比较多，王雱便又恢复原有差遣，乖乖站官家身边看他与各方政要谈话。与他一道的还有翰林学士那边的承旨宋祁。

哥哥宋庠走了，宋祁便被调回京任职，这回他兼任翰林学士承旨和工部尚书，不少人都因他那一句"红杏枝头春意闹"称他一声"红杏尚书"。

宋祁年纪比宋庠年轻一些，身体却不大好，王雱当值完与他一并往外走，很是关切地说："天冷了，辅之说您腿脚不好，您可得戴个护膝再出门。"辅之是宋佑国的字。

宋祁笑道："我有戴着，还有你早些年教给辅之的内裤制法，我也让府里做针线的学了，如今府上都穿着。"

王雱万万没想到，几个室友学会内裤制法这么久了，竟还有人会提此事。宋祁不愧是行事不拘一格的人！王雱边和宋祁走往车马所在的地方，边问宋祁他是不是真的靠一首集句词和官家讨了个宫女。

宋祁风流过人，常年耽于酒色，女人孩子都不少，提到自己的风流韵事他也不隐瞒，给王雱讲了当时的情景。当时他下衙回家时正好遇到皇家马车，有个宫女掀起车帘惊异地看着他，还喊了声"小宋"。他抬头看去，只见美人如花，美不胜言，回到家后仍念念不忘，集了李商隐之句写了首《鹧鸪天》表达爱慕。此事被官家知晓后，官家便让人查出当日的宫女是谁，将那宫女许给了他。

王雱听完杏花上书的风流事，也看见了自己的马。他与宋祁话别，骑着马回家去了。

宋祁看着那年少的背影，心道，如今这小孩走出去，也不知会有多少人掀帘看他，又会有多少人惊叹一声"王小状元"。不过，听说这小孩岳父是谏院新秀，引经据典喷起人来能把人吓死，教出来的女儿也很是凶残，据说还发明了跪搓衣板的狠法子。宋祁摇头感慨，王小状元真是可怜啊。

不知不觉年关已至，过年肯定是要跑亲戚的，王家由于祖母在此，长兄王安仁也留京，倒不用到处跑，反而是王安国他们前来走动。王雱下衙后除了接待家中客人之外，还得与司马琰一起准备去给岳父拜年。遇上年节，司马光待王雱这个女婿还是很心平气和的，没等王雱开口讨要就给了王雱一个大大的红封，让他在新的一年里好好当差、不要瞎搞。

岳父痛痛快快给红包，王雱自然欢喜无比，又是给司马光布菜又是给司马光倒酒的，要多狗腿有多狗腿。要知道自打他回京，岳父永远都一脸"我要骂你了""我马上就要骂你了""你等着我已经准备好要骂你了""别以为你狡辩，我就不骂你总有一天我要骂得你狗血淋头"，难得岳父给他好脸，他开心！

司马光不知道别家女婿是怎么样的，反正他看着自己的女婿就觉得糟心。他千选万选，怎么选了这么个没脸没皮的家伙？哪怕是父子之间，该有的规矩还是得有，该保持的距离还是得保持，有你这么给点好脸色就一个劲儿凑上来的吗？

等王雱和司马琰走了，司马光和张氏说道：“这小子真是没点规矩，这要不是大过年的，我肯定得把他赶出去！”

张氏笑着应和他的话：“那是，你一定会把他赶出去，绝不留他。”

司马光总觉得张氏话里有话。敢情他还会舍不得赶那小子？！他做得最错的一件事，就是允了这俩小孩从小通信。

而这会儿，王雱已经完全忘记他在外头随口说了什么跪搓衣板，每天欢欢喜喜地和人讨红包去，压根儿没有已经成家立业的自觉。结果年节期间走动多，没过几天，司马琰就从别人那儿知晓了自己的凶悍形象，连吴氏都委婉地劝说司马琰说王雱还小，不懂事，能不罚就不罚。司马琰听得气结，回到院子等着王雱下衙回家找他算账。

官家过年不怎么休息，王雱自然也不能翘班，他跟着官家接待了几拨使臣，竟迅速学了几句外邦话，很是臭屁地和官家摆显：“再多接待几趟，我就能给您当翻译啦！”

官家乐道：“行，往后有你在我就不必配翻译了。”

王雱得意扬扬地下衙回家，正要给他媳妇学几句契丹话，结果仔细一瞧，发现他媳妇好像在生气，当即凑上去哄了起来。甭管媳妇因为什么生气，先哄就对了。司马琰也扛不住王雱一套接一套的哄人招数，绷着脸把外头的传言给说了。

王雱道：“这不是劝酒的人多嘛，要是不这样说，他们一准要把我灌醉。你想想，被人灌醉了多麻烦，还得你伺候个醉汉。说不定我酒后还来个兽性大发之类的，那可怎么办才好哟，醉酒后生下来的儿子会很笨。”

司马琰听他一通歪理，气得掐了他一下，以专业的生理学知识反驳：“一般来说，喝醉后海绵体供血不足，想要乱性不太容易。”

王雱唉声叹气：“媳妇太聪明也不行，不好骗啊。”

司马琰推他：“那你找个好骗的去。”

王雱笑眯眯：“我就喜欢不好骗的。”

少年夫妻永远没有真正闹别扭的时候，闹腾了一会儿便又和好如初。而这天夜里官家宿在皇后那儿，夫妻俩都不算年轻了，只说了会儿话便躺下歇息。官家想到王雱提及过曹评，免不了遗憾地和曹皇后说了这事儿：“元泽说得有理，若是公正他没去北边，正好让他也参与这阅兵大典。听元泽说北边特别清苦，也不知他能不能习惯。”

早两年，曹皇后就听说官家颇是爱重那王小状元，如今听官家憋不住在房中提起王小状元，曹皇后才知晓官家对他的喜爱比之传言有过之而无不及。

“官家愿意起用公正是他的福分，岂有怕吃苦的道理？”曹评乃是曹皇后的侄子，她也是很关心的，不过男儿大丈夫志在四方，岂能贪图享乐，当那好逸恶劳之辈？曹皇后道，“至于那阅兵大典，今年没参与，还有明年、后年，官家春秋正盛，他年纪也还小，总有他回来参与的机会。”

官家一想，也是这个理，曹评还小，总有归来的机会。只不过他的身体每况愈下，怕是当不得“春秋正盛”这话了。正是新年，官家没说不吉利的事，与曹皇后一同歇下。

各国前来朝贺的使者们陆陆续续到齐之后，王雱与鸿胪寺的官员一块儿去给他们宣讲阅兵大典的事，热情地表示给他们留了观礼席，请他们务必要留到阅兵之日看完热闹再回去。

宋朝占据中原沃地，地理优势很足，各种产出都非常丰富，可惜西有西夏、吐蕃，北有辽国，汉唐时期的陆上丝绸之路被截断，极大地限制了陆上通商。鸿胪寺下设置的礼宾院，为的就是和这些邻国商谈互市之事。

王雱靠着鸿胪寺配给的翻译与各国使者闲扯，从他们口里套取各国的现状，顺便修正着脑海里的当代疆域地图。比起现实世界雄赳赳气昂昂的雄鸡，这里的大宋现在就是块鸡胸肉，特别可怜，特别无助，还香喷喷地引诱着别人来啃上一口。

这可怎么办才好哟。作为一个强迫症患者，王雱觉得这个现状让人很不开心。缺了脑袋、缺了背脊，还缺了个屁股，再想想不久的将来可能还要被人啃掉一大块，王雱就浑身难受。可难受归难受，接待工作还是得积极对待。王雱从这些使者口里套出了点新近的消息，比如今年冬天实在太冷了，辽主秘密命令女真人去西夏那边抢烧刀子。女真有个特别有勇有谋的首领，名叫完颜劾里钵，带着人潜入西夏狠狠抢了一拨。当然，这些消息不是从辽人口里套出来的，是从愤怒的西夏人口里听来的。酒到酣处，他们纷纷痛骂那个狡猾的劾里钵，说这人才二十出头就这么阴险狡诈，将来也不知会干出什么事来！

王雱和他们一起痛骂了一番，第二天却在辽国使团里见到了西夏人痛恨不已的完颜劾里钵。这人果真很年轻，广目高鼻，长得很有草原人的味道。完颜劾里钵是完颜部年轻的头领继承者，久闻大宋都城繁荣得很，此次便自请随使团而来。

见王雱年纪虽轻，在大宋负责接待使者的诸官中却挺有话语权，完颜劾里钵便注意上他了。虽说听不懂汉话，但他细观之下便注意到王雱虽是文官，手上却有常年习箭磨出的薄茧，行走时身形也挺直如松，竟像是精于弓马之人。大宋竟有如此人物！完颜劾里钵寻了个机会，让随行翻译向王雱提出去试试骑射。

王雱没想到这年轻使者居然会提这样的要求，这一刻他就格外想念他的几个好朋友，随便放一个狄咏，绝对能碾压他们整个使团！不过人家都找上门了，王雱怎么能让他们失望？他当即应了下来，与完颜劾里钵一块儿去了邻近的校场。王雱让人取了自己的弓箭来，朝完颜劾里钵一笑，语言不通，便也不多言语。他与完颜劾里钵年纪都不大，上马时身姿轻快，俱流露出年轻人独有的潇洒与肆意。王雱让鸿胪寺的翻译问："开始了吗？"

完颜劾里钵拉起马缰，颔首表示可以开始了。王雱一夹马腹，与完颜劾里钵齐齐进入校场之中。

君子六艺是指"礼、乐、射、御、书、数"六种才能，射正是其中一项，当初王雱在国子监时也是满分通过的，只是从力气上来说总归有点儿缺陷。所以，单纯比射箭，王雱可能会输，可要是换成比骑射，那就不一样了。就连狄咏都说比骑射，他俩完全五五分，谁胜谁负全看运气。这靠的是反应灵敏、耳尖目锐的天赋，别人羡慕不来。

两人入了场，各方使者与鸿胪寺诸官都齐齐来到校场外观战。这王小状元，听说十四岁便三元及第成了宋朝最年轻的状元郎，众人只听说过他的才名，鲜少听说他的骑射功夫有多出众。鸿胪寺卿倒是听过些传闻，说当初王小状元在御前与狄青之子比试，输得很惨，没脸没皮地和所有人表示"狄咏这人不行，这么厉害怎么能不让着我，太坏了"。见过输得惨的，没见过输得惨还这样的，反正官家没给狄咏这个获胜者多少奖励，反倒给这王小状元赐了把弓。

完颜劾里钵刚提议比骑射时，鸿胪寺卿是很反对的，毕竟上回王小状元输成什么样大伙都是知晓的，这要是再惨输给辽国使者可怎么办才好？可惜没等他们阻拦，王雱已经爽快地答应了，还兴致勃勃地叫人去给他取弓来，说是最近天天吃这个酒赴那个宴，很久没活动筋骨了。要拦也拦不住了，能怎么办？

为了给自家状元郎留点余地，鸿胪寺卿一边把这事儿往上报，一边让负责翻译的同僚们努力给使者们科普：王小状元，他是个文科生哪，主要精力都放在政史地科目的学习上，要他来比骑射，专业完全不对口！而且，过了年王小状元才堪堪满十七，眼下上元节都没过，说是十六也成的，你们这使者挑他来比试，根本是在欺负人！

辽国使团那边老神在在，虽说完颜劾里钵的要求有些突然，但看大宋的鸿胪寺卿这么维护这个王小状元，就晓得他对大宋而言必然很重要。“年轻人嘛，正是血气方刚的年纪，下场比比有什么？”辽国使者哈哈一笑，“两个小孩之间的比试而已，难道你们害怕别人说你们宋人输给我们大辽？”

鸿胪寺卿闭了嘴。在他看来，王雱输是必然的，毕竟一个文状元怎么可能比得过常年与弓马打交道的草原人？别的不说，光看身量就有差距，身量又决定了他们的力气。正焦急着不忍往场下看，他忽听身边的下属惊呼：“参连！”众人都被这声惊呼吸引了，齐齐往场上看去，只见王雱已连发四矢，一矢在前，后三矢接连而上，急追前矢，宛如连珠。一旁的完颜劾里钵刚发完一矢，见状停了下来，全神贯注地看向王雱那连发的四矢。

王雱骑着马慢腾腾地往前走了一小段，才停下来回马看向箭靶那边。第一矢最先射中靶心，随后三矢紧随而至，直接破开前矢没入靶心。完颜劾里钵那边虽也正中靶心，却远没有王雱这种炫技的玩法来得让人震撼。完颜劾里钵不敢置信地绕到箭靶那边亲自检查，赫然发现王雱最后一根箭直接洞破靶心，箭靶另一边露出了它白森森的箭头。至于另外三矢，都被精准无比地从正中破开两半。

完颜劾里钵有些心惊。他不是有勇无谋之人，正相反，他想得比族人们要多，要不然他也不会注意到王雱的特殊之处。可王雱这一手，着实把他震住了。完颜劾里钵常年与弓马打交道，很清楚要做到这种程度需要多高明的箭术与骑术：不管是角度、速度还是力道，都必须要控制到最精准的程度，才能在短短几瞬工夫中四矢连发、四矢全中！完颜劾里钵颇失魂落魄地看着眼前被洞穿的箭靶，心里想的是“这样的少年怎么会生为宋人，若是生在我大草原，假以时日必然雄极一方”。

其他人见两人似乎没打算再比下去，齐齐拥入校场，都想看看“参连”的结果。古时射箭有五技，首先是“襄尺”，这是避让君王一尺的礼仪，自不必提。而后则是剡注、参连、井仪、白矢。剡注，瞄准得快，上箭即发。参连，四箭连发，矢矢相追。井仪，四矢连贯，正中目标。白矢，矢穿箭靶，矢尖发白。

鸿胪寺卿绕着箭靶看完后激动不已，何止是参连，这是样样都符合啊！况且这不是单纯的射箭，而是骑射！如此精妙的箭术便是这些常年与弓马打交道的草原人，又有几个能做到？看完颜劾里钵失魂落魄的表情，就知道这在草原之中也属罕见！

王雱等他们震惊完了，才让鸿胪寺的人翻译了一下自己手上这弓的来由，大意是：“上回我和禁军的狄咏比试，输得很惨，陛下为了勉励我，特意把这弓赐给我。唉，比起我的朋友狄咏他们，我的箭术完全上不了台面，只能对着圣人古训照本宣科地练习，一点都不灵活，一点都不会变通，完全拿不出手。这种场合里拿出来班门弄斧，真是惭愧，太惭愧了。”

众使者听完这番话，脸色都变了。鸿胪寺卿听得脸都憋得发红，很想笑，又怕笑出外交事件来。这王小状元，果真神人哪。

鸿胪寺卿到底是鸿胪寺卿，王雱可以刺激刺激一些目中无人的使者，他得搞好外交任务。他轻咳一声，让王雱把御赐之物带回家好生收好，今天的接待任务差不多该告一段落了，这里不需要他了。在外人面前，王雱还是很给自家人面子的，乖乖听话，收拾弓箭回家去。这事儿他没给他爹说，而是悄悄和司马琰讲了一遍，和他媳妇探讨完颜劾里钵是什么人。

王雱显然对这“慧眼识雱”的异邦人很是喜欢：“这人，有眼光啊。”

司马琰被王雱一脸的小骄傲弄得有些无言，这完颜劾里钵能一眼看出他精于弓马，不就是眼力不凡吗？她给王雱回忆着自己记得的东西：“姓完颜，就是女真部族，现在他们依附于辽国，将来会建立金国。”

虽然是理科生，王雱对基本的历史脉络还是有点儿印象的：“对，就是他们又啃了我们这块鸡胸肉一大口。当时完颜阿骨打和我们联手灭了辽国之后，还是倾向于和我们和平相处的，可惜他死后风向就变了，他儿子直接踏破开封掳走二帝。”到那个时候，宋朝不得不迁都临安，龟缩江南一隅，失去了所有北方土地。

早些年李格非的出现，已经让王雱和司马琰对靖康之难什么时候会到来有了基本的推断——左右不过百年之内。即便是李格非老来得女，李清照又嫁得晚，靖康之难还是不可能超过百年。他们和李格非年纪差不多，要是靖康之难再现，遭殃的可不仅仅是李格非的儿女，还有他们的儿女。

南下的人是姓耶律还是姓完颜都没有区别。就算没有金兵，也会有辽兵、元兵。归根结底，还是得大宋自己强盛起来，内部团结，边防强硬，才不至于蒙受屈辱。看来这奸佞近臣他得一直当着才行啊，这样才能断绝其他奸臣的出头之路！

王雱牵起司马琰的手，十分感慨地说：“我跟你说，岳父那边你可得帮我多挡挡，每回岳父都用防贼似的目光瞅着我，我内心是很受伤的。我这人善良正直又无私，他怎么老是一副‘今天我就要打死你’的表情？当初岳父瞧着多君子啊，不骂人，也不打人，可好了。现在原形毕露了，天天捋起袖子要揍我，这大概就是所谓的‘路遥知马力，日久见人心’。”

司马琰觉得她爹没打死王雱是涵养好。

另一边，完颜劾里钵被同行的人嘲笑了一通，却没有放在心上。这几天完颜劾里钵一直在想着大宋的繁荣和王小状元的过人风姿，若是那王小状元没有说谎，大宋远胜于他的人数不胜数，那大宋当真是一个了不得的国度！

完颜劾里钵让通汉话的随从悄悄出去打听消息，结果发现，王小状元说的狄咏是真有其人，乃是大宋名将狄青之子。不少人提起来这两人来都是一脸仰慕，七嘴八舌地说他们长得多么帅、打仗多么厉害。

旁边的人听他们光吹狄青父子，不乐意了，又吹起少年神将曹立。他们说起在广南时，曹立一个手起刀落，结果了反贼侬智高的性命，那侬智高当初占领了广南诸州，直取广州，很坏很厉害！这两边吹着吹着，谁都不服谁，当场互殴起来。

完颜劾里钵的随从见状忙跑了，去别的地方探听这狄咏、曹立，竟被指引着去买了一份《状元迎亲图》，号称是真实场景还原，百分百呈现当时盛景，他想看到的人这图里全都有。这不，还真的全都有，什么狄咏、曹立都能找着，还有个据说是皇亲国戚里最能打的曹评。剩下的那些据传都全都是进士，个个长得英俊潇洒，十分招人！

这《状元迎亲图》在开封卖得可好了，不管是学文的还是学武的，都爱买一张回去，说是能沾喜气，每天拜一拜说不定能中个文状元或者武状元！据说画师郭熙光是靠这张图的版税就赚了老大一笔钱，羡煞了不少同僚。

完颜劾里钵看完随从带回来的《状元迎亲图》和随画附赠的人物介绍，久久无言。大宋这一代人当真英才济济！假以时日，这些人定然都身着紫袍，成为大宋最顶尖的那批人！到那时，大宋岂不是更加强盛？完颜劾里钵手按在《状元迎亲图》上，定定地看着骑马走在最前方的王小状元。

王安石和司马光第二天才从同僚那里听说王雱曾下场和辽国使者比骑射。若是王雱输了，鸿胪寺那边可能会遮遮掩掩，可王雱不是当场把辽国使者镇住了吗？鸿胪寺卿是搞外交的，添油加醋的本事特别强，一张嘴就把王雱夸上天，将王雱四箭连发的英姿还原得绘声绘色——哪怕他当时忙着给其他使者科普"我们王小状元是个文科生"，压根儿没看见。

因着这事儿，鸿胪寺卿这人现在也被使者们打上了老奸巨猾的标签。你一个劲儿地说你们王小状元是文科生，年纪小，箭术差得不得了，到底是几个意思？

鸿胪寺卿一点都不在意，笑呵呵地和每一个偶遇的同僚吹一把王小状元，表示我们的王小状元也不是很厉害，就是勉勉强强能做到射艺五技……

王安石他们听到消息时，这件事已经被传成“震惊！王小状元大败辽国使者，文武双全何等牛！”的版本。王安石回到家揪着王雱训了一顿，说他“太不稳重，怎么能和辽人比弓马，要是输了怎么办”。

王雱一点都不担心：“我学文的，赢了稳赚，输了不赔！”

王安石看着自己的儿子，又是忧心又是骄傲。这样锋芒毕露，可别真应了那句“木秀于林，风必摧之”才好。以前王雱自己这么说，王安石只觉得是他瞎嚷嚷。现在看着儿子十六七岁就已经这么拔尖，他是当真担心了。要是那些个野蛮的草原人觉着他儿子特别优秀、特别厉害——又或者说他们输不起觉得丢脸，暗中派几个人来把他儿子杀了可怎么办！

王安石让王雱安分些，马上要开始阅兵了，待在官家身边哪儿都不要去。毕竟官家身边守卫森严，有人起了歹心也没法做什么！

王雱不知道他爹脑洞大开，觉得有人要害他儿子，但还是乖乖点头表示自己知道了。开玩笑，阅兵当然要守官家身边，那可是视野最好、角度最棒的地方！

阅兵大典开始当天，王雱一早就屁颠屁颠地跑去找官家。他正儿八经地穿着他的一身绯色官袍，官家也换上了正式的礼服。王雱见左右人少，凑过去掂了掂官家还没戴上的冠冕，很是震惊地和官家感慨：“这可真沉，您戴着脖子酸不酸？等看完阅兵，我给您按按脖子才行！”

其他人看到王雱胆大包天的举动，吓得大气都不敢喘。官家压根儿不在意，他只觉得这孩子和他亲近！要不，怎么会什么事都敢做呢？官家笑着应下：“好，等看完了你给我按按。”

王雱掂量完重量直接捧着冠冕上前，十分殷勤地给官家戴上。周围的内侍齐齐垂下头看自己的靴尖，默念：“我什么都没听到，什么都没看到……”能说什么呢？要是王小状元年纪再小点，怕是还能吵着骑到官家脖子上看阅兵！而官家不仅不会觉得冒犯，还会乐呵呵地答应。官家莫不是太想要儿子，把这王小状元当亲儿子来看了吧！

由于开封人口成分复杂，安防工作不好搞，所以禁军列好队等着官家检阅这环节被省去了。官家早早带着百官登临朱雀门，迎面便是宽敞笔直的御街，御街两旁早已挤满闻讯而来的百姓，连聚集在开封的外邦人都闻讯而至，挨挨挤挤地站在御街两旁期待着阅兵开始。王雱为了抢占最好的视野，脸皮早不要了，寸步不离地凑在官家身边。韩琦等人也一同登楼，见王雱巴巴地凑在官家身边，都觉得这小子看着让人想揍。明明也是正儿八经的进士出身，而且还是状元郎，怎的越看越有奸佞之相？官家一点都不觉得不妥，他只觉着王雱这几天东跑西跑，连给他捎带话本的次数都少了，这都忙活完了，自然得再到他跟前来。君臣二人站在视野绝佳的地方，周围是宰执与诸官，再离远一些还有各国使者的代表。

完颜劾里钵混在辽国代表之列，时不时往王雱方向看一眼。看见王雱直接站在宋帝身边，时不时还悄悄与宋帝说说话，二人瞧着很是亲厚，完颜劾里钵心中非常震惊，因为这不是他认知中的宋人君臣。在他的印象中，宋人君臣之间不会有这样的亲近，据说他们连自己的儿子都不抱，讲究什么“抱孙不抱子”，父子之间要保持距离，君臣之间更是要恪守礼仪、尊卑分明。

完颜劾里钵不知道的是，今天大宋给他带来的震惊才刚刚开始。

时辰一到，礼仪官便喊出阅兵开始的号令，不等众人反应，分列朱雀门两旁的钧容直正式奏起开场曲。大宋的曲子在各国使者的记忆里完全是靡靡之音，不仅软和无力，唱词又都是些陈腔滥调或者风月俗谈，不太对他们的胃口。可这曲子一出来，众人便感觉精神一振，最开始的轻视全没了。明明用的是不同的乐器，有吹的，有敲的，有打的，可汇聚在一起仿佛能掀起阵阵惊涛骇浪。离得近的百姓也都听呆了，一个两个翘首看向钧容直那边，只见大宋军乐团成员们一个个腰板挺直、挥洒自如地演奏。

阅兵队伍最前头的，依然是钧容直分出来的仪仗队，他们挥舞着旗帜、应和着激昂的开场曲飞驰而出，迅速、整齐地奔跑入城，分立于御街两侧的警戒线前，傲然地站在冬末初升的艳阳之中。

百姓们看着近在咫尺的火红旗帜，辨认着上面巨大而端正的“宋”字，心中忽然升腾出一种难言的骄傲，腰杆都不自觉地挺直了。若是平时有这样盛大的活动，一准你推我挤、吵嚷不堪，可看着这鲜红的旗帜、听着这雄壮的开场曲，百姓们却无端地感到此刻理应肃穆，理应摆出大宋国民的素养让外邦使者们看看！就这样，使者们看到御街两旁挤满了百姓，场面却一点都不见混乱。此时此刻入耳的，竟只有大宋军乐团演奏的令人热血沸腾的开场曲。

王雱也听得精神大振，跟官家一起遥遥注视着南薰门那边刚露了个头的骑兵方队。走在最前头的骑兵方队骑着统一的白马，马匹高大漂亮、精神奕奕，士兵们也个个面庞方正、五官俊秀，身上透着久经磨炼的铁血气质。

百姓们看着那高高的、毛色统一的马，已惊叹不已，再看看马上坐着的大宋儿郎——背厚，腰实，腿长，一个个身姿潇洒、马术精湛，看着都是万里挑一的将才。

王雱掌握着一手资料，这时候自动充当解说员，给官家和宰执们介绍这个第一方队：这是我们大宋最骁勇的骑兵方队，个个都是在某地训练过的厉害将士，里面的某某立下过什么功劳。

官家听得感慨不已：“我大宋，不缺良将啊！”

浩浩荡荡的骑兵方队到达朱雀门下，放缓了前进速度，停在底下等待官家检阅。官家注视着这些为保家卫国挥洒过无数血与汗的大宋男儿们，趁着钧容直静下来的当口朝着底下的骑兵方队挥手致意。

骑兵方队从得知自己将最先入场后早就激动不已，看到官家朝自己挥手更是热泪盈眶。大宋重文轻武，他们这些武夫在朝廷上永远不那么受待见，随便一个低品文官都能给他们冷眼。私底下，他们也常常觉得官家不公允，那些个白衣士子官家都会召见，可官家何曾关注过他们这些为大宋抛头颅洒热血的人？可现在，官家在朝他们挥手！官家的目光直直地落在他们身上，带着欣赏、带着赞许，带着他们梦寐以求的重视与关心。众将士泣下如雨，带着哭腔高喊：“吾皇万岁！大宋永昌！吾皇万岁！大宋永昌！”

明明只是数百人的方队，吼声却像是能响彻天际。周遭的百姓们被这震耳欲聋的喊声震住了，在将士们喊出第二遍的时候才恍然回神，激动地跟着喊：“吾皇万岁！大宋永昌！”

官家听得身心激荡，举起的手直至骑兵方队开始进入朱雀门才放下。此时钧容直那边已经换成了《禁军进行曲》，又是一首全新的曲子，曲调高昂澎湃，很具感染力，多听几遍就能跟着哼哼。

使者们还是头一次见识这种齐齐整整的山呼万岁的阵势，以往他们前来大宋时虽然也会听文武百官这样喊，但那到底只是朝官而已，人少，气势不怎么大。这次不一样，自城楼上凝目看去，大街小巷里挤着满满的人，偏这么多人挤在一起，却没有发生任何推搡事件，反而还在第一方队高喊万岁时齐齐跟着喊，万口如一，震撼人心！宋人竟团结至此？！

王雱抽空扫了眼使者们的表情，偶然间对上完颜劾里钵的目光，他非常友善地朝对方露齿一笑。

这阵仗自然不是随随便便能有的，王雱让周武联系了许多托儿分散在人群里做思想工作，都是当初从无忧洞里出来的三教九流人士，脑筋活泛得很，提前一段时间让他们持之以恒地宣传“这次阅兵大典关乎大宋颜面”“各国使者都会来观礼，谁都不要丢脸丢到国外去”。现在，这些人也都还混在人群里，掐着点带头开喊。事实证明只要有人负责带节奏，大部分百姓都可以配合得很好！

王雱继续在钧容直提供的背景音乐里给官家解说各个方队的情况，官家听着都觉得这些全是国之栋梁，挥手致意的动作一直没停下，惹得一队队将士含着热泪由衷地高呼万岁——官家，没有忘记他们啊！官家的眼里并不是只有那些天天耍弄笔杆子的文官！

这次阅兵除却展示将士，还展示武器，虽说条件所限，很多武器不能当场演示，但是光是一把把钢刀亮出来、一辆辆战车开出来，就已经足以震慑一些野心勃勃的家伙了。尤其是王雱这个负责准备解说词的人特别能说，五分的用处能给他说成十分，众使者听完鸿胪寺官员的翻译后都惊骇对视，心七上八下，不知道这些话里有几分真几分假。

王雱当然也知晓不能全靠一张嘴忽悠，他让范纯礼、张载他们混入一个军械方队里头，当众展示“文弱书生轻松撬起超负重马车”的精彩节目。在众人目瞪口呆时趁机说：“这些简单的小玩意儿已经广泛用在各个码头之中，其实不能算什么大发明，也不能算军械，小意思小意思，根本不足挂齿。”

有使者实在忍不住了，趁着新方队还没走近时悄声问相熟的鸿胪寺官员：“你们王小状元一直都是这样说话的吗？”

鸿胪寺官员道：“……好像是的。”他给使者们科普了一下王小状元的光辉事迹，比如走到哪儿祸害到哪儿，害得一干师弟们把他堵在酒楼雅间里对着他号啕大哭，场面可惨烈了。使者们听完，觉着宋人心胸宽广，居然没打死这家伙。

最后一个方队走完时，各个方队已经在宽敞的街道上整齐列队。钧容直的仪仗队举起旗帜用力一挥，满城顿时响起响亮的歌声。洪亮如奔泻激流的歌声整整齐齐地回荡在宽广繁荣的开封城上空，连腾空而过的飞鸟都为之震颤。城楼下，坚持了全场的钧容直依然精神抖擞地演奏着，与满城歌声配合得严丝合缝。这歌，词好记，曲简单，最初只是将士们在唱，后来满城百姓也含着热泪跟着唱了起来。

听着这几十万甚至百万人齐声高唱祝愿大宋万寿永昌的歌，官家感觉疲惫全消，眼眶再一次湿润了。这是他们大宋的将士，这是他们大宋的百姓啊！民心如此，何愁大宋不兴，何愁大宋衰败！官家转头看向左右，发现韩琦他们眼中也莫名含着泪。不管何时何地，这种千千万万人齐声呼喊、齐声唱和的盛景都让人既震撼又感动。官家手扶着围栏，高声呼喊：“大宋永昌！”韩琦等人年纪都不小了，面对此情此景却也不再静默，都随着官家竭声高呼：“大宋永昌！”

唯一静默的，只有旁观的使者们。这一刻，他们莫名感觉眼前的大宋已非往日之大宋。

往日之大宋宛如他们古之圣人所宣扬的谦谦君子，平和守礼，永远缺乏战意，若是能以钱帛换取和平，即便会让朝廷财政捉襟见肘他们也非常乐意去做，所执着的只有把这些送出的钱粮称之为“岁币”还是称之为“纳贡”而已。可在这一瞬，他们看到了大宋军心民心之所向，看到了赵祯这个宋朝皇帝在百姓心目中的地位——他只要站在城楼上招一招手，就能让万民同泣，万民同歌！他们可有这样的君？可有这样的民？可有这样精良的武器与这样忠诚的将士？一个个问题浮上心头，不少使者背脊都渗出阵阵冷汗。

阅兵虽只占了一天，影响却一直延续到上元节都没散去。

各家子弟但凡是无心学文的，看完阅兵之后便磨刀霍霍冲着武学去。听说官家很快要开武举，这文状元、武状元，那都是状元哪！没看见官家待将士们多么亲厚吗？若是能考入禁军，当那出类拔萃的一撮，来年阅兵指不定他们也能上！

于是，不少宅院中都能听到年幼的孩童高声和父母抗辩：“我不要读书，我要习武！我要当武状元！我也要被选去阅兵！”原本还能死死按着儿子或孙子去念书的人，这会儿都恨这大阅兵恨得咬牙切齿，好端端的，谁给弄出这么个阵仗来，把他们家孩子都唬得不轻！当武官，路能好走吗？在军中混得不错的，那都是从文官转过去的！要是没那样的脑子，上了战场就是给人送人头！

皇城之中寸土寸金，宅子又是有定数的，是以除非御赐宅院，否则普通官员即便买宅子也在朱雀门外。这朱雀门内有一户人家，姓贺，乃是太祖孝慧皇后外家。孝慧皇后是太祖结发妻子，与太祖感情甚笃，少年夫妻，恩爱不疑，可惜在太祖未登基前她就已经香消玉殒，连皇后之位也是追封的。

贺家虽算是后族，行事却十分低调，甚至一度居于外州。这贺家有个小孩，年方九岁，名叫贺铸，长得黑瘦，却能跑能跳，整日拿着把木剑挥来挥去假充大将军。自从看完阅兵，贺铸竟扔了木剑，跑到书房中找他爹的书看了起来。他爹觉着很稀罕：“别家孩子看了阅兵都吵着要习武，怎么到了你这儿就变成去看书了？”

贺铸虽还不满十岁，说起话来却有理有据：“这么多人看了阅兵，肯定一股脑儿跑去习武。我打小就学剑了，等我把书读好，我就是武官里头最会念书的，他们都得听我的话！”

贺父乐道："行，那你便好好看。那你夜里还要不要去看灯？"

贺铸扔掉书咻地跑了起来："要要要，我去让娘给我找穿的！"

上元灯节是年轻男女和小孩的节日，同样的热闹出现在不少人家中。

正是用晚膳的时候，曹皇后留高氏和侄孙在宫中用饭。高氏乃是她姐姐的女儿，自幼被她养在宫中，随后嫁给了濮王之子赵宗实。这侄孙赵仲针，便是高氏的长子，今年十三岁，一双眼睛奕奕有神，很是讨喜。曹皇后已经四十有五,一直没自己的孩子，见到赵仲针便喜爱不已。这孩子合她的眼缘。

菜还没开始上，内侍竟通报说官家到了。曹皇后起身领着高氏、赵仲针相迎，赵仲针乖乖地跟在高氏身边，可到底还是小孩，许久不见官家难免有些好奇，不由得抬起脑袋悄悄看向官家。不想就这么一看，居然被官家逮个正着。赵仲针吓了一跳，连避开目光都忘了，视线就这么直愣愣地和官家对着。

官家见他一双眼睛乌溜溜，又是十三四岁的年纪，不由得便想到了头一次见到王雱那小孩时的情景。那时王雱也和眼前这小孩差不多大，只是胆子大多了，先是呼朋唤友来和他说话，后来又带着朋友们跑去爬梨树，着实顽皮得紧。

官家和煦地道："这是仲针？"

高氏拘谨地替赵仲针回答："回陛下，是的。"

官家示意她们都坐下，不必拘着。曹皇后命人去叫御膳房张罗些官家爱吃的菜送来，而后转头说道："官家你没说要过来，都没让人早些备菜。"

官家道："何必麻烦，吃什么都好。"他看向赵仲针，原想考校他几句，话到嘴边鬼使神差地变了样，"我听元泽说你们见过几面。"

赵仲针没想到居然能从官家口里听到王雱的名字，顿时两眼一亮。到底还是小孩子，一兴奋起来顿时把父母的叮嘱全给忘了："是啦，我们见过！见过三次！两次在开封，一次在洛阳，他可好了！"

高氏想要阻止已经来不及了，赵仲针提到王雱就拴不住嘴巴，一股脑儿地给官家说起自己对王雱的喜爱，说小时候王雱就送了他一本很好的书，上面很多游戏，他时常会拉着爹爹一起玩。然后又说今年回到开封之后听说的那些事，什么很多举子堵着门朝王雱哭啦，什么王雱大胜辽国使者完颜劾里钵……赵仲针还说，完颜劾里钵这名字真长真难记，要不是因为王雱赢了这家伙，他才不会去记。

官家听赵仲针讲得眉飞色舞，心情也颇是愉快。待高氏带着赵仲针出宫后，官家与曹皇后商量："你这宫中很是冷清，不如让这孩子留在京城陪伴你。庆宁宫正空着，遣些人去收拾好正好让他住进去，早晚着他过来陪你说说话。"

曹皇后早听闻官家对那王小状元颇为爱重，刚才听官家与侄孙那般对话便觉有些古怪，再听官家此言，她眉头一跳，免不了猜疑起官家此举的用意。不过，不管官家有什么打算，让她把赵仲针这孩子养在身边都是好事。比起不知能由哪个后妃生出来的皇子，曹皇后还是更倾向于选立赵宗实为太子。只是这种话她不适合劝，得由朝臣去劝。

官家走后，曹皇后立刻让人去知会高氏，让高氏明日再带赵仲针入宫。伺候的人都避远之后，曹皇后捻动手里的珠串，想着官家方才与侄孙的对话。那王小状元，到底何德何能让官家与侄孙都对他如此喜爱？

曹皇后喊来信重的宦官任守忠，吩咐道："你这些天想办法帮我好好查查一个人，嘉祐二年的状元郎王雱。"任守忠乃是俳优出身，言辞过人，最善攀附，闻言立刻心领神会，喏然应是，记下这个名字准备好好替曹皇后办事。宫中贵人们身在深宫，免不了闭目塞听，想要得知外头的消息免不了得倚重可以出宫办事的宦官。

任守忠平时也听说过王小状元之名，要探听王雱的消息并不难，不过这一次乃是曹皇后亲自吩咐，他免不了得揣度一下曹皇后想听什么样的消息。可他悄然端详，却见曹皇后神色淡淡，看不出喜怒。到底是面对着一国之母，任守忠不敢再窥探，只等曹皇后歇下后才找当天在前头伺候的人探听消息。

御前之事往往得守口如瓶，但好巧不巧，当天守在一旁的小内侍之中有个曾受他恩惠的，偷偷摸摸把御前对话与任守忠说了。任守忠听完，在心中猜度一番，大致摸清了曹皇后让他悄悄查探消息的原因：这王小状元深得圣心，又被侄孙赵仲针所喜，而且还是大宋年纪最小的状元郎，才华横溢，允文允武——如此人物，曹皇后对他怕是十分忌惮！任守忠顿时有了方向，叫来几个信得过的小内侍，吩咐他们分头去查探关于王小状元的事。

另一边，对此一无所知的王雱正领着司马琰以及小妹和司马琰她堂弟司马旦逛灯会。今年方洪依然搞了不少好活动，开封街头热闹不已。行至江边，王雱看到个熟悉的小孩，竟是前两年在洛阳见过的赵仲针。这小孩似乎和另一个小孩相中了同一个花灯，两个人都拉着自己的娘不让走，非让自家娘帮着一起想，要抢在对面那小子前把谜底给想出来。

王雱一看，有乐子了，兴致勃勃地凑过去把谜面看了，再看看那个画着阅兵大典原画的花灯，心里感叹：方洪这波热度蹭得够迅速啊！

王雱眼也不眨地直接报出谜底，轻轻松松地把那花灯赢到手里，很是遗憾地对两个小孩说："对不起啊，我把它赢走了。"他把堂而皇之地把阅兵花灯递给了司马旦，“阿旦，这个送你。”媳妇的堂弟什么的，自然得好好哄着。

被人凭空截了胡，两个小男孩原本都怒目瞪过来，等看清王雱的模样后眼睛却又亮得可怕，齐齐地跑王雱跟前惊喜地喊：“元泽哥！”“王小状元！”

王雱只认出了赵仲针，不认得另一个小孩，奇道：“仲针我认识，你这孩子又怎么认得我的？”

那小男孩指着不远处一盏大大的花灯说：“你看，上面画着呢！”

王雱往小男孩指的方向看去，赫然看见一个“灯王”悬在灯会最热闹之处，上头画的都是王小状元的光辉事迹：金榜题名、状元迎亲、名动洛阳、武压辽使等。

要赢得这“灯王”，得过五关斩六将才行，赵仲针他们连挤都挤不进去，只能退而求其次来要这阅兵灯笼。不想，小男孩猜到一半，赵仲针来了；赵仲针还没猜出来，王雱又来了——来就来，还直接报了谜底把这灯给抢走了！

见两个小孩对自己的事迹如数家珍，显见都是自己的小迷弟，干了坏事、夺人所好的王雱摸摸鼻头，问小男孩：“你叫什么名字？”

小男孩道：“我叫贺铸，铸造的铸。”

王雱道：“行，你们看看这周围有什么想要的灯笼，我给你们猜下来。灯王就不要想了，那儿人太多，我们不方便去挤。”

而且那是以王雱为主角的灯王，要是他跑去把灯王赢走了，肯定会让不少人注意到他就是本人。眼下人这么多，没出事都已经是人挤人了，要是生出乱子说不准会出现踩踏事故。所以，还是随便赢两个灯笼补偿补偿两小孩。

赵仲针与贺铸都懂事得很，一听王雱要送他们灯笼立刻把刚才的较劲给忘了，互通完姓名便欢欢喜喜地寻喜欢的灯笼去了。王雱礼貌地朝两小孩的母亲笑笑，跟上去帮他们猜灯谜。

上元节过后，王雱又恢复忙碌的上衙生活。不同的是，他还给司马琰争取了上班机会：到太医局去开课和带课题。

太医局是个兼任医学院功能的机构，男女医学生们都要在这里学习到毕业才会成为医官或者女医。

太医局对女性医学生的挑选相对比较苛刻，首先在识字这一项上就淘汰一批人；其次得无夫无子女，家庭背景干干净净；其三，还得是官户婢。这样一来，百分之九十九的女孩子都被筛选掉了，来到医学院的乃是官婢之中仅存的符合条件的女孩。男女有别，来教授她们的多是女医，又因为识文断字能力有限，医术大多口口相传而得，教授效率并不是特别高。得知玉圭客要来当教谕，太医局上下都很期待。

入职手续是司马琰自己去办的，倒是傍晚王雱兴冲冲地跑去接司马琰下班，迎来了不少人侧目。王雱一点都不怕别人看见，高高兴兴地等到了司马琰，跟在洛阳时一样牵着司马琰的手在街上瞎逛着往家里走。巧的是，他们还迎面撞上了收过王雱带着点小颜色的话本的赵御史赵概。

对于别人觉得像鬼见愁的台谏官员，王雱一点都不害怕，屁颠屁颠地牵着司马琰上去打招呼："赵爷爷啊，这是我媳妇，你没见过的，今儿赶巧了！"

赵概远远见王雱牵着个年轻女子过来，眉头直跳。见王雱坦坦荡荡地介绍他媳妇，一脸"我媳妇天下最棒了一定给带给你看看"的骄傲，赵概默然片刻，劝解道："大庭广众之下，你们注意好言行。"

王雱道："我知晓的。这年头，夫妻之间闹矛盾的太多了，什么吃飞醋啦，养外室啦，夫家娘家你选哪边啦。要知道夫妻和睦，方能阖家美满，如此风气实在让我痛心不已！所以，我与阿琰妹妹不惜抛头露面、以身作则，示范示范何为和美姻缘。"

赵概不想再和他说话。

最开始赵概也很想弹劾王雱这小子，尤其是王雱还落了个把柄在他手里。不过那天之后，同年韩琦就给他送了些东西，是王雱去"跑官"的时候留下的。按理说韩琦是宰执，不能私下与台谏官员往来，韩琦还是让人送了过来，可见是很希望赵概能好好看看。

赵概看完了，也知道了韩琦爱重王雱道原因。这小子看着爱闹，实际上却是少有的真正想做事的人。王雱求官不是为了私利，而是真正想做出点事。不管事大还是事小，只要有用，王雱都乐意积极去做。这样的小孩，值得他们多放几分期许、多给几分宽容。

赵概听王雱似乎还有一大通"以身作则拯救大宋婚姻危机"的大道理要讲，摆摆手说："行了，你们小年轻逛，我先走了。"简直没眼看！

王雱逼走了堂堂御史，十分得意，转头问起司马琰"今天工作得开不开心，不开心我们炒了太医正鱿鱼自己干，不去看人眼色"！

司马琰道："太医正你也是见过的，哪里会给我脸色看？"

"那是，我媳妇这么优秀，他要是把你气走了上哪儿找这么好的骨干人才去。你带课题的能力，那可是谁都比不上的！"王雱一脸自豪，不知道的还以为他是在说自己的丰功伟绩。

小夫妻俩在街上瞎溜达了一圈，回到家中，却听底下的人说方洪来访。王雱去见了方洪，却见方洪神色有些凝重地坐在那儿等着。

王雱奇道:“方叔遇到什么事了吗？”

“不是我遇到事。”方洪认真地看着王雱，“是你遇到事了。这几天有人在查探你的消息，我叫人反套了他们的话。”

王雱说:“方叔你话本做多了，说话都留起悬念来了，你套出什么话来了？”

方洪说:“这些人是宫里的娘娘派出来的，说是娘娘想知道你的消息，让他们出来的头儿叫任守忠，是颇有资历的宦官。我叫人去查过，他最善钻营和逢迎上意，曾经被发配到外地去，如今还能成为娘娘信重的心腹，可见他的能耐。”

王雱气定神闲:“这么有能耐，还不是被方哥你扒了个底朝天。”对宫中之事，王雱是真不担心，虽说枕边风有点儿可怕，但也不是人人都会怕。要是会怕的话，当初张贵妃得宠时就没那么多人喷她叔父了。历来只有文彦博和王拱辰这样走后宫路子的，没有畏惧他们缩手缩脚做事的。

方洪被王雱的从容感染了，心中的凝重也逐渐散去。是啊，哪怕是皇后让人来查王雱又如何，难道她还能把手伸到朝堂里去?

方洪道:“你心里有数就好，就怕有小人在背后耍阴招，而你却毫无防备。”

王雱点头，邀方洪留下用饭，饭后又与他一起吃了盏酒才分别。

方洪回到家与妻子感慨，当初王雱还小，喊他一声叔他不觉得有什么;如今王雱大了，又是大宋最年轻的状元郎，却依然和从前一样喊他“方叔”，他觉得哪怕王雱开口要他散尽家产，他也愿意答应。

方洪妻子不觉方洪这话说得过了，还笑道:“那孩子哪会要你散尽家产，他给你出的主意都不知帮你赚了多少了。”

王雱回到自己院子里，也与司马琰说了方洪带来的消息。他与曹皇后井水不犯河水，也不知曹皇后怎么会叫人来查探他的消息。不过，王雱是真的一点都不担心，他当官又不是单纯为了当官，若是真有人容不下他，他去外地玩几年也不是不可以。反正他还小，一早当京官反而会限制眼界，要不是官家把他要到跟前去，他怕是就借着都水使者的职务到处跑了。

上元节后，前来贺岁的使者们陆陆续续都离京了，王雱也终于明白了曹皇后为什么会让何守忠来查他，原来官家把赵仲针留在庆宁宫住下了。

王雱会知晓这事儿，还是因为在官家身边瞧见了赵仲针。这小子规规矩矩地坐在官家身边，什么事都不干，只巴巴地看着门口。等见着他了，这小子便两眼发亮，若不是官家在侧，简直恨不得冲上来和他说话。这下子，王雱哪还有什么不明白的？

赵仲针算起来是官家与曹皇后的侄孙，而他的母亲高氏乃是曹皇后姐姐的女儿，由曹皇后亲自抚养长大。有这一重关系在，曹皇后在宗室诸子之中自然偏向赵仲针的父亲赵宗实，毕竟，赵宗实的妻子乃是她外甥女，又是在她膝下抚养长大，算起来赵仲针与她也有亲缘关系。

王雱猜测，定然是赵仲针在曹皇后面前表现出对他的莫名崇拜，所以曹皇后才让身边的宦官来查他。王雱自认事无不可对人言，自然不怕曹皇后的查探。他上前行了礼，才问起官家怎么让赵仲针陪伴在侧。

官家道："仲针暂住在庆宁宫，说不定得久住好些时日，让他跟来认认路，往后有什么事也能找来。"他对王雱说，"今儿也没什么事，你不必在旁边立着，坐一旁给他教教经义。"

王雱自然听命行事。

赵仲针跟着挪到另一张桌子上，不敢扰着官家看折子，压低声音兴奋地和王雱说："早知元泽哥你会过来，我早两天就该跟着来了。"他还小，对朝堂的事不大懂，根本不知道"枢密都承旨"这个怪里怪气的官名是做什么的。

王雱笑了笑，没接话，而是考校起赵仲针的底子来，除却年纪太小，倒是很有先生的架势。赵仲针也愿意听他的，王雱问什么他就答什么，要多乖巧有多乖巧。王雱莫名地想到自己现实世界的弟弟，弟弟也是他一手教出来的，懂事得很，聪明又知道体贴人。

若是官家接下来几年仍是没有自己的孩子，往后再有的可能性会越来越小，毕竟官家身体不好，不靠丹药维持年轻康健的假象之后更是颓势尽现。

有的问题，所有人都不得不面对。这也是哪怕明知道请求立储是往官家伤口上插刀子，朝臣们还是不得不站出来一次次地上书。若不早立王储，一旦官家再如前些年那样大病一场，甚至不幸熬不过来，朝野将会彻底陷入混乱。动乱带来的后果，谁都无法承担。

王雱本不愿去想这些，可赵仲针这小孩的出现又提醒着他，就连官家自己，也在为日后的事考虑了。这个半大小孩，将来可能会成为大宋江山的继承者。到那时，担子会从官家肩上挪到这小孩父亲肩上，再从他父亲肩上挪到他肩上。享有世间最高的权势，何尝不意味着必须承担同等的责任！

王雱教了赵仲针一轮，和赵仲针一起陪着官家用晚膳。等宫人将赵仲针送回庆宁宫，官家让王雱和往常一样陪他散散步。

君臣二人在薄薄的暮色中信步闲行，少有地静默了一段路。官家奇道："真是稀奇了，今儿你怎么话这么少？”

王雱没说什么肉麻话，只直截了当地问：“您准备立储了吗？”

官家道：“大宋总不能一直没有储君。”他温煦地看向王雱，见王雱眼眶微微泛着红，知道这小孩是在为自己抱屈，心中软成一片，官家笑了起来，玩笑般说，“我看仲针这孩子特别喜欢你，想来将来到他继位了，你还能继续当无法无天的王小状元。”

时人最忌讳言及身后之事，王雱听了这话直觉不吉利，立即反驳说：“您这话就不对了，眼下您春秋正盛，真要到那时候我怕得七老八十了，还当什么王小状元！”

官家笑道：“你说得有理。”

两人都默契地没再提这个话题，而是聊起了新近的趣闻。

关于官家的身体问题，王雱早和司马琰商量过。即便司马琰没有亲自给官家看过诊，却也知道自己在这件事上无能为力。和范仲淹他们这些平时不大注重自己身体情况的人不同，官家身边有举国最优秀的太医，能调理的方面太医们早设法调理了，身体机能的衰退却很难逆转。要活得长长久久，只能少操心，少思虑，多放松放松。王雱能做的，也只有多给官家找些乐子舒缓心情。

官家将赵仲针接到庆宁宫的消息传开后，要求立储的韩琦等人消停了。濮王去世未满三年，赵宗实还在为濮王服孝，既然官家将赵仲针留在宫中就是表明了态度：他属意立赵宗实为皇子，不久的将来赵仲针将会是皇孙。

阅兵大典刚过，立储之事又有了进展，韩琦和富弼心情舒畅，开始着手准备春闱，看看今年能迎进一批什么样的新鲜血液。至于王雱，王雱最近如约定般给国子监的师弟们灌考前鸡汤，让师弟们好好考，不要丢了国子监的脸，“要是你们考上的人多，我亲自给你们画毕业照”。

王雱搞完考前动员，又溜达去接她媳妇。一开始大伙还会因为状元郎让他媳妇去太医局开课的事惊讶，后来他俩在街上瞎逛的次数多了，众人便也习惯了。这么好看的一对小夫妻，多上街走走多好，也能让他们多看两眼。

阅兵大典之后，武学招生容易多了，今年还有个王雱的同年申请转行去武学搞兵法教育。

这同年叫王韶，自幼熟读兵书，在军事方面很有天赋，他本改官为司理参军，管刑狱的，从各种渠道了解完阅开封的兵盛典后激动不已，回到家后来回踱步，简直睡不着觉。他妻子与他少年结发，瞧见他这模样就知道他又要做出什么决定了，便劝说：“你若真想做，那便去做吧。”

王韶的打算是先转去武学任职几年，熟悉熟悉军中事务，而后正式由文转武。弃文从武的先例并不是没有，干文官工作他实在不得劲，如今他也三十出头了，不如早做决断！于是，王韶就干了。王韶写了个很有水平的折子陈述自己在兵学一道的见解，积极表示自己想在武学发光发热然后再到战场上发光发热。总之，写得很有诚意。春闱在即，王韶也风尘仆仆地带着家小回到开封。

王雱得知王韶归京，当即呼朋唤友叫上在京的同年给他接风。

见到王雱等人，王韶也很是欢喜，一伙人酒一轮一轮地喝，说起近况，又说起远景，都是正当青壮之年的年轻人，聊什么都能接上话，从来没有冷场的时候。

高兴归高兴，王雱还是很想念身在外地的苏轼和沈括：“可惜子瞻和存中都外放了啊。”

苏家兄弟俩改官时其实都能外放，但苏辙选择放弃外放机会留在京中就近奉养父母。苏辙听王雱提起兄长和好友，也点头说：“若是有他们在，一定会更热闹。”其他人都很赞同，看王雱和苏轼他们互坑是极大的乐趣啊！

此时此刻，苏轼已到了凤翔府。凤翔府，离开封很远，离他的家乡也很远，他带着王弗，一路行至凤翔，感觉自己已毗邻西夏与吐蕃，触摸着大宋西境的边界。

苏轼和王弗说道：“凤翔是个好地方啊，来时元泽和我说这边养的鸡肉质鲜嫩，味道极好，可以试试一种叫葫芦鸡的做法。而且这儿还很适合养猪，据说可能是因为水土原因，这边的肘子特别香！”

王弗觉得自从遇上王小状元之后，苏轼就绕不过养猪这事儿了。

KUWEI
酷威文化
图书 影视

玩家

终章

下册

春溪笛晓 著

江苏凤凰文艺出版社
JIANGSU PHOENIX LITERATURE AND ART PUBLISHING

目录

第一章 天下无易事 001

第二章 父子同着绯 025

第三章 大宋有青天 049

第四章 何花似雪团 071

第五章 三司用新法 095

第六章 共定迁都事 117

第七章 岁月催人老 141

第八章 新都换旧都 167

第九章 泉下泥销骨 187

第十章 吾辈道不孤 213

番外一 燕云终归宋 235

番外二 君臣梦中逢 241

第一章

天下无易事

这一年的春闱依然热热闹闹地举行，王安石在这次科举中也有个差遣，叫“详定官”。殿试有三轮审核：一轮是初审，二轮是复审，最后交由详定官核定名次。

在春闱的这段时间，王安石老老实实闭门谢客，不与年轻士子们往来。对于科举，王安石的想法也是很多的，他认为现在的科举模式有挺大的缺陷，正逢春闱，和王雱关起书房门说话时免不了多聊几句。

王雱也觉得科举制度很有缺陷，只分文武，不分文理，真是岂有此理，理科生怎么能没有姓名？不过，直接拿科举开刀动静太大，得一步一步来，科举保证公正性即可。改革可以先从官员的岗前培训开始——考是让你考上，具体授什么官得经过另外的考核。改官时的考核也可以更有针对性——你想转什么岗位，先把对应的工作范围了解清楚，把对应的参考资料学习过关，再来谈改官。毕竟，即使是当个知县，那也能掌万人生死，不得不慎重。

这些规则，范仲淹和韩琦他们这几年都在慢慢地塞进选官制度里，一年一年地填充和细化。除了王雱因为暗搓搓给师弟们增加科举难度被人围堵了一次，闹出了不小的动静，根本没几个人反应过来。

王安石大致也知晓王雱闹腾的那些事，如今回头看看，选官制度似乎真的无声无息地完成了一次变革。最后父子俩的意见统一了：科举不过是一块敲门砖，要改，也只需要把它改得更公平、更全面。王安石把王雱赶走，自己坐在灯下对着自己的“改革方略”修修改改。王安石曾给官家上万言书，官家并没有答复，所以即便是在三司这个财政部门上班，他也干得不太舒心。但儿子说得对，只要有心，多少总能做点什么。做出成效了，自然会上下一心，共同推行新法。

王安石修改完他的改革方略，又拿出本厚本子，开始写他的日记，日记的开头一般是这样的：“今日与吾儿谈话……吾儿聪慧过人，想法独特……”时不时还会有这样的内容：“韩稚圭不知为何对吾儿颇上心”“文宽夫不知为何对吾儿颇上心”“官家不知为何对吾儿颇上心”“官家又留吾儿在禁中用饭”……王安石绷着一张脸把今天值得记录的东西写了下来，才把厚本子放好回去歇下。

王雱可不知道他爹除了喜欢给曾巩他们写信吹儿子，还有个写日记的喜好。王韶回京到武学任教之后，王雱时常寻些由头去找他交流切磋，兴致勃勃地琢磨怎么为军事教育添砖加瓦。其中最重要的，就是开设军事地理课了。

王雱能徒手画江河，也能徒手画舆图，对于曾经发生在各个险要关隘的战役也烂熟于心，和王韶探讨时简直信手拈来。当初王韶听说状元郎年方十四时心中还有些不服，深入地交流过之后他算是服气了，还建议王雱："你这手舆图的画法我学不来，不如你寻个休沐日过来，开个军事地理讲座。自从你上回随驾去过武学之后，武学的生员们时常会说起你。"

王雱乐道："他们是骂我吧。"

王韶说："听说一开始是骂你的，后来听说你赢了辽国使者，他们便打心眼里佩服你。"不管私人关系如何，只要是自己国家的人赢了，所有人都会觉得与有荣焉。

两人商议好了，便一起寻狄青说起开军事地理课和相关讲座的事。狄青正在看军校生们操练，听完军事地理课的大致内容觉得这是将士必修课，一口应承下来。他看向溜达来武学玩耍的王雱："要不要再下场和他们练练？"

王雱敬谢不敏："不去。万一他们从我上次走后就勤加训练，一个个磨刀霍霍要把我给比下去，我岂不是会输得很惨！"再说，他也只有骑射和理论拿得出手，再要比其他的就不行了，还是少出风头为好，免得被人揍！

狄青也不勉强他。王雱找借口溜了。

既然要开讲座，王雱自然要积极做准备。他跑回官家那边，和官家说了自己要给武学那边讲军事地理的事，直白了当地表示自己可能要开小差。官家来了兴致，让王雱给他讲讲到时会怎么讲。

王雱胆儿肥，坚决不给官家露口风："直接告诉您多没意思，您要是想知道，到时您过来听！"他说完又有了个主意，乐滋滋地对官家说，"等我准备好了，我给您送帖子。到时您来给我捧场，我多有面子！"

官家笑道："行啊，我等你的帖子。"

王雱又和官家借了个人，也就是赵仲针那孩子。王雱自有一套道理："小孩子得多开阔开阔眼界，多锻炼锻炼能力，往后才能遇事不慌、应变自如。"

官家没拦着，第二日便让赵仲针去王雱那边报到。赵仲针每天不是看书就是陪曹皇后说话，早闷得不行，听说可以跟王雱一起准备讲座之后，格外兴奋，见着王雱后立刻积极地问他需要自己做什么。

王雱挺喜欢这小孩活力充沛的模样，带着赵仲针去查找资料。很多书他都已经烂熟于心，只有意引导赵仲针深入了解一些内容。赵仲针按王雱的指引跑来跑去，这本书翻翻那本书看看，大半天下来，他猛地感觉自己眼前好像打开了一扇敞亮的窗。

相处久了，赵仲针也不怕官家了，陪官家用膳时兴奋地和官家说起自己的发现：自己好像找到看书的方法了。以前他总觉得一本书很厚，看不太懂，如今再看却觉得许多书的内容可以相互对照、串联，读着非常有趣。

王雱到底是外臣，不能天天留在宫中用膳，今儿王雱就不在。官家听赵仲针激动地说着自己学到了什么，一下子便知晓王雱是在把许多方法潜移默化地教导给赵仲针。他夸了赵仲针一番，让赵仲针回去了。

赵仲针走后，官家习惯性地在禁苑中散步。呼吸着春季傍晚微微湿润的空气，他长长地吁出一口气，心中想着王雱不知会递给他一个什么样的帖子。自他登基以来的近四十年里，会给他下帖子的人着实没多少，上次收到的帖子还是王雱给他送的喜帖。

王雱下衙回了家，立刻画了模板让人送去方洪那边，赶印一沓帖子出来。他不仅准备给官家下帖子，还准备给韩琦、富弼、曾公亮他们下帖子。王雱这次军事地理讲座的主题是“都城保卫战”。若是没有与官家的那一番交谈，王雱断然不会贸然提出这个议题，但是那天他从官家的话里听出了不祥的意味。

人永远是世上最坚强也最脆弱的生物，对抗病痛与死亡，除药石之外，精神的作用也非常重要。纵观古今，不少能忍人所不能忍、完成一番伟大事业的人，都有着比寻常人坚定无数倍的意志。相反，一个人若是丧失了坚持下去的想法，他能继续走下去的可能性自然小之又小。那一日，与王雱戏言身后事的官家，给他的就是那样一种感觉。既然如此，不如搞事！迁都这个议题够大了，前前后后指不定能弄个十年八年，正适合搬出来给官家忙活。才五十出头就想罢工，那可绝对不行。军事对王雱来说有着天然的吸引力。一些保密的军事工程，王雱原来也参与过。若连基础的军事知识都没有，他是很难拿下这些活儿的。

王雱写好帖子揣在身上，一边和赵仲针堆沙盘推演，一边寻机把帖子发出去。第一个收到帖子的自然是官家，王雱亲手写的，又亲自送过去，诚意十足。他琢磨过官家的日程，只要不是开朝会的时候，官家都可以腾出空巡幸武学，端看官家肯不肯去。官家收下了帖子，和上回收到喜帖不同，这回他明确表示会去。

王雱又逮着空领着赵仲针去骚扰曾公亮他们。到去寻韩琦时，韩琦见着他转头便走，大有“我没看见你，你少来和我说话的架势”。赵仲针有点儿莫名其妙，王雱则驾轻就熟地一个箭步冲上去，拦着韩琦把讲座的事情说了一通，最后殷殷地说："官家已经同意要来了，富相公也说一定到，您也必须得来啊！"

韩琦感觉见到这小子就没好事，看他装得乖乖巧巧更是想揍他。韩琦道："你又想闹什么幺蛾子？"

王雱反驳道："我连大儿子都还没有，哪来的幺儿子！"

旁边的赵仲针一下子没忍住，被王雱的抬杠弄得笑了出声。韩琦注意到赵仲针的衣着，顿时想起这乃是官家的侄孙，不由得多看了两眼。韩琦身居相位，自是不必和一个宗室子行礼的，王雱见他注意到了赵仲针，更是一点都不拘束，拉着赵仲针介绍给韩琦，又给赵仲针介绍韩琦："韩相公，好人哪！人品靠得住，办事能力一流，认识的都说好。而且你看，韩相公真是越老越俊的类型，上回我还看到我爹偷偷在他的小本本上写，他觉得韩相公面目姣好——"

韩琦瞪了王雱一眼，让他赶紧闭嘴。本身官员就不该与宗室多接触，他带着赵仲针到处跑就算了，还说这些有的没有的！还有那王安石，躲在背后写的到底都是什么乱七八糟的东西！写就写了，还让自己儿子偷看！看看你儿子，嘴巴像是有把门的吗！韩琦维持着最后的宰执风度把王雱两人打发走。

王雱领着赵仲针走出一段路，赵仲针拉拉王雱的衣角，好奇地问："元泽哥，这韩相公真的是好人吗？他怎么看到你转头就走，还对你那么凶啊？"戴上迷弟滤镜的赵仲针，感觉王雱是在夸韩琦，不明白怎么韩琦越听越生气。

王雱笑眯眯地道："这才是韩相公的好，生气就瞪眼，多直白坦率！人和人之间要长久相处，最重要的就是坦诚，不满意就不满意，生气就生气，当场表现出来，就不会和你秋后算账，更不会暗中给你下绊子。"

赵仲针被忽悠得直点头。

王雱道："有的人你踩他一脚，他还紧张地问你'您脚疼不疼'，这样的人如果不是你娘，那肯定是居心叵测。这种口蜜腹剑、唾面自干的家伙，比直接对你发脾气的人可怕多了。"

当然，如果当了皇帝，身边的人肯定都会问"您脚疼不疼"，毕竟没多少人敢在皇帝面前发脾气。不过那离赵仲针还很远，在那之前，王雱希望赵仲针首先成为一个能明辨是非的人。赵仲针乖乖点头。

王雱把帖子都强塞给宰执班子之后，又摸去台谏那边发帖子。在台谏，王雱也是有熟人的，如赵概赵御史，都见了两三面了，四舍五入就是老熟人了；还有谏院的吕景初，当初可是去洛阳欣赏过《牡丹亭》的，戏都一起看过了，还能说不熟吗？再不济，他岳父也在呢。所以他去台谏发帖子是很正常的行为，没有任何问题。

赵概和吕景初都觉得他们从来没有见过这样的小子。别人都恨不得离台谏八百米远，这小子倒好，自己往前凑！这帖子看着也不是什么正经帖子，封皮上写着“邀请函”三个字，里头简明扼要地写着讲座主题与时间、地点。里面还加了句非常欠揍的话，大意是“因为是要给军校生讲课，所以你们将会被安排在后排，希望视力不好的人戴上自己的护目宝镜备用”。这像是诚心诚意邀请人去的吗？

司马光收到王雱的邀请函时，眉头猛地一跳，感觉王雱又闹腾出什么事来了。听王雱说已经邀请了官家和诸位宰执，司马光板着脸追问王雱到底要讲些什么，今晚先写个讲稿给他看看，他给审核一下有没有犯忌讳的内容。

王雱老老实实应下，带着赵仲针跑了。

赵仲针悄悄问王雱：“元泽哥你好像很怕他？”

王雱纠正他的用词：“这不叫怕，这叫尊重，他可是生我媳妇、养我媳妇的人。”

赵仲针“哦”了一声，表示明白了。

王雱看着这软和的小孩，在心里叹了口气。这小孩性格有点儿像官家，所以在他登基之后才会有那么激烈的党争——新党上来弄走旧党搞新法，旧党上来又弄走新党废新法，如此循环，屡立屡废，最终受折腾的只有百姓。一个朝令夕改的朝廷，渐渐地也会失去百姓的信任。性格这东西不是一朝一夕能改变的，王雱没着急，依然带着赵仲针东跑西跑。

搞起事情来，赵仲针很有少年人该有的冲劲，每天把王雱的手稿收拾得整整齐齐。听王雱说，这讲座是要出书的，开完讲座之后就能把宣讲的内容印刷成册。赵仲针还是头一次参与偶像成书的过程，特别兴奋，还帮他想广告词：“官家听过都说好的精彩讲座！”“富弼、韩琦、曾公亮等相公联袂推荐！”

王雱很是欣慰地点头夸赵仲针：“不错，学到精髓了，回头我给方叔说说，让他把广告打出去。”舆论这东西古往今来都非常重要，王雱既然提议要迁都，那舆论战肯定少不了，眼下要做的当然是先悄然散布“官家与宰执都有意迁都”的消息，把洛阳的地价给炒上去，忽悠这几年正在往洛阳投钱的勋贵与朝官再多砸点钱。一般来说，在一件事上投资多了，感情就深厚了。

赵仲针见自己的意见被采纳，开心不已。

转眼间，开讲座的日子到来了，武学修建时也设了大礼堂，此次讲座就在大礼堂中举办。能进武学，视力都是过关的，所以学生之中没一个戴着护目宝镜。武学生员入座之后本来正你一言我一语地交头接耳，可听到有人通报说官家到了，立刻都静了下来。怎么回事儿？为什么官家会过来？

武学生员们激动地站起来，齐齐地望向入口处。这一看，可不得了！不仅官家来了，还有韩琦、富弼、曾公亮……朝中大臣一个接一个地进门，别说生员，有的教头都已经激动得快要晕过去了。搁在平时，他们哪有机会见到这些大臣啊！

王雱这厮，还真胆大包天地按照邀请函上说的，让临时助教赵仲针把人给引到后排去。

教头们紧张地上前和王雱商量："这不好吧？怎么能让官家和相公们坐后面？"

王雱道："官家都答应了。你要是让官家他们坐在前头，还有人有心思听吗？"

教头听后默然。都是毛头小子，哪里经得住这仗势？便是现在这样，也依然有人不安得很，僵硬地挺直背脊想表现出武学生的素养。

韩琦等人见官家二话不说往后走，自然也只能跟着往后走，只是在座次上坚持要退后一步，怎么都不和官家并排而坐。官家对此早已习惯，又不是谁都像王雱那样高兴起来就自个儿把椅子挪近说话。他招招手让赵仲针也到身边坐下，并戴上了内侍递上的护目宝镜。

立在最前头的王雱面对满座的大礼堂，一点都不怯场，还朝后排的大臣们笑了笑。这一笑可真是笑得满室生辉，看得韩琦转开了眼，幽幽地往王安石那边看了看。王安石这家伙养个儿子不老实，自己也不老实，韩琦用膝盖想想也知道他写那个"面目姣好"肯定不是什么好话，韩琦估摸着原话绝对是"除了长得还行没别的能耐"。可这种烂账韩琦没法和王安石算，总不能去质问王安石"你在背后瞎写我什么"。自己儿子长成这样，还特别会溜须拍马、到处钻营，王安石好意思在背后说别人？

王安石坐在亲家司马光身边，察觉韩琦往自己这边看了眼，有些奇怪，不过见司马光和他那一排谏院同僚都正襟危坐，一副"我绝对要认真听完，然后参你一本"的架势，王安石没和司马光说悄悄话，也专注地准备听王雱开讲。

王雱却没有说什么，而是先在正中央的巨大黑板上徒手画起舆图来。舆图从战国开始画起，逐步演变到隋唐时期的疆域，黑板足够大，所以多个地图并排画在一起也不显拥挤。生员们见到王雱凭空画出一个个舆图，心底的紧张莫名地消失了大半，都目不转睛地看着王雱把几个时期的疆域图全都展示在黑板上。可惜的是，舆图画到唐时便戛然而止。

王雱秀了一手，在所有人感觉意犹未尽的时候转过身报出这次讲座的主题——“都城保卫战”。这个论题很大，不过王雱主要是论证“江山在德也在险”。王雱洋洋洒洒地给未来的军官们讲解起历朝历代各个都城的城池防御系统，这种系统的归纳总结方式在这个时代很少见，主要是能够阅读大量文献并从其中提取出所需要的资料，对于这个时代的人而言太难。他岳父司马光也是在崇文院那边干过好些年，又得到了官方的支持，才得以博览群书、纵观史料，在未来编写出大部头的《资治通鉴》。

韩琦等人虽然都是进士出身，不过全都在边关搞过边防工作，听起王雱所说的内容来不算难理解，甚至还听得津津有味，心中纳罕：这小子怎么了解得这般详尽？怕是早有准备。倒是台谏诸官听王雱引经据典纵谈古今，又摆数据、列史实，顿时像回到了读王雱那几份自辩折子时的一刻。

这从容不迫的气度、这翔实有据的讲解，岂是一个十七岁少年能做到的？不少人认真听讲之余，目光免不了落到富弼、曾公亮几人身上。宰执之中，最通边务的无疑是曾公亮和韩琦，另外富弼也有过边关任职和出使的经验。这次讲座名为王雱这小孩所开，实际上怕是传达了这几位宰执的意思。要不然以王雱的资历，请得动官家与一干宰执吗？那么曾公亮他们授意王雱开这么个讲座，到底有何意图？台谏们飞快地在脑中思考着这些问题，也不忘认真地听王雱接下来的内容。

王雱信手拈来地摆完数据、讲完史实，开始讲述因地制宜搞城防的重要性，每提一个关键点都要拎个朝代出来说“就是因为它的都城有这样或者那样的缺陷，所以它随随便便就完蛋了”。不仅朝代完蛋了，这个朝代的百姓和朝臣们也完蛋了，日子过得极其凄惨，遇上蛮横的外族入侵更是会屠尽满城百姓。当然，这只是极端情况，王雱没有大肆渲染，只随随便便地举了些例子说这个外族有什么残暴习俗，那个外族有多凶狠善战。王雱“危言耸听”完了，特别致谢富弼和曾公亮，说这些例子是两位相公提出的。更值得一提的是，曾相公参与编纂的《武经总要》是本好书，不愧是武学基础教材。

台谏诸人听完了，目光转到了曾公亮两人身上，心想：果然是他们的手笔！

虽然王雱只字未提大宋，还反复强调“大家千万不要对号入座”，但众人还是在王雱每次轻描淡写地列数据表示“就这样，他们完蛋了”的时候感觉如坐针毡。黄河之议之所以会那么激烈，就是因为黄河乃是阻挡外敌南下的天险，但凡冬天河面结冰边境诸州就会受到侵扰，更别提失去黄河了。所以，他们口上虽是认同“江山在德不在险”，可面对无险可守的窘境时心里还是隐隐发虚。

不同于台谏诸官，韩琦等人想到的是官家那个梦。假如官家梦中之事成真，城破那日他们早已亡故，魂魄飘于空中眼睁睁看着国破家亡，自己的儿孙蒙受屈辱或身死敌手。倘若真有那样一日，他们如今的位极人臣、富贵荣显又有何意义？国之不存，便是侥幸留得性命，那也是无根漂萍。韩琦几人的目光落到官家身上。王雱此举，应当是官家的意思。

这时候，王雱已经带着武学生员们进入互动环节，王雱让人将几个推演沙盘搬进来，邀人上台来演示都城攻防。王雱把赵仲针推到沙盘前，对武学生员们说："不要害怕，我负责给其他人展示你们的推演过程，由我今天的小助教来和你们玩。"

王雱这话可激起了不少武学生员们的斗志：你什么意思？瞧不起人是吗？你推演厉害了不起啊！

接下来，赵仲针守城，武学生员上台来尝试攻城，王雱负责搞讲解，一边讲解还一边在黑板上记录双方的损耗数据，用了什么战术、花了多少银子、死了多少人，都明明白白地列了出来，直白无比。经过几番激烈的攻防战，各有胜负，双方都较上真了，输掉后都大呼："我还有办法！……我不认输！"压根儿忘了官家他们还在。

见战况如此火热，官家也坐不住了，绕到前面去看沙盘上的推演情况。一次次推演表明，并没有铁桶一样让人无法攻破的都城，但是守备越森严、地理位置越优越，对方攻下都城的代价就越大，连赵仲针这样的半大小孩偶尔也可以守住。同样的人、同样的防御体系，在利用天险和不利用天险的两个条件下，每年所花费的军费、遇到战事时所承受的损失会大有不同。只需要进行简单的加减计算，就能发现两者孰优孰劣。

随着大宋定都开封，北方诸州日渐荒凉，连洛阳长安的经济都进一步萎缩。近年来朝中商议水政的时候，还曾提出开封水系承担庞大的漕运功能已日渐吃力，不如将洛阳水系引过来。这样的建议一旦被采纳，洛阳城内连供水都会成为问题，眼下才刚刚有复兴苗头的洛阳会迅速萎靡。到时，北边人口越发稀疏，彻底无险可守，久经战事的西境诸军又相距甚远，难以驰援开封。若是有狼子野心者挥师南下，那当真是如入无人之境！而这并不是没有可能的事。当初大宋与西夏交战，辽人就曾大军压境，趁机提出割地纳贡以及迎娶宗女的要求。在王雱反复强调"我真的不是在说大宋，在座的各位千万不要代入"之后，所有人都忍不住代入了。

几轮攻防推演结束之后，整个讲座正式进入尾声。赵仲针意犹未尽地看着王雱从容自若地对整个讲座进行归纳总结，眼里心里都是满满的崇拜。赵仲针暗暗下定决心：他以后也要像王雱一样文武都精通，尤其是兵学这方面，经过今日的推演后他对此产生了浓厚的兴趣，只恨自己一直当守城一方，不能带着人去攻城略地。反正对王雱，赵仲针是一千个一万个信服。

讲座结束，王雱又一次致谢，把官家和韩琦等人都感谢了一下，最后特别鸣谢他爹和他岳父。尤其是他岳父，讲座赶得急，岳父白天辛勤工作，晚上还熬夜给他看讲稿，自己这个女婿啊，每每受到岳父的教导就感觉心里热乎乎的，难怪大家都说“岳父也是爹”。众人被王雱这话狠狠地恶心了一下，看向司马光的目光都变了：瞧你也是个浓眉大眼的好清流，怎么挑了个这样的女婿？

讲座正式结束，武学生员们都觉意犹未尽，王雱没拖延，干脆利落地领着赵仲针和官家他们一起跑了。下午官家留王雱用了膳，饭后照旧和王雱在禁中散步。讲座都开完了，王雱也没隐瞒自己的想法，把迁都洛阳的建议给官家讲了。官家也隐约猜出了王雱的意图，上回在洛阳时，他便与王雱提过太祖曾有意迁都洛阳的事。

官家顿步说道：“这事儿，不容易。”

王雱抬起头说：“天底下本就没有容易的事。”除了那些终其一生不建寸功、只求安享富贵的人，没有谁的人生是轻轻松松走完的，都得跨过这样或那样的难关。

对上王雱过分明亮的眼睛，官家心中仿佛也涌出一股难言的热流。这小孩恐怕是见他表现得喜欢洛阳，又做了那样可怕的梦，便一直在做这些准备，要不怎么可能罗列出那般详细的数据和史实？这孩子，用心诚啊！嘴上说的都是些轻松讨喜的话，背后做的许多事却从不在别人面前夸口。不像有的人，口里说得花团锦簇，背地里却松懒懈怠，根本没把自己说出口的话放在心上。官家觉得自己得好好调理身体，加强锻炼，争取多活几年，要不然他害怕王雱这实诚孩子会吃别人的亏。

王雱的讲座极大地提升了武学生员们对军事地理课的热情，王韶开课时热闹非凡，差点儿让他有些招架不来。比起王雱这个纯粹的军事爱好者，王韶那是悉心研究过好些年兵学的，功底自然扎实，教起学生来一套接着一套。

武学这边一片欣欣向荣，书坊那边也打出了王雱新书的宣传广告，表示王雱新书正式上架了。但这次不是《水浒食神》的后续，也不是以前的普法读本，而是全一册的《都城防卫战》，这书内容翔实，图文并茂，宣传语也格外霸道，明晃晃地打出“官家”“韩相公”等旗号，总之“大人物听了都说好”。这招虽然已有些老套，但架不住这些人的名头惊人啊。反正走过路过的人看了都忍不住停下脚步，走进去买上一本——反正又不贵。

王安石从三司那边下衙时，也看见了书坊门口硕大的广告。这时候书似乎已经上架一整天了，王安石想了想，进去拿了一本，结账时寻机问掌柜的这书卖得如何。

儿子又出书了，王安石这个当爹的肯定开心。最近，许多人都在议论王雱的那个讲座，他听着是很欢喜的，这代表他儿子能耐大！可唯一让王安石不大高兴的是，许多人都说这讲座可能是别人的主意，有的说是富弼，有的说是曾公亮，有的说是韩琦，还有的说是官家。这些人都是什么意思，就不能是他儿子自己想出来的吗？！

掌柜的今天忙了一天，听王安石问起销量也乐意和他说几句，当即夸了起来：“再好不过了，今儿进来的客人个个都买了一本！”他还拿各种书的销量和王雱这书横向比较，表示近期内再没有比这卖得更好的书了。

王安石听了很满意，转念又想，近期内没有，那岂不是以前有更好的？王安石进行一番调研，知道有的书日销量更高，还能卖到其他地方去，默不作声地揣着书回了家。等到王雱回来了，王安石绷着脸叫王雱到书房，让王雱给他准备几十本《都城防卫战》样书，他得给老朋友们写信，顺便随信附送一本给老朋友们。

王雱听王安石这么说，在心里为曾巩他们默哀了一秒，他爹又要使出必杀技——炫儿狂魔了！对自家老爹这点小要求，王雱还是积极满足的，很快叫人扛了几十本书回来。他又从王安石那儿得了灵感，连夜提着十来本样书跑去拜访自家岳父，兴冲冲地说：“岳父您看，这是我新出的书，给您送一些来，要是您有什么朋友想看就不用破费去买了，您直接给他们送一本就好。”

司马光最近又被同僚们投以“你还想不想当清流”的怀疑目光，究其原因就是因为王雱在讲座里那番感谢。谏院同僚显然都认为，司马光和宰执通过气，却没给他们吱一声提个醒！他正烦着呢，看到王雱屁颠屁颠地跑来碍眼，司马光板起脸教训道：“多大的人了，还这么不稳重，想一出是一出！这么晚了扛着书跑一趟做什么？”

王雱自然张口就是一番“不第一时间给您送来就是没诚意”的论调。司马光真是拿他一点办法都没有，又把台谏同僚的“结论”给王雱讲了，告诉王雱这件事已经成了宰执的意思，大伙都认为他已经成了宰执的传声筒。要不，谁会胆大包天到给台谏诸官下帖子？私心里，司马光还是希望王雱能够当个品行端方的清流，眼看着王雱越长越歪，他免不了又多教育了几句，想把王雱做佞臣的苗头掐灭。

王雱都乖乖听着，绝不反驳，怕自己一开口把岳父气坏了，回去没有暖暖的媳妇抱。司马光一看王雱这模样，也知晓口头教育肯定收效甚微，只能放他离开。待王雱走后，张氏撩起门帘进来收拾，见桌上摆着十几本簇新的书，奇道："这不是你今儿买回来的那本书吗？"

司马光眉头跳了跳，说道："是元泽那小子写的，头一天上架就连夜给送了过来，好像过个夜都睡不着一样，也不知什么时候才能真正长大。"

张氏听他说着嫌弃的话，笑了起来："你这岳父真是难伺候，连夜送来，你说人家长不大；回头要是不送了，你又要说人家对你不上心。"

司马光气道："我是那样的人吗？"

张氏不再多说，只是笑。

王雱的新书送到凤翔时，关于阅兵和讲座的事也完完整整地随着各方信件、消息传到了苏轼耳中。苏轼知道王雱趁着他不在开封都干了什么之后，很是憋闷了好几天，还和王弗说："你看看这家伙，我们在开封时他不出这样的主意，到我外调了，他才弄出这样的大热闹来，真是岂有此理！"

王弗道："他这不也是去年秋天才当上京官吗？"

苏轼还是气不过，表示回京后一定要狠狠宰王雱一顿。说完狠话之后，苏轼心中难免又有些唏嘘，一入仕途深似海，想再像当初在国子监那样天天待在一起谈天论地很难了！

苏轼写了封信痛斥王雱，而后骑着马下乡调研去了。他不是一把手，又是外来的，一开始肯定没什么活干。王雱常说："山不来就我，我去就山；没有活干，自己找活。"苏轼带着找事干的心情下乡溜达，结果还真遇到事了：他在路边看到个赤裸的弃婴。若不是微弱的哭声从山涧旁的草丛里响起，苏轼还真没想到这种地方会藏着个孩子。苏轼脱下外袍，把弃婴包在衣袍里。得益于有了儿子，苏轼对怎么抱小孩还是很有心得的，一手牵着马，一手小心翼翼地抱着孩子回家，让人去请个大夫过来以防万一。

比起开封和成都府，凤翔这边气候不好，经济也不怎么好，常年少雨，庄稼总也长不好。这弃婴怕是才出生不久，虚弱得很，连哭都哭不大声。王弗是当了母亲的人，见到这又瘦又小的女婴低低地哭，心里免不了心疼得很。也顾不得多问，派人去邻里问问有没有愿意当几天奶娘帮忙喂一喂这孩子的，若是没有就只能另想办法了。

奶娘还没寻来，大夫先到了。大夫给小孩看了看，没看出个所以然来，这弃婴是女孩，没什么大毛病，看着也是足月的，只要好好养着便能长大。

王弗道："那她家里怎么把她扔草丛里？"

大夫叹着气道："这种事再寻常不过，许多人生了又养不起，能怎么办？只能偷偷扔了。"大夫是个上了年纪的人，年轻时走过不少地方，看过太多这样的事，他说，"您不必太大惊小怪，在民间很多地方都是这样的，尤其是生了女儿。有些地方穷，那里的人就会想：'男孩还能下地干活，生女儿能做什么呢？养大了只会便宜别家。'这些地方的女娃，命苦啊。"

王弗听了大夫口中触目惊心的事实，又看看那个小小的女婴，心里莫名难受。

大夫走后，底下的人也把奶娘寻来了。王弗已给女娃娃换上小衣，让奶娘抱去喂她。屋里静了下来，王弗还在想着大夫的话，她与苏轼从前都是待在城里，鲜少接触这些事，乍一听便有些接受不来。夫妻俩商量了一下，决定请个奶娘把这小孩养在家里，往后可以收作义女。只是他们能收养一个，不能收养五个十个。

苏轼道："当初元泽开女学时提到过这些事，我还觉得他说得夸张，没想到都是真的。凤翔在这一带已不算穷困，竟就被我碰上了。"

苏轼在荷花池边坐了一夜，到夜深才回房。早上起来，苏轼对王弗说自己要出去一段时间，便去府学那边寻些人手带着下了乡。

王弗在家照看着两个孩子，想着外头的急风恶雨，心中担忧。她的丈夫年少气盛，正是不平则鸣的年纪，若是遇着什么事怕是会第一个冲上去。

正忧心着，王弗看见儿子小心翼翼地去戳小女娃的脸颊，上前拉住他不安分的手，柔声劝说："乖，别吵醒了妹妹。"小男孩眨巴着眼睛，直直地盯着熟睡的小婴儿，心想妹妹看着真软啊。

王弗也看向那小小的婴孩。她也曾怀胎十月生下孩子，从怀上开始便感觉母子连心，怎么会有人舍得把这么小的孩子扔在荒郊野外？是她的母亲自己把她扔了，还是她母亲根本不知情，一睁开眼就发现孩子已经不见了？

转眼到了盛夏，开封享受着漕运四通八达的便利，各种美味的食材从四面八方运送过来。王雱和司马琰溜达去码头买刚捞上岸的河鲜，看着汴河热闹非凡的场景，不由想到逐渐在朝野蔓延开的迁都之议。官家将风声透出去之后，反对的声音肯定是有的，而且还不小。毕竟有的人辛辛苦苦奋斗许多年才能在开封买房，要是迁都洛阳，那前期的投资可就全白费了。

王雱买河鲜时就听到那靠汴河生活的小老头儿忧愁地说起这事儿：“要是官家搬去洛阳了，日子怕是不好过喽。”

王雱笑道：“不会的，到时开封依然是东京。”虽说不当首都了，当经济中心也不会差到哪里去，就像唐时的洛阳一样。

只不过当不当政治中心，在许多人眼里还是大不相同的，至少卖河鲜的小老头儿就没因为王雱的话而感到宽慰，还是为迁都的消息唉声叹气。

王雱提着河鲜回到家里，叫厨下拿去做了，周武却给他带了信来，说是凤翔那边送来的。王雱一听凤翔，立刻端了盘果子到凉亭里看信。

说是信，还不如说是包裹，老厚老厚一叠。王雱原本等着看苏轼写的那些吃吃喝喝的事，还备好了茶水点心，结果入目便是一张触目惊心的画：驿亭处，一群士子都一脸疲惫、满身泥污，显见是刚从乡下回来，他们都抱着婴儿，有的手里还抱了两个，婴儿们身上包着各式各样的布。

凤翔入夏闹旱灾，旱死了不少庄稼，许多人家里生了孩子养不活，只能扔了，这里头女孩多，但也有男孩。越是穷困的地方，这种情况越严重，而且不管百姓还是官员对此都已习以为常。被扔掉的孩子还有一线生机，更多的则被溺死溪涧、活埋山野，救无可救！

习以为常是多么可怕的事。苏轼在信中写，此情此景他在蜀中鲜少见到，不知天下竟有如此惨事，感觉每日肉糜入肚都不安宁，恨只恨他能救一家却救不得百家。

苏轼这几个月在动员凤翔人多识字、学算术，一家人之中若是有个出挑的能在城里赚钱养家，也能少些在早年亲手杀死骨肉的惨祸。除此之外，苏轼还和上司一起去搞了封建迷信——求雨。巧的是，求雨那天真的下雨了，可惜还是不足以解除干旱。

由于捡回的孩子多，苏轼带人重修了居养院，能弄来奶就用奶喂，不能就喂米糊，总能养大。王弗平日里除了在家照看两个小孩之外，也会像在蜀中那样开办一些短课程，只是这一次授课对象不局限于官宦女眷与孕期妇女，而是面向更多的女孩子。虽然不知道能不能起作用，但能做一点是一点。希望今年的猪崽长大之后，所有人都能过个好年。

王雱看着苏轼长长的信，长舒一口气。他感觉苏轼的画风好像隐隐有了点变化，看到信的最后，他心想这老苏怕不是要和养猪杠上了。

其实，凤翔这地方是个宝地，比如有一物，遍地都是，取之不尽，用之不竭——石灰石。凤翔是石灰石的重要产地，这东西可以当水泥和玻璃的重要原料，涂在树木上还能防虫护林，稍微加工一下这东西就能变成大宝贝。

王雱记得历史上的苏轼也是个基建狂魔，修过苏堤啥的，王雱决定送他份配方让他先把基础版水泥捣鼓出来，解凤翔燃眉之急。王雱琢磨了一宿，按照苏轼的意思帮他把画和描述弃婴惨状的文章给投到《国风》上去，自己则带着写好的折子去忽悠官家。

官家见王雱揣着个折子进宫，还以为他又带来了杂书，不由问："今儿是话本，还是游记？"

王雱道："都不是。"他把苏轼写信回来的事和官家说了，还把苏轼的文章拿出来给官家看。

官家看完，沉默下来。现实毕竟不是话本游记，现实有太多无奈，话本里的美好，游记里的美景，都是经文人之手美化的。许多人对他都是报喜不报忧。有一年，某地有战事，宰执始终瞒着他，直至一禁卫忍不住在他面前哭泣，他才知晓发生了什么。当时晏殊说，他们不愿他担心。

官家叹息着说："百姓养不起儿女，我之过。"

王雱当然不是说这些事情给官家添堵的，他说道："我有一想法，可解凤翔燃眉之急。"

官家听王雱这么说，顿时精神一振。他接过王雱手中的折子仔细看完了，心中又是感动又是担忧。本来王雱可以捂着这法子发大财，他却痛痛快快地写在折子上献给朝廷。此法若是当真可行，不仅凤翔之急能解，连朝廷财政的压力都能有所减轻。这样实诚的一个孩子，叫他怎么能不担心！

王雱看出官家的想法，说道："钱财够用便好。即便家有良田万亩，子孙不肖也会败个精光。"

生财之法王雱给出过不少，他看人也很准，没有谁辜负过他的信任。来到这个时代十余年，他手里的钱也足够他安身立命，奉养父母。说句脸皮厚点的话，想要钱，他能敛取足以羡煞旁人的财富，但是他对此兴趣不大。生在这样的时代，钱并不是最重要的东西。哪怕你富甲一方，也不过是被人养肥了挨宰的肥羊。只要能争取到大部分人的认同，想干什么干不了？

官家对上王雱澄明的双眼，知道这小孩说的都是真心话，明明才十六七岁的年纪，却把事情看得极其通透。官家免不了又想到范仲淹，范仲淹就曾写过"先天之忧而忧，后天下之乐而乐"，感慨过"微斯人，吾谁与归"，想来收了这么个学生，范仲淹应该会很开怀。

官家道："有你在，我与范公都可放心了。"

王雱听官家作此感慨，立刻说道："老师他可不是这么想的。我跟您说，老师他最狡猾了，从来不教训我，但是我遇上他只能乖乖听话。本来我在青州天天玩，他吧，就撺掇我爹把我塞进州学去；被您召回后他还把我也捎来了，直接将我送进国子监。您是不知道，国子监特别可怕，尤其是胡直讲和梅直讲，胡直讲整天都板着一张脸，可凶了；梅直讲吧，写诗特别厉害，还写来骂我！我不要面子的吗？"

官家乐道："我怎么听说你还写诗骂了回去？"

王雱坚决否认："没有的事，我这么尊师重道的学生，怎么会骂先生？您打哪儿听说的？绝对是对方在说谎！"

正巧这时有人来报说欧阳修求见，官家便让人把欧阳修领进来，笑着对王雱说："好了，你们可以当面对质，看看谁在说谎。"

王雱一看是欧阳修来了，马上㞞了。这欧阳大人，可是梅尧臣的好朋友啊。王雱没脸没皮地认㞞："我说谎。"

欧阳修知晓他们在讨论什么之后，立刻揭了王雱的老底，发挥他良好的记忆力把他们师徒俩的对骂诗词给背了出来。

王雱替自己辩解："人在生气的时候，难免会说些冲动的话。如今我和梅先生可好了，简直天下第一好！"

欧阳修道："确实如此，自从王小状元进了国子监，圣俞说话总离不了他，每每提起都是又气又爱。后来去了洛阳，来信时更是时常提到'今天那小子又做了什么''最近那小子又不消停'。"

王雱怕了，赶紧阻止欧阳修接着往下说："您就别揭我老底了！"

官家笑道："欧阳卿是有什么事要禀报吗？"

提及此，欧阳修面容一肃，取出一份图稿对官家道："臣审到此稿，觉得应当先将它呈给陛下。"

官家见欧阳修面色沉肃，顿时也认真起来。他接过一看，发现那赫然是王雱刚才给他提过的《弃婴图》，后面还附有苏轼写的文章。刚才虽已看过苏轼的文章，但官家还是仔细地又读了一遍。

看完之后，官家才叹了口气，将图稿递回给欧阳修："此事刚才元泽已与我提到，你只管把它刊出便是。"他让欧阳修先候在一侧，着人去将三司使叫过来，还特别叮嘱把王安石捎带上。

目前的三司使是包拯，欧阳修上书喷过他，说他在台谏时把原来的三司使弹劾走，自己又继任为三司使，属于取而代之。包拯当时确实是台谏的“头号喷手”，本来张方平在当三司使，他把张方平给喷下去了；后来官家想让宋祁顶上，包拯又说宋祁他哥位列宰执，还让宋祁当计相，不合适。于是，官家说，行，全都不适合，那包拯来当吧。

欧阳修听官家要让人去寻包拯过来，一时有些进退两难，留着吧，尴尬；走吧，官家不让。不过他弹劾包拯也不是为了私心，因此也不至于要避走，听官家的意思是会有解决之法，那他肯定要听一听。

官家传召，包拯与王安石很快到了。王雱久闻包拯大名，乖乖巧巧地立在官家身边悄悄观察起这位包青天来。听说前些年包拯去盐场视察，晒得跟黑炭似的，这几年约莫是跑外地少了，脸看着也不是特别黑，额头上好像也没见着月牙。

王安石正奇怪官家传召自己有什么事，看到王雱在那儿贼眉鼠眼地偷看包拯，很想过去把他揪起来教训一顿。这小子当御前是什么地方？

官家给包拯和王安石赐座，让欧阳修把凤翔的情况给两人说了，而后取出王雱的折子让他们看。王雱折子里的内容很简单，第一，搞开发搞生产，把那用处颇大的“水泥”给弄出来，在凤翔生产和展示；第二，把这类开采和生产业务垄断在朝廷手里，自古以来，垄断永远是最赚钱的。这一点朝廷也很清楚，不然也不会有一溜的“禁榷”商品。所谓的禁榷，就是私人不许卖，得有盐引、酒引、茶引等凭证才能卖，这些商品是朝廷的重要收入来源。王雱介绍的生产流程非常详细，展示、销售等环节也都清晰明了，哪怕是个傻子，拿着这折子去照做都有可能做成。

官家耐心地等包拯两人看完了，才对包拯说：“此事我准备让王卿负责。”这里的王卿，自然是指王安石。主意是儿子出的，儿子小，官家还舍不得让他跑外地，交给爹去做再正常不过。

包拯刚才看到折子上的署名时已猜出官家的意思，自然不会不识趣地提出反对。欧阳修也看了王雱的折子，心中对王雱的评价大大地拔高了一截。并非所有人都愿意将自己知晓的独门秘法献给朝廷，更多人会选择将秘法私藏，为自己赚得万贯家财。此子年纪虽小，却有大胸怀啊！

水泥的生产工艺并不复杂，王雱的格物实验室也有条件完成。王安石知道王雱整天喜欢捣鼓这个，捣鼓那个，也不觉得王雱弄出这么个新玩意来有什么不妥。

王安石、包拯、欧阳修随着王雱去了实验室，辨认石灰石，感受水泥妙用。

王雱用水泥现场灌出了一级方方正正的阶梯，让王安石他们过两日再过来检验。这东西若想用来修路，免不了又要有许多讲究，否则灌出来用不了多久就会出问题，翻修特别麻烦。好在王雱既然是搞工程的，对每种材料的运用自然也有研究，折子中也提出了针对不同路况的修路之法，让王安石和苏轼摸索着搞。等到水泥阶梯凝结之后，包拯他们又亲自过来试走一遭，都对这神物叹为观止。欧阳修更是准备写一篇《水泥赋》，歌颂一下这遇水能变得坚硬无比的奇特之物。

对于欧阳修这种乐于助人的行为，王雱自然感动不已，拉着欧阳修探讨了一番什么时候发表最适合。王雱觉得应该等苏轼那边的生产线铺开，搞点展示项目，欧阳修这边再发广告文，到时肯定能给国家垄断的水泥生产线创收。

王雱把自己的意思给欧阳修讲了，欧阳修点头表示赞同，反正他写篇文章也得反复推敲，不急于一时。包拯见他们两人在那儿有商有量的，也没插嘴，这东西确实是宝贝，运作得当肯定能缓解朝廷财政的紧张。包拯看着在那儿对着水泥阶梯敲敲打打的王安石，心里免不了有些羡妒：都是生了儿子，怎么这王介甫就生了个这么出色的？

亲眼见识过水泥的神奇之处后，王安石便要带着秘方前往凤翔府指导当地人建设水泥生产线了。同时，三司那边也有了动作，将这石灰石列为矿藏，按照朝廷律例，矿藏只能由官府开采，或者由私人向官府承包，不属于任何人的私有物，小偷小摸可能没人发现，大规模偷挖肯定是犯法的。这是确保官方的垄断地位。这时候就体现出国家机器的好处了，王雱非常满意，要是由他自己去搞，阻力肯定很大，但是国家项目要人给人，要钱给钱，要政策给政策，实施起来特别爽快。要是有人想入伙分杯羹，那很简单，向官府承包，给朝廷付够钱就成了。

这件事唯一的不好就是，王安石得去凤翔出一趟差。他出趟远门，家里的妻儿老母难免会挂心。不过王安石不是那种儿女情长的人，既然王雱言之凿凿说这事儿一旦做成必然利国利民，王安石非常愿意跑一趟。吴氏也很通情达理，亲自替王安石整理好行囊，叮嘱他路上小心些。第二日，王安石早早去和母亲辞行，被妻女送出门，又被王雱一直送到城门外与同行的人会合。

王安石见王雱跟了一路，打发他赶紧去上衙："你是在御前办差的，少东跑西跑。我不在家中，你就是家里的顶梁柱，一家老小都依仗着你，你可别瞎闹腾。”

王雱大感冤枉：“我什么时候瞎闹腾过？”

王安石心想，连迁都都给整出来了，难道还不算瞎闹腾？现在朝中都吵翻天了，朔望朝会都在吵这个，其他问题解决起来都和谐了许多，毕竟大家得留着力气争论迁不迁都这个议题。当然，听完王雱的讲座，他也觉得没有天险可守的开封有点儿危险，心里面也倾向于迁都。

“行了，”王安石终归还是没多说，“你赶紧回去，我要出发了。”

王雱说：“我在这里看您走。”

王安石拿他没办法，只能上马与同行之人一道出发。走到前方的转弯处，他回头看去，却见王雱还站在那里目送他们。

其他人感叹道：“介甫，你生了个好儿子啊，聪明能干，还这么孝顺。”

王安石道：“哪里好了，他闹腾起来能把你气死！”

其他人都说那是脑筋灵活主意多，说得王安石心中愉悦，平时的臭脾气都收敛了不少，把“我儿子也不是特别厉害，只是随随便便就做到了某某事”的话给同行人如此这般地讲了一番。

王雱骑着马优哉游哉地去上衙，路上没忍住打了个喷嚏。他琢磨着可能是他爹又在和别人炫耀他，有个这样的爹，他真是一点办法都没有啊，真心同情他爹的朋友和同僚们。

王雱回枢密院报到，又被曾公亮拎去宰执们议事的地方。这段时间，韩琦他们顶着巨大的压力，许多人看向他们的目光都挺凶狠的，那眼神里的含义很明显——你们这些家伙居然撺掇官家迁都！

他们几个人吧，其实也都在猜疑到底是谁在背后筹划迁都。大家的头号怀疑对象自然是官家，毕竟王雱几乎天天被留在御前。除了官家，大家还怀疑韩琦，因为韩琦对王雱一向很照顾，据说小时候还教导过王雱（王雱到处宣扬的）。而后怀疑曾公亮，因为王雱在他手底下做事，还大力推荐了他参与编纂的兵书。接着又怀疑富弼，若是他们没交集，王雱怎么特地感谢了他两次……总之，他们看谁觉得谁可疑。几个人开诚布公地谈过之后，猛地发现：大家都是在背锅啊！一瞬间，韩琦想到了文彦博，想到了王拱辰，想到了许许多多被王雱坑了的踽踽独行的可怜人。

韩琦让曾公亮把王雱带过来一起议事，骂王雱：“你小子，起了头就在旁边看着朝中吵来吵去，好意思吗？迁都是你提的，你倒是给出个主意把事情定下来啊！”

王雱听明白了韩琦的意思，脑袋摇成拨浪鼓：“不成，我只是个六品小官，怎么能对这种大事指手画脚！”

韩琦冷笑：“这个时候你倒是有自知之明了，早前怎么没见你这么自觉？”要是不敢指手画脚，别开讲座，别出书啊！别散布要迁都的消息啊！别以为他不知道，王雱和那几乎垄断图书市场的方氏书坊有着千丝万缕的联系，要想神不知鬼不觉地散布某些消息简直再容易不过了！

王雱唉声叹气。这世道越来越难混了，这些人都太聪明，坑了一次就很难坑第二次，尤其是韩琦，不仅越来越警惕，还会在背后说人小话，让他的亲朋好友也跟着警惕。人心不古啊！王雱也没有一步到位的办法，他本来就是先画个大饼把官家勾住。真要迁都，那当然得一步一步来。王雱不死心地和韩琦讨官当：“首先，您得给我个都水使者当当……”

韩琦看王雱，觉得他脸上明晃晃写着“贼心不死”几个大字。他认为王雱这兴修水利的喜好是王安石带出来的，当初王雱才那么大一点，王安石就带他下乡考察，领着他琢磨怎么挖渠修湖。对王雱的请求，韩琦并不表态，一副“行，你接着往下说”的冷静表情。

王雱一点都不心虚，他在洛阳三年，基本上把洛阳水系琢磨透了——怎么引水、怎么凿渠、怎么顺势让两条水道合流，王雱心里全都有数。他甚至造了点小型水利工程，探索如何充分利用水力资源。

王雱讨来张宽大的白纸，熟练地在上面画出洛阳和开封的水系图，偶尔还在某段河道上写一些数据，给韩琦他们讲解如何拓宽洛阳与开封之间的河道。听过“都城保卫战”那场讲座，在座的人基本都能适应这种用数据说话的方式，甚至还觉得很不错。这化难为简的本事，一般人当真难以做到。倘若此事做成了，便是不能迁都洛阳，也能大有益处！

韩琦道：“你的想法我们已经知道了，先回去吧。”

对于韩琦这种过河拆桥的行为，王雱十分不满，磨磨唧唧不肯走，想从韩琦口里套个准话。韩琦不理他，只让他先回去等着。毕竟在场的都是当朝大臣，王雱能有什么办法，只能乖乖走了。

没过几天，官家便问王雱是不是还想去当那都水使者。王雱也不瞒着，当场告起韩琦的状来，说韩相公他不实诚，叫他去出主意，出完就赶他走，指不定是想昧下他的好方案叫别人去揽功。这人太坏了。

官家听王雱滔滔不绝地说着韩琦坏话，也不打断。笑着等他说完了，才把韩琦递上来的折子给他看。王雱接过折子一看，没声了。人家老韩是实诚人，品行端正得很，这折子先是把他的方案说清楚，然后表示可以让他去负责这个项目，还提出枢密承旨的差遣他得继续兼着，时常回来汇报一下进展，别一到外面就跑得没影了。

王雱也不害臊，振振有词地继续告状："您看看他，要上这折子也不和我说，害我白白担心了好几天。韩相公这人太不实诚，您可得帮我说说他！"

官家被他逗笑了："行，我把你这些话给他学一遍，让他好好反省反省。"

王雱感觉官家也学坏了。由此可见，韩琦显然是匹害群之马！

官家没打算一直把王雱拘在身边，当即批了韩琦的折子。

王雱如愿以偿地走马上任，还把同年郏亶给讨了过来当副手。郏亶听说要搞水利工程，自然欣然调岗，每天跟着王雱画图纸做计划，摩拳擦掌准备大干一场。虽然王安石不在家，但王安国还在京城准备秋闱，此时王雱往外跑，倒也不至于让家里没个男丁守着。王雱和司马琰交代后，便带着郏亶他们跑了。

要拓宽洛阳与开封之间的河道，不能单纯地挖个渠，得进行周密的测定与计算，王雱准备先到洛阳那边捞批人才来完成前期的工程规划。前期准备越周全，后期可能遇到的问题就越少。

王雱暂留洛阳数日，屁颠屁颠地去见范仲淹。王雱买的园子毗邻西京文化公园，范仲淹他们每天不仅可以在园子里散步聊天，还可以去文化公园那边溜达，日子过得逍遥得很。虽说要他们去上课已经不大适合，但是这边的官员和新校区的教谕们都会积极地登门请教问题。王雱去了，范仲淹还嫌他黏在一旁妨碍正事。王雱酸溜溜地说："以前天天留我吃饭都嫌不够，现在有这么多新学生啦，就赶我走了。"

范仲淹没理他。还是师母偷偷和王雱说，每次他来信范仲淹都很高兴，今儿知道他要到，还特意吩咐底下的人去买了王雱爱吃的菜。

于是，王雱又拉着范纯粹感慨："你说你爹啊，年纪越大越不老实，明明这么盼着我来，见了我又赶我走。没见过这样的。"

范纯粹这乖孩子被他弄得很为难。和人吐槽他爹，让人怎么附和？

王雱欢欢喜喜地蹭了范仲淹一顿饭，眼见要下衙了，又寻着相识的人一个个去拜访，首先当然是拜访王拱辰。大家都是状元，又都姓王，多亲近啊！

王雱抱着一坛子好酒去寻王拱辰，开心地和王拱辰分享好消息："由您冠名之后，洛阳的酱料卖得可好了，远销辽国。就在过年的时候，辽国派了使者过来贺岁，回去时每个使者都带走了好几坛子的拱辰牌酱料。当时还有使者和我问起您呢，我就让鸿胪寺的人给他们介绍了一下，如今您可是连契丹人和党项人都知晓的人物了！”

王拱辰听得眼前发黑，恨不得把这家伙赶出门去。

人见人烦的王小雱一点都没有招人烦的自觉，积极地倒酒和王拱辰叙旧，深情地表达起自己对王拱辰的思念来，还诚挚地说：“我觉得啊，韩相公他不如你。”

王拱辰真想叫人堵住这小子的嘴。

王雱和王拱辰套完近乎，便与王拱辰说起此番来洛阳的主要任务。测绘推算要人，挖渠动工要人，王雱自然不能不和王拱辰通气。王拱辰觉得王雱这脸皮若是拿去做城墙，那肯定能挡住百万雄师。王雱是带着上头的意思过来的，王拱辰没办法，只能要啥给啥，“叫得动的人你只管叫”。

王雱等的就是这句话，二话不说带着郏亶去扫荡人才。都学了这么久了，是时候搞搞实践了，一时不会不要紧，上手做做就会了。王雱的号召能力从来不差，随便动员动员已经顺利聚集了一批人，大伙都热情洋溢地投入到建设辉煌洛阳的伟大工程之中。

等王拱辰反应过来，才发现王雱把洛阳大半官吏给拐跑了，不管是原本在府衙瞎忙活的还是在国子监读书的，一个两个都捋起袖子跟着王雱干活去了。剩下的人老的老，废的废，连接待个客人，前来斟茶倒水的都是老吏——慢腾腾地把水壶搁到炉子上，慢腾腾地生火，慢腾腾地开茶团。看得王拱辰都急了，直接换自己上阵把茶泡开，和来客道歉：“招呼不周，招呼不周啊。”

这客人是开封来的，带着他主家的意思来拉王拱辰入伙。王雱深得圣宠，众多宰执又都对他另眼相看，很多人已经看他不顺眼。王雱是官家与宰执推出来开展迁都工作的人，不想迁都的人暗中相互联系，准备扯扯王雱后腿。

王拱辰和王雱的关系看着很扑朔迷离，毕竟王雱是范仲淹的学生，王拱辰和范仲淹不对付，怎么看王拱辰和王雱都不该和平相处。事实上，许多人也都是这样认为的。没看到王拱辰整天把王雱竖起来当靶子吗？这两年接受磨勘的官员没有一个不骂大小俩状元的。以前吧，大家只要混混日子就能改官。现在不成了，得完成各项指标，指标不完成，升官没你份儿。那些试图混日子的人听说了始作俑者是谁，能不骂王拱辰和王雱吗？反正在外人看来，王拱辰和王雱之间肯定有那么一点龃龉。所以，开封那边来人了，想找王拱辰一起拖王雱后腿。

王拱辰这人行事不拘手段，最会构陷人，想来坑一个六品小官完全不是问题。于是，这人一进入正题，就开始数落起王雱给王拱辰带来了多少恶名——什么故意把王拱辰的名字做成酱料商标，什么用一份考核表让王拱辰天天被人骂。

王拱辰听着来客口若悬河地说完，客客气气地把人送走，忍不住冷笑。他王拱辰再不济也是状元出身，还曾是台谏强力喷手，对这些见不得人的鬼蜮伎俩再了解不过。空口白牙就想让他去针对王雱、把他当枪使，真当他是傻子吗？

王拱辰转手就写了封信，叫人送去给王雱，让王雱自个儿注意点。没过多久，王拱辰就收到王雱长长的感谢信，王雱在心里情真意切地说："您真是好人哪，气量大，人品好，公正无私，令人敬仰，多谢您的提醒，还有您的鼎力支持。对了，您的小儿子在这里过得很习惯，让您不要想念他。"

没错，王雱把王拱辰的儿子也给拐跑了。王拱辰发现儿子不见了，才晓得他是被王雱撺掇得悄悄收拾包裹跟去"实习"了，妻子急得直抹泪，说："儿子从来没离家那么远，出了事连个照应都没有，可怎么办才好啊！"

王拱辰也想知道怎么办才好，这儿子是他最疼爱的。年纪大了，偏爱幺子多正常？现在儿子在王雱手上，他要是真拖了王雱的后腿，王雱那小子说不定会把他儿子扔到江里去！这王家小子心思好生歹毒，居然能想到有人会从他这边下手！

好生歹毒的王小雱这会儿正带着一群意气风发的年轻学生在江边溜达，亦步亦趋跟在他身边的就是王拱辰的小儿子。这小王长得和他爹有点儿像，一看这英俊的脸就知道是个状元胚子。他俨然是王雱的忠实迷弟，能走在王雱身边脸色都激动得涨红了，连脚底都磨破了也不觉得辛苦。

王雱愉快地完善着工程规划，顺便培养几个将来能用得称手的小弟，日子过得非常充实。若在城外，他们就享受享受农家乐；若是在城里，他就到处去蹭饭，今天蹭范仲淹，明天蹭柳永，后天蹭梅尧臣，小日子过得美滋滋！

这个时候，王安石也成功和苏轼会合。

第二章

父子同着绯

凤翔路远，王安石这一走几乎从炎炎夏日走到了入秋。秋来凤翔遍地金黄，王安石一路走来，看到的是一片荒凉景色。即便苏轼他们集体求雨，今年的雨量还是不足以让凤翔过一个丰年，不少人甚至因为土地歉收而丢了地，沿途百姓面上都是愁苦之色。

王安石有过地方经验，但一次是在鄞县，那是江南肥沃之地；一次是在青州，临海靠江，发展起来很轻松。可凤翔这边水网不丰，百姓几乎全看天吃饭，遇到旱年只能赶早补种些别的作物解急。更重要的是，凤翔临近西夏，常年战祸几乎把它拖垮了，若非这几年朝廷与西夏暂归安宁，怕是连喘息的机会都没有。

苏轼早得了信知晓王安石要过来，王安石不仅要过来，还带了钱款和米粮，凤翔百姓可以好好过个冬了！当然，这钱款和米粮是朝廷拨出的项目专款，不能光拿钱不办事，得干活才有饭吃、有钱拿。苏轼早早与上官候着王安石过来。

苏轼在国子监念书时，常去寻王雱玩耍，见过王安石许多回，不过那时王安石于他乃是同窗的父亲，苏轼没多注意。如今仔细一看，苏轼发现马上之人身形高大，面容方正，与王雱的清逸俊秀倒是大不相同。王安石蓄着须，掩住微微下撇的唇角，遮去了几分相貌中天生的不近人情。

王安石的目光也落在凤翔诸官身上。王安石这人有个臭毛病，办事他喜欢当一把手，要是让他受制于其他人，他做事就浑身不得劲，甚至还会忍不住顶撞上司。这一点，当初在扬州时韩琦就体会过了。此番来凤翔，王安石是准备一手把持整个水泥生产项目的。

知州姓宋，宋家与苏轼家乃是世交，苏轼在他手下做事很自在。知晓上头要派个人过来办事，宋知州非常重视，提前向苏轼了解过王安石其人。即便不问苏轼，宋知州也听过王安石的大名，毕竟他们手头都有一本《鄞县经验》和《青州经验》。虽说许多方法不能照搬，但有余力的时候还是能参考一二，做成了，那就是改官时的加分项。宋知州还知道王安石有个了不得的儿子，这小孩未及弱冠，已经声名远扬。状元常有，但民间如今提起状元头一个想到却总是王雱。不管从哪个方面来看，宋知州都没有与王安石起冲突的理由。

王安石抵达凤翔当天的接风宴办得非常顺利，除了王安石还是不愿沾酒。接风宴散后，王安石到宋知州安排的地方入住，脑中一片清明。他不是儿子所说的“过敏”，不沾酒只是因为觉得人生苦短，睡眠已经足够浪费时间了，若是再沉湎酒色、迷失自我，把脑子交给酒水或者下半身去操控，未免太亏了。王安石不乐意这样虚度人生，他正当壮年，有的是精力，什么都想干一干，什么都想试一试。王安石拿出一本厚厚的书，借着灯光看了起来。

这本书是他儿子不知从哪个旮旯扒拉出来的，叫《资本论》，据说原作者姓马，原书已散失，他手上这本是其他人凭着记忆抄写的。临行前，他儿子说怕王安石路上无聊，翻出这本书让王安石路上看着解闷。

此书内容复杂丰富，用语新奇，发人深省，王安石刚开始读时还漫不经心，渐入佳境之后只觉时间太少，恨不得夜夜捧读。王安石边读边在脑海中比对着曾经构想过的“新法”，渐渐把各种想法理得越来越清楚。越是如此，王安石越是爱不释手，简直想把每一段都重读几遍。儿子不在身边，信函送到开封那边得大半个月一个来回，王安石一个人看着《资本论》，心痒难耐，想和人讨论讨论，又感觉周围人都不大能理解此书内容。

第二日，与苏轼一同去查看那石灰石产出地，王安石打起精神把事情都安排下去，紧锣密鼓地开始招人进行开采和生产。忙活完了，已是日暮西斜，王安石与苏轼沿着山路行到一处山寺借宿，吃着斋饭，喝着禅茶，聊起了远在开封的王雱。

对上王雱他爹，苏轼就有很多话要说了，告了王雱很多状。可惜告着告着，瞧见王安石一脸“什么？我儿子居然做了这样的事！真有想法！”的表情，苏轼默默把剩下的话都憋了回去。可算是知道王雱那小子是谁惯出来的了，有这么个爹，没蹿上天去算不错了！

王安石和苏轼聊着聊着，想起上回和苏轼他爹苏洵在司马光那儿聚会的事情。当时，王安石没憋住和苏洵吹了句“我儿王雱读书一遍就会”，苏洵当即回他一句“谁家儿子读两遍”，显见苏轼也是个过目不忘的厉害后生。

王安石最近憋了许久，没个可以讨论的人，聊到酣处便摸出《资本论》其中一册，递给苏轼，说这书是临行前王雱给他的，这一册他已经看完了，希望苏轼也能看一看，回头一起探讨探讨。苏轼一听是王雱给的书，自然期待不已，揣着书回了自己住的僧房迫不及待地开始看。此书言语平实，内容却暗藏机锋，苏轼连夜读了，第二日也没憋住，拉着王安石一起讨论起读书时生出的疑问来。

两人都是爱书如命，有此一书，每日忙碌之余便是煮茶同读，相互探讨。有人一起读书，与一个人独自闷头读书，自然是大不相同的，苏轼一开始还敬着王安石是长辈，后来读得越深，越有自己的看法，很不服气地捋起袖子和王安石展开辩论。论起辩论来，苏轼一个能顶十个，他脑筋灵活，善于变通，常把本就不善言辞的王安石堵得没话说。王安石气得不轻，回头给儿子写信，说他这朋友不好，雄辩滔滔，爱抖机灵，人说一句，他驳十句，太不给人面子！两边相隔太远，等王雱的回信寄过来，王安石已经和苏轼冰释前嫌，友好地探讨起别的问题了。

王雱在回信里痛骂苏轼，细数往昔被苏轼坑的岁月，表示“这人真是太糟糕啦，虽然聪明、大方，还长得俊，但你还是千万要小心他”。王安石看完又写了封信，训斥王雱不该在背后诋毁自己的朋友，小苏这个人还是挺好的，办事也踏实，不喊苦不喊累，和王雱完全不一样！

王雱收到信时，正好回京和韩琦他们汇报进展，顺便回家看看他娘和他媳妇。他把王安石大相径庭的两封信跟司马琰说了，很是鄙夷他爹的变幻无常：“男人心啊，海底针！”小别多日，王雱又拉着司马琰说了好久的话，结果聊着聊着，他从司马琰口里知道一个大消息：吴氏怀孕了。算算日子，应当是王安石去凤翔前怀上的，只是当时没显怀，也没什么孕兆，是以一直没发现。还是前几日吴氏有些食欲不振，司马琰给她把脉才发现的。

王雱马上不乐意了：“娘刚才怎么不和我说？”

司马琰道：“哪有当娘的和儿子说这事儿的？而且娘觉得三个月以内不要多提。”

有司马琰在，王雱本该不用太担心吴氏，可吴氏年纪也已经三十多，称得上是高龄产妇了。王雱在屋里转悠了两圈，又坐回司马琰身边，抓着司马琰的手叹着气说：“这生孩子，就是一脚踩在鬼门关里啊。”他也盼着有弟弟妹妹，可生孩子真的太危险了。

司马琰道：“早早做好准备，不会有问题的。”她晓事以后一直在帮张氏调理身体，张氏却还是一直没怀上。为此张氏还曾想过给司马光纳妾，可惜被司马光严词拒绝了。后来看张氏和司马光都看开了，司马琰也没再执着此事。张氏身体底子不好，生她时耗损太严重，与其拼死拼活生个儿子，还不如好好养着图个长命百岁。眼下吴氏怀上了也不需要太担心，平日里注意一些，产前准备得妥帖一些，自然会顺顺利利。

王雱也知道这个理，最初的担忧过去后就只剩下开心了，又兴冲冲地跑去找吴氏说话。小妹去找司马琰说话时正好看到王雱跑远，进屋后和司马琰说：“嫂子，你是不是和哥说了娘有喜的事了？”

司马琰点头。

小妹有些失落："怪不得哥那么高兴。"她与哥哥嫂嫂感情一向很好，哥哥更是打小就疼爱她。现在要有弟弟妹妹了，大家难免会更喜欢最小的弟弟妹妹。

司马琰看出小妹的情绪，拉着她的手开解一番。不管有多少个兄弟姐妹，从小处出来的感情不是假的，王雱他们也不是那种一味偏心的人。

小妹的失落来得快去得也快，很快又快快活活地把司马琰推到妆镜前，说要给司马琰梳新学来的发髻。小妹才十二三岁，人小鬼大，懂的不少，她边给司马琰梳理那柔顺漂亮的青丝，还边和司马琰嘀咕："听说洛阳那边很多漂亮的小娘子天天跑去堵哥哥，嫂子你可得盯着哥哥，别让他被外头的小娘子哄走了！"

司马琰问道："谁和你说这些话的？"

小妹吐吐舌头："我偷听别人和娘说话听到的。"王安石与王雱虽然不在，各家女眷还是时不时来拜访，或者邀请吴氏、司马琰去赏花说话，小妹跟着她们，偶尔会偷偷听上几句别人的闲谈。

司马琰笑了笑，让小妹下回别再干偷听的事，被人撞见了可不好。见小妹把发髻梳成了，司马琰让她坐下，改换她给小妹梳发。

晚上两人歇下时，司马琰翻来覆去没睡着。王雱察觉司马琰的动静，睁开眼奇道："怎么？秋天天气太燥，睡不着？"

司马琰说："……没有。"

王雱何等敏锐，一下子察觉媳妇情绪不对，没脸没皮地在被窝里对司马琰进行一番"严刑逼供"之后，终于撬开媳妇嘴巴，知道有人跑到吴氏面前说他在洛阳招蜂引蝶。这可把王雱吓坏了，天大地大，信任最大，他媳妇居然怀疑他的人品。这说明什么？这说明他这个丈夫的形象不够伟岸，不够可靠！

王雱立刻解释："我天天忙着正事，哪有空理会这些！就算有人想凑上来，那也是不可能成功的。也不看看我是谁，我有引以为傲的自制力！瞧瞧吧，美美的媳妇在怀，我都当了这么久的柳下惠！"

司马琰："……"

王雱开始振振有词地控诉司马琰不相信自己，他在外忍受日晒雨淋，辛辛苦苦地赚钱养家，居然还要被家里人怀疑节操！最后王雱顺理成章地表示，他受伤了，难过了，痛苦了，要媳妇亲亲才能好。

王雱说得太理直气壮了，弄得司马琰也感觉自己这种没根没据的情绪很没道理，老老实实地主动亲了王雱一口。王雱美滋滋地亲了回去，把司马琰亲得要踹他才放开，心里还得了便宜卖乖地想，他媳妇这么老实可怎么办才好，幸好被他骗回家了，要不然一准被人欺负死！

夫妻之间的小风波消弭于无形，第二日一早，王雱精神奕奕地去上衙。这日朝中却出了点变故：富弼母亲去世，富弼要辞去相位服丧去了。

富弼与文彦博同期为相，文彦博去后韩琦补上，宰执之中若要按资排辈的话，富弼堪称“首相”。富弼一走，韩琦就差不多该当真正的一把手了！

富弼家中有丧，王雱又赶巧回京了，便依着礼数换上素净衣裳登门吊丧。富弼身居高位，前来吊丧的人很多，王雱品阶不高，又不算是与富弼亲近的一拨，走完过场只能安安静静站在一角。

这还是王雱头一回正儿八经地参与高官家的丧事，不过他对这种事没太大好奇心，只注意到有个年约三十的青年站在自己附近。这青年身材修长，面容清俊，瞧着就是富贵人家出来的，一身清贵气质。奇怪的是，周围的人与他都不大亲近，隐隐将他隔绝在外。

王雱上前与对方搭上话，才晓得这人叫晏几道，乃是晏殊之子。他那兄长晏成裕今年当上了同知礼院，他却一直在外头当着不咸不淡的小官，仕途一点都没有宰相公子应有的模样。

晏殊一生明哲保身，于官场虽是游刃有余，真正相交相知的人却不多，甚至还与许多人有过嫌隙。比如说，晏几道的姐夫富弼就曾与晏殊翻脸，待晏几道这个妻弟自然不冷不淡，而晏几道正巧在开封等待磨勘改官，遇着此事自然得过来！这位小晏也有点儿清高孤傲，别人不理他，他肯定不会觍着脸上去搭话。所以这就有了王雱看到的那一幕：晏几道与富弼的朋友圈格格不入。

王雱早了解过富弼与晏殊的恩怨情仇，一听到晏几道的名字便明白了他的尴尬处境。当然，这不重要，重要的是他是晏几道！晏殊是大晏，晏几道是小晏，两个人的词都写得挺不错的，一派富贵气象！这是什么？这是人才啊！若不是时间地点不对，王雱必定会当场和晏几道套套近乎，把人给挖去一起玩耍。虽说玩笔杆子的人不少，但真正玩得好的可不多，迁都大计的宣传口正需要这样的人才，越多越好！

王雱顺势与晏几道聊了几句，暗搓搓地为下次见面埋下伏笔：“我近来在诗文上遇到些问题，不知改日能不能登门请教您？”

晏几道是《国风》的忠实读者，身在外地也会让人捎上一本，自然是认得王雱的，对王雱的文章也很是喜爱，甚至破天荒地买了王雱写的那些通俗话本。这对他来说算是很稀奇了，因为他从小受他爹熏陶，秉持着崇雅拘俗的观念，像柳永那些词在他和他爹看来属于粗鄙的淫词艳曲，是登不得大雅之堂的，可王雱写的那些通俗话本俗是俗，却不会让人觉得反感，读来反倒趣味横生。听王雱这个小状元要登门请教，晏几道说："谈什么请教，若有问题大可来寻我一起探讨，这段时间我都在家中。"自从他父亲去世之后，他原有的应酬少了许多，哪怕难得回京一趟也鲜少会出门。

王雱正要再与晏几道说说话，却见韩琦不知什么时候来了。韩琦瞥见他站角落里和晏几道说悄悄话，不由朝他招手，示意他别猫在那儿偷懒。

王雱和晏几道说了一声，乖乖跑到韩琦身边去，不知道的看到了大概会以为他是韩家子侄。有不认得他的富家人悄悄问了左右，才知晓这就是很有名的王小状元。跟韩琦走在一块儿，王雱就忙碌多了，得和不少人寒暄几句。

做名人最不好的地方就是，哪怕办丧事，也得强打着精神和人应酬。招待不周，人家说你不守礼；全力招待，人家说你面无哀色、冷血冷心。好在富弼儿孙和子侄都不少，需要他亲自应付的人并不多。他已年近六十，母亲也算得上是喜丧，所以他看着也还好，没有太过伤心。见韩琦领着王雱上前，富弼还问了一句："洛阳那边可还顺利？"

王雱道："自然顺利，"他由衷感慨，"王知府，好人哪。"

韩琦一听王雱这话，就知晓他又祸害了人家王拱辰。从前韩琦是不大喜欢王拱辰的。韩琦与欧阳修相熟，从欧阳修口里听过不少他对王拱辰这个连襟的评价。具体怎么样就不说了，反正和王拱辰连亲带故的欧阳修都觉得跟这人三观不合，不想多往来。可不知怎的，现在听王雱感慨王拱辰是个好人，韩琦却有点儿同情他。一般来说被王雱评价为"好人""老实"的人，几乎都惨遭王雱毒手，不是被扣个锅，就是被支使得团团转。

韩琦揭王雱的底："听永叔说，你把人儿子拐跑了？"

王雱喊冤："这怎么能叫拐跑？我们需要人手，王知府的儿子又正好想锻炼锻炼，双方一拍即合，能算是拐吗？"

富弼也听说了王雱把洛阳大半的人才拉走去干活的事，人家王拱辰好端端一个知府，硬生生给王雱弄成了"光杆司令"，真是闻者流泪，见者伤心。他说道："顺利便好。"

回去时，韩琦与王雱一起走了段路，韩琦问他："你刚才和晏叔原在说什么？"

韩琦与晏殊也不大对付，主要是三观不一样，晏殊属于求和派，只要和平无事，什么条件都能答应，韩琦对此是坚决反对的，争议的次数多了，双方私底下自然不怎么往来。不过，韩琦还是认得晏几道的，叔原就是晏几道的字。

王雱老实答道：“没什么，见他一个人站着怪孤单的，就和他说说话。”

韩琦总觉得王雱没安好心，他就没见过王雱去献没用的殷勤。

见韩琦一脸狐疑地看过来，王雱也不瞒着，夸了晏几道的诗文一番，理所当然地和韩琦讨人：“既然他马上要改官了，不如您让他改官到洛阳来，到时让他帮忙写点诗文多好！”

韩琦绷着脸训他：“你当朝堂是什么地方？你让改去哪里就改去哪里？少动歪心思，好好办你的事。”

王雱见韩琦又来这一套，忍不住语重心长地劝说韩琦：“您别老训了我，回头又把事情办了，这样多不好？上回您这样干，我就误会您了，去官家面前告了您的状。官家听得直乐，拿着您的折子看我的笑话。”

这话可把韩琦气乐了，自己都没和王雱算账，这小子倒好，还恶人先告状。敢情他去官家面前说人坏话还有理了？韩琦看到他就烦，索性上马走了，眼不见为净。

王雱也骑马回了家，先去和吴氏说了会儿话，又回自己院子里找司马琰说起韩琦的臭脾气，很是感慨地说：“这世道，也只有我才这么实诚。”

司马琰每次听王雱说起他在外面捋虎须的事情，都觉得这些身居高位的一个两个心胸都很宽广，居然能容忍得下他。

王雱在开封待了几天，又入宫陪官家用了两次饭。后面那次他顺便把赵仲针给讨走了，这小孩天天在宫里拘着，不是读书就是去陪曹皇后，肯定闷坏了，不如带出去撒撒欢。官家对王雱十分纵容，王雱提的要求没有不允的，当天就让赵仲针收拾好小包袱和王雱一起去了洛阳。

王雱带走准皇孙，引起了一些人的注意。韩琦和欧阳修等人都是一力要求官家早立储君的，对被官家留在宫中的赵仲针自然十分关注。眼看王雱带跑了准皇孙，韩琦隐隐能感受到王拱辰的心情了。王雱这小子，立储之事还没定下来，他又来搅浑水！若是让赵仲针再多陪陪曹皇后，说不定就能从后宫推动立储了。眼看怀柔路线走不通，韩琦只能继续锲而不舍地劝官家早立储君。既然人选大家都已经心里有数，至少让人早些到开封来让大伙了解了解啊！

韩琦起了头，其他人自然紧随而上，欧阳修和司马光是劝说得最勤的人，也最会引经据典。这几个主力选手天天轮番上阵，分头围堵官家给他摆事实、讲道理，官家到底没扛住，下旨让正在为濮王服丧的赵宗实入京当宗正。

另一边，王雱领着赵仲针走水路前往洛阳，沿途全面地考校了赵仲针的功课，准备有针对性地给赵仲针补补短板。赵仲针是个活泼好动的小孩，骨子里有点儿好战，但也喜欢读书，算起来还真个不错的好苗子。这样的小孩，只要他自己愿意学，绝对很好教。当皇帝有这资质，绝对是上上之选。巧的是，他很愿意听王雱的话，一路上王雱考什么他答什么，答不上来还很紧张，生怕王雱嫌弃他笨。这一次，王雱带赵仲针来洛阳，教他学问还是其次，主要是教他怎么把合适的人放到合适的位置上去，完成那些看起来很难完成的事情。这才是一个上位者最应该掌握的本事。

王雱笑着夸了赵仲针一顿，领着他下船，前往人群熙攘、热闹繁荣的洛阳。赵仲针上次来这儿还是两三年前，那会儿的洛阳还没现在这么繁华，他眨巴两下眼睛，好奇地左看右看，觉得什么都很新奇。

王雱走得潇洒，朝中却又因他而起了一番争吵。原因很简单，他这次回去除了汇报工作进展之外，还顺便考了个制策——今年的制策试考的是贤良方正能直言极谏科，名字贼长。

王雱一看，贤良方正，直言极谏，这不就是为自己量身定做的吗？太容易了！他大笔一挥把卷子答完，觉得自己考得还行，勉勉强强算是完成了他爹交代的任务。王雱琢磨着自己事情还没干完，没必要留在京城等结果，就和韩琦他们说了一声，拍拍屁股跑了。

王雱的文章从来没有不好的时候，题意抓得准，内容新颖又发人深省，怎么看都该评为头名。可王雱才十七岁，又是状元出身，再给他升官，他怕是会成为朝中年纪最轻的五品官，哪怕是从五品也够惊人了。评卷诸官起了争议，一派觉得“王雱有这资质，凭什么不给头名”，一派觉得“王雱实在太年轻了，怎么能早早给他足以跻身朝官的品阶”。两派吵到韩琦面前，韩琦默不作声地思考片刻，决定把这事儿交给官家决断。官家的决定那是用脚指头想都能知道的，他当然乐意让王雱升官了，他早赐王雱绯袍了啊！态度难道还不明确？反对的人明面上接受了给王雱升官的决议，心里却免不了给王雱打上个“攀附宰执，曲意媚上”的标签，纳闷这小子到底给官家和韩琦他们灌了什么迷药。

王雱带着赵仲针回到洛阳后不久，升官的诏命就和晏几道一起过来了。王雱对升官并没有太大感觉，反正该干什么还得干什么。得知晏几道被安排过来了，他便和赵仲针夸了韩琦一通，说这韩琦“人美心善，就是嘴巴不够实诚”。赵仲针总觉得夸韩相公“人美心善”听着怪怪的。

王雱一点都不觉得怪，他又提着食材去寻晏几道说话。晏几道在洛阳没什么熟人，官职又不怎么高，没人给他接风洗尘。王雱觉着他们之前见过一次就是老熟人啦，可以登门拜访了——上回约好的。

晏几道还是头一回遇上王雱这样的人，来就来了，还提着食材来，看着就像要赖着吃完饭再走的。而且不等他叫厨下去料理，王雱竟捋起袖子说：“今儿这顿就由我来做好了！”

王雱自告奋勇完，还把赵仲针带进了厨房。一开始，晏几道还以为赵仲针是王雱的小书童，回过神来仔细一看赵仲针的衣着，发现这小孩怎么看都是宗室子！这两个小孩跑进厨房，叫人帮忙生好火，开始搞东搞西，玩得贼高兴。

还真别说，他们搞出的晚饭还挺像样，有菜有汤。头一回跑到厨房里玩耍的赵仲针热得满头是汗，脸上还沾着几点不明灰渍，瞧着有点儿狼狈。王雱领着他去洗了把手、擦了把脸，红扑扑的小脸蛋这才恢复往常的俊秀可爱。晏几道看着他们忙活，压根儿插不上手。王雱反客为主地拉晏几道坐下，和晏几道说起范仲淹来：“我老师啊，怕我做得太好吃把他吃撑了，都不让我借他的厨房做饭。”王雱和损友苏轼对于吃饭这件事有着相同的喜爱，闲暇时还爱自己做一桌子菜，自己的口味自己最清楚嘛。

在两个热情洋溢的少年人的感染之下，晏几道还真比平时吃多了不少。王雱没忘记自己上回扯的借口，饭后还真请教了晏几道一些诗文上的问题，和晏几道探讨了许久。赵仲针对诗文不大感兴趣，不过既然是王雱要讨论，他便端端正正地坐在一边旁听，反正他觉得王雱做什么都很有趣。

晏几道与王雱畅谈一番，感觉从来没有这么畅快过，亲自送王雱出门，约定好下次再见，他有些问题需要好好思考、查阅典籍。

回去的路上夜色渐深，一轮弯月爬上深蓝色的天穹。秋夜的风有些冷，赵仲针拢了拢领子，转头崇拜地看向王雱，说道：“元泽哥，你好像和谁都聊得来。”

一开始王雱与晏几道的讨论赵仲针还能轻松听懂，后来就越来越听不明白了，不过他看得出来，若不是他也在旁边，晏几道说不定要拉着王雱秉烛夜谈。

“投其所好而已。”王雱道，“话题少绕着自己打转，多谈论对方感兴趣的东西，自然就能聊得来。这样你也能从别人身上学到更多。”这就是当输出方和接收方的区别，除了搞事情的时候，王雱一般会选择抛砖引玉当个合格的接收方，这能让他博采众长、获益不少。

赵仲针懵懵懂懂地点点头。十二三岁的小孩完全是少年人心性，平日里总憋不住话，哪里会想这么多。王雱也不急着让赵仲针弄懂这个道理。接下来的日子里，王雱带着赵仲针到处溜达，边忙工程边结识各方人士，与善弈者对弈，与善音律者论音律，与善渔樵者论渔樵，见识了形形色色的能人。他们或许不出名的，却对自己擅长的领域有着独特的见解，总能说出一些令赵仲针眼界大开的话。赵仲针渐渐也就明白了王雱的意思。

赵仲针还发现从前他觉得不甚重要的东西，对于许多人来说却是他们安身立命的根本。有时候上面轻描淡写的一句话，便可能让许多人家破人亡。而那些经历过家破人亡惨剧的人，在稍稍得到喘息机会之后，便又得开始辛勤地劳作，并带着三分怆然、七分麻木的神情和他们说起遭遇过的一切。

头一次听到有人诉说自己的过往时，赵仲针一晚上没睡好，翻来覆去，辗转反侧。后来听得多了，赵仲针才渐渐接受一个事实：如今的大宋并没有看起来那么富强，繁荣的表象之下藏着不少惨烈的牺牲。

近年来为求保住这“安宁盛世”，朝廷的兵越养越多，进士越取越多，给相邻诸国的岁币也越来越多。为了维持日渐庞大的国家机器的运转，大宋的百姓日夜不停地为各种苛捐杂税劳作着，不少人为此丢了田，失了地，没了妻儿，沦落为流民贼寇。他们听到的只是洛阳被安置下来的失地流民的遭遇，更多远比洛阳贫瘠、远比洛阳荒凉的地方是他不曾去过的，可想都知道那些地方只会更糟糕。

赵仲针不知不觉间变得沉稳了许多，每天除了跟着王雱到处跑，还会主动抱着书啃读或者整理白天的见闻。王雱对此持鼓励态度，还给赵仲针立了个课题，让他写一本《洛阳见闻录》。要是写得好了，王雱可以帮忙画插图，到时候让方洪给印出来。一听说可以和王雱合著一本书，赵仲针眼睛倏然亮了起来，顿时又多了几分活泼。他觉得王雱说得对，他们两个人想不出好办法，那就把自己发现的问题让所有人知道，一万个人想不出办法，十万个人想；十万个人想不出，百万个人想。都说三个臭皮匠赛过诸葛亮，讨论的人多了、出主意的人多了，总有人能想出好办法来。

有着合著做动力，赵仲针越发地勤快，还积极地参与各方讨论，不管是西京国子监的辩论还是新校区那边的辩论他都去掺一脚，在其间感受到了洛阳越来越开放的学风，偶尔还会把自己发现的难题扔出去讨论。其他人都知道这个年纪很小的少年是王雱亲自带的“学生”，虽然不知道赵仲针是什么身份，但出于对王雱的无条件信任，他们都愿意带赵仲针玩。赵仲针觉得，洛阳真是个好地方啊！

洛阳这边看着风平浪静，开封却暗流涌动。富弼走了，宰执之中就腾了个位置出来。这位置由谁补上去，是一个问题。当然，目前大家还是很矜持的，毕竟富弼才刚刚开始服丧。

临近年底，王安石那边将水泥生产线正式铺设起来了。由于冬天气温低不好用水泥施工，因此整个冬天都只用来搞生产、囤产品，准备到冰消雪融之后来个一鸣惊人。王安石见诸事安排停妥，又有苏轼在这边把控生产，便准备启程回京复命。

花费了几个月时间，王安石与苏轼都已读完《资本论》，只是还有许多内容不曾讨论透彻，临别时便约好写信继续探讨。王安石带着两个人的讨论稿踏上回程，准备回去与司马光他们好好聊聊。

王安石已经写信批评过他儿子，“这么好的书怎么能只弄一本，赶紧多印一些让更多人看看”！王雱回信说，“这书不是人人都看得懂的，多印纯粹是浪费纸，已让人印了一些送到家里，你看谁顺眼送谁一套，小范围讨论就好”。王安石琢磨着也是这个理，回去的路上便琢磨着给谁送书好了。别人不提，亲家司马光肯定得送一本，因为在有些事上他总说不通司马光。比如说，在财政方面，他主张“因天下之力以生天下之财，取天下之财以供天下之费”；司马光则认为天下的钱财就那么一点，他所想的那些为朝廷聚拢钱财的“开源”法子纯粹是与民争利，很不可取。

王安石列了一路送书名单，回到开封正好赶上腊月三十除夕。王雱年底也回来了，跟着两个叔父张罗过年诸事。年后别人都带着礼物寻亲访友，王安石最独树一帜，他揣着书一家家地送。到司马光那儿时，王安石将书塞了过去，殷殷地拉着司马光的手说：“一定要看啊。”司马光觉着王雱那混账小子就是王安石给教出来的。苏洵等人也都收到了王安石的书。

年前富弼服丧已过三月，官家惦念着这位宰辅，下旨让富弼起复。富弼自是不会提前除丧，再三拒绝。于是，官家年后便下旨让韩琦拜昭文相，从此以后韩琦就是朝中正儿八经的一把手了。由于韩琦爽快地接受了这项任命，有的人还颇有微词，认为韩琦应承得太痛快了。还有人跑去找韩琦，说富弼除丧后肯定得官复原职，“你难道不敢空着位置等富弼回来吗”？韩琦是个直白的人，当即回了句：“这个位置怎么可能坐长久？等彦国回来，我都不知去哪里了。”

按照时人的价值观，接受上头的委任不能太急切，得再三推拒再接受任命，就跟小孩子过年拿红包一样，得说两句“不用不用，不要不要”再伸手去拿，这才叫懂事乖小孩。像王雱他岳父，去年被提拔去修起居注，拒绝了好几次，人人都夸司马光品行端方，最终他如愿以偿地去了谏院，在他喜爱的谏官岗位上发光发热。

王雱过年去和韩琦讨压岁钱，还拿这事儿笑话韩琦，说他又被人喷了，真惨。

韩琦塞他一个红封堵住他的嘴，冷哼道：“你以为你小子逃得了？骂你的人可不比骂我的人少！”

王雱理直气壮：“天塌下来，有您顶着呢！”

大过年的，韩琦决定不和这小子计较！

新的一年到来，王雱开封、洛阳来回跑的日子也结束了，他已经把各项事务都安排妥当，余下的只等各方落实下去就好。有人不乐意迁都，自然有人乐意——刘高明等人已经在洛阳投入了不少，自然希望能迁都洛阳、大赚一笔。

这会儿，刘高明对王雱已经没了最开始的偏见，驸马李玮更是早被他忘到爪哇国去了。刘高明觉得王雱当真是好人，有好事不忘他们，带他们一起发财。多少人直到要迁都后才暗搓搓投钱？可惜太晚了，不得不投入更多！至于与李玮的友谊？小孩子才讲友谊，成年人只讲利益。何况，和李玮做朋友也没什么意思，李玮玩没王雱会玩，赚钱没王雱会赚钱，当官没王雱会当官！因此，过年这些天，刘高明还遣人送了些年礼去王家。听说王雱家中有个超凶的媳妇，刘高明玩心又起，暗中买了两个小美人一并送了过去。

刘家仆从上门时，王安石正好在家，看到那两个如花似玉、楚楚可怜的美人后顿时怒火中烧，当场把刘家派来的人赶出去，把礼物扔出门，破口大骂：“不知廉耻！”对那两个美人，王安石却是问明了来处，遣人送回原籍。

王雱压根儿不知晓这事儿，回到家见气氛不对，觍着脸给王安石捏了好一会儿肩，王安石才边骂边说起白天的事，让他以后别与那些勋贵往来，说：“一个两个不学好，净做这些不着调的事！谁会随随便便往别人家里塞人？”

王雱听完后觉得刘高明还是痛恨自己的时候比较可爱，就刘高明这热爱作死的性格，他可交不起这样的朋友！不知道他爹才是超凶的那个吗？

王安石把刘家那几个仆人一赶，把礼物一扔，又送回两个如花似玉的小美人，一下让所有人都知道王雱不仅有个凶媳妇，还有个凶爹——认死理绝不宽容，最好不要到他家里去闹腾。

等王雱陪着司马琰回娘家时，司马光又把王雱拎去书房，就着这事儿训了老久的话。训得王雱进行深刻的自我反省，表示自己必然会坚定拒绝权势富贵的腐蚀，司马光这才敛住话头。

另一边，张氏正拉着司马琰说体己话。转眼间她成亲也快两年了，司马琰说她不准备那么早要孩子，张氏也一直没催。可近来这事儿让张氏有些担忧。王雱这孩子是可靠的，可王雱身边那些人不一定可靠，尤其是王雱年纪轻轻就绯袍加身，将来肯定前途不可限量，肯定会有人想往他身边塞人——官场上的往来，无非就是权钱酒色。张氏觉得还是早点有个孩子比较好，拉着司马琰的手叮嘱了好一会儿，又偷偷摸摸地取了本小册子给司马琰。司马琰见张氏如此做派，哪会猜不出小册子里画的是什么？比起这种小册子，司马琰更熟悉的还是各种解剖图。当然，司马琰没说出口，怕吓坏张氏。

司马琰两人留下用了顿饭，才一起回家去。路上王雱把司马光训他的事说完了，又好奇地问司马琰和张氏聊了什么，怎么晚上张氏一直在给他夹羊肉。

司马琰见王雱一脸兴致勃勃，觉得这家伙应该是故意的。她镇定地说道：“没有聊什么，就是说说最近的事，还有娘的身体如何。”吴氏怀上小半年了，已经显怀，王雱祖母高兴得很。老一辈的，都喜欢家中人丁兴旺。

王雱牵着司马琰的手，准确无误地猜中张氏会说的话题：“娘她肯定听说了刘高明那厮做的蠢事，催你也赶紧和我生个孩子！”

司马琰不理他。哪有大街上聊生孩子的？！

王雱知道古往今来的长辈都这样，催婚之后催生，再正常不过了！不过他不着急，像他爹，二十出头娶的亲，二十一二岁才有了他，这岁数就很正常，他和司马琰现在都还是孩子呢。更何况，他弟弟妹妹还没出生。

王雱牵着司马琰的手溜达回家，又去找他爹说话，给他爹转达司马光对《资本论》的评价。司马光对这本书不太感冒，主要是思维频道对不上，还悄悄问王雱“这书是不是你爹写的”。王雱给王安石反馈：强拧的瓜不甜，岳父他就是不想看，勉强是没有幸福的。

时代不一样，国情不一样，王雱自然不会傻到照搬原著，他总结了现实世界一些已然成功的宝贵实践经验，提示了有些不能走的弯路。显然，王安石对这本书非常满意，而司马光则对这本书有点儿排斥。

王安石听到王雱转达的话也不觉奇怪，毕竟他已经大致了解了司马光是怎样的人。在许多方面他们都有很大的分歧，谁也说服不了谁，只能看看谁能证明自己的想法是对的。王安石对此很有信心，打发王雱回去陪媳妇去。

上元节这日，王雱早早被司马琰喊醒，他升官了，正好升为五品，算是挤进朝官行列了。

王雱一向醒得早，闻此消息却不大乐意。他和司马琰嘀咕：“你说这俸禄也没升多少，还得去上朝，不值当！”

司马琰道：“多少人磋磨了一辈子，都没能等到上朝的机会，你十七八岁就穿上绯袍还挑三拣四，小心别人想给你套麻袋。”

王雱拉过司马琰往她脸颊上吧唧一口，说道：“他们早就想给我套麻袋了，上回我去看师弟们参加授官时的考核，结果他们一个两个都恶狠狠地盯着我，看得我心里毛毛的。唉，我又没有让上头按照我说的法子去做，是上头自己改的，和我有什么关系？”

司马琰道：“是是是，和你没关系。”她见王雱慢腾腾地戴着幞头，伸手帮他把幞头扶正。

王雱看了看司马琰近在咫尺的唇，心里很是挣扎。媳妇这是在邀请我亲她，我是亲好，还是不亲好呢？王雱迅速往司马琰唇上亲了一口，美滋滋地出门去了。

吴氏近来越发嗜睡，这会儿还没醒，王雱和王安石没有扰着她，一起骑着马儿上朝去。行到御街上，他们在路边买了两个炊饼，一边往宫门那边赶一边吃，吃到宫门口正好把早饭解决掉了。王雱往马鞍旁一摸，摸出一壶水，喝着解渴。这朝会也不知要开多久，得准备充足啊！

王安石见王雱还摸出个水壶喝水，一阵默然。王雱见王安石看着自己，大方地把水递过去：“爹，你要不要喝点？”炊饼太干，王安石也觉得有点儿渴了，接过水壶喝了，催着王雱一块儿去把马系好，一齐赶去开朝会。这是大年初一大朝之后的第一次朝会，不管是原本在京的还是从外地归京的都聚齐了。

有的人见到王雱这个生面孔，好奇地看过来，王安石便一脸云淡风轻地和对方介绍：“这是我儿子。”

王雱心想：爹你嘴巴不往上翘，你的云淡风轻会显得更真实。

王安石强作云淡风轻的嘚瑟样，引得不少人在心里腹诽：行，知道你儿子厉害了！以前还只是聚会时聊一聊，现在好了，还能带出来炫耀了！

王雱原本挺庆幸自己官位低微，他琢磨琢磨自己身上的差遣，悄悄往枢密院那边挪去。无奈他爹一介绍，不少人都往他这边瞄了瞄；官家出来了，也往他这边瞧了瞧。他一下成了最受关注的低品小官。

朝会其实没多神秘，就是某人提出问题，大伙一起解决问题，讨论出解决方法就叫人拟旨，没讨论出来就搁置，回头接着吵。王雱津津有味地看着大伙你方唱罢我登场，等台谏诸官喷到精彩处，他很想击节赞叹，给他们配乐一首。真刺激！

朝会后，有内侍悄然走过来找王雱，说是官家让他过去。

王雱身上的差遣十分灵活，往外跑不违规，往御前跑也不逾矩，他屁颠屁颠地去找官家，愉快地和官家说起头一回上朝的感想，还和官家分享他刚才冒出的灵感，要来把琴铮铮淙淙地给官家弹了一曲。

官家刚才也在被喷之列，瞥见王雱在那儿听得津津有味时，就想找王雱问问：怎么听得这么乐呵？这会儿听了王雱的现场创作，再回想起刚才朝会上的情形，他也乐得不行，很好奇带头喷他的吕景初知晓后不知会是什么表情。官家道："吕卿他们说得也算有理，你别这么埋汰人家。"

王雱道："没有的事，我哪有埋汰他们！而且我只给您听了，您可别和其他人说。"他一脸"你出卖我，我就不和你好了"的严肃表情。

官家一口答应下来，不过又叫王雱把曲谱写下来，说是回头他累了便让人弹来解解乏。王雱爽快地答应下来。接下来的日子里君臣俩带着这个小秘密开始在台谏诸官喷人时脑内配乐，偶尔有人喷得磕绊了，官家还暗暗嫌弃这人才疏学浅，喷人都喷不出节奏感。当然，这都是后话了。

没出正月，赵仲针的父亲赵宗实终于除丧来京，接受了他再三推辞的宗正之职。所谓的宗正，就是管着所有宗室的官，给赵宗实这官相当于把态度摆得非常明白了：只差一道正式旨意他就能成为皇子。

赵仲针最近埋头整理《洛阳见闻录》的原稿，直到赵宗实抵达开封时他才知晓，赶忙收拾好稿子去迎接父亲。

赵宗实这段时间虽然在服丧，却也时不时会收到赵仲针的来信，赵仲针刚在宫中住下时，写的东西总是小心翼翼，让他忧心得很。后来赵仲针和王雱越走越近，赵宗实就……就更加忧心了。哪怕不着意去探听御前之事，他也能从各种传闻中知晓王雱有多得圣心。这样一个天子近臣，却毫不避讳地和赵仲针走这个宗室子走得那么近，赵宗实也不知是该替儿子担心，还是该替王雱担心。直至看到儿子的来信渐渐褪去青稚，显露出许多远超于同龄少年的思考与担忧，赵宗实才猛地意识到王雱在把他儿子往什么方向上带。再这样下去，就算他继续拒绝授命，他这儿子也回不了头了！王雱此子，胆大包天啊！

赵仲针一点都不觉得有什么不妥，相反，他觉得每天都过得格外充实，少年人的精力旺盛在他身上体现得淋漓尽致。见到赵宗实后，他眼睛亮得不行，拖着赵宗实和他讲起自己近来的见闻。

赵宗实不如赵仲针乐观，他心情沉重地携着赵仲针入宫谢恩。他小时候曾被送入宫中抚养，与家中兄弟不甚亲近，后来官家有了亲生皇子，又把他送出宫。他的处境一直十分尴尬，性格便也谨慎守礼，生怕给自己和妻儿招来横祸。看着儿子天真可爱的脸庞，赵宗实心中百味杂陈，带赵仲针朝官家行了大礼。

官家这些年见赵宗实的次数并不多，现在看赵宗实已到而立之年，面容方正，气质谦和，很有贤明之相，心中的怅然便少了。朝中百官大半都追着让他早立储君，他已年过半百，储君不早日定下，朝中便会人心浮动。既已不指望由亲儿子继位，早些立储也无妨。官家和气地留了赵宗实父子用饭，见赵宗实诚惶诚恐，便叫赵仲针坐近些，问起赵仲针在洛阳都学了些什么。

赵仲针与王雱相处久了，胆儿也大了，他生出个大胆的想法，勇敢地把他要和王雱合著《洛阳见闻录》的事给官家讲了，并且邀请官家给他们写序。官家一听两个小孩要合著一书，觉得稀奇，让赵仲针和王雱写好稿子便送来给他看，若是他看了觉得好，写个序也无妨。赵仲针欢欢喜喜地跟着他爹出了宫。他爹既然入京了，他自然要跟着他爹住，所以他早叫人收拾好他的稿子一并带过去了。

回去的路上，赵宗实教育赵仲针不能像刚才那样蹬鼻子上脸，“让官家看稿子已是逾越了，怎么还让官家写序”。

赵仲针把王雱那套理论搬出来说服他爹。王雱说，虽然官家是个帝王，但他首先是人，他们要从官家的角度想想，年过半百，膝下没有儿子承欢，公主更不可能常伴身边，肯定格外寂寞。若是过分的要求，那自然是不能提的，但是在这种普通的小事情上，可以像寻常的晚辈对待长辈一样该说什么就说什么、想求什么就求什么，不必太拘着。赵仲针是个很聪明的孩子，他刚才冒出这个想法时就在想：难道家中儿孙写了本书，还不能让家中长辈写个序吗？赵仲针现在对王雱的话无条件信服，振振有词地说：“即便官家不是我叔祖父，那官家也是爱民如子的君王，既然官家爱民如子，我们定然也要将官家当成爹。爹您想想看，我要是想让您给我写序，那肯定是不用犹豫的！”

赵宗实：……你难道没发现辈分乱了吗！

赵宗实算是明白官家怎么那么喜欢王雱那小子了，光凭这套歪理就很难让人对他生出反感来。

得了官家允诺，赵仲针整理起稿子来更积极了，没几天就带着写了小半年的《洛阳见闻录》去找王雱，让王雱给他画插画。赵仲针还顶着他跑得红扑扑的小脸蛋和王雱分享喜悦：“我跟你说，官家答应给我们写序啦！”

虽然官家答应的前提是“要是我觉得好”，但赵仲针这年纪的小孩对自己永远信心满满，再加上还有王雱画插画，他觉得自己的作品肯定非常棒！

王雱听完赵仲针的“灵机一动”，欣慰地摸摸他的脑袋：“干得不错，就该这样做。”官家写的序啊，多好的噱头！这是要是由他去干，怕是会被台谏喷得体无完肤，但是赵仲针去干可不一样，赵仲针姓赵，还是众人殷殷期盼的准皇子之子，未来的准皇孙。人家自家人的事，外人插什么嘴！

得到王雱的肯定，赵仲针很高兴，还满脸期待地让王雱给他斧正，免得他有什么地方写得不合适。王雱收下稿子，当晚就挑灯创作起来。没过几天，王雱便带着校对好、排好版的样书去找赵仲针。

赵仲针年纪小，字里行间难免透着点小天真，这些部分王雱只字未动，因为有的事从他的角度去写更加鲜明有力。年纪大了，三观稳了，写出来的东西难免会夹带私货、有失偏颇。赵仲针的天真和理想化，反而把某些事实衬托得更加残忍。王雱画起插画来就没那么留情了，没有人比他更清楚一些流民是怎么来到洛阳、怎么在洛阳安顿下来的，这些人遭遇过的苦难让他们只要能吃上一顿饱饭，就露出欢喜不已的神情。

赵仲针看完王雱带来的样书，觉得王雱的画画得好极了，高高兴兴地拿去给官家看。官家原以为赵仲针写的是游记之类的东西，留下搁在一边，等着处理完折子再看。翰林学士王珪随侍御前，听到这书乃是赵仲针和王雱合著的，便提出要看一看。得了官家允许，王珪拿起样书看了起来。他原也以为两个小孩肯定会写些有趣的见闻与官家分享，一看之下才知道自己小看了这两个小孩，此书一出，怕是会引起朝野热议。

官家批阅折子之余瞧了王珪一眼，见王珪神色不对，便问："怎么了？两个小孩写了什么不妥当的内容吗？"

王珪是个谨慎的人，并不多评价，只恭敬地道："回陛下，没有不妥，只是与臣想的不大一样，陛下看过便知。"

官家顿时起了好奇心，接过王珪递上的样书，笑着说道："好，朕这就看看。"

只是这书看着看着，官家的笑容便渐渐收敛起来。他目光所及之处，都是京城繁华之处，即便知道各地天灾频频、人祸不断，那也仅仅是知道而已，并没有什么实质的体会，只觉得又要遣人去赈灾，十分烦扰。看到书上一句句天真却残酷的言语、一个个支离破碎却又极力想生存下去的家庭，官家猛地意识到许多事不仅仅是一纸奏折上的几个字，还是天下百姓的切身之痛。

看完全书，官家神色怅然地与王珪叹息："朕不如两个半大少年。"

这话王珪可不敢接，诚惶诚恐地道："陛下乃圣明之君！"

官家道："朕要亲自为此书题序。此书，该让天下读书人都看看，让他们知道学了学问要做什么事，解决什么问题！"

王珪当即备好笔墨，让官家为《洛阳见闻录》题序。

方洪那边拿到《洛阳见闻录》，紧锣密鼓地安排印刷、铺货和宣传。王雱乖乖巧巧地开始自己的朝官生涯，不时在朝会上和官家交换一个心照不宣的微笑。可惜世上没有不透风的墙，暗中搞事情总有东窗事发的一天。

近来台谏诸官感觉，官家看向他们时格外慈眉善目，有时听他们喷到激动处甚至还会赞叹，直夸“某卿说得好”。众人十分莫名，后来才有人从相熟的乐师那边套出话来，说是官家让他们排了首新曲子，看台谏递上的弹劾折子时便让人在旁奏响，随着曲子颔首踏脚，看得津津有味，效率大增，再不为台谏过激的言辞生气。王雱这个始作俑者也被捅了出来，乐师说，曲子是王小状元献给官家的，王小状元第一次参加朝会时就突发奇想，给官家弹了这首曲子，官家这才要了曲谱让他们学。

台谏诸官群情激奋，捋起袖子围堵官家：垂拱殿乃是处理政务之地，岂能让乐师之流随意进出！那王小状元身为朝官，不务正业，曲意媚上，简直不可饶恕！他的状元之才，难道是给官家弹琴用的吗？既然这样，那不如让他去当乐师算了！

连司马光这个岳父，也觉得王雱这次干得不地道。你上朝就上朝，写什么曲子埋汰人？你自个儿在脑海里配乐就算了，还要跑去弹给官家听！有你这样的吗？

司马光当场大义灭亲，与同僚们追着官家喷了他女婿一把。

台谏这么一闹，官家也觉得这回过头了，乖乖撤了乐师班子，还依了台谏的意思，罚了王雱一个月俸禄，下旨意训斥说王雱年纪小不懂事，下回要乖。私底下，官家开自己的库藏又赏了王雱些宝贝，能抵王雱好几个月俸禄。

王雱见有这种好事，自然欢欢喜喜地上折子反省说“我年纪小不懂事，下回一定乖”，全盘接受台谏诸官的批评。当然，他还是忍不住替官家叫屈说，文彦博办公时喜欢怎么样怎么样，王拱辰办公时喜欢怎么样怎么样，韩琦办公时喜欢怎么样怎么样——这些都是他亲眼所见、千真万确，明明各有各的癖好，怎么就不许人官家听个抖腿音乐呢？

其他人还好，司马光被王雱拉着看官家给他的赏赐，差点儿没气死。这君臣俩一个老一个小，不知怎么就对了胃口。官家这是训斥吗？王雱这是反省吗？罚完俸还给赏赐，当别人是瞎子吗！司马光训了王雱一顿，气呼呼地走了。

王雱气走了被他拉来的岳父，只能去和王安石炫耀他新得的宝贝。东西他倒不是买不起，最要紧的是不用自己花钱！不花钱的东西，看着总是很棒的。

儿子参加朝会没几回就搅风搅雨，王安石也很是无奈，现在包括亲家司马光在内的台谏诸官看到他都没好脸色，感觉他也和儿子一起在背后埋汰他们。这绝对是冤枉，他根本没听过王雱那曲子！王安石绷着脸道：“什么样的曲子，你弹来听听。”

王雱一听，顿时来劲了，搬出琴让王安石也欣赏他的灵光闪现之作。

很快地，王安石想起了朝会上许多场论战，想起了不少台谏官员严肃刚直的面孔，他不自觉地扒拉出一幕幕回忆，然后给他们配上背景音乐。……这是什么洗脑曲子！

这首被台谏诸官一致抵制的“台谏禁曲”，悄然流入了不少人府邸，毕竟人都有好奇心：如果你想让人读一本书，最好的办法是把它列为禁书！曲子也是一样，你把它列为禁曲，不少人就会想方设法去弄来听。于是，下一回的望日朝会、台谏诸官再次你方唱罢我登场的时候，司马光敏锐地发现不仅官家随着他谏院同僚抑扬顿挫的嗓儿轻轻颔首，其他人也饶有兴味地望着他们。

下朝后众人回到谏院那边，谏官头头儿吕景初气得不轻：“真是岂有此理！”其他人也纷纷痛骂起王雱这个搞事精来。最为可怕的是，他们自己也有人私下听了那曲子，感觉他们的喷人的韵律节奏完全合拍。这样下去不行，再照着老法子写弹劾折子，所有人都得看着他们抖腿！其他人骂得累了，又用微妙眼神看向司马光，显然是想说：“司马光好好一个清流，怎么选了这么个女婿，这都什么眼光啊！”司马光又想揍王雱了。

台谏这边在琢磨开创新喷法，王雱那边的《洛阳见闻录》也已经正式上架，宣传海报上印着“官家亲自题序推荐”。众人一看，作者名字虽然不认识，但插画是王雱画的，还有官家写序，必须买！于是，各地开始铺货的第一天，架上的《洛阳见闻录》全部卖空了。就连台谏诸官也暗暗叫人去买了一本，准备好好瞅瞅王雱又整出了什么幺蛾子。

到手一看，众人才发现这书和他们想的不一样，这书讲的居然不是洛阳如何繁华，如何适合当都城，而是讲述这几年洛阳如何接纳从西边、北边来的流民，如何让他们在洛阳安家落户、重建家园，还有洛阳学子们如何深入民间，了解各种弊端。

与苏轼那幅震撼人心的《弃婴图》不同的是，这书的内容要平实许多，文风相较苏轼也稚嫩许多，但写《洛阳见闻录》的是个十三岁的半大少年！这样的少年还不懂得什么表达技巧，只一股脑儿地想把自己所看所想的内容写下来。

这样的写法再配上王雱所画的插图，众人感觉仿佛亲眼看见了许多自己视而不见、充耳不闻的东西。

赵仲针是谁？许多人经历了短暂的疑惑之后，猛地想起赵仲针的出身：他是准皇子赵宗实的长子，也就是准皇孙。

官家才刚有立储之心，众人不好对赵宗实的教育问题指手画脚，都处于观望状态。再有，赵宗实也已经三十岁，想对他进行“再教育”其实已经很难，很少有人愿意接这个烫手山芋。

这会儿很多人都想起来了，从去年开始，王雱就已经带着赵仲针这个“烫手小山芋”跑到洛阳下乡调研了。这王雱真是让人不知该说他什么才好。他难道不怕与赵仲针这个准皇孙亲厚，让官家对他生出猜疑来？更何况他一介文官，本就不该和宗室、外戚亲近！可他们看了这书心中不免惭愧，惭愧于自己在仕途上走得越远，越忘记为官的根本。反而是这样一个让他们又气又恨的少年，带着准皇孙看到了那些他们理应好好去看的东西。

苏洵最近手里总拿着两本书，一本是《洛阳见闻录》，一本是《资本论》，他敏锐地发现这两本书风格不一，深浅各异，却有种奇妙的对应感。

对王安石，苏洵是有点儿不喜的，没别的原因，第一眼看上去就不太合眼缘。苏洵觉得王安石这人固执拧拗，刚愎自用，凡事只爱当一把手，还是容不得别人提意见的那种。苏洵认为这样的人当地方官是个能手，若是官当大了绝对是一种灾难，一准会把朝廷弄得一团糟。

由于司马光和王安石是亲家，苏洵也没好和司马光说这个评价，在司马光的宴会上碰见王安石也只能勉强应和。更可恨的是，这王安石天天就知道炫耀他儿子，烦人！就上回，王安石还跑来和他炫耀儿子，说他儿子王雱读书一遍就会，苏洵一时没忍住堵了回去。虽说，苏洵的两个儿子参加科举晚一些，可也在同一年达成了一门两进士的成就，难道比王安石的儿子差了？

眼下苏洵面前有两本书，一本是王雱和赵仲针合著的，一本是王安石给他送来的。《洛阳见闻录》明显是在提出问题，而《资本论》里头则是探讨问题的根源与解决方法，书中提到许多全新的、似是而非的理论。说对吧，又不全对；说不对吧，你又挑不出错处来，只能跟着它的思路走，按着它的方法去思考和验证。苏洵越琢磨越觉得这两本书说不准都是王安石的手笔，他拒绝相信它们全是一个十七八岁的小孩搞出来的。王安石这人为了让人赞同他的革新之法，居然撺掇儿子做出这样的事！苏洵如此这般地一琢磨，把两本书的心得整理出来汇总成一篇文章，叫人送去给司马光。

司马光也看了《洛阳见闻录》，看完苏洵的分析文章之后地醍醐灌顶：原来如此！

上回司马光粗粗看了遍《资本论》，便觉得其中论点与王安石的许多想法一脉相承，悄悄问王雱这书是不是王安石自己写的。司马光取出《资本论》，对应着《洛阳见闻录》提出的问题重读起来，越读越觉得苏洵的猜测有理——这两本书都是在王安石的授意下弄出来的。

休沐日，王安石揣着他儿子的新书与司马光他们到大相国寺的禅房里搞聚会，寻机吹起了自己儿子，结果吹着吹着发现其他人看向自己的目光都变得复杂起来。王安石一问才知道众人私底下交流过，所有人都觉得这两书都是他操刀的——要么是他自己写的，要么是他给大纲让儿子照着写的。他不低调就算了，居然还这么吹他儿子，脸皮厚，当别人眼瞎吗！聚会结束后，王安石气咻咻地回了家。

王雱见他一脸气闷，麻溜地凑上去问："爹你怎么啦？不是和岳父他们去聚会了吗？"不对啊，商业互吹，应该让人身心愉悦才是！

王安石冷哼一声，还是恼火得很。这些家伙一个两个都觉得是他自己写了本《资本论》，又指使他儿子伙同赵仲针出了一本《洛阳见闻录》相对应，真是岂有此理！他根本没做过的事，怎么能冤枉到他身上！

听王安石把亲家和朋友们的怀疑说完了，王雱不得不佩服苏洵等人的敏锐，这都被他们给看出来了。苏轼画《弃婴图》、赵仲针写《洛阳见闻录》，确实都是在发现并展示某些问题，引起广大群众注意。既然看见了病症，自然要开始想办法对症下药。具体用什么药，得有理论基础和实践经验来支持。王安石送出去的那本《资本论》就属于理论基础，只要让王安石摸索出可以复制成功的实践经验，那未来那场"王安石变法"的步调就会更稳健一些。

王雱劝说他爹："这个老苏啊，一点不懂您，您不如干出点实绩堵住他的嘴，让他无话可说。"

王安石听了觉得有理，直点头，还冷哼着和王雱评价起苏家父子俩："老苏不如小苏。"

王雱心道，上回也不知是谁写信来痛骂苏轼不敬长辈，和苏轼争论得脸红脖子粗，还在那本厚厚的小本本上记录了一番。当然，这话王雱肯定不会说出来。毕竟，偷看老爹日记好像也是不道德的，很不尊重老爹隐私，绝对不是一个好儿子该做的事。王雱自觉是个绝世好儿子，积极地鼓励了他爹一番，让他爹多干实事，多找些能干的人一起搞事情。第二日，王雱琢磨着手里的计划都已经安排妥当，近期好像没什么要忙了，决定去找点事玩。他想了想，拾掇好自己那身绯袍，乖乖地跑回枢密院报到。

富弼服丧后，曾公亮就去补了相位的缺，当时枢密院上下陆陆续续换成一张张新面孔，换到今年开春就只有一个是王雱熟悉的了——包拯。

第三章

大宋有青天

包拯此人，人称“笑比黄河清”，意思是他性格严肃，要他笑一下比让黄河水变得清澈见底还难。不过，王雱觉得这不算什么。王安石在包拯设宴欢迎他加入三司时，怎么劝王安石都不喝酒，所以说，王安石是朵更难得的奇葩，经过王安石的洗礼，王雱和谁打交道都不带怕的。王雱一大早到枢密院报到，又麻溜地跑去包拯这个枢密副使面前装乖卖巧。

包拯以前常听王安石吹这个儿子，又看过王雱捣鼓出来的水泥，对王雱印象很不错。他已经六十多岁，体检时太医说他血管淤堵，需要注意饮食，少喝点酒，放宽心态，因此包拯现在待人已和颜悦色许多。

王雱见包拯没传说中凶，顿时顺着杆子往上爬，很不把自己当外人地跟在包拯身边帮忙跑腿，顺便问起包拯当开封知府时的传奇事迹，有没有搞过龙头铡、虎头铡、狗头铡之类的。

包拯听得一头雾水，他当开封知府也就一年，哪有空闲搞那么多花样。弄清楚这三个铡的名堂之后，包拯道：“这名儿不好，那又龙又虎的就不说了，怎的百姓成了狗？你从哪儿听来的？”

王雱推脱：“民间传言的！我听说有句歌儿是这样唱的，‘开封有个包青天，铁面无私辨忠奸’！这龙虎铡说的是您不畏权贵，连皇亲国戚和大官都敢斩！”

包拯听了，觉得这歌儿还不错，看来这王小状元也不光干那搅风搅雨的事。不过包拯面上很矜持：“都是瞎唱的，我做的都是分内之事。”他给王雱指出这传言的不合理之处，“而且堂堂朝廷命官，岂是开封府说斩就斩的？”

王雱跟包拯一起痛斥传言的不实，痛斥传播者对朝廷律法的无知，然后又和包拯感叹起普法教育的缺乏。想当初王安石当京东路提点刑狱时写了两本书，就牵出了大江南北许多冤案，可见百姓需要普法宣传，增强法律意识。府衙方面，也需要加强官民交流，提高官府公信力，增强百姓身为大宋人的荣誉感，让百姓心甘情愿地缴税服役。

王雱把这意思给包拯讲完了，建议包拯这个铁面无私的断案高手整理一下平生所见之事，出本普法教育读本，树立包青天模范形象，让地方官效仿；如果嫌麻烦的话，包拯也可以提供材料，由王雱来执笔完成，他保证如实创作、绝不掺假！当然，民间会有什么衍生创作，那就和王雱没关系了，都是民间艺人们瞎捣鼓的，不关他的事。

但凡文人出身，哪有不爱名的？哪怕是刚正不阿如包拯，也希望能名留青史。只是这样一本书由自己来写自然是不合适的，未免有自吹自擂之嫌，所以还是让王雱来写最适合——包拯也读过王雱父子俩出的那两本普法读本，知晓王雱有那能耐把《包青天传》写好。

包拯颔首应允："那就由你代劳了。"

王雱讨到包拯授权，马上开始收集素材，先和包拯确定创作大纲，然后跑去开封府存档的地方找案子宗卷。不管什么案子对王雱来说都不重要，他有足够的技巧突出包拯的光辉形象，顺便把本来就被自己"祸害"过的司法领域"祸害"个彻底。

在包拯反应过来之前，王雱还塞了几个经过艺术加工的故事给方洪，让他在最短的时间内把它们传播开来，尤其是要突出包拯的经典形象：黑黑脸上弯月牙，铁面无私断奇案。对于宣传这一块，方洪已经不需要王雱提点，拿了故事就走。没过几天，包拯发现不少人看向自己的目光有些奇怪，有的盯着他的脸看，有的盯着他的额头看。包拯平时不苟言笑，上前调侃他的人极少，直至有一天他小孙子天真无邪地跑到他跟前问："爷爷你的月牙怎么不见了？"包拯这才发现自己有了个奇特的形象。让人出去一打听，发现王雱所言非虚，民间果然传言他有三把铡刀，龙头铡最钝，砍头最痛苦，专砍皇亲国戚，惩戒他们的明知故犯；虎头铡次之；狗头铡最干净利落。这形象是够光辉了，可包拯现在走在路上遇到勋贵外戚之类的，对方都用一种奇妙的眼神看着他，心里大概都在想"这个老包看着正直无私，实际上什么事都干得出来，连个铡刀他都能想出花样"。

流言之所以是流言，就是因为它会自己跑开，很难找到根源，包拯虽觉郁闷，却也只能认了，只催促王雱快些把《包青天传》写出来，好正一正这股不知哪儿刮来的歪风。民间的故事是很精彩，可那真不是他干的啊！

王雱爽快地应了下来，天天都乖巧地埋头写书，安分得让王安石和韩琦他们都觉得稀奇了。韩琦逮着空找王雱去谈心："最近在干吗？是不是又准备憋个大的？最好是真安分，不要再搞事情。"王雱信誓旦旦："没有的事，我最近都在好好地做事。"他把包拯交代的写书任务和包拯催促他快点写的事给韩琦讲了，表示自己是真的很安分，很听上头的话，包拯让干什么就干什么。

韩琦乍一听，觉得包拯不地道，居然让王雱给他写传记，够自恋的。可他转念一想，觉得不对头，王雱绝不是那种乖乖听话的人。联想到这段时间风靡开封，在各个勾栏和茶馆都可以看到的新戏《开封有个包青天》，韩琦觉着这事儿肯定是王雱倒腾出来的。这小子一闲着没事就逮着他的上官做文章！这一点，文彦博和王拱辰都是深有体悟的。韩琦不动声色地说："真是人家让你写的？不是你自己起的头？"

王雱面不改色心不跳地说："那是自然，我可忙了，没事干吗要倒腾这个！"

韩琦道："洛阳那边又该开牡丹花会了，你不得准备新戏？"不是韩琦瞎猜，而是这小子绝对是那种可以眼也不眨拿别人做文章的家伙。别以为他不知道，上回这小子还在反省折子里还黑了他一把，说他处理政务时也有不良癖好！

"我都不在洛阳了，花会和我有什么关系？"王雱唉声叹气，"您对我有偏见，我做什么您都觉得我做得不对，可能我什么都不做，您才会满意吧？"

韩琦被王雱那伤春悲秋的小表情恶心到了，让他赶紧滚蛋。王雱麻溜地滚了。

王雱把《包青天传》整理完毕，送给包拯过目。包拯仔细看完了，发现案例都是真实的，案件审理流程、案件判定结果也没问题，只是经王雱稍做调整，整个断案过程变得跌宕起伏、引人入胜了。不夸张地说，假如把这主角的名字换成别人，包拯也会忍不住赞叹一下此人的惊人才智。可，这主角是他啊。包拯在人生的道路上迷路了。认，还是不认？这是个问题。

在如此艰难的抉择面前，包拯十分犹豫，但外面的传言更加离奇，若是不出这书，他如何为自己正名？包拯搞监察工作多年，非常清楚遏制流言有多难。若是王雱将书写得平平无奇，说不定会无人问津，起不到正名的作用。所以，王雱做这样的调整很有用。包拯犹豫了一晚上，第二天把样书还给王雱，说他写得很好，没太多需要改动的地方，有需要修改的地方他已经写在书上了。

王雱愉快地翻看样书上的校正字样，发现包拯只修改了部分字句，把一些"包公曰"的部分改得更铿锵有力、发人深省！王雱大为高兴，专业的不愧是专业的，说起话来更加一针见血！

王雱愉快地摘录了几句出来，连着样书一并送到方洪那边，让方洪把这些振聋发聩的"包公名言"打出去搞宣传。忙活完"廉政模范"包拯的人设包装大计，王雱彻底消停了，因为司马琰说吴氏的预产期近了。虽说吧，他一个大男人在吴氏生产时做不了什么，但这种重要时刻王雱还是得跑前跑后殷勤关怀，要知道孕期和产后都是抑郁症高发阶段，身为儿子肯定得拉着爹一起关心亲娘和即将出生的弟弟或妹妹。父子两人进入高度紧张状态，弄得王雱祖母都变得关切起来，跟着吴氏和司马琰学了不少怀孕生产知识。

王家这边期待着新生命的诞生，外头却已经因为包拯的传记闹得沸沸扬扬。

由于近来百姓之中已经流传起“黑黑脸上弯月牙”的包公形象，再看到方洪张贴出的包公语录都觉得分外亲切，感觉这就是包青天该说的话。众人对这本《包青天传》都格外期待，新书上架当天迅速销售一空，连不少说书的都买了本回去，准备把里头的内容稍稍再创作一番填充到《开封有个包青天》里，免得总讲那几段让听众觉得厌烦。在业内大能开设的说书培训讲座上，有人曾经给他们说过：“想要留住听众，内容最重要。身为说书人，必须时刻吸收新故事，紧跟热点，保持新鲜度。”因此，开封有追求的说书人们都非常注重自我提升，该读的新书肯定要第一时间拜读，并根据个人风格和个人喜好进行再创作。若是创作得好，听众反响好，投稿到方氏书坊那边还可以出书和拿分成！

于是，虽然《包青天传》属于略带悬疑性质的现实主义文学，但是不妨碍各方人士对其中案例进行艺术加工，一时间，全城的说书人忽然开讲法制故事——《包公探案》。开讲之前，还都统一唱一曲“开封有个包青天，铁面无私辨忠奸”。因着这事儿，包拯在民间的声望水涨船高，好在他现在脸不太黑，额头也没月牙，要不然他出门一定会被人围堵。

包拯最近格外苦恼，因为同僚们看他的眼神都不太对头。他以前在台谏搞监察工作，是喷人的一把好手，上过弹劾折子五六十封，喷过五六十人，有的是皇亲国戚，有的是宰执高官，所以王雱提到“铁面无私辨忠奸”的时候包拯觉得自己受之无愧，甚至还有一点满意。但是，后来的事态发展就有点儿不受控制了。

包拯都不明白事情是怎么发生的，好像一夜之间凭空出现了一个叫包公的人，这人和他同名同姓，断起案来明察秋毫、效率奇高，连他听了都觉得，世上若是真有这么一个人，他也会很钦慕，也会感觉很有安全感。包拯从来不知道自己会有在意别人看法的一天。包拯与众多同僚都没什么私交，因此也没有什么人当着他的面说什么。但他们流露出来的眼神却让包拯明白了他们的意思：没想到老包你居然是这样的人！包拯觉得，他们还不如冲上来说他一顿。

韩琦也听说了不少关于包拯的风言风语，对于自己这个被王雱祸害了的同年，韩琦很是同情。虽然经王雱这么一闹，包拯很可能成了百姓心中的“青天”代表，但代价显然是朝中其他人都觉得包拯这人沽名钓誉，差遣自己的下属（王雱）给他写传记。而王雱那小子，在别人眼里则成了弱小可怜又无助的刀笔吏，在上官的胁迫之下不得不操刀歌颂对方的光辉形象。

见包拯每天憋红了脸，想反驳都不知和谁反驳好，韩琦好心地提醒了他一句：“下回王雱那小子再找你做什么，你得多考虑考虑。”

包拯一直觉得王雱这后辈挺好，听韩琦这么一提，猛地想到近来发生的一切：在王雱和他提出要写传记之前，他并没有听说过什么“开封有个包青天”，王雱和他提出这事儿之后，相关的传言就如雨后春笋般冒了出来。包拯犹有些不信：“他为什么要做这种事？”

韩琦道：“谁晓得他在想什么？许是觉得没事可做，闲得慌，正巧逮着了你。”

包拯冷静下来想了想，说道：“若是这样，我考虑了怕也没用。”就像这事儿，即便他不同意，王雱也照样可以去做，区别只在于有没有和他说一声而已。说到底，同僚们也没怀疑错，确实是他昧着良心认下那本传记。

韩琦一阵默然。他想起文彦博上回写信骂他，说他不提醒还好，提醒之后他背的锅更沉更重了。韩琦只能承认包拯的话是对的，无奈地说：“最近他应该会消停了。”除了包拯背上点贪名的小污点，树立一个“青天”形象对朝廷来说还是很有利的，朝廷定时给各地的出色人才搞旌表，不就是为了鼓励百姓向他们学习、引导各地风气吗？韩琦劝勉了老包一番，表示这其实也是一件好事、牺牲他一个幸福全大宋云云。

包拯和韩琦分别，回了家，孙子一见到他就扑上来，要他讲讲新案子。包拯将孙子抱起来，心中想到他对王雱的好感不仅来源于王安石的种种吹擂，还来源于王家父子捣鼓出来的体检章程。他的家属也享受体检福利，因此儿子和孙子都通过体检查出了健康问题，第一时间接受了治疗。据王安石说，这主意不是他想的，而是他儿子王雱和他儿媳“玉圭客”想的，当时只在鄞县试行，后来递了折子送到京城，京城才开始普及这项官员福利。太医说，若是没有及时治疗，他儿孙情况危矣！从前包拯觉得体检费时费钱，现在每每抱着孙子，他都觉得体检实在好。既然王雱只是小孩子爱闹腾，那就随他去好了。包拯这样想着，面不改色地给孙子包文辅讲起包青天的故事，特别刺激，特别惊险。包文辅惊叹连连，一脸崇拜地仰头看向包拯：“您好厉害！”

包拯十分矜持地说：“这不算什么。”反正外面都这么说了，他也不好否认了。

王雱搞完事就跑，拒绝提供任何售后服务。王家此时气氛紧张，因为吴氏已经进了产房，稳婆和女医都守候在侧，等待着新生命的降生。

吴氏已经生过两胎，生产过程并不艰难，但这一次情况非常特殊，孩子还没出生前，司马琰就诊出一个意外：吴氏这次怀的是双生儿！王雱知晓了这事儿，更紧张了，早早请了假在家，等着吴氏生产。可早上吴氏开始阵痛，一直到傍晚第一个孩子才露头！听到孩子的哭声，王雱也没敢松一口气，因为他们都知道还有一个。直至夜幕降临，稳婆终于从产房里抱出两个孩子，都是男孩，母子平安。

骤然间多了两个弟弟，王雱和小妹都很欢喜，一人抱着一个去给吴氏看。吴氏已经由女医帮着擦拭过身体，虽然虚弱，精神却还不错，见一双儿女抱着两个婴儿给她看，她忍着身上的余痛露出笑容，问："弟弟还是妹妹？"

小妹道："是弟弟，两个都是弟弟！"

吴氏舒了一口气，笑道："弟弟好，以后能帮扶你们。"不管是在朝为官还是嫁为人妇，家中兄弟多点都是好事。一开始被司马琰告知这次怀的是双生儿，吴氏还担心是两个女儿，害怕将来一家子重担全压到王雱身上，得知是儿子之后她自然很欢喜。

产房到底不适合让这么多人久待，王雱几人很快被赶了出来。吴氏顺利生产，王雱也总算放下了心中大石，牵着司马琰的手回了他们住的院落。

家里添丁进口，乃是大喜事，值得庆祝一番。王雱欢欢喜喜地和司马琰回了房，神神秘秘地掏出个盒子和司马琰分享他暗搓搓捣鼓出来的宝贝。司马琰不明所以，打开盒子一看，只见里面躺着十来个齐齐整整的安全套。

王雱积极解说："这东西，是羊的盲肠做的，我去和宰羊的人讨了不少，亲手制作，没经别人的手。其实鱼鳔也可以做，可惜就是，咳咳，有点儿小，还是羊肠合适。盲肠这东西，末端是闭合的，切下就能用，很方便，我灌水进去试过了，不漏水，很安全。就是用起来有点儿麻烦，得用温水先泡泡，"王雱一脸腼腆地拉着司马琰的手，"不知道实际体验如何，要不我这就去烧点热水，我们来试用一下！"

司马琰道："……其他人知道你在实验室捣鼓这东西吗？"

王雱理所当然地说："当然不知道，我关着门做的！"他见司马琰没反对，当即跑去烧了盆温水，把他亲手制作的羊肠套泡软，拉着司马琰没羞没臊地研究用法去了。

第二日一早，王雱精神奕奕地醒来，司马琰还在睡。他凑过去，轻轻地往司马琰颊边亲了一口。昨天夜里，羊肠套的使用体验很不错，处理得够轻薄，大小也适合，不至于裹太紧，也不至于脱落，不愧是他亲手制作出来的。虽则他媳妇是学医的，对人体构造了若指掌，但在没羞没臊、没脸没皮这方面，媳妇还是略逊一筹。

王雱兴致勃勃地回味了一下，轻手轻脚地起床，今儿又是十五，得去参加望日朝会。难怪白居易会写“春宵苦短日高起，从此君王不早朝”，要从温柔乡里抽身，果然需要引以为傲的自制力啊！

王雱麻利地穿好朝服，出门去和他爹会合，父子俩看着都春风满面，比中了状元还得意。王安石一举得了双生儿，自然免不了要和人炫耀一番，众人知晓王家添了新丁，也没怀疑王雱为什么在一旁偷着乐。

直至张氏过来看望生产不久的吴氏，才看出点端倪来，抱完两个孩子后拉着司马琰去她院子里说私话，悄声问：“你俩圆房了？”

司马琰一愣，点头。司马琰知道张氏自有一套分辨法子，毕竟每回她回娘家，张氏总教她一些房中之事，话里话外都在暗示“男孩子开窍晚，要是他总不开窍你得主动些”。张氏完全是搞错了情况！王雱那家伙哪会是不开窍的人？只是两人都默契地觉得年纪太小，不好耽于情色，更不好要孩子。若不是他们都过了十八岁生辰，家中又已无事，王雱怕是还会一直忍着。

张氏见司马琰脸上略带羞涩，便也不再多问，只笑道：“那就好，那就好，夫妻相洽才能长久。”她叮嘱司马琰多吃些滋补之物，养好身子，将来生产也不至于伤了根本，像吴氏这样一次生两个就很危险。

司马琰自然好好应着。

吴氏这次生双生儿怕也是意外，毕竟无论王家还是吴家都没有太多双生子的先例，这年头很多人的营养条件和接生条件都跟不上，生双子的话母子都很危险。体检在官员及官员家眷之中普及之后，司马琰就能统计出婴幼儿夭折的可怕比例了。

这些人已经算是这个时代的中上层阶级，有能力请到很不错的大夫，但还是因为医疗水平的局限而眼睁睁看着儿女夭折。再有就是，这年代流行表哥表妹，生出来的孩子也因为父母的亲缘关系而出现各种问题：畸形、低智、先天不足等等。别家不说，吴氏就是王雱祖母娘家的侄女，与王安石也算是亲上加亲的典型案例。好在亲缘还不算特别近，往上数从吴氏曾祖父一辈就不是一支的，算是隔了几重，要不王雱真得担心两个弟弟会不会出什么问题。

王雱傍晚回家才知晓岳母来过，还一眼看出他们偷偷干了什么事。王雱顿时化身好奇宝宝：“岳母她怎么看出来的？你有没有偷偷问她方法？”

司马琰道：“你问这个来做什么？”

王雱一想也是，他又不会没事去琢磨别人是不是圆了房。不管什么时代，盯着别人老婆琢磨这事儿都是耍流氓！当然，认错是不可能认错的，这辈子都不可能认错的！王雱振振有词："我这叫'对一切未知问题怀有好奇心'，这是理科生的基本素养。"

司马琰道："你这个理科生天天不是写书就是画插画，好意思吗？"她去太医局那边上课时可没少听人谈论《开封有个包青天》，这玩意儿不用想都知道是谁捣鼓出来的。

王雱道："那会儿娘还没生，手里的项目都交代下去了，反正闲着也是闲着，不如搞搞普法工作和廉政工作！而且，我只是起了个头，别的都是民间艺人们自主创作的，和我一点关系都没有！"王雱兴致勃勃地和司马琰分享自己的伟大构想，"我跟你说，这笔稿费的用处我已经想好了，我准备立个奖项，叫'青天奖'，专门奖励写得好的法制案件话本，搜集各地经典案例，树立全国青天模范，力求做到人间处处有青天！"

司马琰：……包大人知道你的打算吗？

包拯当然还不知道。不过他很快就知道了，因为王雱做好了评奖方案来找他商量要不要改动。王雱觉得这个活动立意高远，影响巨大，是个很有意义的文学奖项，因此肯定不能自个儿玩耍，得找些权威评委来评奖。比如说，包拯，包青天本人！多么权威，舍他其谁！然后，大理寺的大人、刑部的大人、审刑院的大人、台谏的大人……肯定都得找啊，这些都是专业人士。

王雱很是羞涩地问包大人："您认识大理寺和刑部的人吗？"

包拯眼前有些发黑，连连摇头："不认识！"他人缘可不算好，最近更是让不少人用微妙的眼神看了又看，他绝对不会牵头去搞什么"青天奖"的。

王雱想想也对，毕竟曾是台谏强力喷手，人缘不好很正常，所以他殷切地拉着包拯的手让包拯一定要当活动的主评委，没等包拯说出拒绝的话就跑了。

有问题，找大人物，王雱决定去"偶遇"韩琦。韩琦五感敏锐，远远见到他，当场调头就走，一点面子都不给。王雱赶紧跑步跟上去拦着韩琦，语重心长地和韩琦说："转头就走这招是没用的，您每次都用这招，被人看见了多不好，不知道的人还以为您瞧不起后辈，连打招呼的机会都不给敬慕你的晚辈呢。我是了解您才不会误解您，别人可不一样。"

韩琦想把他拉到旁边的小树林里揍一顿。可人都到跟前来了，韩琦只能问："有什么事？"

王雱把"青天奖"的事对韩琦说了。大宋的司法机构极其负责，光是中央这边就有审刑院、大理寺、刑部，审刑院的权力是从大理寺、刑部分出去的，三方相互监督、相互牵制。要当这些部门的官员，首先得经过严苛的司法考试，里面的人可以说个个都是浸淫刑法多年的司法界高手。王雱琢磨着让韩琦给他介绍几个来当评委，好歹韩琦是宰相，总不能连手底下的人都不认得吧。

韩琦听王雱说完来意，没好气地问：“你怎么就跟这个较上劲了？”

王雱说：“您是宰相，认识的官员比我多很多，您觉得其中懂法的人有多少？”

韩琦下意识说道：“哪有不懂法的官？”

王雱看着韩琦不吭声。

韩琦也没再说话，细细思考起王雱说的问题来。科举取士其实并不考法令，地方官员又不全是朝廷委派，也有从当地举荐的，这些人若说他们当真精通律法，那肯定不可能的。相反，很多读书人认为只要教化百姓，让他们讲文明、懂道德，律法如何反倒不重要。在许多人看来这是法家的学问，不能让它喧宾夺主占了儒家经义的地位。所以每年大宋司法考试，报名的人都不多，像大理评事这种官都成了新科进士挂职的虚衔了。所以说，王雱的考虑是对的，不仅百姓不懂法，连官员也不懂法。懂法的、会钻律法空子的，反而是各地的胥吏。

这些胥吏常年在当地做事，地位不高，俸禄不多，因此往往会动歪心思，只要好处给多了，颠倒黑白、混淆视听都是稀松平常的事。偏偏官员三年一任，总会转到陌生的地方去，换到一个新任地，他们还得依仗这些胥吏去办事，不好与他们起冲突。是以，很多时候地方官说话在百姓心中还不如胥吏一通威吓有用。不正官风，不立官威，各地吏强官弱、豪强富户把持一方的情况会越来越严重。这些“土皇帝”并不是个别现象，而是已经普遍存在于各州各县之中。而要正官风、立官威，脱不了“公正廉明”四个字。

韩琦道：“算你考虑得有理。”随即琢磨了一下，让王雱先去拜访大理寺的陈太素。此人浸淫律法二十年，时常废寝忘食地审阅宗卷，朝中但凡有存在争议的案子大多会请他出来做判断。就是最近陈太素以耳疾请辞，好像听力不大好，韩琦让王雱帮忙劝劝陈太素别走，继续留在岗位上发挥余热。

王雱得了韩琦推荐的人选，也没立刻去拜访，而是回家让司马琰帮忙搞个原始的助听器，他好趁着休沐日登门拜访陈太素。

司马琰听他不仅去祸害包拯，还要去拉快致仕的人下水，不由同情起被王雱盯上的人：“这样会不会不太好？”

王雱道：“哪里不好，我觉得很好。”

他把地方上的情况给司马琰讲了，又和司马琰展望未来。假如他爹还执着地要变法，这里就有个大坑。哪怕新法是良法，施行过程中也会遇到阻碍，官民之间沟通不良，出现问题不能及时了解、及时调整。总之，别小看各地胥吏，这里的关系网复杂着呢。

司马琰不太擅长这方面的东西，听完后去琢磨起原始的助听器来。王雱积极地陪着她一起选材料、试效果，到休沐日时两个人已合力捣鼓出几个原始助听器，模样可能不大雅观，不过助听效果还不错。

王雱一大早起来，亲了司马琰一口，拾掇拾掇出门去拜访司法专家陈太素，准备拉对方一起搞大宋普法教育，提高全民法律意识，将“依法治国”推行为大宋吏治的基本方略。实际上，不管说得多么冠冕堂皇，王雱就是想拉更多的人一起搞事情。

韩琦推荐的陈太素，王雱专门去了解过了，是个认真踏实的司法专家，重点是门生很多，搞定一个，捎上一串，划算！这个领域的大人物难免有点儿难以接近，王雱没贸然上门，而是在倒腾助听器之余悉心炮制了一篇新文章，对司法现状指指点点，提出这样那样的意见，观点尽量求新求奇以博取大人物关注。王雱带着助听器和文章给陈太素递帖子，没一会儿，就有陈太素的门生出来请他入内。

陈太素的门生看他的眼神带着点探究，显然很好奇在朝堂里搅风搅雨的王小状元长着什么样的三头六臂，怎么能让那么多大人物对他万般喜爱。王雱早习惯别人的关注，朝对方笑了笑，露出一排小白牙，很自在地溜达进陈太素府里。

由远而近，王雱看见个须发皆白的老者坐在那儿煮茶，茶显然不是什么好茶，不过茶香不管浓淡总是很怡人。而这老者显然就是陈太素了，他家中没有仆人，门生怕他年事已高，没人照料会出意外，便轮番住在他家中守着。

王雱上前朝陈太素见礼，瞧着乖乖巧巧、规规矩矩，是个再守礼不过的后生。陈太素也没王雱料想中严苛，还和蔼地朝他一笑，示意他坐下。

关于王小状元的光辉事迹，朝中几乎无人不知，陈太素自然也有所耳闻，不过王小状元让他印象深刻的是他写的那几本普法读本。作为司法专家，陈太素敏锐地从书中看出这少年熟读律法、应用自如。这自然让陈太素对王雱印象很好，毕竟他看着是个司法界的好苗子。

王雱见陈太素这么和气，顿感受宠若惊，立刻拿出他和媳妇一起倒腾出来的助听器朝陈太素献宝。这年头没有电子仪器辅助，助听器相当原始，外观也不怎么小巧，若是换了平时，陈太素绝对不会接受这种怪东西，不过既然是后辈好心送来的，陈太素也就默许王雱帮他把助听器佩戴上。

旁边的门生见王雱坐下没多久就比自己这个真弟子表现得更亲厚，心里免不了有些泛酸。偏王雱还指使他："贤兄，我带了篇文章过来，不若你坐在对桌给陈先生念一念，看看这助听器好不好使。"

陈太素的门生虽则觉得王雱太不把自己当外人，却也很关心陈太素的耳疾，点头拿起桌上的文章隔着桌子恭恭敬敬地给陈太素念了起来。他平素都在伺候陈太素，是以声量不自觉地拔高。若是平时，这声音理应刚好让陈太素听到，今儿陈太素却觉得门生吼得太大声了，摆摆手叫停："你这么喊着念不辛苦吗？"

陈太素说完，自己愣住了，门生也愣住了，都齐齐看向王雱。王雱当即给他们解释了一番助听器的原理，就是通过外部物理装置帮着把声音扩大一下，这里涉及一些格物知识和医学知识，了解一下声音入耳的过程就能理解了。

陈太素听完感叹道："格物之学，奇妙至此！"久违的能够缓声静气地和人说话，陈太素十分快慰，摆弄了助听器一会儿，才发现自己的门生正认认真真地看着手里的文章，仿佛完全被它吸引住了。对自己的门生，陈太素还是很了解的，为人至诚，做事踏实，不是那种遇事一惊一乍的人，可此时门生脸上却有着近乎痴迷的表情。

陈太素奇道："这文章写得如何？"

门生恍然回神，还有些沉浸在王雱的文章中走不出来。这文章可以说是描绘了一个令人羡慕的法治社会，简直是法家天堂，在这样的社会之下，法学不再是被儒家排挤的存在，而是人人都必须重视的学问，就连赶个马车，也有对应的法律来规范马夫的行为，依法判断事故责任人。门生表示自己无法用言语描述这篇文章的精髓，端正坐姿逐字逐句地给陈太素念起了王雱的原文。

王雱既有状元之才，写起文章来自然有两把刷子，在文章中严密地论证了律法是道德的底线，必须明确这根线，并做到人人知法懂法，才能达到教化百姓的目的。

陈太素钻研法家学问多年，却也只是沉浸在故纸堆之中，从未有过如此大胆的设想：构建一个处处依法而治的理想社会。

现行律法很多条例是有空子可钻的，有时候一桩案子吵到审刑院那边往往已经脱离律法和案件本身，最终的判决取决于哪边的声势更浩大！归根究底，是因为许多东西可以凌驾于律法之上。

陈太素从门生手里取过文章，又仔细看了一遍。良久之后，陈太素长叹一口气，把文章搁下，目光慈和地看向王雱："这文章我留下了，你莫要让别人知晓你写过它。”

王雱给陈太素送上刚煮好的茶，刚才陈太素在听文章，他就接手了煮茶的活儿。听陈太素这么说，王雱顿时明白陈太素是想维护他：他一个科举出身的状元郎，才华出众，深得圣心，理应走人人艳羡的康庄大道——他并不是法家出身，没必要在这种事上出头。

王雱道：“这只是小子的一点粗浅之见，自然不会到处嚷嚷。”

陈太素颔首。粗浅倒不是粗浅，而是太过求新求奇，难免显得天马行空、离经叛道，据他所知，朝中已有一些人看不惯王雱。他实在不忍心让这样一个少年成为众矢之的。

陈太素问：“你这次过来，只是给我送这助听器和这篇文章的？”

陈太素这么一问，王雱眼睛顿时亮了起来，把“青天奖”的事给陈太素讲了，希望他能当评委评定各地上送的精彩案件，树立司法好榜样！陈太素听完，也爽快地答应下来。想要一蹴而就地达到王雱文章中那种程度是不可能的，可也不能什么都不做，既然他还苟且留在这个位置上，应了这事儿也无妨。

来都来了，王雱又打起了陈太素一干门生的主意。既然陈太素手底下有一批司法专业研究者，不如趁着“青天奖”的东风创立对应的司法期刊——反正现成的班底都有了。儒家有《国风》和各地跟风创立的各种刊物，医家有《医学问答录》，法家也得有个讨论平台才能有发展前景啊。

陈太素的门生听王雱在那儿游说陈太素，陈太素还一直认真地点着头，心里有种不妙的预感。果然，等王雱心满意足地离开后，陈太素拿起王雱留在桌上的章程看了又看，最后吩咐自己的门生说：“去把你的师兄师弟叫来。”

王雱意外获得大人物的青眼，很是欢喜，傍晚回家和他媳妇分享了一番，说助听器很合用，陈专家用完后惊为天人，立刻把他奉为上宾，说什么就应什么。

司马琰听得半信半疑。

王雱的狐狸尾巴很快露了出来，他笑眯眯地说：“哎呀，媳妇功劳这么大，该怎么奖励才好呢？”他拉着司马琰啵啵地亲了好几下，要和司马琰咬耳朵说这是预付的，晚上再奖励她其他。司马琰追着王雱满屋子打他。

两个人闹腾了一会儿，又亲到了一块儿。等到快亲出感觉来了，司马琰才想到还得出去吃饭，赶紧把跑乱的衣裳和发髻都拾掇好，忍不住横了王雱一眼，让他以后不许白天说荤话。王雱乐滋滋地帮司马琰把钗子插好，爽快表示什么都听媳妇的，绝对不会玩什么白日宣淫。

王雱和司马琰牵着小手去前院吃过饭，又一起去吴氏院子里逗弟弟。

吴氏恢复得很不错，若不是还在月子期间怕是已随意走动了。见王雱两人一人抱着一个小孩逗着玩，吴氏感觉自己这儿子儿媳都还是小孩，心里免不了有些担心：若是这会儿有了孙子，家里怎么顾得过来？只恨这两小子不来早几年！

吴氏这边担心着，晚上王雱却偷偷摸摸跑去王安石书房，和王安石分享他制作的羊肠套。

处理这东西说得简单，实际上操作起来还挺烦琐的，毕竟肠子不可能仅仅只是一层肠衣，还得经过一道道精细的处理工序，才能制成干净卫生的成品。今儿去陈太素家异常顺利，王雱索性让周武去收了市面上所有能收到的羊盲肠，戴上手套花了半个休沐日处理了一批全新的羊肠套。想到父母正当壮年，还没到禁欲的年纪，王雱便分装了一半，暗搓搓塞给了王安石，顺便如此这般地解说了它的用法。王安石头一回看到管父母房里事的混账小子，在心里犹豫着是揍这小子一顿，还是骂这小子一顿。可王雱一点都不害臊，这是男人之间有益身心健康的交流！多正常啊！王雱语重心长地劝说他爹："您想想看，娘也快三十六七岁啦，又刚生完两个弟弟，再怀上很伤身的，所以最好还是做好防御措施比较好！"

王安石绷着脸道："不想生孩子，做那档子事做什么？"

王雱一脸震惊地看着王安石，眼神里的意思是"爹你做那档子事只是为了造孩子吗"。

眼见王雱还要给他科普一番"和谐的那档子事有利于促进夫妻感情而且还很快乐"，王安石恼羞成怒地骂道："滚回去多看点书，年纪轻轻的别整天想这些玩意儿！"

王雱明白了，他爹不是不懂，而是害羞了！王雱把盒子合拢直接塞到王安石手上，溜了。

王安石看了看手里的盒子，又看了看书房里的书，气得不轻，哪有把这玩意儿拿到书房里来的？！于是绷着一张脸把盒子带回院子里。

吴氏见王安石脸色奇臭地捎着个盒子进来，奇道："怎么了？谁又招惹你了？"

王安石硬邦邦地说："没有。"他左看右看，寻了个箱笼把盒子塞了进去。

吴氏更好奇了，追根究底地问："你藏什么了？谁给你的？"

提到这个王安石就生气，因着两个小孩睡了，屋里只有他们夫妻俩，王安石便把王雱干的混账事给吴氏讲了。他骂道："这小子一天到晚净琢磨这些没用的！"

吴氏已经是四个孩子的娘了，对这些事早不再避讳，听王安石骂儿子她就不乐意了："怎么没用？若是我再怀上，阿雱他们怎么好意思给我们生孙子？若是婆婆、儿媳一起挺着肚子，岂不笑煞旁人！我看有这东西挺好。"

王安石没再吭声。反正，在吴氏眼里她儿子就没有不好的。

即便不少人对包拯有了点小看法，"青天奖"还是热热闹闹地开启了对外征文。"青天奖"要求案件真实，人物可考，情节具有代表性，所涉及的相关司法环节不能出错，但入选后奖励是非常丰厚的：入选的文章得奖金，入选的人物得名声！

虽然都觉得包拯这人临老脸皮变得有些厚，可不少人心里多多少少还是有点儿羡慕的，于是都拿出过去自己接触过的特殊案件，明示暗示自己的门生、子侄写一篇去投稿。怎么？就许包拯脸皮厚，不许别人脸皮厚了？要是包拯不让别人上，别人也可以揭发包拯干的事，看他害臊不害臊。

包拯以前就不苟言笑，现在更是天天板着一张脸。他拿着两篇文章找到了韩琦，给韩琦看。韩琦早知晓王雱要搞这"青天奖"，也不觉得稀奇，结果接过文章一看，差点儿没气昏过去。这小子自己设了奖项、拉了评委，竟还没脸没皮地自己投稿！这两篇文章，一篇是夸他爹当提点刑狱时的优秀表现，这点他们父子俩已经用了两本书来描述了，此时换成从儿子的视角来吹捧又是另一番味道；另一篇，则是描写韩琦在扬州大发神威、震慑宵小、勘破奇案的离奇经历，这小子天花乱坠地胡诌完了，还要补一句，"我当时才两三岁，记不太清啦，但是韩相公对我这么好，我一定是要写的"。

韩琦在心里反思，这小子缺德成这样，很大程度上是他们纵出来的。现在已成事实，再不乐意也只能捏着鼻子认了。韩琦无奈道："既然那小子邀了你们当评审，这些文章你们判定便好，不必给我看。"

让包拯看？包拯自然是给王雱的文章评个上等！毕竟，锅不能自己一个人背啊，韩琦身居相位，该以身作则！包拯带着两篇文章走了，把文章转交给陈太素那边进行审核。陈太素一看，这文章没上次那么离经叛道了，很合适，当场批了个上等。

陈太素采纳了王雱的建议，尽量掩藏法家本质，把期刊定名为《拍案惊奇》，主推内容也都是类似于《开封有个包青天》的奇异案件，尽量扩大受众，并通过编者科普在后面补充涉及的法令。若是收到专业性强的法家人士投稿，可以留到后面供同行讨论。先把读者基础打好，后续想搞什么都方便。

王雱的投稿，陈太素自然不会不收，王雱现在也是炙手可热的畅销书作者，打出他的名号多的是人愿意买账，着实是带销量的一把好手。没看到包拯那本传记卖得多红火吗？

陈太素和包拯认真挑选出“十大青天”，并且借助“青天奖”为《拍案惊奇》造势，表示“青天奖”入选的所有文章都将会在第一期的《拍案惊奇》上刊出。

《国风》上稿难，《医学问答录》专业性太强，许多民间写手都觉得可望而不可即。现在来了本《拍案惊奇》，许多撰稿人敏锐地发现宣传上写的是“第一期”，意思是会像《国风》《医学问答录》一样长期收稿？谁身边没点法制小故事？这下子不少人都有些意动，摩拳擦掌准备试试给《拍案惊奇》投稿去。

在朝中诸人十分默契的“暗示”之下，“青天奖”评选出来的“十大青天”竟然大半都在朝中。毕竟，其他地方的撰稿人山长水远，短短一两个月内肯定没法把稿子写好送来，所以还是开封人士上稿率高。由于位列榜首的是宰相韩琦，所以大家都明白了：这“十大青天”榜单是官方认证的，没看见连韩相公都上去了吗？包拯舒坦多了，毕竟大家都成青天了，不独他一个，压力小了很多。

王雱最近也消停了，该上朝就上朝，该去监督工程进展就去监督，余下的时间都在家逗弟弟玩。小妹小的时候条件不好，王雱逗她玩水时只倒腾了个大木盆，这回一次性来了两个弟弟，王雱琢磨着让人在自己院子里挖了一个小泳池，好在夏天带两个弟弟玩水。

王安石听了这构想想揍他，住着人的院子哪能随随便便动工！最后，王雱屈服了，只叫人去郊外买了个庄子，挑个有活水的地方开挖，搞了双人池子，多人池子，夏天好到那儿去避暑。设计图出了后，王雱就时不时跑去实地监督，看看能不能赶在最热的时候把庄子拾掇好。

这“避暑山庄”大得很，前头是待客用的，可以容纳他不少好友，还可以请些上了年纪的前辈过来避暑；后面则是自家人住的地方，也可以待客，主要是让司马琰她们接待一些女眷。

王雱安安分分地捣鼓了两个多月，到《拍案惊奇》正式开卖那天他才知晓“十大青天”已经选好了，兴致勃勃地去买了一份，看看韩琦和自己老爹是不是都榜上有名。

此时已是盛夏，王雱再次派人将庄子上下收拾一番，把吴氏、祖母她们都接去山庄那边消暑，顺便还把张氏也给接去了。司马光到家后才看到王雱留的书信，说："岳母出去避暑啦，您在家自己吃点，或者来我们家和我们父子俩相依为命也可以。"司马光无言以对，吃过厨下送来的饭菜，换下朝服去了王家。

王家父子俩正相依为命地吃着咸菜烙饼。这是王安石的决定，因为王雱私自把一家子人都弄去庄子那边了，家里请的厨娘也被带了过去，王安石决定给他儿子一点教训，逼迫儿子一起啃烙饼，最便宜的那种，特别厚，还没味道，而且必须吃完，敢浪费就打死！

王雱见司马光来了，十分高兴，掰下半块烙饼分给司马光："岳父您来得正好，您也没吃东西吧？我分你一半！"

王安石也招呼司马光坐下吃点。

司马光道："吃过了。"

王雱还是热情地给司马光递烙饼："吃过也吃点，哪能让您看着我们吃啊！"

王安石冷哼："别理他，他就是好东西吃惯了，让他吃点寻常的东西他就嫌东嫌西。多少人想吃还吃不上！"

王雱只能乖乖把半块烙饼搁回自己盘子里，继续啃手里的半块。惨，没娘的孩子像根草！偏偏这娘还是他自己送走的！

司马光见王雱吃瘪，心情稍稍好转。再看王家这边比自己家还空荡，司马光就知晓王雱不单单接走了张氏。他等王雱父子俩把烙饼吃完了，才和他们说起正事。

赵宗实这个准皇子接任宗正职位也小半年了，瞧着没什么大问题，偏他自己不太乐意当这个宗正，一直在请辞。司马光看着觉得他是真心实意想要跑路，韩琦怕官家立储的决心会动摇，司马光来这一趟就是想从王雱这儿了解一下官家的意思。

王雱这小半年来也时常伴在御前，今儿要不是休沐，他怕是会直接在官家那儿蹭饭。两人的话本偷渡活动一直在进行，官家如今处理起政务来越发轻松自如，甚至还能在韩琦他们提起某地时轻松说出那边的情况。就连已经迁任参知政事的赵概，对此也是很满意的。只不过除了那次直接问出口之外，王雱再没有在御前提过立储之事。

听了司马光的担忧，王雱一脸正直地说："御前之事，我可不能泄露。而且我一个刚入朝不久的小官，人微言轻，哪能在这些事情上指手画脚呢？"

王雱这话说得正气凛然，若不知晓王雱曾在哪些事情上指手画脚，司马光怕是会觉得很欣慰。可惜司马光熟知王雱的性情，怎么看怎么觉得这小子是在胡说八道。可王雱这么义正词严，司马光也不能非逼他说出官家的想法或者让他在官家面前进言，只能作罢。

司马光不知道的是，第二天王雱去御前当差时又告了一个状：他说司马光跑来打探御前消息，多亏他诚信待人的王小雱意志坚定，一个字都没泄露，要不然的话他可就犯错误啦。身为他的岳父，还是谏院得力喷手，司马光居然引诱女婿犯错，真是太不应该了。

官家听了也不反感。不用问他也知道，司马光肯定是为立储之事着急，毕竟赵宗实又上书请求辞去宗正之职了。官家对王雱一向不避讳什么，直接问他，赵宗实不想当宗正该怎么办。

王雱在司马光面前说得义正词严，到官家面前却一点都不避讳，当场说："一般来说想东想西都是闲的，我觉得要不您给他找几个老师，像严肃的赵参政啦，还有可怕的台谏官员啦，随便挑几个天天堵着他让他读书学习，他就没空瞎琢磨了。我跟您说，以前范爷爷就是这么对我的，可有用了。范爷爷直接把我扔到胡先生手底下，您是没见过，胡先生可凶啦！别人都说往新科进士里面一瞧，站得笔挺、一脸严肃的那些就是胡先生教出来的！"

官家听得直乐："看来还是范公有办法治你。"

官家没和王雱说采不采纳他的意见，但没过几天，赵仲针就悄悄和王雱抱怨说他和他爹都被安排了好几个老师，要他们好好学习，天天向上，管得可严了。一开始他还有点儿憋闷，后来看他爹那边更可怕，他就释然了，好歹他的老师们都很和颜悦色。王雱压下幸灾乐祸的想法写信勉励赵仲针，表示自己在国子监也经历过这么一段，可凄凉可悲惨了。

他给赵仲针写完一封声情并茂的信，美滋滋地给小伙伴们下帖子，邀请新朋旧故趁着休沐日去他新修好的庄子里玩。王雱相邀，那自然是一呼百应的。王雱前一天夜里就去庄子里歇下，第二日一早醒来锻炼过后，便陆陆续续迎来了他的好友们。

工期只有一两个月，建筑方面自然不可能有大改动。这庄子本就是别人修来避暑用的，该有的全都有，王雱只需要给流经庄子的活水规划规划，即可享用依山傍水的美丽庄园。既然叫庄子，外围自然是庄户们的佃田，入夏之后禾苗一片青绿，微风徐来，绿浪翻波，很是怡人。

苏辙与苏洵也在受邀之列，他们沿着连通官道的、新修出的宽敞道路一路前行，不多时便来到庄子前。占地广阔的庄子两旁修着两条岔路，分别通向两旁的佃户家中。佃户们家门前修着漂亮的坪子，细看去平整漂亮，瞧着竟与马蹄下的道路差不离。苏洵蓦然想到苏轼来信时所说的一物：水泥。苏轼在信中说，此物神奇至极，修出的道路坚固而平整，实乃利国利民之神物！倘若他说的就是这个，那苏洵相信儿子并没有夸大。

若是王雱在，肯定会给苏洵解说一番，说这其实不能算是完全的水泥构造，底部还有复杂的基底层，材料也更偏向于三合土。这是他实地走了几趟之后决定使用的方案，毕竟是要拿出来当试点打广告的，王雱得尽量做到最好。不懂这些门道，即便学走水泥配方也没有太大用处。

苏洵一路行来，除了远远看到佃户家门前的晒谷坪，还看到佃户们在往水田里投放着米糠、麦麸之类的东西。苏洵心中好奇，翻身下马，牵着马上前问佃户是在做什么。

佃户露出憨厚的笑容："我们按照小官人和小娘子的话在稻田里养了泥鳅，前一阵子老多太医来过我们这儿收泥鳅哩，也不用个头儿多大，瞧着活蹦乱跳就成了。最先养的二虎已经卖了不少，攒了好些钱，媳妇都要说上了，这不，我们这一带的人全学着养，反正米糠麦麸也不值多少钱，鳅粪还能肥田。您看看，我这稻子是不是比往年更绿？"

苏洵也听说过大夫和道士们用泥鳅试药的事，一听佃户夸他们的小官人和小娘子，他脑海里便浮现出王雱夫妻俩的身影。会和佃户打交道的小夫妻，他头一个就想到王雱和司马琰。

苏洵父子俩告别了滔滔不绝的佃户。苏辙和苏洵感慨："没想到元泽连耕种都很有一套。"泥鳅这东西一向自生自长，能抓到算是运气，田里养泥鳅这种事很少有人会去想。听那佃户细说，里头竟还有许多讲究，也不知王雱小两口是怎么琢磨出来的。

苏洵倒是会替王雱找根源："你没看他的文章吗？他自小就随着他父亲在地方上到处跑，自己本身又是爱寻根究底的性格，瞧见什么都上去看一看问一问，田间的学问自然也学了不少。"

苏辙点头。父子两人讨论着路上的见闻，不知不觉便行到庄子前。这庄子外观寻常得很，瞧不出什么特殊之处，正门大敞，并没有门房。

王雱远远见着了他们父子俩，带着笑把他们往里迎。前院没多少人在，花木也很稀疏，种的还全是果树，瞧着就是个普通田庄。不过王雱带着他们拐了个弯，便见到了另一番洞天：一个宽大敞亮的小院，缀着茅草屋三两间，其中一间四面无墙，通明透亮，内有长椅、木桌数张，可供坐下歇息或用些饭食。

最引人瞩目的却是几间茅草屋合抱的浅蓝色池子。这池子并不深，清可见底，一下子吸引了所有人的目光。

王雱积极地给苏洵父子俩介绍："这是泳池，夏天天气热，去河里凫水又危险，所以我琢磨着在家里搞一个池子用来凫水。您看，这水多干净，只有最干净的水，看起来才会这样蓝。要把水弄得这么清可着实费了不少功夫。"

池水得定时更换、消毒，好在这庄子里有活水，引流对王雱而言又不难，所以水源好解决。消毒有司马琰在，也不愁。沉降用的明矾也是能买到的，樊楼本来就叫"白矾楼"，原本是官方买卖白矾的地方，后来虽然改名叫丰乐楼，民间依然把它传成"白樊楼"。这段时间王雱费最多精力的，就是打造这几个可以供大伙一起玩耍的泳池，这边是男用的公共泳池，后院还有女用的，以及他和司马琰小院里两个人自用的……

其实王雱不自夸，苏辙父子俩也能看出弄出这样的池子不容易。

人陆陆续续到齐，王雱便拉着他们下水消暑。太阳高高升起，天气已透出点盛夏的酷热。掩起院门之后，苏辙、刘高明等人脱得只剩内裤被拉下水扑腾，苏洵等人年纪大了，要面子，都坐在沁凉的茅檐底下看小辈玩耍，尝尝佃户们送来的鲜果和凉菜，享受一下山野之趣。

刘高明这一溜勋贵外戚，是王雱的重点推销对象：首先他们有钱，其次他们闲得很！王雱忽悠人从不直接来，他压根儿不怎么搭理刘高明，反而积极和苏辙科普这泳池技术含量多高，耗时多么久，看着多高级，全大宋只此一家别无分号，即便是有人偷偷学着做，也断然做不出这蓝汪汪的漂亮池子。

苏辙不是傻子，瞧见刘高明他们在场后立刻明白了王雱的用意，全程默契地和王雱你一句我一句地接着话，把泳池的各种好处都问了个遍。

刘高明等人抓耳挠腮，竖起耳朵听着王雱把庄子上大大小小的新事物都介绍完，恨不得自己也马上修一个。只是这材料、这技术，他们都没有啊。到午后一起进山打鸟，刘高明便忍不住悄悄问王雱，要是他自己也想修这么个泳池要怎么搞，"要钱还是要什么，给个痛快话"！

王雱便和刘高明说，开封这边的土地不好再乱动，他看好洛阳一片区域，只要刘高明能把尽量多的人骗过去，哦不，带过去投资买地开荒建庄子，他保证帮他们把冬暖夏凉的庄子搞出来。"带上你的钱，带上你的仆从，跟我一起去洛阳开发新城区吧！今年夏天已经快过去啦，明年还来得及，只要现在开始行动，下个夏天大伙就能享受清凉一夏！"

刘高明以前就着过王雱这种道，可再一次遇上，他还是觉得这滋味无比的甜美。反正，以前王雱忽悠他去做什么他都没亏过，甚至还有得赚，为什么不干？刘高明说："那我们说好了，你到时不能撒手不管！"

王雱道："那是肯定的，我以公正的人格担保！"

刘高明道："关公正什么事？！"敢情这小子也觉得他自己靠不住，得拉曹评出来撑场。

王雱当即拉着刘高明回顾他们与曹评的诚挚友谊，什么一见如故啦、相见恨晚啦，"多亏你庄子里那一树柿子让我认识了曹评这么好的小伙伴"。既然大家都和曹评是朋友，说明什么？说明大家的交友眼光很一致，人品显然也都一样好！

说着说着，王雱都有点儿想念好伙伴曹评了，曹评多好，总爽快地说"我给钱，我给钱""我出人，我出人"，还积极地帮忙牵桥搭线，多棒的人哪！

刘高明见王雱一脸怀念，竟也跟着想念起曹评来。他虽是纨绔子弟，却也知道谁好谁歹，曹评这样的朋友任谁都要竖起大拇指。思及此，刘高明原本打定主意要保持冷漠，绝不听王雱蛊惑的心这一刻也软了下来，点头说："行，我们就这样说定了，我给你拉一批人过去置办庄子，你得帮我们搞这样的池子。"

年轻人们进山打鸟去了，剩下的苏洵、王安石等人对着池子聊了一会儿天，都忍不住用余光瞟向那清澈漂亮的池子。他们虽然不能和王雱他们一样光着膀子下水扑腾，但下去玩玩好像也无不可？王安石最先有了决断，先去把院门栓上，然后去更衣的地方脱得剩下里衣里裤，然后招呼司马光一起试试凫水。司马光是很好脸面的，但拗不过王安石盛情相邀，还是与这个亲家一同下了水。这两人起了头，其他人自然也陆陆续续下水。王雱那小子说，凫水有益身心健康，还能保持身材不发胖。虽说朝中许多人年纪大了都很富态，但他们还不算老呢，还想保持一下文人风姿。

王雱一行人打鸟回来，将一串串鸟拿去厨房让人帮忙做来吃，烤得烤，炖汤的炖汤，下午大伙吃一顿全鸟宴。刘高明等人还想要再回泳池玩玩，却被王雱拉住了，王雱偷偷摸摸带着他们爬到树上、趴在墙头往里看。

刘高明发誓，他长这么大从没做过这种偷鸡摸狗的事！感觉还不赖！刘高明与王雱一起趴在墙头往里看，发现院门被拴上了，那群四五十岁的大臣们都进了池子里，有几个在试着凫水，有几个约莫是玩累了，靠在石岸上边和人边闲谈，边剥放在一旁的新鲜莲蓬吃莲子，瞧着十分悠闲自在。

刘高明压着声音和王雱嘀咕："刚才你怎么请他们都不下水，我们一走他们倒是全下去了，而且他们都穿着里衣里裤，是不是没有内裤啊？"刘高明也是改穿内裤的先驱之一，并且积极推荐周围的人都穿上，鄙视那些不穿的，觉得他们风吹下体凉，特别羞人！

王雱道："那肯定不是，我爹和我岳父绝对都是穿的！就是文人嘛，要脸的，和你完全不一样。"

刘高明啧道："说得好像你要脸一样。"

王雱不理他，麻溜地跳回地面，心里已经有了新作的构图。他这幅新作是很有纪念意义的画作，可以题名为《一池大人物》。王雱觉得这个名字很有文化，很有底蕴，迫不及待想要画出来了。

第四章

何花似雪团

王雱招待着长辈和朋友们玩了一天，到傍晚才有时间去见司马琰她们。他逗了会儿弟弟，兴致勃勃地抱着他妹的颜料和纸张回房搞创作。

司马琰好奇地问：“你准备画什么？”

王雱神秘兮兮地说：“画好你就知道了。”

司马琰很快就知道了，因为没过多久，王雱就勾勒出了草图——一群在泳池里凫水和闲谈的大人物。王雱画工很不错，真实还原当时场景。问题是他为什么要画这场景？王雱没解释，直接进入忘我状态，打完草稿开始上色，颜料都是他特地让人给小妹做的，全都是上好的原料磨制，色泽鲜亮可爱，每个人都被画得栩栩如生，连他爹旧得有点儿泛黄的里衣都被他如实搬到纸上。

司马琰看得有点儿呆，越发觉得王雱那双眼睛和那只手可以代替照相机。假如他想，完全可以还原任何他看到过的场景。

给最后一片叶子上完色，王雱完成了为期将近两个时辰的创作，顿觉神清气爽。他和司马琰说起自己为这幅画起的名字，并问她觉得怎么样，反正他感觉叫《一池大人物》很棒！

司马琰说：“最好还是别了，要不然我可能要守寡。”

王雱想想觉得也对，收了笔没在画上题字，等晾干后把它收了起来。

王雱休沐日邀人去消暑的事并不是所有人都清楚，但纨绔子弟们很快都知晓了，因为刘高明回去后大吹特吹，并且积极拉人入伙，让大伙都去洛阳那边买地开荒搞那样一个庄子。

这几年刘高明撞了大运，悄摸摸改过自新，混出头了，成了纨绔子弟间的“别人家的孩子”，其他纨绔家里训起人来都是“你看看和你一起胡混的刘高明都改过自新了”。有刘高明出面说话，很多人还是动了心，反正买个庄子又不怎么花钱，若真有那么好，试试也无妨啊！

相比刘高明的高调，王雱就低调多了，第二天他去上衙，悄悄把自己的新作带上。画卷不比折子，不好藏，他是走正经手续往里带的，规规矩矩地摊开让人检查了一番。

负责检查的人看到画都惊了一下，主要是这画技冲击性太强，感觉就像画里的人一下子来到了眼前一样！这画技画师郭熙也学到了，只不过用起颜色来没王雱这么熟练，本身的画工又更偏向于国画技巧，所以他的作品给人的视觉冲击没这么大。

画是好画，可画的内容可就有点儿稀奇了。这一个两个都是正当壮年的朝官，大多年纪轻轻就位居五品以上，无论哪一个都是当之无愧的国之栋梁！王小状元把他们在这湛蓝池子里玩耍的情形画下来带进宫做什么？不过，没有人会不识趣地拦下王小状元。能在近前伺候的，谁不知晓官家待王小状元比待亲儿子还亲？

王雱顺顺利利地通过了“安检”，兴冲冲地去和官家分享快活的休沐日，还秉承着“有图有真相”的基本原则把大臣们泳池戏水的画献给了官家。这画可不算小，摊在御桌上能直观地看出王安石他们当时的舒心惬意。

画中的基本都是宰执推荐过的宰辅之才，官家跟着王雱的解说一个个辨认过去，还看出司马光的泳姿挺不熟练，显见不太放得开。王雱这个岳父是谏院新晋的“头号喷手”，到谏院没多久就已经上书全方位地喷过不少人，官家对他印象很深。见到王雱还原了司马光在凫水一道上的笨拙，官家心中一乐，倒是同情起司马光来。

王雱献画的理由冠冕堂皇：“这画我画了足足两个时辰，您看看，这么多颜色，这么多人，画得我手酸了！结果我画完后我媳妇不仅不夸我，还让我收起来别让我爹他们瞧见，要不然一准会被我爹或者我岳父撕掉。我想着天底下最安全的地方就是官家您这儿啦，所以我把画送您，就当您帮我保管吧！”

官家听了，觉得王雱说得有理有据，爽快地应了下来。不过，这画画得这么好，用色又这么精妙，官家是不可能单纯藏着的。王雱一走，他便让人好好把画装裱好送回来。

第二日，王雱不在御前，官家和韩琦他们商议完正事，邀他们一起来欣赏他新得的好画。

韩琦一听画是王雱献的，眉头就跳了跳。韩琦是听说了的，王雱似乎搞了个避暑庄子，邀了不少人去玩，如王安石、吕公著、韩维、司马光、苏洵等。这些人凑一起肯定会指点江山、大谈国事，韩琦都做好收到新文刊的准备了，结果只听说京中纨绔间有点儿小动静，说是准备组团去洛阳弄个庄子之类的。韩琦在心里琢磨着王雱又干了什么，官家已经把王雱送他的画打开了。韩琦抬眼望去，只见一幅用色鲜丽的画作映入眼帘。

画上最引人瞩目的是那几乎占据整个画面的湛蓝池子：这池子石岸高低错落，池水清澈明亮，在盛夏艳阳下甚至还浮动着熠熠波光。王安石与司马光在游泳，姿势不算特别好看，显见是不怎么下水的，苏洵靠着石岸与韩维说着话，一旁的吕公著则拿着个莲蓬在剥莲子……

画面上每一个人的神情、动作都不一样，特点抓得很准，只要曾见过他们本人就能一眼认出来。这画好是好，但韩琦看着画上一个个脱去了外袍、只着白色里衣里裤的未来宰辅之选们，心里只有一个感觉：很好，幸亏这小子不是自己儿子，要不然还是打死算了！想想看，要是韩琦的儿子画了这样一幅戏水图，还献到官家这里，他是真的会揍儿子的。所以，韩琦心里免不了有点儿幸灾乐祸：叫你王介甫惯出这么个儿子，还天天和别人炫耀，这点事你就好好受着吧。

一干宰执欣赏完官家的新藏品，都夸赞了一番。官家很满意，又宣召常在御前伺候的几个翰林学士过来再夸一轮，王珪和韩维就在其中。王珪还好，事不关己，只和韩琦一样幸灾乐祸。韩维就不一样了，韩维是当事人！他一看到那画，险些没晕厥过去。

王小状元你画了就画了，怎么还献给官家！而且当时他们是拴了院门才下水的，王雱根本不在里头，这画是怎么来的？

这一刻，韩维很痛恨王雱的好画技，心想王雱要是画成千人一面多好，旁人根本不会认出来。韩维竭力维持着脸上的表情，让自己不至于御前失仪。回了翰林院，韩维左想右想还是气不过，直接去找王雱他老子王安石算账：你邀请我们去玩，竟纵容儿子画这样的画！

王安石被韩维说蒙了，仔细一问才晓得王雱又干了什么混账事。他气冲冲地去枢密院逮人，结果包拯说王雱已经准点下衙啦，说是接媳妇下班去了——王雱昨天去庄子那边的另一个目的就是接媳妇一起回城，毕竟王雱的媳妇也是得上班的。

没堵着人，王安石只能替儿子向韩维赔不是。

韩维不是小气之人，也没真正生气，只委婉地让王安石好好约束儿子。不是他说，王小状元这性情着实太跳脱了点，简直是百年难得一见的“混世魔王”，说不准哪天真被人打死了。王安石头一次认同别人对自己儿子的批评。

王雱和媳妇牵着小手回到家，很快被他爹黑着脸叫到书房。没过多久，王雱破门而出，被他爹追着满院子跑了几圈，又破院门而出，在宅子里跑了几圈。跑到他爹跑不动了，王雱才倒回去拍着他爹的背给他爹顺气：“爹啊，您都四十出头了，平时又不注意锻炼，可不能再这么跑了，阿琰说你有轻微哮喘，剧烈运动可能会犯病，千万不能这么激动！”

没等王安石歇过气来打他，王雱就看到他岳父气势汹汹地从门口走进来，脸色和他爹一样黑，手里还拿着根竹鞭子，显然是有备而来！王雱见势不妙，边跑边扯着嗓子喊他媳妇："媳妇，你爹要打死我了，你快出来救我啊！"

司马琰不想理他。

司马光的脸更黑了，坚定地要给王雱一顿痛揍。于是，王雱又被迫在宅子里跑了两大圈，跑得他都感觉自己完成了一次在跑步上的自我超越，越跑越快。

第二天，弄清楚为什么这么快东窗事发的王雱去找官家抱怨："您怎么能把画给别人看呢？害我差点儿被我爹他们打死！"

官家乐道："打了哪里？要不要我叫太医来给你瞧瞧？"

王雱得意扬扬："没打着，我跑得比他们快。"王雱嘚瑟完了，继续指责官家不地道。哪能把那幅画给那么多人看呢？明知道他岳父是最要脸面的，画里换成别人的话，他岳父能上书参一本说对方失仪！

官家更乐了，也学会了王雱那套逻辑："画不是帮你保管得好好的，没让你岳父他们给撕了吗？"

王雱道："要不是我跑得快，他们就把我撕了，您再也见不到我了！"

王雱在御前耍了一通赖，最终顺利顺走了官家一对玉镇尺。这镇尺他看上很久了，洁白莹亮，雕工精细，怎么看怎么可爱，绝对是难得的珍品。自从和媳妇有了爱的深入交流之后，王雱就琢磨着得给未来孩子攒点传家宝。钱不必多，宝贝不能少啊！

自从《一池大人物》被官家拿出来给众人欣赏之后，许多人对王雱的邀约多了几分警惕，除了那些处于观望状态、想去提前体验一下避暑庄子妙处的纨绔子弟，都没那么好请了。王雱很是唏嘘，写信给远在凤翔府的苏轼诉苦。

凤翔府正有条不紊地搞着水泥生产开发，期间还换了个一把手，不再是罩着苏轼的宋知州了，新来的知州也是苏轼老乡，叫陈希亮。

陈知州是个铮铮汉子，喜欢打击封建迷信活动，尤其是坑人骗钱的野僧恶巫之类的，作风十分硬派。苏轼和这老乡也不太对付，大概是文武相斥，苏轼和陈知州相互看不顺眼，闹出了不少矛盾。

苏轼最近生着闷气，除了视察水泥生产线，就是琢磨鸡蛋孵化之法。这点也是他和王雱交流时提到的，他说凤翔不是人人都愿意养猪，但是这边的鸡特别美，炖汤汤鲜，炖肉肉香，当真是一绝。

于是王雱在信中和苏轼探讨起养鸡之法，约定大伙一起实践，看谁能先摸索出统一孵化、规模快繁的法子。苏轼和顶头上司闹了矛盾，天天拿着个鸡蛋在光下看来看去，验证王雱所说之法是不是真的管用。王弗见苏轼负气不理人，只好开始从陈家女眷那儿了解双方的矛盾。

双方其实也没什么化解不了的深仇大怨，就是谁都瞧不起谁，又都是横脾气，谁都不会先低头，所以就杠上了。这反而更加棘手，王弗也无法可施。

直至苏轼看到暖房里的一批小鸡破壳，情况才终于有了转机。苏轼人逢喜事精神爽，把小鸡崽养了几天，确定它们都活蹦乱跳，亲自跑到街上把它们给卖了，用卖小鸡崽的钱买了几只正宗凤翔鸡，准备请客。王弗见机会来了，当即说服苏轼给陈家那边也下帖子。苏轼难得抢先王雱一步，正是高兴的时候，哪会在意这点小事，当场不计前嫌地给陈知州一家下了帖子。陈知州那边收到帖子，琢磨着这应该是苏轼的求和信号，心中虽觉得这后辈不咋样，却还是决定给个面子领着儿子过去赴宴。然后，陈知州就领教了苏轼的独门秘技：会吃！

吃这事儿，是最容易拉近感情的。你吃得肚皮饱饱，好意思再翻脸吗？更何况苏轼在吃这方面是真有一套，原本就美味得不行的凤翔鸡经他手一炮制，简直好吃得让陈知州都忍不住多添两个大馒头。陈知州头一次对自己做的事生出了几分后悔：若是他没有先入为主地对这个年轻人有偏见，是不是就能时常来尝尝这样的美味？可惜第二日，苏轼对他还是没个好脸。苏轼这会儿正是年少气盛的年纪，你对他一分好，他还你十分；可你要是对他有一分不好，他也能还你十分。苏轼点卯之后照常和陈知州抬了两句杠，开始差遣衙役出去张贴告示，他要开班宣讲养鸡之法，提倡户户养鸡、家家吃肉，过个丰足年。

开封的信送到凤翔少说也得半个月，苏轼收到王雱的信时夏天的酷热都快结束了。看到王雱在信里抱怨自己越来越不受待见，苏轼忍不住倒回去再看看他不受待见的原因，免不了和王弗说上一句："这家伙没被打死真是命大！"苏轼和王弗讲完王雱干的缺德事，心情顿时明快了不少。苏轼的理想并不仅在凤翔一地，王雱大步大步往前迈，不仅已经简在帝心，还可以随心地与宰执们交流，苏轼也不想落后太多。

得知苏轼和新知州不对付后，王雱还给苏轼出了个绝妙的主意：苏轼家挨着府衙，隔壁就是陈知州家，大可以每天掐着点做味道浓的、特别香的东西，馋死他们！而且王雱那厮还给苏轼附赠了一本菜谱，说是这些年来他自己和媳妇探讨出来的，各个菜系、各种口味任君选择，保证每天能香得不重样。

苏轼觉得这个主意太妙了，当天下午就开始着手实施，炖了一锅隔着墙绝对能闻到的肉。苏轼儿子带着妹妹在一旁看着，馋得口水直流，连连问："爹，好了没？我饿了！"妹妹还没学会说完整的话，咿咿呀呀跟着起哄。

苏轼很满意这个效果，愉快地对儿子女儿说：“马上就好了，让香味再飘一会儿！”

隔壁陈知州家饭还没做好，就闻到了随风飘过来的肉香，年幼的孙子越闻越难过，噔噔地跑进屋，抱着陈知州的腿哇哇直哭：“饿，饿，我饿！”

陈知州：……该死的，苏家小子炖的到底是什么肉，居然这么香！

夏天过去，刘高明领着人去王雱庄子游玩的娱乐活动也宣告结束。结果是，王雱规划出来的洛阳高级度假区被完美瓜分，这群有钱有闲的人都决定去弄一个庄子。

想要这样的庄子，自然得去王雱圈出的地方买地，然后投钱修路、建房、搞基建。王雱给了多个样式的庄子设计图让他们参考。要啥样式他们自己挑，挑完可以去洛阳找建筑队开干，先到先造，后到的往后靠。刘高明也趁机赚了老大一笔，因为他在洛阳也搞了个建筑队，让他们去听过新校区开的培训课，看得懂王雱的图纸，是以工程项目接到手软。怪不得王雱总说知识就是力量，技术就是金钱！

王雱把事情都安排出去，已是入秋。王雱收到苏轼的信，知晓苏轼又多了一项新技能：养鸡。在培养食材方面，苏轼的动手能力显然比王雱强。孵化鸡蛋的法子王雱也在试验，只是苏轼进展比他快，已经着手推广，准备开展全民养鸡行动了。王雱给苏轼回了信，又顺便写信给沉迷科研的沈括，让沈括准备准备，今年赶紧调去洛阳一起搞事情。

上回，沈括没接受新官职，说是手里的项目没搞完，还得再待两年。近来，沈括已经开始大面积种植种子含油量极高的芸薹，还画了一大片芸薹花田的美景投稿到《国风》，并用越来越朴实的语言描述芸薹之美——花开烂漫，籽油香醇，着实是世间难得的好作物。这文章就等同于一篇完美的结题报告，宣告着他的油料作物研究课题圆满结束。事实上，在沈括那边，菜籽油已经正式走上餐桌了。

小伙伴们都在自己的领域里发光发热，王雱感觉自己有点儿懈怠，想了想，跑去借用方洪的酒坊搞新酒。太烈的酒不符合大部分宋人的口味，烧刀子在西夏、辽国很受欢迎，在大宋却只有少数好酒之人从走私途径弄来喝，因此蒸馏酒这东西王雱只预备用作医疗消毒用。

王雱叫方洪帮忙弄来不少蛇麻草，下衙后跑去酒坊里捣鼓，过了几天就不去了，只在酒坊那边搁下几缸子发酵中的酒。方洪对王雱倒腾的东西都很感兴趣，时不时绕着缸子看几回，却没看出什么特别的地方，最后只好等王雱开封酒坛时再一探究竟！

临近中秋，王雱溜达去酒坊看自己的酿制成果，方洪也跟着一块儿过去。到了地方，王雱绕着看了一圈，挑了个看着顺眼的缸子打开密封的盖子，一瞬间，扑鼻的酒香撞入方洪鼻端。

方洪夸道："这酒的气味很特别。"

王雱取出两个琉璃杯，取过酒勺往杯里舀了半杯酒。琉璃杯通明透亮，酒色橙黄可爱，瞧着就很相配！递了一杯给方洪，王雱道："尝尝。"

方洪点头，接过琉璃杯喝了一口，顿觉眼前一亮。这酒带着股特殊的、清爽的味道，色泽也十分澄亮，不见丝毫浑浊。方洪道："极好！这是什么酒？"

王雱道："麦子酿的，算麦酒吧。"这其实就是啤酒，只要原料准备齐全，酿起来并不难。

王雱曾去过著名的啤酒之乡做学术交流，顺便听了一耳朵酿制过程。啤酒酿制周期短，流程简单，上手非常快。原料里头只有蛇麻草需要费些工夫收集。蛇麻草实际上是啤酒花，酿啤酒时得加点进去才能有啤酒的独特风味，它的主要产地在新疆、甘肃一带，不过时人把它当药材来用，想买还是能买到的。

王雱为了防止失败弄了好几缸，这会儿一一看过去，全都成功了！好兆头啊！王雱愉快地托方洪帮忙把新酒分装一下，回头他分送到各家去当中秋贺礼。若是大家喝着都说好，明年可以多拿些酒引酿这酒。

中秋节这天，王雱拿出沈括送来的菜籽油、苏轼送来的凤翔鸡，干了一件特别的事——做炸鸡。鸡肉腌好，裹上面粉，放入热油里炸得金黄喷香！炸鸡腿、炸鸡翅、炸鸡排、炸鸡米花全都有。正是团圆佳节，王家人齐聚一堂，品尝起了这热量奇高的油炸食物和口味奇特的麦酒。苏轼不可能送一堆活鸡过来，炸鸡分量自然不多，刚巧能让每个人尝尝味道。

入夜之后，王雱又赶车去把司马光一家接过来一起赏月，顺便来点烤肉和啤酒。司马琰出嫁后，司马光家里有些冷清，中秋节他大哥司马旦过来一起过节，还带着司马琰的堂弟司马康。王雱把司马旦父子俩也一块儿接了过来。

男人和小孩们喝酒聊天，张氏与司马琰没去凑这个热闹。张氏和司马琰说起司马光与司马旦在商量的事情：司马旦准备把司马康过继到他们家。

司马光已经将近四十五岁，膝下一直没有儿子，又不愿纳妾，司马旦便主动提出将司马康过继给他们。其实从司马光拒绝纳妾那会儿开始，司马旦就已有此打算，是以逢年过节总会把司马康带过来。司马光可是司马家这一代里最有出息的，肯定得有个儿子才成。

司马琰抓着张氏的手问："娘你愿意吗？"她到底已经出嫁，不必和这个过继过来的弟弟朝夕相处，所以她反过来问张氏的想法。过继这种事和现实世界的收养差不多，只要你情我愿的话没什么不好。从本质上来说，张氏是个很传统的女人，张氏赞成她去做喜欢做的事，自己却不怎么爱抛头露面。司马光有正事可以忙碌，张氏却总一个人待在家里，难免有些寂寞，有个儿子让她操心还挺不错的。

见女儿并不介意，张氏才笑道："我看康儿这孩子挺好。"

母女俩经过一番交流，过继的事便大致定了下来。

王雱把岳父一家送回家，才知晓自己要多一个正儿八经的小舅子了。王雱两眼一亮："小舅子好啊，我们可以好好培养培养。先拿小舅子练练手，以后我们教孩子就有经验了！"

司马琰：……敢情别人家的弟弟是拿来给你练手的？

过继有没有什么正儿八经的形式，王雱不知晓，反正他岳父请了个假回老家去拜祭了先祖，重新带着原侄子、现儿子司马康回京后，司马康就正式成了家中的一员。

这时候已经是九月末，王雱趁着秋末冬初，还有最后一段时间的暖和日子，便约上岳父一家去庄子附近登高望远。上回被王雱坑了一次，司马光很是警惕，不过想着司马康刚过继过来，两家应当正式见个面，便也应了王雱的邀。

王雱这回可乖了，鞍前马后地问王安石和司马光饿了没、渴了没，顺便从他自己背着的背囊上掏出皮水壶让他们喝水解渴。王雱不惹事时，还是天下第一好儿子，王安石没起疑心，倒是司马光总觉得这小子又要出幺蛾子。天可见怜，王雱今天确实只是陪家人出来散散心！

开封的山与其说是山，不如说是小土丘，还是十分平坦的那种，王雱一行人沿着山林走到山顶，也并没有壮观景象可以看。王雱孝顺地陪着他爹和他岳父溜达到山顶，马上又原形毕露，开始拉着新晋小舅子一起去挖土烤叫花鸡和叫花鹌鹑。

今年司马康才十二三岁，举止和相貌都很有司马光的风范，想必未来会是个谦谦君子。王雱让他也帮忙背了个包，里头有各种裹得很严实的生鲜食材。司马康一开始有点儿放不开，但王雱给他说了一通歪理，什么"民以食为天，我们要时刻关心百姓们最在意的东西"，什么"长辈都在，旁的又都是女眷，我们堂堂男子汉要孝顺长辈，坐着等饭吃算什么好汉"……总之，司马康被忽悠得感觉自己要是不动手，就是不仁不义不忠不孝！老实孩子司马康乖乖地跟着姐夫干活，让挖泥就挖泥，让洗菜就洗菜。

王安石和司马光站在一边远眺了半晌，聊了一会儿家国大事，一转头，只见未来君子司马康像王雱那样捋起了袖子在干活。因为对洗菜、挖坑、做叫花鸡和叫花鹌鹑的活儿不够熟练，司马康脸上还弄得脏兮兮的。

司马光：“……”

王雱这厮显然早有预谋，连干荷叶都带了。他把鸡和鹌鹑分别囫囵着用干荷叶裹上，糊了层黄泥，动作利索地开始生火。见司马光两人齐刷刷望了过来，王雱还给他们打包票：“爹，你们继续聊，吃的事交给我们就好了。”

两个小子埋头捣鼓，美味很快出炉，将外头的泥壳敲开，露出外酥里嫩的叫花鸡和叫花鹌鹑。鹌鹑个头儿小，肉不多，不过连骨头都被烤得酥酥的，肉也入了味，美味得不得了。叫花鸡也全熟了，肉质嫩而不腻，许是因为裹了几层荷叶，带着点淡淡的荷叶清香，闻着叫人食指大动。

一行人吃了个饱，又去庄子里歇了歇脚，到傍晚才一起回城，各自回家。与王雱一行人分别之后，司马光看向司马康的眼神有点儿严厉，把司马康好好地教育了一番，告诉他别王雱让他干什么他就干什么。

司马康把王雱的那通理论给司马光讲了，说自己觉得王雱的话很有道理。司马光听得额角青筋直跳，偏又找不着可以反驳的地方，气得不轻。仁义忠孝都是好品质，可这和他带着小舅子烤叫花鸡有什么关系？

张氏见司马康小心翼翼地看着司马光，一副害怕自己说错话的模样，顿时开口说话：“阿雱说的有什么问题吗？两个小孩想孝顺你，你还不乐意了！”

司马光住了口，但他总觉得王雱会教坏司马康。

事实证明，司马光的预感还是很灵的，自打司马光正式介绍过司马康这个小舅子之后，王雱时常在接了司马琰后绕小半圈去把司马康带出来，今天说要小舅子帮个忙，明天说要给小舅子讲讲课，总有光明正大的理由接走司马康。弄得司马光如今每次回到家，都得先问一句“康儿是不是又被那小子接走了”。

这天也是，王雱趁着司马光还没回家，溜达过去和岳母说了一声，把司马康给接走了。王雱和司马康一起步行，顺便锻炼锻炼司马康的小身板儿。路上闲着无聊，王雱和司马康说起锻炼的好处：每天多走走，一来有益身心健康，二来被打的时候可以跑快点。

司马康听到这套理论时呆了一下，奇怪地说：“爹不打人啊。”不管是当叔的时候，还是当爹的时候，司马光对他严厉归严厉，可从来没有红过脸、动过粗。

王雱一听，直摇头，对司马康说：“装的，肯定是装的。岳父一开始对我也可好啦，从来没脸红脖子粗过！可现在你看看，他特地备着根长长的竹鞭子来打人，忒凶！”

听王雱肆无忌惮地抹黑自己的爹，司马琰不乐意了，说道：“那是你自找的，别赖到我爹身上。”

王雱道：“才不是，你看看范爷爷，你看看官家，再看看韩相公，哪个备过鞭子？你也是，上回岳父追着我打，你也不出来救场。唉，这大概就是大伙说的‘夫妻本是同林鸟，大难临头各自飞’吧。小舅子你看，人哪，都是靠不住的，关键时刻还是得靠自己。”

司马琰也想打死他。

司马康没插嘴，毕竟根本插不上嘴。他隐隐有点儿明白了，很多人想打王雱不是偶然的，而是必然的。当然，作为一个未来的谦谦君子，司马康没有把这个想法说出口。

王雱把小舅子和几个年龄小点的侄子编成一个小班，每天下衙后悉心调教，为他们教授各种学问。经义之类的，自有人给他们开蒙，王雱负责的是考核和扩展教育，教他们一些算学、格物的道理以及学习方法，偶尔还拉他们去外面实践。

不知不觉到了十月中旬，王雱把年龄相近的赵仲针也给收编了，闲暇时身后总跟着一群年龄相近的小萝卜头，声势十分浩大，上课地点也从家里换成外面，时而去蹭国子监的教室，时而去蹭大相国寺的僧房，时而还跑去实验室动动手，所以锻炼得最充分的是一群小孩的脸皮。

休沐这日，王雱少有地没去拐带别人家孩子，而是早早去码头迎接他的朋友。

天气虽然逐渐转冷，但河面还没结冰，自东边来的客船还是如期而至。仿佛约好了似的，这次到开封的不是一拨人，而是三拨人。一拨是钱乙一家，王雱写信让他来开封陪曹老搞研究。一拨是沈括一行，他这次回京准备接受改官，然后去洛阳忙新课题。王雱直接给他圈了一块既有山谷、丘陵，又有平原的地，一次性拥有多种地形，随便他怎么忙活。还有一拨，是王雱在鄞县的两个故友，郑思和武兴。郑思是来参加明年春闱的，和王雱比是晚了些，但在鄞县之中已算是出挑的；而武兴，是来考武学的，他本来已经靠着他爹的县尉之职在县里谋了个差使，但听说朝廷马上要开武举，他便一直想来开封试试。这一次郑思要来开封，可算是让他找到机会了。

这三拨人不是同一个地方的，但中途偶然碰上，便在碰头的码头换了同一艘船，免得王雱来接人还得跑几趟。

王雱候在码头不久，很快看到客船靠岸，头一个走下来的人是武兴，这小子当初就长得比同龄人高大些，这会儿更是高大威武，但模样没怎么变，只多了一脸胡楂。王雱上前与武兴互擂了一拳，久别重逢的陌生感立刻消散无踪，即便多年不见，儿时的情谊也没有被时光冲淡多少。再往下船处看去，一连下来几个眼熟的人，都是王雱的小伙伴。王雱欢喜不已，夸下海口要带他们去吃开封最好吃的东西，然后领着他们一块儿去了国子监的食堂。

沈括：……这么久不见，这家伙脸皮还是这么厚！

最近，王雱为了司马康那群小屁孩，借用国子监教室的次数非常多，在国子监饭蹭饭的可耻行径也不是头一回，众人都习以为常了，还有不少师弟过来和他探讨问题。

这回王雱远远见到仿佛想在国子监养老的胡瑗，还特地跑上去请胡瑗开个后门，让郑思在国子监备战春闱。不管怎么说，国子监的资源都是全国最好的，好友来京，王雱自然得积极帮他争取。

胡瑗这人古板又严厉，很少有人会走后门走到他头上。对王雱这个学生，胡瑗是又爱又恨，爱自然是爱他的聪明出众，恨的则是这小子总爱坏规矩。听王雱这么堂而皇之地说要塞个人进来，胡瑗板着脸严声质问：“你当国子监是什么地方！”

王雱眨巴一下眼睛：“……母校？”

胡瑗被王雱噎了一下。

王雱又拉着胡瑗说了一通：“海纳百川有容乃大，国子监是培育大宋英才的大摇篮，不应该把人拒之门外。如果要办什么手续我可以去找韩相公他们，不过我就是觉得这点小事不必惊动他们。”

胡瑗听得额头青筋直跳，想到自己今年就要致仕了，他深吸一口气，不希望仙子就被这小子气死。想想那一串纵容着这小子瞎胡闹的朝中大臣，胡瑗也觉得还是直接同意算了，否则这小子真能搬出一堆人来举荐。塞个人进来旁听而已，用不着那么麻烦。胡瑗无奈道：“明日让他过来报到。”

王雱见胡瑗同意了，马上跑去拉郑思过来和胡瑗见礼。郑思没想到自己可以进国子监备考，激动得差点儿哭出来，但还是规规矩矩地应对着胡瑗的考校。胡瑗见这小孩实诚又守礼，和王雱完全不一样，心塞的感觉少了点，缓下脸色让他继续吃饭去。

郑思的去处有了，王雱又走后门把武兴引荐给王韶，让王韶安排武兴接受入学考核。武兴比王雱大六岁，按年纪来看已经有点儿超龄了，不过既然王雱开了口，王韶自然一口答应下来，毕竟王雱可算是半个武学外聘顾问，会时不时过来刺激刺激武学生员。

趁着还没入学，王雱晚上拉着郑思和武兴秉烛夜谈，回忆在鄞县的日子。

王雱那会儿也就四五岁，离开时才六七岁，换了别人肯定没多少记忆，但王雱记性好，什么都记得清清楚楚，三个人聊着聊着便亲近起来，想到一别就是十年，都很是感慨了一番。

王雱离开客院后，郑思与武兴没立刻睡下，他们都有点儿睡不着。王雱离开鄞县后，他们断断续续听到过一些王雱的消息，郑思更是时常拜读《国风》上的文章，知晓这个曾经的小伙伴与他们的距离越来越远了。此番来京，郑思一直很犹豫要不要找王雱，他怕王雱把他们忘了。有时候，最伤人的不是反目成仇，而是你始终牢记着昔日情谊，对方却问你一句“你是谁”。眼下证明王雱还记得他们，郑思却又有了另一重担忧：他们现在和王雱的差距太大了，事事都沾王雱的光，感觉是在占王雱的便宜。

可武兴没郑思那么多想法，听了郑思的担忧后摇头说：“你别总瞻前顾后，阿雱才十八岁就已经名扬朝野，日后肯定成就非凡。我们和阿雱比肯定是比不过的，但我相信我肯定也能拼出一番成就来。到那时，阿雱需要人相帮的话，我一定义不容辞。”

武兴就是不甘心一直窝在鄞县，才会尽力说服他爹让他来京。当年王雱年纪最小，却已经是他们之中的领头人，武兴毫不怀疑王雱会在未来十几二十年内走上高位。他们现在确实被王雱甩开一大截，可也不能因为相差太远就不再努力，王雱愿意给他们争取机会，武兴自然会把握机会。武兴道：“与其东想西想，不如好好拼一把，要不然将来你想帮他也帮不上忙！”

郑思被武兴说服了，回自己的客房歇下，第二日一早便带着行囊去国子监报到。武兴也早早去了武学那边，摩拳擦掌地等着接受武学的入学考核。

安置完两个故友，王雱又与钱乙、沈括他们商议洛阳那边的事情。这一年多来，洛阳那边的河道工程一直没停，王雱也陆陆续续把洛阳城郊各个片区规划完毕。洛阳是要成为政治中心和文化中心的，经济条件本来就挺不错的，现在需要再搞几个大项目来引进人才和资金，王雱这才写信让沈括和钱乙回来。

沈括也知道朝中的迁都之议，看完王雱的城市规划图，沈括对这西京充满了期待。他说道："开封周围连座像样的高山都没有，黄河又频频改道，确实不太适合防御外敌。就是很多人早在开封扎了根，怕是不太愿意朝廷迁都。"

王雱道："迁了都，开封也是东京。"

影响肯定是有的，要不然朝中也不会进行漫长的迁都扯皮。王雱要做的就是让这些顽固分子看到迁都的好处：首先是安全，生命财产能得到最大的保障；其次是有赚头，早去洛阳投资，升值空间非常大。反正，要持之以恒地给所有人灌输"迁都好处多多，不同意迁都都是傻子"的概念。

沈括与王雱相识多年，完全无条件支持王雱想做的事；钱乙能继续跟着曹老深造也很开心，一口应下王雱提的一些要求，去太医局记了个名，准备等沈括的新任命下来后一道出发前往洛阳。

多了几个助力，王雱心情愉快得很，又跑到官家面前聊起自己的这几个好朋友，回忆他们当年的糗事：什么大家一起被狗追，郑思手脚不协调爬不上树，全靠武兴跳下去引开狗啦；什么沈括爱书如命，看着书把炊饼蘸了墨吃得满嘴黑啦……一旁的王珪听着都觉得当这小子的朋友真心累，干一件糗事怕是会被说上几十年。官家则听得很乐，对这几个小子也有了极大的期待。朝中英才自然是越多越好，一人不成众，独木不成林。

由于最近要带"小孩班"，王雱在宫里蹭饭的次数反而少了，忙活完本职工作就和王珪一起下衙。王珪和王雱一同去牵马，免不了提点一句："少在官家面前举荐相熟的人，往后你官位高了，这事儿说好听点是内举不避亲，说难听点就是任人唯亲、结党营私。"而且，若是举荐的人捅了篓子，举荐人是要受牵连的。当初晏殊举荐了范仲淹，结果范仲淹和吕夷简硬碰硬，可把晏殊气得不轻。

这些官场潜规则，王雱自然也是知晓的，不过他自有一套道理，也不否认自己明贬暗褒的举荐意图："若不多接触、多了解，如何知道他们品行如何、能力如何？随便举荐一个并不熟悉的人，那才是不负责任。"

王珪行事谨慎，提点王雱一句已是觉得过了，听王雱这么一说便也不再多言。王雱这么说也有道理，不举荐相熟的，难道举荐面都没见过的那些？即便名声极佳，没好好了解过，谁知道是不是盛名之下，其实难副？

王雱别过王珪，去接了媳妇和小舅子、赵仲针。今天王雱让沈括来给小屁孩们讲课，讲作物育种流程。民以食为天，填不饱肚子，必然有人要造反，所以农作物的选育工作是非常重要的。

自从广泛推广高产耐旱的占城稻，大宋的粮食问题基本已经解决，人口也迎来了空前的大爆炸，光是开封一城就养活了百万多人。可惜，由于西线、北线频繁遭受侵扰，土地多荒弃，如今的“大宋粮仓”只在江南富饶之地。这也是王安石能在鄞县一带行借贷之法的原因，不管如何遭灾，江南之地都远比其他地方承受能力强，不会因为借贷利息弄得丢田失地、家破人亡。

王雱准备在江南以北的各州推广一些种植周期短、获利大的经济作物，增加这些地方的人口。最好是能在北方沿岸也开个市舶司，扩建属于北方的贸易港口，地方他也选好了——密州。密州这地方，其实就是现实世界的青岛，气候宜人，风光美丽，还适合种植啤酒花，可以说是“中国啤酒之乡”。王雱准备让沈括研究一下蛇麻草的人工种植项目，到时让人去密州那边种，从而大力推进密州扩港项目。到时南北海上皆通航，水路通畅，有海上贸易为北方诸州输血，也不至于败落。当然，王雱觉得要是能拿下天津就更方便了。天津经黄河主道直通洛阳，运输多么便捷。

沈括给小屁孩们讲完课之后，王雱就挂起舆图和他们说起自己的构想，很是惋惜燕云十六州被人扒拉走了，成了辽人的南京道，要是可以把它收回来的话，运输交通就更加方便了。“等你们长大了，一定得把燕云拿回来啊！”

一溜小屁孩听王雱讲了一番天津港的好处，又听说了太祖和太宗当年准备如何收复燕云，都心神激荡，立下宏愿表示一定会完成太祖遗愿，必定将燕云十六州给收回来！

沈括在一旁听得一阵无语，按年龄算，王雱自己也没满二十，和这些小孩子就那么几岁的差距。他忽悠别人去收复燕云，倒把自己择出去了？不知道的人听了怕是会以为这小子七老八十了，在和后辈交代遗志！

可听王雱讲完收复燕云的好处，沈括也觉着燕云自古以来就属于他们，那长城还是始皇帝时候修的，凭什么不要回来？有了这一块，他们既可以建港，又可以据天险防御外敌，多好，多棒！

王雱给我方有生力量进行了一通无差别洗脑，愉快地结束了他们的课程，把小舅子囫囵着给送回了岳父那边。天气冷了，他还在岳父凶狠的目光中蹭了碗岳母熬的暖汤喝。

王雱走后，司马光把司马康拎去书房，问他今天都学了什么，主要是想知道王雱有没有教司马康什么邪门歪道。与谏院同僚相处多了，司马光也觉得王雱这小子邪乎得很，等闲不要听他说话，听他说完你就忘了原来的想法、原来的道理。

司马康把今天由沈括讲课的事和司马光讲了，还把课堂笔记拿出来给司马光检查，相当乖巧。司马光对沈括观感不错。主要是有王雱这玩意儿做对比，他身边那一溜朋友看着都很棒，肯踏实做事，不会瞎闹腾。他看完沈括的讲课内容，再往下翻，却看到司马康绘制的一张舆图，上面清晰地标注着十六个红点。

司马光定定地看着那十六个红点。司马康见司马光翻到了这一页，便把王雱讲的内容复述了一遍。他年纪还小，不知道用兵艰难，不知道国库空虚，只想着王雱说的几个要点："第一，这地方是我们的，长城是我们的先祖用血汗堆起来的，这就是证据；第二，收复它好处可多了，据天险可防御外敌，还可全面铺开北方贸易线……"

看着一脸稚气的司马康如数家珍般报出"收复燕云十大好处"，司马光本来要教育他的一番道理慢慢消融于胸，取而代之的是一种难言的沉闷。可以收复燕云的话，谁不想收复？只是，太难了啊。战事一起，多少人得家破人亡？无端毁弃盟约，更是会招来非议，道义上站不住脚。西夏、吐蕃都在旁窥伺，一旦他们寻机发难，大宋的处境就危险了。可面对这样稚嫩的一张面孔，司马光怎么好把朝廷的种种难处给他一一明说？这个年纪的孩子理当什么都敢做，什么都敢想，不应当太早知晓那些避不开的艰难险阻。若是没遇见过王雱那小子，司马光绝不会有这样的想法，可见过那样一个小孩之后，司马光就觉得别家小孩不是太无知，就是太愚钝，没哪个能比得过他。司马光不求司马康也能有那样的大出息，但希望司马康至少别差太远，免得王安石那厮天天在自己面前嘚瑟。

由他们去吧。司马光的坚持被悄无声息地蚕食了一小角。

另一边，赵仲针也兴致勃勃地和他爹赵宗实说起今天的课程。沈括讲的农事他不大感兴趣，他感兴趣的是王雱所说的收复燕云，和他爹说起来就格外兴奋。

赵宗实素来谨慎守礼，听赵仲针说得手舞足蹈，只差没把王雱的话逐字逐句背出来，不由皱起眉头劝诫了赵仲针几句，让他谨言慎行，莫听了几句大话就到处嚷嚷。

赵仲针不敢反驳他爹，郁闷地抱着自己的课堂笔记走了，回到房间后取出王雱教他们用的炭笔在笔记上一笔一画地补了句："不管，反正就是要收复燕云，才不是大话！"

入冬后，照王雱往常的习惯，那肯定是能躲懒就躲懒，司马光叫女儿儿子都盯好王雱，让他别想懈怠。王雱私底下和司马琰嘀咕："岳父真瞧不起人，我可是成了家的人，得给媳妇孩子挣家底的！”

说到挣家底，最近朝中大臣们家里都遭了“洗劫”，王雱按照关系远近讹了他们不少东西。韩相公位高人好，所以讹了笔大的；包拯家里有点儿穷，所以讹了笔小的。也有些人特别鸡贼，没等他开口就送他一张墨宝，省钱！

王雱专门腾了个柜子来藏这些宝贝，还和司马琰感慨：“韩相公真吝啬，这么多年了，还记着当年送我的端砚。哪有这样的？送给别人了还惦记着！话说回来，端砚就是端砚，名声响亮果然有道理，我用了这么多年也没见坏，反而越发顺手了。”

司马琰实在同情韩琦。这位也不知道作了什么孽，让王雱惦记了这么多年，东西被顺走了就算了，这小子嘴里还没句好话！

王雱美滋滋地欣赏完藏品，关上柜门，拉着司马琰去逗弟弟。

两个弟弟初夏出生，入冬后他们已经挣扎着开始学坐，会拿起打磨得光滑平整的小玩具叮叮咚咚地玩了。王安石给两个小娃娃起了名，一个叫王雳，一个叫王霁，瞅瞅他爹的起名水平，王雱都差点儿念错。不过，儿子是人家生的，王雱的指手画脚自然以失败告终。王雱只能悄悄和他媳妇嘀咕：“我叫王雱，雱，意思是雨雪很大；二弟叫王雳，雳，意思是雨很小；三弟叫王霁，霁，意思是天晴了。爹的起名逻辑还挺讲究循序渐进。”

两个名字被王雱嫌弃的弟弟眼睛黑溜溜，一见王雱进来，就齐齐转头看向他，张嘴发出啊啊啊的声音。王雱可喜欢小孩了，当即脱靴上炕，陪两个只会啊啊欢叫的弟弟玩耍，嘴里也换成了谁都听不懂的语言和弟弟们交流起来。据王雱自己说，这叫“婴语”，小孩子肯定能懂，“你不是小孩，那当然听不懂，没瞧见两个弟弟都专注地望过来吗”。

司马琰没忍心戳穿他，心想你拿个“怪叫鸡”在旁边使劲捏，他们会更专注，甚至会伸手来抢！

王安石是个工作狂，工作做完了还要加班，他下衙回来就听见院子里传来三个儿子的声音，一阵头疼。两个小儿子都特别亲大哥，王雱一来他们就特别欢，这也是他时常加班到饭点才下衙的原因，一个儿子就够闹了，三个一起闹腾那更是能闹翻天。

现在两个小儿子还不会爬、不会跑，可以想象要是这俩再长大一点，怕是会在大儿子的教唆下把家给拆了！王安石想绕路去兄弟的院子里找兄弟说话，却被眼尖的王雱瞧见了，王雱立刻招呼王安石过来逗弟弟。

等王安石走近之后，王雱把一个弟弟塞他怀里，让他也和儿子亲近亲近。

抱着软乎乎的儿子，王安石有点儿手足无措。王雱十分老练地纠正着王安石抱儿子的动作，嘴里还不怕死地感慨：“公事再忙，您也不能不顾家啊，齐家治国平天下，不齐家，何以治国平天下？您看您，连儿子都不会抱，您这个爹当得不行啊。”

王安石瞪他。可瞪着瞪着，王安石恍然发觉大儿子已经年近弱冠，再过个一两年就是能当家做主的年龄了。他一时想不起王雱小时候自己有没有好好抱过这个儿子了。那会儿他才刚入仕途，和上官韩琦处不好，比起和妻儿相处，他更愿意抱着书苦读。若不是儿子到了能说会跑的年龄还不会说话、不会走路，吴氏天天暗自垂泪，他怕是注意不到儿子的异常。这可是头一个孩子，王安石自然不会不关心，放下书本和儿子相处一段时间之后，他很快发现儿子不仅不是傻子，还特别聪明，便时常对儿子做些引导，说些诸如“我像你这么大的时候早就如何”的话。此后，儿子不再整天发呆，一天比一天顽皮，皮到现在简直可以说是胆大包天了。可王雱更小的时候，王安石是没怎么抱过这儿子、没怎么和这儿子相处过的。王安石默不作声地按照王雱的教导调整好抱儿子的姿势，难得没训斥王雱。晚上临睡时，王安石问吴氏：“元泽那小子小时候是怎么样的？”

十几年过去，一家人过得开开心心，吴氏很少想起那时候的事。王雱刚出生那一年多，丈夫在外面受气，回到家便拿着本书看，吴氏不好拿家中的事烦他，只能悉心照看着刚出生不久的儿子。如今万事遂意，吴氏自然不会再提当初的辛酸，只说道：“他小时候特别乖，不吵也不闹，到晚上就睡觉，吃喝拉撒都会啊啊叫人。”

当时，吴氏也是头一回当娘，每逢和别家女眷聚在一起，她免不了要问问别家孩子的情况取取经，一问才知道她家孩子乖得过分。等到再大一点的时候，王雱依然很安静，还总坐着发呆。吴氏担心得很，打听之下才发现，别人的孩子都已经会说会跑了，这才忍不住偷偷哭了起来。

话匣子一打开，吴氏便给王安石说了不少当时的事。王安石安安静静听完了，过了好一会儿才找回自己的声音，闷闷地说：“……你怎么不让我抱抱他呢？”

吴氏这才知晓王安石是白天抱了两个小的，忽然想到没抱过大儿子。她乐道：“你那会儿眼里只有书，要不是雱儿瞧着不对劲，你都不怎么乐意理会他。再说了，等雱儿再长大一些，你也没少抱他的。”

王安石一想，也对，儿子能说会跑之后，总迈着小短腿到处玩，他有时候得到处逮人，找着后往肩上一扛，直接扛回家。只是现在想起来，难免遗憾在儿子更小的时候没好好抱过他。

王雱这小子从小就很记仇，他娘总抱他，所以他很听他娘的话，对上王安石这个爹时却总爱气得对方暴跳如雷，并在一边偷着乐。

王安石想着这事儿进入梦乡，半梦半醒间回到大儿子出生不久的时候。他心里一阵激动，上前把儿子抱起来哄，儿子睁眼看了看他，然后尿了他一身……故意的，绝对是故意的！王安石醒来后摸了摸自己的里衣，干的，是梦。

这依然是要上朝的一天，王安石穿戴完毕去和王雱会合，眼神怪怪的，看得王雱心里发毛。王雱用过炊饼后忍不住问他爹怎么盯了他一路，眼神还怪瘆人的。王安石不是爱憋着事的人，当即把昨夜的梦给王雱讲了，还把他训了一顿，说他在梦里都不消停，还故意尿他一身，真是岂有此理！

王雱听得瞠目结舌，想不到世上竟有这么无耻的爹，自己做梦梦见的事，居然还有脸训他！王雱以前听人说过，有个人的女朋友睡醒突然又哭又闹，说男朋友出轨了，问是什么时候吧，她说是梦里！瞧瞧这思维逻辑，简直一模一样！不过，因为小时候没怎么抱他而辗转反侧到梦里都梦见了，也怪可爱的。他这个爹怕是大半辈子都不曾有过这样的情绪。

王雱和他爹撂狠话："小时候你要是抱我，我一定尿你一身！"

王安石往他脑袋上敲了一记："反了天了你！"

揍完儿子，王安石也舒坦了。他从小就不是个能和别人好好相处的人，连弟弟们都和他不太亲。那时候是他头一回当爹，不知道怎么当也很正常，总不能让他一下子就学会是不？父子俩心中各有一番滋味，一起系好马去上朝。

临近年底，朝中也筹备着一桩大事——立储。大伙都觉得这事儿最好在年前敲定，然后趁着宫室检修翻修的时机把皇子一家住的地方拾掇出来，再举行仪式确定皇子的正统地位。这事儿没王雱插手的地方，倒是王安石、司马光都在掺和。

王安石今年换了个职位——知制诰。他和王珪轮流在御前当值，负责按照宰执和官家的意思起草诏书。知制诰是个肥缺，因为这位置不仅是天子近臣，可以长伴君前，还有油水可捞：五品官以上的升迁，都得由这个秘书班子起草诏书，想要领旨当官，就得先给写诏书的人一笔润笔钱。这润笔钱有下限没上限，要是给宰执写升职诏书，得个几十上百两也是有可能的。曾经有人因为诏书写得特别好，大伙升职时都爱找他写诏书，一年下来光是润笔钱就够在开封置办房产了。可惜王安石不大乐意做这个，毕竟他又不缺钱，他缺的是大干一场的机会。只是官家不太喜欢他的观点，老给他安排这些干不了实事的官职，他又拉不下老脸和儿子抱怨这些，只能哼哧哼哧地干这些文职工作。

立皇子的诏书，韩琦本来想找王安石写，毕竟王雱总带着赵仲针到处跑，司马光又是坚定的立储支持者，王安石应该也很支持立储之事才对。结果这王安石见到他，默不作声地起身走了，走近一问旁人，王安石和他们说要上个茅房！这分明就是看到他来才走的！这父子俩一个两个都不是好东西！韩琦气得不轻，改找王珪负责起草诏书，几人一起到御前商量细节。

王雱对赵宗实并没有太深的印象，赵仲针是个孝顺守礼的孩子，他与赵仲针虽走得近，却鲜少听到赵仲针言及这个父亲。这会儿，赵仲针要正式被立为储君了，王雱也没故意去接近，毕竟和他关系好的是官家。他可以放肆地引导赵仲针，却不能把手伸到赵宗实那儿。

正因如此，王雱直至正式册封皇子之日，才头一次在正式场合看到这位大宋储君。赵宗实从当上宗正那天起就一直在推辞，听闻册封皇子之事时依然不愿接受，一直称病。还是韩琦早有所料，叫人在他府上候着，若是他称病，就用肩舆抬他进宫接受封赐。

对赵宗实此人，王安石私底下和王雱聊过——只有父子两人，谈话内容自然比较放肆。王安石说那天他知道韩琦要来找他写诏书，他不想写，因为他觉得这储君不太行。原来王安石也曾奉命去给赵宗实讲经义，结果赵宗实的很多观点和他相悖，行事又有些犹豫畏缩。

王安石是个暴脾气，想干什么就会风风火火地干，王雱偷看他日记时还曾经窥探到王安石想叫上人围堵地方豪强富户，强行让他们开仓放粮赈灾！这想法可真是横得不行，难怪后来会被人称为“拗相公”。正因如此，王安石才觉得赵宗实不符合他对储君的期待，甚至有种和他天生犯冲的感觉，是以教了几天就找托词辞了这差使。

这一回，赵宗实应当是知道再也避不过了，端端正正地行过大礼，接受了朝廷的正式册封。赵宗实更名为赵曙，赵仲针也跟着改了名，叫赵顼。

赵顼又搬回庆宁宫，被一堆人轮流教导各种礼仪，得参加种种祭祀活动。他跟着他爹晕头转向到年底，才有机会偷偷溜去找王雱诉苦：“学的都是不好玩的礼仪，还不实用。若不是我直接问官家能不能出宫来这边，不知还得落下多少课！”比起待在宫里听先生们讲课，赵顼还是更喜欢跟着王雱到处跑。

王雱道：“最近天气冷，没开什么课。”这么冷的天气，按时上衙是王雱最大的坚持，更多的王雱就不乐意了，连他小舅子都留在家中让司马光教了，只偶尔把人接来住上几天。

赵顼这才开心一点。事实上，他在宫里住得不大习惯，主要是他爹精神不好，天天窝在庆宁宫里不敢轻易迈出半步。爹不出去，赵顼也不敢乱跑。见左右没人，赵顼才悄悄把他爹的情况和王雱说了。说他爹天天担心有人害自己，身边的人只信一个周孟阳，那周孟阳都六十多岁了，年迈体衰，想法也很古板，屡次帮他爹拟文上书，他爹那些辞职信就是周孟阳给写的。赵顼年纪虽小，心中却有大志向，他相信王雱，便来和王雱讨主意，看看能不能改改他爹的想法。赵顼觉得既然官家挑了他爹，那肯定是觉得他爹好。官家说你好，让你当储君，你该高兴才是啊！

赵顼和王雱说出自己的见解："我觉得既是疑心有人要害我们，那更该多做点事，让所有人都看着我们。那么多眼睛盯着，看谁敢再动手！"

王雱从赵顼的话里大致推断出赵曙的性格，心道怪不得他爹和赵曙不对付，从脾气上看就是两路人。既然赵顼为自己的爹烦恼，王雱便给赵顼出主意：没事多拿点问题去请教一下你爹，越难越好，越有深度越好，难死他！

赵顼有些犹豫："这样真的有用吗？"

王雱道："你得不着痕迹、循序渐进地来。"王雱用这招对付过他爹，因为他爹以前对数学之类的不太感兴趣，王雱就有目的地找了些题目去请教，由浅入深地让他爹也掌握基础的数理化知识。

王雱把一些方法归纳归纳，让赵顼将自己的疑问按照先易后难的顺利列好，逮着机会就去请教他爹。初期，一定要对爹表现出极大的崇拜，表示在自己心目中爹真是什么都懂！赵顼对赵曙本就孺慕得很，要做到这点自是不难，听得连连点头。

王雱如此这般地给赵顼支招，还从书架上翻出一套《十万个为什么》给赵顼，这科普书是他最近整理出来的，他先是有了妹妹，后来有了侄子、小舅子，带着他们玩耍期间用过不少"私人教材"，今年想到两个弟弟往后肯定也得了解这些东西，王雱便每天抽了点时间陆陆续续把它们编整成册。书里的内容自然和现代版相去甚远，主要是提出一些对当前时代而言具有启发性的问题，并给出相应的解答。

今天样书才送到，赶巧赵顼又来了，王雱便送了他一套，让他从里头挑些问题去和赵曙探讨。这书还得再经过一轮校对，至少得等明年开春才能正式对外发售，够赵顼这段时间琢磨的了。

赵顼得了这法子，高兴极了，兴冲冲地抱着书回了宫。等回到庆宁宫，他又蹑手蹑脚地回到自己的房间，开始拜读起王雱编写的科普读物来。这一看，赵顼就迷上了，差点儿连内侍过来喊他去用膳都没发现。直至内侍大着胆子提高声量又提醒了一次，赵顼才猛地回神，悄悄往袖子里藏了一本，跟着内侍去官家那边用膳。这是赵顼出宫前和官家约好的，他去王雱府上玩可以，回来后得去陪官家用晚膳，说说和王雱都玩了什么。

赵顼被王雱一通洗脑，觉得他爹既然被封为皇子，那他就是皇孙了。既是孙子，自然该侍奉祖父用饭，因此赵顼一落座就很没规矩地把椅子往官家那边挪了挪，积极地给官家布菜。

官家一看赵顼这亲近劲，立刻想到了王雱。也只有王雱会教赵顼这些东西，旁人肯定是要赵顼谨守礼仪，不要逾矩。官家顺势问起赵顼在王雱府上都做了什么。

赵顼早有准备，摸出一本王雱给他的书递给官家，压低声音神神秘秘地说："我和元泽哥说爹他有些消极，元泽哥就给我支了个招，让我多缠着爹请教问题。这套书是元泽哥写的，还没往外卖，元泽哥说我可以在上面找问题。"

官家听王雱这么忽悠赵顼去坑他爹，不由笑了起来。上一回，王雱也是提议给赵曙找点事做。太傅们教授的功课赵曙可以消极怠工，亲儿子求教，他总不能一问三不知吧？这是逼着赵曙振作起来。官家道："这主意不错，我会帮你保密的。"

赵顼乐滋滋地陪官家吃完一顿饭，回了庆宁宫，开始实施他坑爹计划的第一步：打造他爹什么都懂的光辉形象，要让他爹知道，在儿子眼中他是无所不能的。

几天后，太傅们那边回禀了官家，说赵曙现在很好学，时常主动看书或者请教他们问题，瞧着颇为贤明。而且，皇孙更是聪慧过人，一点就通。

这几日王雱却不在京城，他去洛阳了。冬天路不好走，王雱骑着马沿官道一路西行，紧赶慢赶，赶在年前抵达洛阳。

郏亶在负责监修河道的工作，前些天郏亶让人快马加鞭送信来，说洛阳出现了大批流民，还有一些流窜过来的盗匪。有不少河工的冬衣和粮食都被掠夺走了，整个河道修整工程陷入停滞。

王雱和上头打了个报告，马不停蹄地前往洛阳。他与郏亶一会合，整合了郏亶手里的信息，一下子明白这些人是冲着河道工程来的。朝堂上还没正式做出迁都的决定，事情就还有转圜的余地，一些不愿迁都的人绝不会坐以待毙。

入冬后，各地肯定都有流民，若是相邻州县相约把人往洛阳这边赶，再混几个人在里头教唆流民上前哄抢，甚至借机破坏正在进行中的河道工程，肯定会对迁都计划造成极大的打击。

王雱早有预料，对这种下作手段也并不意外。有人的地方就有江湖，无论哪个时代都会有这种事。

王雱道："正好我有一物，可供河工过冬。本来只供给西线将士，洛阳只开了些荒地试种，量并不多，既然他们朝河工的冬衣下手，我们可以统一给他们换上新冬衣，顺便让他们的家眷学一门新手艺。"

郑亶奇道："何物这般神奇？"

王雱道："你可曾注意过今年九月多，一些山地上开满了白色的花？"

经王雱一提，郑亶也想起来了，这是王雱号召流民开荒栽种的奇花，深秋时开始让百姓采摘，府衙统一出价回收，一亩地能卖出的价钱和米粮相当。当时许多学子头一回看到满山雪白的花，很是稀罕，时常结伴跑去赏花，还为他作了不少诗。

郑亶当时只把这当成王雱安抚流民的手段，不知道这雪团似的花儿还另有妙用。他按捺不住地追问："元泽你别卖关子了，这花到底有何用处？"

第五章

三司用新法

棉花这东西，种起来有讲究。

王雱前几年叫曹立带种子去忽悠西夏人种植，曹立做得更绝，直接把西夏那边当育种试验田，怎么轮作、怎么增强地力都叫人观察了一番，最终挑选出适合与棉花轮种的植物，拟定适合在大宋境内推广的栽种方法。

如今，西夏许多地方都种植了这种新奇的“雪团花”，棉农们纷纷通过私市与方洪派遣过去的负责人贸易。这些奇异的“雪团花”西夏棉农不会处理，负责人用公道的价格收回来之后，便为边关将士制作保暖棉衣。不出两年，棉衣已能保障西线将士们过个暖冬。

今年年初，王雱拿到曹立送回的改良种植方案，才叫人在洛阳周围开垦荒地种植棉花。想推广新作物并不容易，好在洛阳到处都是王雱的熟人，只要他开口，响应的人怎么都不会少。

这些棉花已经处理了大半，只要缝入衣被之中便能让河工们过好这个冬天。

王雱在洛阳城郊划了个手工业园区，聚集了各行各业的人才，棉花纺织就是其中一个新兴产业。他领着郏亶到棉纺工坊一看，郏亶的目光马上被那白花花一片的棉絮吸引了。这东西又白又轻，堆成一片着实壮观，又像山巅的雪，又像天上的云。郏亶惊道:“这边是士子们所说的‘雪团花’吗？”

王雱点头:“如今的冬衣冬被，大多用杨絮之类的填充，重得很，还不太暖和，这东西叫‘棉花’。在福建、广南或者四川那边能找到类似的品种，不过产量比较低，种着太耗地力，不划算。引种到洛阳的是经过一轮轮筛选的新品种，花又大又好，又不易受虫害。”

除非有现代的各种生物工程技术，否则育种永远是个大难题，难就难在育种周期很长，以及育种方向的不确定性。早些年曹立才刚去广南，王雱就叫方洪寻了棉花种子开始往高产、抗逆性好的方向选育。过了这么些年，连西夏那边都祸害了不少地方，王雱才在洛阳的丘陵山地上推广试种。赶巧有人上门找事，王雱便决定把这批头一批棉花拿出来为河工们赶制冬衣。

郏亶得了件冬衣，当场试穿过后感觉浑身暖烘烘，又轻快又舒服，顿时大喜过望:“这东西好！”他问明造价，感慨道，“这棉花实乃利国利民之物，每家每户只需省下些银钱，就可以买这棉衣棉被过冬了。”

王雱微微一笑，给郏亶展示另一样东西。这东西是改良的手摇式缝纫机，能满足基础的缝纫需求。

缝纫机的原理不难琢磨，无非是搞定送料、刺料、钩线、挑线这几个环节，王雱知晓吴氏一次怀了俩，怕她赶不及做衣服心里急，就倒腾了这么个手摇式缝纫机给她做衣服。方洪见这东西不错，量产了一批准备将它们投入到服装生产线里去。

事情就是这么巧，棉花和缝纫机刚到位，这些人就跑来找碴儿了。这显然是怕他们的东西推广不出去啊！王雱和郑亶感慨了一番，表示这些搞破坏的人真是贴心小棉袄，知道他们缺什么就给他们送什么。

郑亶原本还担心工程会停滞，可这会儿已经没这个担忧了，反而更担心那些在背后做阴损事的人会不会被王雱气死——毕竟，王雱可是把他们的所作所为称为“雪中送炭的义举”。

王雱带着郑亶溜达了一圈，让郑亶放心地把接下来的计划安排下去，过不了几天肯定能顺利复工！

接下来，王雱招了大批女眷连日赶制冬衣，有机械代替部分人工，大大地提高了缝制效率，不出几日便让每一个河工都穿上了崭新的棉衣。

河工们既欢喜又感动，都往棉衣上套了一件耐磨的短褐，生怕把新棉衣弄坏了。河工的家眷们负责煮饭的煮饭，负责缝制棉衣棉被的缝制棉衣棉被，既能吃饱穿暖，又有了新的进项。无论男女，干起活来都越发有干劲，感觉天不冷了，做事也不累了，恨不得一天就按照监工的指示把偌大的河道修整好！

王雱则是开始对外售卖棉衣棉被。棉衣棉被也分档次，普通百姓穿的便宜又实在，价钱不高；文人们属于中产阶级，样式和面料不一样，价格略高些；还有些是专供豪强富户的，瞧着十分气派，价钱奇高。虽然里子差不多，售价却泾渭分明，不少人虽是暗自腹诽，却也豁不出脸去和百姓抢衣裳，只好慷慨解囊买那价格高昂的棉衣棉被。没办法，别人都穿，你身上若没一件，岂不丢人？

柳永也得了一套棉衣棉被，他得知棉衣棉被里填充的是他们去赏过的“雪团花”之后，诗兴大发，写了篇诗文歌颂此物，内容文雅，称赞了雪团花“大庇天下寒士俱欢颜”的大用处。柳永七十多岁还脑袋灵光，坚持创作，王雱十分感动。

接着，王雱又去给晏几道送温暖，晏几道留王雱用了顿饭，也在体验了一番棉衣的好处后，写诗文一篇，大赞此物之妙。晏几道心思细巧，用的还是拟人手法，把这如云似雪的雪团花比作一美人，美人不仅长得好，还心地善良，着实是人间仙子！

王雱得了诗文，颇为喜爱，当场吹嘘了晏几道一通，大夸他诗文精妙，世间少有！

王雱收割了一大拨大人物提笔写就的广告词，迅速校对排版，刊印成册，作为洛阳这边出的新文刊对外发售。结果没出元宵，已有不少人都知晓了洛阳种出了一种奇花，花开似雪，品性高洁，宛如天上仙子下凡来、一心解万民饥冻。市面上买得到的棉衣棉很快被哄抢一空，许多人想买都买不到了。

王雱这个年，就在洛阳过了。这种事并不稀奇，有时候在外为官，可能十几二十年都无法回家。好在洛阳是他选定的大本营，熟人多得很，他跑去范仲淹那边蹭吃蹭喝，顺便逗逗小师弟范纯粹。

年后，那些被蓄意放过来扰乱河道工程的流民该遣返的遣返，该坐牢的坐牢，还有一些品行不错、没参与哄抢的，被王雱弄个名目收编了。洛阳正是大兴营造的阶段，人口肯定是越多越好，有人就有生产力、有购买力，能够带动一地的繁荣和发展。

王雱陪着范仲淹过完上元节，带上范纯粹踏上回程。范纯粹年纪不大，比王雱要小两岁，范仲淹知晓王雱在给司马康、赵顼他们上课，便让王雱把范纯粹也带去开封，好让范纯粹跟着学点东西。

范仲淹开了口，王雱自然是一口答应。范纯粹这小孩心地纯善，也是个老实孩子，王雱喜欢。这次回去，王雱给相熟的人都带了礼物：一件暖和的棉衣。能官至宰执、位列朝班的人自然不会缺衣服，王雱给他们送，就是想让他们也穿出去亮个相，表明态度，免得有的人瞎讲究觉得此物低贱不乐意穿。

王雱回到京城，一家接一家地跑去给人送棉衣，积极得很。那咏棉花的新文刊也传到开封，许多人都好奇着这“雪团花”到底是什么，王雱这么一送就为他们揭开了谜底：确实是利国利民的好物，若是能普及开去，冬天冻死的百姓肯定能大大减少！

王雱还给官家也送了棉制品，是对棉护膝，官家的衣服他不好做，只能做点小玩意儿。官家腿脚不大好，天气冷时容易疼，他便给官家弄了一对护膝，保护官家这可怜兮兮的老寒腿。

王雱向来信奉“做了什么必须说出来”，兴冲冲地和官家夸口：“我跟您说，这一针一线都是我亲自缝的，里头用的棉芯也都是我亲自挑的！”

官家道：“你还会用针线？”

王雱道：“那是当然，哪能不会啊。”他把自己琢磨出来的缝纫机给官家讲了，只要坐在缝纫机前踩踩踏板，东西就哒哒哒地缝好啦。

官家早看了王雱送回来的折子，知晓王雱轻松化解了河道工程的麻烦，对缝纫机这能够极大地加快制衣效率的机器很感兴趣，让他送一台进宫献给皇后，让皇后也瞧瞧好不好使。

王雱自然从善如流，很快把一台缝纫机送进宫。司马琰也被宣召入宫，给曹皇后讲解缝纫机的用法。司马琰只是个县君，鲜有能被皇后单独召见的机会，不过礼仪上她是不用担心的，她一向是同辈中最出挑的那个，行事谁都挑不出错来。曹皇后在司马琰的指引下试着操作缝纫机，官家领着赵顼在一旁看着。见到缝纫机哒哒哒地把两片布料缝合起来，还缝得整齐漂亮，所有人都啧啧称奇。司马琰完成技术指导任务，辞别曹皇后，带着丰厚的赏赐回了家。

待司马琰走了，赵顼也回庆宁宫玩耍，曹皇后才和官家感慨："真不知道这王小状元哪儿来这么多奇思妙想。"

官家道："聪明人做什么都聪明。"在官家心里，王雱倒腾出再多东西都是正常的，毕竟在那梦中王雱可是化解大宋危难之人。王雱那颗聪敏的脑瓜子，指不定就是上天赐予大宋的宝贝。

曹皇后见官家脸上满是"朕的状元郎就是这么厉害"的骄傲，没再继续这话题。

任守忠替她去查过王小状元，回禀的东西非常惊人，这王小状元堪称是知交满天下，什么人都认得，哪边都能说上话。他总能拿出令人惊奇的东西、令人惊奇的主意，是一个永远不能用常理去推断的人。

这样一个存在，细想之下是非常可怕的，尤其是他还未及弱冠。若是他再年长些，朝野之中怕都是他的党羽！偏官家像是被灌了什么迷药似的，王小状元说什么他信什么，王小状元想做什么他都支持。就连那迁都之议，似乎都是王小状元提出的！

曹皇后道："不仅王小状元聪慧，他这媳妇也不一般，两个人很相配。"曹皇后没说出口的是，司马琰与王雱给人一种非常相似的感觉，面对他们时虽是恭敬，却没有旁人那种打心里流露出来的敬畏。这对小夫妻，有一种与旁人不一样的气质。

官家不曾发现曹皇后在猜疑什么，听曹皇后夸王雱夫妻俩，他还挺高兴，又把司马琰也夸了一通，然后把话题拐到"朕的状元郎就是这么厉害，连挑媳妇的眼光都好得很"。曹皇后觉得，再这样下去，她都要怀疑这王家小子是不是官家流落在外的孩子了！

冬去春来，冰雪消融。

在赵概的再三提议之下，王雱有了个新任命——去三司干活。

大宋在宰相之外设置了枢密院、三司，枢密院管军事，三司管财政，实现相权、军权、财权三权分立，三方相互牵制的格局。时人戏称宰相有“四入头”：一为三司使，二为翰林学士，三为知开封府，四为御史中丞。意思是宰相大多由这四个位置升上去，当上三司使后离相位也不远了。宋祁前两年被提拔为三司使，包拯捋起袖子喷得他体无完肤，说一来宋祁贪图享乐；二来他哥位列宰执，再出一个“计相”那还得了？！总而言之，这个部门很重要。偏偏这个重要部门，有件非常让人头疼的事。

自设立三司以来，三司内部陆陆续续设立二十余案，也就是二十几个部门，管理天下财政。随着部门越设越多，相关人员也越来越庞杂，发展到如今竟有数百人之巨！人多还是其次，关键是这些人专业还不对口，全都是文科出身，不怎么擅长计算。大宋立国约莫一百年出头，盐铁、军费、税收、商业、对外贸易等全归三司管，每年账目堆积如山，而且光是盐法、茶法等就时常变更，处理起来很麻烦。可偏偏每一任三司使都干不长久，许多干个一年半载就调任他职。所以所有人都默契地做出一个选择：不管那些陈年旧账。这就造成了三司的旧账务越来越多，从来没人理清过。

自从没收了王雱那本伪装成折子的杂书，赵概便时常关注王雱在做什么。他认真分析王雱往常的折子和著作，很快发现一件事：这王家小子于财政一道上极有天赋，行事也自有一套章法，经他手的账目都理得清清楚楚，即便是外行看了也都一目了然。做账难就难在一目了然。很多人做的账本错漏百出，还花样繁多，旁人根本看不出是否有弄虚作假的地方。赵概再三谏言让王雱去三司为的就是这一点。财政之事极为重要，三司于朝廷而言却是一潭浊水，谁都看不清楚。要是能把这小子扔进去，指不定能玩出新花样。

赵概乃是台谏出身，在说服人方面很有一套，他也学王雱那套摆事实、列数据的方法，把韩琦和官家都说得无法辩驳。

王雱身上的都水使者之职原本也归三司管辖，王雱转过去也算专业对口，不愁对外没个说法。这事儿韩琦自然是同意的，赵概的主要说服对象是官家。在赵概看来，官家对王雱着实宠过头了，一个月至少要留王雱用几次饭，不知道的人会以为这王小状元和官家是不是连亲带故。明明是个干才，岂能被埋没成佞幸！赵概看得到王雱的能力，所以反复劝谏官家“孩子大了应该放手让他飞翔”“不要为了贪图孩子的陪伴而耽误了孩子的前程”。反正，大意就是您别老霸着王小状元了，让他去干点实事吧！

赵概说得有理有据，官家也被他给绕进去了。待一旁的王安石把任命诏书写好、往上面盖上红章子，官家才回过味来——听听这老赵说的都是什么话！

王安石是专门来拟诏书的，本来听赵概提议给王雱换个差使还挺高兴，听着听着就觉得不对，到写诏书时脸都是黑的。不过，他还是迅速把这份诏书写完，免得儿子再天天留在御前被人攻讦！王安石把诏书写得漂漂亮亮，递了出去。

事情定了，韩琦与王安石一起往外走，又一次觉得不说话不太好，不长教训地和王安石开了个玩笑：“爹给儿子写诏书，当真是朝中难得的奇事。”不是人人都能在儿子任五品官时赶巧在知制诰，还赶巧轮上当值！

王安石一直认为“这个老韩不懂我”，不太爱搭理韩琦，听着觉得韩琦话里有刺，驳道：“给儿子写诏书算什么，有的人还能给儿子选任地。”这就是在暗指韩琦替他儿子韩忠彦选好地方任职。

韩琦被王安石噎了一下，气得不行。晚上回家后，他忍不住和妻子说起这事儿：“说我儿子，怎么不说他自己的儿子！他儿子跟我要官当可不是一回两回的事了，就没见过这样的！”妻子一番劝慰，韩琦决定再也不嘴贱和老王找话说了。

韩琦在这边骂王安石，王安石也在家里骂人，他越想越觉得韩琦几人都不是好东西。像那赵概瞧着也是方正严明的人，在官家面前说的都是什么话？一句两句都在劝官家对自己儿子不要太放纵，偏官家听着还不反驳，一副觉得赵概说得很有道理的模样！王安石闷在书房里自己骂完了，又忍不住拿出本子把韩琦几人又逐一骂了一遍，甚至还暗暗谴责了官家几句。干完这些事，王安石才舒坦一点。

这时王雱也接了媳妇回来。诏书是王安石写的，传旨的却不是王安石，所以王雱拿到诏书后还惊讶了一下：上面的字迹可真熟悉！

司马琰先回了他们的院子，王雱溜达去书房找王安石说话。他也算是五品官，升迁或者换差遣都得给起草诏书的秘书班子润笔钱，王安石来写这诏书也算是肥水不流外人田。

王雱原职干得好好的，平时也能抽出时间来调教几个连亲带故的小子，得知自己被扔进三司后挺纳闷：谁给他挪位置了？他爹和他岳父都在三司干过一段时间，不过工作干得不太得劲，朋友倒是结识了不少，逢上休沐日就和韩绛他们聚在一起谈天说地。

王雱这品阶、这年纪，自然不可能去当三司使，他就是去三司干活去的。他决定先摸清三司的情况，再瞧瞧有没有做大事的机会。王雱知道三司水深，赶紧先找他爹了解情况。

王安石对三司印象不大好，首先是他和包拯也不太对付，处不来；其次三司人太多，关系网复杂，他弄不清楚，还不如让他去凤翔搞水泥生产线自在。王安石挑拣着自己了解的内容和王雱讲了，最后才把御前的情况告诉王雱，让他“别一天到晚往御前凑，看看赵概他们都把你当什么了”！

王雱莫名地从王安石的话里听出点愤慨来。他这个爹脾气就这样，软硬都不吃，还记仇得很。自从换了新宅院、分了院子住，王雱就没多少机会偷看王安石的小本本了，不过用脚趾想都知道王安石肯定又在上面记了很多笔。他爹和别人的矛盾似乎越积越深了！

王雱正准备给王安石刷新一下世界观、人生观、价值观，又听王安石提起韩琦主动和他说话的事，把自己和韩琦的对话跟王雱复述了一遍，谴责这老韩自己立身不正还来嘲讽他们父子俩！

王雱想了想，把酝酿好的话吞了回去。算了，救不回来了，随爹去吧。

第二日上朝，王雱的位置就从枢密院那边挪到了三司那处。朝会的排位很复杂，宰执为一班，台谏为一班，秘书班子为一班，后面还分了很多班次。各班次之中又按照部门分开排列，部门内部再按资历、品阶排下去，若站错位置还可能被人训斥。王雱规规矩矩地在自己的位置站好，聆听前头的大人物们发言。朝服配的幞头，两翅做得又长又直，确保朝臣们上朝时保持好距离，全面禁绝朝会上交头接耳的行为。

今儿朝会上没什么新鲜事，官家下朝后下意识想寻王雱一起去垂拱殿，把内侍叫上前才想到王雱的差遣换了，不能再随侍御前。官家心里有些失落，但想到赵概那些话，又挥挥手让内侍下去了，独自迈步走向垂拱殿。

王雱跟着新同僚们去三司报到，认了一圈人。

三司使也刚上任不久，叫蔡襄。这人王雱知道，他造过一座很了不起的桥，用了两种新法子，一种筏型基础，一种叫种蛎固基法。后者是一种生物固基方法，利用牡蛎强悍的吸附力近乎零成本地加固桥基，不管过了多少年都是令人耳目一新的创造。蔡襄还是搞商业开发的先驱人物，他在福建那边时给茶叶换了新做法、新包装，凭一己之力让福建茶叶成为贡品。福建茶在此之后闻名于天下，让不少人趋之若鹜，大大地拉动了当地经济发展。蔡襄在现实世界还有个响当当的名头——“宋四家之一”，宋朝大书法家。

“宋四家”分别是蔡襄、苏轼、黄庭坚、米芾，其中数蔡襄年纪最大出生最早。王雱数了数，自己家中有许多苏轼的书信，往后还能攒不少，苏轼墨宝不用愁；黄庭坚和米芾还小，先不用急。当务之急，就是和蔡襄打好关系，多讨些真迹多传几代，都是值钱的传家宝。

王雱积极地跑到蔡襄面前献殷勤。王雱不知道的是，蔡襄和韩琦关系也很不错。当初韩琦在相州老家修昼锦堂，欧阳修给他写了篇文章，蔡襄则负责将文章书写出来刻在石上。也就是说，这也是和韩琦相互吹捧的伙伴。

见王雱这般殷勤，蔡襄觉得有些稀奇。人心是肉长的，蔡襄心中虽记着韩琦的提醒，却也渐渐因为王雱的热络而放下戒备。过了一段时间，还被王雱说服了，决定和王雱合作出一本字帖，写三千个常用字刊印成册，以便学子们买回去照着练。练字没有捷径可走，却不能没章法瞎练。可惜的是并非所有人都有机会得名师指导，不少人都是两眼一抹黑地摸索，没有正儿八经的字帖可以仿着写。有了出字帖的由头，王雱有机会便常往蔡襄跟前凑，偶尔逢上休沐日甚至还带着赵顼他们一窝蜂跑去蔡襄家。

蔡襄的三儿子叫蔡旻，只比王雱大一岁，两个兄长已在外为官，只有他一人还在念书。他对格物之学很感兴趣，与王雱聊过几回便惊为天人，感觉同窗们说的一点都不夸张，王雱这个师兄真是太棒了。于是，蔡旻一到休沐日总跟着王雱他们一块搞东搞西。

蔡襄一着不慎丢了儿子，有些懊悔，背地里对着妻子犯愁：“他俩年纪差不到一岁，元泽却已经官居五品，也不知道旻儿与他处久了会不会生出什么心思来。”

妻子反驳道：“我儿岂会是那种没志气的人？”

蔡襄一想也是，若是他儿子会受这种事打击，就不会屁颠屁颠地跟着王雱瞎跑了。

蔡襄逐渐与王雱熟悉起来了，外面又开始传言王雱特别会巴结上官，没事就往上官家跑。如此行径，着实不是正经官员该干的！韩琦从别人那儿听到这些话时没替王雱担心。相反，他挺替蔡襄担心。

三月底，天气晴好，王雱去三司已经挺长一段时间了，忍不住暗搓搓递了个折子给官家，意思是：我有事情想向您禀奏，事情有点儿大，小小一封折子写不下，您赶紧宣召我去吃个饭坐下聊聊。

官家心领神会，把王雱宣召到垂拱殿说话，说着说着果真到了吃饭的时候，自然是留下王雱一起用过饭、散过步才放王雱离开。夜里，官家去了皇后那儿，许是白天处理政务太累了，他早早就与皇后一同歇下。

这本是一个再寻常不过的日子，官家到半夜忽觉一阵心悸，身体仿佛直直地往下坠。他竭力稳住身体，想要拉回自己的意识，却怎么都不管用。朦朦胧胧间，他听见有人鸣钟报丧，举国处处是哭声。

是谁在哭？官家极力想看清眼前的一切，却怎么都看不清楚。忽然，他听见有人在前头喊："官家！"

官家抬头看去，只见一个钟灵毓秀的少年站在不远处候着他，姿态虽是恭敬，眼底却有着难掩的黠慧。这孩子天生就与旁人不同。官家这样想着，身体的沉重感渐渐散去，周遭的哭声也逐渐变小。他的脚步变得轻快起来，轻轻松松地往前迈去。迈过了一道无形的坎之后，哭声消失了，烦扰消失了，官家眼前变得一片清明。他抬眼看去，只见少年站在那里朝他笑。

少年对他说："官家你可要活得长长久久，要不然可没人护着我了。"

官家点头。天子一诺千金，答应了的事怎么能食言！

梦境散去，官家睁开眼。才是三更天。

官家起身的动静惊动了曹皇后，曹皇后也坐起身来，关切地问："怎么了？"

官家道："没什么。"这是他第二次做这种梦了，上一次是国殇，这一次是国丧。他隐隐有种感觉，那钟声是为他而鸣的，只是因为王雱在前头喊了他一声，他才迈过了那道坎。虽然这一次他依然没看清少年的脸，可那身形，那嗓音，他决计不会错认，那就是他钦点的状元郎。

官家没与曹皇后说起这事儿，毕竟梦见国丧不是什么好事，梦里被王雱喊那么一声也太玄乎。即便他和曹皇后说了，曹皇后也只会觉得是因为他白天刚和王雱见过一面。想到王雱白天提到三司革新之法，官家起身让人帮自己穿好龙袍，别过曹皇后去垂拱殿处理政务去了。他是得活长久点，要不然旁人哪容得下他的王小状元！

接下来一段时间里，王雱和蔡襄越混越熟了，对三司几百个官员的情况也了若指掌。王雱琢磨着时机已至，摩拳擦掌准备着手搞事情。

范仲淹的改革经验告诉王雱，随随便便把人开除公职是行不通的，你永远不知道尸位素餐的人之中有多少关系户。王雱向蔡襄自动请缨，要把三司那堆旧账解决了，还表示可以立下军令状，一个月内不解决就滚蛋！

蔡襄哪会让他立军令状，自从王雱往他家跑，他在家中的地位便直线下滑，儿子、孙子都三句不离王雱，连妻子都对这嘴甜的后辈十分喜爱。他真要敢眼睁睁看着王雱往坑里跳，那他在家里就没好日子过了！

蔡襄将其中利害和王雱分析了一番，让王雱三思而行。那些旧账浩瀚如星，别说一个月，就算是一年两年也不可能理清楚。更何况，即便理清楚了也没什么好处。

王雱道：“怎么会没好处？若是能把往年账目都理清楚了，往后做事也能有个参照。”既然他爹想要“变法”，肯定得好好了解大宋国情，不按照具体情况来拟定计划绝对会酿成灾难。这些数据处理好了，可以走不少弯路！

蔡襄听王雱这么一说，点头应了，也没让他保证什么，只默许他调用底下的人。韩琦也和他说了，王雱这小子办起正事来是很让人宽心的，赵概力荐他入三司为的就是让他做点能改变现状的事，而不是像很多人一样随便混个资历。

蔡襄同意得爽快，但他不知道的是，王雱接下来要做的事，即将引起一场大宋财政体系的大地震，甚至还拔出萝卜带出泥，打翻了许多条船。

王雱得了蔡襄许可，便挑拣一批看着还挺不错的人编整出几个组别，分批教授他们理账之法。

王雱虽不是学会计的，但这方面的能力绝对不差。还有一点很重要，三司之中还有一批当初他在开封国子监、西京国子监调教过的生员，如今他们有一部分进了三司。虽然是打杂的，可也都是能干活的生力军，当年锻炼出来的数据处理能力现在有了用武之地。

王雱把精通算学的人编整成一组，经过简单的培训之后便让他们按照王雱传授的理账技巧开始处理建朝以来的老账目。还有一些典型的文科生，数学奇差，王雱也没让他们闲着，要么派出去调研，要么让他们负责套模板写年度报告，务必做到高效快速，理清了一年就归纳总结一年。

王雱还把赵顼他们也带了过来，美其名曰“实习生”。这一点引起过部分人的反对，不过看到王雱把蔡旻也带过来后，很多人都识趣地闭了嘴。只是一些陈年烂账而已，算不得什么秘密，带几个小孩一起整理也没什么。

不少人都认为王雱此举是在白费工夫，近百年的账目岂是说理清就能理清的？这可是举国上下百年间大小诸事的花费与税收，别说给你一百个人，给你一千人你也搞不定。

王雱没管外面的议论，带着编整好的会计小组成员埋头投入到汪洋大海般的账本中，为了节省笔墨和时间，他还教了他们阿拉伯数字。处理旧账主要是前期的适应期比较麻烦，毕竟其他人都不太熟练，速度比较缓慢，但是小半个月下来，大伙都习惯了王雱的节奏，便能高效又有序地把各项数据处理出来了。

负责归纳整理的小组也迅速投入工作，没用多久，一份份年度报表就在他们手下出炉。等人都熟练之后，王雱又让每个人都去国子监挑一批实习生，边教边做，逐年分工，任务落实到人，力求在最短的时间内全面清账。

三司过半官员紧张地加班加点，外头也得到了不少风声。任何部门都不可能铁桶一块，王雱挑的人成分繁杂，不少人或多或少都在其中寻到认识的人了解理账进度。有些曾经仗着账目理不清楚、中饱私囊的人有点儿慌了，竟私下买通一些人准备让存放账本的地方“意外失火”，结果被王雱提前派去盯着的周文抓个正着，账本没烧到，人倒是赔了进来。

王雱把事情和蔡襄说了，蔡襄才惊觉王雱理账的进展已经让许多人坐立难安。他也信了王雱是真的能够把往年旧账都理清楚。

蔡襄道：“此事事关重大，我们得去和韩相公说一声。”

王雱自然不会不从，跟着蔡襄去和韩琦通气，还带上了整理出来的历年报表。王雱既然早有提防，那自然是先做近年的。将账目按照现代的复式记账法整理出来之后，收支账目一目了然，便是傻子也能看出其中哪里有问题，哪项收支不合常理。至于往年的，不急，慢慢整理当参考就好。

韩琦接过王雱递上的报表，第一眼便被上面特殊的数字吸引了。他指着上头的数字问王雱：“这是什么？”

王雱道：“这是外邦数字，用这种数字表示的话记起来比较快。”他简单地给韩琦解说了一番这些数字的用法。

韩琦一点就通。了却心中疑问，便翻看起去年的账目报表。一看之下，他才发现往年三司送过来的账目有多糟糕。若是人人都按这报表模板上报，便是外行也能看懂是怎么回事儿了。当然，比起形式，更让他震惊的还是报表展示出来的内容。他发现一些款项异常得很，甚至还藏着填不上的窟窿。

韩琦合起报表，看着王雱叹息。这小子果然去哪儿都能搞出事来，经他这么一着，朝廷上下怕是都要面临一场动荡，吞了拿了的都得在账目全面理清之前吐出来！

王雱仿佛看不懂韩琦为什么叹气，眨巴一下眼，诚挚地向韩琦请示：“有人想要一把火烧了三司的账本，这事儿您觉得该怎么办？”

韩琦看了他一眼，说出自己的意见：“理账的事先停一停。”

蔡襄在一旁点头。王雱也明白韩琦的意思。水至清则无鱼，一定要赶尽杀绝反而会引来失控的反扑。若是把一些人逼上绝路，财政的窟窿就真的填不上了！相反，账目一天不公布，对这些人来说就还有转圜的余地。跑关系也好，掏腰包也好，总之在限期之前协商出一个平账的方案来就可以。

王雱再一次请教：“您觉得要停多久？”

韩琦道：“三个月吧。”他给王雱找了个事干，“这记账之法你整理整理，遣些人到各路去传授，往后各地上交的账目便按着这法子来写。”

王雱应了下来。回三司的路上，王雱又和蔡襄商量：“韩相公让我们把这记账法传授到底下各州，得给它起个响当当的名字才好，我觉得不如叫蔡氏记账法！您是三司使，名声又好，大伙都听您的！”

蔡襄不是那种占小辈便宜的人，闻言说道：“这怎么使得？这法子可是你想出来的。”

王雱腼腆一笑：“您看我这年纪哪里能让人信服，他们肯定不把我当回事儿，若是用我的名头如何能让底下的人甘愿更换新法？您就不同了，您在福建路时就屡有建树，名高位重，别人肯定一听就心服口服！”他又如数家珍般把蔡襄在福建路做的事吹了一通，话里话外都是由衷的钦佩。蔡襄被王雱这通马屁拍得身心舒泰，一时不察，点头应下了王雱的话。等他回过味来，王雱已经跑远了。

王雱迅速聚齐自己底下的人以及一大批算是自己师弟的“临时工”，和他们说起他们厉害的上官——新式记账法之父蔡君谟。他鼓吹了一通蔡襄的光辉事迹，又表示：“此法乃是蔡襄无私传授，现在韩相公要我们到各路去搞基层干部培训，大家一定要记住韩相公他们的好，时刻宣传他们的伟大思想！”

王雱这番下基层前的培训内容自然又通过这样那样的途径传到不同的人耳里。不少人知晓之后都开始咒骂起韩琦和蔡襄来。怪不得赵概会一力推荐王雱去三司，原来他们早就通过气了！想想，赵概和韩琦是同年，赵概推荐王雱肯定是和韩琦说好的。韩琦把王雱塞进去做什么？自然是配合蔡襄完成查账工作，顺便推广这个可怕的新式记账法！这蔡襄，和韩琦也是很熟稔的！

欧阳修听闻此事，倒是对这蔡氏记账法很感兴趣，亲自寻了王雱了解过后写了篇文章大力推荐。他说这蔡氏记账法不仅可以用在朝廷的账目上，便是家宅之账目也能使用，非常便利！还有那简写的阿拉伯数字，也被欧阳修称赞了一通，说这样的书写非常便捷。欧阳修现在已经不是《国风》的主编了，但是他投稿还是一投一个准，当月的《国风》第一时间刊出了他的文章。

这个时候王雱已经带着底下的人下乡去了。韩琦看到这文章，手都气得发抖，因为这文章对他进行了一番歌功颂德，又狠夸了发明蔡氏记账法的蔡襄一顿，简直把他们捧上天了！这里头有一个小误会，那就是欧阳修觉得王雱和韩琦、蔡襄关系好，王雱说的话代表着韩琦两人的意思。所以欧阳修也没想着特意去和韩琦他们通个气，听完王雱对韩琦他们的夸赞就“领会了”王雱的意思，直接捋起袖子开写，为这次账目大整顿摇旗呐喊。

韩琦做事圆滑，几乎从不得罪人。这回可好了，一下子得罪了朝中大半权贵，毕竟这事儿是要让一些人把吞进去的好处吐出来！哪怕他给了这些人一个缓冲期，他们还是会恨他入骨！至于蔡襄，那肯定也是不可避免地要被人记恨，毕竟那都成“蔡氏记账法”了。

休沐日，韩琦邀上赵概、蔡襄、欧阳修聚会。他们不仅时常写文章相互应和，还在很多方面都是捆绑的，所以韩琦觉得需要正式明确一件事：要提防王雱，要提防王雱，千万要提防王雱！

这场“严防王小雱会议”最终不了了之，原因是内部意见达不成一致。

欧阳修说：“我觉得这事儿本来就该做。”

蔡襄说：“事已至此，干脆就做到底。”

赵概说：“这小孩不是你给引荐的吗？”

韩琦无话可说，毕竟赵概想捋起袖子参王雱的时候，是他给赵概写书信让他再观察观察。赵概确实观察了，还观察得颇认真，一力把王雱推到三司去了。

至于蔡襄，蔡襄他儿子都被王雱拐走了，天天在国子监里头为王雱摇旗呐喊、牵桥搭线，鼓吹得国子监中人人都以能跟着王雱实习为荣！都这样了，还能指望蔡襄撇清关系？

韩琦自己也一样，若不知认同王雱做的事，他也不会让王雱带人去下边普及新式记账法！

不管韩琦心情如何，王雱早已辞别家人，骑马西行。王雱这次到下面去没带赵顼，赵顼太小了。他带了蔡襄的儿子蔡旻——他安在国子监的钉子。王雱的目的地是京兆府，搞定京兆府财政体系的培训之后顺便溜达到秦凤路那边找苏轼叙叙旧，看看苏轼有没有和陈知州一家顺利完成亲切友好的交流。

长安就在京兆府。长安作为前朝都城，商业还算繁荣，算是西北诸地中相对繁华的地方。王雱的到来受到了极大的欢迎，因为京兆府算是西北文教最兴旺的地区，汇聚着西北大部分人才。得知王雱要来，管财政的还没瑟瑟发抖，府学那边先激动起来，力邀王雱到府学做个讲座，鼓励西北学子奋起读书。周围的基层财政官员齐聚长安参加培训还得花个几天，王雱欣然受邀，前往府学举办讲座。

除此之外，还有人来邀请王雱参加文会，请了长安许多有名的女伎。王雱对此没有太大的兴趣，不过文人的笔杆子是把刀，他年纪小、资历浅，倒是不好太推辞。到场之后，还有人打趣王雱说本来女伎们是不乐意来的，听说他会到场才应邀。王雱笑了笑，温和地推拒了女伎的献酒。

轮到有人要王雱留首诗文纪念一番，王雱爽快地动笔写了篇夸赞长安物华丰美、人杰地灵且美人美得各有千秋的文章，把在场的文人与女伎都捧得高高的。最后笔锋一转，以一首表达“愿得一心人，白首不相离”意思的诗收了尾，意思是“虽然你们长安这边男的俊，女的俏，但是我有媳妇了，我爱我媳妇一辈子”，可把不少人酸得不轻。王雱这首新诗虽然被一些自诩风流的文人嗤之以鼻，女孩们却颇为喜爱，无论是待字闺中的小娘子，还是阅遍欢场百态的名伎，读后都掩卷叹息，暗恨自己不是王小状元心爱之人。

王雱并不知道自己表明只爱自己媳妇的态度后，反而俘获了更多女孩子的芳心。他积极投入到培训基层财政官员的工作之中，迅速将蔡氏记账法传授下去，并明确韩琦的态度：以后各路都得用这种方式上送账目。

王雱忙完正事，悄然带着蔡旻溜去凤翔府看望苏轼。苏轼到凤翔府两年有余，收养的女娃娃都已经能跑会说了，天天跟在哥哥背后当小跟屁虫。瞧见家里来了客人，两个小孩跑到门外躲着，时不时探头探脑偷窥是什么人让他们爹这么高兴。久别重逢，王雱发现苏轼一张俊脸被西北的风吹日晒弄得糙了不少，更添了几分男子气概。只是苏轼那张嘴巴还是不饶人：“听说你在长安招蜂引蝶，阵仗不比柳三变小啊！”

王雱道：“没有的事，我又不是你，哪会在外面乱来！”

苏轼啧道：“我就不信你真那么想，我看是弟妹和你岳父太凶了，你不敢乱来。”即便身在凤翔，苏轼也没和开封脱节，知晓司马光现在是台谏扛把子，喷人主力军！王雱招惹上这么个岳父，敢乱来肯定很惨。

王雱道：“我这是遗传，你看看，我爹对我娘可是一心一意的！”

苏轼想到王雱那个爹，一脸的“算了吧”。王安石那人最不合群，出去聚会吧，别人怎么劝都不喝酒，倔得很，压根儿不给人面子。上回王安石过来搞水泥生产线可没少和他吵，若不是两人大部分观点还算一致，苏轼怀疑自己会永远拒绝和王安石来往。苏轼道：“你爹是压根儿没有这根弦。”苏轼着实想象不出王安石流连风月场的场景，想想都替人家女伎们尴尬。

王雱义正词严：“我也没有。”

美人什么的，欣赏欣赏就好，没必要非去沾染。比起和她们风流一宿，王雱更乐意拉她们入伙搞事情。想想，这些女伎们能识字，会歌舞，会来事，怎么看都是搞文教、搞宣传的好手。就是现在世俗还对她们有点儿偏见，往后慢慢把这方面的人才正规化就好。

苏轼知晓王雱是个心志坚定之人，也没再拉他开这方面的玩笑，而是和他边喝酒边叙旧。苏轼跟王雱说起自己馋哭隔壁小孩的战果：不到一个月，陈知州一家就缴械投降了。苏轼还意外地和陈希亮的儿子陈慥志趣相投，两人时常一起外出打猎、下乡巡游，过得很是自在。

王雱晚上跟着苏轼一起去和陈知州用饭。饭桌上，王雱觉得陈知州看自己的目光怪怪的。一问之下才晓得苏轼又把他给卖了，把王雱出主意的事告诉了陈知州。

陈知州冷哼："你小子真不是好东西！"想到那段天天闻着苏轼家饭香的日子，陈知州就觉得这些年轻人果然一肚子坏水。

王雱也毫不犹豫地坑朋友："这可不能怪我，我就是在信里提了一句而已。子瞻他要是不想那么做，我也不能逼他啊。所以，这是归根结底还是子瞻的错！"

陈知州不想理他。王雱来时也了解过陈知州其人，这人有个化繁为简、化难为易的本领——砍头。封建迷信，砍了！乡绅霸凌，砍了！过去别国使者来访时作威作福，这个毕竟是来使，不能随便砍，于是陈知州让人去威胁负责引路的翻译说"你敢搞事情就砍了"，然后又不动声色地让人介绍了一番自己砍过多少人。

酒过三巡，王雱给陈知州戴了不少高帽，直夸他雷厉风行，游说他把丰富的砍头经验写出来，帮助朝廷打击各地封建迷信活动与乡绅霸凌现象。不用担心文笔不好，这不还有苏轼在吗！苏轼也喝得有点儿上头了，当场拍着胸脯保证自己可以帮忙写。

第二天酒醒之后，苏轼才意识到自己又着了王雱的道：这本《凤翔经验》要是写出来，怕是有不少人会恨死他，恨死陈希亮！各地有多少野巫恶僧靠着招摇撞骗赚得盆满钵满，各地有多少乡绅占地占田、鱼肉乡里？这些人肯定会恨上他们！

苏轼气咻咻地去找王雱算账，王雱正乐滋滋地逗苏轼女儿玩。

听苏轼指责他挖坑让朋友跳，王雱说道："你害怕的话，换我来写也不是不可以。"虽然他没在凤翔干过，但是只要陈知州提供材料，他也可以毫无障碍地进行加工创作。

苏轼被王雱一句话堵住了，冷哼道："你当我是什么人？我会害怕？写就写，我就不信了，这些人还能撕了我不成！”那些狗屁倒灶的烂事，苏轼也是看不过眼的，他可不怕得罪那种渣滓！

王雱朝小女娃比了个捏紧拳头竖起拇指的手势，又往苏轼那边比画比画。小女娃可喜欢这个小叔父啦，当即心领神会地学着捏紧小拳头竖起两个大拇指，奶声奶气地夸苏轼：“爹爹，棒！”

看着女儿才见王雱没几天，已经这么听王雱话了，苏轼决定带王雱出去外面转悠，坚决不让王雱有太多机会接近他的一双儿女。

王雱在凤翔府祸害完朋友，又转悠去永兴军那边见老朋友曹立，了解一下西夏近况。

今年开春，西夏那边吵得挺厉害，种粮的、种棉的争执不下。酒商希望能种更多粮食来酿酒，种棉的棉农又觉得他们卖棉更赚钱，可以直接买更多粮食。为了防止耕地大面积变成棉田，西夏朝廷不得不颁布法令禁止改耕地为棉田，还扫掉了几个私自买卖棉花的私市，抓了批人，毁了些棉田以儆效尤。

许多棉农不得不掏钱买粮种，重新种粮食，可由于地力流失，庄稼长得不大好。如今春去夏来，正是青黄不接的时节，西夏百姓都是一脸愁色，忧心今秋粮食产量不好或者遇到天灾人祸，一家老小活不下去。

曹立说完“平夏计划”的进展，才与王雱说起新得来的消息：“前几年西夏国主李谅祚清理了坐大的舅家，夺回王权，两年前另立一后梁氏。梁氏原是汉人，立后之后引导李谅祚变更制度，去番习汉，广开耕地。”

王雱道：“听着倒不错，是个聪明人。”

曹立道：“但梁氏对大宋不友好，时常派人骚扰边境，抢掠粮食。”这种聪明脑子长在敌人身上可不是好事，尤其是梁氏原本是汉人，很清楚大宋是什么情况，对付起来怕是比较困难。当然，这对曹立来说不算什么，他琢磨着引梁氏的人来个大动静，他能顺势把几年前被西夏占去的屈野河一带弄回来。毕竟，朝廷很讲究师出有名，梁氏动静搞大点他就能直接打过去了。

王雱对曹立的打算表示支持，并给他介绍了一个小伙伴——王韶。王韶也是个好战分子，对西夏和吐蕃屡次侵边很是不满，天天对着舆图琢磨怎么把好地方拿下来，并坚持不懈地给武学生员们洗脑：“有了这块地，我们的兵就不愁没马了！”虽然曹立与王韶没直接交情，但王雱把王韶最近的著作给曹立带来了，他相信这两个人十分相近的好战思想绝对能摩擦出耀眼的火花。曹立默不作声地收下王雱带来的王韶新著作。

王雱拜访完驻扎在西北的朋友们，带着蔡旻马不停蹄地往开封赶，免得出差时间太长被人喷。

他们回到开封时，三月之期已到，理账工作再一次回到正轨。打了足够多的补丁之后，很多一眼能瞧出来的问题都离奇消失，账面别提多好看。王雱把理清旧账的工作甩给陆续归来的三司成员们，拿着新账目去和韩琦感慨："您看看，这账齐齐整整的，漂亮！您的手段当真了得，我得多和您学学才行。"寻常人要是没有韩琦的交游和平衡手段，很容易被人活活撕了。

韩琦心里挺矛盾，这小子不在眼前时他挺想念；在眼前吧，他又很想揍一顿。这小子是潇洒地拍拍屁股跑了，他和蔡襄却被架在火上烤——若不是官家一力支持此事，他们怕是已经被人生吞活剥了。对上这人见人烦王小雱，韩琦只能无奈赶人："走走走，少来烦我！"

王雱去招惹完韩琦，感觉韩琦怪不容易的，接司马琰下班时又和司马琰感慨："韩相公，好人哪。瞧瞧人家那手段，瞧瞧人家那心胸，着实了不起！"

司马琰觉得是王雱运气好，总遇上这样的上官，要是换个容不下后辈或者心胸狭隘的，早把他给掐死了。司马琰忍不住问："以前，你也是这样折腾别人的吗？"司马琰问的自然是另一个"以前"。

王雱想了想，说道："以前，很多老师对我也是很好的。还有些很棒的领导和投资人，个个都是好人！尤其是我腿出了事那会儿，老师们全都怕我想不开，拼命给我揽事做，可把我忙得一年到头都回不了几天家。"他笑了起来，"你肯定想象不到，我老师一个人人敬仰的老专家跑去和人拍桌子骂人——'放屁，他又不是靠腿吃饭的！'"

后来，王雱出过国门，入过深山，进过大漠，探过大洋，感受过两极的极寒与赤道的极炎，短短十余载走遍大江南北、看遍广阔世界，自然也就不再拘于一己得失，哀于身体伤病或求而不得的感情，面对什么都轻松从容。

司马琰轻轻扣住王雱的五指。

王雱转头看她，脸上仍是带笑："不管什么时候，我遇到的都是好人多。"即便重来一遍，遇到每一个岔路口的时候他可能还是会做相同的选择。

司马琰点头。不是每一个人都会经历王雱那样的人生，遇到的每一个人、做出的每一个选择都改变着王雱，而王雱又在影响着周围的一切。这样的王雱到底会让未来走向什么方向，对于司马琰来说是一个也许花上两辈子都无法得出结论的课题。

王雱牵着司马琰的手溜达去买了糖渍梅子，迎面又撞上赵概。王雱很不把自己当外人，兴冲冲跑过去请赵概吃梅子。赵概道："不吃，酸牙！"王雱作罢，又和司马琰一起送赵概到家门口才自行回去。赵概回到家与老伴说起王雱这人，一脸的一言难尽。就算是自家子侄，也没王雱这样殷勤的。

到七月底，王雱收到了苏轼托人送到开封的《凤翔经验》，里头不仅有陈希亮杀伐果断的砍头政策，还有苏轼本人的养猪经验——不，养殖经验，他不仅养了猪，还养了鸡，养了鸽子，养了鱼，养了王八……天上飞的，地上跑的，水里游的他全都养了，堪称是“养殖专家”。苏轼以养殖鸽子为例，阐述了烤乳鸽的美味，表示凤翔很适合种植紫苏，紫苏烤乳鸽味道非常特别，隔壁陈知州闻了都说香！

王雱将这本《凤翔经验》走程序递了上去。众人看了都觉得，这两个人不愧是好友，搞事水平不相上下！苏轼写经验就写经验，为什么把烤乳鸽写得那么香？

第二天，入城的菜贩都被一众官员派去买菜的仆从问过这样的问题：“有鸽子吗？有紫苏吗？”正巧有货的赚得盆满钵满，没得卖的听了暗暗记在心里，隔天便纷纷弄了些到城里卖。关注顾客需求，是任何时代都不变的商业精神。这道紫苏烤乳鸽很快也成了不少酒楼的新菜。

有苏轼的养殖经验打掩护，很少人注意到陈希亮提出的“扫巫打黑”的严打方针。只有包拯对此很感兴趣，毕竟他现在人称“包青天”！他看到这除恶务尽的雷厉手段后很感兴趣，抱着《凤翔经验》的复刻本悄然琢磨去了。

王雱没再瞎琢磨，天天跟在蔡襄后面跑腿。蔡襄现在声名在外，不少人提到他都要暗暗说上几句“这人真狠”。蔡襄一点都不在意，他本来就不准备枉当一回权三司使，既然有官家支持，他自然是大刀阔斧地开干，把开国以来的烂账一次性理清楚。

王雱从蔡襄那儿学了不少东西，晚上回去免不了和他爹探讨一番。王安石对韩琦写文相和的朋友不是很感兴趣，后来听王雱说得多了，才渐渐觉得这蔡襄才能出众，于理财一道更是有许多观点与他不谋而合。

王安石暗暗揣了本《资本论》，于初秋一个下午拿去送给蔡襄。蔡襄久闻王安石其名，主要是韩琦和他说起王雱时一般会骂王安石几句，说这王安石简直是茅坑石头，又臭又硬！这会儿王安石主动来给他送书，蔡襄还真有点儿受宠若惊的意外感，他收下了王安石给的书，表示回去后一定会尽早读完。王安石很高兴，觉得这老蔡和老韩不一样，满意地与蔡襄道了别回家去了。

第二日是休沐日，蔡襄取出王安石给的《资本论》读了起来。一看之下，蔡襄有些出不来了，到用晚饭的时候才回过神来，胡乱吃了一些，又投入到了

《资本论》之中。再上衙时，蔡襄是顶着黑眼圈去的。位至三司使，蔡襄已不算年轻，许久没有这样废寝忘食地读书了。

韩琦见他如此，觉得有些稀奇，不由追问是怎么回事儿。蔡襄便把已经读到的内容和韩琦讲了一遍。韩琦听了，才知道他从王安石那儿得了本叫《资本论》的书。他听了蔡襄转述的内容，感觉和王雱平时那一套套说法挺一致的，等蔡襄回去继续看《资本论》之后，便让人去把王雱寻来，问王雱有没有读过王安石手里的《资本论》、王安石手里有多少本，并让王雱去弄一本给他。

王雱奇道："你怎么不直接问我爹要？"

韩琦没好气地说："你爹看到我就绕路走，我问他要，他一准说已经没了！"

王雱啧啧称奇："我发现您和我爹真像，您每次见到我都转头就走，我爹看到您又转头就走，你们成年人的世界真是复杂难懂！"见韩琦脸色有点儿黑，王雱继续不怕死地撩虎须，"既然您和我爹关系这么差，这事儿可就难办了啊。您想想，要是我给您偷来了，我爹揍我怎么办？"

韩琦气结："什么偷不偷，让你拿本书来给我看看而已。"

王雱振振有词："不问自取，是为贼也！"

韩琦觉得自己和王雱要书简直是天大的错误，还不如直接去和王安石讨。韩琦确实做了个错误的决定，因为王雱一转头就直接把这事儿告诉了王安石，让王安石给匀一本送韩琦。王雱还胆大包天地教育他爹："您怎么能看到韩相公来就走呢？太失礼了，我们要讲文明讲礼貌，看到人来该问好！"

王安石当场揍了王雱一顿，让王雱知道了什么叫讲文明、讲礼貌，以及尊重长辈。好在，揍完之后王安石还是给了王雱一套书，让王雱带去给韩琦。虽然这老韩和他不对付，不过听王雱说韩琦似乎很想看《资本论》，王安石觉得这人眼光还不错，勉勉强强可以送一本。

翌日一早，王雱带着书偷偷摸摸地去给韩琦，模样极其鬼祟，一副"我悄悄把书给您，您千万别让别人瞧见"的神秘样。韩琦也被他绕进去了，神使鬼差地把书藏好没让别人看见。这可把其他宰执弄得好奇死了，旁敲侧击之下才晓得这是王安石私底下正在和人交流的一套书，只有一些和王安石相熟的人才有幸拜读过。韩琦这边这么藏着掖着，他们也没去问韩琦要，而是通过各自的门路弄了一套，连司马光手上那几本都被人借了去。

苏洵去找司马光闲谈时提起这事儿还觉得有点儿稀奇："怎么突然有人来借这书？"

司马光道："我的也被赵参知借了去。"

两人相视片刻，觉得有点儿问题。司马光对这种事已经有了丰富的经验，寻个由头把王雱喊过来问话。

王雱坚决否认："我什么都没干，也没让别人看书。"他一拍脑袋，"您这么一问，我倒是想起一件事来，前不久韩相公私下问我要这书，我见韩相公着实想看，就去我爹那儿偷了一套送给韩相公。我猜是韩相公让他们借来看的！"

司马光听了，半信半疑，摆摆手让他忙自己的事去。

苏洵道："连韩相公都这么推崇，莫非此书真有介甫说的那般好？可惜书已经被人借了去，要不然我得好好重看一遍。"

司马光没接腔。苏洵这话让司马光隐隐觉得，王雱要的约莫就是这个效果：朝中宰执争相借读此书！

司马光隐晦地把这话和韩琦提了提。韩琦这才知晓有人跑去借这书来读。韩琦给了个公道的评价："此书确实有其独到之处，其中许多范例也很有借鉴意义。"

司马光听韩琦这么说，也决定等赵概把书还回来之后重读一遍。

还有些没能借到书的人，改为去暗示王安石送他们一套。王安石对于不太喜欢的人一向怀着"你说什么？我听不懂！"的固执态度，对一切暗示充耳不闻，直到他们改成明示之后才勉强把书送给了他们。送完之后，王安石还要和王雱说："他们肯定看不懂，白瞎了！"

王雱觉得他爹着实是大宋官场一朵奇葩，完全是个非黑即白、敌友分明的理想主义者。他要不是他爹的儿子，说不准也会被他爹列入黑名单，甚至被打死。毕竟根据司马琰回忆，王安石好像达成过"所有和我好过的人后来全都跟我反目成仇"的伟大成就。

不管怎么样，朝中自上而下地刮起了一股读《资本论》的风潮，连官家也有所耳闻，让欧阳修给他讲讲这本书的内容。赵顼作为王雱的小迷弟，对王安石的各种想法也很推崇，尤其是理财方面，王安石的观点比很多人的观点要对他的胃口！听说有这本书之后，赵顼也讨来废寝忘食地读，甚至一度误了正课。

赵曙发现这件事之后不太满意，被立为皇子之后他接触了许多以前不敢接触的事。比起锋芒毕露的王安石父子，赵曙更喜欢温和谦恭的司马光，古书上谦谦君子约莫就是司马光这样的人。司马光来给他讲课时展露的才学更是让赵曙非常满意。王安石讲学犹如天马行空，内容大胆，言语空泛；司马光却踏实稳重，句句都有章可循。赵曙没收了让赵顼陷入狂热的《资本论》，强制赵顼一起去听司马光的课，试图纠正赵顼被带偏的思路。

赵顼今年才十三四岁，正是容易产生逆反心理的年龄，赵曙越不让他看，他越是想方设法要看。他不仅重新要来一套悄悄看，还看得更用心了，甚至还偷偷摸摸拿着疑问去向王安石和王雱请教。

这时候，已经是秋末冬初，苏轼一行人自任地任满归来，参与这一年的磨勘。

目前，正在洛阳负责监督河道工程的郑亶，也带着洛阳那边的最新消息回到开封。

第六章

共定迁都事

苏轼一去三年，回到开封自然是呼朋唤友，好不热闹。

今年一并参与磨勘的还有章惇，不同的是他属于两年后再次参加科举并高中，这次是第一回改官。苏轼想到当初在国子监时他们也曾一起上骑射课，聚会时便叫上章惇一起，人多才热闹嘛。既然章惇来了，吕惠卿自然也来了，吕惠卿也是《国风》常客，写得一手好文章，属于很有想法的人。曾巩稳重老成，不爱参加这类聚会，没去掺和，倒是和王安石、司马光他们往来比较多。他的几个弟弟都还年少，浑身有使不完的精力，自是坐不住了，每日都与苏轼他们往来交游，格外欢欣。

由于嘉祐二年的同年们几乎都同时面临着第二次改官，这次齐聚开封，瞧着很有声势。韩琦等人本来正讨论着《资本论》，察觉京中近来的动向后免不了要关注一二。

上一轮磨勘时，选官制度有了小小的调整，这一回各地交上来的磨勘评价都是照着模板来的，各方面的情况看起来一目了然。韩琦发现这一张张簇新的面孔，已经在任地崭露头角，脚踏实地地做了不少实事。其中很大一部分人都与王雱往来密切，至少时常保持着信件联系。

想到儿子韩忠彦也回来了，韩琦让韩忠彦邀王雱到家中用个饭。王雱很不客气地带着司马琰一起上门蹭饭，让司马琰和韩家女眷也熟络一下。

韩琦把王雱拎去书房，让王雱收敛点，别天天跟一伙同年招摇过市。别说什么问心无愧，想想范仲淹当初还问心无愧地自称“君子党”，结果怎么样？还不得不拆帮散伙。

王雱感受到来自韩琦的关怀，很是感动地说：“您放心，我有分寸的！要是有人弹劾我，我就给他们举例子，‘你们看看韩相公和文相公他们也一直很好，凭什么光弹劾我们！’”

韩琦觉得脾气再好的人和这小子相处久了都会变成暴脾气。

王雱知道韩琦是真的为自己着想才特意提个醒，也没一直气韩琦，很收敛地和韩琦谈起河道工程的事来。

历时将近两年，王雱当都水使者时计划好的河道工程马上要进入收尾阶段，等到明年冰消雪融，洛阳水网会迎来一个全新的面貌，运输河道将会比原来拓宽两倍有余，沿岸防洪工程也比原来有了极大的提升。开封这边的河道其实也面临着水位降低的窘境，只要河道工程进行得足够顺利，这一问题也会随之解决——到那时，从开封到洛阳的水路运输会非常方便。迁都之议，可以再一次提上日程了。

韩琦听王雱夸下这样的海口，不由敲打他一句："先不要说大话，具体如何还是得看到时的通航情况。"

王雱道："我只是与您说说而已，又没跟别人说。您肯定不是那种随便和人宣扬的人啊！"

韩琦觉得这小子难得说句人话，便不和他计较太多。

迁都之事，韩琦没有提出反对，但也没有表态支持，态度非常暧昧。王雱对此是有点儿意见的，他觉得韩琦太狡猾了！他还曾经试图利诱韩琦，试探韩琦有没有抢先到洛阳一带圈地的意思，结果被韩琦骂得狗血淋头。

韩琦不缺钱，不缺地位，还不贪恋美色，王雱着实有点儿拿不准他的意思，只能积极地摊开舆图再给韩琦讲迁都的好处。韩琦等王雱再次数完"十大必须迁都的理由"，才松了口："还是需要个水到渠成的机会。"

王雱听韩琦态度松动，点头表示自己知晓了。有人反对他是知道的，上回他也顺藤摸瓜摸到一些人，都是朝中有些分量的权贵，便是韩琦也不能一力把压力扛下来。

造祥瑞是行不通的，因为大伙现在对祥瑞很敏感，都认为坚决不能开这个头，尤其是他岳父司马光，上回有个小国向朝廷献瑞兽，愣是被司马光劝得原路退回。既然如此，那就只能走少数服从多数的路线，说服大部分人接受迁都！

今年夏天，刘高明他们已经到洛阳的避暑庄子消暑去了，并且对凫水这项活动十分满意。王雱特地让冯茂秉承着"来都来了不如掏点钱"的基本原则游说这批人投资各种项目，基本上已经把这批人拉入伙了。接下来可以从致仕官员们下手，透过他们在朝中余留的影响力拉一批人同意迁都。

王雱只要确定韩琦不反对就满意了，也没缠着韩琦一定要他表态，而是跑去外头找韩忠彦玩耍了。主要是玩韩忠彦的一双儿女。韩忠彦为人谦和温厚，一双儿女却很机灵，王雱陪他们玩到月上梢头，才依依不舍地和司马琰一块儿回家去。

王雱走后，韩忠彦和妻子吕氏感慨："元泽真喜欢孩子，对大郎他们比我有耐心多了。"

吕氏道："不知他们什么时候也生个孩子。"她对司马琰印象也很好，刚才司马琰还看出她癸水有异，和她讲了些温养之法。

想到王雱刚才带着两小孩疯玩，韩忠彦忍不住摇头：“他自己也还像个孩子，提这个太早了些。”

吕氏道：“马上要二十了，也不算小了。”

经吕氏这么一提，韩忠彦恍然想到王雱已不再是当初那个半大少年，离王雱三元及第那会儿也已过去了六年。过完今年，王雱也到弱冠之年了。

韩忠彦感慨：“时间过得真快。”

另一边，王雱和司马琰也在聊这事儿。已婚女士聚在一起，聊的话题一般离不开孩子，已经生了的聊教育问题，没生的聊准备什么时候生。司马琰也不避讳，把聊天的内容和王雱提了提。她现在在太医局做药物研究，手上还带着两个项目，这小半年内显见都是抽不开身的。

王雱不是那种得了便宜还卖乖的人，自然表示对媳妇的事业无条件支持，想什么时候生就什么时候生，不想生也没关系，反正他有弟弟可玩！

司马琰知道王雱喜欢小孩，正有意识地把手里的事情收尾，着手调理两人的身体。听到王雱这么说，再联想一下王雱平时怎么教唆两个弟弟干坏事，她顿时都有点儿不想生了。

不过，王雱嘴里说着不想生也没关系，一路上却忍不住和司马琰畅想未来：“你说我们要是也一下子生了俩，会不会是一个男孩一个女孩？其实吧，我喜欢女儿，可又怕女儿长大被人哄了去，那我不得气死！”

司马琰被这口嫌体正直的家伙弄得没了脾气，摇头说道：“还远着呢，想那么多做什么？”

王雱道：“哪里远了，你想想看，小妹出生好像还是没多久的事，现在爹娘都在琢磨小妹的亲事了，弄得我看赵顼他们都不太顺眼，看谁觉得谁是贼，想偷我妹的贼！”

小妹比王雱小四五岁，马上要十六了，快到婚配年龄了，是该挑婆家了。司马琰还曾受吴氏所托去试探小妹的心思，看看小妹有没有自己的想法，毕竟她们姑嫂平时玩得很好。

司马琰道：“这就是你最近可着劲折腾阿旦他们的原因吗？”

王雱振振有词：“虽然你家弟弟比小妹小两岁，但也是怀疑对象，不都说‘女大三，抱金砖’吗？再说了，我对他们要求高点也没错啊，少壮不努力，老大徒悲伤。”

司马琰只能说：“你有理，你怎么都有理。不过就算阿旦有抱金砖的想法，爹也不会同意的，爹说招惹你一个就够了。”

"好哇，都和岳父商量过了！"王雱顿时愤愤不平，"什么叫招惹我一个就够了，你们还嫌弃小妹不成！"

司马琰不理他了。司马光到底是嫌弃谁他难道不知道吗？！

王雱和司马琰回到家，免不了又去整理一下"重点嫌疑对象"，大三岁的小三岁的都在王雱的怀疑范围，他准备不管对方有没有这个意思都先对对方进行魔鬼式考验。

王雱列完"妹婿考验计划"之后，朝廷也得了个大消息——交趾在广南诸州边缘挑事，被狄咏狠狠端了几窝人，交趾那边派了使者哭着向朝廷求宽恕，并且暗示：狄咏在广南招山民下山，练强兵震慑一方，恐有异心！

朝中听了使臣这话，觉得狄咏年纪比他爹还轻，威望却比他爹当年还高，纷纷上书表示交趾知道错了，该给他们一个机会，而狄咏在广南之地也待得够久了，是时候该换个地方了。

王雱闻讯也入宫和官家说话："我也很久没见到小伙伴狄咏了，很是想念，不知道什么时候会让狄咏回来。"官家一听就明白王雱这是堂而皇之地来打探消息，也不避讳，直接问王雱："他在广南立了大功，你觉得他去哪儿比较适合？"

王雱直言不讳："朝廷这些年造了不少大船，我觉得编成船队让咏哥训练水师挺好。将来我们收复了燕云，南北沿岸连成一线，水师随时驰援各地，多棒！"

官家听王雱一点都不见外地提意见，没说可以，也没说不可以，只让王雱陪自己散散步然后才打发他回去。不管怎么样，王雱已经从官家的话里知道了一件事：狄咏肯定要换个地方了。

狄青近来腿脚好些了，卸了武学之职转去洛阳搞安防工作，顺便为将来的迁都做准备。官家对狄家父子还是很信任的，不过该防的还是得防。

王雱溜达去武学那边寻王韶说话。王韶转到武学已经算是实现文职转武职的第一步了，这几年他已经显露出自己对军事的偏爱，现在要申请去前线任职也没人会觉得惊讶。

只是，很少有人和王雱一样看出王韶是个好战分子。王雱开门见山地和王韶商量："交趾那边的使者非常狡猾，还晓得离间我们大宋的君臣，想换掉对他们很不客气的狄咏。我觉得你去广南那边练练手挺不错，他们肯定觉得你是进士出身的文人，不把你放在眼里，到时你就可以尽情收拾他们了！"

王韶听王雱这么一说，自然非常意动。在武学搞了这么久的教育工作，眼看武举要开了，他也该挪挪位置了。当这么多未来大小将领级武官的“座师”可不是什么好事，没见狄青都避嫌去洛阳了吗？

王韶和王雱彻夜交流经略广南的计划，然后趁着狄咏被宣召回京的当口主动请缨表示想转武职，去广南！交趾使者一听是个文官想要代替狄咏，都欢欣得很，还托一些愿意收受好处帮他们发声的大宋官员一定要帮忙促成此事。外行好啊，外行好糊弄，必须落实这事儿！

王韶的任命顺利到不可思议，对文官转武官朝廷还是比较赞同的，毕竟一些文官的骑射功夫也不算差，王韶还在武学任教数年，精通兵学，去广南正合适。

没到年底，狄咏也没到开封，王韶已经彬彬有礼地送交趾使者南行了。王韶带着个精通交趾语言的学生，一路与交趾使者进行着亲切友好的交流，晚上则与学生将从交趾使者嘴里套出来的话与过往的消息比对。最终，王韶得出一个结论：满嘴谎言！怪不得王雱从一开始就想把交趾收拾老实。

自从侬智高叛乱之后，交趾发现大宋广南之地守备薄弱，渐渐不满足于当归附于大宋的小国，时时在边线挑衅。狄咏看着温和，在这些事情上却底线严明：谁敢越境搞事就打死谁。这些人被收拾狠了，完全忘记是谁先过境挑事，还有脸哭哭啼啼地派使者去开封告状。

王韶本来就是没事也想找点由头出兵的人，面对这浑身破绽的交趾，王韶心里满意得很。他可以找出上百个理由打得他们措手不及。先把他们打服了，再让他们按照王雱的要求和大宋开放贸易。王韶在心里制订了完整的计划后，正巧碰上北归的狄咏。

南方气候湿润，水土养人，待在广南之地数年，狄咏这厮养得更俊了，他还学会了煲汤，亲自熬了一锅香气扑鼻、滋补养生的广南特色汤让王韶先尝尝南边的饮食。狄咏与王韶畅谈一宿，第二日在旁人面前又是秉公办事地点头话别，一人往南，一人往北，各奔前路。

这时候，王安石却做了一个令人意外的决定：他想申请外调。

知制诰这职位有的是人想干，但王安石干得不得劲，他觉得这位置离官家和宰执太近，离百姓太远，而他却有许多想法想要去实践。

母亲已老，儿子还小，王安石原不该有这样的想法，但弟弟已经长大成人，长子也已经能撑起这个家，王安石想趁着自己还算年轻，多去做点实事、多累积点经验。在赵曙面前碰壁之后，王安石想明白了很多事：想光靠一张嘴去说服这样的人是很难的，他得拿出点实绩来。

王安石首先是和王雱商量，父子俩关起门聊过之后，王雱决定支持王安石的决定。办法总比困难多，只要王雱帮忙说服了吴氏和祖母，剩下的事就好办了，王安石只需要上书申请外调便是。在那之前，王安石打算先把小妹的婚事定下来，免得他离家后耽搁了。

和王安石相熟的一圈人的家中并没有太多人选，和王雱相熟的倒是有一堆年纪合适的少年。王雱已经把人筛选考校过一轮了，听王安石这么一提倒是有了主意："小师弟倒是不错，不过还是要看小妹自己的意思。"

王雱说的小师弟自然是范纯粹。王雱小时候常寄住在范仲淹家里，范仲淹也放心把范纯粹交给王雱调教。这小师弟有他几个哥哥的好品质，正直可靠，人也挺聪明知趣、懂事孝顺，是个有包容心的。而且两家一向交好，虽则论辈分可能有点儿混乱，但王雱只要咬定按他的叫法来算，两个小孩就是同辈。最重要的是，范纯粹长得还挺俊秀！就是两个小孩都还挺懵懂的，也不知到底开窍了没。

王安石倒是很霸气："婚姻之事，讲究的是父母之命，媒妁之言！"

王雱毫不犹豫地拆穿他："你把这话去跟娘说说看！"

王安石不吭声了，他连外调的事都没和吴氏商量，还得让王雱从中调和呢。

王雱让王安石别急，先和一家人好好过个年。由于年前年后各种讲座很多，听了对范纯粹挺有益处，所以前段时间王雱已经写信给范仲淹说让这小师弟留在开封过年。

王雱把"已经把你列为妹婿候选人"的事和范纯粹透了个底，范纯粹欢喜得手足无措。范纯粹从小就爱跟在王雱后面跑，与小妹自然是认得的，小时候他们还常常一起早起锻炼。如今，他们都长大了，范纯粹只能偶尔见上小妹一面，不能再和小时候一样亲亲近近地说话了，心里一直有点儿莫名的失落。听王雱说会考虑让自己当妹婿，范纯粹哪能不高兴！

王雱见范纯粹在那儿傻乐，忍不住怀疑自己的眼光。自己怎么千挑万挑，挑了个傻子？王雱一拍范纯粹脑袋，说："赶紧收起你这傻样，谁能看上这样的啊！"

范纯粹紧张地敛起笑，一脸君子端方的模样，瞧着依稀有点儿像他二哥范纯仁。

王雱蓦然想起被范纯仁支配的恐怖岁月，又忍不住敲了范纯粹一记，敲得范纯粹委屈地看他，眼神里的意思是"我要怎么样你才满意"。

王雱觉得自己不可能满意了，在正式定下小妹的婚事之前，他会一直看这小子不顺眼。确定范纯粹这边有意，小妹便交给吴氏去试探，两个小孩若是有那么个意愿，订婚程序就可以走起来了。

小妹自从过了十五，已经被吴氏试探过好几回了，这次听说还有特定人选，心里有些紧张。私心里小妹是不想太早嫁人的，毕竟不是谁家都能像他们家一样包容，女孩儿想学什么就学什么，想做什么就做什么。小妹认识不少同龄的小伙伴，并不是所有女孩儿的生活都能像她这般自在。小妹对王雱有着无条件的信任，一听人选是一起长大的范纯粹，眼睛有些亮：“是哥哥选的吗？”

吴氏也不瞒着，边替小妹打理着乌黑柔顺的长发边说道：“对，你哥哥选的，你们都是他看着长大的，他最了解你俩。而且两家知根知底、亲如一家，你若有意，肯定能和你兄嫂一样好。”

小妹面上有些羞涩。她最羡慕的就是哥哥和嫂嫂，他们成亲后虽不是时刻在一起，却永远亲密无间，嫂嫂永远支持哥哥要做的事，哥哥也支持嫂嫂去做想做的事。情爱之事她还不太懂，但若是可以的话，她也希望拥有这样一桩亲事：两个人相互理解、相互帮扶，不管大事小事都一起面对。

知女莫若母，见女儿如此神色，吴氏便明白了女儿的意思。

范仲淹年事已高，接到范纯粹的信后便让范纯仁来京，请了媒人正儿八经地登门说亲。两家交换了庚帖，合了八字，结果自是大吉，从此定了姻亲关系。既然定了亲，范纯粹就不好继续寄住在王雱家中了，他跟范纯仁回了洛阳，去西京国子监入读，立志要考个功名再娶小妹过门。

王雱当着范纯仁的面宽慰他弟：“也不用急，我们家还养得起小妹，多留小妹几年也是无妨的。再有，你要是实在考不上也不怕，不是还可以荫官吗？”

范纯仁听得额头青筋直跳，心想王元泽你什么意思？就这么瞧不起人吗？！

回去的路上，范纯仁黑着脸教训他弟：“都是定了亲的人了，以后不能再胡混了，给我好好读书，一天都不能懈怠。你算算看，你已经比你师兄晚好些年了。”

满腔欢喜的范纯粹被范纯仁训得蔫了，乖乖点头。回到洛阳后拜过父母，范纯粹还见着了到洛阳养病的大哥范纯祐，他这大哥身体虽然不好，早年却是跟过胡瑗好几年，尽得胡瑗真传的。范纯祐听了二弟转述的话，也觉得该对范纯粹严加管教，于是和范纯仁一起轮流盯梢，非要把范纯粹逼成栋梁之材不可。当然，这都是后话了。

这会儿，王雱送走范家兄弟，美滋滋地去和司马琰说起自己干的事，为范纯粹的未来掬了一把同情泪。范纯仁就够可怕的了，听说他们大哥范纯祐也在，太惨了！

司马琰道：“既然你同情他，为什么还故意说那种话？”一般兄弟听了那种话肯定都会气炸！

王雱理所当然地说：“玉不琢，不成器！”反正又不是他面对两个可怕的哥哥，有人能帮忙管教未来妹婿，多棒！王雱美了一会儿，又有点儿担心，“你说纯粹会不会被他两个哥哥教坏？要是他们把纯粹教得跟他们一样，那就太可怕了。不行，我得多给纯粹写写信，让他知道外面的世界多美好，顺便也让他活动活动思维。”

司马琰觉得王雱最好还是不要有女儿了，未来妹婿都被他这么折腾，对待女婿岂不是更可怕！

小妹订婚的事告一段落了，狄咏也终于从南边回到开封。王雱一点都不知道避嫌，大大方方地拉着小伙伴们为狄咏接风洗尘。苏轼的新差使改在开封了，轮到他弟苏辙到外地任职，有他在席上自然热闹得很。

狄咏没谈军中之事，反而说起南边的美食，其中鲜花馅饼很具特色。广南四季如春，便是冬天也有不少能做馅料的鲜花，几乎家家户户都会做，城中家家户户都能闻到花香。而且广南山林密集，猎物无数，许多北边没有的野味都能尝到，倘若将士们外出训练便能入山打打牙祭。

苏轼听得心向往之，想到王韶已经去了广南，不由说道：“看来便宜子纯了！”

一群人吃吃喝喝，到月上柳梢才各自散去。狄咏暂时没有差遣，隔天便转去洛阳陪狄青过年。此时，王安石已经将申请外任的折子递了上去。

过了初一，官家才看到这折子。正巧他邀了王雱入宫钓鱼，顺便问王雱知不知晓这事儿。王雱自然是据实以告，这都是他们父子俩商量好的。官家虽觉得王安石这人有点儿拗，和王小状元不大一样，但见王安石做这样的决定仍是对他大为改观。官家问王雱：“你可知你爹想去哪儿？”

王雱道：“不晓得。”他少有地正色以应，“我爹的想法肯定是哪里需要人，便放他去哪里，只要能让他放开手做事，他到哪儿都一样。若是我帮他跟您要好任地好职位，他肯定会追着我打。”他又和官家一起回忆上回自己被王安石追着打的恐怖记忆。

官家听王雱这么说，也不再多问。这小孩言行无忌，但都是于朝廷有利才开口，从不会为了私利求方便。旁人都觉得他对王雱宠信得过了头，其实细想一下，王雱什么时候越过界？官家更是觉得王雱浑身上下就没一处不好！

官家很快批复了王安石的折子，让韩琦他们商量着给王安石任地。这批复意见话里话外都透着一个意思：这任地不需要多好，但要有发挥余地，还要王安石能当一把手的！

王安石想要外调的事，王家也开过几轮家庭会议，兄弟几人把酒说话，两个弟弟都表示让王安石放心，家中有他们在。王雱祖母最了解王安石这个儿子，没有多劝，只让他别去太久，两个小的才刚满一岁多，别让孩子将来连爹爹都不认识。王安石自是都应了下来。

临出发的前一天晚上，就是父子俩单独说话的时间了。王安石把剩余的《资本论》留给王雱，叫王雱只能送给看得懂的人，那些冥顽不灵的家伙决计不能送，太浪费。王安石还是很担心儿子的，总觉得韩琦他们一个两个都不是好东西，千叮万嘱要王雱别着了他们的道。

王雱说："我觉得韩相公他们还挺好的。"

王安石听了冷哼两声，显然很不赞同王雱的话。在他眼里，韩琦他们这些人之间早就形成了利益联盟，别看韩琦看着秉公为民、私心不重，实际上儿子与吕家结了亲，他自己与文彦博、吴育、赵概等人又都是同年关系，在许多事情上共同进退。若是王安石想改一些东西，首先反对的一准是韩琦他们这些人。现在韩琦没怎么样，不过是因为没动到他们头上而已。

王雱把王安石的分析听完了，摆出一脸震惊的表情："没想到韩相公是这样的人！"他和王安石保证，"爹您放心吧，包在我身上，师朴他虽然娶了吕家的小娘子，但吕家小娘子可不少。别的不说，子进就刚得了一个妹妹，正好比弟弟他们小一岁，将来我让弟弟他们去把人娶回家！您可是一下子生了两个，竞争力比别家强多了！还有，师朴好像也刚得了个女儿，不过这辈分好像有点儿乱了，我回头再琢磨琢磨。"韩忠彦和吕希纯可都是他的同窗，感情深，结个亲！

这说的都是什么胡话？王安石怒道："你两个弟弟还不到两岁！"

王雱语重心长地说："爹您这就不对了，两岁怎么了，我孩子还没出生，我都已经想过了！您这儿子都生出来了还不上心，就不怕以后阿雱他们娶不到好媳妇？"

王安石想揍儿子了，把王雱打发走，拿出一本崭新的本子，在上面记录今天发生的事。等原原本本地把王雱的话记下来之后，王安石对这次对话给予了自认非常中肯的评价："韩老匹夫，教坏吾儿。"

王雱胡闹了一番，又回去和司马琰感慨他爹没有远见，还煞有介事地说：“人无远虑，必有近忧啊！还好弟弟他们有我这个哥哥。”

司马琰只能第无数次感慨，王安石不愧是将来能当宰相的人，宰相肚里能撑船！

第二日一早，王雱去给他爹送行，司马光他们也正逢休沐日，都一起来了。不管平时有多少争论，王安石放着朝官不做主动要求外调的选择还是让不少人心悦诚服，至少司马光和韩琦几人就觉得王安石拗是拗了点，心胸抱负确实是世间少有。

王安石一走，知制诰的位置空缺了一个，韩琦他们试图把司马光提拔上去，但司马光沉迷台谏工作，准备先在谏院干两年，再到御史台干两年，然后学王安石那样去做点实事。因此司马光坚决上书推辞，不太乐意干这活儿。

好端端一个肥差，王安石干了一段时间就不想干了，司马光压根儿不想上任，可把一些眼馋这位置的人气坏了。你们不想要这位置，能不能别表现得这么嫌弃？弄得他们都不好意思争取了！朝中清流们看向司马光的目光慈眉善目多了，觉得这司马光很不错，有清流的风骨，有台谏的坚持，假以时日必定成为清流扛把子！

文官这边做了调动，武官那边也有了变动，狄咏回朝后暂时没有外调，他顶替了赵滋在禁军中的位置。而赵滋则被安排去密州训练水师，主要是赵滋很有挑事精神，朝中许多主和派看他不太顺眼，一个劲地弹劾他，所以官家把他外调了。

密州之地在京东路沿岸，包含着现实世界的胶州、青岛等地，只是这些地方如今还有些荒凉，算不得什么大州县。朝廷有意在这儿设置隶属于北方的市舶司，因此先让赵滋驻扎到密州板桥镇，接手京东路水师的训练，顺便杀杀海上盗匪、打击走私活动。

今年武举会和科举一起开，王雱的小伙伴武兴将成为第一批通过武举进入军中的年轻将领，和现实世界的军校一样一毕业就是小军官级别！

和武兴一起来京的郑思去年落榜了，今年磨刀霍霍再战春闱。郑思这家伙看着少年老成，实则遇事容易紧张，和王雱完全是截然相反，王雱是越重要的时刻越能超常发挥，他则保准会发挥失常。去年王雱特地抽空给他补了补课，只要郑思没慌到忘了写字，王雱觉得他今年应该是十拿九稳了。小伙伴们马上能一起来干大事，王雱欢喜得很。

开春之后，冰雪渐渐消融，王雱踏入仕途以来在洛阳做的准备也正式显露在所有人面前。春天河运恢复之后，众人惊喜地发现原来有些缩减的汴河水量又回到了鼎盛时期的充沛，江水浩浩汤汤，充盈于密布开封的宽阔水网之中，奇迹般地与洛阳那边紧密相连。而对于洛阳各地来说，这更是一个令人惊奇的春天，原本将河道扩宽、往开封水网引流之后，洛阳这边的水系会有枯竭的危险，可王雱前面几年的工作不是白做的，他通过巧妙的设计将整个洛阳水系清整了一遍，长期从上游的源头引流以供两大水系运输之用。

整个过程没有惊天动地的大工程，没有惊天动地的大变动，只是依托于地形地势、借助自然之巧因势利导地进行改造。不到今年春天双向复航的这一天，没有人能看明白王雱前面到底在做什么，只觉得他是和其他官员一样在搞简单的水利工程。只有官家和韩琦、赵概这些看过完整设计图的人知道，王雱做成了。他真的用普通的工具、不多的人力、少得近乎可以忽略不计的财政投入，完成了一项足以使大宋再长青百年的巨大工程。一开始的时候他甚至没有和任何人提过这个计划，只一个人默不作声地去做。直至回京任职，他才提出要去做那都水使者。

现在看来，王雱在这方面确实有惊人的天赋。韩琦甚至有些为王雱担忧，因为这种能力实在太出众了，甚至可以用“多智近妖”来形容。世上有多少君主能够容忍这样的人存在？只要王雱想，他能做到许多常人根本无法想象的事。

不过，当看到王雱眉飞色舞地跑去和官家邀功说自己“做得超级棒，计划完全没有出半点差错”，官家还一脸骄傲自豪，仿佛自己儿子有了大出息的时候，韩琦觉得自己还是省省好了，压根儿不需要替这小子担心太多。该担心的应该是有没有人拿这个做文章，然后把官家惹恼了被革职。那样的话，就真的没法对外解释了。总不能说官家做了个梦，觉得王雱是老天送给他、送给大宋的，早把他当亲儿子看待了吧。

漕运永远是许多人关心的重要领域，不少人都注意到洛阳往开封的水路快了不少，开封往四周的水路运输也都更便利了，充沛的水量能够容纳足够多的货船同时往来！

官家再一次在朝堂上提出迁都之议。这一次王雱有资格上朝了，他目前还在三司干，掌握了许多“不可言说”的证据。王雱记性好，哪怕韩琦与蔡襄把账目抹平了，他也还记得不少。当官家如他所愿再次提出迁都时，王雱自然没有再干看着，他持着朝笏出列，开始了第一次正儿八经的朝会发言，为迁都之议摇旗呐喊。

这一次，众人终于直截了当地感受到了王雱这个被台谏敬而远之的邪乎玩意儿到底是什么样的存在了。王雱先是若有似无地擦着边指出一些问题，这些问题都若有似无地与朝中不少人有干系，若是深究下去，往后朝会上就得换一批面孔了，许多人通通得去海南岛吃海鲜！

接着，王雱话锋一转，表示只要迁了都，不仅这些问题会迎刃而解，还对大家都有极大的好处。当然，大家都不是想要好处的人，两袖清风，高风亮节，从不贪图功名利禄。迁都主要是对百姓好，对朝廷好，对大宋的将来好，只要大家齐心协力，一定可以共创美好大宋！

司马光听了王雱一通话，感觉自己这女婿很有当谏官的潜质。若是让王雱到台谏去，怕是没别人什么事了！赵概这个资深台谏官员倒是很淡定，因为他早就分析过王雱那些折子，充分了解了一个事实：只要王雱想动嘴皮子，其他人都闭嘴吧，绝对比不过的。

相比赵概他们的平静，许多人心里只有一个想法：谁把这小子放进朝会来的？王雱一个人把话全说了，让别人怎么接话？瞧瞧这些话都是什么意思吧，“是要忍痛戴高帽，还是含泪流放外地，您赶早选一个”！

瞧着王雱生嫩的面孔，不少人瞬间想到很多东西。首先，王雱是范仲淹的学生；其次，回忆一下庆历新政期间范仲淹和韩琦曾一起主持新政，传闻这几年他们也一直书信往来，由此可知范仲淹和韩琦关系不错；接着，王雱科举那年是欧阳修选中的，欧阳修和韩琦关系也很不错；再有，王雱是赵概举荐去三司的，赵概和韩琦是同年，关系密切得很。由此可知，在背后指使王雱干这些事的人肯定是韩琦无疑了！

就是这个韩琦，一路开绿灯把王雱早早放进朝堂来！记得上回清旧账时韩琦还表示“只要账目平了，往后再不追究”，实际上却在这里等着他们！韩老匹夫，你真够狠！

往常辩驳得很欢的反对者这一次出奇地安静，毕竟这次是官家正式提出迁都，韩琦这个宰相又第一个表示赞同。他们要是敢和以前一样提出反对，这厮怕是要放王雱出来咬人，坐实王雱刚才提到的那些“隐晦问题”！

许多人看向王雱的目光带着几分惋惜：好好一个三元及第的状元郎，才入朝廷就被韩琦当枪使，太可怜了。

倒是还有一个人当堂和王雱提了不少迁都可能出现的问题，这人是翰林学士兼开封知府冯京。冯京现在好歹是开封知府，真要在他任上把都城迁去洛阳肯定得在史书上记一笔，所以不管支持还是反对，他都得提出点符合他身份的观点来，要不然往后指不定会有人说他不作为。

冯京一站出来，众人顿时打起精神。王雱是嘉祐二年进士，三元及第得了状元；而这冯京是皇佑元年进士，同样也是三元及第的状元郎。只是自王雱及第之后，众人提起状元便时常会想到王雱，鲜少再想起同样名扬一时的冯京了。

冯京长得也是姿容秀美，当初才入京就被外戚张尧佐等人相中，要绑了他做女婿，都被冯京拒绝了。后来冯京发妻过世，冯京续娶了富弼的长女。没过两年富弼长女便因病去世，他又续娶了富弼另一个女儿，被人戏称为“两娶宰相女”。

一边是韩琦选的王家状元，一边是富弼的状元女婿，所有人免不了想起富弼服丧后有人跑去问韩琦“为什么不空着相位等富弼回来”。两边莫不是要打起来了？刚才不小心自动代入王雱口中那些“问题人士”的人免不了有些激动。和和气气算什么朝会，打起来，打起来！

王雱对冯京也是早有耳闻，毕竟是三元及第的人才啊，没事可以拉来帮点小忙。可惜他与冯京没太多交集，富弼又守丧去了，他想混点交情也混不着。

听冯京有理有据地提出问题，王雱的眼睛亮了，他就喜欢这种能发现真问题的人。王雱当场就和冯京探讨起来，两人一来一往说得众人一愣一愣的。这好像和众人想的不太一样。

这场朝会讨论在王雱的主动要求下暂停了，王雱下朝后和冯京约定晚上去寻他细谈。冯京见王雱态度诚恳又真挚，也觉这王小状元很不错，当即应了下来，表示自己一定扫榻相迎。

其他人见两个三元及第的状元郎颇有些惺惺相惜、相见恨晚的势头，都觉得世道变了，变得让他们看不懂了：明明应该争个你死我活的两人，怎么眨眼间成这样了？

王雱随着内侍去见官家，一见到人就夸起了冯京，说冯京有见地，注意到不少他没想到的问题，做事果然得集思广益、广纳众长才能尽善尽美。官家听王雱这么夸冯京，更觉王雱心胸广阔，换个同样年少气盛的同龄人碰上这事儿肯定会恼恨不已。不过，真正年少气盛、凡事都争强好胜的人也碰不上这样的事。

官家道：“那你就是要去拜访冯翰林，和他商讨迁都细节了？”

王雱点头说：“那是自然，您等我半个月，我一准和冯翰林商量出更好的章程来！”

官家自是同意的，让王雱随心去做，不急于一时。

王雱得了官家许可，下衙时去与司马琰说了一声，便直接跑到冯京家蹭饭去了。

冯京在朝会上出列说话时原想着肯定会得罪了韩琦和王雱，这会儿王雱热情地上门来，当真让冯京有些意外。好在冯京家有个贤内助，招待方面倒不用操心，处处都妥帖得很。

王雱蹭完饭，和冯京攀起了交情，先是说当初富相公当宰相时给了他许多指点，让他获益良多；然后又说他的师兄、未来妹婿的兄长范纯仁和冯京还是同年。“多难得啊！总之，四舍五入咱们是一家人，亲近着呢。”

冯京原本还和王雱有些生疏，和王雱小饮两杯之后也放开了，顺着王雱的话回忆了一下他的岳父富弼以及他的同年范纯仁，感觉还真和王雱亲厚了不少。这会儿再聊起迁都之事，冯京就没那么多弯弯绕绕了，直截了当地和王雱讨论起了自己的种种考虑。

王雱积极地拿着个小本子记录起冯京的一些疑虑，又当场和冯京讨论起解决方法。王雱绝对是个合格的倾听者和引导者，很快把冯京的想法套出了大半，并补充了很多自己的想法。

冯京惊讶于王雱思维之敏捷，又被王雱展现的未来蓝图深深吸引，还真有点儿相见恨晚之感。临别时王雱把讨论记录拿到他面前让他查看并签个名，以示这确实是两个人的讨论结果，冯京也没反对，爽快地签下了自己的名字。

随后几天，王雱没事就带着这样或那样的问题登门和冯京讨论，两人都觉得只有两个人不够带劲，还先后邀了几批朝中各有意见的人到大相国寺的僧房里共同讨论，最后都由王雱统一归纳整理，并让众人签名认定。

下一个朝会开始时，王雱揣着一份完整的《迁都提案》上朝。提案第一作者：王雱。提案第二作者：冯京。其他共同作者：朝中百官及洛阳众多致仕官员们。

王雱提出《迁都提案》的时候没说内容，先说参与拟定提案的人有哪些，并表示每一个作者都在这份提案上签了名。这不是他一个人坐在家里空想的结果，而是群策群力的智慧结晶，每一个章程都经过专业人士反复讨论，听取了各方宝贵意见，不求最好，但求更好。

王雱这一手把其他计划着这次朝会打算要站出来反对的人打蒙了，有的人甚至开始对周围的友人怒目而视：怎么回事儿？说好要一起反对的，你为什么叛变了？别说什么你没叛变，你没叛变王小状元怎么敢说你参与拟定提案？就算是他扯谎，他还能扯出你的签名来吗！

被盟友怒目以对的人更蒙：我们是去提反对意见的，名字是签了，但你不能说我们参与拟定计划了啊！说反对也算参与吗？

那么问题来了，他们之中到底有哪些人真的反对、哪些人已经决定改弦更张支持迁都？要是自己站出去反对，其他人却都龟缩着不开口或者索性表态支持，自己岂不是成了孤立无援的出头鸟？于是，一个奇异的局面出现了：这次王雱提出迁都，没有人出来反对！

官家觉得不可思议，前两次由他提出这事儿，百官之中都有不少人站出来反对，怎么轮到王雱来提就没人说话了？就连上次开口提出意见的冯京，竟也在短短半个月内站到了迁都这边，为迁都计划摇旗呐喊！

有这个想法的绝不仅仅是官家，许多人看向冯京的目光都是一样的，他们在心里控诉：若不是被你邀请过去，又看你这么爽快地签上名字，我们哪里会签！

王雱一点都不心虚，小腰板挺得笔直。只要提意见就是参与，没毛病！要是没人发现问题，提出问题，靠他一个人怎么能做出这么全面、这么完善的提案呢？

韩琦等宰执属于一直没表态的，韩琦主要是想看看王雱能做到什么程度。他是去过西线和北线的，知道西北诸州眼下就像是被断了供需的荒田，若是再不做改变迟早会有越来越多的荒地弃田出现。而黄河改道之后，开封也当真是无险可守、门户大开。若能迁都，那肯定是迁都最好。事实证明，他没有看错人，王雱做得比他想象中还要出色。韩琦甚至觉得哪怕他站出来反对，王雱也有办法说服他！见百官无一人有异议，韩琦当机立断地表明自己的态度：既然大家集思广益拿出了这么完善的迁都计划，那我这个宰相自然是同意的。

韩琦表态之后，赵概等人也陆续表示支持迁都。

官家心情舒畅，当即让人接了王雱手里的《迁都提案》，命令各方开始着手准备迁都事宜。

朝会过后官家还有许多政务要处理，没能让人喊王雱过去说话，倒是韩琦把王雱逮了去，问他那份提案到底是怎么来的。王雱一点都没隐瞒，韩琦问什么他就说什么，老实得很。韩琦听了觉得这小子简直胆大包天，这种事都干得出来，往后谁还敢赴他的约？王雱对此一点都不担心："反正他们本来就不和我一块儿玩。"

韩琦默然，王雱还忧心忡忡地和韩琦提起朝中官员过于薄弱的防范意识："这些前辈们太没戒心了，堂堂朝廷命官，名字怎么能随便签呢？我听说有的人一点防备心都没有，让签什么就签什么，白白欠了别人一屁股债还是小事，卖了自己都有可能。所以说，这法治意识的提高，得从朝中百官做起啊。”韩琦现在只想知道，这小子是怎么长到这么大而没被人打死的。是因为他运气好，还是他跑得快?

韩琦不知道的是，他前脚把王雱拎了去，后脚就有不少人注意到了。众人当即一边观察着身边到底有哪些人是叛徒，一边痛骂韩琦和冯京。看看，事情一有结果，韩琦就把王雱喊了过去，不是韩琦指使的又是谁？至于冯京，那就更不用说了，本来大家都以为他是反对迁都的，结果他和那王小状元根本是一伙的！真是岂有此理，支持就支持，也没人会说什么，但装成反对提意见是怎么回事儿？耍人玩是吧！

既然迁都提案一致通过，三司这边首先行动起来，开始规划迁都章程，毕竟很多方面都是要花钱的。

大宋官职制度复杂，虽有三省六部，但大多“居其位而不知其职”，比如工部就只有个挂名的尚书，宋祁前两年和欧阳修一起修完《新唐书》，就升迁为工部尚书。但大部分营造工作都归到三司这边，于是前往洛阳做前期准备的人大部分都由三司分拨。

这批人之中，很大一部分都是王雱的熟人，如他师兄范纯礼，以及带出一大批格物学人才为朝廷做贡献的张载。他们的主要工作是翻修洛阳宫，把往后官家的宫城和大伙办公的地方修葺好。

照理说王雱也该被分派过去，不过三司这边离不开人，他得带着人做账，顺便和蔡襄一起搞未来五年的经济发展计划。

蔡襄花了将近一年的时间研究《资本论》，今年终于准备大展身手，趁着还在三司使的位置上搞搞实践。这也是蔡襄必须留下王雱的原因，论数据分析目前没几个人比得过王雱，想要制定一个稳健的五年计划肯定得有王雱参与。

王雱对蔡襄这个决定很感兴趣，每天积极地和各方官员探讨具体章程。虽然很多人被王雱坑精明了，坚决不理会，但还是有人乐于和王雱交流的。比如说，冯京就没因为背了个锅而觉得王雱不好，反而还因此看清了一些人。对王雱和蔡襄的很多想法冯京都持不同的意见，每逢王雱登门交流他都直言不讳。两人经常争执不下，最后吵到在家居丧的富弼面前去，倒是让富弼更清楚地了解到了朝廷中的变化。

富弼服丧期间官家空着昭文相的位置等了富弼数月，曾下旨让富弼提前除丧起复为相，富弼连上数书坚决推辞。事实上去年秋天富弼已经守满两年，可以除丧复职了，富弼却依然上书请辞，没有接受官家授予的枢密使职位，一直以足疾为由闲居家中。

王雱时常借着和冯京争论的机会登门叨扰富弼，其实是肩负一个重要任务：帮官家把富弼请出山。武举当初是富弼提出要恢复的，现在马上要举行武举了，官家思来想去还是觉得富弼最可靠。毕竟没有人能像富弼这样不慕权位，再三拒绝宰执之位。换了旁人来主持武举，官家心里实在不大放心。

王雱揽下这个任务后没直接劝说富弼，而是将蔡襄想要拟定的五年计划透露给富弼。眼看富弼已经全面了解了朝廷的全新改变，也知道了武举举行在即、急需靠得住的重臣来主持大局，王雱才悄然去找官家告诉他时机已到，可以再一次下旨试试看了！当然，王雱没把话说得太满，毕竟富弼的思维他是抓不准的，他也不知道富弼到底会不会坚“辞”到底。

官家早就想让富弼回朝，自然再一次下旨给富弼安排职位。这一次，富弼的拒绝没那么坚决，只稍微谦让了两次就接受了任命，重新回到宰执行列中。

建立武学后的第一次武举也正式开始了，负责主持的人正是刚走马上任的富弼。

武兴早就报名参加了这次武举。同时开始的还有这一年的春闱，今年的考官之一竟是司马光。司马光早早去了贡院做准备，王雱自是没机会帮郑思走后门，只能把司马光的一些喜恶给郑思讲了，让郑思照常写文章就好，只要不去犯大忌肯定十拿九稳。

三月的开封正是春暖花开的季节，一张张生嫩的面孔也在开封四处活跃。他们有的去年年底就到了，有的紧赶慢赶刚巧赶到，马上迎接一场即将改变他们命运的考试。

王雱下衙接了司马琰，两人路过大相国寺时看见有人在卖花，不由买了满怀的花带回家。

吴氏正带着两个小孩在前院玩耍，见王雱带着花回来了，夸道：“哟，这花开得可真好。”王雱分了几支给吴氏，又带着司马琰去寻祖母，往祖母房间里也插上一束。祖母乐道：“哪用给我买，都一把年纪了，谁还往房间里放花儿？”

王雱有理有据：“就是九十岁了也能爱花，您闻闻，这香味不浓不淡，刚刚好，放久了满屋子都香香的！而且这花开得也好，平时看着心情也会好很多。”

祖母道：“就你有理。”

王雱拉着司马琰给长辈们分完花，才抱着余下的花回到自己院子里。

司马琰把花瓶里即将凋谢的花取走，换上王雱新买回来的。见王雱兴致勃勃地在一旁看着，她恍然觉得这样的日子平静、美好到令她有点儿怀疑真假。

司马琰顿了顿，忽然说：“不如我们生个孩子吧。”

王雱与司马琰隔花相望，瞧见司马琰的脸比花还娇嫩，还带着淡淡的绯色。他笑眯眯地说：“这不太好吧？等会儿我们还要去吃饭呢，就这么点时间，肯定没法造出个孩子来……”

司马琰气得折了朵花砸他。王雱也不躲，感觉美滋滋的，晚上就兴致勃勃地拉着司马琰进行没有任何阻隔的亲密且深入的交流。

两个人晚上折腾得有点儿过分，第二天司马琰没按时起来。王雱这厮脸皮厚，直接绕路去太医局帮他媳妇请了假才去上衙。

两天后，郑思和武兴都考完了，只等着结果出来。王雱邀他们到家中用饭，顺便问他们考得怎么样。今年除了郑思参加春闱，王安国也参加春闱。王安国也比较惨，哥哥王安仁、王安石是进士，弟弟王安礼是进士，他曾家那几个连襟也都和曾巩同科高中，侄子王雱还是个状元。二兄王安道虽然也没考上，但那是身体原因，就他一个成了亲的还在努力挣扎。

王雱看过王安国的文章，那也是写得极好的，可能就和苏洵一样差点运气。可惜他一个晚辈，不好对王安国指手画脚，只能在考试前迂回地把一些“科举必备资料”送到王安国手上。

这次郑思发挥得很不错，武兴也没出问题。没过多久结果就出来了，一如王雱所料，郑思的排名在中游，武兴则因为兵书学得好名列前茅，若是御前试发挥得好说不定能当个武状元！

这回王安国也中了，一家上下都很高兴。他本人倒没什么喜色，因为他觉得这次他靠的不是真才实学，而是取巧。市面上流通的许多辅导资料都被他看成是“程文短晷”的捷径，不是自己真正吃透，而是走别人走过的路，套别人用过的模板，于他而言很是羞耻。

王雱也是从司马琰那儿才知晓王安国的想法。司马琰和婶婶们相处得很不错，四婶曾氏是曾巩的妹妹，和司马琰更是亲近，免不了把丈夫闷闷不乐的原因和司马琰说了。王雱听了，只能当不知道。这就是他不直接对王安国说东道西的原因了，要是他去给王安国做考前辅导，王安国怕是会把他轰出门，毕竟他最乐于干那些“程文短晷”的事，能走捷径绝不绕远路。王雱也没兴趣给王安国做心理辅导，反正接下来王安国马上要参加岗前培训，很快就会明白科举只是敲门砖，接下来没他胡思乱想的空闲了。

总的来说，今年不管春闱还是武举都很圆满，他应考的亲朋好友都榜上有名。王雱算算时间，感觉王安石该走到半路了，他写封信让人送去，肯定能赶上王安石上任。于是王雱便着手把家中大事小事、朝中大事小事规整规整，给王安石写了封信送去。

这次，王安石的任地正是密州，一来是考虑到王安石以前曾在那一带任职，容易上手；二来是密州马上要建市舶司，由王安石去把控正适合，毕竟没谁能在这块又臭又硬的臭石头手里讨了好去。

目前，市舶司主要设在杭州、明州、泉州、广州，分别处于两浙路、福建路和广南东路，北边沿海是空白地带，添一个密州市舶司正好填补空白。就是自从梁山泊大搞开发，安防工作有了极大的提高，许多盗匪在富裕的京东路各地混不下去了，都改去海上当海寇或串联沿海百姓搞走私了，必须得好好清整一下。这也是王安石擅长的事情。他还带着陈希亮和苏轼合著的《凤翔经验》，准备把密州上上下下搞个大清洗。还有王雱要种植的蛇麻草、开办的酿酒厂，都在王安石的计划之中。总之，王安石很忙，想把他的各种想法都好好实践一遍。

这时候，王安石确实才走了大半的路程，一路上他又冒出了许多新念头，埋头刷刷刷地记录着灵感，顺便给儿子写信探讨自己的新灵感可不可行。

所有认识王安石的人都知道，王安石此人油盐不进，坚决不听反对意见。唯一能说动他、让他改变想法的人只有一个，那就是他儿子。王安石自己倒没意识到这一点，他只觉得别人说话都不中听，只有他儿子能说到他心坎上，所以他有什么都想和儿子讨论讨论。父子俩默契地通过信件交流。

武举和春闱的结果也陆续放榜，郑思和王安国都榜上有名，而武兴，当真得了个武状元。首先他的实力肯定是过关的，兵法策论、沙盘推演也完全没问题，可跟他一个水平的人也不是没有！他能得武状元完全得益于，名为“武兴”！这名字意头好，官家见他相貌出众、身姿挺拔，当场钦点他为武状元！

王雱听到这个结果时也很意外。不过小伙伴里出了个武状元，还是恢复武举后的头一个武状元，王雱还是很欢喜的，当天就为武兴和郑思搞了个庆功宴，庆祝他的搞事大军又添两位得力成员。

众人这才猛地发现，刚考出来的武状元竟也和王雱相交甚笃。在那之前，大伙可毫不知情啊！这下，台谏的人都活跃起来，开始寻思着找些证据弹劾王雱一本。就说官家怎么会点个没背景，也没多突出的县尉之子为武状元，原来是有这么一重关系在。谁知道是不是王小状元在御前提过这名字，官家才会点他为武状元呢？

台谏这边还在搜罗证据，有人却听风就是雨地信了这事儿。这人是武举排第二的“武榜眼”，家中颇有些权势，原是想拿个武状元镀镀金，没承想被个名不见经传的小子截了胡，心中自是不满得很。再听旁人说这是因为王小状元在官家面前提了武兴的姓名，这人就坐不住了，非让他爹上一本弹劾王雱不可！让大家说说看，王雱一个文官，跑来干扰武举算什么事？因王雱一句话就占了状元，完全不公平！王雱就是个佞幸小人！

这家人只有他一个独苗苗，平时都纵着宠着的，听了这内幕也气得不轻，当即义愤填膺地上书喷王雱左右武举，还顺带喷了官家一把，说他过于宠信王小状元。

韩琦先看到这份折子，额头青筋不由自主跳了跳。这王家小子真是一天都不消停，连武举都能掺一脚！注意到其他人有意无意望过来的目光，韩琦面色不变，把折子放到要呈给官家的那摞里。

旁人都当王雱是韩琦这边的，殊不知这小子坑韩琦坑得最欢！韩琦袒护王雱绝对是不可能的，反正喷的又不是他，让官家头疼去就好！于是，折子顺利送到了官家面前。官家看完后有些生气，心道，王雱什么时候在我面前提过武兴了？你不上书我还不知道这一重关系。一个两个正事不干，天天盯着王雱做什么？人家年轻人还不能交个朋友了！这些人果然就是嫉恨王雱。官家觉得，自己还活着这些人就肆意造谣了，自己要是不在了，这些人还不得把王雱发配到琼州去吗！

官家一向宽仁得很，百官上奏也很大胆，指着鼻子骂官家的事许多人都没少干，也没见有人被发落。是以这人也没斟酌字句，直接把外头那些风言风语给罗织进折子里，简直把王雱说成了祸国殃民的国之奸佞。

官家越看越气，当即叫来人拟了份诏书，劈头盖脸把这家人训斥一顿，直骂他们捕风捉影，和终日游手好闲、无所事事的市井闲汉无异！骂完之后还要狠狠地夸王雱一通，说什么“朕的状元郎从不在朕面前提及这些，你要是不上这么一道折子朕还不晓得他平日里竟然受了这么多委屈！世上有元泽这样光风霁月、磊落光明之人，更衬得你们这些造谣生事、无事生非的卑劣小人不堪”。

负责拟旨的王珪被恶心得不轻，忍不住提出质疑：“……官家，这不太好吧？”这是直接把这家人钉在耻辱柱上了，太残忍，太无情！

官家含怒道：“他造谣生事还有理了？”

王珪顿时说：“不——不是，以前这种捕风捉影、强安罪名的事也不少，官家不是都很宽容地放过了吗？”

官家下诏把“武榜眼”他爹训斥了一顿的事很快在朝中传开了。这武榜眼一家也是正好撞在枪口上，官家有意杀一儆百，下的不是口诏，而是正儿八经的诏书，不仅不能扔掉，还得好好地供起来，真是太惨了！

通过各种途径知晓诏书内容后，原本准备弹劾王雱的台谏诸官决定把写好的折子烧了。本来就没多少真凭实据，现在官家金口玉言否认了，还是别往上凑了，惹不起惹不起。武状元就武状元吧，也不见得武兴往后就飞黄腾达。而且台谏诸官心里也有点儿不满：文官的事，武勋世家来喷什么？就许自家儿子参加武举镀金，不许人家朋友得头名？

文官喷武官，那是极其正义的事；武官喷文官，那就不行了；如果细算起来是皇亲国戚，家里有人尚过公主，那就更不能置喙文官半分了！所以，和台谏内部常见的同气连枝、相互声援不同，“武榜眼”他爹站出来弹劾王雱，结果被官家训斥，根本没人站出来替他喊冤。

这件事来得快也去得快，王雱知晓时已经消弭于无形。王雱很是遗憾地跑去找韩琦提起这事儿：“怎么就这么解决了呢，都没给我和他们辩一辩的机会。”

韩琦看到这唯恐天下不乱的小子就烦，不是自己儿子又揍不得，只能说：“人家已经够惨了，你就别再火上浇油。”从前包拯喷了官家一脸唾沫，官家都没放在心上，这回有人喷王雱却被官家批得这么惨，众人心里都应该有数了：这王家小子动不得，要没抓住真正的把柄千万别再自讨没趣了。

王雱想想朝中风传的诏书内容，也觉得那家人挺惨，又听对方家里也是有人尚过公主的，不由反省起来：难道我专克驸马家？

不管对方惨不惨，被人维护了王雱心里还是美滋滋的。他挥挥手和韩琦道别，又跑去拍了一通官家的马屁，一副感动得不得了的模样。官家不觉得王雱过于肉麻，反而感觉这孩子情真意切，在他面前从不藏着掖着。亏得韩琦他们没看见，要不真的会吃不下饭。这君臣俩，一个豁得出脸去，一个觉得对方脸皮厚起来很可爱，当真是千古少有了。

王雱不管旁人做何感想，再次堂而皇之地留在宫中蹭饭。

赵顼与赵曙父子俩也在用晚饭，旁边的内侍布菜时多嘴了一句，提及官家又留下王雱了，话里话外的意思是“您也该多去御前陪伴官家用膳”。

赵曙听得皱起眉，训斥了那内侍几句，让他不许再打探御前之事。他屏退了内侍，又教育赵顼：“官家不宣召，我们岂能随便去打扰？”

赵顼被赵曙教育多了，也没敢反驳，只能乖乖点头。

第二日，赵顼完成功课去寻王雱，得知了王雱被人弹劾的事，觉得这些人管得着实多了点。优秀的人和优秀的人在一块儿玩有什么稀奇的？王雱不仅认得刚被官家钦点的武状元，还认得曹立、曹评和狄咏他们呢！这些人哪个不是军中新贵，年纪轻轻就战功赫赫？可比这些只会和自己人争名夺利的人强多了。

赵顼把自己的观点和王雱讲了，王雱还反过来教育他一番："别小看这些武勋之家，虽然后辈可能有点儿没用，但是他们的先祖可能曾经为大宋立下过汗马功劳，将来我们的儿孙也有可能没多大出息，我们要宽容点，适合做什么事的人就放到什么位置，不能先入为主地怀有偏见。"

赵顼的意见就比较偏激了："我要是有这么没出息的儿子，早亲手掐死了，哪还会为他出头！"

王雱道："你这是还没孩子，有了孩子的话，就算他是个傻子，你也会觉得他傻得可爱。"提到孩子王雱就特别美，免不了和赵顼分享自己马上要当爹的事。

赵顼听了也很是欢喜，非常期待王雱的孩子出生。到底是小孩子，脸皮薄，没好意思细问，所以他不知道王雱纯粹是在吹牛，孩子的影都还没见着……可问题就出在这里：赵顼没接着问，王雱也只是嘚瑟了两句，误会就发生了。

赵顼开始积极地为王雱的孩子准备起贺礼来，还悄悄地告诉司马康等人，说王雱家要添丁啦。于是，司马康知道了，蔡旻知道了，王雱的堂弟也知道了……

接着消息渐渐发酵，很快地，官家知道了，司马光和张氏知道了，蔡襄夫妻俩知道了，王家老小也都知道了……

吴氏和王雱祖母自是欢喜不已，又担心头三个月容易冲撞到，都没声张，只无微不至地关怀着司马琰。司马琰对此一无所察。直至张氏特意在司马康陪同下来了一趟，面授孕期知识，让司马琰多注意一点，司马琰才注意到误会大了！

王雱这会儿还没回家呢，他正在陪官家用膳，饭后官家叫人开库藏取了一堆补品让他带回家，让司马琰好好养着身体，还说若是太辛苦，就别让司马琰天天到太医局了。

王雱抱着官家赐下的补品出宫，心里还有些纳闷呢：官家怎么突然给他媳妇赐补品啦？结果回去的路上碰上了韩琦，韩琦瞧了眼他手里抱着的补品盒子，说了一句："要当爹的人，以后别再瞎闹腾了。"

怎么大伙都知道他当爹了？难道他这个当爹的人是最晚知道的？这可就不行了，夫纲不振了！王雱一脸震惊地回到家，径直去寻司马琰，准备和司马琰说起这咄咄怪事。王雱踏入院子、回到房里，就看到他岳母正拉着他媳妇的手殷殷嘱托。王雱一看，觉得自己还真是要当爹了，而媳妇竟然不告诉他！

司马琰见到王雱，柳眉一扬，也有些恼火，让他过来给张氏解释怀孕完全是子虚乌有的事。

王雱听司马琰这么说，不由吃惊地说："没有吗？不是真的吗？"他心里有点儿失落，继而又纳闷不已，"那这事儿是谁传出去的啊？"

司马琰挑眉："反正我从来没和人说起这事儿，你说是谁传出去的？"

好像，似乎，仿佛是他自己和人说过"我马上要当爹了"。

第七章

岁月催人老

在司马琰的怒目以对下，王雱觍着脸在母亲、祖母、岳父、岳母前说清楚其中乌龙，第二天还逮着传言的源头赵顼让他去解释清楚。赵顼也和王雱一样失望："没有吗？你明明说你要当爹了……"

王雱坚决不认为是自己表述有误："准备，是准备当爹你懂不，这东西能急吗？得看缘分！倒是你，听风就是雨，到处瞎传！"

赵顼委委屈屈地接受了王雱的批评，又开始去帮王雱辟谣。众人听了以后都很失望，他们还以为王雱能早生贵子，多回家玩孩子去，少闹点幺蛾子呢！官家也很失望，不过还是让王雱留着赐下的补品，不管怀没怀上，多补补总是好的。

这事儿传到苏轼耳朵里后可把他乐得不行，休沐日聚会这厮便当众和其他人分享起这一乐子，说王雱这人八字还没一撇，就到处嚷嚷，弄得朝廷上下都知晓他要当爹了，结果根本还没动静！

王雱道："笑什么笑，我就不信你们刚成亲那会儿不盼着有孩子！"

一行人哄闹半天，见天气正好，一整片莲花都含苞欲放了，便叫来一船家划船带他们穿过莲丛，去对岸的亭子里饮酒赏荷。自从和司马琰说好要生个孩子，本就不怎沾酒的王雱更是坚决滴酒不沾，不管玩什么罚酒游戏都把别人欺压得特别狠。玩了几轮后，大伙把他和苏轼踢了出去——苏轼是因为本来就爱喝酒，常常主动输，一点意思都没有！

苏轼捋起袖子和他们争辩："岂有此理，让你们赢也不行，让你们输也不行，你们可真难伺候！"

张载等人有志一同地呵呵冷笑："你俩凑对玩去！"

王雱只能拉着苏轼去采点荷花，准备带回去和媳妇献宝。一群人在附近用了些饭食，玩到薄暮才散场。

王雱欢欢喜喜地抱着一朵朵荷花花骨朵回家，捧去讨好最近在生自己气的司马琰，却发现司马琰的神色有点儿古怪。

王雱把荷花放下，十分关心地凑上去问："怎么啦？是不是在太医局遇上什么不开心的事了？"

司马琰摇摇头，明亮的双眸看了王雱好一会儿才缓缓说出自己今天刚发现的事："你要当爹了。"

王雱当场绕着司马琰转了几圈，绕着司马琰有些眼晕了，伸手掐了他一把。

王雱这才如梦初醒，紧张地摸了摸司马琰平坦得不得了的小腹：“真的？你说的是真的？”

司马琰说：“自然是真的，今天我在教一批新女医诊脉，结果几个人都诊出了喜脉。”后来，自然是新老女医都围了上来，逐一给她诊了脉，最终确定她是真的怀上了！当时情形比较热闹，司马琰没和王雱细说，否则王雱肯定要闹着说“我这个爹居然不是第一个知道的”。

王雱算算时间，从他们决定要孩子算起，前后竟还不到两个月，效率着实不错！王雱一点都不觉得刚澄清谣言又听到这喜讯有什么不好，反而还乐滋滋地说：“今天子瞻他们还嘲笑我，这下他们笑不着了。”

司马琰道：“你还是先别和别人说了。”虽然王雱脸皮厚，但她还要脸的。

王雱道：“不行，他们都笑我，我得让他们都知道！”

司马琰压根儿拦不住王雱，没等吴氏知道这事儿、勒令王雱先别往外传，王雱已经嘚瑟地跑去岳父家报喜了。

司马光刚因为王雱闹的大乌龙弄得脸上无光，脸色很不好看。见王雱屁颠屁颠地上门来，司马光没好气地教训：“都多大的人了，还不知道稳重些！”

王雱一点都不恼，还是兴冲冲地和司马光分享喜讯：“岳父，这次您真的要当外祖父啦！”

司马光愣了一下，张氏已先掀帘走了出来，惊喜地向王雱确认：“真的？”

王雱道：“当然是真的，这次不是我说的，是阿琰说的。阿琰医术多好啊，肯定不会弄错！”

张氏喜笑颜开，想起不久前闹的笑话也没那么憋闷了。她身子不好，只有司马琰一个孩子，自然希望女儿早早生儿育女，开枝散叶。张氏喜道：“那就好，那就好。”

司马光虽也欢喜，却还是绷着脸教育王雱：“哪有你这样刚怀上就到处嚷嚷的？何况你们也成亲好几年了，早该有孩子了。”

王雱道：“我这又不是到处嚷嚷，我只是来告诉娘而已。”这意思是“和你说一声只是顺带的，我主要是来告诉丈母娘”。

司马光听得气结，懒得理会他了。来都来了，王雱也没急着走，积极地和张氏请教了许多经验。虽说他娘在他眼皮底下怀过两次了，可娘和媳妇总归是不同的，他能给媳妇做的事情肯定更多。

司马光虽然打定主意不理王雱，可听着王雱仔细问起孕期诸事，还拿本小本本在那儿详细记录，他又忍不住搁下书冲王雱训道：“你堂堂男儿，净琢磨这些事做什么？后宅之事哪是你该管的？三司那些事还不够你忙吗？”

王雱一听就不乐意了：“都说齐家治国平天下，家事都不管，谈什么治国平天下！”

司马光骂道：“那也不是管这些事！”他把王雱轰回了家。

王雱郁闷地跑回去和司马琰说岳父坏话：“你说岳父他咋这样呢？自己不关心媳妇不关心女儿，还不许我关心了！”

司马琰道：“你就别去他面前讨嫌了。”三观这种事不是靠一两次争执可以改变的，在司马光眼里家事是要管，但只要严明家风即可，绝不能事事插手，耽于后宅细务，她对司马光很了解，“你的很多想法在爹看来都很离经叛道。”

王雱道：“没事，在岳父眼里我爹的想法更离经叛道，凡事有爹在上头顶着，不慌！”王雱还是很乐观的，岳父的三观不可撼动也没关系，反正碍不着他美滋滋地过自己的小日子。

确定自己真的要当爹之后，王雱消停了不少，在外头都不怎么拉仇恨了，只天天跑到冯京府上和他探讨如何进一步优化开封治安问题，免得媳妇上班途中被冲撞到。迁都不是一天两天能搞定的事，眼看着自己头一个小崽子是要在开封出生的，王雱自然不能不关心这方面的事情。

好在经历了当初对鬼樊楼的清洗，经历了包拯的强势治理，开封的安全隐患不算大，哪怕司马琰一个人在外头溜达也是很安全的。连冯京都劝说王雱：“你也别想太多了，若实在不放心，你让你媳妇别去太医局不就行了？”

王雱道：“哪有害怕遇到意外就让人别出门的道理？路不平就修路，人心不行就教化人心。”

冯京一阵无语。这话说得倒是正气凛然，从前他媳妇没怀上可没见他这么上心！

由于王雱沉浸在将为人父的喜悦之中，忙着清整开封府的道路问题、治安问题和食品安全问题，朝中显得安静了许多。赵概都有点儿不习惯了，忍不住和韩琦感慨：“这小子还真是有了孩子就安分多了。”

韩琦也和赵概有同样的感觉，欣慰是欣慰，但挺不习惯的。从前吧，也没觉得朝中风平浪静有什么不好，偏经王雱闹腾了那么一段时间后他们竟都觉得太平静了，连朝会都没什么好期待的。

赵概自然不是单纯和韩琦闲聊，他也和司马光一样觉得王雱不应该把太多时间花在后宅上，三司的工作对王雱来说显然太轻松了，不如给他找点活儿干。

韩琦一琢磨，点头应了此事，很快去和官家商量着让王雱参加馆职试。馆职试是由学士院组织的考试，一般先由朝臣举荐，而后通过严格的考试才可以任馆职。馆职被称为“清要之臣”，朝中清流若是没个馆职在身是会被人瞧不起的。

王雱这小子比他爹还奇葩，属于台谏不理、清流观望、勋贵避走的存在。朝中清流都觉得这小子说方正吧，好像谈不上；可要说是奸佞吧，他又没干什么坏事。约莫是年纪太小，还看不出什么来……

韩琦准备把王雱扔进清流堆里，看他能不能玩出什么新花样。回想一下王雱当初在三馆参加“岗前培训”的日子，韩琦觉得这小子肯定不会消停的，有的人的观念也该改变改变了。

韩琦这边刚让人把召王雱参加馆职试的诏命传下去，就听到一个消息：被称为“红杏尚书”的宋祁病故了。

宋祁和韩琦是不太对付的，因此宋祁从成都府那边回来后没捞到什么重要差遣。本来还能当个三司使的，结果被包拯喷没了，这两年一直任闲职。乍然听闻宋祁去了，便是韩琦也有些怅然。年过半百之后，陆陆续续会听到不少人离世的消息，生命如此无常，总是叫人无奈。

韩琦这边第一时间得了消息，王雱接到消息也没晚多久。这位红杏尚书风流一世，家中十五个儿子济济一堂，孙子也不少了，一生的憾事并不多。宋佑国过来寻王雱这同窗说话，面上虽有哀色，却不至于多悲痛。他带来了宋祁生前整理出来的文稿，对王雱道：“我爹生前特意把这些文稿给我，说他想让你帮忙把它印出来。他看过你做的书，一直很喜欢，所以不想给别人印，只想让你帮忙。”

王雱有些意外地接过文稿，发现里面有诗文，也有些传奇话本，显见是宋祁生前的得意之作。他与宋祁的接触并不多，最直接的往来还是幼年时救了宋佑国的幼弟，被宋祁通过张方平邀请到府中宴饮。转眼十几年过去，张方平和宋祁都先后去了成都府那边任职，又先后从三司使位置上下去，也算是一种奇特的缘分。

王雱原本一心盼着自己的第一个孩子出生，可现在拿着手中厚厚的一叠文稿，蓦然意识到时间在不停地流逝，有的人已经老了，将在不久的将来永远离他们而去。对王雱和司马琰以及他们的孩子而言，他们的一生才刚起了个头，但范仲淹、官家他们不一样，他们要么年事已高、要么身体衰弱，已没有多少时间能看着他们往前走了。看来还不是无忧无虑过自家小日子的时候。王雱一口应下宋佑国的请托，约好到时一定会前去祭奠宋祁。

送走宋佑国，王雱便着手替宋祁编整起他的个人文集来。王雱的效率还是很高的，前去祭奠宋祁那日便将样书带上让家属过目。

宋祁一共十五个儿子，长大成人的有十四个，任地都离得不远，全都赶了回来。宋祁的兄长宋庠本来在相州任职，去年因病召还，人也在开封。虽然有侄子们料理后事，宋庠还是早早在儿孙的搀扶下来到灵前，招待着往来的同僚。他们兄弟二人同科及第，虽常年天各一方，兄弟感情却不曾减淡。得知几个侄子推宋佑国去让王雱编书，宋庠心中百味杂陈。弟弟爱宴饮，爱享乐，爱风风光光地出风头，与他完全不一样。

宋庠让王雱把书给他也看看。旁边的宋佑国一阵紧张，不是对王雱没信心，而是宋庠不太喜欢编文集这种事。他两个堂兄给宋庠编过诗集，宋庠不仅没有高兴，还训斥了他两个堂兄一顿，让他们把书焚毁。面对这样的伯父，宋佑国不晓得伯父会不会把王雱也骂一顿。那样的话，王雱可就太冤了，毕竟王雱只是受他们所托帮忙编整文集。

宋庠本只是翻看一二，也没想着用对自己的要求去限制别人，结果一翻之下，他忍不住把整本书仔仔细细地读了一遍。这书不管是内容还是设计都叫人眼前一亮，文章编整得有条有理，可以清晰地看到弟弟宋祁的人生脉络。书中还有宋祁每一个时期的画像，画像之精妙，几乎让人以为宋祁就站在眼前。也许里面的诗文不是当世一绝，搁在浩瀚文海里面也不值一提，“小宋”的一生却随着整本书的推进跃然纸上，足以让人深入地了解这潇洒风流的“红杏尚书”。宋庠看着看着，仿佛又看到弟弟出现在眼前，让自己时而气恼不已、时而忍俊不禁，等猛然回神，竟潸然落泪。

宋庠两个儿子忙关心地问：“爹，你怎么了？”

宋庠摇摇头，把书递回给王雱，拭了泪，对王雱说道：“你有心了，难怪子京特意托你编整文集。你年龄虽小，却是子京的真知己。”子京自然是宋祁的字。

宋庠两个儿子听了宋庠这话都是一副见了鬼的表情。要知道当初他们给宋庠整理诗集，兴冲冲地拿去给宋庠看，宋庠当场把他们骂了个狗血淋头！他爹还教育他们说，他的诗文写得不算好，不值得编纂成册、留存给后人。明明叔父的诗文也差不多，甚至还被他爹批判过，怎么轮到王雱这儿他爹就夸好了？

王雱一点都不居功，恭谨地道：“承蒙景文公看重。若无景文公锦绣文章，我便有千种办法也派不上用场。”这段时间里宋祁的谥号也讨论出来了——景文。

宋庠见王雱举止有礼，言谈从容，只觉许多人对王雱怕是先入为主有了偏见。这样的少年，怪不得韩琦和赵概等人都对他寄予厚望！

宋庠两个儿子心中不服，讨了王雱带来的样书去看，接着旁人也都好奇地把书讨过去。书无声无息传了全场之后，不少人看向王雱的目光都有些不一样了，大多数人都在琢磨着“要不，我们也回家找出长辈的诗文托他帮忙编本文集”。当然，今儿大伙都是来祭奠宋祁的，没人会跑去和王雱提这种事。办丧事原该哀伤得很，宋祁这一着却让气氛减了几分伤感，多了几分轻松。

王雱结束祭奠回了家，与司马琰说起宋祁其人，也觉这红杏尚书名不虚传，到死都这么潇洒，没让妻儿一味沉湎于丧亲之痛里。既然宋家人都没意见，王雱自然按照他们的意思让方洪那边下印。方洪已许久没做过王雱经手的书，难得王雱又出手，他自然积极得很，当下叫人选纸选墨搞宣传，务必为王雱提供最好的一条龙服务。

宋祁病故，宋庠上书请老。他已经六十九岁，马上就到致仕年龄，眼下也没什么要紧的差遣，一直在家中养病。官家念着这老相公，亲自去宋庠宅中视疾，君臣你来我往地交流一番，终于确定了让宋庠去洛阳养老的事。

朝中连去两位老臣，官家感触最深，与王雱在禁苑中散步时免不了感慨：“岁月催人老啊！”

王雱道：“您放心，等宋相公去了洛阳，一定会和老师他们一样越活越年轻，越活越健康。”瞧瞧早已进入致仕生活的柳永吧，现在身子骨还好得很呢！若不是有个少年老成的孙子在身边管束着，他怕是还天天和人饮酒作乐。王雱想一出是一出，跟官家念起了柳永孙子给自己写的信，说柳永又偷酒喝啦，明明大夫说要少碰酒，可他偏不听！

官家听得笑了起来。少年人总是这样乐观，觉得生老病死离自己还很远。

宋祁的书正式对外贩售的时候，王雱准备参加学士院的考试。对于韩琦把王雱扔来学士院的打算，很多人心里都在嘀咕：“不会闹什么幺蛾子吧？”要知道这馆阁之中可都是一些名高望重之人，突然来个脸皮厚的不知会变成什么样。可韩琦都把人推过来了，还是他和赵概联名举荐，学士院也只能严阵以待。

王雱倒不担心，反正就是考试而已，考得过就过了，考不过就算了，没什么大不了。当然，世上没多少他考不过的考试！就是这馆职试太孤单了点，考试时间前不着村，后不着店的，根本没几个人和他一起考，所以王雱老老实实地写完文章就回三司继续干活去啦！早点把手上的活儿忙完，他还得去接媳妇下班。

学士院众人看着王雱毫不留恋的背影，心中十分复杂。他们很想严防死守不把这家伙放进来，可看到这小子毫不紧张，写完文章就跑，他们又觉得必须让这小子领略领略馆阁的重要之处！

负责这次考核的是知制诰王珪，他和王雱是老熟人了，不过众人也没让他避嫌，虽然都姓王，但他一来不是王雱他爹，二来不是王雱他老师，三来和王安石家也没甚交情，着实没什么好避的。王珪看完王雱一蹴而就的策论，没挑出半点瑕疵，当即把文章转给别人看，让别人也核定一下。

论文章，王雱自然是没问题的，问题就出在王雱上回已经升为五品，算是位列朝官了，该给他个什么职位才恰当。王珪和冯京等人一琢磨，给王雱找了个稳妥的职位：集贤院侍读学士。简单来说就是一个给官家读书或者陪皇子读书的官。

欧阳修在这个职位上干了几年，经常给官家念《国风》混眼熟，还在韩琦外调时念念韩琦的文章勾起官家对韩琦的回忆、帮助韩琦回朝。总之，这又是个属于天子近臣的职位。

按王雱的学识当侍讲学士也是可以的，不过考虑到他年纪比较小，王珪还是建议让王雱当侍读学士。王雱得知自己的新职务，当即去研究了一番集贤院的工作范围。不了解不知道，一了解吓一跳：这地方可以上达天听；管着国家图书馆，可以征集天下图书，还能召集人才集体创作；同时可以举荐朝野遗才，填补朝廷空缺；最后，还可以开班讲学，帮助朝廷吸纳天下贤才，甚至能对国子监的教育工作“指手画脚”。这里就要提一下欧阳修，他就极力推荐过曾巩、苏轼、苏辙、梅尧臣等人，上头接不接受是一回事儿，反正你可以大胆举荐，因为这也在你的职责范围之内。反正，这位置对王雱来说那是灵活性极大，简直是想干什么就干什么！

王雱非常满意，还没上任就屁颠屁颠去找司马光炫耀：“听说当初师祖举荐您考馆职，您没考过！您看看我，一次就通过了，这可能就是荀子所说的‘青出于蓝而胜于蓝’吧！”

司马光想打人了。王雱和岳父嘚瑟完，机智地溜之大吉，回到家后又给他爹写回信。

王安石已经知晓自己很快要当祖父了，来信教育了王雱一通，让他接下来消停些，别再胡来。

王雱读了觉得很冤枉，他这人一向安分守己，什么时候胡来过？想到刚换的新职位，王雱得意扬扬地在信里和他爹夸耀自己又考了次试，毫无疑问地得了头名，从此也是朝中的“清要之臣”啦。

王雱也和司马琰解释："清，代表我清正严明；要，代表我非常重要！"

司马琰道："我怎么觉得这个清说的是'清闲'？"她记得王安石和司马光就很不乐意要这样的职位，宁愿外放去地方搞基建。

王雱说："清闲是不可能清闲的！"他又把集贤院的业务范围给司马琰讲了一遍。甭管到底归不归他这个侍读学士管，反正先把大旗扯好再说。只要没超出这个范围，那都是他的分内之事。

司马琰觉得王雱似乎又要搞件大事出来。她说道："你是不是准备做点什么？"

王雱矢口否认："没有的事。"

王雱例行去逗了逗弟弟，又和司马琰肚子里的孩子进行了一番交流，才跑去书房伏案写折子，准备借着新职务的便利上书一封，谈谈自己初任馆职的新构想。

第二天是休沐日，三司相熟的同僚们相约请王雱喝散伙酒。经王雱折腾之后，三司上下都散发出蓬勃活力，同僚们很舍不得王雱，拉着王雱的手让他常回三司看看。蔡襄也到场了，和王雱饮尽一杯，并表示王雱即便另有差遣，三司有事也会找他商量。

王雱道："总觉得我被您讹上了。"

蔡襄笑骂："也不知是谁被谁讹上！"这小子可是把那新式记账法安到了他头上，叫什么"蔡氏记账法"，指不定将来他的儿孙踏入仕途时别人一听是姓蔡的都会记恨上！

休沐日转瞬即逝，王雱也抓着夏末的尾巴改任集贤院的侍读学士，偶尔遇上当值的日子他还得宿在学士院内，随时听候差遣！这可把赵顼乐坏了，自从正式住到宫中，他能往外跑的机会便少了大半，入夜之后更是不可能再跟着王雱他们到处玩，可把赵顼闷坏了。

赵顼趁着王雱没去当值，偷偷摸摸溜去找王雱，兴致勃勃地展望未来："往后我晚上也可以来找你玩了，要是过了宫禁时间，我还可以和你一块儿睡！"

王雱道："可别了，朝中上下多少眼睛盯着你，到时候我要被吕知谏他们骂死。"赵曙这人缺点多多，整天想辞职，但他有一点很好，早早就有好些个儿子了。更难得的是，这长子赵顼还聪明机敏，让朝中百官很有安全感，再不必担心储位空悬。

赵顼有点儿小失落，但看到王雱桌上摆着份折子，顿时两眼灼灼，亮得不行："你又想到了什么新主意？我能看看吗？"

王雱这个折子的内容很简单：每年朝廷都派人去下面监察和调研，这里赈灾那里搞基建，费时、费力又费钱，偏偏干的这些事还没人知道，太浪费了！不如我们搞个平台，每天把这些内容编整汇总。我们馆阁官员都很闲，还有几乎每年都有一批新鲜血液进入朝廷，不如从中挑选人才负责平台运作，及时具体地将百官、百姓理应知道的事情宣扬开去！

赵顼看了一半，心中激动，拉着王雱说："这'报纸'好，报纸报纸，报者，告也！有了它我们就能'足不出户而知天下事'，真是太棒了！"

王雱道："还不晓得成不成呢。"这东西有《国风》和众多刊物打底，要搞起来不成问题，难的是如何有效利用朝廷资源发挥它的最大用处，让它和《国风》成为文坛风向标一样成为朝政的风向标。

赵顼很乐观："肯定成的，元泽哥你弄的事就没有成不了的！"

他麻利地接着往下看，发现王雱还提到一种奇特的印刷法，叫活字印刷术。这方法乃是一名名叫毕昇的印刷工所创，不过只在他的一桩单子上用过。毕昇一直客居杭州，他去世后这套活版印刷的工具存留在沈括家中。王雱从沈括手里讨来让人研究了一番，选择了新材料来制作活字，比普通的雕版要耐用，也可以减少雕版师傅的工作量，适合间隔短、频率高的印刷需求。

赵顼见王雱把活字印刷的原理写得清清楚楚，把毕昇、沈括和参与研发的工匠名字都记得明明白白，唯独没有为自己邀功半句，更没有把这种技术私藏的准备，心中更觉王雱与旁人不同。

别看赵顼年纪小，在王雱这两年来不着痕迹的影响之下，他早就明白了自己是皇孙，将来他爹要当皇帝，更远的将来，他可能也要当皇帝。既然这天下是赵家的天下，他姓了赵就要担起相应的责任。

王雱并没有直接告诉他谁是好人，谁是坏人，甚至从不用好坏忠奸去评价某个人，只让他分析每一个人适合放在什么样的位置上。赵顼见识得多了，看事情的角度也渐渐开阔起来，心里对每个人都有了相应的评价。所有遇到的人，他几乎都能看出他们的偏好，了解他们到底适合做什么。可王雱和所有人都不一样。正是因为懵懵懂懂地触及了这种不一样，赵顼打心眼里喜欢和王雱一起玩耍。

赵顼合上折子，又拉着王雱说："我到时也要一起弄！"

王雱道："那是肯定的，到时你和阿康他们都不可能闲下来。"

赵顼高兴不已。王雱还没把折子递上去，赵顼陪官家用晚饭时已经憋不住和官家透露了王雱的打算，还神神秘秘地告诉官家："元泽哥他又要上报一样很稀奇的东西，您肯定没听说过！”

和官家相处多了，赵頍自在了许多，赵曙不在旁边时他还是很放得开的。即便官家好奇地追问了几回，他还是拴紧嘴巴坚决不说，煞有介事地表示自己不能出卖朋友。

官家笑骂：“你啊你，这就被元泽教坏了。”

官家的好奇心被挑了起来，第二天一早便问韩琦王雱有没有递折子上来。韩琦一听，觉得王雱又要出幺蛾子了，摇头表示并没有看见。

从垂拱殿那边退出去后，韩琦回去与富弼、赵概几人说起这事儿，众人都觉得该提防。

欧阳修也终于升任为参知政事，他毫不留情地戳穿韩琦几人的心态：“我看你们不是要提防，而是想早点看看他又想做什么！”

韩琦和欧阳修相熟，无奈地横了他一眼：“有些事情知道就好，你可以不说出来。”

欧阳修道：“待我去看看。”

欧阳修毫不推辞地当了宰执代表，转悠去崇文院那边一探究竟。

侍读学士也不能时刻留在御前，毕竟侍读学士不止一个，不能总宣召你，否则别人要闹的。王雱年纪最小、资历最浅，换了职位后这两天都乖乖在集贤院打杂。

欧阳修行到集贤院的直舍外，只见冯京与王珪都坐在里面，两人正进行着激烈的争论，王雱拉着几个品阶低的官员在旁边摇旗呐喊，还时刻关注着双方的状态，适时地给某一方送上杯热茶，好让双方的辩论来个中场休息，缓和缓和气氛。用王雱往常的说法，这叫走“可持续发展路线”。

欧阳修是个好学之人，对新鲜事物接受很快，只觉得王雱嘴里有些词听着挺怪，细细一分析却藏着了不得的大道理。最重要的是很有洗脑效果，每每经王雱一用，他脑海里也时不时会冒出来。

欧阳修从前也在崇文馆这边待过，原来气氛可没这样热烈，用脚趾想都知道是谁在中间搅风搅雨。欧阳修隔着门听了一会儿，到里头的争论告一段落才推门走进去。王珪等人听到推门的动静，转头看去，见是欧阳修来了，都放下茶起身相迎。几人都是多年同僚关系，不讲究那么多虚礼。欧阳修问道：“你们在争什么？”

王雱道：“我整理朝廷制策，读了许多应对西南山民的计策，攒下不少疑问，趁着两位翰林不必去当值请教一二。”

王韶在西南搞事情，王雱肯定得提供点理论知识。论理论知识的储备，谁能比得过翰林学士？既然有时刻请教王珪和冯京的机会，王雱肯定不会浪费，逮着空就拿出整理好的资料向两人讨教。

王珪与冯京两人性格不一，王珪是谨慎之人，行事小心，思虑周全；冯京思维敏捷，爱出奇计，又有过不少和山民打交道的经验，很多思路都让人耳目一新。

王雱如获至宝，拉着他们一块儿探讨——主要是王珪和冯京探讨，他负责记录。两个性格截然相反的人针对同一个问题免不了有不同意见，讨论了一会儿就吵起来了，再加上王雱在一旁时不时地调动一下气氛、挑动一下对立情绪，摩擦出来的思想火花就更闪耀了！

欧阳修对此也很感兴趣，看了王雱记下的讨论要点，也开始说起了自己的意见。

足足三个翰林级人物，可把王雱欢喜得不行，自然不让欧阳修走了，积极地把欧阳修带入讨论之中。于是，双方角逐变成了三足鼎立，各有各的意见，始终争执不下。王雱这人一时站在王珪那边，一时倒戈冯京，一时又往欧阳修靠拢，可把三个人气得不轻，争论得更激烈了！

韩琦等人听欧阳修说要去崇文院一趟，都按捺着心里的好奇等他回来说结果。没想到欧阳修这一去就不回来了，半天都没见人影。

富弼道："不会是被那小子拉住不让走吧？"富弼对此还是很有经验的，因为他刚除丧那段日子王雱就时常拉着冯京来他面前求意见，让他裁断谁的想法好。欧阳修去了还真有可能被王雱拉着走不了。

韩琦和赵概对视一眼，感觉富弼这个猜测很可能是正确的。几人正琢磨着要不要再派个代表去一趟，官家就从垂拱殿那边过来了。

自从王雱提出要多散步养生，官家便时常到各个衙门走走，到宰执这边来也不是稀奇事。听说欧阳修"一去不回"，官家顿时来了兴趣，叫上韩琦他们一块儿去崇文院看看。

韩琦一下子看穿官家的心思：不就是好几天没见王雱，又惦记着赵顼所说的"新点子"，想亲自去崇文院那边一趟吗？

韩琦没戳破，和其他宰执一起跟随在官家身后前往崇文院。

集贤院就在崇文院内，其他人远远见官家来了都上前行礼，行到集贤院那边时官家身后已经缀着浩浩荡荡的一大伙人。官家没让人通传，而是领着众人悄无声息地前往集贤院直舍那边。

集贤院直舍本就宽敞明亮，此时门窗洞开，众人能清楚地看到里头围坐了一圈人，中心是欧阳修、王珪、冯京，王雱等品阶较低的官员则分坐在三人周围应和他们的发言或者为他们鼓掌，气氛十分热烈。

此刻发言的正是说“我去看看”的欧阳修，他相貌不如冯京、王珪出众，气势却压制全场。他站起来阐述着自己的看法，正说到慷慨处，忽然看到窗外有数不清的眼睛齐刷刷地盯着他看，为首的正是官家！

欧阳修：“……”

韩琦、富弼、赵概：怪不得一去不回，原来是在这边高谈阔论！

王雱注意到欧阳修的停顿，也转头往窗外看。瞧见官家等人站在外头，他一点都不慌，麻溜地跑出去迎接官家：“官家您来了！”他欢喜地说完又补上一句，“来就来了，怎么还带上这么多人啊？怪吓人的！”

韩琦觉着这小子说话实在欠揍，什么叫怪吓人的？这种话能不能别当着他们本人的面说出口？其他人也跟了出来，规规矩矩地和王雱一起向官家和韩琦等人见礼。

官家道：“不必拘着，该做什么就做什么。”

事实上，馆职还真是清要之职，着实清闲得很，若不是像冯京、王珪那样另有差遣的还真没什么正经事可做，要不王雱也不可能聚众搞辩论。

见众人显然都没法再进入讨论状态，王雱便把刚才的讨论成果呈给官家，还凑到旁边给官家说“这是王翰林的主意，特别棒”“这是冯翰林的主意，令人眼前一亮”“这是欧阳参政的主意，一般人根本想不出来”“这是某某提的改进方向，也很有见地”……

其他人听王雱逐一给官家解说，腰板都不自觉地挺直了不少。虽说这小子说话是圆滑了点，谁都夸上几句，可说得都挺有道理的，至少，夸他们的部分是非常有道理的！

官家也听得直点头，觉得这正是集贤院的用处所在，这样的讨论多来几轮，天底下还有什么问题是朝廷解决不了的？官家嘉许了所有人几句，让场中官职最高的欧阳修将这西南之策整理上来。

欧阳修欣然听令，其他人散去后，王雱又陪着官家在集贤院溜达起来。

韩琦和欧阳修等人折返处理公务的地方，才猛地想起他们去集贤院的目的。他们好像是想去问问王雱又有什么新主意的？怎么变成讨论西南之策了？

欧阳修也对着一堆讨论资料陷入沉思，过了一会儿才再度站起来说：“不行，这折子不该我来写！”明明讨论的主题是王雱提出来的，整个脉络也是王雱理清楚的，他来写这折子岂不是占了别人的东西？欧阳修道，“我再去一趟集贤院！”

韩琦也没拦着，只打趣道：“可别再一去不回。”

欧阳修这次目的明确，找到王雱就把讨论稿塞给他，又与旁边的官家说起此事是王雱起的头，这西南之策理应由他来写。官家一听，这是把好事留给王雱，点头应了下来。

欧阳修了却了这事儿，便想起一开始的来意，问起王雱是不是又出了什么新主意。官家心里也好奇，和欧阳修一起望向王雱。

王雱和官家抱怨：“肯定是阿顼给您讲的，他总憋不住话！”抱怨完了，他才接着往下说，“我这想法还不太成熟，准备琢磨琢磨再把折子递上去，免得我岳父又说我胡来。”

官家乐道：“没关系，你不用怕你岳父，只管先和我说说。”

欧阳修见王雱又见缝插针地告司马光的状，感觉司马光嫁女儿可嫁得真糟心！

官家都开口了，王雱自然不再推搪，简明扼要地把这设置报纸的事情给两人讲了。

王雱还把活字印刷术也提了一嘴。这东西的应用面并不广，毕竟民间识字率还需要好好提高，但这对朝廷来说不成问题，朝廷不缺每天划水不干事的读书人，反正闲着也是闲着，让他们排个版还是可以的。之所以搬出这个更适合英文操作的活字印刷，主要是要频繁印刷的话恐怕用不了几天雕版就堆积如山，浪费至极。

欧阳修听说有这种东西，很想去观摩一二。官家也动了心思，着人取来便装换上，三人一起出了宫前往方氏印坊去观看活字印刷技术。

活字选的材料自然是铅合金，原理人人都可以看懂，只不过铸字工艺要经过漫长的摸索才能完善。

王雱让官家和欧阳修都穿戴上和工匠一样的防护套装，领着他们去看原始的铸字机。这铸字机内有字模，将铅合金放进去烧开熔炉，温度上升到一定程度就能够把整批大小均一的活字铸成。

官家与欧阳修都是头一次近距离接触这种接近工业生产的场景，都感觉新鲜又好奇。等听王雱说里头用了铅做原料，官家才明白为什么工人们都要做好防护措施了：他还记得上回惨死在太医局的泥鳅。

看完铸字，王雱又带他们去看新型印刷机。这印刷机设计精巧，配合活字使用很是便捷。

王雱让人现场排一篇《醉翁亭记》给官家两人示范一下。欧阳修一阵默然，也不好阻止王雱，只能站在官家身边看着工匠们熟门熟路地开始排版。欧阳修奇道："怎的他们都记得？"

王雱神秘一笑："自然知道。"这些工匠并不是普通工匠，而是他们的专业研发人员，还是十几年前他们弄的那个蒙学出来的。当年那批人之中，想考科举的考科举，不想考科举的便投身科研工作。方氏给了他们极好的研发环境，他们既不用入工匠户籍，又可以申请足够多的专项资金。最重要的一点是，只要是走这个途径上来的，就曾经背过王雱划出来的"义务教育必背篇目"，《醉翁亭记》就在其中！

正有条不紊地排版的研发人员里头还有人能分心回一句："因为这是必背篇目！"听听这小伙子痛苦不堪的回应，就知道他曾经经历过"朗诵并背诵全文"的苦难。

欧阳修对这必背篇目很感兴趣，不过眼下要紧的是看看这活字印刷术的应用。几个年轻人手脚麻利地排好版，用上特制的油墨开始印刷，欧阳修嗅见空气里的油墨气味，问王雱："这用的不是寻常的墨吧？"

王雱道："那是自然，这是特制油墨。"他简单地把这种新型油墨添加的材料与欧阳修讲了，要让普通的墨均匀分布到活字上并不容易，所以方洪让人用各种油料反复尝试，才琢磨出这种方便好用的新型油墨。便是放到雕版印刷上，这油墨也好用得很。

当然，若没有沈括研究和推广的多种优良油料作物，想要大批量生产这种油墨也是不可能的。

官家和欧阳修听着王雱介绍每一个环节汇聚着多少人的心血，等分别捧起一篇刚刚印刷出来的《醉翁亭记》时都感觉心中百味翻腾。官家感慨："朝廷养着许多工匠，却不曾做出这样的事物！"

王雱听官家这么说，当场又发表了一点小看法：朝廷的工匠是天底下最好的，供给官家、宗室、百官的器物也是天下一绝。他们无论是技术还是见识都远超于民间的工匠，只是发展路线比较单一，都往求精求贵上面走了，求新求奇的东西往往被称为奇技淫巧。事实证明，这些"奇技淫巧"正是推动生产力发展的重要发明。所以可以做做规划，求精求贵要鼓励，求新求奇也要鼓励，只要能做出对朝廷、对百姓有用的东西，就该多加奖赏。

宋朝也有技术岗位，不过这些技术官的特点是地位低、薪水低、升迁空间低。虽然入职门槛低，真正优秀的人却不会看这些岗位一眼。至于官用工匠，那就更是底层的存在了，一般有三个来源：第一，厢军，这是骨干力量；第二，罪犯或奴婢；第三，雇佣的民间工匠。

一般来说，民间工匠的日子比官用工匠的日子要舒坦，因为宋朝的商品贸易非常发达，只要有一技之长总能赚钱。相比之下，官用工匠领着固定工资，主要以完成上头的任务为主，不需要经受市场的考验，自然不会钻研各种新奇的技巧。

随着格物学的推广，洛阳那边培养出来的技术人才也逐渐到了进入朝廷的时候。王雱领官家过来亲眼看看这新式印刷技术，为的就是让朝廷更重视技术人才。要是学校培养的方向不开阔，对学校未来的发展可不好，肯定要把技术人才的前程扩宽点才行。还有什么僧侣道人，各地一抓一大把，往往只要出家为僧就能免赋税徭役，各地佛寺道观还有寺田观田配给。这些也都是潜在的科研人员苗子，尤其是道人还搞炼丹，一看就是学化学的料。若是能说动他们干点活儿，也不算白白送他们田、免他们赋税徭役。

王雱带着官家两人观看完印刷过程，乖乖巧巧地和他们一起往回走，没立刻提什么“提升工匠地位，大搞生产变革”。事情得循序渐进地来才行！

欧阳修回去后已经快到下衙的时间了。韩琦道：“让你别一去不回，你反倒去得更久了。那小子又拉你去做什么了？”

欧阳修也卖起了关子：“过两天你看看《国风》便知道了。”欧阳修回来的路上已经与王雱商量过，打算先在《国风》上为报纸和活字印刷术造势。欧阳修没管韩琦他们的心情，兀自琢磨起文章的写法来。这文章大致就是写他在印刷工坊的见闻，略过技术细节，直接开夸此技术之巧妙，“活字印刷”的“活”字让他感觉文坛将注入无限的活力！

王雱这边得了官家的许可，积极地筹备着报纸的前期工作，务必做到折子呈上去后报纸立马能投入运作。

在信息滞后的时代，报纸的用处还是非常大的，尤其是对于官员和商贾来说。官员可以从报纸上得知朝廷的风向，商贾则能够看到政策和各地商品盈缺！前提是，报纸能做到它应有的真实性和时效性。这一点普通人很难做到，得依赖于庞大的朝廷机构才能获得足够多、足够及时的资讯。而想要把这些资讯提取出来，又需要专业人士处理浩如烟海的“原材料”。王雱要做的，就是挑选出合适的人手。

王雱这边照常忙碌着，《国风》编辑部却已经炸开锅了，都是选编过《国风》

的人，哪会不明白报纸这一新载体的意义。它的文学性肯定比《国风》低，更倾向于面向大众的撰写方式，这就注定了它的受众会比《国风》要广。欧阳修还在文章里提到朝廷会用一种全新的活字印刷术来印刷这个报纸，写得噱头十足，连用的墨都比寻常墨要香多了！这让众编辑好奇得心痒无比，他们有心想要去观摩一二，却又觉得这种要求太唐突，不好提。要是人家这活字印刷术是机密技术，怎么好给你随便看？

苏洵也是《国风》编辑之一，他看完文章后立刻盖上自己的戳表示这文章自己觉得可以刊出，其他人给出了同样意见。

新一期的《国风》下印之际，苏洵去寻老朋友司马光说话，和司马光说起报纸和活字印刷术的事。

司马光道："那小子也没和我提过。"他想了想，让人去把司马康唤来。

司马光亲自发问，司马康不好不说，只能老老实实交代王雱早把他们编入实习生队伍，要他们学着处理各方资讯。

司马康跟着王雱历练久了，少了几分同龄人会有的稚气，多了几分稳重老成。他说话也有条有理："姐夫说这东西其实不新鲜，朝廷每天都会收到各地邸报，其中如果有重要的消息会贴在宫门外公示。许多官员懒得去看，经常花钱雇人去把邸报内容抄回去，现在我们只是把这些邸报利用起来而已。"

这个司马光也是知晓的，因为就连台谏之中也有不少这样的人，反而是亲自去看邸抄的人显得比较奇怪。

司马光道："他倒是什么脑筋都敢动，才去集贤院没几天就打起了邸报的主意。"

苏洵对报纸这个新事物很感兴趣，从司马光那儿离开后便回家与苏轼商量起来，他想卸任《国风》这边的职务，去搞这个报纸。苏轼一听还有这样的事，眼珠子一转，劝苏洵说："爹您才去《国风》那边没多久，这么快提出换地方怕是对不住欧阳公的推荐。"苏洵想了想，觉得苏轼说得有理，便歇了这念头不再多提。

苏轼劝好苏洵，回院子里和王弗说了一声，大摇大摆地抱着酒寻王雱去。他目前的职务和王雱没什么交集，因此都不晓得王雱最近又倒腾了新东西，听他爹那么一提他肯定得掺一脚啊！

苏轼和王雱熟悉得很，见面就把酒开了，倒满两杯和王雱抱怨："你说你，有好玩的事也不叫上我，要不是我爹回家后提了一嘴，我过几天就要和其他人一起挤破头了！我不管，反正你得给我留个位置，我也要一起搞这个报纸！"

王雱哪能让苏轼讹上自己，坚决不承认自己把苏轼忘了，有板有眼地说：“那肯定少不了你，毕竟你当初读个信都能分析出一本书哪些内容是我写的，让你来把关再适合不过了！我是想着准备停妥之后再寻你说这事儿！”

苏轼听了便高兴起来，扬扬得意地与王雱说起自己忽悠苏洵的事。王雱送走苏轼后给王安石写信，毫不犹豫地把苏轼卖了，趁机自夸一句“您看看，和苏子瞻比起来我真是好儿子啊”。

随着新一期《国风》刊行，筹备中的报纸也进入了不少人视野里，有人赞同自然也有人反对。欧阳修的文章里提到，这报纸重内容不重形式，行文上要求深入浅出，不能用典过多，不能一味追求文章优美。总之，只差没直接说“这上面的文章最好能写得人人都能读懂”。这可就触了一些人的霉头。读书是清贵之事，并非人人都能读，像沈括和王雱他们倒腾的那些图多字少的书就很不符合他们的追求。

集贤院中也针对此事展开了一场讨论，主要辩手仍是王珪和冯京。王珪文风秀丽，行文严谨，当知制诰这些年里朝中大半正式公文都出自他的手，显然是个制式文章的老手。他的观点是文字不能过于粗浅直白，否则有辱斯文！若是换作从前，以王珪的性格断然不会和人争辩这些，可惜王雱这小子太气人了，故意踩着他的观点来反驳，气得王珪捋起袖子开始据理力争。

冯京则认为刊登到报纸上的文章应该以务实为佳，倘若全都追求制式文章，追求辞藻优美，如何能起到报纸的用处！冯京从前就写过一首诗：“孔子之文满天下，孔子之道满天下。得其文者公卿徒，得其道者为饿夫。”意思是只学了孔子文章的人飞黄腾达，真正按照孔子所说的话去做的人却沦落到要饿死。对于一味地追求说漂亮话、写漂亮文章的风气，冯京是非常不满意的。

双方谁都没说服谁，最终只能由参与讨论的集贤校理苏颂挑了个折中观点：“质胜文则野，文胜质则史。文质彬彬，然后君子。”

这句话出自《论语》，意思是质胜于文就显得粗野，文胜于质就显得虚浮，文质均衡、不偏不倚才算君子。做人是这样，写文章也是这样，过于粗浅流俗的文章不能刊出，过于追求形式的文章也不能刊出！

王雱每天尽责地记录着每一个人的观点，整合成可以付诸实践的创刊章程。他在意的不是内容与形式之争，而是想集思广益搞个新闻法出来，免得到时候报纸内容弄得乱七八糟！冯京和王珪的观点差异越大，探讨出来的章程就越严密：毕竟他们最能挑对方的刺！

有了王雱之后，集贤院每天都没闲着，反倒是旁边的昭文馆、史馆时不时变得空空荡荡，都跑来集贤院一起参与讨论了。为了防止有人攻讦这些崇文院同僚们擅离职守，王雱偶尔还号召大家轮流献出场地，不时也去祸害祸害史馆、昭文馆。

连带宰执和台谏诸官也偶尔会受邀前来作为“专业人士”参与讨论，可把在崇文院实习的新科进士们惊得不行：完了完了，这些讨论他们根本扛不过多少轮！当官这么难的吗，到五六十岁还得以一敌百，面对众人的轮番诘问？

搞事的次数多了，王雱也顺利获得了给新科进士搞培训的权限，光明正大地蹂躏这些心中惊恐莫名的后辈们——虽然大部分后辈年纪都比他大。

人手捞够，章程拟好，王雱便趁着夏末秋初的好日子把折子递了上去。这折子里各个环节都有不少人参与，严谨而又有力，几乎把所有可能出现的情况都考虑到了，足以说服所有原本持有反对意见的人。

立秋这天，《大宋日报》第一期正式问世，首先是群星荟萃的开刊词，分别介绍了创刊理念、版面介绍、提出创刊意见者以及强悍的编辑团队，光是列出创刊参与者就占了整整一版。而后就是众人感兴趣的时政资讯版面、各地物产资讯版面以及文学创作与评论版面。

苏洵虽无缘参与创刊，却也第一时间买了一份报纸来细看。本来他只觉得处处新鲜，直至看到编辑团队里面有个熟悉的名字，苏洵的眉头才跳个不停：怎么他大儿子的名字会在编辑团队里面？

苏洵下衙后带着报纸回家，等苏轼回来后板着脸问他：“怎么回事儿？你怎么会成了日报的编辑？”这小子最好不是劝他别去，然后自己跑去讨要职位！

苏洵虽然也是个固执的人，但他绝对不是那种不通人情世故的傻子。报纸这东西一旦成功推广开肯定能影响朝野舆论，所以要是他去了日报那边，他儿子肯定就不能去了，王雱他们肯定不允许报纸成为一言堂。

苏轼和苏洵斗智斗勇多年，一点都不心虚，一脸老实地说：“是元泽让我去的，上次您不是也很感兴趣吗？我怕您听了心里不好受，所以我才没和您说。元泽那小子毛病一堆，但为人热忱这一点是没得说的，他惦记着我这个同窗，知道我对这些感兴趣，非要求着我去！”

苏洵知道王雱和苏轼关系好，会邀请苏轼也不稀奇，因此也就没再怀疑。结果苏轼前脚回了自己房中，苏洵后脚就收到了王安石的信。

苏洵还有点纳闷呢，自从发现他不乐意讨论那本《资本论》后，王安石也不太乐意和他交流，怎么突然给他写信了？这可真稀奇啊！

苏洵把信拆开一看，看着前头还觉得王安石在密州干得不错——才过去小半年，坐落于板桥镇的市舶司就建起来了，还在那一带开荒地种了许多蛇麻草，近来正是花期，一片片蛇麻草开了花，花色鲜嫩，青黄可爱。这些都还好，只是王安石在最后写了一段炫耀自己儿子的话，大意是这样的：我儿子有什么好东西、好事情都先想着家里人，可你儿子就不行了，怕你抢先得了位置，忽悠你让你别去日报那边，自己则跑去找我儿子要了职位！

哪怕隔着信笺，苏洵也能想象出王安石写这信时的得意模样。

正因如此，苏洵才生气啊！他儿子忽悠他就忽悠他，居然还跑去王雱面前扬扬得意地说起这事儿！更过分的是，刚才他问起时这小子还装得那么老实，说什么是王雱非要拉他过去的！这下好了，他不仅没去成日报，还被王安石鄙视了一番！真是岂有此理！

苏洵抄起一根棍子走到苏轼院子外头，文质彬彬、心平气和地喊苏轼出来说话。苏轼有点儿纳闷，怎么刚刚进行过真诚友好的交流，他爹忽然又来找他？不过儿子在旁边，苏轼不能表现得太畏缩，自然是老老实实出去看看老苏找他有什么事。然后，苏轼就在儿子的面前被老苏撵着打了！

小小苏好奇地领着妹妹跑出院门看他爹挨打，王弗忙出来拉住他俩，免得他们看到他们爹被他们祖父打得狼狈逃窜的凄惨画面。

第二天，苏轼一瘸一拐地去找王雱，痛斥王雱不讲义气，他说的话听了就听了，怎么还写信告诉王安石！王安石也不是好人，看了信就看了信，居然还写信和他爹嘚瑟！这下好了，害他挨了几棍子。要不是他跑得快，他爹又上了年纪，他今儿非得躺着养伤不可！

王雱绕着苏轼转了一圈，啧啧摇头，感叹道："由此可见，你爹打你还是打得少啊，我从小被我爹追着打到大，就没几次让他真打着的！"

苏轼怒道："你还骄傲起来了是吧？"

王雱道："那是自然，人要时刻保持自信度和自豪感，做事才有干劲！"

"我信了你的邪！"苏轼冷哼着骂完，揭过了这一页，转而问起王雱报纸的反响。

王雱说道："当然是印多少卖多少，没剩半份！"

开封人口过百万，集中了大宋大半的知识分子，还有各方位于金字塔顶端的商贾，报纸的市场需求非常大，连带蒙学那些孤苦无依的小孩们和一些街头闲汉也有了个新兼职：挨家挨户送报纸。

类似的活儿以前方氏书坊也提供，只是次数没这么频繁。这次方氏书坊和日报这边对接一下，就可以为需要赚点外快的人提供长期岗位了，也避免了原来负责抄邸报的人因为报纸的发行而陷入失业困境。

第一期报纸的反响陆陆续续反馈回来，全程没发生什么纰漏，算是让忙碌了一圈的王雱舒了口气。舆论是把双刃剑，握在谁手里都是个定时炸弹，与其等到后面被炸个猝不及防，还不如早早给它打造个平台！而想要借助这个平台来发表自己的声音，首先就要遵守这个平台的规则。只要是规则内的讨论，王雱就不怕出什么篓子。

欧阳修已经是参知政事，政务繁忙，自然不能再兼任日报主编的工作，因此《大宋日报》的第一任主编是冯京。这位翰林学士目前兼着开封知府的差遣，可以说是半步踏入宰执之列了，只是年纪还轻了点，再历练个几年、有人给他腾个位置，他马上可以升任为参知政事！他论资历有资历，论文采有文采，文名虽没有欧阳修那么响亮，挑起《日报》大梁却也已经绰绰有余——若不是他着实感兴趣，请到他怕都算是纡尊降贵了！

苏轼这人看谁都觉得好，知道报纸反响不错，又和王雱夸起冯京来："从前不认得冯翰林，近来才觉得他文采着实好，想法也灵活，和许多年长些的人不一样。"

王雱听着这话，感觉苏轼意有所指："我怎么觉得你在说我爹？"

苏轼坚决否认："没有的事，我怎么可能当着儿子的面诋毁别人的爹！"提到王安石，苏轼免不了又让王雱少在信里卖他，免得王安石转头又跑去和苏洵说。他可不想再挨打！

王雱对此持不同意见，他和苏轼说起自己的经验之谈："我觉得吧，你再坚持坚持，你爹就懒得打你了。"

苏轼拒绝跟王雱一样坚持作死："我和你不一样，我要脸！"

王雱第二日一早便拿着新鲜出炉的报纸去给官家念。

入秋后天气转凉，又有些燥，官家时不时会咳嗽两声。虽然王雱心中担忧，却也知道太医们已经尽了最大的努力，自己不能胡乱插手。他只能多装乖卖巧，替官家排解排解政务繁忙的忧烦。

官家触及王雱暗含关切的目光，反倒笑着宽慰："别担心，我感觉身体如今再好不过了，比从前服食丹药时还要轻快。"

"我没有担心。"王雱矢口否认，"您也忙了挺久了，不如我们出去散散步。我来的时候看到一棵海棠已经开花，满枝都是花苞和花儿，好看极了！"官家自是欣然答应。

这一年海棠开得确实好，王雱赏完花还让人去和郭熙讨来些画纸颜料，趁着官家继续看折子的时候在旁边给官家画了一幅画像。画中花开正盛，花侧之人也英姿勃发，颇有皇者气势。

官家看了，笑着摇头：“你这可把我画得太年轻了，不像！”

王雱自有一套道理，振振有词地说：“这叫形不似而神似，郭先生教我的！”

官家道：“行，你有理。”

王雱叫官家帮忙盖个私戳，表示这画是经过官家认可的，将来他得用来教育儿女。关于这一点，王雱又要在官家面前黑一把他爹了：“您是不知道，我小的时候我爹常骗我‘我跟你这么大的时候字已经写得可好啦’，结果我跟他回江宁一看，他的字写得可比我丑多了，当真是大言不惭！”

官家乐道：“有你这么说自己爹的吗？”

王雱道：“许他做，不许我说吗？我就不同了，我娘已经把我从小到大写的画的都存下来了，每一篇文章、每一幅画都是实实在在的！今年我娘开始拿来教育我两个弟弟了，再过几年就该拿来教育我的孩子了！”

官家一阵默然，也不知该同情王雱弟弟好，还是同情王雱未来的孩子好。

王雱美滋滋地抱着盖有官家私印的画回到家，和司马琰分享起自己又给孩子囤了件宝贝。这画虽然是他画的，但是戳是官家很少用的私戳，很有纪念意义！

司马琰已经显怀，手上的项目结了，去太医局的次数少了许多，多是在家看医书，审核稿件，或者给没出生的孩子做点小衣服、小鞋子。

见王雱兴致勃勃地给她看他在宫里画的画像，司马琰不由说：“你的差使还能让你去画画？”

王雱道：“当然能了，集贤院就是集拢各方学术、技术的地方，画技自然也算一种。我可是精心研究过集贤院工作范围的啊！”他振振有词地说完了，又蹲下去摸司马琰微微凸起的小腹，仔仔细细感受里头每一个再微小不过的小变化，试图找出孩子在和他交流的证据。

司马琰道：“还没到动的时候，每天很准时的，你别瞎摸了。”

王雱很满意：“准时的吗？不错，像我！”

司马琰觉得还是少让王雱和孩子说话为好，免得这孩子没出生就学了王雱的脸皮厚。

不过一个秋季，报纸的发行已然步入正轨，几乎每天都会有朝中要员在上面发表自己的文章，每日清早人手一份报纸逐渐成为朝中百官的习惯。

立冬这天傍晚，天看着灰沉沉的，仿佛要下雨。赵顼屈指一算，今儿乃是王雱在崇文院留宿当值的日子。赵顼用过饭后寻了个机会溜达到崇文院找王雱说话，顺便谈谈他对报纸上几篇新文章的见解。

王雱正和苏颂讨论着秘阁藏书的编整问题，见赵顼兴冲冲地揣着报纸过来，便搁下手里的讨论稿招呼他坐下。赵顼也见过苏颂几回，知晓这也是个学识不错的厉害人，彬彬有礼地向苏颂问好，而后才坐下和王雱讨教起来。

此时，官家正要前往皇后处，途中忽地碰上个神色仓皇的小黄门。小黄门管的是内外通传之事，若是宫中妃嫔、皇子、公主身体有恙便是由他们去通传和跑动。

官家拧着眉问："怎么跑得这么急？"

小黄门一看到官家就跪下了，听官家问话更是哆嗦着说不出话来。官家身边的人斥道："官家问你话，你抖什么？好好回答便是！"

那小黄门压下心中惊惧，哆哆嗦嗦道："皇子生病了，我替他去寻太医。"

官家一听，眉头突突直跳，先着人去传太医，而后才细问是怎么回事儿。

赵曙从小体弱多病，连受封皇子都是被抬着入宫的，其中固然有他心中抗拒的因素在，但他本身身体不好也是事实。按小黄门的说法，这次就是旧疾复发！赵曙到底是储君，官家听了心中也着急，带着人径直往庆宁宫那边而去。

庆宁宫那边有高氏在，宫人们倒没显得太慌乱。高氏曾养在曹皇后膝下，与官家也是见过的，听人通传说官家到了，忙率人迎了出来。

官家摆摆手免了高氏的行礼，说道："不必多礼。"他带着人入内，却见赵曙面色青白，情况不是很好。

这时太医也急匆匆赶到，在官家的示意下替赵曙看诊。太医替赵曙把过脉，眉头紧皱，向官家、高氏禀明情况。赵曙前些时候精神不大好，晚上容易惊厥，他们给赵曙开过些静气安神的药。可不知为何，赵曙服下药后不仅没有好转，情况仿佛还愈演愈烈！这阵急火不像是由内而生，倒像是外物所致。

官家问高氏："可还用过别的药？"

高氏道："平日里只用太医开的药，没见过其他。"

官家拧眉，正欲再追问，忽见旁边的小黄门伏地跪下，颤颤巍巍地说："小的曾见过殿下在书房中服用丹药，乃是有人秘密呈予殿下的！"

丹药算是这时代的保健品，私下吃点不会有人当回事儿，甚至还算得上道家风雅。可惜自从太医局那边做过泥鳅实验，官家就在宫中禁绝了丹药，即便有人服用，也只能偷偷摸摸地来。

官家听小黄门这样一提，心中气血翻涌，着人跟着小黄门去书房搜丹药。

一搜之下，还真搜出了一个精致漂亮的丹药盒子来。太医接过丹药的手微微发颤，心里一阵凄苦。好不容易让官家不信丹药，又来了一个信丹药的储君！

官家让太医好好守着，吩咐人研究这丹药有何害处。他叮嘱完了，转身要离开，外头却淅淅沥沥下起了雨。

内侍们忙去准备雨具，到处都是忙乱的脚步声。官家站在雨幕前，感觉有无数脚步踩在自己胸口，到有人把雨具撑好，他才抬脚迈入雨中，在哗啦啦落下的冬雨里回了皇后那边。

曹皇后见官家神色不对，忙问道："怎么了？"

官家摇摇头，刚要说"没事"，忽觉喉间一热，只觉一阵腥意涌了上来。他用方帕捂住嘴，猛咳两声，低头一看，帕上一片鲜红。曹皇后急忙上前扶住官家，让人去传太医过来。官家按住她的手背制止："不必，我的身体就这样了，没必要劳师动众。"他咳出一口红黑的血，精神倒是好了些，漱了口脱下外袍歇下。

第二日一早，官家又早早醒来。对上曹皇后忧心忡忡的目光，官家摇头道："我没事，你别担心。"他去了垂拱殿，先着人去问过赵曙的情况，知晓赵曙已经醒来才接着处理政务。到晌午时分，赵曙独自过来求见。刚一入内，赵曙伏地便拜，表示自己不堪任储君之位，每日忐忑不安无法入眠，希望能辞去此位，让朝廷另选贤能宗室为储君。

官家道："立储之事并非儿戏，此事莫要再提。"

赵曙伏地不起。

官家站起身来想要说些什么，忽觉一阵眩晕袭来，只听左右惊骇地喊道："官家！"

"陛下！"赵曙也是一惊，忙命人传太医，自己也上前扶住官家。

太医赶过来时，韩琦等人也闻讯赶来，关切地询问官家为何突然发病。赵曙自责不已，不曾隐瞒自己私自服用丹药和想要辞去储君之位的事。

韩琦听完头疼不已。原以为立下储君就好，结果赵曙被立为皇子时就一直在推辞，如今已经是王储了还要用这招！可立储君是他们提出的，人选也是他们定的，事已至此，说什么都迟了。韩琦劝赵曙别再动辞去储位的心思，好好学习治国之术、多孝顺孝顺官家。赵曙恍惚地点头。

赵顼和王雱也闻讯而至。赵顼年纪还小，不爱讲那么多礼仪，径直拉着王雱挤到官家身边去，张口便说："皇祖父您怎么了？昨天不是还好好的吗？您还和我们约好开春破冰时要陪我们一块儿去金明池钓鱼的，您睁眼看看我们啊！"

说着说着，这孩子就情真意切地落下泪来。

王雱也道：“对啊，您说要带我们去金明池钓鱼，回来时顺便拐个弯去看我家孩子！”

赵顼正泪眼模糊着呢，听到王雱这话后忙抹了把泪，扭头问王雱：“我怎么不知道这个？你们是不是准备撇下我？不成，也得带上我，我也要去看你的孩子！”

王雱本来挺担心官家的，听赵顼这么一质问，顿时不知是该哭还是该笑了。

官家许是也听到了他们的对话，缓缓睁开了眼睛。他看看赵顼，又看看王雱，心里有许多的念头，却发不出声音也动弹不得。这种情况官家几年前也遇到过，有一段时间他只能靠点头和眨眼来表示自己的意见。

王雱最先发现官家已经睁开眼，立刻惊喜地道：“官家您醒了！”

官家轻轻合眼，又睁开，意思是“我确实醒了”。

王雱拉着赵顼退开，让太医上前替官家看诊。

第八章

新都换旧都

太医会诊之后，官家的情况略有好转，话倒是能说，只是不能临朝处理政务。官家能开口之后便朝王珪下了个诏令，让太子赵曙监国，韩琦、富弼、赵概、欧阳修等宰执务必好好辅政。赵曙自是再三推拒，直至王雱站出来谏言说官家经不得劳累，扣个不应下就是不忠不孝的大帽子他才同意代理朝政之事。

在场的人听王雱毫不犹豫地站出来给赵曙扣帽子，免不了替王雱捏一把汗。太子再怎么说也是太子，乃是国之储君，将来会登基为皇，你一个集贤院的侍读学士，本身又不是台谏的人，出这个头做什么？当然，有王雱出头快刀斩乱麻，也是很多人乐见其成的，至少太子监国之事能很快落实。

王雱也不乱跑了，时常与赵顼陪侍在官家身边，还怂恿赵顼抱着被子睡在外间，保证随时能知晓官家的情况。赵顼是心性纯直之人，自是立刻听从王雱的话，抱着被子在外间的横榻上住下，时时亲自喂官家喝粥喝药。众人见了此情此景，都觉赵顼至真至孝，对得住官家对他的喜爱。

王雱到底是外臣，不能一整天留在宫中，他回到家后开始亲自捣鼓起来，准备做一张特制的轮椅献给官家，平时可以和赵顼一起推着官家到外面呼吸呼吸新鲜空气。总闷在屋里，再健康的人都会闷出病来。

王雱在院子里亲自动手捣鼓，两个弟弟摇摇晃晃走进来找他玩。他看看两个稚气可爱的弟弟，又看看自己刚打磨得光滑漂亮的扶手，忽然抱着两个小孩落下泪来。

生老病死，永远是人力难及的事。再厉害的人，在生命更迭交替这件事上都会束手无策。

两个小孩被王雱吓得不轻，争相用小小的手掌拍王雱脑袋、拍王雱的背，你一句我一句地学着他们娘平时哄人的话安慰王雱：“哥哥，不哭！不难过！”“哥哥！哪里疼？吹吹不疼！”

司马琰见两个小叔子奶声奶气地宽慰着王雱，顿了顿，没有再走近。他们都依稀记得历史上官家在位只有四十几年，算算时间，官家的身体怕是已到了强弩之末。哪怕她一直在太医局牵头研究各种医疗技术，在没有现代医疗仪器辅助的情况下她的能力仍然无法超过太医们的反复会诊。这种情况下，王雱能哭一哭倒是好事，最怕全忍在心里。

王雱那天给赵曙扣帽子的事，司马琰也从到场的太医那边听说了。当时太医隐晦地劝说司马琰，让司马琰好好和王雱谈谈："太子毕竟是太子，要是他再这样说话，将来太子来个秋后算账可怎么办才好？"

可司马琰根本不打算劝王雱什么。毕竟王雱不是那种愿意憋屈着活的人，应该说他在现实世界中忍耐的时候太多，这次重活一遍，为的绝对不是忍气吞声。若是连想说的话都不能说，王雱怕是宁愿不做这官！

而且司马琰也觉得王雱说得有道理，推拒一次两次就算了，眼下官家行动不便，他就该扛起太子的责任！即便太子将来真要秋后算账，顶了天也就是让他们外放。这样的后果王雱不怕，她也不怕！

到太医说官家可以挪动之后，王雱的轮椅也做好了，他带着轮椅进了宫，和赵顼一起扶官家坐上轮椅，推着官家出去晒太阳。正是冬日难得的好天气，阳光明媚灿烂，赵顼很没水准地拍马："前两天天还阴沉沉的，今儿就放晴了，一定是老天也知晓您要出来。"

官家莞尔，并不答话。

太子监国之后，官家这儿倒是少了不少烦扰，养病时也清静了许多。只有王雱还每天跑来给他念念报纸，让他知晓外面的变化。

官家对自己的身体心里有数，但见王雱倔强地坚持着，便也没有再劝。生死之事，能不谈及就不谈及。

许是多散心、多晒太阳当真有效，官家身体逐渐好转，渐渐地已能从轮椅上站起来走两步了。赵曙时不时过来要求还政，都被官家劝走了，官家每日见的人不多，经常让王雱和赵顼陪伴在侧。

韩琦等宰执忙得焦头烂额，只为了教导消极怠工的赵曙如何处理朝政。连司马光都渐渐意识到，他们选出的太子因为幼时的遭遇早已变得谨小慎微、处处小心，很难在短时间内成为能够独当一面的圣明君主。

许多人免不了怀念起每天在朝中搅风搅雨的王小状元来，眼下这种压抑的气氛着实让人不舒坦。可惜官家寝殿外那场冲突，注定了王雱与赵曙这位未来新君之间不可能相处融洽，王雱在赵曙面前永远不会像和官家相处那样轻松惬意。

过了一冬，雪尽春来，天气逐渐转暖，官家精神也健朗多了，他估算着司马琰快要生产，赐了许多东西下去，又让有经验的女医、稳婆早早守在王家。预产期这东西永远是算不准的，谁都不知道孩子出生得是早是晚。

官家身体好多了，太医也说官家熬过了这个冬天就不会再有大碍，王雱终于结束了为官家提心吊胆的日子——可惜随着预产期临近，他又开始为司马琰和即将出生的孩子提心吊胆了。

司马琰和他说，这一胎很可能也是双生子，就是不知晓到底是一双女儿还是一双儿子。

生一个就够危险了，还要生两个！这可把王雱愁坏了，天天都要检查一遍，看看产房的各种设备有没有缺漏，以免有需要的时候寻不着！吴氏已经生过三次孩子，见王雱这么紧张也被他带得绷紧心神，关切地等待着王家头一个孙辈，或者头两个孙辈降生。

许是因为王家上下过分的期盼让这对双生子感知到了，还不满十月他们就开始发动。当时是二月初一，大伙都睡了，司马琰一直没睡着，王雱也陪着她。

司马琰一开始喊疼，王雱立刻去把稳婆和女医喊过来，让她们赶紧来帮忙看看。接着紧张到同手同脚的王雱就被人推出产房，可把王雱急得要命，一直在产房外头转悠。

其他人也被这边的动静吵醒了，都过来陪王雱等。这孩子出来得有点儿慢，硬是熬到二月二的凌晨才让王雱等人听到第一声啼哭。

稳婆撩起门帘，抱着个孩子避风站在那儿向王雱贺喜："恭喜王官人，是个小郎君。"

王雱一听是个小子，虽然遗憾没个女儿，不过还是欢欢喜喜地问："阿琰怎么样？"

里头有女医遥遥应道："还在生呢！"

还真是两个！王雱又开始转悠了，甚至还想闯进去看看司马琰。

左右的嬷嬷早被提醒过王雱和他爹有闯产房的前科，都虎视眈眈地拦在产房外头，杜绝王雱闯进去的可能性。王雱听到司马琰在里头使力的声音，心疼得要命，抱过稳婆手里的小子教育："听听，你娘生你这么辛苦，以后你要是不孝顺你娘，我第一个饶不了你！"

小小王窝在襁褓里，小眼睛眯眯，胎毛软乎乎，皮肤红通通，丑得很无辜。很快地，另一声啼哭也从里头传来！

稳婆收拾停妥，又抱出一个裹上襁褓的婴儿来。这稳婆脸上满是笑容，很是稀罕地说："真是难得，是个小娘子！一子一女，正好凑成个好字，吉利！"

王雱听了这好话，决定回头给这些人都包个大红包。眼下最重要的还是司马琰，他等女医和稳婆把产房收拾好，确定司马琰安然无恙之后才被放了进去。

王雱把一双儿女抱过去给司马琰看了，才在一旁坐下抓住司马琰的手说："生孩子太疼了，我们一次得了俩，还有儿有女，下次不生了！"

司马琰本就已力竭了，听王雱这么说都不知道怎么回才好。她也觉得太疼了，往后能避免还是避免比较好，只不过王雱这话说得怎么像是他自己亲自生了一遭？！

王雱在床边陪了一会儿，司马琰就睡下了。王雱还是不太放心，拜托有经验的女医帮忙再守一会儿，哪怕只有万分之一的可能出意外，他也不想遇上！

到司马琰能下床走动了，两个孩子也养得面色红润，没了刚出生时的丑模样，王雱才销了“陪产假”入宫寻官家，兴致勃勃地把自己亲自画的儿女画像给官家看。

官家现在也能不依靠轮椅行走了，他早听前去打听消息的人说王雱得了一双儿女，见王雱兴致勃勃地来分享两个孩子刚出生时的丑模样，不由乐道：“你不是还要留着这画像，等他们长大后嘲笑他们吧？”

王雱道：“那是肯定的，要不然我画下来做什么？不过闺女的自己藏着就好了，只拿出儿子的来取笑他！”

官家听王雱这么说，更觉得当王雱儿子肯定很艰难，不仅要被王雱从小到大的表现狠狠打击，还要经常被王雱嘲笑！

官家摇头道：“你啊，都是两个孩子的爹了，怎么自个儿还像个小孩？”

王雱说：“因为有官家你们在，上头永远有人顶着，我自然可以当个小孩。”他积极怂恿官家，“说好开春要去金明池的，官家您还带不带我们去？”

官家无奈道：“去，自然去，要是不去的话你们一准得念我一整年。”

这时，赵顼完成功课跑了过来，见王雱手里拿着画，立刻开心地讨过去看。看完了，他直摇头：“怎么和你一点都不像！”赵顼还是心地良善的，没直接说“怎么丑得像瘦猴子”。

王雱信心满满：“长开些就像了。”

赵顼听说还是能去金明池，高兴不已，欢欢喜喜地说自己一定提前练好钓鱼技术，绝对不输给王雱！

官家虽然已让太子监国，要出行却还是得经过谨慎筹备才行。前前后后准备了好几天，韩琦等人才列好随行名单。这几个月由赵曙代理政务，朝中人心浮动，需要让官家露个脸好好压一压那些邪风歪气。

韩琦还私下里找王雱商量，说是既然官家已经能出行了，让他劝官家赶紧重新主政。

既然让太子监国是官家的决定，王雱是不会劝的。这约莫是官家一生中难得的任性了，既然韩琦他们一直追着让立储君，那就让他们调教储君去吧！王雱道：“官家身体不好，不宜过度操劳，您和富相公他们不是干得挺好的吗？”

韩琦一阵默然。他们是干得挺好，可问题就是处理朝政的是他们，赵曙很少发表自己的意见，都是说“听韩相公的就好”“听富相公的就好”。这可把韩琦愁坏了，他从来没有当权臣独揽朝纲的心，那会被台谏骂死——他可不像王雱这样厚脸皮！

见王雱这边说不通，韩琦也不和他多说了，摆摆手说：“滚滚滚，回家陪你的孩子去吧！”

金明池之行，王雱和赵顼骑马随行在御驾之后，离官家最近。其余人看在眼里都觉得这王小状元行事着实扑朔迷离，许多人已经往太子身边靠拢，王小状元却还是随侍官家左右。

不过，王小状元年轻，怕是能等到皇孙继位之时，此时与皇孙情谊深厚倒是很有远虑。他们很多人就不同了，等皇孙继位他们指不定已经致仕。这些想法许多人都有，但谁都没说出口。不管如何，官家身体好转总归是件好事，与太子赵曙接触的这段时间里他们都有无从下手的感觉，很没安全感。

王雱心里没那么多想法，即便和官家的继位者交恶对他而言也不算什么，关系好有关系好的相处方法，关系不好有关系不好的相处方法，包拯他们以前天天追着官家喷，也没见影响他们当官。

御驾行至金明池，这地方原本是皇家园林，如今已对外开放，成了公共公园。今儿官家要巡幸金明池，禁军自然提前做好了清场工作。

狄咏最近留在禁军，已经混上指挥的职务了，这次巡幸的安防工作就是他搞的。远远见官家一行人过来了，狄咏肃然朝官家所在的方向见礼，礼毕后他便看见王雱翻身下马朝他笑。众人都已见怪不怪，王雱从不避讳和谁关系好、和谁关系不好，虽然根本没几个跟他关系不好的人！

这次王雱和赵顼就是过来玩的，他们跟着官家行了半天，指着一处“钓鱼宝地”说：“就是这儿，听说这里最适合钓鱼，我们坐这儿钓，一准是全场最多的！”

难得来一趟，王雱自然是要闹腾一下，他表示他们和官家组成三人组，剩下的人相互组队，其他人要给钓到最多鱼的一组人写诗文，诗文必须是夸人的，把组内三个人都夸一遍，夸得不好得重新来！

韩琦等人：“……”

王雱兴致勃勃地问官家：“您觉得这规则怎么样？”

官家乐道：“自然是极好的。”写诗文本就是百官宴游时的惯例，总听百官献那些提前作好的酸诗有点儿腻了，不如看看他们怎么一次性夸三个！

众人都觉得王雱这小子和他爹真像，走到哪都能搞出点事情来。他们早就精心准备好了这次要献出的诗文，王雱突然改变题目是怎么回事儿？还要大伙把他也夸了，什么居心！

王雱一点都不觉得自己无耻，拉着官家坐下就招呼左右："快去拿鱼饵来，可别比其他组的拿慢了，我们是要拿第一的！"

官家由着他闹腾。

赵曙也随驾过来了，众人把韩琦和富弼推上去和赵曙一组。没办法，在场的他们官位最高，平时也最受赵曙信任，不推他们过去推谁？韩琦在心里骂了王雱一通，与富弼一左一右在赵曙身边坐下。

既然开始了钓鱼大赛，王雱自然是全力以赴的。全场都还在安安静静地等待鱼儿上钩，就听到和王雱离得近的赵顼时常惊喜地说："钓到了！哇，好大！""又钓到了，太厉害了！"

韩琦好几次看到鱼漂在动，但鱼全都被赵顼的叫喊声给吓跑了！王雱是故意让这小子干扰别人的吧？！官家坐在两个小子中间感受到周围投来的各种视线，乐得不行。

在王雱和赵顼齐心协力的努力之下，他们三人组的战绩远超过其他组。韩琦那组离他们最近，受干扰最严重，而且还是两个年老体衰的加一个谨小慎微的，这对比就十分惨烈了！

王雱这厮还不满足，还要凑过去看了看韩琦盛鱼的桶，把声音压低但又能让人听到地和韩琦说悄悄话："哎呀，韩相公你怎么才钓这么点？要不要我偷偷匀你几条？"

韩琦想和平时一样让他滚，又顾及太子他们在场，只能磨着牙说："不用了，官家在看你，你赶紧回去吧！"

王雱马上滚了，免得韩琦一个没忍住，当场拿起鱼竿追着他跑！自己丢点脸还是其次，韩相公都五十六七岁了，万一跑出什么事来可怎么办才好！王雱坐回官家身边，和官家说起自己的良苦用心，还说，自己现在终于能体会孔子所说的"小杖则受，大杖则走"是什么意思了，这句话还是当年韩相公教他的。官家觉得韩琦没打死他，当真是宰相肚里能撑船！

不管怎么样，王雱这一组都是全场第一。王雱让人拿来纸笔，脸皮厚地要亲自记录其他人夸他们三个的诗文，遇到平时看不太顺眼的，还公报私仇说："这诗不好，重作！""你这个地方犯忌讳了吧？重作！"这可真是打人打到脸上了！偏王雱身边还站着官家，众人不得不忍气吞声，老老实实重写一首能让王雱满意的诗。

王雱诓来了满朝文武的一通夸赞，得意得不行，收集完诗文后跑回官家身边拍了一通马屁，说官家圣明啊，网罗了天下贤能志士，个个都写得一手好诗。接着王雱和官家请示，能不能把这《金明池诗集》交给他来校对排版，回头让天下人也欣赏一下朝中百官的文采！

韩琦只恨没早点打死这玩意儿。他让人写诗把他夸上就算了，竟然还准备刊行天下！

不管韩琦他们做何感想，官家都欣然答应："自然可以。"

王雱美滋滋地把诗文原稿揣进怀里。里面自然有一些对他明褒暗讽说他阿谀媚上的，王雱一点都不在意，全当他们是真心实意夸他！等儿子女儿长大一点，他就拿这诗集给他们瞧瞧，看看这朝廷里的大官小官都是怎么夸他们爹的！

即便被王雱闹了那么一通，众人还是吃喝得很尽兴。回去的路上官家按照原来的计划拐了个弯，拐到王雱家准备去看看那还没足月的孩子。

虽然王雱早和吴氏等人说过了，吴氏等人还是激动不已，王雱祖母更是早早穿着命妇礼袍候着。这可是官家亲临，几家能有这样的荣耀！她儿子有出息，孙子更有出息！王雱入内和没出月子的司马琰说了一声，和吴氏一人抱着一个孩子出来给官家看。官家见两个小孩面色红润，眼睛乌溜溜的，颇有些王雱的影子，自是喜爱不已，取出早就准备好的长命锁给两个小孩戴上，上面的字都是官家亲笔所书，让人专门打造，可见有多用心！

赵顼看看这个，看看那个，想抱一抱又怕摔着小孩，只能一个人在旁边抓耳挠腮。两个小孩真可爱啊，一点都不像王雱画的那么丑！

官家到底不能久留，看过孩子后便要回宫了。他让王雱留在家中陪伴妻儿，自己和赵顼一块儿离开。

王雱兴致勃勃地带着两个小孩回院子，和司马琰说官家跟赵顼都夸他们一双儿女好看。

司马琰摇头道："不过是爱屋及乌而已，没足月的小孩子不都长得差不多？"若不是赵顼和官家都格外喜欢王雱，他们也不会觉得两个小孩有多不一样。

王雱反驳："那肯定不是，我们的孩子一定是最好看的！"他又和司马琰说起自己在金明池干的事。一次性强迫满朝文武夸了自己一遍，王雱心里可美了，觉得自己当真是天才！

司马琰听说王雱干了这样的事，觉得他当真是拉仇恨好手，一拉就拉一整片，还不分文武，着实了不起！司马琰说："你真的不怕韩相公他们打死你？"

王雱道："不怕，他们舍不得！"王雱见两个小孩还挺精神，压根儿没有想睡觉的意思，当即把两个弟弟抱过来一起逗着玩。两个叔叔只比侄子侄女大两岁，多有趣！

官家病好了，王雱又开始活跃起来。他亲自写了个精彩无比的序文说明金明池钓鱼宴的始末，又作诗把到场的人都夸了一通，接着迅速给《金明池诗集》做好封面，校对排版，让方洪宣传推广。

这时，王雱的报喜信也传到了密州。王安石早就等王雱的家书，算算也该是他头一个孙辈出生的时候了，他心里也颇是激动。等把家书拆开看完，王安石更是喜不自胜：这是一次凑成了好字！唯一让王安石不满意的，就是王雱在信里附带了两个小孩的画像，并且很没爹样地说他自己的一双儿女长得很丑！

王安石写回信狠训了王雱一通，又叮嘱王雱朝中现在是非常时期，一定要谨慎行事。将厚厚的家书写完了，王安石才叫人去张罗个聚会，他要邀请密州这边相识的、相熟的人一起来吃顿饭，顺便嘚瑟嘚瑟自己一下子有了孙子和孙女。他这儿子啊，科举比他争气，成家立业、生儿育女也比他争气！

宴会上，王安石按捺不住欢喜，连对待平日里不太对付的同僚都很和颜悦色。这可把其他人吓得不轻，他们暗暗交流着王安石是不是有什么阴谋，纳闷怎么平日里最不喜欢宴饮游乐的家伙居然主动请他们来聚会了！等听说是王家添了孙子孙女，众人才恍然大悟，识趣地开始夸起王安石的儿子、儿媳、孙子、孙女来。

王安石收集了一堆祝贺诗文，整理整理，挑出不满意的扔一边，收拢起来让人连着家书一起送回开封。王安石一点都不觉得自己这种暗示别人夸自己儿子，给自己儿子贺喜的行为有什么不对，反正他儿子就是好，不夸的、夸得不好的，全都没眼光！不得不说，在某些方面他们父子俩其实还是很像的，比如无论何时何地都能自个儿嘚瑟个没完，压根儿不在意别人心里有何感想、会不会给别人造成心理阴影。

小半个月后，王雱收到了他爹的家书。他拿着里头附带的贺文去和他岳父司马光感慨："岳父您看我爹，居然叫人写这么多贺文！"

司马光现在不想看到王雱，因为金明池的钓鱼宴他也去了，同样被迫给王雱写了首夸他的诗。自从那事儿之后，台谏同僚们看向他的目光又恢复了一开始的微妙，像是在考虑要不要和他绝交。听到王雱兴致勃勃地来分享他爹让人写的贺文，司马光用脚趾想都能想出这些贺文是怎么来的。

虽说写文章互相赞美是大宋文官的基本交际活动，可这事儿由他们父子俩来做就怪得很。王安石就不说了，他是说不给人面子就不给人面子的人。而王雱呢，明明可以左右逢源、游刃有余，偏就爱把人惹得对他咬牙切齿。对他印象好的人还好，换成对他本就怀有偏见的人，他怕是浑身上下都是错处！远的不说，就说最近刚召回做御史中丞的唐介就在琢磨着什么时候参王雱一本。

能当御史中丞的，大部分都是能把宰执拉下马的人物。唐介就是当年参文彦博向后宫进献名贵锦缎的谏官，当时他还表示文彦博、包拯、吴奎这些人结党，拖了一大批人下水。

后来，官家采取各打五十大板的手段，把唐介贬去岭南之地，也将文彦博、吴奎两个朝官外放，成功让唐介从此声名远扬。朝中都在说，能称得上真御史的，唯有这刚直不阿的唐子方！

唐介刚回朝就遇上赵曙监国这档事，他很快注意到时常陪伴在官家左右的王雱。还没等他好好了解这位三元及第的状元郎，他立即被王雱祸害了一把——王雱临时换了钓鱼宴题目！

要唐介临场写诗倒是其次，关键是官家对王雱也太纵容了，王雱想怎么胡闹就怎么胡闹，连让百官陪着玩耍的事都能允许！偏偏这种近似关扑的事套到钓鱼宴例行的作诗环节上，又不能说他有什么不对！相反，往常光歌功颂德倒显得太单调了，连带状元、皇孙一起夸反而更自然一些。可问题就是，凭什么要文武百官一起夸他？！

反正唐介回去后反应过来了，撸起袖子决定开始收集王小状元的事迹，试图破解台谏弹劾不了王小状元的魔咒。

司马光训道：“你消停一点，我听人说唐御史盯上你了。”他把唐御史的事迹给王雱科普了一番，试图让王雱感受到唐介的可怕之处。

王雱听了很是配合地一脸震惊：“这么可怕的吗？”居然是个曾经喷过包拯的人，厉害了这位御史！

司马光说：“知道就好。”

王雱连连点头，把家书揣回家，用过晚饭后他和司马琰说了一声，带上一本新鲜出炉的《金明池诗集》出门溜达。他慢腾腾地溜达到唐介家门外，唐介是多年的台谏扛把子，显见是个两袖清风的人物，在京城租的是公租房。这地方王雱很熟，问了几个人就知晓了唐介的住处，到底是御史中丞，租用的房子至少带个院子，不算特别寒酸。王雱敲门后有个小童来开门，见了王雱，软声软气地问：“请问您是？”

王雱笑眯眯地自报家门后才道：“我找唐御史。”

小童见王雱姿容出众，又是儒生打扮，便斯文有礼地招呼道：“请随我来。”

光看这引路小童少年老成的做派，王雱便知道唐介家风甚严，不仅对自己要求高，对后辈要求也高。这种人，王雱最害怕了。只不过矛盾是不能放着不管的，既然他岳父通风报信说唐介要抓他的小辫子，他只能过来探探底。

王雱随着小童行到唐介书房外，小童先进去与唐介说起王雱来访的事。

唐介听说王雱来了，眉头一跳，感觉这小子没什么好事。不过人都在书房外了，真把人赶回去也不符合唐介为人处世的原则。更何况最近他新得了一本书，听说此书属王雱最精通！唐介只犹豫片刻，便让小童把王雱请进来。

王雱规规矩矩地朝唐介见礼：“见过唐御史。”

唐介前段时间怎么看王雱都觉得不太顺眼。首先，王雱这几年先是在文彦博手底下做事，文彦博是个走过后宫门道的；然后在王拱辰手底下做事，王拱辰是个走过后宫门道的；最后，王雱一回京后立马成了天子近臣，好几年都陪侍御前，妥妥的奸佞苗子！

身为多年台谏扛把子，唐介觉得王雱哪儿都有问题。比方说那个书商方洪，明面上是书商，这些年却什么都做，并在适当的时候把东西拿出来让王雱献出给朝廷。据说从王雱小时候起，方洪就和王安石、司马光家有密切联系，一直给他们付版税。民间盗印书籍的情况屡见不鲜，连方氏书坊推出的种种纸牌也有不少仿制品，这方氏书坊怎么就坚持给王雱一家大笔钱财，从来不昧掉他们分毫？若非方洪太傻、太正直，就是王雱一家许给他更大的好处！

官商勾连并不罕见，律法也没有明确规定不允许官宦之家与商贾往来。谁家背后没点田，没点生意？可王雱这情况实在太稀罕了，商人逐利才是本性，那方洪跟王雱却宛如一体，从来没有起过龃龉。难道世间真有这种方正清直的商贾？

越是深入了解王雱，唐介就越觉得王雱身上有太多难以解释的东西。更可怕的是，连他也找不出王雱有什么可攻讦的地方，细究之下还会发现他做的事大多利国利民。倘若换个人做成了这么多事，众人大概要把对方奉为当世贤臣。坏就坏在，做这些事的是王雱，他总不爱走寻常路，再好的事一经他的手都会变了味道。

唐介心情复杂地让王雱坐下，询问道：“你这番前来所为何事？”

王雱从怀里摸出一本《金明池诗集》，理所当然地道：“这《金明池诗集》我已经做好样书，不知有没有犯忌讳的地方。我思来想去，觉得您最了解这方面的东西，所以想请您帮忙看看！”

王雱不提还好，一提起这《金明池诗集》可把唐介的恼火又勾起来了。唐介毫不犹豫地拒绝：“别想了，我不会帮你看这玩意儿！”饶是唐介一向很约束自己的言行，说话都免不了带上点情绪，心想要不是你绑架了官家的意见，谁要夸你这毛头小子？

王雱一点都不意外。这拒绝正在他的预料之中！他随即开始唉声叹气：“看来啊，我岳父说的是真的。”

唐介看向他：“什么是真的？”唐介自然记得司马光，那是个台谏好苗子，还建储有功，年纪轻轻就紫袍加身，可谓是前途无量。相比王安石父子俩，唐介还是很欣赏司马光的。

王雱说：“我岳父跟我说，您要抓我把柄啦，要我老实点。我左思右想，没想出我有什么把柄好抓，我就想来看看是不是真的！”他一脸的忧愁和担心，“现在看来，您真的不喜欢我，想弹劾我啊！”

唐介一听，觉得司马光也不是那么值得欣赏了，居然打探台谏的消息告知自己女婿，真是岂有此理！

唐介道：“身正不怕影子斜，你若不做什么，我怎么可能弹劾得了你？”

王雱说：“我年纪小，胆小怕事！我岳父这么吓唬我，我自然害怕。我也感觉我没做什么，听您这么说我就放心了！我还以为您会把我当枢密都承旨或者侍讲学士的事情翻出来讲，老天明鉴，我找韩相公讨官当的时候要的是都水使者，可没要枢密都承旨啊！还有，侍讲学士也不是我要的，是韩相公和赵相公举荐我去考的，我事先也不知晓！赵相公您认得，他也当过御史中丞，可厉害了！”

唐介当然知道赵概，这位老牌台谏扛把子的战绩比他光辉多了，弹劾掉的宰执绝对不止一个两个！

唐介回朝后秉承着能不和宰执往来就不和宰执往来的原则，没怎么拜访过这位台谏老前辈，但也清楚赵概是什么性格。既然赵概能举荐王雱入馆阁，说明王雱的侍读学士之位来得清清白白。当然，唐介心里还是有点小疙瘩，毕竟赵概和韩琦是同年，韩琦和文彦博关系又还不错。这三人可是同年关系，他还是觉着王雱与他们成了一党！

听王雱亲口说“我要的明明是都水使者”，唐介额头青筋突突直跳，恼火地训斥道:“你当朝堂之事是什么?想要什么官就要什么官,那还不乱套!”

王雱老老实实地说出自己的想法:“反正朝廷需要人去做的事我能做啊,能做为什么不能要。小时候我爹就常对我说,既然有能力,那就要去担起属于自己的责任!”

唐介被王雱气笑了:“敢情别人不敢要官都是没担当,不负责任?”

王雱说:“话肯定不能这么说,人和人性格各有不同,有的人会说不会做,有的人会做不会说,只有少数人是说得到又做得到的。我们当然不能去责怪那些会做不会说的人!若是换成不会分辨是非、不能识人知人的上官,我也不会去开这个坏头,是韩相公他们行事方正、见识广博,我才敢向他们开口。若是我不适合,他们自然会否决我的请求。”

唐介早就知道王雱口才好,这会儿经王雱一说,他竟也觉得有几分道理。好在,身为台谏扛把子的警觉心提醒着他不要随意开口。

王雱见唐介不为所动,只能自发地抛出剩下的话:“我觉得,往后新科进士在崇文院修习之后,应该给他们一个机会挑选自己能胜任的职位。他们提交申请、参加对应考试,这样一来,他们也有机会充分发挥自己的天赋。人在做自己自己选择的事情时,干劲总会格外足!像审刑院、大理寺这些地方就做得很好,想要进去得经过单独的考试。”

唐介终于忍不住点头应和:“是这个理。”

王雱又给唐介讲自己在三司的见闻:“我在三司待过一段时间,跟着蔡学士推行新式记账法。那会儿我发现三司上上下下数百人,通晓算学的不过数十人。在其位而不能谋其政,明明是非常可怕的事,很多人却已经习以为常。我觉得这种情况不太妥当!”

唐介自然也知晓这情况。范仲淹主持的庆历新政就曾经针对这方面的弊端拟定一系列措施,后来范仲淹被外放,庆历新政期间许多举措也被无声无息地废除了。

这时,唐介才猛地想起,王雱除了疑似是韩琦他们一党的人、王安石的儿子、司马光的女婿之外,还是范仲淹的学生!只是范仲淹在洛阳休养数年,众人都已把他淡忘了,只记得一句“先天下之忧而忧,后天下之乐而乐”。

唐介看向眼前仅二十出头的年轻人,心中对他的观感已和从前不太一样了。思量片刻,对王雱道:“你年纪尚小,即便能陪侍在官家面前也无法左右朝中诸事。你把你的想法写下来,我琢磨琢磨,改日由我向太子殿下上书。”唐介这话的意思很明显:这事儿是要拉仇恨的,连你老师都失败了,你这乳臭未干的小子肯定干不成，还是让我来！

王雱听明白了，感动不已，当即挪过纸墨边写边和唐介探讨各项章程可不可行。两人讨论到灯芯快燃尽，王雱才停笔说：“您得早些歇息，我不能再叨扰下去了！”

唐介看看桌上的一小叠稿纸，觉得先拿出这些也足够了，便点头放王雱回去。

王雱又掏出那本《金明池诗集》问：“这样书您真的不留下看看吗？”

唐介忍无可忍，终于迸出一句不符合他多年方正清直形象的话：“滚，赶紧滚！”

王雱拜访唐介的事没几个人知晓，接下来几天只有身在台谏的司马光感觉唐介看他的眼神不太对。虽说台谏并非只有一家之言，不过很多时候大伙立场是很一致的，遇着该喷的就会齐心协力喷到结果令人满意为止。毕竟是声名远扬的清直方正唐子方，司马光一直久闻其名，很是景仰他的德行。因此，司马光也第一时间察觉唐介对他的微妙态度。台谏官员平日里不能多往来，司马光也不能直接跑上去问唐介“前辈您是不是对我有什么意见”。司马光思来想去，感觉不太对头，寻了个王雱登门“归还”小舅子司马康的机会问他：“最近，你是不是又干了什么？”

王雱自然喊冤，表示自己绝对是忠诚孝顺好女婿，整个开封没人能比。

司马光还是觉得不对，直截了当地说出自己的怀疑：“你是不是去见过唐御史？”他思来想去，认为问题只能出在王雱这小子身上。

王雱一听，立即夸司马光神机妙算，这都能知晓。他给司马光讲自己的心路历程：“那天您跟我说唐御史要弹劾我，我可担心了，回到家见了阿琰，阿琰听到我说唐御史这么可怕的人盯上我了，忧心忡忡地抱着阿珩对我说：‘阿珩他们才刚出生，你要是被弹劾了可怎么办才好。’大夫和我说，当娘的在这个时期最忌心情不佳、忧虑过重，所以我虽然害怕唐御史，但还是硬着头皮去找了他！”

阿珩这名字，是王安石写在信里隔着老远寄回来的，王安石表示到儿子这一辈得用王字旁，就跟王雱一辈用雨字头一样不能换！接着他又表示，珩者，佩上玉，所以节行止也。至于这节谁的行止，就不言自明了，让王雱自己体会。

王雱一琢磨，那肯定是节他爹的行止啊，他爹拉仇恨拉得那么稳，肯定需要个孙辈来拴一拴。

王雱和司马琰说了王安石给起的名，司马琰对此没有意见。关于王雱对“不言自明”的解说，司马琰也没有意见，只说了一句“你高兴就好”。

照理说女儿不入男丁的排辈，不过王雱肯定是要女儿儿子一视同仁的，所以他把他爹起的女儿名字否决了，和司马琰商量着给女儿起名“王珺”。

王雱非常满意：“这样一来，我们一家四口都带王了！”

司马琰当场戳穿王雱的想法：“我看你是觉得起别的不对称。”

王雱说：“那肯定的，同一天生的，名字怎么能一人一个样？儿子女儿都一样！”

这两个小孩的名字就这样早早定了下来。

司马光听王雱提起司马琰和外孙、外孙女，心也有些软了，觉得不该吓唬王雱。不过他还是觉得有点儿问题：“唐御史又没真的弹劾你，你是怎么和他说的？”

王雱眨巴一下眼，老实回答：“我就直接和他说，岳父你告诉我他要弹劾我啊！”

很快地，司马光家的邻居们又听见司马光把女婿扫地出门的动静。据说战况还挺激烈，司马光都抄着扫帚追到大门口了！

王雱愉快地刊行了《金明池诗集》之后，司马琰的产后恢复期也差不多过去了。她身体一直很健康，虽然一次性生下两个孩子有些伤身，带起孩子来也很累，但王家条件挺好，人手充足，司马琰看着和生产前差别不大。

这时官家把王雱召到御前，和王雱商量起一件大事：眼下看着太子监国没大问题，正巧洛阳宫修好了，他准备去洛阳休养。

王雱听后两眼发亮。这种提议王雱自个儿是不能提的，毕竟官家依然在位，他又与皇孙往来密切，贸然提出这种建议着实不太好。若是中途出了什么事，他怕是会成为众矢之的！

王雱道：“是这个理，不管怎么样，我们先到洛阳去。剩下的该怎么搬怎么迁，就看韩相公他们的了！”

官家莞尔：“我看韩卿待你极好，你怎么总爱把韩卿气得跳脚？”

王雱说：“没有的事，您可不能冤枉我，我可敬重韩相公了！”

从王雱这边得到赞同，官家转头就把自己的想法告诉了韩琦等人。

韩琦也是赞同迁都的，但官家甩手扔下一摊子事不管，太子又心有顾忌不能发表太多意见，等同于把他们这个宰执班子架在火上烤！韩琦联合富弼拦着官家劝说：“官家大病初愈，怕是经不得舟车劳顿！”

官家摇头道：“正是因为大病一场，朕才想去西京。若是我眼下不去，往后怕是去不了了。”他双目诚挚地望着自己十分倚重的两位宰相，“此乃朕之心愿，还望两位卿家莫再劝阻。”

韩琦与富弼都听明白了官家的意思，这可能是官家最后的心愿。两人看向官家过早花白的双鬓，心中恻然，最终都没再多劝。

朝中百官听闻官家要前往洛阳，反应不一。迁都之事已经定下章程，朝中没人会再光明正大地反对，既然迟早要迁都，官家这几个月来又不理朝政，那么官家去洛阳似乎也不是什么大不了的事。反对的声音比较小，很快被压下了，现在的问题就是：到底谁该随驾而去？两边若有要事需要相商，该哪个衙门负责跑动联系？

争议最大的还是随驾名单，很多人犹豫着要不要表态。有人这些年来都蒙受官家恩典，不提出想去洛阳好像对不起官家；可要是提出后真被带走了，是不是就等同于要远离政治中心了？还有，官家让太子监国，到底是真心实意的还是有心试探？不少人都还在观望中。

王雱没那么多犹豫，他第一时间和赵顼报上名去，表示自己肯定要去洛阳。随后陆陆续续有人提出跟随，官家得了名单，挑挑拣拣，最终只带走一些病退的、致仕的官员，把身强力壮还能继续为朝廷贡献一分力量的人都留在开封。

王雱得知此事敲定，当下回家叫人收拾家当，要带着全家一起随驾去洛阳。四叔王安国刚考上进士不久，还得在开封为朝廷效力，五叔王安礼也在当京官。一家人坐下商量之后，决定把开封这边的房子留给四叔、五叔他们住，王雱带着祖母、六叔前去洛阳落户，到洛阳那边后小妹成亲也方便些。王雱表示他早在洛阳那边买了个园子，那会儿地价房价还没疯涨，他挑的园子又大又好，可赚了！所以，开封这边许多东西都不用带过去，那儿什么都有，都是顶好的。

说是这么说，王雱祖母和吴氏却不敢想得那么轻松，前前后后收拾出好几车东西。这么多辆车要是随驾出发的话动静太大了，王雱先让人帮忙把大小杂物送去洛阳，到临行那日就只带着一家老小！人自然是跟着御驾最安全，这可是大宋顶配的安保团队，钱没了可以再赚，生命安全才是第一位的。

官家没让太多人相送，甚至还遣禁卫提前清过场，因此这日只有早早升起的春末艳阳格外热情。

赵曙与韩琦等人一路相送到城门外，官家从车上下来，精神竟比过去几年都要好。官家笑着勉励赵曙：“小时候你就聪慧得很，刚入宫时和顼儿一样对什么都好奇，”他殷殷相托，“这些年你辛苦了，可能往后还会更辛苦，但你是太子，自然得经受住各种考验。富卿、韩卿他们乃是大宋最贤明的宰辅，禁军乃是大宋最精悍的勇士。而今年春天，朝廷又遴选了一批文武人才——这朝中百官都是你能依仗的左右臂膀，你只要心系百姓、勤勉为政，朝野上下自会欣欣向荣。”

赵曙自从小时候被寄养宫中又送回父兄处，便觉自己如无根之萍，在哪儿都无所依仗。这些年更是谨小慎微，生怕自己做的事被人放大无数倍去指斥，他也痛恨这样的自己，只是多年积习终归不是一朝一夕能改变的。听了官家这样一番话，赵曙才感觉自己的双脚落到了实地上。并没有什么试探、没有什么猜疑，官家是真的想把大宋的未来交托给他，哪怕他看起来不那么适合。

赵曙双目含泪，正正经经地朝官家行了个大礼。官家受了他这礼，上前扶他起身。若是从前，他怕是不会做出这样的决定。但是在鬼门关前走过几遭之后，他渐渐想通了许多事。手中的权位交出去，眼前的一切顿时就开阔起来。哪怕赵曙一时半会撑不起来，有韩琦他们在旁辅佐也不会有大问题，而他也可以好好在西京度过最后的日子。最要紧的是，倘若他不幸在开封病故，迁都之事不知还要蹉跎多少年。所以，这时候去洛阳才是最好的。官家别过赵曙与百官，登上皇舆前往洛阳。

不知谁起的头，百官之中忽地起了一阵隐忍的哭声，连韩琦也被这哭声勾得眼眶泛红、视野朦胧。只能在远处看着的百姓见百官无声拭泪，虽不甚明白是怎么回事儿，却也都跟着哭了起来，开封城外顿时哭声一片。

王雱骑马跟在御驾之侧，听到这哭声后不由驻马回望。开封城墙巍峨高壮，看着坚不可摧。可在现实世界的历史之中，不久的将来这座城池被金兵轻易地踏破了，一场场大火烧掉了许多人的家园，烧掉了许多人引以为豪的骄傲，眼前所有再简单、再平常不过的生活成了许多人夜半惊泣的往昔美梦。王雱回过身策马前行。眼下的所有别离、眼下的所有争执，都是为了更长远、更安稳的将来。

王雱一行人往洛阳出发，洛阳那边也紧锣密鼓地筹备着迎驾。这几年里文彦博母亲病故，他丁忧居丧，今年年初又重新接任河南知府的职位。至于王老状元王拱辰，已经被召回朝廷任职去了，只是王雱这段时间没太管外朝的事，是以也没有机会和王拱辰叙旧。

文彦博得知官家要提前迁往洛阳，知晓这是迁都的事要提上议程了。若是做好了这事儿，那他就有机会重回中枢。文彦博积极地做着各种准备，迎驾这天他临出门还频频问妻子：“我这穿着可还妥当？可曾漏了什么？”不能怪两度为宰执的文彦博不镇定，他也不年轻了，又刚为母丁忧两年有余，这几年根本没机会在官家面前露脸。面圣对他而言，已经不像从前那么习以为常了。

文彦博妻子道：“不曾遗漏什么。”她和文彦博念叨，“这次元泽那孩子也一起过来了，听说他刚得了一双儿女，也不知路上有没有遇上什么事。元泽也是的，才足月不久的孩子哪经得了这样的奔波，等他来了我得好好说说他才行。”

文彦博听妻子还念起王雱来了，一脸不赞同地摇头说：“他们小夫妻俩自有分寸，你和他非亲非故的，说人家做什么？”

“哪里非亲非故了，他以前可常来我们家吃饭。”文彦博妻子道，“等会儿你见了他，可得问问他什么时候得空过来坐坐。不行，孩子还小，要不我去看看好了，你问好适合的日子，我这边叫人收拾收拾东西就过去！”

文彦博无奈地应下。也不知这王雱有什么好，他和韩琦交流过，韩琦妻子也把这小子当自家子侄看待，每逢王雱上门都亲自下厨给王雱做吃的。

文彦博出门领着洛阳诸官去等候御驾，有过当初官家巡幸洛阳的接驾经验，洛阳这边丝毫不显混乱，整整齐齐排列成行，比往常行香时更井然有序。

王雱上回到洛阳来已经隔了许久，看到那些或熟悉或陌生的面孔，心中一阵感慨：时间过得真快。

不管如何，迁都总算有了眉目。在这里狄咏可以尽情练兵，倚着山势水势把洛阳打造成坚不可摧的新都城！官家同样已先遣人到洛阳张罗，过来之后他们只需要直接入住便可。王雱陪着官家前往洛阳宫，重修之后，洛阳宫比开封皇城要宽敞高大。好在西苑已经对外开放，变成“西苑文化公园”，要不然台谏那边又要吵一场，讨论皇城是不是圈地太广。

官家见宫中无事，便让王雱回去安顿家小。王雱自然也关心一家老小，闻言立刻跑了，回去看看司马琰那边有没有忙活完。王雱一回到自家园子里，就发现范纯粹在大献殷勤，把吴氏哄得眉开眼笑。两处园子是相邻的，范纯粹知晓未来岳家要搬家，自然得过来出一分力！

王雱也没赶他走，只问他范仲淹身体可好。

范纯粹说：“爹身体很好，饭还能吃一碗半，每天得和庞相公他们去对面的西苑走两圈，精神着呢！”

王雱听了稍稍放心。既然家中无事，王雱与司马琰说了一声，便拎着范纯粹回了隔壁，前去拜见老师范仲淹。

范仲淹一如范纯粹所说，看着比从前还要精神。见王雱来了，他便让王雱坐下弹首曲子给他听听。王雱自然不会拒绝，师徒俩和往常一样以琴音交流了一遭，才聊起近来发生的事。

听王雱说把“选岗考试”的事交托给唐介了，范仲淹觉得有些稀奇：“你怎么和唐子方搭上线了？”

王雱感慨道：“唐御史，好人哪，我只是与他敞开心扉谈了一遭，他便说此事由他去办。于是我给他画了个朝堂架构，草拟出每个职位相应的要求，他听得直点头，表示我的想法很不错，他会说服太子殿下贯彻下去！”

这法子说着新鲜，其实就是类似于现实世界的公务员考试。目前来说你科举考中了，改官时一般很难自己选择方向，但如果改成每年列出岗位空缺，让符合条件的人自己选报，那效率就高多了，专业也会对口，可以减少类似身在三司而不通算学的情况，那相当于让没有学过半点会计和金融知识的人去管理一国财政。

大宋职责范围模糊是从上到下都有的问题，比如宰相和参知政事也没有特别的分管内容。要是换个强横点的宰相，所有事情都会被他揽到身上。目前，唐介准备去做的就是这么一件事：明确各单位分工，逐步提高官府的运转效率。现实世界历史中的王安石变法就提到财政既在三司又在户部，职责范围不清不楚，索性快刀斩乱麻，直接搞了个“制置三司条例司”，把三司和户部全架空。

范仲淹一听王雱夸唐介是好人，就感觉唐介怕是也着了他的道。不过这事儿能做成总归是好事，若非朝廷当真到了需要改变的时刻，官家也不会支持他们施行庆历新政。

王雱提出的这种方法倒是比他们当初的做法要温和一些。毕竟你要是不愿意考，也没人逼你去考，你只管在原来的职位上打转就好；要是家中背景雄厚，自然有办法为你谋来你想要的官职。

范仲淹说：“你有分寸便好。”范仲淹现在已不想那么多，连迁都这种事王雱都想得出来，还真快给他做成了，范仲淹觉得自己已经没什么可烦恼的了！

第二日，官家便微服而来，亲自见了范仲淹几位老臣。范仲淹与庞籍等人见官家亲至，都潸然落泪，君臣相见皆是两鬓斑白，顿觉流光最易把人抛。

既然已经来到洛阳，王雱自然不会闲下来，他迅速投入城建规划的清检工作中。

有刘高明他们投资，洛阳城的外城已经扩大了一圈，形成了和开封周围一样的民居聚落，各家庄子井然有序地按照安排建好，虽说因为地形关系不算方方正正、整整齐齐，但大体还是照着王雱搞的城市规划来发展的，四周的官道也已经修得四通八达。既然硬件设施基本搞定，接下来就该敞开洛阳大门，接受各方资本的投入了。

迁都之事早已传开，只是很多人仍在观望之中，怕中途有变故让他们投的钱打水漂。这会儿官家过来定居，相当于传递了迁都肯定能成的信号，许多人都准备往洛阳这边押宝了！

王雱与老朋友冯茂见了一面，同时也见了已经成为冯茂妻子的陆三娘。他给冯茂安排了一个重要工作，类似于招商办主任，负责和有意前来投资各个领域的代表人吃吃喝喝顺便吹牛。

冯茂最爱干这种风风光光的事，自然是一口应下，表示包在他们夫妻俩身上！受王雱影响，冯茂也觉得女子自立自强是最美的，因此不仅不拦着陆三娘做那些“抛头露面”的事，甚至还常常和人夸妻子比自己厉害多了！陆三娘当年追求者也不少，但她挑来挑去，还是挑中了冯茂。按她的说法是冯茂傻里傻气的，看着就有福相。真到了一起过日子的时候，长得俊不俊反而是其次，要紧的是在一起时处得舒心。跟每天傻乐呵的冯茂成亲后，陆三娘感觉自己也快活了不少。

王雱和冯茂夫妻俩聊完了，又跑去找文彦博商量如何给官家贺寿。

官家的生辰在四月十四，他们一路行来耽搁了不少时间，眼下已经迫在眉睫。大部分朝臣还在开封那边，官家早让他们不必过来贺寿，今年不准备大办。可这到底是官家的五十五岁生辰，总不能一点动静都没有。

王雱相信文彦博这么会来事的人肯定不会什么都不准备，所以先找文彦博探探底。文彦博知道王雱这小子贼精贼精的，也没瞒着，把自己的打算大略说了一下。怎么给官家贺寿那都是有例可循的，不能太出格，既然王雱有意掺和，文彦博索性把拟定的章程直接给王雱看。

王雱接过一看，都是些老一套，无非是诸官献礼献诗，官家与民同乐之类的。他摇摇头说：“没什么意思，还不如不搞，官家的身体走不了这么多繁文缛节。”

文彦博横他一眼，说道：“那你说该怎么搞？”

王雱略一思索，还真拿出了新主意来，凑到文彦博旁边如此这般地说了一通。

文彦博点头说：“这倒是可行，还不费事，就按你说的做。”

两人商议完后，各自去做准备。

第九章

泉下泥销骨

进入四月后，天气开始转热，官家每日都在洛阳宫的长廊中信步闲行，靠着徐徐凉风消暑。他已叮嘱过今年不必操办生辰，因此四月十四这日一早依然很清静，只有王雱与赵顼一早跑来陪他用早膳。

吃过早膳后，王雱和赵顼两小子便怂恿官家换上便服外出。赵顼兴致勃勃地说："我听说这几年码头那边修了个望江楼，比白樊楼还高还漂亮，不如我们去那边要个临江的房间看看江景。"

官家听了也颇感兴趣，示意左右都换上方便出行的衣着一并出了宫。

三人一起出了洛阳宫，只见沿街景致繁荣热闹，道旁摊贩规划得井然有序，时而还有观光马车辘辘而过，车身上绘有代表着洛阳各处美景的画作。快行到那望江楼时，他们还遇上了这两年在洛阳当城建美术指导的郭熙。王雱愉快地和郭熙"巧遇"，招呼郭熙一起去望江楼看江景。

正是艳阳初升，沿路的建筑都笼罩在一片氤氲的灿金日光里。一行人上到最高层后，只见整个码头尽归眼底，江水浩浩汤汤，在夏日照耀下泛着粼粼波光。官家立在窗前远眺，只觉神清气爽，浑身清透。他转头与王雱他们说道："这地方不错。"

赵顼拿着王雱送他的望远镜左望右望，兴致勃勃地说："是不错，望得远！"他忽然拉着官家指着远处惊叫，"您看，船！"

官家闻言顺着赵顼所指的方向看去，只见一艘货船从远处驶来，接着是第二艘、第三艘！

郭熙很快又指着另一边示意："那边也有！"码头两边竟有一艘艘货船齐齐驶来！

官家接过赵顼手里的望远镜远眺，发现每艘货船都满载货物，船上的船夫们衣着整齐、精神奕奕，虽然船身上打着不同的商号名字，看着却都是簇新的，样式很漂亮。

官家把视野转到码头上，发现文彦博亲自带着人在码头指挥着货船入港，周围除了有洛阳诸官之外，还有一队队队列整齐的挑夫、车夫等劳力，显然是等着为货船卸货的。这些劳力的精神面貌也非常好，一个个挺直腰板，骄傲地站立在府衙为他们划出的区域里等待今天的活计。有知府亲自为他们派活，他们可以和人吹上一年！

官家把望远镜递还给赵顼，笑骂："你俩胆儿大了，都敢诓我了。"

王雱道："文相公说要依照惯例给您办生辰，我觉得您什么都不缺了，不需要诸位同僚费心备礼。只要看到他们在洛阳做了什么，您就会很高兴了！"

官家自然不是生气，他看着还在从两边驶来的货船，问王雱："这些货物真的销得完吗？"

王雱道："那是自然，文相公哪敢在这些事上作假，他可怕被唐御史、吕知谏他们骂了！"

官家一乐，再往码头上看去，只见货船已经满布洛水之上，乌压压排了一片。

赵顼正拿着望远镜乱扫，见船都停下了，本觉有些无趣，忽见每艘船上都有几个差役打扮的人蹲在那儿倒腾，赶紧又和官家分享："官家您看，他们不知道又在做什么！"

官家奇道："你们不是合伙诓我出来的吗？你什么都不知道？"

赵顼说："元泽哥只叫我一起拉您出宫，没说要做什么啊！"

官家看着赵顼那满脸的理所当然，感觉王雱就算是指着前面一个大坑让他往里跳，他也会毫不犹豫地跳进去。不过官家到底还是好奇王雱还做了什么准备，重新接过望远镜往江上望去，只见每艘船上果然都有人在捣弄着一个连着吊篮的大布袋，也不知是在做什么。

很快地，这些人都停下了动作，一个个"布袋"鼓足了风，随风袅袅升起，飘到了半空之中。每个"布袋"上都写着不同的字眼：有的写着"福建"，有的写着"广南"，有的写着"两浙"，有的写着"京南"。

官家一个个看过去，忽地看到一个"布袋"上写着两个大字：燕云。官家眼眶倏地一红，定定地看着那"燕云"二字许久，放下望远镜一看，满江都是来自大宋各地的货船。随着那些布袋升空，离得最近的货船也陆陆续续开始卸货，码头的卸货工人们齐齐行动起来，像是辛勤的蜜蜂一样把货物运向或远或近的商铺、仓库，忙碌而又热闹。不管时局如何变化，只要生活还有一点小小的盼头，百姓们都会振作而振奋地为生活去奔走。

赵顼也是头一回站在高处看到这样的场景，只觉心绪翻腾，心底有种说不清道不明的激荡。他抓着窗沿看过瘾了，转头激动地朝官家说："以后一定会有更多船来的！将来，辽国、西夏、吐蕃、大理这些地方都会争着把东西运到我们这儿来，然后争着买我们的东西回去！"赵顼还不懂太多大道理，只能一股脑儿把自己的想法倒出来。可正是这份单纯的冲劲足够讨人喜欢。

官家拍拍他的脑袋，说道：“合该如此。”

赵顼得到了肯定，又进一步发表自己的意见：“燕云十六州，是我们的！”按照王雱的规划，先迁都洛阳，发展北方诸州。用不了多久，北方诸州肯定会强盛起来，然后他们就可以开始谋划着收回燕云十六州！赵顼对此坚信不疑，觉得只要王雱说的话就一定会实现。

官家听赵顼如此笃定，虽没应和，却也含笑看着热闹的码头。

文彦博有条不紊地在码头指挥完货船卸货，便率着洛阳诸官过来拜见官家，向官家恭贺生辰。知府都领头山呼万岁了，周围的百姓自然也齐声朝着望江楼上的官家喊“万岁，万岁，万万岁”。

官家赐诸官用宴，尝了尝望江楼的新鲜菜色，最后乘兴而来，尽兴而归。回到宫中，曹皇后又率后妃向官家祝寿，官家一一应对完，到只剩彼此二人时才对曹皇后说：“‘万岁’太长久了，这样就很好。”今日他看到了洛阳的繁荣，看到了大宋未来的后继者，看到了他们欢天喜地规划着的远景。他觉得这样就很好。

曹皇后听官家突然有此感慨，吓了一跳，含着泪说：“官家怎好说这样的话？”

官家轻拍她的手背，笑道：“顼儿心性纯善，会是个孝顺孩子。”

听出官家话里的意思，曹皇后泣下如雨，却没与任何人提起这番对话。

自从官家亲自观看了各方货船入洛阳的盛景，冯茂的招商引资工作就干得轻松至极，用他的话来说就是“每天都有人上赶着来送钱”。至于王雱，他到了洛阳之后自然更是如鱼入水，什么想干就干什么——毕竟文彦博现在坚定执行“能友好协商就友好协商”的方针，基本只要觉得可行的事就不拦着王雱，由着王雱把路修得四通八达，将城里城外修整得整整齐齐。

文彦博对王雱手里那种能飘到高处的大布袋倒是挺感兴趣，这东西和孔明灯差不多，但个头儿比孔明灯大，若是制造方便的话往后还能再拿出来耍耍。对此，王雱当然没意见，商品生产出来就是卖的嘛，他毫不犹豫地宰了文彦博一笔。这直接导致文彦博接下来很长一段时间都不想见到王雱，一看到王雱那张看似无害的脸，他就想到自己被王雱糊弄走的白花花的银子。王雱一点都不在意文彦博想不想见他，搞完招商引资这块又去整顿了一下他撒下的教育界种子，清掉了一部分害群之马。

转眼间到了八月，王雱陪着两个小孩玩耍，忽然听见开封那边有急报传来：

近来开封大雨，又淹到城里去了！

太子监国后十分勤勉，朔望朝会从不缺席，最近的一次朝会碰上大雨和洪灾，许多官员被堵在家中，竟只有十几个离得比较近的官员到场！这事儿当时弄得有点儿尴尬，赵曙差点儿又病了一场，等知道是水淹了才稍稍好转。只是经此一事，大伙都觉得是该迁都了，这几年老是水淹京师，恐怕是老天警示！

这类传言早已在朝野传开，不少家底丰厚的人已准备收拾细软直奔洛阳而去了。剩下那些走不了的人，开始上书向赵曙提出早日前往洛阳，好多侍奉在官家身侧！

赵曙那边一边命韩琦负责迁都事宜，一边遣人来向官家请示：自您迁往西京之后，朝中便开始准备迁都事宜，您看我们这就迁过去行不行？官家言简意赅地回了个"可"字。

打发完开封那边来的人，官家着人召王雱入宫，与他说起赵曙派人请示迁都事宜的事。王雱欢喜地说："文相公他们老早就准备好了！"官家笑了笑，叫人把棋盘搬来，与王雱下了几盘棋才让王雱回去。迁都之事就此定了下来。

开封那边天刚放晴，朝中上下就知道了官家的答复，纷纷收拾家当准备随行。由于种种宗卷、典籍、藏书都要搬迁，是以朝中留了一批人在开封完成清检工作。到九月中旬，赵曙正式率着朝中百官前往洛阳，他们走的是水路，一路上艳阳满天，长达小半个月的行程中竟都没看到半丝阴霾。

苏颂和苏洵、苏轼父子俩没跟在太子那艘船上，行动相对比较自在。他们站在船舱外看着沿途的风光，心中感慨不已，苏颂还有了谈古论今的兴致："自李唐之后，国都大多往南搬，鲜少能再纵贯南北。此番朝廷迁都洛阳，看来是要经略北方，严御外敌了！"

苏洵年纪虽最年长，却有着一颗好战的心："只是'严御'怎么成，若是时机适合，朝廷肯定要圆高祖遗愿取回燕云之地！"苏轼非常赞同他爹的话："合该如此，那本就是我们的地方！"

苏颂听苏家父子俩如此一说，也觉得朝廷颇有远志，心中不免也激荡起来："我曾出使辽国，他们骑兵虽强，却也有诸多弊病。近年来更是权位更替频繁，朝令夕改，民不聊生。若是朝廷当真有此打算，好好谋算应当能办到！"

苏轼一听，立即来了兴趣，拉着苏颂入船舱细谈。《孙子兵法》里说，知己知彼，百战不殆！既然苏颂知晓辽国的情况，苏轼当然非常感兴趣。等了解完苏颂在辽国的见闻，苏轼才问了个他很感兴趣的话题："听说辽国那边牛羊肉便宜，猪肉比较贵，是真的吗？我们要是在北边诸州推广养猪之法，将猪赶到榷场去卖，可不可行？”

朝廷北迁，赵曙自是要再一次做出还政姿态。官家摇摇头，让他去主持北迁诸事，近年来若不是在王雱他们面前，他说话已越来越少。

老熟人又都过来了，王雱很快活，偷偷摸摸去找唐介，和唐介商讨展开“大宋公考”的事。唐介这段时间虽然往上递了折子，但赵曙和韩琦默契地压下了，唐介对此很是气闷，偏他只是个御史，有建议权没有执行权！

王雱见唐介如此苦恼，还反过来安慰唐介：“饭要一口口吃，路要一步步走，不能急的！”他和唐介商量，“韩相公他们之所以压下此事，一来可能是因为官家在洛阳，他们不好贸然更改这些东西；二来可能是因为没有适合的人去执行。”

唐介自然也清楚，听得直点头。他问：“那你觉得眼下是合适的时机？”

王雱道：“对，眼下就很合适，朝廷刚北迁，一切都可以有新的开始。”

唐介觉得王雱不会无缘无故上门，他直截了当地问：“你有好的人选了？”

“别人我不太认得，我就说我认得的。”王雱说，“我觉得文相公和王尚书不错。”

文相公自然是文彦博，王尚书则是王拱辰，他回京后得了个尚书，算是升了个官，但实际上没什么差遣。

这两个人在朝廷北迁后处境都十分微妙，王雱觉得那太浪费了，到底都是灵活会来事的人，人脉也都不错。至于名声，不管好不好听，总归是说出名字去大伙都知道的类型。唐介一听到王雱提的两个人选，脸色就黑了。这两个人可都是台谏所不齿的存在！都曾走后宫门道升官，做事完全不符合士林追求！

王雱对唐介晓之以理，动之以情：文相公和王尚书，那都是会来事的人，由他们主持这桩事儿会更有灵活性！

王雱道：“商汤到野外巡视，看到有猎人在行祝网仪式，念念有词地表示希望‘天下四方皆入吾网’，汤上前劝说猎人网开三面，只留一面，当时他还说了一句话，‘欲左者左，欲右者右，欲高者高，欲下者下，吾取其犯命者’。若是凡事都求赶尽杀绝，百官如何安心做事、百姓如何安心休养生息？”

唐介听后默然。他虽然看不惯文彦博他们的行事做派，却也不得不承认他们确实是会办事的人。比方说同样是遇到战事到前线去，一些他们看好的“清直之臣”去了，反而酿成广南诸州沦落反贼之手的惨事；文彦博去了，却把各方关系处理得很好，迅速平乱立功！

王雱见唐介态度松动，继续游说："您看这事儿多棘手，他们不一定乐意干。能光明正大地让他们去干他们不乐意干的事，多难得啊！"

唐介想到文彦博他们可能会有的表情，也觉得很难得。不过唐介是个清正端方的人，坚决不承认自己已经开始想象文彦博变脸的画面！他绷着脸说："朝堂之事岂能儿戏，你且回去，我再想想。"

根据王雱多年经验判断，这事儿多半是成了，他没再多留，美滋滋地跑回家玩孩子去了。王雱一走，唐介就开始着手整理新折子，准备在第二天的朝会上递上朝廷北迁后的第一封奏疏——内容是举荐两个他看不惯的人主持选官考核改革。

第二天一早，洛阳迎来了百官正式迁往洛阳后的第一次朝会。毕竟是这种重要时刻，官家难得地穿上沉重的龙袍临朝听政。只是遇到有人奏事时，官家并不发表意见，而是询问赵曙："你觉得如何？"

赵曙到底经过了小半年的历练，虽然大部分时间都是听从韩琦几人的建议，但从前的拘谨少了不少，总算能说出点自己的意见来了。官家很满意，由始至终地都赵曙拿主意。直到唐介出列，官家才下意识地坐直身体。没办法，当初唐介逼得太紧，官家差点气恼地把他革职，还是第二天被人劝说之后才把他贬往岭南。这唐介，给他留了一点小阴影。

等唐介当庭展示完朝廷架构图，提出基于原本改官制度上的新式选官制度，官家才舒了一口气。只是提建议而不是要挑什么刺，还是可以接受的。

唐介表述的选官制度，官家听着也觉得很不错，不管成效是否显著，至少给了朝廷和朝臣双向选择的机会。唯一的问题可能是，这桩事不知应当由谁去执行比较好！

官家和赵曙都在思索着这个问题，唐介却直接点了两个出人意料的人选：文彦博和王拱辰。

众人听了俱是一惊，目光在唐介、文彦博、王拱辰身上转来转去，想瞅瞅这三个人是不是做了什么见不得人的交易！令他们吃惊的是，被推举出来的文彦博两人也一脸的惊诧，一看就知道根本没想过唐介会推荐自己。

清流们一琢磨，觉得唐介这一着着实妙啊，选了文彦博和王拱辰，那些个和他沆瀣一气的家伙就不好意思反对了，他们想喷的时候还可以毫不犹豫地喷他们个狗血淋头，一点都不用顾忌。与文彦博他们相熟或者走过文彦博他们门路的人，想了想也觉得，这事儿着实妙啊，有文彦博他们在，选官的方式不论怎么改，不都照样可以轻松过关？不愁！

一时间，百官竟都认为人选选得好好，没一个人站出来反对。

唯一想反对的就是文彦博和王拱辰了，这事儿可不好办，要是不徇私，找上来的都是亲朋旧故，很难全部推辞；要是徇私，唐介这些家伙都在旁边盯着，巴不得你弄出点幺蛾子来！可要是不接这差使，他们想要重新得到重要差遣、跻身朝堂核心，实在太难了！两相权衡之下，文彦博首先站出来表示自己愿意为朝廷分忧。王拱辰自然也跟着站出来表态。

官家再次询问赵曙觉得如何。这次有官家在侧，赵曙终于不再无视唐介的提议，表示这事儿交由文相公他们去做是极好的。

新科进士的授官制度从王雱那年开始就明里暗里地改了不少，唐介的提议不过是把已经试验过的一些选官方法进一步落实和细化而已。

朝会上敲定负责人之后，文彦博去寻唐介讨要了具体章程，与王拱辰一起琢磨起来。看着看着，文彦博觉得这章程的写法越看越熟悉，免不了纳闷地和王拱辰讨论：“你说唐子方怎么会想到推荐我俩？”

王拱辰自然也感觉手里拿的朝堂官职架构图非常熟悉，这种归纳总结的方式、这种严谨有序的编排和总结，总觉得特别眼熟。文彦博这么一提，王拱辰瞬间明白了：“你是说，是那小子让唐子方这么做的？他什么时候和唐子方搭上线了？”

文彦博道：“谁知道，那小子和谁都能说上话，没见他参加馆职试时还是赵概举荐上去的吗？”

两人交流了一下王雱在他们手底下做事时的辛酸往事，越说越确定这事儿是王雱干的没跑了。

文彦博与王雱还算熟悉，特意绕去集贤院那边找王雱算账。虽然文彦博来势汹汹，王雱还是一点都不慌，他一脸无辜：“是唐御史推荐的你们，和我没关系啊！”

文彦博冷笑：“若不是你在旁边鼓动，唐子方就算举荐完满朝的人，也不会轮到我头上。”对这一点，文彦博还是很有自知之明的。当初台谏诸官都要把张贵妃的伯父张尧佐弹劾下去时，只有唐介挖到他头上，死谏都要用上了，非要连着他和吴奎、包拯他们几个同年一锅端掉。

王雱依然不承认：“话不能说，您和唐御史都是一心为公之人，荐人自然只看适不适合，哪会看过去有没有恩怨？”

文彦博懒得理他，走了。

王雱跑去找许久不见的韩琦聊天：“这文相公啊，不知怎么想的，居然说是我让唐御史推荐他的。您说这算什么事啊，唐御史又不是我爹，难道我让他做什么他就做什么？”

韩琦横了王雱一眼，在心里一琢磨，觉得这事儿还真可能和王雱有关。本来这小子是把事情留给唐介了，让唐介力排众议敲定下来。结果赵曙表示“我不听我不听”，就搁置了。这会儿迁都洛阳，王雱又打起文彦博的主意！

韩琦顺着他的话说：“对，和你没关系，谁知道唐子方为什么突然推荐这么两个人。”

王雱说：“是啊，谁知道？文相公这么随意揣测可不好，要是他再往深里想，岂不是会觉得您也是一伙的！”

韩琦心里打了个突，瞪向王雱，骂道：“你小子少扯我下水！”他和文彦博可是同年，有多年交情在的！

王雱说：“根本就和我没关系，哪里谈得上扯您下水呢？都是文相公他瞎想的！”

见韩琦脸色不太好地左看右看，像是在找称手的家伙要来揍他，王雱立刻脚底抹油，直接溜了。韩琦觉得被这小子黏上简直是黄泥巴掉裤裆——根本说不清了！

不管怎么样，大宋公考制度的推行算是定了下来。

王雱见官家身体大好，又回归集贤院开始搞事情。他每天的日常除了当值时去陪官家读书之外就是拉着大伙商量出各种新方案，然后，在文武百官中挑选适合的人选，让对方负责付诸实践！

崇文院中的清流们对这种探讨家国大事的活动很是热衷，讨论出来还不用自己去干、自己去得罪人，真是美事一桩！当然，也有按捺不住想要自己上的，这个也简单，多读书多讨论多钻研，回头报考对应岗位就好！

朝廷北迁之后，朝野上下竟是一片欣荣，转眼间就到了嘉祐十一年的新年。大年初一，朝廷也是不放假的，官家将会亲自主持大朝会。这是朝廷北迁后的第一年，哪怕官家已经不理朝政，在这特殊的日子他依然需要露脸。

王雱趁机欢欢喜喜地拿了许多大红包。这回不仅他自己要红包，连他一双儿女也带出去讨了一堆。对王雱这种厚脸皮的行为，众人几乎都已经习以为常。看在两个小孩的面子上，大伙都决定不和他计较了。毕竟是过年，这样才有年味！

过年期间各种聚会都来了，王雱的同年陆陆续续抵达京城了，迁都之后自然再度聚首。

王雱从小到大就是孩子王，在同年之中年纪虽然最小，却与众人都是志同道合的朋友，自然得聚在一起好好聊聊人生聊聊理想。王雱乐滋滋地数了一圈发现，哎哟，自己还亏了啊，大多数人的儿女都比他多！这些家伙年纪都比他大，孩子都比他多，真是岂有此理！

苏轼道："既然你觉得亏了，那就让你媳妇给你再生两个。"

王雱说："那不行，生孩子太疼了，上次我和我媳妇说好了，有儿有女就好，万事贵精不贵多！"

苏轼听得直摇头："说得好像你生过一样。"

王雱道："我这叫感同身受！"

一伙人闹腾到夜深，王雱回家睡了一宿，感觉还是有点儿酒意。他一早起来灌了一大杯浓茶，和司马琰嘀咕："下次再不和苏子瞻一块儿喝酒了，那家伙老变着法灌我酒。"

"哪次你不是这么说，哪次他邀你你不去？"司马琰叮嘱，"今天你要在宫中当值，我看外面天有点儿阴，晚上可能会下雨。这乍暖还寒的天气，你多带件披风去，免得当值时突然转冷。"

王雱自然一口答应，顺便借感谢之机在司马琰脸颊上亲了一口。

每次碰上王雱当值的日子，赵顼就爱过来跟他一整天，主要是看看王雱每天做什么、看什么书，自己也学着做。这大半年来赵曙也到洛阳来了，赵顼的玩心收敛了许多，跟着他爹一起读了不少书。

赵顼悄悄和王雱说："其实爹以前就一直很喜欢你，你刚当状元时他总让我和你学。"

王雱揉揉他脑袋。一边是朋友，一边是亲爹，赵顼的为难王雱自然知晓。他与赵曙说是有什么大矛盾，其实也没有，只是他与官家亲近，与太子就注定不可能亲厚起来。见赵顼仍旧一脸期盼地望着自己，王雱笑道："这我当然知道，这世上哪有人会不喜欢我！"

饶是赵顼格外崇拜王雱，听到这话后还是觉得王雱着实脸皮太厚了！两人一起去陪着官家读书，到傍晚自然又留在官家那儿用晚膳。吃饱喝足后，赵顼得回去赶完功课再去集贤院找王雱。王雱和往常一样跟着官家在禁苑中信步闲行，步入一条长廊时，远处明霞满天，灿若锦缎，美不胜言。

王雱免不了与官家闲话家常："我跟您说，我早上出门时媳妇还和我说天阴沉沉的，怕夜里转冷，让我多带件披风。结果您看看，朝霞不出门，晚霞行千里，接下来肯定都会是好天气了。"

官家道:“你媳妇那是关心你。你啊，也不小了，别再像个小孩似的，得有男子汉的担当。”

王雱道:“我可努力赚俸禄养家了！”

官家也不再多说，和王雱绕着禁苑走了一圈才归去。这天他没有宿在曹皇后那边，而是独卧在寝殿之中。

夜里月色晴好，王雱和赵顼没睡，拉着一批人在月下闲谈，到夜深才各自散去。赵顼见已经很晚了，不想回去，便抱了个早早搬来的枕头和王雱说:“我早与爹娘说过了，若是留到太晚我就直接睡这儿。”

十来岁的少年是最难说通的，王雱也没拦着，由着他挤了半张床。到四更天的时候，王雱忽然感到胸口一阵发闷，仿佛有千钧巨石压于心口。他猛地坐起来，抬头看向窗外，发现窗不知什么时候被风吹开了，薄薄的窗纱被夜风吹得轻轻飘动。皎白的月色洒落一地，如水般皎净。

赵顼朦朦胧胧地坐起来，揉着眼睛问:“怎么了？”

王雱掀开被子下地，走到窗边看向窗外黝黑的天穹，胸口的闷意依然挥之不去。他转头看向跟着跑下床的赵顼，说道:“我们出去看看。”

赵顼虽不太明白出去看什么，但还是套上外套跟着王雱往外跑。出了集贤院、绕出崇文院，两个人沿着高高的宫墙往里走，路上巡视的禁卫看到他们都停下来见礼。

赵顼看着灯火点缀着的幽深宫道，不由拉住王雱说:“元泽哥，我忽然觉得好冷。”他被夜风吹得清醒了，奇怪地问，“我们这么晚往后宫走做什么？晚上宫门落栓，我们进不去啊！”

王雱说:“我也不知道，但我想去看看。”

赵顼往前望去，莫名感觉腿如灌铅:“好冷好黑！明明有灯，天气也很好……”

王雱直接拉着赵顼加快脚步，两人很快被挡在宫门前。这道门入夜之后就会关上，禁止外臣和内侍、宫人们进出。哪怕是赵顼也无权在夜里命人开门，王雱只能站在宫门前看着那高大的朱红大门。

赵顼被王雱少有的正经神色感染了，也乖乖陪着站在一旁。两个人没再说话，也没有离开，到五更天的时候里面忽然传来纷乱的脚步声和叫喊声。这在宫中是极少出现的，毕竟宫人们都需要经过严格的挑选和训练，出了差错也会面对严苛的惩罚。

赵顼急了，转头问王雱:“里面到底怎么了？”

王雱摇头："我也不知道。"他什么都不知道，甚至也不想知道，他不想做任何猜测，只想安安静静地在这宫门之前再站一会儿。只要宫门不打开，消息没传出来，噩耗就不会发生。

赵顼跑上前逼迫守宫门的禁卫开门。禁卫为难地说："入夜之后谁都不能私开宫门。"

王雱闭上眼，静静地站在原处。

此时，宫中已乱作一团，曹皇后闻讯赶至官家寝殿，当值的太医都一脸悲切地伏跪在官家榻前，不时地抬手揾泪。曹皇后心乱如麻，但将门之女的坚毅让她强撑着上前问清情况。

官家平常五更天就该起来了，今日一直没起，当值的内侍入内探看竟发现官家熟睡般躺在床上，已没了鼻息！

曹皇后立刻让人去传赵曙过来，这种关键时刻，赵曙务必到场。若是储君稳不住局面，朝野容易生乱！

曹皇后把事情都吩咐完，眼泪才夺眶而出，泪眼蒙眬地拉着官家已然泛凉的手啜泣。这个男人，并不是多好的丈夫，选她做皇后，不过是看中她出身武将之家，可以平衡朝中文武之势。他生性多情，年轻时喜欢美人，宠幸各种各样的女子；年过四十后格外想要儿子，更是雨露均沾，处处流连。可这个男人有着世间最仁厚的胸怀，哪怕心中有再多的不喜与怒火，转头也会为自己盛怒时做的决定而感到懊悔。这样一个男人或许不适合做个丈夫，但是他绝对是一个好君主。他网罗了天下文武英才，哪怕是她身在深宫也听说过不少人响亮的名声；他登基四十余年，保大宋四十余年太平无事，仁德之名遍四海。

曹皇后正哭得伤心，有禁卫小心地来向她请示："皇孙与王侍读在宫门外候了将近一个半时辰，可要放他们进来？"

曹皇后听了，点点头说："让他们进来，官家一直喜欢这两个孩子。"

禁卫匆匆跑回宫门那边，开了锁，取了栓。朱红的大门缓缓从里面打开了，王雱身上已经被早露打湿，他望向打开宫门的禁卫，希望他们只是按时开宫门，而不是带来宫中的噩耗。令王雱失望的是，禁卫一脸戚然地开口："殿下，王侍读，圣人让你们过去。"

赵顼仿佛也明白了什么，拉着王雱往官家的寝宫那边跑去。此时寝宫里里外外都已跪了一片，赵曙与高氏也早已赶到，到处都是哀哭之声。

王雱一个外臣，本没资格上前，赵曙却示意其他人腾出一个位置给他与官家话别。

王雱一顿，上前跪到榻前，看着那熟睡般的脸庞。蓦地想到昨日傍晚时霞光满天，官家对他说“得有男子汉的担当”，他只当是再寻常不过的对话，却不知那是他们最后一次那样说话。从此以后，榻上的人再不会睁眼，再不会无奈地说他这么大了还像个孩子。

一切来得毫无征兆，回头看去却又像是早已注定一样。

虽然才五十五岁，官家却已经登基四十多年，他没有快活的童年，也没有肆意的少年，自他十三岁起，大宋江山的重担就压到了他的肩膀上，仿佛他这个人只是为了继承那个位置而生。这样的活法实在太累了，累得官家曾在淬毒的丹药里寻求一丝难得的轻快。

最先预感到这一天何时会到来的，应该是官家自己。他早已把朝廷中的事安排妥当，又让自己过了一年的悠闲时光，看过去不曾看过的风景，读过去不曾读过的书，结交从前不曾结交过的人。即便这样的日子只有一年，他也已经心满意足。

也许到死他都不想看到任何人为他的故去伤心，所以挑了这么个风好月也好的日子安然地离去。为此，他没有当面与任何人告别。

赵顼年纪到底还小，抓着官家冰凉僵硬的手顿觉难以抑制的伤心涌上心头，再也顾不得什么皇孙仪态，直接痛哭出声。王雱转开眼，眼泪也落了下来。

不管你是什么身份、有什么地位，生老病死终归会来到眼前。到了这一刻，无论什么人都会希望世间有灵魂，离开的人仍能在另一个世界好好地活着。

朝阳初升，噩耗也传至前朝，百官赶至宫中时身上仍穿着朝服，当场解下金带佩鱼，齐齐失声痛哭。不管真伤心还是假伤心，哭过一场之后便需要有人出来主持大局。韩琦与富弼上前见过曹皇后与赵曙父子，曹皇后请知制诰王珪拟旨，尽快让太子继位。

国丧当前，哀告天下。洛阳百姓听到丧钟时都怔了一下，直至有人奔走来告，众人才恍然回神，不少人当场就哭了出来，归家寻出素衣换上。

王雱没掺和朝中诸事，守在灵前到宫门要关才归家。他到了家中，先去向祖母与吴氏问安。两人都面有哀色，手臂上系着孝布。她们虽只见过官家一两回，却始终认为是官家提拔了他们的儿子或丈夫，心中都对仁厚的官家充满敬爱。乍闻官家故去，吴氏抓着王雱的手落下泪来：“好端端地，官家怎么突然去了？”

王雱摇摇头，没有回应什么。他回了自己的院子，听到小孩子咿咿呀呀的学语声。家中一双儿女已经会爬，王雱单独给他们弄了个房间由着他们到处活动，平日里若是他与司马琰要去上衙，便雇了信得过的嬷嬷与婢子在旁照看。

今儿司马琰在家中，坐在榻上安抚着两个围着她啊啊叫唤的儿女。王雱站在门外看了一会儿，很快被眼尖的哥哥发现了，哥哥放弃扶着司马琰膝盖站立的游戏，四肢着地，啪嗒啪嗒地挪动小爪子往门口爬来。哥哥的动作很快引起妹妹的主意，妹妹也不甘落后地转头爬向王雱的方向。这下司马琰也注意到王雱回来了，有些担忧地望向他。

王雱进了铺满软毯子的“宝宝屋”，和平时一样陪着两个孩子玩了起来。结果玩着玩着，妹妹居然扶着他的手臂站起来，伸出软乎乎的手摸了摸王雱的唇角，一脸的好奇，觉得今天的爹爹好像不太一样。哥哥也被妹妹的动作吸引，奇怪地看向王雱少了几分笑意的嘴角。

王雱对上两双乌溜溜的眼睛，花了一整天才平复下来的情绪再度崩塌，忍不住将两个孩子紧紧抱入怀中。

第二日天气依然很好，王雱连夜被告知要早早去参加朝会，起来后匆匆用了碗粥便出发前往宫中。到了朝会地点之外，王雱与司马光他们撞上了。司马光也一脸倦色，显见是昨天夜里不曾好好休息。王雱和司马光问了好，一起入殿。接下来就是各种烦琐的讨论，包括如何立新皇，如何修山陵等等。

王雱由始至终都不曾参与，直至被任命为山陵使的韩琦唤他过去问意见，他才说：“您做事向来周全，不需要我多言。”

韩琦觉得有些奇怪：“我以为你会想去修山陵。”

王雱道：“山陵修得再好，保不住也是枉然。”赵宋皇族的陵墓后来被糟蹋得不成样子，哪怕后来重修了，也已经没什么意义。比起修山陵，王雱更想着眼于日后之事。

王雱和韩琦提出一个请求：“我想当告哀使去辽国一趟。”宋朝出使名目众多，有迎伴使、送伴使、生辰使、正旦使、告登位使等等。告哀使就是其中之一，两国有国丧时会派遣专门的使者告知对方。

韩琦听了王雱这话，斟酌片刻，问起王雱的打算。王雱自然不会隐瞒，他这一趟是想亲自看看辽国的情况。既然要收复燕云十六州，总不能空口白牙瞎嚷嚷，他想亲自去看一看。原以为他会有很多时间去琢磨这琢磨那，官家的故去让他想到人生无常，想做的事倘若不抓紧些去做，许多人恐怕等不到那一天的到来。

韩琦见王雱罕见地没有嬉皮笑脸，而是正正经经地和自己商量事情，一时间还有些不太习惯。听王雱说要去看看辽国，看看燕云十六州，韩琦说道：“此事不能强来，得慢慢谋划。”

王雱道：“我做事从不强来。”

韩琦一想，也对，王雱做事从来都是因势利导，从不逆势而行。他说道：“好，你先回去，我帮你争取争取。”

王雱听韩琦直接表态，安心地离去。

没过多久，宫中就有人往王家赐了先帝遗物，是些金银与珍玩，里头有套王雱讨了许久没讨成的棋子，那是先帝生前最喜爱的。一同过来的还有让王雱担任告哀使的诏书。

王雱领了命，才与司马琰说起此事。

知晓王雱要去辽国，司马琰道：“路上可要小心。”虽说在外人看来王雱只是少年得志的“王小状元”，没多少人知道他都做过什么，但辽国路远，还是得注意安全才行。司马琰叮嘱完还不放心，着手给王雱整理些药物，以防王雱路上水土不服或者受伤。

出使自然不是王雱一个人去，韩琦可不敢让王雱自己跑到辽国去，他把范纯仁选出来了，让范纯仁负责看好王雱，别让王雱闹腾得太厉害。那可是别人的地方，辽人可不会纵着他。要是王雱在辽国出个好歹，王安石回朝后非把他撕了不可！

王雱与范纯仁出发后不久，韩琦就发现王雱跑去当告哀使有多精明了。先帝驾崩，朝中本来就有一摊子事要忙，赵曙却提出要为先帝守孝三年，让他代为处理朝政！这可把韩琦吓得不轻。

好在所有人都不同意，纷纷劝说赵曙不要这样做。好不容易把人劝住了，赵曙的身体又出了问题，不太吃得下东西。听闻赵曙将近两天不曾进食，韩琦亲自端了粥去请赵曙多少用一些，赵曙却没吃下去，还失手打翻了粥碗，倒了韩琦一身粥。

这样一番折腾下来，可让韩琦整个人都憔悴了不少，免不了在心里痛骂富弼不厚道。自从赵曙说出要守孝三年的话后，富弼那家伙居然说自己足疾遇到阴雨天气复发了，要在家养病！真是岂有此理！

韩琦又要管着修山陵的事，又要把突然故态复萌的赵曙劝去上朝，忙得焦头烂额，恨不得让人去把已经出发好些天的王雱逮回来出出主意。

好在王雱虽跑了，还有个皇孙在。这小孩也机灵，知晓赵曙的情况后马上寸步不离地守候在左右。

韩琦观赵顼行止，觉得他即便不是生在帝王家，将来肯定也是个能当大用的少年郎。趁着讨论种种封号的机会，韩琦提出顺便把太子也立了。众人对此自然不会有意见。

有太子监国一年作为过渡，皇位更迭的影响已降到最小。要不是赵曙的几次推让，甚至可以说平稳得毫无波澜！

准太子赵顼倒是很遗憾，太子不太子的他其实不太在意，就是没能和王雱一起出使辽国让他不太开心。他也想跟王雱去看看那燕云十六州，将来把燕云十六州打回来的时候也好到陵前告诉皇祖父那是个什么样的地方。

这时候王雱已经行到了大宋边境。

先帝驾崩时还没出元宵，辽国的正旦使还在洛阳，正巧和王雱他们一起回去。王雱这几年和崇文院所有人都混得挺熟，想学什么都拉着别人学，契丹话也懂一点，路上时不时与辽国使者聊几句。得知王雱当初还和女真的完颜劾里钵比试，辽国使者顿时对王雱刮目相看，只可惜还在国丧期间，他们不能拉着王雱打猎和喝酒。

过了镇定府，他们就到了辽国的南京道。

南京道就是燕云十六州的一部分，其中包括辽国的南京析津府，地理上位于现实世界的北京。眼下的析津府却是隶属于辽国，早就与大宋无关。

使团在析津府住了一宿，第二日看着外面笼着蒙蒙薄雾的街道，范纯仁不由与王雱感慨："昨儿看到街上许多人仍是汉儿打扮，只是口音不一，大多夹着些契丹话。再过几十年的话，可能他们连汉话都不会说了。"

王雱没吭声。只要不起战乱，百姓自然能休养生息，不会去管上头管着他们的到底是谁。他说道："既然还不急着走，我们出去看看。"

范纯仁想了想，觉得不会出什么岔子，便应了下来，与王雱一起走出落脚处。王雱从这条街走到那条街，但凡遇上个人都上去聊聊，彼此都不是标准的官话或者契丹话，聊起来竟也不算磕绊。

若不是出城太耽误时间，王雱还想去城外走一圈。不过在城里看看，大致也能让王雱推断出析津府这边的经济情况和相关政策。既然统治者是契丹族，还有众多草原部族分治各方，生活在燕云十六州的汉人自然是等同于在夹缝中生存。好在小农经济的特点就是只要给一块地，一间茅屋，他们就能熬过一年又一年。而且析津府临近宋辽边境，离两国互市的榷场很近，商品贸易还算繁荣，日子倒还过得去。只可惜自从枢密使耶律乙辛被封为赵王之后，辽道宗耶律洪基就沉迷打猎，不理政务，朝中诸事多由耶律乙辛裁决。耶律乙辛独揽朝纲，底下的人都要想方设法讨好他，各地有珍稀或美人都被搜罗上去献给耶律乙辛，还把各种重赋重役压到汉人头上。总之，只要上面出一个贪婪的人，普通百姓的日子永远最不好过。

范纯仁原本看王雱这里聊聊那里聊聊还摸不着头脑，等回去后听王雱给他分析了一路上得来的消息，甚至还根据城中米粮价格和沿途耕地情况估算出辽国的粮食情况，范纯仁才恍然明白王雱为什么要走这一趟。要是让王雱把辽国境内全走一遍，这小子怕是连辽国有几个兵都能数清楚！

既然是告哀使，自然不会沿途游玩逗留。王雱一路上只匆匆了解了一些情况，便跟着辽国使者一行人奔赴上京临潢府。使团稍做休整，就有人来请他们入宫。

春天是禽鸟孕养的季节，辽道宗耶律洪基减少了狩猎次数，是以这次王雱得以与耶律洪基见上一面。

耶律洪基是典型的草原人，身材高大，五官英朗，自带一股豪放不羁的气度。见大宋派来的告哀使年纪颇小，耶律洪基有些意外，细细地打量起王雱来。

哪怕是面对辽国的君主，王雱也毫不畏怯，行了使节应有的礼仪，才将记载着先帝驾崩之事的国书递了上去。

耶律洪基早得了消息，大辽朝廷也已有过一系列的探讨：大宋新君是怎么样的人？双方的和谈还算不算数？接下来，两边会不会大动干戈？最要紧的就是最后一项。

赵曙是大宋前几年才立的太子，众人以前对他了解不深，只知道他幼时就曾寄养宫中。比较令耶律洪基在意的是大宋突然迁都洛阳，这等同于发出一种信号：大宋不畏辽国西夏，有意好好经略北方。这件事是赵曙监国期间完成的，不得不让他们警惕赵曙此人野心勃勃，有别于他的叔父赵祯！

王雱此人，耶律洪基也是听过的。听说有一年使团前往开封，完颜部的完颜劾里钵曾主动挑衅过王雱，结果在骑射一道上输给了王雱。这一点让耶律洪基印象深刻，因为耶律洪基最大的爱好就是狩猎，他之所以记得完颜劾里钵这个年轻人就是因为他骑射好，陪他打猎时能尽兴。

能让完颜劾里钵服输的人，着实让耶律洪基非常好奇。不过这个时候不该琢磨这些，关于如何迎接大宋告哀使，耶律乙辛他们已经定好整个流程：首先要认真把大宋国书看一遍，然后大哭一场，下旨做一系列缅怀大宋明主、表现大辽维护两国和平局面决心的举措。

耶律洪基打开国书，发现这国书写得情真意切，句句都让人伤心，根本不需做戏，看着看着当场便落下泪来。他向王雱一行人表达了对大宋明主去世的沉痛哀悼，宣布早已商定好的诏令，把该走的程序都走完了，又留王雱他们用过饭才放使团去歇息。

一路舟车劳顿，又得打起精神应对完耶律洪基，王雱确实有些疲倦了，与范纯仁等人回到落脚的地方歇下。

王雱一行人离宫，耶律洪基留下宰相张孝杰说话。张孝杰是耶律洪基登基后选出的第一个状元，虽是汉人出身，却很得耶律洪基信任。

耶律洪基道："此子似乎也没什么特别之处。"除了年纪轻轻就应对自如、深得大宋朝廷信重之外，王雱确实没显露什么特别的地方。

张孝杰取出一叠揣在身上的文稿呈与耶律洪基："此子不仅文采出众，还精通策论，颇有些奇计巧思，这是一些他刊行在外的文章。陛下可以看过再做定论！"

耶律洪基好习汉文，诗文也写得不错，听张孝杰这么一说便来了兴趣，接过文稿细看起来。王雱的文章不难拿到，因为他经常在《国风》上发表文章，报纸刊行之后更是时常发表点社论或诗文，算是大宋文坛的活跃分子。耶律洪基把张孝杰带来的文稿通读一遍，只觉畅快淋漓，回过神后对张孝杰说道："他的文章应该不止这些，你把他所有文章都给我搜罗回来。"不管王雱这人如何，他的文章确实写得非常好，不管是想法还是写法都非常对耶律洪基胃口。

张孝杰领命而去，才出门就撞上太子耶律浚。耶律浚今年九岁，张孝杰向他行礼他也不怎么理会，径直跑进去向耶律洪基炫耀自己打下的大鸟。耶律洪基很喜欢这个儿子，当即笑着夸奖起他来。

听着父子俩的笑声，张孝杰眼中掠过一丝阴霾。皇后萧观音初时因为擅长诗文与琵琶备受宠爱，耶律洪基登基后就将她立为皇后，并早早立了耶律浚为太子。幸运的是好景不长，萧皇后很快因为劝谏耶律洪基不要耽于打猎、不理政事，被耶律洪基疏远了。这对萧皇后来说是件坏事，对他和耶律乙辛来说却是件大好事，只要耶律洪基继续沉迷酒色与行猎，大辽真正做主的人就是他们！可惜太子是萧皇后抚养长大的，从小就对他们很是不满，将来若是当真由太子继位，他们的好日子也就到头了！好在，太子还小……

张孝杰没有多留，快步出了宫。

张孝杰显然是个有心人，还没到第二天，他就把搜集到的王雱的文章、刊物送了上去。当时太子耶律浚还在旁边，看到其中有几本图文并茂的书就来了兴致。耶律洪基和萧皇后都是熟读诗文的人，他耳濡目染之下也能看懂一些，只是那些经义典籍他是一看就头疼，诗词文章他也不太感兴趣。意外翻开一本

《水浒食神》之后，耶律浚就津津有味地读了起来，时不时还和耶律洪基惊叹："哇，这个看起来好厉害！""哇，我想吃这个！"耶律洪基被他弄得好奇了，也取过一本《水浒食神》看了起来。父子俩看得入神，一时竟忘了饭点。

萧皇后久久没见耶律浚回去，有些着急，打发人去找。结果去的人回来说他们父子俩都在看书没吃饭，有人进去提醒还被耶律洪基赶了出来。

萧皇后心里觉得惊异，亲自寻了过去，只见父子俩争着一本书谁都不让谁。自从耶律洪基登基之后，萧皇后已极少看到他这一面，看到此情此景眼眶不由有些湿润。

屋内的耶律洪基两人也注意到站在门口的萧皇后。自从屡次被萧皇后拦着劝谏、丢了面子，耶律洪基就不怎么宠幸萧皇后了。蓦然见她眼眶微红，扶门而立，娇美如花的脸庞透着种难言的纤楚可怜，耶律洪基不由想起初见时她抱着琵琶露出半张羞怯的脸的那一幕。

夫妻俩对望无言，还是耶律浚首先反应过来，悄悄把书从耶律洪基手里抢走，跑过去向萧皇后献宝："母后，您看，这书可好看了！"

萧皇后笑着摸摸他的脑袋，说道："看到你刚才和你父皇在抢了，看来真的很好看。"

耶律洪基听到萧皇后的话，觉得有点儿丢面子。他把桌上的书稿推到一边准备回头再看，忽然看到里头夹着一本曲谱，便取了出来起身拿给了萧皇后："这是那王小状元写的曲谱，听说此子还精通音律，你可以拿去看看这些曲子好不好。"

萧皇后闻言心中欢喜，接过了耶律洪基送她的曲谱。三个人一起用了晚饭，耶律洪基又带着耶律浚回去看书。耶律浚人小鬼大，捂着最后一本《水浒食神》不给他抢走，耶律洪基只能先看别的。等父子俩都看完了，不由异口同声地骂起了王雱：这家伙画了十几年，居然还没画完！真是岂有此理！

别看《水浒食神》是个美食故事，但行文与作画都透着种干脆利落的爽快感，众多食神候选人之间错综复杂的关系、感人肺腑的情义，都非常对耶律洪基父子俩的胃口。

耶律浚愤愤不平地怂恿耶律洪基："父皇，不如我们把那王小状元扣下来，他不画完不许走！"

耶律洪基道："他是大宋的告哀使，不能这样做。"

耶律浚失望地问起另一件事："那最新一册里提到的《黄金国》，您这里怎么没有啊？"

王雱这两年在书迷们的再次疯狂催更下又画了一册，把《水浒食神》和《黄金国》的世界打通了，让食神候选人们挑战处理全新的海外食材。这一波操作太风骚，直接让曾经风靡一时的《黄金国》再次风靡大宋，轮到沈括被人催着写《黄金国》续集了。

耶律洪基揉揉耶律浚脑袋："你先去睡，我明儿叫人送来。"

第二天耶律洪基父子俩又拿到了《黄金国》，这次耶律洪基直接要了两套，防止抢书局面再度出现。

与此同时，王雱正和范纯仁享用着异乡的早饭。考虑到他们处于国丧期间，辽国这边负责接待他们的人只送了素食。

范纯仁肩负着盯紧王雱的重任，这段时间王雱这么乖巧还真让他有些不习惯。他问王雱："今天要出去吗？"

王雱奇道："难得师兄你想出去啊！"

范纯仁说："我是怕你坐不住！"

王雱道："本来我不想出去的，被你这么一提，我还真不想待着了。我们走了这么远才来到这边，还是出去看看。"

两个人与其他人说了一声，到上京街头逛了起来。

辽国立国百年有余，一部分人已经丧失了游牧民族的特性，和宋人一样过着安定的生活。与他们相反的是，女真、蒙古等部族时常与其他部族生出矛盾，相互撕咬，倒是保留着游牧民族的血性与好战特质。

任何国家发展到一定程度，各种问题都会逐渐显露。照这种情况下去，再过几十年辽国就不再适合当草原狼群的头狼，到那个时候，新的头狼会咬断它的咽喉，取而代之！王雱要考虑的不仅仅是辽国，还有草原上的一整群狼。在现实世界的记载里，大宋曾联金灭辽，想借此要回燕云十六州，结果被金兵反戈一击，直接挥师南下直取开封。所以，并不是直接搞定辽国就万事大吉。

王雱琢磨来琢磨去，觉得怎么防都不可能万无一失，归根到底，进攻才是最好的防守！只是在主动出击之前，大宋还得先把骑兵和水师给练好。好在军校已经开始输出人才，不愁军中没人可用。

心里想着事，王雱也没心情多逛，和范纯仁溜达一圈就回了落脚处。没想到还没进门，居然正巧碰到耶律洪基派来的人。对方带着笑脸迎上来，说耶律洪基请王雱去一趟。

范纯仁眉头一跳，忙问是为了什么事。临行前韩琦特意留下他千叮咛万嘱咐，别放王雱单独行动，耶律洪基要请王雱过去，范纯仁着实不放心。来人显然也不知晓耶律洪基宣召王雱的用意，一问三不知，只说自己是领命来请王雱的。

王雱把范纯仁拉到一边说悄悄话："师兄放心，我们可是大宋使者！两军交战尚且不斩来使，何况宋辽交好多年，你担心什么？"

范纯仁横了王雱一眼，坚决表示自己也要一起去。他是担心耶律洪基对王雱做什么吗？他是怕王雱又弄出什么幺蛾子！

王雱接收到范纯仁的眼神，觉得自己可冤枉了。这都什么人啊！难道他一个小小的使者，还能对耶律洪基这个一国之君做什么不成！自认是个小小使者的王雱一路上也在纳闷耶律洪基找他做什么。他可是安安分分乖乖巧巧，除了和范纯仁分析分析辽国基本国情之外根本没做什么。

到了地方之后，王雱才发现在场的还有个小童，八九岁，长得挺机灵。契丹人有髡发习俗，就是把头顶的头发全剃光，留下刘海和鬓边的头发当装饰，王雱路上见到的人不是带着皮帽子就是裹着布巾，还没仔细地观察过髡发是怎么回事儿，乍一看这小孩，王雱受到了一点小冲击，年纪这么小，咋就去剃秃头呢！好在小孩子长得还算俊秀可爱，可以撑得住这种草原人专用发型。

一见王雱，小童就搁下手里的书，跳下椅子噔噔噔跑上前，边绕着王雱转了一圈边问："你就是那王小状元吗？"

王雱道："是我没错。"王雱觉得稀奇，这小孩怎么知道他当过状元？难道他考上状元的事已经走出国门，传遍辽国了？好奇归好奇，王雱还是先与范纯仁一起向耶律洪基行了礼。

耶律洪基让人给王雱两人赐座，唤回蠢蠢欲动想邀请王雱留下来画新书给他看的耶律浚。他说道："此次让人请使者过来不是为了公事。"

听到耶律洪基这话，范纯仁警惕起来。要知道当初范仲淹遭贬谪，理由之一就是范仲淹曾得到西夏国主带有挑衅意味的书信，气恼地当场烧毁。朝中有人攻讦范仲淹与西夏那边有私交，得了西夏那边的书信不将原件送往朝廷，属于通敌叛国的死罪。这也是范纯仁一定要跟来的原因，绝对不能让王雱落下私交辽国国主的话柄。

王雱却镇定得很，他自觉还没对辽国做什么，虽然对着他们的使者搞过大阅兵，派过商队到燕云搞贸易，还倡议在密州建市舶司并训练水师。但他一没露脸，二没动真刀实枪，顶多是和完颜劾里钵比了个骑射——所以他一点都不紧张。

耶律洪基将两人的神色都尽收眼底，对王雱越发欣赏。都说以字观人，耶律洪基觉得不对，应该以文观人才更准确。这王家子年纪小，行文有一股开阔肆意的气度，常有出人意料之处，细究之下却又事事都在情理之中，嬉笑怒骂间写尽人生百态！难怪宋人那大行皇帝这般喜爱这个王小状元，倘若这年轻人生在辽国，他应该也会像倚重张孝杰一样倚重他，甚至可以说，这王小状元的文章远远胜于张孝杰！

耶律洪基拍拍耶律浚的脑袋，对王雱道：“浚儿读了你的《水浒食神》，很想见见你，所以我才让人把你请过来。”

耶律浚见总算到自己说话的时候啦，高兴地开口：“对啊对啊，父皇也很喜欢，还和我抢呢！”

耶律洪基：“……”

范纯仁：“……”

耶律浚再一次跑到王雱身边，一屁股坐下，拉住王雱的手两眼放光地说：“你什么时候画下一本？要不就在我们这里画完再走！我的住处很大，可以给你留一间！”

耶律洪基也玩笑般说道：“若是使者愿意的话，朕可以拟一封国书让其他人带回去。”

不等王雱说话，范纯仁就已经严词替王雱拒绝，并且洋洋洒洒地说了一通大道理，让耶律洪基切勿再说这种玩笑话。

耶律洪基还是头一回面对这种长篇大论的发言，一时有些头疼。刚才这大宋文官还一脸谨慎和警惕，进入发言状态之后竟能这样滔滔不绝、义正词严，真是让人吃惊。耶律浚听不太懂，不过也感受到了文官的威力，乖乖地闭嘴不再吭声。

王雱心里有点儿乐，师兄这绝招威力多年不减，一直这么让人害怕！见耶律洪基父子俩都一脸绝望，王雱偷偷拉了拉范纯仁，让范纯仁适可而止。范纯仁瞪了王雱一眼，觉得王雱才是万恶之源。他也回过味来，觉得自己要是再不控制控制，就要对着辽国国主开喷了，只好暂时偃旗息鼓。

接下来的气氛就融洽多了，主要是耶律浚负责把他们父子俩感兴趣的部分拉出来和王雱讨论。前面的内容让耶律浚看完很想去梁山泊游览一番，最后一册却让耶律洪基父子俩都对海外之事极感兴趣：“海外真的有那香甜可口的玉米和甜滋滋香喷喷的地瓜？”

王雱道：“我也不知晓，毕竟海船还没有走太远。”

耶律浚又问：“那海里真的有比船还大的鱼吗？”

这个王雱可以展开的就多了，当场要来纸笔给耶律浚画起了海洋生物大全：鲨鱼、鲸鱼、八爪鱼、魔鬼鱼、电鳐、电鳗……

王雱这一手不仅吸引了耶律浚，还把耶律洪基和范纯仁也吸引了。海洋之大，无边无际，人对未知的东西总是充满畏惧，所以许多人都很敬畏海洋。这些生物，王雱表示有的是从渔人之口得知，有的是假借各种典籍复原，洋洋洒洒讲述了许多惊险刺激的海洋故事，目的很简单：朋友，一起来探索广阔的海洋！

既然耶律洪基爱打猎，王雱当然不能只构建美丽海洋梦，他又给耶律浚介绍起北边的物种。越往北，动物的皮毛长得越好，越容易找到各种美丽的物种，如雪狐、雪貂、白虎等等；还有高大凶狠的棕熊、北极熊、红狼；据传北边还活跃着麝香鹿、麝香鼠等等能产麝香的动物，名贵得很，加工加工可以卖出大价钱！

即便耶律洪基从小热爱打猎，也感觉有许多飞禽走兽是他闻所未闻的。听王雱言之凿凿地说出其中许多生物的习性，耶律洪基已经完全被吸引住了。

王雱表示，读史书时听说汉代匈奴曾据一地，中有内海，名为北海，北海之大，浩瀚无边，因而称之为“海”。他虽没去过，但知晓它有数百条支流汇入其中，水深不可测，中有巨鱼出没，凶险可怕，却孕育着无数生机。

王雱又说，南方的雪总归秀气了些，他若是能到更北方去，肯定要玩个痛快！最后表示：你听说过滑雪吗？你听说过蹦极吗？你听说过攀岩吗？你听说过极限运动吗？唉，都可刺激了，可惜不能亲自一试！

王雱这厮边写边画，画了几个潇洒漂亮的滑雪动作就不说了，竟连滑雪装备如何制造都给画了出来，耶律浚看得眼都直了。

耶律浚平时也爱玩雪，但仅限于找玩伴打打雪仗，从来不知道下雪天还能这么玩！听王雱说，越往北天气越冷，下雪的时候也越多，一年里头许多季节都可以这样玩，感觉真是太棒、太刺激了！耶律浚问他爹：“北海在西北招讨司那边吗？”他年纪还小，对辽国疆土只有大概的认知。

耶律洪基看了王雱一眼，觉得这小子也太放得开了，前头看着还是个规规矩矩的大宋使者，一说起玩就收不住话，竟拉着他们聊了半天！耶律洪基道：“应该在斡朗改那一带。”

斡朗改是辽国属国之一，耶律洪基一直没怎么放在心上，只依稀记得那里有个“小海”。听王雱这么一说，耶律洪基倒是来了兴趣，想去那“北海”晃悠一圈。

不觉已经日头偏西，又到了饭点，耶律洪基留王雱和范纯仁吃过晚膳再回去。

依依不舍地送走王雱之后，耶律浚喜滋滋地抱着王雱留下的画稿对他爹说："这是我的！"

耶律洪基道："行，你的，反正你不想我让人把滑雪用的东西做出来。"

耶律浚赶紧重新摊开画稿，肉疼地挑出那些极限运动装备设计图留给耶律洪基，还和耶律洪基说起对王雱和范纯仁两人的观感："那王小状元真是善谈，相比之下，那位范使者就很可怕了！"

耶律洪基对此怀有相同意见，很赞同儿子的意见。听说大宋几乎满朝都是这样的人，当皇帝还要每天被人追着喷，耶律洪基觉得隔壁的同行可真不容易，怪不得年纪轻轻就驾崩了。这边父子俩完成了画稿的分配以及对两个使者的评价，另一边的王雱和范纯仁也已从宫中离开。

出了宫，范纯仁才回过味来，觉得王雱刚才不该在耶律洪基面前大谈特谈。

王雱反驳："我只是和他们的小太子分享一下自己知道的东西而已。"

韩琦挑范纯仁来盯紧王雱是有道理的，王雱这么一反驳，范纯仁就开始对王雱进行深刻的思想教育，一路教育到他们重回落脚处。

王雱被范纯仁念得脑仁发疼，回到房中后文兴大发，写了篇诗文说韩琦一直对他多有栽培，此次又将出使辽国的事交托给他，如今他身在异国，格外想念这位"一句之师"，不知韩相公如今怎么样了，吃得好不好？睡得好不好？有没有因为朝政忙碌而添了白发？

情真意切地表述完这些感情，王雱剩下的近千字就开始卖力地鼓吹韩琦的厉害之处，说他武能定边，文可称圣，西夏的边事是他搞定的，对辽的政策是他制定的，写得有板有眼，生动具体，趣味横生——一句话总结，什么事都是韩琦干的。韩相公，实乃不世出之英才！

王雱写完诗文，不动声色地去和人分享，主要分享对象是负责接待他们的辽国汉人，他们懂汉文，又通契丹语，还是文人出身，最容易将文章传播出去。果然，使团还没走完既定的告哀程序，王雱这篇吹捧韩琦的文章就已经传遍上京。就连张孝杰、耶律乙辛这些人都读过这篇文章，不过耶律乙辛不通汉文，是张孝杰翻译给他听的。

耶律乙辛听完后问道："那韩琦真有这么厉害？"

张孝杰道："韩琦被钦定为辅政大臣，如今算是两朝为相，自然厉害。但这文章怕是那王雱故意在为韩琦扬名，想借此威慑我们！"

耶律乙辛冷笑："简直异想天开！"

张孝杰诡计最多，当即向耶律乙辛提议："我看此事倒是能多加利用。宋人新皇刚继位，根基不稳，若是我们先推波助澜把这文章传扬出去，坐实那韩琦名动大辽之事，再设法将此事传到洛阳去，说'天下人人不知天子，只知韩公'！"

耶律乙辛向耶律洪基举荐张孝杰就是因为张孝杰主意多，虽是汉人，对汉人却比谁都狠，不管是欺上瞒下还是盘剥夺利都很有一套。听张孝杰开口就是对宋的毒计，耶律乙辛自然乐见其成："行，此事由你去办。"

第十章

吾辈道不孤

王雱回去的前一天，给耶律浚送了幅画，那画叫《索菲娅的微笑》。画上是个骑在白色西伯利亚虎身上的少女，白虎栩栩如生，明明周围落了层薄薄的雪，白色的皮毛却能完美地与周围区分开，呈现出截然不同的质感。

这只老虎凶狠、骁勇，令人看着就生出一种难言的驯服欲。与它截然相反的是虎背上的赤足少女，她不畏寒冬，衣着单薄，脸上却带着浅淡的微笑，仿佛在思念着远方的某个人。这女孩肤白赛雪，五官深邃，更难得的是一双眼睛碧蓝如海，清明透亮。

这样一幅画送到耶律浚手中，耶律浚只觉画上少女当真美丽可爱。可耶律洪基看了，却感觉到一种久违的心动。耶律洪基今年不过三十多岁，比王雱大不了多少，自从与萧皇后感情日渐疏淡，他便沉迷酒色，享用各色美人。但那些美人都不如这画上的少女。这一刻，耶律洪基想到王雱所说的话。

王雱说的海洋诸事只吸引了耶律浚，耶律洪基更偏好王雱说的北方——到更北的地方去，会有毛色雪白、前所未见的许多好猎物，也会有这种肤白胜雪、眼睛碧蓝的美人。哪怕画上人已老，她还会有妹妹、有女儿，有许多和她一样美丽的同族……纤弱美好的女人，他已经有一个萧皇后，汉家女子他也能轻易寻来。他需要更令他心动的美人，如画上这灵动又神秘的少女。可惜耶律洪基看到画的时候，王雱一行人已启程南归。

范纯仁是亲眼看着王雱画那幅画的。知道王雱顺利把画送了出去，范纯仁忍不住问："画上的少女真的存在吗？你在哪里见过她？"

王雱道："没见过，我连白虎都没见过。但没见过的白虎可以画，没有见过的人也可以画。"王雱并不瞒着范纯仁，将自己的想法全盘托出。

美这种东西比较主观，只要能触动对方的心，那对于对方来说就是美艳不可方物的存在。

耶律洪基从小喜爱行猎，可见生性爱冒险，喜欢追求刺激。这样的人会喜欢什么样的女人就很容易推断了：首先，前提条件自然是足够美丽；其次她必须有纤柔而美好的一面，能勾起男人的保护欲和占有欲；然后她必须有灵动又神秘的个性，让男人永远不觉得厌倦、永远想要寻求更深的了解。

现实里很难有这样的存在，因为男人其实比女人更善变，很容易会因为某一瞬间的厌腻而选择抛弃对方。所以，王雱留给耶律洪基父子俩一幅画和两个浩阔无垠的远景。

范纯仁觉得王雱的想法过于简单了："只是一幅画，能影响到他们父子俩吗？"

王雱说："影响不到也没什么，不过是一幅画而已。"

范纯仁听王雱这么一说，觉得也对，不管成与不成，王雱损失的也只是一幅画而已。相反，如果真的能影响耶律洪基父子俩的想法，让他们尝试去征战北方或者扬帆出海，都会让辽国境内本就错综复杂、暗中角力的部族势力出现动荡！动荡，就是机会！

哪怕范纯仁是个温和的和谈派，这几年也被王雱改变了不少想法，既然朝廷已经迁都洛阳，那北线的防御自然是越严密越好。若是当真能取回燕云十六州，对所有大宋人来说都是天大的喜事。

因为处于国丧期间，使团一行人也没心情沿途游览和写诗文纪念，车马辘辘地往回走。等使团回到洛阳时，已是入夏了。虽是风尘仆仆，王雱一行人却还是先回去正儿八经地复了命。

赵顼早早盼着王雱回来呢，王雱一忙完正事，他就拉着王雱抱怨起自己最近功课越来越重的事，累啊！他特别羡慕王雱能到辽国去！

王雱道："殿下已是太子了，不能再和以前一样天天玩。"

赵顼说："你不要这样和我说话，我不习惯。"他好奇地问起王雱一路上都看到了什么样的风景，辽国和大宋有什么不同之处，王雱答完，他又抛出新问题，问个没完。王雱很有耐心地逐一解答他的疑问。

赵顼又说："你一路上可有写什么诗文？上一次你爹当送伴使的时候可是写了一整本的诗集，可厉害了！"

王雱道："没写什么，只收集了一些资料。文章倒是写了一篇，不过有点儿特殊。"他取了份文稿给赵顼看。

赵顼立刻拿起文稿认真细读，过了许久才意犹未尽地夸道："韩相公真厉害啊！"

"这里头有夸大的成分。"王雱道，"很多事不是韩相公一个人做成的，我是故意这么写给辽人看的。"

赵顼道："对，就该这么办，让辽人知道我们有这么厉害的韩相公在，他们就不敢生出什么心思来了！"

王雱说："这是其一。"

赵顼来劲了："还有其二？"

王雱道：“我还没离开辽国上京，上京之中已经人人都知晓这篇文章。你觉得是我厉害到在上京都很有名，还是有人在背后推波助澜？”

赵顼思索片刻，觉得王雱才二十几岁，出名到辽国上京的可能性很小。他说道：“如果是有人在背后推波助澜，他们为什么要那么做？”

王雱循循善诱：“你读史可读到《淮阴侯列传》了？”

赵顼点头。他一下子明白了王雱的意思：“功高盖主！”

王雱又问：“李唐又因何而亡，你记得吗？”

赵顼报出标准答案：“节镇太重，君弱臣强。”赵顼说到此处，猛地明白了王雱的意思。辽国显然是想趁大宋新旧交替之际离间他们君臣，所以王雱只是放出一篇故意夸大的文章，他们就像嗅到血一样着手做这样的事。古往今来，因为功高盖主而遭难的臣子不少，因为君弱臣强而失了江山的君主也不少。此计一出，很可能会让大宋君臣离心。王雱见赵顼面上有恍然之色，没再多言。

赵顼越想越气，愤愤地说：“真是岂有此理！眼下朝中诸事都依仗韩相公，若是有人以此攻讦韩相公，岂不是遂了那些家伙的意！”

王雱道：“连殿下都想得清楚的事，陛下肯定也能想清楚。”

赵顼不大放心，依依不舍地和王雱分别之后跑回宫，犹豫来犹豫去，终于还是去找他爹说起这事儿。

赵曙耐心地听赵顼把事情说完，觉得王雱着实大胆，居然敢把这样的事挑开来说。对上赵顼暗含期盼的眼睛，赵曙说：“若连韩相公他们都无法信任，我又能信任谁？”

赵顼这才放心，高高兴兴地与赵曙一起用饭。

与此同时，韩琦也从范纯仁那里看到了王雱的那篇文章。韩琦看完之后简直想把王雱活撕了。有这么坑人的吗？这不是夸他，是把他架在火上烤！上回赵曙当着其他人的面说要让他主政，已经把韩琦给吓得不轻，现在王雱又来这一出！

韩琦气得不轻，打发走范纯仁后立刻让人去叫王雱过来。王雱一看韩琦手边搁着份文稿，大致知道范纯仁已经把自己卖了。所以说，明明是他师兄，明明是他未来妹婿的哥哥，四舍五入就是一家人，怎么他这师兄这么听韩琦的话呢？要不是师兄念他念得烦了，他也不会想起远在洛阳的韩琦。见韩琦脸色不好，王雱当即表示：“我这文章都是有感而发的肺腑之言，当时，是个天气很好的日子，我看着异乡陌生的一切，分外想念从小看着我长大的您！”

韩琦一脸“你再鬼扯试试看”的表情。

王雱见忽悠不过去了，拉了张椅子坐到韩琦身边，摊开韩琦收在一旁的舆图开始给韩琦分析自己了解到的辽国细况。涉及正事，韩琦暂且压下怒气，耐心听王雱讲解。

辽国境内并不是和谐大统一，王雱在上京待了一段时间，通过与辽人交流以及观察明面上的情况，大致推断出几个逐渐冒头的部族。

“这些部族骁勇善战，且不像耶律洪基这样连汉文都自发地学过，本质极其亲宋——这些人是黄河结冰时过境掳掠的主力。简单来说，很多坏事都是他们干的，他们从来没想过和大宋和平相处，只把大宋当作待宰的肥羊！所以，在他们还没发展出压制性的优势之前，辽国还得留着当缓冲，暂时不能把它给弄没了。在这段时间里实在无聊，我们还有很多事可以做，诸如先把交趾变成交州、把大理变成滇南路、把吐蕃变成滇北路、把西夏变成陕西路之类的，早点将青海湖一带和河套平原弄来多养点马，多训练点骑兵，然后再和辽国进行亲切友好的交流，要回燕云十六州！”王雱正儿八经地对韩琦说，“相信两国关系这么好，辽国一定会答应的。”

韩琦幽幽地说：“这和你写这篇狗屁文章有什么关系？”

王雱没想到绕了一圈，韩琦居然还能绕回去。他说道：“关系大着呢，您想想，以台谏诸人的个性，迟早会拿‘君弱臣强’这事儿来攻讦你的！反正你都要挨骂的，我们不如合理地利用一下？”

韩琦心里一阵暴躁：“怎么个合理利用法？”

王雱说：“我们现在只需要耐心地等待辽国那边的家伙干完活，等年底辽国使团过来时不着痕迹地和各国使者透一句话‘张孝杰，辽之韩琦也’，就可以轻松把他们辽国那个汉人宰相搞死。”王雱还贴心地给了另外的选择，“你要是觉得张孝杰不好，我们可以改成‘耶律乙辛，辽之韩琦也’，或者随便什么人都行！想坑谁就坑谁！”

韩琦骂道：“我看你就是一时兴起想坑我一把！怎么不见你写别人？！”

王雱振振有词道：“您怎么能这么说呢？我可都是为您好啊！您想想看，我们先把这事儿和官家、台谏的人通过气，往后谁要是拿‘君弱臣强’的事攻讦您，我们就可以反咬他们是被辽国收买的，让他们牢底坐穿或者流放去琼州！”

韩琦觉得这小子最该流放到琼州去！什么叫反咬？你这种想法很危险知道吗？你小子还记得你现在算是清流一系的吗？

王雱很没有自己是清流的自觉，还抓着韩琦的话开始辩驳：“您还叫我选别人，我怎么能选别人？我和您最要好，为您写文章才最合情合理，契丹人又不是傻子，不会我一笔杆写什么就信什么！”王雱一脸诚挚，“而且，别人也不会像您这样包容我啊！若不是知道您心胸宽阔，又把我当自家子侄看待，我怎么敢拿您做文章？换了别人，指不定就花钱买凶、寻个没人的角落把我弄死了！”

韩琦平静地说：“我也想知道哪里可以花钱买凶，要不你去帮我打听打听？”

王雱撒丫子跑了。

王雱忙活完正事，终于可以回家了。他离开家这段时间里赶巧王安石回来了，这次王安石又被调去个他不太喜欢的位置，正准备抗命不干呢。好在文彦博和他说，现在可以自己选岗转岗，并列了一溜空缺岗位让他自己琢磨！就是得考试，得有把握考过再参加，没把握还是服从安排吧。

王安石一听，立刻报名了，他在基层还没干够，还想再去外面历练历练。尤其是在一手筹建完密州市舶司之后，王安石发现海上贸易这一块很有搞头，若是把手有余钱的人鼓动起来一起大兴海运，很多问题就迎刃而解了！由于有三年一磨勘的规定在，官员一般不能在某个地方连任太久，所以王安石准备申请去其他有市舶司的地方搞事情。

王雱回来时，王安石已经在琢磨着怎么考去泉州了。两浙路他已经去过，不怎么想去，所以他想挑个没去过的，正巧他手底下的章惇和吕惠卿都是福建人，去泉州也不算两眼一抹黑。王雱听闻此事，拉着王安石一起去外头泡个澡，顺便问起章惇两人在王安石手上干得怎么样。王安石对章惇两人自是夸赞有加，说一个有勇一个有谋，行止有度，文才过人，都是非常不错的年轻人。

王雱点头。他记得这两个人后来是坚定的变法派，和守旧派撕得你死我活，双方都闹得不太体面。凭着现实世界的记载，王雱也琢磨不出有些事他们是干了还是没干，反正都是玩政治，真正心地善良、一心为公的才是少数。眼下看起来还行，有他们在旁边弥补了王安石脾气臭不爱沟通的缺点，等将来真走偏了再掰正就好。

王雱怂恿王安石：“我觉得还是得让有见识的人跟着海船走一趟，才能发现更多好东西。”

王安石道：“难道你想出海？”他瞪着王雱，“不成，大郎他们才几岁，有个好歹的话他们怎么办？”

王雱听得美滋滋，看来一提到有见识的人，他爹就想到他！王雱道：“不是我，我觉得章师兄他们不错，当初在国子监时章师兄他们的骑射就很好，不是手无缚鸡之力的软弱文人。若是有他们或者他们之一随行，海船一定能走得更远，开拓更多海上路线。”

王安石琢磨着王雱的话，觉得有理，现在海上贸易只有早年开拓的几条路线，海船必须拿着市舶司签发的凭证才能前往对应的区域进行贸易，获利着实有限。要开拓新航线，若没个有见识、有远见的人随行确实不行。只是不管是吕惠卿还是章惇，王安石都用得挺顺手，要他挑他还真挑不出让谁去好！

王安石道：“回头我问问他们自己的意见。”

王雱也没多说。他爹的脾性他最清楚，十年如一日的又臭又硬，吕惠卿他们能让他爹喜欢也是难得。这种野心勃勃、逐利心强的人，让他们把枪口对准外面的猎物再好不过了！

聊完章惇两人的事，父子俩又就着别的问题进行探讨。父子俩许久没见，聊了老半天才穿好衣裳回家去。

两个小的一直盼着王雱回来，知道王雱已经回到京城后一直在候着呢，结果王雱和王安石出去半天，他们气鼓鼓地不想理王雱了，顺带还讨厌起祖父来。

王雱回到小院时看见的就是两个背对着他的小屁股。他一乐，知晓两个小孩是看他回来故意转过身去，当即上去一手夹起一个，往两个小孩的小脸蛋上分别亲了几口。

两个小孩奋力抬手反抗，伸手推开王雱有点儿扎人的脸，妹妹还生气地说：“我不要理爹爹了！”

王雱把两个小孩扛到榻上闹腾。

司马琰只是一转眼没看，三个大孩子、小孩子已经把整间“儿童房”弄得一团糟。她随即决定眼不看为净，转身回房去算了。

先帝生前有过诏令，不让国丧持续太久，三个月一过，百姓的婚丧嫁娶就可以正常进行了。出了一年，宗室也可以操办喜事。朝野内外的伤怀气氛渐渐淡去，韩琦上书让赵曙确定他生父濮王赵允让的名分问题，赵曙表示等出了先帝丧期再说。按照传统，子女为父母守孝应该是与母亲孕育、哺乳的时长对等的，一般为二十七个月。既然赵曙这样表态，韩琦等人自然暂且搁置此事。

王雱出使回来之后，被赵曙提拔到谏院去了，差点儿和岳父司马光成了同僚。之所以说差点儿，是因为司马光任满两年后调到御史台那边去了，虽还算是台谏成员，却已经是不同部门。

眼下，王雱俨然成了朝中一朵奇葩，不管是按出身算还是按升迁路线算，他都属于根正苗红好清流，一点偏差都没有。但是，谏院同僚们对他的观感一直有点儿微妙，反正感觉他进了一趟集贤院之后，连整个崇文院的风气都被他带歪了。

王雱一点都不怕，赵曙把他扔到台谏，他就兢兢业业地在台谏干活。

首先，王雱跑去把台谏从前上过的折子都整理了一遍，分门别类放好，归纳总结出几个类别：非常有用类型，有点儿小用类型，以及写了等于没写类型。然后他纠集愿意和他一块儿玩耍的同僚根据过往弹劾实绩进行计分排名，搞了个台谏名人榜单！王雱还堂而皇之地拍他岳父司马光的马屁，说他岳父自从进了谏院，不管大事小事都想着上个折子劝谏一下，工作热情非常高，折子还写得非常好，大家应该向他学习。

谏院一把手吕诲眼睁睁看着王雱整理出一个“台谏名人榜”，一时间竟不知该不该阻止。

说实话，台谏里头有很多人都想揍王雱一顿，偏偏王雱分析总结能力极其出众，这个榜单竟做得十分公正，挑选出来的弹劾范文也特别好。很多人心里都暗搓搓地想着，自己再努力努力是不是可以挤上榜。

榜单尾巴是司马光，他们可以盯准司马光超过去！反正司马光现在去御史台了，不算谏院的一分子，踩着他上榜不算没有同僚情义！一时间，台谏之中暗流涌动，人人争当弹劾小能手。

王雱在其中浑水摸鱼，一点都不担心自己的榜单排位，天天按时下衙回家玩孩子，坚决不错过两个小小王的重要成长历程。

王雱数了数，加上几个伯父、叔父家的小孩，他们王家人丁实在兴旺，分散着带不过瘾，索性把旁边一个园子弄成幼儿园，供王家一堆小孩在里面玩耍，顺便让他们听点启蒙故事。反正，他们的孩子大了还有弟弟、妹妹的孩子，弟弟、妹妹的孩子大了还有孙子，总有用得到的时候。

王雱说干就干，捋起袖子开始幼儿园改造工作。

建设幼儿园的第一要素就是安全，里头的各种玩乐设施都需要考虑安全性。其次自然是师资，这个问题不大，洛阳不管男校女校如今都已经能向社会输送人才，都是受过义务教育的，担任幼师完全没问题。最后当然是要童趣盎然又积极向上，能够让孩子在里面快乐玩耍、快乐成长。

王雱这边全心投入到和孩子一起玩这桩头号大事之中，时间不知不觉飞逝，入冬后，他的两个小孩也到了“入学年龄”，王雱开始带着他们到焕然一新的幼儿园里进行各种雪地游戏。

一个小王带着一群小小王欢快玩耍的可耻行径很快引起了不少人的注意。

韩忠彦等人带着年幼的小孩过去逛了一圈之后，小孩们就都不肯走了，一个两个吵嚷着要留下来跟小伙伴们一起玩。

苏轼最“光棍”，直接对王雱说：“我仨小孩就留你这儿了！”他还教育起王雱来，“你瞅瞅你，这么大一园子，就那么几个小孩，你好意思吗？浪费，可耻！”

王雱瞅着苏轼这模样总觉得有点儿眼熟，回去和司马琰一嘀咕，司马琰忍无可忍地说：“你为什么觉得眼熟，你自己心里没数吗？”王雱闭嘴了。

今年洛阳的冬天不太冷，不少人平时都把孩子送到幼儿园里头，等下衙了再一起接回家。起初很多人还担心孩子会冻病或者没被照顾好，结果一群小孩肉眼可见地变得面色红润、精神奕奕，回家还能给大人们讲点小故事。这成效让不少人眼热，旁敲侧推地问能不能把自己小孩也送去。别的不说，偶尔能让王小状元亲自上启蒙课，那也是难得的好事啊！

过年时，王雱才正式出去活动筋骨，按照与韩琦商定的计划开始扳倒辽国的张孝杰。

之所以挑张孝杰，是因为辽国干的许多坏事都是张孝杰出主意，耶律乙辛去付诸实践。这两个人祸害自己辽国就算了，时不时还要越境搞点事情祸害大宋，王雱过去溜达一圈后就看这两人不太顺眼。韩琦知道张孝杰干过什么之后，默许了王雱在大宋、辽国境内悄悄布网。

论起如何给人炒名声，王雱可是专业的，他还擅长如何在炒的时候埋下伏笔，回头抓住这些预留的把柄把对方坑得万劫不复。要知道，这几年方洪手底下的商队到处渗透可不是毫无用处的。

眼看要过年了，是时候把网收一收、送耶律洪基一份贺礼了。先拔掉张孝杰这爪牙，耶律乙辛应当会消停许多，宋辽关系也会更加友好！

王雱边谋划着辽国诸事边陪着家里人，转眼来到了新的一年。

就在开春的大祀筹备之初，韩琦再次请赵曙议定濮王赵允让的名分问题。都要祭天了，总得把这事儿定下来才行。

这名分问题，说大算不算大，说小也不算小，其实就是关于赵曙称呼濮王为“皇伯”还是“皇考”的问题。

皇伯是指濮王算是先帝的兄长，赵曙既然已经过继给先帝，理应称濮王为“皇伯”。皇考的考字，就是考妣的考，考为父，妣为母；赵曙称濮王为“皇考”，就等于继续喊濮王“爹”。这次赵曙没再推辞，他一琢磨，濮王确实是他爹啊，于是和韩琦、欧阳修商量：要不就称皇考吧。韩琦和欧阳修也没觉着有什么毛病，点头表示应该没问题。

既然商量好了，赵曙自然找来知制诰王珪让他帮忙拟旨。没想到赵曙刚表达这个意思，王珪就表示这事儿他不能干，态度之坚决，与他从前的温和表现截然不同！要知道王珪做事向来谨慎，从不落下话柄，就连韩琦当初让他拟旨选立赵曙为皇子，王珪还要和先帝当面核实，让先帝亲自下旨才拟诏。这种直截了当的拒绝，对王珪而言是非常难得的。到这一刻，赵曙才意识到这事儿可能不那么容易。赵曙一时不知该如何是好，转头看向韩琦和欧阳修。

王珪见此情景，更觉得韩琦与欧阳修两人不仅挟建储之功左右圣意，还想以追封新皇亲父之事，继续挟恩独揽大权，再一次坚定地表示不会拟这诏书的决心，没再听他们说话，直接拂袖而去。

诏书没拟好，赵曙要称濮王赵允让为皇考的事却在朝中传开了。濮王前几年已经故去，赵曙一直以为他守孝为由拒绝朝廷的任命，终孝之后才被立为皇子。即使如此，赵曙对皇子之位仍是十分抗拒，受封之日是被韩琦他们命人抬着入宫的。如今人过继了，皇位继承了，政事也处理得还不错，照理说一切应该顺顺当当地继续下去才是。

赵曙和韩琦他们突然来这一出，可让不少人都炸了：先帝才刚故去一年，山陵刚修好不久，新皇竟就要追封亲父，称亲父为皇考！

别说这只是一个称呼的问题，要是这事儿定下来，濮王要不要立庙？濮王妃要不要封赐？太后当如何自处？最重要的是，哪怕是百姓之家，也没有过继后还认两个爹的道理！在礼法上，新皇已经是先帝之子！濮王是先帝的兄长，只能称皇伯！

这几年的新科进士大多在外任职，朝中上下都是先帝在位时被提拔上来的人。想到去年今日先帝还赐宴百官，与百官同乐，不过一年，先帝已深埋泉下，再不得见。而韩琦、欧阳修竟和新皇合计着追封濮王，这将先帝置于何地？

其实，王珪第一个告诉的，就是王雱。

韩琦第一次上书说这件事的时候王雱正巧出使辽国去了，当时王雱是想着先帝堂堂一国之君，身后之事绝对没人敢怠慢。这次韩琦上书王雱也没放在心上，在他想来先帝对赵曙已经够好了，赵曙应该知道该怎么做。要知道，先帝可是生前就让赵曙监国近一年，等同于提前把天下交托给赵曙。生在帝王之家，哪怕是亲生父子也无法做到这个地步吧？

听王珪说完御前之事，王雱脸上的表情没什么变化。王珪知道王雱和韩琦私交甚笃，也没非逼着王雱表什么态，把话说完就转身走了。王雱默不作声地回到谏院，寻吕诲把这事儿说了。吕诲当即拍案而起："岂有此理！"

谏院这边传开了，御史台那边自然也很快知道了。司马光得了消息，一马当先地把反对的折子递了上去，引经据典地表示此事不合礼法。要知道司马光可是能因为大乐之礼和范镇辩论个几万字的，赵曙他们这个做法完全是犯了他的大忌讳！

司马光开了路，其他台谏官员也紧跟而上，雪花似的奏疏飞向赵曙几人案前。这可真是比捅了马蜂窝还可怕！

韩琦听闻此事，皱起眉头。他一向是个手段圆融的人，善于平衡各方利害，只要是可以通融的事他很少会做绝。事实证明这一套很行得通，迄今为止他还没与太多人交恶过。在韩琦看来，先帝已经故去，如今赵曙才是一国之君。一国之君想称自己的父亲为皇考，那不是很应该的事吗？韩琦下意识认为朝中百官都会同意，是以一开始并没有提出反对。现在，以王珪为代表的两制官员拒绝起草诏书，台谏诸官更是竭力反对，看来明天的朝会会有一场大争论。

韩琦眉头直跳，忽然想到了身在谏院的王雱。他把台谏的折子翻看了一遍，发现没有王雱的，也不知该松一口气还是该更加警惕。要知道，王雱在先帝重病、赵曙很可能继位的时候也敢指着赵曙的鼻子开骂！

既然两制官员和台谏诸官有这样的反应，王雱不可能没有动作。偏偏事已至此，若是他与欧阳修退了，不仅在赵曙心中的分量会大打折扣，连带他们在朝野内外的声望也会跌到谷底！

韩琦闭目沉思。这一刻，他有点儿后悔因为王雱出使辽国后说"您也知道台谏诸人的个性"，就说服赵曙把王雱安排到谏院去。

韩琦正想着，他派去叫王雱过来的人回来了，说王雱答复说不来，理由是台谏官员不能与宰执往来过密。韩琦眉头跳得更厉害了。下衙回到家中，韩琦把韩忠彦叫到书房，让韩忠彦去王雱家一趟，问问王雱有什么打算。

韩忠彦也听闻了白天引起朝中争议的事。听韩琦要他去找王雱，韩忠彦摇头道："我还是不去了。"

韩忠彦与王雱同窗三年，又相交多年，岂会不了解王雱的性情？只要不涉及他在意的事，王雱做事向来随心，很少与人交恶。在这一点上，韩忠彦觉得王雱与他爹是很相像的。但是一旦有人触及王雱心中的底线，王雱绝对不会退让半步。王雱心中那道底线，无关权势，无关地位，无关律法伦常，只在于他是否在意！

韩忠彦觉得要是他去劝说王雱站到他爹这边，王雱说不定会和他绝交。

韩琦默然，到这个时候，他才觉得王雱这小子有多扎手。既然已经开始了，那也只能看明天朝会的情况如何了。

王雱白天没去见韩琦，晚上也没见任何人，陪了会儿两个小小王，他就把自己关到书房里去。这一年来王雱家里朝中两头忙碌，没有过多的停歇。逝者已去，生者自当好好过自己的日子，不应该把太多时间花在悲痛与感怀上。可白日里的一场闹剧，让王雱猛地回忆起过去几年的种种：他十四岁三元及第，今年二十四岁，正好满十年，当年钦点他为状元的先帝却已身埋泉下，再也不能笑着听他出些胡扯瞎掰的主意。人生短短数十年，死时两眼一闭，在这世间就再无痕迹。对于死后的一切，逝者也许不会再在意，可活着的人怎么能袖手而观、坐视不管？

王雱静坐在书桌前许久，抬手开始写折子。王雱怕扰着司马琰，早遣人去与司马琰说了一声，说今夜会歇在书房。于是，这一写，写到了烛火转暗。

才是冬末春初，天有些冷，王雱收起折子披了件衣裳走到窗边。正是正月十四，天上月儿将圆，洒落一地银霜。王雱看了窗外徐徐浮动的树影许久，关上窗直接躺到书房的卧榻上。一夜无梦。

第二天天还没亮，王雱就揣着折子出了门。

正是上元节，各国使者才刚刚离去，朝中的气氛本该很轻松，偏偏每个人看起来都满腹心事。

除却早已站定立场的两制官员与台谏诸官，不少人都在犹豫自己该站哪边，一边是难缠的台谏与清流，一边是手握权柄的新皇与宰相，站哪边都会给他们带来大麻烦！

不仅官员忧心忡忡，赵曙今天也想称病不上朝，毕竟昨天是他头一回尝到被台谏奏本淹没的滋味。虽然韩琦说这种情况在仁宗皇帝在世时并不少见，只要他坚定意见进行廷议就能顺利下旨，赵曙还是隐隐觉得事情不会那么轻松。

出于对韩琦和欧阳修的信任，赵曙还是按时出现在朝会上。不知怎的，赵曙才一落座往下方看去，竟猝不及防地对上了王雱的双眼。赵曙蓦然想起当初的一幕：王雱在先帝病榻前毫不避讳地指斥他逃避监国的行为不忠不孝。当时，王雱并非台谏官员，也并非宗室子弟，对他这个太子却丝毫没有畏怯之心，言语如刀锋般句句逼人。

赵曙犹自出神，王珪已经出列，当众说出赵曙与两制官员的不同意见让百官参与评议。其他官员还在犹豫之中，台谏官员已紧跟而上，发言内容非常团结统一——喷赵曙以及喷韩琦和欧阳修，御史台上完谏院上，不喷个一轮不罢休！

在多年的改进与锻炼之下，台谏的发言风格倒是非常多元化：有人引经据典，有人指桑骂槐，有人翻起韩琦和欧阳修的旧账，有人直接畅快淋漓地喷他们个狗血淋头。台谏诸人喷完一轮，一句都不重样！

许多人听完司马光和范纯仁等人的发言，原本那点小动摇已经不复存在。看看吧，这种架势除非是韩琦和欧阳修这种位高权重的老臣，否则谁有那个脸皮扛下来啊！

这时有人注意到台谏诸官都已出列，只剩一个人还没吭声：王雱。不少人都暗暗看向王雱的方向。

知晓内情的人都知道王雱和韩琦走得很近，说是韩琦一系的人都不为过；但所有人也清清楚楚地记得，先帝生前最后几年独独与王雱亲厚，两人几乎情同父子！这次韩琦与新皇做出这样的事，王雱会不会隐而不发？

王雱感受到其他人的注目，并没有让他们失望。他向前一步，举起朝笏向赵曙表示自己有话要说。

王雱这半年在台谏毫无实绩，许多人一开始怕他喷自己，后来没等来王雱的弹劾又觉得有点儿失望。以前王雱总和台谏抬杠，应对如流，怎么去台谏后反而哑巴了？只要不喷到自己身上，大伙还是很乐意看王雱开口的！

没想到王雱头一次上阵，竟是这样的大争议！王雱没和同僚们一样开门见山地骂人，而是开始列案例，他是和王安石一起搞过普法工作的，对各种案件非常熟悉。他今天列的是百姓之家常遇到的纠纷：过继后的财务问题和伦理问题。

每举一个案例，王雱就问韩琦和欧阳修的意见，问问他们要如何断案才正确。韩琦和欧阳修也不能睁着眼说瞎话，王雱能举出这些案例，可见最后判决肯定是依律判定的。面对王雱直接点名的询问，韩琦选择避而不答，欧阳修却没韩琦那么稳得住，接连回了王雱几次问题，背后已渗出虚汗。

王雱也没专门为难欧阳修，举第五例的时候他把话锋转向赵曙，询问赵曙这样的案子该怎么判。这时，韩琦不能再维持沉默了，他开口阻止："这些案子都已判定，你何必再拿出来在朝会讨论？"

王雱道："按照大宋律例，有争议的案件可以在朝会上众议解决。韩相公是觉得这些案子没有争议，对吧？"

韩琦再次闭了嘴。

赵曙见韩琦和欧阳修都进退维艰，心生退意，想要宣布改日再议，王雱却没给他退场的机会。王雱紧接而上："古语有云，贤不足以服不肖，而势位足以屈贤。尧为匹夫，不能治三人；纣为帝王，足以乱天下！"

王雱这话一出，不少人都变了脸色：这是把新皇骂成殷纣王了吧？！

王雱娓娓而谈："古往今来，上行下效之事从来不少。殷纣王初得一对象牙筷，其臣箕子就曾担忧无比：有了象牙筷，肯定不肯将就于瓦器，必定想要犀角碗、白玉杯；有了玉杯犀碗，哪能将就于粗茶淡饭，肯定要配琼浆美酒山珍海味；喝着琼浆美酒、吃着山珍海味，又哪里愿意穿粗布衣裳、住茅屋陋室？肯定还得穿华美衣裳、住那玉宇高楼。如此一来，倾一国之力，也不能供一人之需！后商果然亡于殷纣之手！"王雱凛然道，"身为君王，自当言为士则、行为世范，岂能因一己私念，乱天下纲常！今日陛下能因私念称'皇考'，明日就能因他事罔顾礼义，长此以往，何以统御百官、何以教化百姓！"

一众哑然，王雱摆完道理，开始谈感情。

朝中大半官员全是进士，四舍五入都是天子门生，谁不了解先帝是什么样的人？比如说，唐御史，追着先帝骂了不知道多少回，即便被贬到岭南的英州去也没有放弃写折子继续骂。人非圣贤，不可能无喜无怒，先帝也生气，可再生气，回头还是把唐御史请了回来，因为他谨记太祖的教诲，不能让言官因言获罪、再不敢开口。

王雱又说，当初先帝私底下骂过的人可不少，但先帝还是重用他们，听取他们的意见。这是为什么？这是因为身为帝王，不能让个人的喜怒与欲望凌驾于纲常与律法之上！所以，他今天不是为先帝说话，而是为先帝四十年如一日、苦心维系的太平盛世说话！

为了证实"太平盛世"四个字，王雱又重展自己的数据分析技能，把这四十年前后的人口增长曲线、战争发生次数逐一展示，同时数出四十年来出现的众多名臣贤者。最后，王雱拜托吕诲帮忙展开他手中一幅画卷：画中画的是当初城门送别的场景，那时先帝对太子殷殷嘱托，百官与百姓无声落泪。那一日，先帝亲手将大宋江山交托到太子手上。从那一刻起，先帝已不再在意自己是否还在皇帝之位上，只希望太子能够撑起大宋的万里河山。

王雱的中心意思很简单："你们这样做，可对得起先帝的嘱托，可对得起先帝的信重！"

韩琦与欧阳修皆不再言语，他们意识到从任由王雱站出来的那一刻起，这件事的结局就已经注定了！

此时此刻被所有人注视着的王雱，已经不再是少时那个整日嬉皮笑脸的少年，他宛如一把出鞘的利剑，锋利得让人不敢直视，遑论与他兵戈相对！

看着王雱手中的画卷，赵曙想到当日城门送别的场景，眼眶也变得湿润起来。事实上他生父子女众多，并不看重他这个儿子，他在家中从来都不受重视。相比之下，反而是先帝给予他的信任、教导更多一些。

此时有人通报："太后到！"

不等众人反应，曹太后已经走入殿内，当庭斥问韩琦与欧阳修为何要撺掇赵曙追封生父。韩琦与欧阳修辩驳不得，深知此事恐怕成不了了，提出要先结束朝议，改日再定。赵曙当然求之不得，事态发展至此，已经不是他能应对得了的了！王雱却不能让事情拖到下次朝议，他当场拦住韩琦与欧阳修，趁着太后在场要赵曙立刻下旨："难道陛下认为此事仍有疑义？"

赵曙否认："自然不是……"

"那陛下为何不让人拟旨？"王雱淡淡地道，"大祀在即，如此重要的称谓岂能不尽快敲定？如今两制官员皆在，只要先帝下旨，立刻可以拟诏让太常礼院准备大祀诸事，一点都不耽搁。"

赵曙看到韩琦在朝他使眼色，却不知该如何拒绝王雱。最终，他只能不再看向韩琦与欧阳修，在王雱与太后的注视之下向王珪下了明旨：从此，他称濮王赵允让为皇伯。

王珪领了旨意，朝会也结束了。

百官出了正殿便各自散去，他们大都三三两两地走在一起，唯有王雱身边仿佛绝缘一般，没多少人走近。台谏诸官是不能结伴而行，以免有相互勾连之嫌；其他人是摄于王雱刚才直接与赵曙、韩琦他们对峙，感觉这个平日里很好说话的年轻人看着有点儿陌生。

此时天上飘起了细雨，远处阴云密布，看着接下来会是旷日持久的阴雨天气。王雱独自沿着长廊走出一段路，忽见苏轼他们候在前方，见他来了，苏轼扬起笑朝他招呼道："可算过来了，我们等你好久了！今晚上元夜，看着天气不大好，你就莫陪你家娇妻娇儿出去了，我们几个好好聚一聚！"

王雱仔细看去，只见不仅苏轼在，沈括、张载、韩忠彦、吕希纯等等也都在，只要是这些年交好而又在朝中的，一个都没有少。他也笑了起来："好，我们聚一聚。"

濮王之事定了下来，开春的大祀也如期而至。赵顼被赵曙约束在宫中很长一段时间，直至大祀当日才能悄悄溜去找王雱。赵顼听说了朝会上的事，他觉得赵曙做得不对，但赵曙是他爹，他不能说他爹的不是，只能偷偷摸摸跑到王雱身边巴巴地看着王雱，不知道该说什么。

王雱见这小子一脸犹豫地望着自己，笑了笑，说道：“都是当太子的人了，可别这么鬼鬼祟祟地跑来跑去了。”这小孩年纪还小，该教的王雱会教，不该由他去烦恼的事没必要让他去烦恼。

赵顼见王雱还是和以前一样跟自己说话，心里的忐忑瞬间烟消云散，兴致勃勃地和王雱说起自己最近学的东西。在赵顼心里，还是王雱给他讲解最有趣，所以总攒着问题想问王雱。

赵曙发现赵顼不见了，一转头，正好看到王雱在和赵顼交头接耳，两个人挨得很近，一副哥俩好的模样。韩琦站得离赵曙近，顺着赵曙的目光看去，同样看到了王雱和赵顼凑在一起。

韩琦看到王雱就来气，这小子辩赢了，逼着赵曙下了明旨，每次见到他时还一副“我看错你了”“我不和你好了”的表情。见赵曙有些出神，韩琦道：“我让人去把太子殿下唤来。”

赵曙摆摆手，说道：“不必了，随他去吧。”大祀的程序走完了，剩下的就是赐宴和封赏，也不是非要赵顼跟在他身边不可。那日被王雱逼着下旨，赵曙心中有愤怒，有羞恼，有不甘和厌恶。可夜深人静从梦中醒来，赵曙竟隐隐生出几分羡慕来。

一个人在世时若是做好了自己应做之事，即便去世了也有人为了他据理力争，而他虽有韩琦、欧阳修他们尽心辅佐，相较之下却仍是逊色许多。也许终其一生，他也不会有这样的君臣之谊，但他儿子可以拥有。

在许多人以为王雱会与韩琦、欧阳修交恶，为新皇所不喜的时候，王雱却还稳扎在谏院。而且兴许是因为已经把朝中最大的几个大官得罪了，王雱开始对朝野上下各种大小事务指指点点，维持着一天一小谏，三天一大谏的频率，天天往韩琦桌上扔弹劾折子，连欧阳修幞头带歪了，他都要洋洋洒洒、上纲上线地写一千字弹劾欧阳修“其身尚不能正，如何治国平天下”。韩琦简直被他烦得要死了。

喷人上瘾的王小雱一点都没有自己很烦人的自觉，把朝中上下都弹劾了一遍，以至于人人出门都先检查幞头、领子、腰带，同时认真核查自家亲戚有没有作奸犯科。

谏院同僚们眼睁睁看着不务正业了半年的王雱只用了短短三个月，就荣登排行榜前列，直追前辈包拯！谏院一把手吕诲见势不对，亲自找王雱去谈话，让王雱弹劾不要太频繁，偶尔也休息休息，留点业绩给其他人做。王雱自然爽快答应，不找朝中同僚们的碴儿了。

正巧今年范纯粹高中，两家的婚事也该办起来了，王雱便暂且放下弹劾大业去筹备妹妹的婚事。王安石才去了泉州小半年，正是忙碌的时候，王雱修书一封和他说了范纯粹高中之事，征得王安石同意，直接开始着手安排起来。范仲淹年事已高，经不起折腾，也放手由范纯仁负责张罗。

两家本就亲如一家，中间自然没什么矛盾，就是王雱这厮准备了七七四十九难，准备一路拦阻范纯粹。这绝不是开玩笑，王雱人脉甚广，自妹妹房门一直到范家家门口全都托人设了“关卡”，要范纯粹过关斩将才许把人接走！

小妹知晓王雱这准备，都心疼起范纯粹来了。不过，谁不希望自己未来夫婿出众些？小妹便没有插手，由着王雱安排去。

王雱把“七七四十九难”安排下去，美滋滋地和司马琰分享自己的想法：“男人这种生物，越是容易得手越是不珍惜，所以我们得让妹夫好好记住这一天！将来我们女儿长大了，我得来个九九八十一难！”

司马琰觉得以后敢娶他们女儿的人可能不会很多……

这场闹哄哄的接亲引来无数人关注，见到范纯粹艰难地应对着大舅哥的刁难，不少人都同情不已。可同情归同情，热闹当然还是要看的，每每看范纯粹急得抓耳挠腮时还得齐齐起哄！

到婚宴开始时，王雱比范纯粹这个新郎还忙，不少人都寻机给他敬酒，暗暗说一句：“元泽啊，往后别盯着我了成不？”

在这大喜的日子，王雱自然点头答应：“成！”

韩琦也来了，他与范仲淹交情不浅，当然会过来。

见王雱端着酒杯溜达来溜达去地招呼客人，愣是略过自己这桌，韩琦觉得这小子实在太欠揍了！再一看，跟在王雱后面那个尾巴不是太子又是谁？本该在宫中好好待着的太子整天跑到王雱身边不说，王雱嫁妹妹他还积极地当送亲使，也不知王雱到底给他灌了什么迷药！

韩琦觉得不仅赵顼，连赵曙对待王雱的态度也很不一般。自从那场朝议结束之后，韩琦能明显感觉出赵曙对他们的倚重少了几分，遇事不再仅仅听从他们的意见，更会询问富弼他们的看法。

相较起刚继位时的软弱，赵曙如今已渐渐有了点明君之相。韩琦对此自然也是高兴居多，年前王雱与他提起“君弱臣强”时并没有半分避讳，他自己也和台谏打了多年交道，怎么会不知道王雱所说的情况很可能成为现实？到那时候，他总不能真的和王雱说的一样反咬台谏一口吧？所以如果赵曙能立起来，韩琦也是乐见其成的，省得有人说他挟建储之功独揽朝纲。

韩琦见王雱还是那副“我绝对不和你好了”的姿态，转头和今天给儿子娶儿媳的范仲淹抱怨：“你这学生真是了不起。”

范仲淹装作不知晓他们之间发生的事，顺势夸道：“是很了不起。”

韩琦一听就知道范仲淹不会给他当和事佬了，只能叹息一声，没再多言。

夏日里的热闹过去，转眼到了秋天，王雱已经顺利爬到他一手创立的排行榜榜首。这时候司马光觉得自己在御史台没什么活儿可干（事情都被王雱干了），取出自己编纂的《周纪》《秦纪》《汉纪》等书呈给赵曙，向赵曙表示自己想辞去谏职修书去。

赵曙那边还没读完书稿、批复意见，司马光想去修书的事情已经在朝中传开了，不少人走门路疯狂暗示韩琦和欧阳修：大好的机会，不如趁机把王雱也赶去修书！

现在，很多人都知道王雱和韩琦不是一伙的了，甚至觉得王雱这小子隐隐有成为清流新领袖的资质，看着就想敬而远之。而且，论修书，王雱专业也对口啊，没见他给他爹搞的书卖得多好，给宋祁出的文集多完美吗！

王雱也听说了这件事，拉了足够多的仇恨之后，他觉得自己这谏职也干得差不多了，跑去和他岳父表示要去帮忙修书。

司马光以前总觉得王雱的许多想法和他相违背，可现在他不这么认为了，出去聚会也能光明正大地夸王雱了。毕竟论谏职，谁能做得比他女婿好！

唯一让司马光比较担忧的是，王雱短短一年就把朝中上下全得罪光了，以后怕是会被人嫉恨。听王雱主动要来帮忙，司马光欣然答应，可免不了又有些担心谏院没了王雱，会不会没现在这种威慑力了。

王雱像是看出了司马光的担忧，很是骄傲地掏出一份文稿，封皮上写着《台谏经验》四个大字。这是王雱在谏院折腾了一番后的心得，上面有着丰富的弹劾速成教程，三天包会，童叟无欺，想弹劾谁就弹劾谁！

王雱还和司马光说：“您放心吧，我已经和吕知谏说好了，要是新人不顶用，我可以和您一起回去开个讲座，手把手教会他们怎么履行台谏职责！”一个喷手改行去编书，千千万万个喷手站起来，只要有人敢干坏事，台谏永远不会静默！

司马光看完王雱带来的那份《台谏经验》，只能说：“不错，你想得很周全。”

历朝历代对史书的编纂修整都很重视，赵曙看完司马光呈上的文稿之后认为写得很好，亲自下旨划了个书局给司马光，让司马光可以自行挑选人选一起修这套史书，并定名为《资治通鉴》，意思是“鉴于往事，有资于治道”。

赵顼听闻此事，积极报名表示要和王雱一起跟着司马光修书。赵顼强行参与，司马康他们自然也跟着跑来了。原本修史是件严肃正经的事，加了个王雱之后忽然变味了，司马光写得好好的，王雱偏要在旁边挑刺：“这里缺少细节，看着太无趣！”“这里写得太夸张了，您是不是又发挥了自己的想象！”“您这里简直是强行总结，不好不好！”

司马光非常后悔答应让王雱加入，还不如留王雱在谏院继续祸害别人！

不过有王雱在，修史工作进行得非常顺利，主要是王雱这些年来读的书非常多，别人要查阅半天的资料他随口就能报出来。司马光被他挑了几回刺，不干了，直接划分了一段时期让王雱自个儿写去，还不许王雱和他待在一起，让王雱自己带着赵顼他们去另外一间静室。

王雱虽然觉得司马光的嫌弃让他很受伤，但还是就着史料边修史边给赵顼他们开讲。以史为鉴不是白说的，王雱旁征博引给赵顼他们讲课，经常听得赵顼两眼放光，刷刷刷地做笔记，时不时还抱着笔记回去给他爹也讲一遍！

这样的日子过得很轻松，王雱除却聚众修史讲史之外就是去幼儿园兼职启蒙老师。

自从朝中百官知道幼儿园的存在，不少人托这样或那样的关系想把家中子侄塞进去，王雱把人数定得很死，说是要搞小班教育，不能太多太杂。已经把小孩塞进幼儿园的人也表示赞同，还发明了原始摇号方法，让符合入园资格的孩子家长摇号争取余下的名额。

进是进不去了，勋贵那边首先行动起来，以刘高明为首的纨绔照抄王雱那一套筹办起他们的勋贵专属幼儿园来。不少人见幼儿园可以让小孩子认识同龄玩伴、早早结交良师益友，便积极地把孩子送去。勋贵也分三六九等，头等的凑在一起了，不爱带别人玩，余下那些塞不进去的又得另开一家——如此循环，幼儿园产业顿时遍地开花。

这样一闹腾，女校的生员们竟变得异常受欢迎。在耐心与细心方面，女孩子有着男孩子难以企及的天赋！照料自家孩子，自然还是由女校生员来比较放心！

随着幼儿园中女性启蒙先生的普及，蒙学之中女教谕的比例也在逐年上升，众人也逐渐开始以自家女儿读了书、当了教谕为荣。哪怕这只是很小的改变，女孩子们脸上也渐渐绽放出自由又轻快的笑容。许多人都开始意识到，能自力更生，能掌握家中的经济大权，自己在家中的地位将会大大地上升。

转眼到了第二年春天，南方传来急报，说交趾遭遇敌袭，事况紧急，王韶直接率“大宋仁义之师”前去帮忙解救交趾身陷苦难之中的百姓们。交趾百姓感动涕零，他们每到一个地方都受到热情的招待，百姓大开城门迎他们入内并主动为他们补给粮草军械，最终他们成功帮助交趾战胜了敌人。

交趾百姓们依依不舍地挽留他们，一个个泪落如雨，就连交趾国主也表示有大宋这仁义之师在，他们才有安全感。所以，王韶派人送急报入京询问朝廷的意见：要不要接纳交趾为交州，派军队驻扎在交州境内呢？交趾君臣与百姓看着真是弱小可怜又无助，他们实在不忍心就此离去啊！万一交趾百姓们害怕到睡不着觉、吃不下饭可怎么办才好？

这急报不仅赵曙看得目瞪口呆，朝中百官也看得目瞪口呆。韩琦的目光往王雱那边瞟了一眼。总感觉，这无耻的口吻很熟悉啊，越看越觉得脸皮厚！

王雱一脸“你们看我做什么，我什么都不知道，我只是个弱小可怜又无辜的奶爸”的表情。朝廷能有什么意见？朝廷自然是热烈欢迎交趾变交州，还开始点选适合前往交州搞文教工作以及管理工作的人选。

由于现在升官捷径被堵住了不少，想升迁得专业对口以及攒资历，所以像这种以前许多人避而远之的偏远地方经过王雱传销式的洗脑教育后成了抢手位置，许多人都想去大展身手！

王韶刚来了场大捷却一点都不居功，他把战功都分给了手底下的人，上书表示南边没什么事了，不如调我去西线。他还在折子中表示，根据他观察，大理境内很乱，很有可能会被吐蕃袭击；吐蕃境内也很乱，几股势力时常你打我我打你，吐蕃百姓都生活在水深火热之中。所以，他希望朝廷能派他去西边观察观察，说不定能弄几片大草原来养养马，虽说青海马不如蒙古马高大，但有总比没有好。

所有人都可耻地心动了。

赵曙心中火热，假模假样地下旨允了此事——开疆拓土从来都是每一个帝王必不可少的梦想，没有例外！

诸事顺遂，《资治通鉴》也有条不紊地修着。中途，司马光和王雱交换文稿来看，看完之后再看自己写的，总觉得语言不够生动，道理不够深刻！

司马光也是个轻微的强迫症患者，虽然口中不承认王雱挑的刺，私底下却召集学生们一起翻修稿件，务必要做到比原来的更上一层楼，否则绝不刊行！

如此又过了一年，韩琦终归还是在弹劾中退了下来，毕竟他已经当了许多年的宰相，轮也该轮到别人了。富弼比他退得还早些，是自己请退的，因为腿脚不好。这些人闲着没事，扎堆凑到书局要一起修史，顺便抽空给赵顼讲讲课。王雱还是对韩琦不太理睬，反而整天跑去请教富弼问题，气得韩琦见了他也转头就走。日子每天都过得热闹又安宁。

不曾想《资治通鉴》还没修好，赵曙就病重了。这时候王安石刚带着海船开辟了新航线的消息回朝，朝中都欢欣鼓舞着呢，一时间被这噩耗打得措手不及。

赵曙临终前单独见了王雱一面，问王雱："你会像待先皇一样待顼儿吗？"

王雱沉默片刻，认真而郑重地回道："殿下如何待我，我自当如何待殿下。"

赵曙缓声道："……那便好。"

王雱看着赵曙两鬓早生的华发，心中叹惋，将赵顼唤了进来。

赵曙一去，朝中顿时忙碌起来。太子早已立下，倒不至于生出什么乱子，赵顼顺顺遂遂地登上了帝位。

坐上那高高的宝座之后，赵顼一瞬间明白皇祖父去世那天晚上他为何觉得前方又黑又冷。独在高处，虽然能将所有人一览无遗，心中却也免不了会紧张和害怕。赵顼往下看去，看到了站在百官之中的王雱。他的心一下子安定下来。

这一场即位大典中，不仅赵顼从太子变为天子，王雱也以年轻至极的二十余岁之龄紫袍加身，与五十岁的王安石一起位列三品！

许多人望向王雱父子俩的目光有羡慕、有嫉妒、有热切，王雱对此泰然处之。他下衙之后与王安石分开走，绕道去接他媳妇。回家的路上，司马琰有些担忧地问王雱："新皇继位，爹是不是要开始变法了？"

王雱笑眯眯："变法？什么变法？"该干的不该干的，这些年他都忽悠人去干了，他爹就算还想变法，也得找找还有哪里能变才行！有那工夫，还不如多开辟几条新航线，或者考虑怎么重新打通丝绸之路！

司马琰听王雱这么一说，心中稍安，与王雱一道回了家。这天幼儿园放假，小孩子们都在家玩耍。王雱与司马琰走回自家院子时，听到女儿软乎乎的声音："哥哥，怎么办呀？三叔和四叔下不来啦！"

儿子的声音随之传来，听着有点儿老成，活像王雱的岳父："他们非要上去，下不来活该！"

王雱走进院子，只见两个小孩站在树下拧着小眉头往上看，都一脸纠结。他放轻脚步走过去，顺着他们的视线往上看，只见他的两个傻弟弟一人抱着一边树干，可怜兮兮地趴在上面不敢动！

两个小孩注意到王雱回来了，又惊又喜地喊：“爹！”

树上两个弟弟也惊喜地喊：“哥！”

四张嘴巴七嘴八舌地解释是怎么回事儿，原来是他两个傻弟弟闲着没事比赛谁先爬上去，结果上去后往下一看，老高老高的，谁都不敢下去了！这是干了坏事啊，所以他们都没敢喊人，只能干着急，两个大的紧抱着树身不敢动弹，两个小的在树下忧心忡忡地看着。

王雱听完只觉得，两个弟弟这么傻可怎么办才好哟！发愁归发愁，王雱还是逐个把弟弟从树上弄下来。四个小孩再次“团聚”，高高兴兴地凑过去往王雱脸颊上啾地亲了好几口，央着他陪他们做游戏。

夕阳西斜，金黄色的余晖从稀疏的枝叶间洒落，照耀在热热闹闹的庭院之中。司马琰看着王雱带着四个小孩满院子跑起来，脸上随着他们的欢闹染上了笑意。

番外一

燕云终归宋

“韩老贼！韩师朴！你俩给我出来！”

一个春光明媚的清早，四十出头的王参政杀进韩家，对着韩琦紧闭的书房门怒吼。

韩琦正和儿子韩忠彦说话，脸上的笑容掩都掩不住。韩忠彦见韩琦脸上带着久违的开怀笑意，心里虽觉得对不起朋友，却也忍不住跟着笑了。

韩忠彦认识王雱三十年，一直相交莫逆，亲眼看着王雱一步步走向高位。早在几年前王雱已经升上参知政事之位，若不是他年纪太轻，又死活不肯更进一步，赵顼怕是早把宰相之位塞给他了。

这厮明明能在朝中翻云覆雨，却沉溺于带孩子的快乐之中，早些年讨了个到各地监察的职务，整天寻机便带着一串小孩到处游玩，去就去了，还要来信和他们炫耀：今儿我们玩得真啊真高兴！

韩忠彦不知道别人，但知道苏轼他们很想打死这家伙！

还是这两年朝中一直在与辽国谈判，事关要紧，王雱才稍稍收了心，专心与辽国那边扯皮。当然，王雱的想法是很简单粗暴的，他表示只要把他的好友曹立、曹评、王韶调到北线一溜排开，再让狄咏带着海船将辽国上京围住，结果很快就会出来！

这个想法遭到了朝中上下的反对，因为大宋的军队，那可是仁义之师啊！甭管别人占了你多少地，反正就是要仁义，这种威胁别人的事哪能做呢？尤其是，辽国太子耶律浚，还跑来大宋向王雱求学，赖着不肯离开，赶都赶不走！人家连太子都放心交给你，你好意思那么对别人吗？

王雱拗不过他岳父，只能捏着鼻子和辽国有那边慢慢谈。既然要文雅地谈判，那就不能只要回燕云十六州了，还有更多的贸易条款要一一沟通。这一讨论就是将近两年。眼看双方快要谈妥了，庆功宴都准备好了，负责去接手燕云的守将与官员也选好了，谁都没想到，在这节骨眼上竟横生变故！而且这个变故，特别大。

韩忠彦的儿子韩治早已踏入仕途，这次被安排到燕云去负责完成燕云十六州归宋的前期治理！

这小孩算是王雱看着长大的，从小到大也没少受王雱的教导，入仕后也一直向王雱执弟子礼。可就在今天，韩治向祖父韩琦、父亲韩忠彦坦白了一件事。

他之所以一直扛着没成亲，是因为他心仪师妹！师妹比他小几岁，自己从小把师妹当妹妹一样爱护，中间他出去干了几年基层，一直在和师妹书信往来，许多事情都会与师妹商量。师妹聪明灵慧，为他出过很多主意，后来再相见，师妹已是亭亭玉立的少女，他自然也动了心，积极追求师妹。如今他们已互许终身，所以，他准备在去燕云之前向老师求娶师妹！

于是，韩治就去了！

王雱的女儿自然也是韩琦和韩忠彦看着长大的。那孩子聪慧又美丽，才名在外，不知是洛阳多少青年俊彦的梦中人！别的不说，光是和她一起长大的那一群小孩，哪个不喜欢她？！谁曾想到，他们家的老实孩子居然暗中撬动了她的心！

韩治出门前韩琦和韩忠彦还绷着脸给他分析搞定王雱有多难，韩治一出门，他俩就都乐开了花。能不乐嘛，他们家的孩子要是能娶到王雱他闺女，那真是能笑上一辈子！

听王雱在外头连“韩老贼”都喊上了，韩琦一点都不恼，脸上的笑容根本收不住。王雱这小子忒记仇，英宗皇帝都入山陵那么多年了，他还老明里暗里地讽刺韩琦经常故意给富弼他们送好东西，独独略过他不送！现在好了，韩琦的孙子争气啊！

韩琦老怀大开，让韩忠彦去把门打开，放王雱进书房说话。韩忠彦最清楚父亲与王雱那点事，见此情景也只能稍稍敛起笑去开门。

王雱怒气冲冲地入内，韩琦也已收了笑，从容自若地请王雱坐下，假模假样地询问：“什么风把我们王参政吹来了啊？你不是说再不进我这门了吗？”

王雱一拍桌子：“少装模作样！说，是不是你叫韩治那小子来和我求娶我女儿的？”

韩琦道：“你不是总说，儿女的婚姻大事应该放手让儿女去选择，父母长辈不该过多干涉吗？我一向听你的，治儿不想娶妻，我们没给他说亲；他想去求娶他师妹，我们怎么能拦着？说起来，他当初不想娶妻，还是你说通师朴他们夫妻俩的。”

王雱看到韩琦脸上那藏不住的笑就想打人，这老东西！要是当初知道韩治打他女儿主意，他就该说服韩忠彦给韩治说十户八户人家！

韩忠彦拉王雱坐下，说道：“你先别急着生气，这还得看你们家小幺的意思，你不是说若是小幺不喜欢，谁来都不嫁吗？”王雱只生了一双儿女，后面再没生其他孩子，亲近的人都跟着王雱喊他女儿小幺。

韩忠彦的话，就是王雱生气的原因啊！当时王雱听韩治说完就想揍韩治那小子一顿，结果韩治不躲不闪，由着他打！当时王雱就觉得，这情景很熟悉！他骂走韩治去和司马琰说起这事儿，司马琰说："这不就是你当年的招数？"

王雱这人典型的"只许州官放火，不许百姓点灯"，仍是对韩治痛骂不已！骂完了，他还是得忍着肝疼去问女儿的意见。结果，女儿说她愿意嫁韩治！她愿意嫁韩治那老实孩子！自己辛辛苦苦养大的宝贝女儿，被人拐跑了！女儿还说，像他和苏轼这样的，太过风流，她不喜欢！她就喜欢韩治那样踏踏实实的！

这可就很让王雱受伤了，当场怒气腾腾地来韩家找韩琦他们算账：韩琦明明也是个千年老狐狸，咋就教出个那样的孙子！而且，他也不风流啊！他对媳妇一心一意，日月可鉴的那种！别人喜欢他是别人的事，和他有什么关系？

韩琦让人送了酒来，让王雱边跟韩忠彦喝酒边骂，韩琦老了，就不喝了。

王雱和韩忠彦喝到半醉，看了眼坐在那儿看他们喝酒、听他们说话的韩琦，免不了想起前几年故去的范仲淹。他饮尽杯里的酒，说道："燕云十六州马上要回来了，老师他们应该会高兴的吧？"

韩忠彦见王雱有了点醉意，接话道："自然会高兴。"

王雱感觉鼻子酸酸的，眼眶也微微泛热："那我也高兴。"接着拉着韩忠彦，"来，再喝！"

王雱是醉着被送回家的，原本韩琦让人替他备了间房，让他直接睡在韩家，王雱却说不行，坚决不在外面睡觉，非要回去，韩琦只能让人好好地把王雱送回去。

韩忠彦酒量比王雱要好一些，喝得也少，没太醉。送走王雱后，韩忠彦和韩琦感慨："感觉元泽这么多年都没变过。"

韩琦道："那小子就算老了，那也是老小子。"今天上门来张口就喊他韩老贼，也是没谁了！

韩治要去燕云那边，一去可能要好几年，既然两家谈妥了（骂妥了），索性开始着手筹备起婚事来。

王雱要嫁女的消息一传开，可谓是一石激起千层浪，整个洛阳城到处都是年轻人心碎的声音！不少人更是主动去和王雱他儿子拉关系，捋起袖子表示自己可以帮忙在迎亲路上拦截韩治，绝对不能让韩治轻轻松松抱得美人归！

明明只是一场普通的嫁娶，洛阳城内外都动了起来，王雱的门生旧故们得了信之后更是纷纷赶了回来。此时，辽国使团还没离京，看到大宋都城一天比一天热闹，顿时都被吓住了：这就是那位王参政的影响力吗？而现在，大宋派去接管燕云十六州的人要当那位王参政的女婿了啊！

这个风声刚传出来，辽国的人就派人快马加鞭传讯回去，让一些准备在归还燕云十六州之前搞点事情的家伙赶紧收手。

不想这个消息一传到上京，耶律浚就坐不住了，算了算日子，上书和他爹说：“我要去送师妹出嫁！”

耶律洪基早管束不住这儿子了，当初他差点儿相信耶律乙辛的构陷杀了萧皇后，儿子对他一直很有意见，寻机偷偷跑去宋人那儿拜王雱为师！听耶律浚要去给王雱女儿送嫁，耶律洪基也只能由着他带着使团快马加鞭出发！

像耶律浚这样赶赴洛阳的人不算少，到王雱嫁女那天，洛阳城人满为患，大大小小的旅舍都已住满了人，鸿胪寺招待外宾的地方也不够住了，许多外宾不得不挤在一间房。

没办法，近年来不管海上贸易还是陆上贸易都蓬勃发展，王家父子俩对于航海事业尤其热衷，沿途建交的国家越来越多，向往大宋繁盛的小国更是主动归附。这些大国小国的使臣凑到一起能不热闹吗？有人见此盛景，不由忧心忡忡地向赵顼谏言说王雱父子俩权势过盛，不得不警惕。

赵顼道：“你信不信我说一句把他革职，他能直接跑没影！”赵顼最不担心的就是王雱觊觎帝位这种事了，要不是有个职位套着他，王雱一准天天游山玩水、吃喝玩乐去！

赵顼打发走劝谏他的人，兴致勃勃地开始准备贺礼，听说耶律浚那小子又要跑来玩，他的贺礼可不能被那小子比下去！

转眼间到了王雱嫁女当天，这天街上车如流水，人如潮涌，人人都想一睹王雱的风采，也想看看王雱会把女儿嫁给什么样的人！

画师郭熙拿着画笔站在望江楼西面上，看着远处桥上桥下行人如织。等接亲队伍行到来，郭熙便落笔画下这值得纪念的一幕。

这一年，王家女儿出嫁不到半月，便随丈夫韩治一同前往北边，从辽国手中接手燕云十六州。

公元 1085 年，大宋建国一百二十五年，无数人到死都心心念念的燕云十六州终于重回大宋怀抱。

公元 1127 年，新皇登基，举国欢庆，曾历经四朝、担任过两代帝师的王雱忽然携妻子司马琰乘船出海，从此再无音讯。新皇怅然叹惋，愈加重视王家后人及王氏门生。

与此同时，现实世界。

两个年轻人正从皇陵往外走。

他们同时收到一个提示——

恭喜玩家成功通关《玩宋——内测版》。

退出倒计时：0 天。

皇陵之外，骤雨初歇。

王雱与司马琰对视一眼，含笑牵起了彼此的手。

对他们而言，那数十年的生活绝不仅仅是一个游戏。

番外二

君臣梦中逢

文明从不会因为任何人的中途退出而停止发展，《玩宋——内测版》虽为游戏，但也同理。

王雱夫妻二人相携“出海”之后，游戏中的一切都还在延续。

转眼来到 2044 年。

十八岁的赵祯诞生在一个永远领先一步的国家。他最近有点儿烦恼，不仅因为他要开始考虑大学选什么专业了，还因为他时常梦见一些不属于自己的记忆。

赵祯出生在一个非常幸福的家庭，父母都有着不错的工作，教养良好，感情融洽，生下赵祯之后对他很上心，经常带着他到处玩，见识不同的风景、结识不同的人。总之，他的人生美好无比，没有什么了不得的烦恼。赵祯甚至还偷偷谈了个恋爱，约好两个人一起去首都念书。首都洛阳是个好地方，传延千年依然美丽无比。他的成绩也很不错，已经被不少大学看中，都说只要他肯来专业随便挑，所以，他理当没有太大的烦忧，只需要在各系教授的邀请之中挑一个就好。

但是，最近他总是夜半惊醒。在梦里，赵祯成了那个“仁宗盛世”中的仁宗皇帝。他虽然身在帝位，日子却过得不那么快活。虽说赵祯和那位仁宗皇帝同名，可他对历史其实不太感兴趣，比较喜欢科研工作。这个每晚准时到访的梦让他觉得莫名其妙。

赵祯与小女朋友说起这事儿，小女朋友兴致勃勃地表示反正大家都不用高考，不如去研究研究历史，对比一下看看他的记忆对不对。

赵祯被小女朋友的乐观感染了，也将研究历史列入计划之中。两个都是不用高考的保送派，和学校打了个请假条就天天出去溜达。

一查之下，赵祯有些吃惊。自己明明没怎么看过历史方面的东西，史书上的记载竟和他梦里的东西差不多！赵祯越了解越觉得那个时代的人和事特别亲切。

小情侣俩越查越感兴趣，把入门类的书都看完了，又开始看各种影视作品。自从出现电影这个媒介之后关于那个时期的作品就没少过，后来是各种电视剧、网剧、游戏。其中最受欢迎的角色似乎是当时一个关键人物：王雱。

这王雱的履历说起来就牛了：他是仁宗时期三元及第的著名教育家、思想家、文学家、科学家、政治家、军事家、画家、音乐家等，身上还有一堆头衔，数是数不清的，只能说纵观当今所有行业，大部分都流行买一张王雱画像拜一拜，表示这是他们的行业祖师爷。注意，是各行各业的祖师爷！虽然有些行业不是他开创的，但是大多在他手里发扬光大或者大多受他启发而诞生。这样一个人，能拍的剧情可多了！而且，除了拿王雱本人做文章的，还有相关的衍生作品：王雱他爹、王雱他老婆、王雱他儿子、王雱他女儿、王雱与他的老师（们）、王雱与他的同窗（们）、王雱与他的同年（们）……资源之丰富，着实令人叹为观止！

赵祯两人也对这位王状元最感兴趣。

不看不知道，一看吓一跳：原来他们以前喜欢的不少学科都有王雱参与的痕迹！而就在他们想要进一步了解一下这位王小状元的时候，一个相当劲爆的消息也在网上炸开了：全球第一个全息网游将在下个月初上线！

游戏主要背景：仁宗时代——邀你一起来开创千年盛世！

由于游戏得等到月初才正式开放，赵祯两人自然先加入了论坛和同好群组。论坛上，不少人正热烈地讨论着游戏里可能遇到的人物。官方目前放出了不少立体人物形象设定，个个都俊朗秀逸，非常招眼。

跟其他圈子相比，这个圈子的讨论就严肃多了，扔论文的扔论文，砸史料的砸史料，偶尔还能比谁上核心期刊的次数最多——值得一提的是，据传王雱还是期刊之父，他与妻子十岁左右就创立了第一本医学期刊《医学问答录》！对此，很多考据派和怀疑派是不相信的：医学问答录上那些那么具有启发性的问题，真的是两个小孩可以提出来的吗？

至于王雱的成长史，那更是个到处都是漏洞的筛子，凭什么他遇到个商人，商人就乐意一辈子无怨无悔地跟着他干？就算这商人后来成了大宋第一大商贾，儿孙都成了高官，那也没办法解释他一开始一次次给王雱送钱的原因！

还有，怎么遇到个厉害人物，人家就对他另眼相待？不科学，太不科学了！但是再不科学，喜欢他的人还是比不喜欢他的人多。这不，夜深人静，天气又冷，没人愿意出门，历史圈爱好者们又开始冒泡讨论了——

主题：没事干，来比一比实绩吧，我先上我苏胖的。

主楼：

沿岸海鲜全吃遍

养猪养到大草原

风流潇洒美少年

遇上王胖胖胖胖

附图：仁宗时期、神宗时期全国养猪情况对比图。

一楼：完了，看完主楼忘了自己要说什么。

二楼：我们家王小雱不胖谢谢，到老都不胖！是你们苏胖自己胖的！

三楼：这时候就要上我沈了，看看这仁宗时期、神宗时期种植情况对比图！

四楼：说到这个就来气，看完《水浒食神》胖了十斤不说，还坑了！坑也就不说了，他还在最后一册推荐《黄金国》！我去找来看了，《黄金国》竟也是坑！

五楼：《黄金国》真的很赞了，简直是我朝找到美洲大陆的指南！

六楼：是啊，后来找到美洲大陆后发现并没有什么红薯玉米，结果王胖他外孙愣是通过选育技术培育出来了！所以！现在我们真的吃上玉米了！赞美玉米！甜的糯的我都喜欢！超好吃的！

七楼：看了楼上，忽然想啃玉米，容我叫个外卖。

八楼：你们看了《梦溪笔谈》没有？沈梦溪说《黄金国》的主意其实是王雱出的，他只负责画出来，你们觉得可信度高不高？

九楼：个人感觉，可能是沈梦溪被催更催烦了，推锅给王胖胖的。

十楼：对的，毕竟《黄金国》出来时胖胖才几岁啊，哪能是胖胖想的！

十一楼：点进来前就知道王胖胖会霸楼，呵，他的粉丝真是够了！说来说去都是些老料，烦不烦啊？所以，大家今天有新料吗？想看！

十二楼：看到楼上前半句还以为要掐起来，看完才收起我的四十米大刀！

十三楼：没有新料是很寂寞！现在我准备去看《王介甫日记全译》了，区区五百册！有人要对我说什么吗？

十四楼：楼上勇士请受我一拜！

十五楼：楼上勇士请受我一拜！

十六楼：看完的路过。其实很有趣的，你们不要被册数吓到，前面十几册有点儿不成熟也有点儿愤世嫉俗，胖胖两岁后就很好看了，从这时期开始胖胖爹看胖胖滤镜特别厚！你跟着戴上滤镜去看，可以发现很多有趣的东西！

十七楼：求问楼上，韩相公在胖胖爹日记里面的存在感高吗？好奇，多的话想入手一套。

十八楼：@十七楼 韩相公粉路过，高，特别高！就是胖胖爹在日记里说韩相公“惟相貌姣好”，弄得这些年来韩相公的选角越来越那啥。王胖胖和韩相公好的时候，胖胖爹一直在日记里骂韩相公教坏他儿子；闹翻之后，胖胖爹提他的次数就少了，隔了老久才提了一次，说韩相公因为和王胖胖闹翻神色索然，失落地看着王胖胖和别人相谈甚欢！

十九楼："胖胖爹滤镜八米八系列"！

二十楼：对对，后来两家成了隔代亲家，胖胖爹又开始骂韩相公了，笑死了。

二十一楼：默默下单买《王介甫日记》，不就是五百册吗？我买！

二十二楼：如果能啃得下《王介甫日记》，那推荐《梦溪笔谈》《苏轼全集》《仁、英、神宗三朝合集（全八百册）》《洛阳八老文集》……

二十三楼：对对对，洛阳八老，这个一定要入！王胖胖粉一定要入！这文集是韩相公他们致仕之后聚在一起聊天的记录！你们看完之后就会发现，王胖胖坑过多少人！

二十四楼：要是不想看书，可以看去年出的小成本剧，一群老戏骨拍的《洛阳八老》，笑死了，名为八老，实为《我被王胖胖忽悠的那些年》，看宋朝大臣们坐在一起回忆自己背过什么锅实在太逗了！

……

赵祯小两口凑一起看完整楼的讨论，把不少书加入书单，开始边阅读边交流感受。

全息游戏一出，像赵祯他们这样入历史坑的人越来越多，论坛和群组里每天都热闹非凡。游戏开服之后，赵祯两人第一时间进去感受仁宗时期的美丽风貌，都迅速爱上了那个时代。

赵祯小两口也顺顺利利地进入大学，结婚生子。而游戏里的时间线也进行到了迁都那一年。

赵祯看着眼前热闹的洛阳城，心里涌现一种莫名的熟悉与感动，他牵着妻子的手走在洛阳，感慨道："说不定我上辈子真的来过这里。"

妻子笑着说："你还惦记着你的皇帝梦呢。如果你真的是仁宗皇帝，你现在该乐坏了吧？纵观世界史，还没有哪个国家能像我们这样长长久久地延续下来。"

赵祯也笑了起来："如果我真的是仁宗皇帝，那我当然乐坏了。"

日子平平静静地过着，转眼过了几年，赵祯儿子开始上学了！他儿子没去几天学校，就回来哭着说："我最讨厌王雱了！"

赵祯乐道："怎么了？"

儿子哇哇大哭："数学要背他的乘法表，语文要背他的诗、练他的字，自然课上有他的发现，科学课上有他的发明，思想品德课上也有他的故事，太讨厌了，我不喜欢他！"

赵祯哄着儿子把作业做完，晚上早早睡下了。这晚他做了个梦，在梦里他看到这几年他了解得越来越深的王小状元。

王小状元见了他显然很欢喜，问他："官家，你过得可好？"

赵祯想了想，说："我过得很好，父母只有我一个孩子，一直很疼我，满世界的风景都带我去看过了。对了，我还有了个儿子。今天他才跟我哭，说他最讨厌你，哪门课都有你！"

两人聊着聊着，最初的生疏全没了，相互说着这些年发生的事。到天明时，他们开怀地道了别、在各自的世界醒来，开始崭新的一天。

赵祯睁开眼，发现儿子趴在床沿好奇地睁着那乌溜溜的眼睛看着他。

见赵祯睁开眼，儿子好奇地问："爸爸，你怎么睡着觉也在笑啊？"

赵祯起身，抬手揉揉儿子的脑袋，笑着说："因为高兴。"

图书在版编目（CIP）数据

玩宋·终章：全2册/春溪笛晓著. -- 南京：江苏凤凰文艺出版社，2021.3
ISBN 978-7-5594-5436-2

Ⅰ.①玩… Ⅱ.①春… Ⅲ.①长篇小说－中国－当代
Ⅳ.①I247.5

中国版本图书馆CIP数据核字(2020)第237509号

玩宋·终章：全2册

春溪笛晓 著

责任编辑	刘洲原
特约编辑	赵璧君　夏君仪
装帧设计	苏　涛
责任印制	刘　巍
封面插画	无　轩
出版发行	江苏凤凰文艺出版社
	南京市中央路165号，邮编：210009
网　　址	http://www.jswenyi.com
印　　刷	天津旭丰源印刷有限公司
开　　本	680毫米×970毫米 1/16
印　　张	31.5
字　　数	550千字
版　　次	2021年3月第1版
印　　次	2021年3月第1次印刷
书　　号	ISBN 978-7-5594-5436-2
定　　价	68.00元